| 태학총서 11 |

조선시대
대하소설의 서사문법과 창작의식

송 성 욱 지음

태학사

송성욱

저자는 1966년 경남 합천에서 출생하여 서울대학교 국어국문학과 학부와 석사과정을
거쳐 박사과정을 졸업했다. 우리 서사의 원형을 찾고 그것에 기반한 보편적 미학을 수
립하고자 한국소설 중에서도 고전소설을 전공했다.
이를 바탕으로 고전소설이 현대 대중의 품에 안길 수 있는 길을 다각도로 모색 중이다.
공군사관학교 교수부 전임강사, 규장각 특별연구원을 거쳐 지금은 가톨릭대학교 국어
국문학과에서 교수로 재직 중이다.

| 태학총서 11 |

조선시대 대하소설의 서사문법과 창작의식

초판 제1쇄 인쇄 2003년 1월 20일
초판 제1쇄 발행 2003년 1월 30일
지은이 송 성 욱 ‖ 펴낸이 지 현 구 ‖ 펴낸곳 태 학 사
주소 137—070 서울 서초구 서초동 1357—42
전화 (02) 584—1740, 전송 (02) 584—1730
등록 제 22—1455호
E—mail : thaehak4@chollian.net

값 / 18,000원

ISBN   89—7626—500-9 세트
        89—7626—822-9 94810

머 리 말

　조선시대 대하소설을 읽기 시작한 지 이제 14년이 지났다. 엊그제 독서를 시작한 것 같은데 벌써 많은 세월이 지났다. 부지런히 읽었다고 생각했는데 읽어야 할 작품이 훨씬 더 많다. 그것들을 다 읽고 분석하자면 끝이 보이지 않는다. 처음 글을 쓸 당시에는 제법 많은 작품을 읽고 분석했으니 어느 정도는 소설의 전체적 실상에 접근했다고 생각했다. 그러나 그것은 턱없는 망상이라는 생각이 줄곧 떠나지 않았다. 이 책을 출간하는 데 몇 해를 망설인 이유가 바로 이것이다. 그럼에도 불구하고 이 책을 출간한다. 부끄럽기 한량없지만 이제 이를 계기로 연구의 새로운 출발점을 삼고자 한다.

　고전소설을 대하고 있으면 항상 그 소설이 실재했던 과거의 문화적 코드에 대한 의문에 사로잡힌다. 지금 내가 이 소설들을 읽고 분석하는 방식은 어쩌면 그것과는 전혀 다른 현대의 문화적 코드일 수 있다는 우려가 앞선다. 그래서, 무엇보다 조선시대에 대하소설을 향유했던 작가와 독자의 가슴 속으로 한번 들어가 보고 싶다는 생각이 간절하다. 만약 소설을 읽고 감동했다면 아마도 당시의 독자들은 지금 우리가 느끼는 것과는 다른 형태의 감동을 받았을 것이다. 나도 그런 감동을 받아 보고 싶다. 어쩌면 영원히 불가능한 일일지도 모르지만 그 노력을 포기하고 싶지는 않다.

처음 읽은 대하소설은 〈유씨삼대록〉이다. 글자 판독이 되지 않아 무던히 애를 먹었다. 내용을 읽는 것이 아니라 글자 형태와의 싸움이었다. 글자가 판독되면서 비로소 내용을 따라 잡을 수 있었는데 그 순간부터 소설이 끝날 때까지 받았던 감동을 아직도 잊을 수가 없다. 판각본전집을 읽으면서는 느낄 수 없었던 새로운 감동이었다. 짧은 소설과 긴 소설의 차이는 무엇일까? 그 감동이 이 책의 2부인 석사논문으로 이어졌다. 이 일은 내가 대하소설에 전념할 수 있도록 하는 계기가 되었다. 이후 대하소설을 계속 탐독하면서 대하소설의 매력에 대한 이론적 탐색이 절실하다는 생각이 들었다. 이것은 우리가 지니고 있는 대단한 문화적 원형임과 동시에 서사의 원천이라는 확신이 섰기 때문이다. 우선 서사적 원리를 탐색하기로 했는데, 그 결과가 바로 이 책의 1부인 박사논문이다.

거친 생각과 어설픈 논리들이 논문으로 완성되는 과정에서 여러 선생님들의 은혜를 너무 많이 입었다. 이상택 선생님, 김진세 선생님, 서대석 선생님은 석사논문을 지도하셨다. 그리고 이 분들을 비롯하여 조동일 선생님과 박희병 선생님께서 박사논문을 지도하셨다. 지도교수이신 이상택 선생님께서는 학자로서의 정도를 걸을 수 있도록 항상 곁에서 도와주셨다. 특히 선생님께서 일구어 놓은 업적이 없었더라면 대하소설 연구는 엄두도 내지 못했을 것이다. 대하소설을 읽는 일은 힘든 일임에 분명하다. 읽다가 지친 적이 한두 번이 아니다. 그럴 때마다 김진세 선생님의 따뜻한 위로의 말씀이 있었다. 그리고 당신 스스로 끈질긴 소설읽기의 모범을 보여 주셨다. 지금도 마찬가지이지만 논문을 쓸 때, 처음의 문제의식과 의욕을 끝까지 밀고 나가기 힘이 들어 적당한 선에서 자기 자신과 타협을 할 때가 있다. 학위 논문을 쓸 때는 더더욱 그렇다. 그럴 때마다 엄하게 질책하셨던 서대석 선생님의 호령을 잊을 수가 없다. 그 질책이 없었다면 지금과 같은 결과가 나오지 못했을 것이다. 조동일 선생님께서는 항상 도전 의식을 심어주셨다. 상대할 대상을 명쾌하게 설정할 수 있도록 도와 주셨고, 이론적 탐구에 대한 의욕을 북돋워 주셨다. 박희병 선생님께서는 더할 나위 없이 꼼꼼한 태도를 가질 수 있도록 독려해 주셨다. 가장 중요하면서도 잊어버리기 쉬운 자료에 대한 천착을 순간순간 깨우쳐 주신 분이다. 이 외에도 연구를 하면서 힘이 들거나 조언이 필요할 때, 항상 귀를 기울여 들어 주셨던 권두환 선생님과 주위에서 격려를 아끼지 않으신 민병수, 김병국 선생님의 가르침도 잊을 수가 없다.

이 책이 이 분들의 지도에 누가 되지 않았으면 하는 것이 나의 간절한 바람이다. 그러나 여전히 부족한 부분이 많음을 잘 알고 있다. 더욱 열심히 정진하는 것이 그 은혜에 보답하는 길이라고 생각한다. 스스로와 타협하지 않는 자세로 연구에 전념할 것을 이 자리를 빌어 약속드린다.

논문을 집필하는 과정은 어쩌면 세상과 단절을 감수해야 하는 시간이기도 하다. 몸이 그렇다는 말이다. 하는 일 없이 멍하게 앉아만 있기 일쑤이고, 하루 종일 잠만 자거나 밤을 꼬박 새우는 일도 잦아진다. 정상적인 생활을 못할 때가 있다는 것이다. 옆에서 지켜보는 사람은 참기 힘든 것임을 잘 안다. 그런 과정을 잘 참아주었고, 또 앞으로도 참아야 하는 아내에게 고맙다는 말을 보낸다.

끝으로 어려운 환경에도 불구하고 기꺼이 출판을 허락하고 격려해 주신 태학사 지현구 사장님과 거친 원고를 꼼꼼하게 봐 주신 변선웅 편집장님께 감사를 드리며, 교정과 잔일들을 묵묵히 해 준 대학원 제자들인 정인영, 김소희, 강미선에게도 감사를 전한다.

2002년 12월

송 성 욱 씀

차 례

2부 : 대하소설의 창작의식
- 가문의식을 중심으로 -

부록

제1부
대하소설의 서사문법

1. 서 론

조선조의 대하소설[1]은 어떤 방식으로 구성되었으며, 또 그러한 방식은 어떤 특징을 지니고 있는가에 대한 물음은 대하소설에 대한 선행연구에서 끊임없이 제기되는 질문이다. 물론 이러한 물음은 비단 대하소설뿐만 아니라 서사장르 전반에 걸친 근본적인 문제이기도 하다. 본 논문은 이러한 문제의식과 더불어 조선조 대하소설이 지니고 있는 서사적 특징을 고찰하고자 한다. 그리고 이를 통해 아직까지 개괄적인 수준에 머물러 있거나, 개별 작품만을 중심으로 제한적으로 논의되는 대하소설의 서사과정에 대해 어느 정도 해결의 실마리를 찾을 수 있을 것으로 기대한다.

---

1) 선행연구에서는 대하소설, 장편소설, 가문소설 등의 용어가 일관된 기준이 없이 사용되어 왔다. 이상택에 의해서 주로 거론되어온 대하소설은 등장인물과 이야기 구조가 복잡하다는 구조적 측면에, 김진세에 의해서 주로 거론되어온 장편소설은 분량의 길고 짧음에, 이수봉에 의해서 거론되어온 가문소설은 소설과 가문의 친연성에 각기 주안점을 두고 있는 용어이다. 그런데, 장편소설이라 했을 때는 장편과 단편이 기준이 모호하다는 문제가 발생한다. 가령, 〈홍길동전〉, 〈유충렬전〉 등에 비해서는 〈구운몽〉이나 〈사씨남정기〉가 그 길이가 훨씬 길다. 그런데, 〈구운몽〉이나 사씨남정기〉는 또 〈명주기봉〉이나 〈유씨삼대록〉과 비교한다면 비교가 되지 않을 정도로 그 길이가 짧다.

　따라서 장편과 단편을 결정짓는 기준에 문제가 발생한다는 것이다. 한편 가문소설이라 했을 때는 길이가 길지 않으면서 가문과 친연성을 지니고 있는 작품과 혼동될 우려가 있으며, 선행연구에서 가문소설이라고 거론되는 작품들이 모두 가문의 창달과 번영을 주지로 하고 있지 않다는 문제점을 지닌다. 즉 작품이 지니고 있는 다양한 삶의 의미를 너무 축소할 염려마저 있다는 것이다. 본 논문에서는 소설의 구조적 특징에 더욱 주안점을 두어 대하소설이란 명칭을 사용하기로 한다. 그리고 이 대하소설의 구조적 특징에 대해서는 다시 2장에서 본격적으로 거론하기로 한다.

조선조 소설에 대한 연구 영역이 대하소설로 확대되면서 개별 작품에 대한 분석
뿐만 아니라 국적문제,[2] 창작층,[3] 주제의식,[4] 창작기법[5] 등에 대한 연구성과가 많이
축적되었음은 물론이며, 이에 힘입어 대하소설의 실체 역시 윤곽을 잡아가고 있다.
그럼에도 불구하고 대하소설의 전모를 일반화하여 밝히는 데에는 여전히 연구의 여
지가 많이 남아 있다.

특히 최근 대하소설에 대한 연구는 그것의 존재방식에 대한 궁극적인 문제를 제
기하면서도 대부분의 경우, 가문의식을 중심으로 하는 주제적 양상에 초점을 맞추는
경향이 있었다.[6] 물론 당시 조선조 사회에서 가문이라는 공간이 차지하고 있었던 여
러 가지 상황을 감안한다면 가문의식은 중요한 문제임에 분명하다. 그러나 이것이
대하소설의 복잡하고 다양한 이야기들을 모두 포괄할 수 있을지에 대해서는 의문이
다.[7] 뿐만 아니라 대하소설의 근대지향적 성격[8], 여성의 삶의 질곡에 대한 관심이라

---

2) 장편소설의 국적에 대한 문제는 그것이 중국소설의 번안 혹은 번역이라는 시비가 있기도 했지만 세밀한 논
   의와 실증적 검토 속에서 우리소설임이 밝혀졌다. 당시에 존재했던 장편소설 중에 〈재생연전〉과 같이 중국
   소설의 번안이나 번역인 작품도 있음은 물론이다. 그러나 모든 장편소설을 번역으로 보는 견해는 설득력을
   지니지 못하고 있는 실정이다. 이 문제에 대한 연구성과는 다음과 같다.
   이상택, 「조선조 대하소설의 작자층에 대한 연구」, 『한국고전문학연구』 3집(1986)
   김진세, 「낙선재본 소설의 국적문제」, 장덕순 외, 『한국문학사의 쟁점』, 집문당(1986)
   이혜순, 「한국고대번역소설연구 서설」, 『한국고전산문연구』, 동화출판사(1981)
3) 작자층에 대한 문제는 장편소설이 지니고 있는 주제의식과 밀접한 관련 속에서 논의가 되어 왔으며, 그 결
   과 장편소설은 군담소설과는 달리 상층별열층의 의식을 담고 있음이 밝혀졌다. 뿐만 아니라 그 작자층 중에
   는 남성이 아니라 여성이 포함되어 있을 가능성이 논의된 바가 있다. 이에 대한 대표적인 연구성과는 다음과
   같다.
   이상택, 위의 논문
   김종철, 「〈옥수기〉 연구」, 서울대석사학위논문(1985).
   임형택, 「17세기 규방소설의 성립과 〈창선감의록〉」, 『동방학지』 57집(1988)
   장효현, 「장편가문소설의 성립과 존재양태」, 『정신문화연구』 44집(1991)
4) 작자층에 대한 논의가 뚜렷한 쟁점이 없이 진행되었던 반면에 이 부분은 상당히 다양한 각도에서 논의가 되
   었다. 물론 개별 작품론을 통해서 진행된 논의이기 때문에 그 성과를 일일이 거론할 수는 없는 노릇이다. 그
   러나 대체적인 논의는 다음과 같은 맥락에서 진행되었다고 볼 수 있다. ① 이상택에 의한 도선적 초월주의
   혹은 순환론적 역사의식의 측면, ② 김진세에 의한 유가적 윤리의식적 측면, ③ 이수봉에 의한 가문의식적 측
   면, ④ 여성의식적 측면에서 이루어진 최근의 논의들, ⑤ 기존 가치관에 대한 저항과 자아의 발견이라는 근대
   지향적 의식의 측면 등이 바로 그것이다.

는 측면[9]에서도 그 주제의식이 논의되었다. 그러나 이러한 논의들은 한결같이 타당한 일면과 그렇지 못한 일면을 동시에 지니고 있다. 즉 대하소설 중에서 그러한 측면에서 해석될 수 있는 작품이 있는가 하면 그렇지 않은 작품도 있다는 것이다. 문제는 여기서 그치지 않는다. 한 작품 속에서도 이와 같은 문제가 발생한다. 가령, 대부분의 대하소설은 주인공의 애정성취에 관한 이야기를 포함하고 있는데, 어떤 인물에게서는 그것이 긍정되지만 또 다른 인물에게서는 부정되는 경우가 다 같이 존재하고 있다는 말이다.

이러한 현상은 비단 주제의식에만 해당되는 것이 아니다. 서사기법에 대한 연구에서도 그대로 적용된다. 그간 서사기법에 대한 연구는 주로 개별 작품론에 대한 연구에서 부분적으로 고찰이 이루어진 바가 있다.[10] 그런데 이러한 논의에서는 주로 분량을 확장시키는 방법에 초점이 맞추어져 있어 대하소설이 독특하게 지니고 있는 서사적 특징에 대해서는 본격적인 논의가 이루어지지 않았다. 사실 대하소설의 서사기법에서 분량의 확장 방법에 대한 관심은 일차적인 주목의 대상이다. 그러나 분량 확장의 방법과 대하소설의 본질적인 서사의 특징 사이에는 일정한 거리가 있다. 물론 장면의 확대와 반복적 서술, 지루할 정도로 장황한 문체 등을 통해서 대하소설은 그 분량을 확장시키고 있다. 이러한 특징들에는 단순히 분량을 확장시킨다는 측면 외에 소설의 완성도를 높이기 위한 대하소설 작가들의 고민이 내포되어 있을 가

---

5) 이 부분에 대한 본격적인 논의는 김홍균, 「복수주인공 고전장편소설의 창작방법 연구」, 한국정신문화연구원 박사논문(1990)에서 이루어진 바 있으며, 임치균, 「연작형 삼대록계 소설 연구」, 서울대 박사논문(1992)에서 부분적으로 이루어진 바 있다.

6) 그 결과 장편소설은 곧 가문소설과 같은 개념으로 인식되기도 했었다.

7) 따지고 보면 조선조 소설 전반을 통해서 어떤 방식으로든 이 가문의식을 드러내지 않는 작품은 없다. 군담소설에서도 몰락한 가문을 다시 회복하기 위한 일련의 가문의식을 읽어낼 수 있으며, 쟁총형과 계모형 가정소설에서도 무능력한 가장이 문제시되는 가문의식의 일단을 읽어낼 수 있다. 따라서 이 가문의식은 장편소설이 지니고 있는 특수한 주제의식이 아니라 당시의 시대적 상황과 연관되는 조선조 소설 전반의 보편적 의미망으로 보아야 할 것으로 생각된다.

8) 여기에 대한 대표적인 논의는 김홍균, 위의 논문이 있다.

9) 여기에 대한 대표적인 논의로는 양혜란, 『조선조 기봉류소설 연구』, 이회문화사 (1995)이 있다.

10) 임치균, 위의 논문 및 박영희, 「〈소현성록〉 연작 연구」, 이화여대 박사논문(1993) 등이 그 대표적인 예이다.

능성이 있다는 것이다.

　이러한 선행 연구의 결과 아직까지 대하소설은 가문창달과 번영에 관련된 가문의
식을 주제적 의식으로 하며, 단일 주인공이 아닌 복수 주인공을 등장시켜 가문을 중
심으로 이야기가 전개되고, 또 같은 이야기 혹은 같은 화소의 반복적 서술을 통해 분
량을 확장시켜 나가는 소설이라는 식의 원론적인 연구결과에서 벗어나지 못하고 있
다. 물론 여기에는 일정한 이유가 있을 수 있다. 대하소설이 지니고 있는 방대한 분
량 상의 문제가 바로 그것이다. 대하소설은 한 작품이 지니고 있는 분량 상의 문제,
또 연작의 문제 등으로 인해 다른 작품군과의 비교, 나아가 대하소설 사이에서의 본
격적인 비교 · 분석이 힘들다. 특히 그 연구가 서사적 특징을 밝히는 작업과 관련되
어 있을 때 더욱더 난점이 발생한다. 분량을 차치하고라도 한 작품을 구성하고 있는
이야기의 편폭 역시 광범위하기 때문이다. 그렇다고 하더라도 자료에 대한 철저한
천착을 통해서 대하소설의 실상을 꼼꼼히 따져보는 작업은 결코 소홀히 할 수 없을
것이다. 이런 점에서 이상택의 "낙선재본 소설의 작품가치를 자료 실상에 맞도록 정
직하고도 성실하게 고찰해 보려 하다면 연구자는 발전사관 일변도의 연구척도에만
의존할 것이 아니라, 작품이 생산되던 당대의 작가 및 독자들이 추구한 미학적 근거
를 좀더 심층적으로 조명하려는 열의와 인내심이 필요하다는 사실을 강조해 두고
싶다."[11]라는 지적은 타당하다.

　실제로 조선조 대하소설이 지니고 있는 이야기 혹은 그 내용이란, 어떤 일방적인
시각에서는 모두 논의될 수 없을 정도의 다양한 문제를 내포하고 있다. 그것은 대하
소설이 당시 사람들의 삶의 行態에 관해서 지니는 관심의 폭이 넓다는 것을 의미한
다. 대하소설을 읽으면서 조선조 소설에서 발견되는 모든 종류의 이야기들이 다 모
아져 있다는 느낌이 드는 것도 결코 이와 무관한 일은 아닐 것이다. 그 속에는 군담
소설, 애정소설, 가정소설 등에서 보아왔던 갖가지의 이야기들이 모두 들어있다. 이
는 대하소설이 가지고 있는 삶에 대한 폭넓은 관심임과 동시에, 대하소설이란 소설

---

11) 이상택, 「낙선재본 소설의 문학사적 의의」, 『고소설사의 제문제』, 집문당(1993) 참조.

장르가 지니고 있는 고유한 특성으로 이해할 수 있다.

한편 대하소설은 내용만 확대하고 있는 것이 아니라 주인공의 숫자까지 늘이고 있다는 특징을 보인다. 사실, 단일 주인공 형식으로도 이야기는 얼마든지 다양해지고 분량이 늘어날 수 있다. 〈구운몽〉이나 〈사씨남정기〉, 〈창선감의록〉 등은 이에 좋은 예라고 볼 수 있을 것이다. 그러나 주인공마저 복수로 설정되고 있다는 것은 그만큼 이야기를 구성하는 방식이 다름을 의미한다. 이를테면, 한 주인공에 의해 진행되는 이야기는 따로 떨어져서 다른 짧은 소설을 구성할 수도 있다는 것을 의미할 수도 있다. 때문에 복수의 주인공에 의해서 여러 이야기가 전개된다는 것은 그만큼 작품의 완성도를 저해할 가능성도 있다. 이에 대하소설이 그 나름대로 어떤 특별한 서사적 장치를 개발하고 있었을 가능성을 생각해 볼 수 있다. 가령, 내용을 배열하는 방식이나 서술하는 방식 그리고 행위나 사건을 서술하는 방식에서 어떤 특별한 장치가 있을 가능성이 있다는 것이다.

따라서 본 논문에서는 대하소설이 지니고 있는 다양한 내용의 실체와 함께 그것들을 한 작품으로 엮어내는 방법에 대해서 주목하고자 한다. 이 두 가지 작업은 서로 동떨어져 있는 것같지만 실상은 그렇지 않다. 이것은 하나의 소설 나아가 서사물 자체가 존재하는 근본적인 방식과도 맞닿아 있기 때문이다. 이에 본 논문에서는 대하소설이 지니고 있는 내용의 다양함을 몇가지의 방식으로 정리하고, 그것이 어떤 방식으로 전개되고 결합되는가를 고찰할 것이다.

이 작업을 위해서 무엇보다 필요한 일은 논의에 사용될 용어를 설정하고 그 개념을 규정하는 일이다. 본 논문에서는 2장에서 이 부분에 대한 검토를 하게 될 것이다. 여기에서는 특히 이상택의 〈명주보월빙〉에 대한 연구가 보여준 방법론이 검토의 대상이 되며, 이를 보완하는 입장에서 필자 나름대로 '單位談'이라는 용어를 제안하고 그 개념을 정의하고자 한다. 뿐만 아니라 이 개념에 입각하여 분석의 대상이 되는 각 작품의 단위담을 추출하고 그것의 유형을 분류하는 작업을 하게 될 것이다. 여기에서 모델로 삼게 될 작품은 〈명주기봉〉이다.

3장에서는 2장에서 추출한 단위담 중에서 기본이 되는 단위담의 유형적 특징과 전개양상을 살펴보게 될 것이다. 이러한 작업은 각 단위담 별로 진행되며, 기본적 서사항을 밝히고 그것이 개별 작품에서 어떻게 드러나는지를 비교 분석하게 된다. 뿐만 아니라 각 단위담 속에서도 다시 하위 유형의 분류가 필요한 경우, 역시 유형을 세분하기로 한다. 이러한 작업이 수행되고 나면 다시 절을 나누어 각 단위담이 전체적으로 지니고 있는 서사적 특징에 대해서 논의를 하게 될 것이다.

4장에서는 3장에서 논의한 단위담이 실제 작품에서 어떻게 배열되며 서술되고 있는지에 대해서 고찰하게 될 것이다. 여기에서는 이러한 작업의 편의를 위해서 단위담의 배열방식, 단위담의 서술방식, 행위의 서술방식이란 측면에서 논의를 하기로 한다. 여기에서는 3장의 논의에서 미쳐 다루지 못한 단위담과 서사단락을 모두 포함하여 논의가 전개될 것이다. 그리고 행위 서술의 차원에서는 보다 세밀한 문체적 특징에 대한 고찰이 이루어질 것이다. 대하소설의 서사적 특징 중에서 놓칠 수 없는 것 중의 하나가 이 문체적 특성이라고 생각되기 때문이다.

5장에서는 4장까지의 논의를 종합하고 그것이 대하소설의 창작과정과 어떠한 관련을 맺을 수 있을 것인지에 대해서 논의를 하게 될 것이다. 따라서 여기에서는 조선조 사회에서 소설을 창작했던 일반적 관습의 문제와 소설에 대한 새로운 인식의 문제까지 아울러 고찰하게 될 것이다.

물론 본 논문에서 수행하고자 하는 이러한 작업 절차는 그 자체의 한계를 지니고 있다. 이를테면, 소설의 서사적 층위를 이야기, 서사단락, 모티프 등으로 구분할 수 있다면 본 논문에서는 서사단락의 차원까지 밖에 논의를 할 수 없다는 것이다.

따라서 보다 세밀한 모티프 혹은 화소에 대한 언급은 제대로 이루어질 수 없는데, 이 점에 대해서는 다시 개별적인 작품론을 통해서 보완되어야 할 것이다.

이에 본 논문에서 주요하게 거론될 자료를 제시하면 다음과 같다.

1. 〈소현성록〉   21권 21책   서울대 소장본
2. 〈유씨삼대록〉   20권 20책   한국고전소설총서4, 5, 6 (태학사)
3. 〈현씨양웅쌍린기〉 10권 10책   장서각 소장본

4. 〈명주기봉〉	24권 24책	장서각 소장본
5. 〈명주옥연기합록〉	25권 25책	영남대 소장본
6. 〈임화정연〉	6권 6책	활자본고전소설전집8, 9 (아세아문화사)
7. 〈쌍성봉효록〉	16권 16책	국립도서관 소장본
8. 〈옥원재합기연〉	21권 21책	서울대 소장본
9. 〈옥난기연〉	7권 7책	하버드대 소장본[12]

이상의 작품들은 모두 연작형 작품이란 공통점을 지니고 있다. 그리고 선행연구의 결과에 따른다면 기봉류 소설과 삼대록계 소설에 속하는 작품들이다. 그러나 본 논문에서 분석한 결과에 의하면 이들은 모두 성격이 유사한 단위담을 서로 공유하고 있는 작품에 속한다고 볼 수 있다.

이상의 기본자료 외에도 본고에서 주요하게 거론될 보조 자료는 다음과 같다.

〈유효공선행록〉	12권 12책	필사본고전소설전집15, 16 (아세아문화사)
〈옥원전해〉	5권 5책	서울대 규장각 소장본
〈유충렬전〉	(완판 86장본 上下)	
〈조웅전〉	(완판 88장본 3책)	
〈소대성전〉	(경판 36장본)	
〈옥수기〉	(9권 9책)	

---

12) 〈옥난기연〉은 원래 낙선재본이 국내 유일본으로 1권~5권까지가 落帙이어서 연구가 본격적으로 이루어지지 못했다. 그러나 이상택의 하버드본에 대한 소개로 인해 완질을 볼 수 있음은 물론이고 〈창난호연록〉과의 연작관계도 여실히 드러났다. 이상택, 「연경도서관본 한국고소설에 관한 일연구」, 『관악어문연구』 16집 (1991). 뿐만 아니라 이상택은 낙선재본과 하버드대본을 비교하여 비록 낙질이긴 하지만 낙선재본이 보다 선행본임을 밝힌 바 있다. 이상택, 「옥난기연의 이본연구」, 『진단학보』 75호(1994). 한편 양혜란, 위의 책에서도 하버드대본 〈옥난기연〉에 대한 이본고찰이 이루어진 바 있다. 본고에서는 완질로 된 하버드본을 연구 대상으로 삼는다.

〈사씨남정기〉   (경판 66장본)

〈소문록〉   (14권 14책)

〈윤지경전〉   하버드대 소장본

〈광한루기〉   서울대 소장본

단, 위의 자료 중에서 기본 자료의 경우에는 일일이 순차단락을 밝혀서 논의를 해야 될 것이지만 장황해질 우려가 있기 때문에 꼭 필요한 작품에 대해서만 전체적인 순차단락을 밝히고, 그 외의 경우에는 논문의 마지막에 별도의 장을 마련하여 순차단락을 수록하기로 한다. 따라서 본문의 논의에서도 전체의 순차단락이 필요한 경우에는 이를 이용하기로 하겠다.

2. 單位談 설정에 대한 이론적 고찰

2.1. 개념의 검토

본 절은 대하소설의 전반적인 서사구조와 관련하여 그것을 분석하는 데 유용하게 적용될 수 있는 개념의 근거를 마련하고 필요에 따라서는 새로운 개념을 고안하여 정의하는 데 그 목표를 둔다.

조선조 대하소설에 대한 연구가 겪는 가장 큰 어려움 중의 하나는 작품의 구체적 실상을 보여주면서도 그것을 어떤 질서 속에서 체계화시키는 일이다. 모든 서사물에 대한 연구가 이러한 난점을 지니고는 있다. 특히 대하소설은 분량이 방대할 뿐더러 구성이 복잡하기 때문에 더욱 어려움이 따르는 것이다. 선행연구 역시 이에 대한 노력을 기울이지 않은 것은 아니다. 그러나 작품의 전모를 밝히는 일보다는 체계화를 먼저 시도하고, 이를 바탕으로 주제적 의미를 고찰하려는 의도가 앞섰던 것 또한 사실이다.

대하소설의 선행연구들 중에서 일관된 방법론을 적용하고, 작품 자체가 지니고 있는 서사적 체계를 밝히려고 노력한 뚜렷한 성과로는 〈명주보월빙〉에 대한 이상택의 연구를 꼽을 수 있다.[13]

---

13) 이상택, 위의 책, 참조.

이 연구에서는 구조주의의 서사이론을 도입하고, 대상 작품의 실상에 따라 그것을 수정하면서 작품을 분석하고 있다.[14] 그 분석틀의 골자는 작품의 통시적 순차적 구조와 이원적 대칭구조로 드러난다. 먼저 작품의 전체적인 순차구조를 나누어 살펴보고, 다시 심층구조의 측면에서 이원적 대립항을 추출하여 의미를 고찰하는 방향으로 연구가 진행되고 있는 것이다.

이 방법론은 이후 대하소설의 연구에서 알게 모르게 많이 원용되어 왔음이 사실이다. 그런데 대부분의 연구가 순차구조라고 할 수 있는 순차단락을 밝히는 데 그치고, 그것이 지니고 있는 보다 세밀한 서사적 특징에 대해서는 접근을 하지 못하고 있다. 이는 기존 방식대로 작품 전체의 순차적 구조를 나누는 작업이 지니고 있는 한계로 받아들여질 수 있다. 이상택은 이에 대해서 "복수인물담, 즉 복수계열의 사건담이 동시에 병렬적으로 연행되기 때문에, 이야기의 전후 맥락을 짚어 가기가 매우 힘들다[15]"라고 하면서 주인공의 일대기를 중심으로 작품을 다시 정리하고 있다. 필자의 견해로는 굳이 인물별로 이야기를 다시 정리할 필요를 느꼈다는 사실 자체가 이미 대하소설이 지니고 있는 독특한 구조에 대한 문제의식을 암시한다고 생각된다.

이러한 문제의식은 대하소설이 단순히 분량만 길게 늘려놓은 소설이 아니라, 분량이 늘어나는 과정에서 나름의 독특한 구조를 지니게 되었을 가능성을 제기하고 있다. 소설은 다양한 방식으로 그 분량을 확장한다. 좁게는 자구나 어구 등의 가감에 따라 분량에 차이가 일어나는 경우가 있다. 이는 주로 판본에 따른 異本에서 발생할 수 있는 분량의 차이라고 볼 수 있을 것이다. 가령, 〈홍길동전〉만 하더라도 안성판본과 같이 19장본이 있는가 하면 야동교본과 같이 39장본이 있을 수 있다. 그런가하면, 등장인물의 수를 늘이고, 그에 따라 설정되는 장면이나 사건들도 다양해짐으로써 길이가 늘어나는 경우도 있다. 〈구운몽〉이나 〈사씨남정기〉, 〈창선감의록〉 등과

---

14) 물론 이 방법론이 장편소설에만 적용된 것은 아니다. 군담소설에 대한 서대석의 연구, 영웅소설에 대한 조동일 등의 연구에 주요하게 사용된 바 있다.

조동일, 『한국소설의 이론』, 지식산업사(1977).

서대석, 『군담소설의 구조와 배경』, 이화여대 출판부(1985).

15) 이상택, 위의 책, p.30.

같은 작품이 이에 속한다고 볼 수 있을 것이다. 〈구운몽〉은 여덟 명의 여인을 등장
시켜 양소유가 이들과 각각 결연하는 과정을 묘사함으로써 그 분량이 다른 작품에
비해 늘어날 수 있었다. 〈유충렬전〉이나 〈조웅전〉 등과 비교하여 등장인물이 대폭
적으로 늘어나고 있는 것이다. 〈창선감의록〉도 사정은 마찬가지이다. 화진-정씨-심
씨 사이의 갈등만 본다면 여타의 가정소설과 그 근간구조에서는 다를 바가 없다. 여
기에 화춘과 화진의 계후갈등[16], 화진의 혼사장애 등이 또한 주요한 구도로 설정됨
으로써 분량이 확대되고 있다. 이러한 사정은 〈사씨남정기〉도 마찬가지이다.

이와 같이 소설은 등장인물의 수를 늘임으로써 분량의 확장을 꾀할 수 있다. 등장
인물의 수가 늘어난다는 것은 단순히 길이가 늘어난다는 것만을 의미하는 것은 아
니다. 그것은 소설에서 설정되는 인간관계가 늘어난다는 것을 의미하며, 이에 따라
작품이 드러내는 의미도 다양해지고 심화될 수 있음은 물론이다[17]. 따라서 작품의
구조 역시 그렇지 않은 작품에 비해 복잡해진다. 그렇다면 이들 작품에 비해 그 분량
이 훨씬 방대한 대하소설 역시 일차적으로는 이와 같은 방법으로 그 분량을 확장하
고 있다고 볼 수 있다. 실제로 대하소설에 등장하는 인물이 그 수를 헤아릴 수 없을
만큼 많다는 것은 주지의 사실이다.

그러나 대하소설은 등장인물의 수가 늘어나면서 그에 따라 주인공의 수까지도 늘
어난다.[18] 〈구운몽〉, 〈창선감의록〉과 같은 작품은 양소유, 화진 등의 단일한 주인공
에 의해 작품이 진행된다. 따라서 등장인물의 수가 확대된다는 것은 주인공의 삶과
결부되는 인간관계가 확대됨을 의미한다고 볼 수 있다. 만약 이러한 구조를 도식화
할 수 있다면 다음과 같이 나타낼 수 있을 것이다.

---

16) 이 계후갈등에 대해서는 진경환, 「〈창선감의록〉의 사실주의적 성격과 낭만적 구성」, 『고전문학연구』 6집
   (1991) 참조.

17) 그러나 등장인물의 수를 늘이지 않고도 소설의 분량을 확장시킬 수 있는 방법도 역시 존재한다. 즉 장면에
   대한 묘사를 구체적으로 함으로써 분량이 확장될 수도 있고, 인물의 심리를 세밀하게 묘사함으로써 분량을
   확장할 수도 있다. 그러나 이 방법만으로는 소설의 분량을 본격적으로 늘이는 데 한계가 있다. 물론 현대소
   설에 오면 인물의 심리에 대한 기술만으로도 그 분량이 크게 확장되는 경우가 있다. 그러나 조선조의 소설에
   서 본격적인 분량의 확대는 어디까지나 인물의 수를 늘임으로써 이루어지고 있다고 볼 수 있다.

18) "복수주인공 고전장편소설"이라는 용어도 이런 사실과 무관하지는 않을 것이다. 김홍균, 위의 논문, 참조.

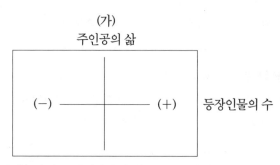

가로축이 주인공의 삶을 의미한다면 세로축은 등장인물의 수를 의미한다고 볼 수 있다. 여기에서 등장인물의 수가 (+)방향으로 늘어날수록 주인공이 겪어야 하는 관계망도 확대될 수밖에 없다. 이에 따라 소설의 분량이 늘어난다. 물론 (-)방향으로 가더라도 장면에 대한 묘사를 늘이고 각 인물과 주인공의 내면심리에 대한 서술을 치밀하게 함으로써 소설의 분량은 확대될 수 있다. 가령, 본고가 대상으로 하고 있는 작품 중에는 〈옥원재합기연〉 정도가 이에 해당할 것이다. 그러나 이와 같은 방식으로 분량을 극대화시키고 있는 경우는 조선조의 소설에서 잘 찾아지지 않는다.

이에 반해 대하소설은 주인공이 복수로 등장하기 때문에 다음과 같은 도식이 만들어질 수 있다.

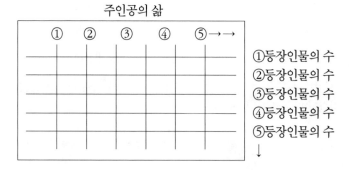

주인공이 복수로 등장함에 따라 각각의 주인공과 결부되는 등장인물 역시 더욱더 다양해질 수밖에 없다. 가로축 1과 결부되는 등장인물은 가로축2와 연결될 수도 있으며, 연결되지 않을 수도 있다. 가령, 등장인물 중에서 복수 주인공과 공동의 적대 관계에 있는 인물을 예로 든다면, 전자에는 〈명주옥연기합록〉의 교주, 〈쌍성봉효

록)의 교소교 등이 포함된다. 그리고 주인공은 한 가문원일 수도 있고, 그렇지 않을
수도 있다. 후자의 경우로는 〈옥난기연〉의 니창성을 대표적인 예로 언급할 수 있을
것이다. 그러나 대부분의 경우 주인공은 한 가문의 일원이다. 이 경우에는 주인공이
〈명주기봉〉과 같이 형제항렬에 있는 존재들로 구성될 수도 있으며, 〈유씨삼대록〉
과 같이 世代의 관계에 있는 존재들로 구성이 될 수도 있다. 만약, 형제항렬과 세대
별 인물들이 모두 주인공으로 등장한다면 소설의 길이는 보다 극대화 될 수 있을 것
이다.[19]

주인공이 복수로 설정되어 있다는 말은 ①의 이야기와 ②의 이야기가 따로 떨어
져서 존재할 수도 있다는 논리로 받아들여질 수 있다. 만약 이들이 따로 떨어져 존재
할 수 없다면 주인공을 별도로 설정할 수 없다는 말이 된다. 이에 대한 고찰을 분명
히 하기 위해 〈옥난기연〉의 첫번째 이야기를 예로 들어보자.

1) 서릉군주가 니창성을 목도한다.
2) 니창성이 서릉군주와 혼인을 한다.
3) 서릉군주의 방자함에 의해 부부 사이에 불화가 발생한다.
4) 니창성이 객점에서 한 여인을 만난다.
5) 니창성이 여인에게 관심을 가지고 접근한다.
6) 여인이 정절을 내세우며 끝내 니창성을 거절한다.
7) 니창성이 강압적으로 여인을 설득하려 하자 자살을 기도한다.
8) 도리로 설득하여 동행한다.
9) 여인을 집 주위에 숨겨둔다.
10) 서릉이 이를 알고 여인을 구타한다.
11) 그 여인의 근본이 증명되어 부모를 상봉한다.
12) 부친의 책망을 들은 후 혼인을 한다.

---

19) 따라서 (가)의 소설이 주인공의 삶을 정점으로 모든 사건이 수렴되는 삼각뿔의 모양으로 이해될 수 있다면,
(나)의 소설은 그 정점이 무한히 늘어날 수 있는 바둑판과 같은 모양으로 이해될 수 있을 것이다.

13) 서룡이 투기를 발하여 쟁총이 벌어진다.

14) 서룡의 죄악이 징치되고 급기야는 사망에 이른다.

니창성은 길을 가다가 서룡군주의 눈에 띄어 천자의 개입에 의해서 혼인을 한다. 그런데 혼인 후 서룡군주는 자신의 권세를 믿고 시가에서 방자한 행동을 서슴지 않으며 시부모 앞에서도 전혀 겸손을 모른다. 이에 니창성이 서룡을 박대하던 중, 순무차 출타를 하게 되고 어느 객점에서 주인의 딸을 만나 서울로 데리고 와서 혼인을 한다. 혼인 후 서룡의 妬忌之心이 大發하여 갖은 악행을 저지르자 급기야는 서룡이 하옥되고 사망하기에 이른다.

이 이야기는 별 변형을 거치지 않은 채, 〈윤지경전〉과 같은 한 편의 작품을 구성하고 있다. 〈윤지경전〉은 윤지경과 최참판의 딸 연화의 혼인에 연성옹주가 개입함으로써 빚어지는 갈등을 골자로 하고 있다. 윤지경과 연화의 혼인이 자발적인 애정에 의해서 이루어진다는 점, 연성옹주와의 혼인이 황제의 늑혼으로 이루어진다는 점, 옹주의 성격이 포악하다는 점 등은 니창성의 이야기와 상당히 닮아 있다. 뿐만 아니라 〈소현성록〉에서 운성-형소저-명현공주의 이야기는 〈조생원전〉, 〈소씨전〉, 〈장한님전〉 등과 같은 작품을 구성하고 있기도 하다.

이와 같이 작품을 구성하고 있는 이야기 중 한 편이 따로 떨어져서 다른 하나의 작품을 구성할 수도 있다는 것은 대하소설이 지니고 있는 복수 주인공의 구조를 뚜렷하게 보여주는 하나의 예라고 할 수 있을 것이다. 이와 관련하여 18, 9세기 유럽의 장편소설을 분석한 V. 슈클로프스키의 말은 주목할 만하다. 그는 장편소설을 多音節의 이야기라고 규정하는데, 장편소설 속에서 여러 단편소설은 그 하나 하나가 완성된 작품으로서의 개별성을 형성하면서도 그 이야기가 서로 이어지고 있다고 하고 있다.[20] 그런데, 그러한 이야기들은 하나의 공통된 인물에 의해 결합된다고 한다. 가령, 어떤 인물이 여행을 간다고 하면 그가 여행을 하면서 겪는 모험의 내용으로 단편들이 설정되며, 이때 그 단편들은 여행이라는 한 인물의 동기에 의해 결합된다는 것이다. 이야기 하나하나가 따로 떨어져서 존재할 수 있다는 점에서는 조선조 대하소설과 비슷한 성격을 지니지만 한 인물의 동기에 의해 그것들이 통합된다는 것에서는 차이점을 지닌다.

앞에서 언급한 이상택의 연구에서 대하소설의 통시적 순차구조의 난점으로 지적된 것도 이러한 맥락에서 이해할 수 있다.[21] 대하소설은 따로 떨어져서 존재할 수 있는 이야기가 각기 다른 주인공들에 의해서 수행되고 있기 때문에 전체적인 순차구조만으로는 그 전모를 파악하기가 힘들다는 것이다. 이에 본고에서는 '단위담' 이라는 개념을 사용하여 대하소설의 독특한 구조를 이해하고자 한다. 위의 도표 상으로 본다면 '단위담' 은 각각의 주인공의 삶인 ① ② ③ 등의 이야기에 해당한다고 할 수 있다. 그러나 이 개념은 생소하기 때문에 좀더 구체적으로 언급할 필요가 있다. 이에 보다 친숙하다고 할 수 있는 설화학의 개념과 비교해서 설명을 해보자.

한 편의 설화는 그 유형의 최소단위라고 할 수 있는 '화소' 로 이루어지며, 그 보다 큰 단위로 '단락' 을 설정할 수 있다. 설화에서 한 단락의 내용은 그 단락에 포함된 잡다한 사실들 중에서 다른 단락과 대립을 이루는 데 긴요한 것만으로 이루어진 개략으로 이루어진다고 할 수 있다.[22] 그리고 단락은 설화 한 편에서만 보이는 것이 아니고 여러 편에 걸쳐 두루 적용되며, 이러한 단락들의 대립적 총체로서 유형이 구성된다.[23] 이때, 유형은 사건을 완결시켜 전개한다는 점에서 한 작품으로서의 성격을 지닌다. 그렇다면 대하소설의 단위담 역시 단락과 유형의 관계로 이해를 할 수 있을 것이다. 우선적으로 단위담은 하나의 작품을 구성하는 단위이다. 뿐만 아니라, 후술하게 되겠지만, 하나의 단위담은 한 편의 작품에만 적용되는 독특한 이야기가 아니라 여러 작품에 걸쳐 두루 나타나고 있다는 특징을 지닌다. 따라서 단위담은 단락과

---

20) V. Erlich, *Russian Formalism*, Mouton & Co(1965), pp. 230~250 참조.
　　빅토르 슈클로프스키, 「단편소설과 장편소설의 구성」, 김치수 역, 『구조주의와 문학비평』, 1983(홍성사) pp.54~79 참조.

21) 이상택에 의하면, 〈명주보월빙〉은 "사건담이나 삽화들이 단선적인 시간순차에 따라 조리정연하게 계기되는 것이 아니라, 한 사건이 발생하자마자 또 다른 第二, 第三의 사건들이 발생하고, 그런가 하면 다시 그 전의 사건담으로 이야기가 되돌아가곤 한다."고 한다. 이상택, 위의 책, 같은 곳.

22) 조동일, 『구비문학의 세계』, 새문사(1980), P. 130.

23) 조동일, 위의 책, 같은 곳 참조.

같은 성질을 지니고 있다고 볼 수 있다. 그런데 이 단위담은 그 자체로 하나의 주인 공을 지니면서, 따로 떨어져 한 편의 작품을 구성할 수 있다는 성격을 아울러 지닌 다. 즉, 단위담은 사건을 완결시켜 전개하고 있다는 것이다. 이런 맥락에서 본다면 단위담은 설화의 유형과 같은 성격 또한 지니고 있다. 그렇다면 대하소설을 구성하 는 큰 단위로서의 단위담은 설화의 단락과 유형의 양면성을 동시에 지니고 있다고 볼 수 있다.

설화에서 단락이 그보다 작은 개념으로 화소를 내포하고 있다면, 단위담은 그보다 작은 개념으로 서사단락을 지닌다. 이 경우, 서사단락은 설화의 단락보다는 더 포괄 적인 개념이다. 설화의 단락이 대립적 관계로서 파악될 수 있다면, 서사단락은 사건 과 사건 사이에 놓인 인과적 계기성을 중심으로 파악된다. 인과적 계기에는 사건을 둘러싼 제반 상황 즉 시간과 공간의 특수성, 인물행위의 특수성 등이 모두 포함됨은 물론이다. 그렇다고 해서 설화의 단락과 같은 대립적 구도가 무시된다는 것은 아니 다. 이 대립적 구도와 아울러 한 사건이 다음 사건으로 전이되는 계기성이 동시에 고 려되어야 한다는 것이다.[24]

뿐만 아니라 이러한 대하소설 단락 중에는 각 단위담의 전개에는 영향을 미치지 않으면서 독립적으로 설정되는 단락이 있다. 가령, 등장인물 중의 누군가가 혼인을 했을 때, 혼인을 한 사실 외에는 다른 내용을 전혀 지니지 않는 부분이 있다. 그런데, 그것이 몇 개의 단락으로 구성되면서 사건화되고 나아가 단위담으로 발전하지 못하 고 있기 때문에 '談' 이 아니라 여전히 '단락' 의 성격을 지닌다. 그리고 작품에 설정 된 단위담의 전개 내용과는 관계가 없이 설정된다. 이런 경우를 '독립단락' 이라고 할 수 있을 것이다. 여기에는 혼사단락, 外遊단락, 요괴퇴치단락, 군담단락, 잔치단 락 등이 포함될 수 있을 것이다. 그런데 이러한 예들은 어디까지나 상대적인 결과에 지나지 않는다. 그것이 단위담 전개에 핵심적인 기능을 하는 경우는 일반적인 서사

---

24) 조선조의 소설에 대한 선행연구에서 사용하고 있는 서사구조 역시 알게 모르게 이와 같은 내용을 단락에 포함하고 있다고 볼 수 있다. 뿐만 아니라 서사단락을 중심으로 군담소설의 구조와 유형분류에 대한 체계화 를 구축한 서대석의 연구에서도, 필자가 직접 표방은 하고 있지 않지만 서사단락은 순차적, 인과적 계기성을 중심으로 파악되고 있다. 서대석, 위의 책, pp. 26~48 참조.

단락으로 포함되며, 그렇지 않은 경우는 독립단락에 포함될 수 있을 것이기 때문이다. 이러한 독립단락은 단위담과 단위담을 결합하거나, 하나의 단위담이 서술될 때, 이야기의 완급을 조절하기 위해 설정될 수가 있다. 여기에 대해서는 4장에서 상술하기로 한다.[25] 이와 같은 맥락에서 본다면 대하소설은 다른 유형의 소설에 비해 단위담이라고 하는 더 큰 새로운 서사적 층위를 지니는 것으로 이해할 수 있다. 따라서 대하소설은 설정된 여러 단위담의 성격에 따라 작품의 특성이 결정된다고 볼 수 있다.

그런데 단위담을 유형으로 파악하려면 보다 체계화된 유형 분류 작업이 따라야 할 것이다. 이에 한국설화의 유형 분류에서 이루어진 논의를 참고하는 것은 여러모로 유용한 일이다.[26]

다음은 조동일에 의해 이루어진 상위유형, 유형, 하위유형의 개념이다.[27]

상위유형 : 이야기를 구체화하는 요소가 첨부될 수 없는 추상적인 구조. 유형보다 더 추상화되고 더 포괄적인 분류항목.

유형 : 이야기를 구체화하는 요소가 첨부되어 실제로 하는 이야기일 수 있는 것 중에서는 가장 추상적이고 포괄적인 구조.

하위유형 : 이야기를 구체화하는 요소가 더 첨부되어 유형보다는 덜 추상적이고 덜 포괄적인 구조.

---

25) 결국 이러한 독립단락은, 언어문법의 개념을 빌리자면, 문장과 문장을 결합하는 접속어 혹은 독립부사와 같은 위상을 지닌다고 볼 수 있을 것이다. 그리고 이는 단위담이 단락의 성격을 아울러 지니기 때문에 발생하는 현상이라고 볼 수 있다. 단락의 성격을 지니기 때문에 경우에 따라서는 '독립단락'과 같은 작은 장면에 의해서 연결이 될 수 있다는 것이다.

26) 소설연구에서는 유형에 대한 이론이 본격적으로 논의가 되지 않았고, 논의가 이루어진 이론의 경우는 대부분이 현대소설을 대상으로 한 것이기 때문이다. 소설의 유형에 대한 대표적인 이론으로는 슈탄첼의 이론이 있다. F.K.Stanzel, 안삼환 역, 『소설형식의 기본유형』, 탐구당(1982). 그런데 이 이론은 소설의 시점과 화법을 대상으로 유형분류를 하고 있기 때문에 시점과 화법의 변화가 다양하지 않은 조선조의 소설과는 거리가 있다.

27) 조동일, 『한국설화와 민중의식』, 정음사(1985), p.169 참조. 이 유형 분류의 개념은 한국설화를 총체적으로 분류하는 개념틀로 적용된 만큼 그 이론적 성과가 충분히 인정된다 할 수 있을 것이다. 따라서 본고에서도 여기에 입각해서 단위담의 유형을 분류하고자 한다.

이와 같은 개념에 의거해서 단위담의 유형을 분류할 수 있을 것인데, 이를 위해서는 우선 구체적인 대상이 마련되어야 할 것이다. 한꺼번에 여러 작품을 대상으로 논의를 하는 것은 너무 혼잡해질 우려가 있기 때문에 우선 한편의 작품을 살펴보고 그 결과를 다시 다른 작품에 적용해서 더욱 구체화하는 방향으로 논의를 진행하고자 한다.

2.2. 단위담의 유형 추출

본 절에서는 단위담의 유형을 분류하기 위한 일차적 모델로 〈명주기봉〉을 설정하고자 한다. 〈명주기봉〉을 분석의 모델로 삼은 데에 어떤 특별한 이유가 있는 것은 아니다. 다만 이 작품의 단위담 전개양상이 다른 작품에 비해 비교적 명료할 뿐더러 그 경우의 수도 많다고 생각되기 때문이다.

우선 작품 전체의 서사단락을 단위담의 구별이 없이 순차적으로 작성하면 다음과 같다.

1. 주요인물들에 대한 소개를 하다.
2. 하옥경은 본래 정실이 있으나 현교염을 보고 상사병이 난다.
3. 하옥경과 현교염이 혼인을 한다.
4. 웅린이 스승 사마양의 딸 예주와 혼인을 한다.
5. 웅린, 행실이 악한 예주의 쌍둥이 누이 영주와 예주를 착각하여 예주를 박대한다.
6. 천린이 설계원의 딸 설소저와 혼인을 한다.
7. 일광대사가 명주를 훔쳐 간다.
8. 웅린이 예주에 대한 오해를 풀지만 영주가 웅린에게 애정을 느껴 부부 사이를 모해한다.

 9. 설소저가 주변인물의 환심을 사기 위한 행동을 한다.

10. 천자가 천린을 부마로 간택한다.

11. 천린이 그 불가함을 항변하나 월성공부와 혼인을 한다.

12. 이때, 일광대사가 명주를 반환한다.

13. 천린이 설씨를 그리워하여 공주를 박대한다.(설씨가 다시 돌아옴)

14. 전쟁이 발발하여 수문과 경문이 출전한다.

15. 영주가 예주를 모해하기 위해 갖은 음모를 꾸민다.

16. 설씨가 공주를 모해하기 위해 갖은 음모를 꾸민다.

17. 수문과 경문이 전쟁에 승리하여 돌아온다.

18. 천린이 그간 공주를 박대한 죄로 부친에게 태장을 당한다.

19. 영주가 예주를 강상죄인으로 참소한다.

20. 예주가 누명을 풀 길이 없어 유배를 간다.

21. 공주가 천린의 박대를 못견뎌 입궐하고 천린은 삭탈관직을 당한다.

22. 성린이 예주의 유배길에 동행한다.

23. 성린이 도중에 소옥선이란 여자를 만나 데리고 온다.

24. 성린이 소옥선을 사랑하여 혼인의사를 표하고 부친이 이를 강하게 거부한다.

25. 성린이 소옥선과 혼인을 한다.

26. 예주, 도중에 영주의 모략으로 행방불명된다.

27. 영주가 웅린과 혼인한다.

28. 봉린과 덕린이 혼인한다.

29. 영주, 설씨와 동모하여 공주를 계속 음해한다.

30. 공주가 생명의 위기를 맞이하고, 천린의 구호로 소생한다.

31. 설씨와 영주가 계속 음모를 꾸미다가 천작에게 발각되어 재판을 받는다.

32. 설씨와 영주, 공주의 간청으로 사형을 면하고 유배를 떠난다.

33. 천린이 다시 벼슬에 나아간다.

34. 웅린, 순무사로 발탁되어 산동지방을 순찰하며 예주를 생각하던 중, 한 절에서

예주를 발견한다.

35. 예주, 영주의 소식을 듣고 병이 나고 웅린을 멀리한다.

36. 현씨가문에서 잔치가 열리고 이에 대한 설화가 장황하다.

37. 예주가 웅린을 계속 기피하는 등 갈등을 빚는다.

38. 웅린에게 영주의 훗날을 기약받고 화해한다.

39. 설과, 성린, 봉린, 덕린 급제.

40. 소옥선의 올아비 소자경의 결백이 밝혀지고 그 후손을 찾아 후사하라는 성지
    가 내린다.

41. 소자경이 성린을 찾아와 만남. (누이 상봉)

42. 전쟁이 발발하여 천린이 출전한다.

43. 출전시 공주가 지어준 옷을 불에 태움으로써 천린부부 불화가 계속되다.

44. 진공의 지인지감으로 가난한 선비인 가유진이 현희염과 혼인하다.

45. 유진의 가세가 빈한함으로 장모 유씨가 박대한다.

46. 유진이 가출한다.

47. 천린이 전쟁에서 이기고 돌아온다.

48. 공주가 계속 천린을 멀리하자 천린, 상사병이 들다.

49. 예주의 생남.

50. 천린의 병세가 위중하자 공주가 구호하여 완쾌된다.

51. 공주가 계속 천린을 냉담하게 대하자 천린이 공주를 강제로 친압하려 한다.

52. 공주가 심각한 병에 걸리고 천린이 지극히 구호함으로써 소생한다.

53. 공주와 천린이 화해한다.

54. 유진의 익사 소식 당도하고, 희염이 시신을 찾아 길을 나선다.

55. 희염이 도중에 도적을 만나 행방불명된다.

56. 일광대사가 물에 빠진 유진을 구하고 가짜 시신을 만들어 띄운다.

57. 유진에게 도적의 난을 만난 희염을 구하게 한다.

58. 유진과 희염 부부가 상봉하다.

59. 주소사의 처 후부인이 강순의 부에 반하여 강소저와 명린을 혼인하게 한다.

60. 강소저의 박색을 이유로 명린이 박대하고, 이에 강소저가 악행을 일삼는다.

61. 명린이 이웃집 연소저에게 반하여 청혼한다.

62. 청혼을 거절당하자 월장하여 희롱하는 등 소란을 일으킨다.

63. 부친의 강한 반대에 부딪히나 연소저와 혼인한다.

64. 가유진이 열심히 공부하여 장원급제한다.

65. 월성공주가 수태한다.

66. 명린이 몰래 응과하여 장원급제한다.

67. 강소저가 연소저를 시기하여 구타하는 사건이 벌어진다.

68. 강, 연소저가 동시에 출거를 당한다.

69. 명린, 연소저를 보기 위하여 월장하다가 들켜서 희롱을 당한다.

70. 공주가 유산한다.

71. 강씨, 연소저를 살해하기 위해 갖은 음모를 꾸미나 실패하고 분을 못이겨 죽는다.

72. 위독부의 아들 중양과 현선염이 혼인한다.

73. 위독부의 애첩 행선이 중양을 갖가지의 방법으로 모해한다.

74. 행선이 음모가 발각되고 재판이 열린다.

75. 이 과정에서 행선이 사형을 당하고 천린이 위독부의 재가못한 죄를 고발한다.

76. 이로 인해 중양과 천린 사이에 갈등이 벌어진다.

77. 중양이 천린의 죄로 현염을 출거시킨다.

78. 위독부가 심각한 병에 걸리자 천린이 이를 구호함으로써 화해가 이루어진다.

79. 전쟁이 발발하여 웅린, 천린, 명린이 출전한다.

80. 천린, 우길의 딸 강양공주(강담숙으로 변복)의 도움으로 승전한다.

81. 강순, 강담숙에게 접근하여 현씨 집안을 역모에 연루되게 한다.

82. 강담숙의 증언으로 위기가 극복된다.

83. 강담숙의 정체가 밝혀지고 천린과 혼인을 한다.

84. 월성공주의 청으로 영주, 설씨가 돌아온다.

85. 현월염이 각노 니몽양의 아들, 니긔현과 혼인을 한다.

86. 니긔현의 호탕함과 월염의 냉담함으로 불화가 일어난다.

87. 긔현, 기생을 가까이 하는 등 월염의 기를 꺾기 위해 노력한다.

88. 월염이 고집을 꺾지 않자 친정아버지에게 죄를 얻어 심당에 간힌다.

89. 월염이 죽을 결심을 하자 긔현이 지극하게 설득하고 이로 인해 월염이 개심한
    다.

90. 덕린과 제씨가 혼인을 하다.

91. 홍린이 신이한 태몽과 더불어 출생한다.

92. 화정윤, 천자에게 홍린과 딸 옥수와의 혼인을 청한다.

93. 화정윤의 전부인 님씨 소생인 옥수에 대한 후처 탕씨의 심한 구박.

94. 홍린과 옥수가 혼인을 한다.

95. 혼인 이틀 만에 탕씨 옥수를 불러 들여 홍린 부부를 모해한다.

96. 홍린이 탕씨의 음모에 빠져 옥수를 박대한다.

97. 홍린이 장인에 대해 욕설을 하자 옥수가 분노한다.

98. 탕귀중이 옥수와 정을 통했다는 상소가 오르고, 옥수의 누행이 만국에 퍼짐

99. 화옥수, 계속되는 탕씨의 음모를 피해 남복개착하여 탈출한다.

100. 화정윤이 불의지행을 범하자 천린의 고발하여 사형을 주장한다.

101. 화옥수가 등장하여 간절한 상소로 정윤을 구한다.

102. 이 과정에서 탕씨의 죄상이 밝혀진다.

103. 화옥수가 자결을 기도하나 꿈에 관음보살의 약을 구해 온 님부인을 만나 회
    생한다.

104. 화옥수와 홍린과의 사이에 심각한 불화가 빚어진다.

105. 화정윤이 병에 걸려 죽을 지경에 처하자 홍린이 지극히 구호하여 반자지의를
    회복한다.

106. 화정윤이 옥수에게 부부화합을 간절히 원하여 홍린, 옥수 혼인후 처음으로

　　이성지합한다.

107. 옥수가 아이를 낳자 아이를 둘러싼 이들 부부 사이의 갈등이 야기된다.

108. 오공의 중재로 갈등이 해소된다.

109. 자손사항, 노공들의 죽음.

　　이상의 전체적인 서사단위를 통해서 본다면 〈명주기봉〉은, 하옥경을 제외한다면, 현씨 가문의 자손들 중 형제항렬에 놓여있는 인물들이 제각각 벌이는 사건을 중심으로 구성되어 있음을 알 수 있다. 이야기가 전개되는 순차적 방향에 따르면 그 인물군은 하옥경, 웅린, 천린, 성린, 희염, 명린, 선염, 월염, 홍린 등으로 구성되어 있으며, 모두 부부 사이 혹은 혼사에서 비롯되는 사건을 겪고 있다. 그리고 이 인물들이 벌이는 사건들은 그 자체로 완결되고 있다는 점에서 단위담의 성격을 지닌다. 이에 각 단위담은 다음과 같이 정리될 수 있다.

〈웅린의 경우〉

◎ 주인공이 출생을 한다.

① 주인공이 정혼을 한다.

② 정적이 나타나 애정을 쟁취하기 위해 부부 사이를 모해한다.

③ 방해자들이 2차 음모를 꾸며서 신부가 음란하다고 조정에 참소한다.

④ 신부가 누명을 쓰고 유배를 떠난다.

⑤ 방해자들은 다시 유배 행렬을 탈취하려고 하고 신부는 위기에 빠진다.

⑥ 위기에 처한 신부는 조력자의 도움으로 위기를 모면한다.

⑦ 방해자들이 징치되고 부부가 다시 화합한다.

〈천린의 경우〉

◎ 주인공이 출생을 한다.

① 주인공이 정혼을 한다.

② 주인공이 부마로 발탁된다

③ 조강을 폐한다.

④ 주인공은 조강을 잊지 못하여 공주에게 원한을 품는다.

⑤ 공주의 청으로 조강이 다시 돌아온다.

⑥ 조강이 공주를 시기하여 음모를 꾸민다.

⑦ 조강의 투기사실과 음모의 내막이 밝혀지나 공주의 청으로 사형을 면한다.

⑧ 조강과 그 동조자들이 유배를 간다.

⑨ 훗날 공주의 덕으로 다시 돌아와 개심한다.

〈하옥경의 경우〉

◎ 출생을 한다.

① 혼인을 한다.

② 다른 여자를 보고 반하여 상사병이 걸린다.

③ 그 여자와 다시 혼인을 한다.

〈선염의 경우〉

◎ 주인공이 출생을 한다.

① 주인공 가문의 딸이 혼인을 한다.

② 시가에서 후실은 후첩 시모에게 박대를 받는다.

③ 친정 즉 주인공 가문이 도움을 받아 시련에서 벗어난다.

〈희염의 경우〉

◎ 주인공이 출생을 한다.

① 가유진과 혼인을 한다.

② 가유진이 혼인 후 장모에게 박대를 받는다.

③ 가유진이 가출하고 시련을 겪는다.

④ 가유진을 찾아 나선 희염이 시련을 겪는다

⑤ 가유진이 장원급제한다.

⑥ 장모와 화해하고 부부가 화락한다.

〈월염의 경우〉

◎ 주인공이 출생을 한다.

① 주인공 가문의 딸과 정혼을 하나 성격이 맞지 않다.

② 혼인 후 신랑이 신부에게 성적 희롱을 하자 신부가 순종하지 않는다.

③ 신랑이 호방한 일면이 있어 신부의 기를 꺾고자 기생을 불러 희롱하는 등 약을 올린다.

④ 신부의 신랑에 대한 원망과 한이 더욱 깊어진다.

⑤ 친정아버지가 딸을 데려가서 교훈한다.

⑥ 딸이 말을 듣지 않자 심당에 가둔다.

⑦ 딸은 끝까지 신랑에 대한 한을 품고 죽을 결심을 한다.

⑧ 신랑이 신부를 지극히 설득하여 화해한다.

〈성린의 경우〉

◎ 주인공이 출생을 한다.

① 주인공이 우연히 한 여자를 만난다.

② 혼인의 의사를 품는다.

③ 부친의 강한 반대에 부딪힌다.

④ 반대를 극복하고 혼인을 한다.

〈명린의 경우〉

◎ 주인공이 출생을 한다.

① 주인공이 혼인을 한다.

② 주인공이 재취를 구한다.
③ 일처와 이처 사이에 쟁총이 벌어진다.
④ 악한 처의 음모가 징치된다.
⑤ 부부 사이가 화락해진다.

〈흥린의 경우〉
◎ 주인공이 출생을 한다.
① 주인공이 혼인을 한다.
② 주인공이 장인의 인물을 보고 비웃는다.
③ 장인이 불의지사를 행한다.
④ 사위가 장인의 잘못을 심하게 욕한다.
⑤ 신부가 친정아버지에 대한 남편의 태도로 인해 남편을 원수로 취급한다.
⑥ 장인이 사위에게 잘못을 사과하나 사위가 받아들이지 않는다.
⑦ 장인이 죽을 병에 걸린다.
⑧ 사위가 신비한 의술을 행하고 지극히 구호함으로써 병을 고친다.
⑨ 반자지의를 회복한다.
⑩ 부부 사이가 화락해진다.

이상의 각 단위담의 서사단락을 본다면 각 인물에 의해서 수행되는 이야기는 다음의 특성을 지닌다고 볼 수 있다.

◎ 출생을 한다.
㉠ 혼사과정에서 장애가 발생하기도 한다.
㉡ 장애가 발생한 경우는 그것을 극복하고 혼인을 한다.
㉢ 혼인후 부부 사이에 문제가 발생하기도 한다.
㉣ 문제가 해결된다.

여기에서 ◎~㉠에 이르는 과정은 작품에서 공백으로 남는다. 〈유충렬전〉이나 〈조웅전〉 등과 같은 군담소설에서는 이 사이에 신이한 출생과 가문의 몰락, 棄兒, 조력자의 만남 등의 상당히 많은 서사단락이 존재한다. 이와 비교한다면 여기에서의 이 부분은 완전히 생략되고 있다고 볼 수 있다.[28] 따라서 〈명주기봉〉에서 이야기들이 사건화되는 시점은 어디까지나 혼사라고 볼 수 있다.

이 말은 곧 설정된 혼사가 한결같이 어떤 문제를 지니고 있음을 의미한다. 하옥경, 성린 등과 같이 혼사의 여부 자체가 문제가 될 수도 있으며, 명린, 선염, 월염 등과 같이 혼사 이후의 화합이 문제될 수도 있다. 그런가 하면, 웅린, 천린 등과 같이 혼사 이전과 이후가 모두 문제될 수도 있다. 혼인의 궁극적 완성을 부부의 화합이라고 한다면, 문제가 발생하는 시점의 여부와는 관계없이 이들은 모두 혼사에 장애를 겪고 있음이 사실이다. 특히 명린과 천린의 경우는 첫번째 혼사가 이루어진 이후에 두번째 혼사를 통해 문제가 발생하고 있는데, 이 경우는 두번째로 맞이하는 처가 바람직한 처로 인정되고 있다. 이 과정에서 일처는 죽거나 淫女로 몰리게 된다. 때문에 첫번째 혼사는 이들에게 있어 결코 완성된 혼사라고 볼 수 없다. 이들이 완성된 혼사에 도달하는 시점은 두번째 혼사를 통해 발생한 문제가 완전히 해결되는 시점이라고 보아야 할 것이다.

그렇다면 이러한 단위담의 유형을 분류하기 위해서 우선적으로 고려되어야 할 사항은 그 장애를 유발하는 원인이 무엇인가를 파악하는 일이 될 것이다. 이에 그 원인은 혼사와 부부의 화합을 방해하는 존재 즉 적대자의 성격에 따라 파악될 수 있다. 적대자의 성격은 크게 보아 제 三者일 수도 있으며, 부부 자신들일 수도 있다. 부부 자신들이 적으로 설정되는 경우는 월염과 성린의 경우이다. 월염 부부는 남편의 난봉꾼적인 기질과 그것에 순종하지 않는 신부의 냉담한 기질이 대립하여 잠자리 갈등이 발생한다. 성린은 자기가 임의로 혼인을 결정하는 이른바 불고이취를 했기 때문에 혼사에 문제가 생겼다. 따라서 이러한 경우는 적대자를 자기 자신이라고 규정

---

28) 김종철, 위의 논문에서는 장편소설에서 이 부분이 공백으로 채워져 있다는 사실이 몰락을 겪지 않은 상층 사대부의 의식을 드러내고 있다고 주장한다.

할 수 있을 것이다. 그렇다면 단위담의 상위유형으로 이 두 항목을 설정할 수가 있다. 적대자를 自我와 他者로 규정하는 것은 장애의 원인을 가장 추상화시킨 결과이며, 이 외에 다른 장애요인이 추가될 수 없다는 상위유형의 특성을 지니기 때문이다. 따라서 단위담의 상위유형은 다음과 같이 정리될 수 있다.

   1. 단위담
   1.1.자기자신이 문제가 되어 장애가 일어나는 단위담
   1.2. 제 三者가 개입하여 장애가 일어나는 단위담

이제 단위담이 실제로 작품에서 설정되는 방식에 따라 유형을 분류해 볼 차례이다. 우선 각자의 단위담에서 설정된 적대자와 그 성격을 정리해 보면 다음과 같다.

	적대자	적대자의 성격	대립의 성격
웅린의 경우	영주	蕩女	蕩女와의 갈등
천린의 경우	1. 천린	자기 자신	자의적 애정욕구로 인한 갈등
	2. 왕	권세가	군신갈등
	3 설소저	惡妻	처처갈등
성린의 경우	성린	자기 자신	자의적 애정욕구로 인한 갈등
명린의 경우	1. 명린	자기 자신	자의적 애정욕구로 인한 갈등
	2. 강소저	惡妻	처처갈등
홍린의 경우	화정윤	장인	옹서갈등
선염의 경우	행선	계모	계모박대
희염의 경우	류부인	장모	장모의 박대
월염의 경우	1. 니귀현	호방한 남편	부부 性대결담
	2. 월염	고집센 신부	
하옥경의 경우	하옥경	자기 자신	자의적 애정욕구로 인한 갈등

위의 도표를 보면 적대자의 성격은 모두 8가지로 나타난다. 단위담의 유형 설정을 감안한다면 이 적대자의 성격은 좀더 추상화된 형태로 정리되어 구분될 여지를 지

니고 있다. 가령, 蕩女는 경우에 따라 蕩男으로도 설정될 수 있기 때문에 蕩女/蕩男을 한꺼번에 지칭할 수 있는 蕩者로 추상화할 수 있을 것이다. 惡妻의 경우는 惡妾로 설정되는 경우를 포함하여 쟁총이라고 할 수 있을 것이다.

계모와 장모의 경우는 작품의 실상을 따진다면 모두 처가 혹은 시가에서 일어나는 일이고, 이외에 다른 인물이 적대자로 가세할 수 있기 때문에 시가 및 처가 구성원에 의한 박대담이라고 할 수 있다.

장인이 적대자로 설정되는 경우도 여기에 포함될 수 있을 것 같은데, 이 경우는 일방적 박대가 아니라 사위와 팽팽한 대립을 이루고 있다는 점에서 별도의 유형으로 설정할 수 있다. 호방한 신랑과 냉담한 신부의 대립은 동침을 강요하는 신랑의 횡포를 신부가 거부함으로써 부부관계에 장애가 발생하고 있다. 이때, 신랑의 행위는 기생희롱으로 나타날 수도 있으며, 혼전 겁탈과 같은 보다 적극적인 방법으로 설정될 수도 있다. 바로 이러한 신랑의 난봉꾼적인 행위를 신부가 적극적으로 거부하고 있다는 점에서 부부의 성대결담이라고 할 수 있을 것이다.

자기 자신이 적대자로 설정되는 경우는 당사자의 애정갈등이 주요한 원인이 되고 있다는 점에서 자의적 愛慾실현담이라고 할 수 있다. 한편 왕으로 대표되는 권력에 의한 늑혼의 경우는 늑혼담이라고 할 수 있을 것이다. 따라서 적대자의 성격은 모두 7개 항목으로 드러난다고 할 수 있다.[29]

단위담의 유형을 엄밀히 설정하기 위해서는 또 하나 고려의 대상이 되어야 할 것이 있다. 위에서 구분한 적대자의 성격이 한 단위담에 복합적으로 설정되는 경우에 대한 문제가 바로 그것이다. 조동일의 개념에 따른다면 유형은 추상적이고 포괄적인 구조인 반면에 실제로 설정되는 이야기일 수 있다는 의미를 지니고 있다. 그렇다

---

29) 혼사장애를 유발하는 이러한 원인이 비단 대하소설에만 나타나는 것은 아니다. 이상택에 의하면, 대부분의 조선조 소설이 혼사장애 주지를 지니고 있으며, 〈양산백전〉과 같이 주인공의 애정성취를 위한 집념이 장애가 되는 경우를 비롯하여 실로 다양한 장애의 원인이 있다. 이상택은 이러한 혼사장애주지가 설정되는 구조적 양상에 따라 기본형, 발전형, 복합형으로 작품을 분류하고 있다. 이중 복합형에 해당한다고 할 수 있는 대하소설은 여러가지의 혼사장애가 결구되어 "다원적인 작품주지를 독자적이면서도 상호보완적으로, 또 병렬적이거나 순차적으로, 반전에 반전을 거듭하면서 끝없이 발전시켜 나가는" 구조적 성격을 지니고 있다고 하고 있다. 이상택, 위의 책, pp.298~317 참조.

면 적대자의 성격이 복합적으로 나타나는 경우는 다시 다른 작품에서의 단위담의
성격을 고려해서 따져 볼 필요가 있다. 만약, 장애요인 A, B, C 등이 복합되어 있다고
했을 때, 이 요인들이 개별적으로 한 단위담으로 구성하고 있는 경우가 있다면 그 각
각을 하나의 유형으로 설정해야 한다는 것이다.

위의 도표에서 이와 같은 문제가 있는 것은 늑혼, 쟁총 두 가지 경우이다. 다른 항
목들은 모두 각각 하나의 단위담의 성격을 결정짓고 있다. 이중 쟁총은 그것만으로
도 하나의 단위담을 구성하고 있는 경우를 발견할 수 있다. 〈소현성록〉을 그 대표적
인 경우로 볼 수 있을 것이다. 따라서 쟁총은 단위담의 유형으로 설정될 수 있다. 그
런데 늑혼만으로 단위담이 구성되는 경우는 발견할 수가 없다.

늑혼은 자의적 애정성취나 쟁총을 더욱 구체화시키는 중요한 요소로 작용한다는
점에서 혼사장애의 핵심원인이기는 하다. 그러나 이것만으로 단위담이 설정되는 경
우는 없기 때문에 유형으로 설정할 수는 없는 노릇이다.[30]

문제는 여기에서 그치지 않는다. 이와 같은 방식으로 유형을 설정한다면 유형과
유형이 복합되어 나타나는 경우는 어떻게 분류를 해야 하는가가 문제될 수 있다. 복
합의 원칙이 발견된다면 그것을 찾아내어 유형을 설정해야 할 것이다. 그런데 단위
담은 앞 절에서 언급했듯이 유형으로서의 성격과 단락으로서의 성격을 동시에 지닌
다고 했다. 유형은 그것을 구체화하는 과정에서 다른 유형을 첨가할 수도 있는 특성
을 지니고 있다고 보아야 한다. 따라서 한 단위담은 얼마든지 자유롭게 유형과 유형
을 복합할 수 있게 된다.

이상의 분석결과에 따라 적대자의 성격과 작품의 실상을 고려하여 "실제로 설정
되는 이야기일 수 있는 것 중에서 가장 추상적이고 포괄적인 구조"인 유형을 추출한
다면 단위담의 유형은 모두 6가지로 적출될 수 있다. 이를 상위유형과 같이 제시하

---

30) 물론 이것은 본고가 대상으로 하고 있는 작품만을 대상으로 한 결과이다. 여타의 대하소설에서 늑혼이 단
    독으로 단위담을 구성할 수 있다면 이 역시 단위담의 유형으로 추가될 수 있을 것이다. 이 문제는 대하소설
    의 주제의식과도 연관을 지닌다. 대하소설은 상층벌열층의 의식을 표방하고 있으며, 이에 따라 설정되는 가
    문과 주인공들의 신분 역시 더할 나위 없는 세력을 지닌 존재들이다. 따라서 권세가에 의해 주도되는 늑혼이
    발생할 확률이 대하소설에서는 그만큼 줄어든다는 것이다.

면 다음과 같다.

1. 단위담
1.1. 제 三者가 개입하지 않고 자기 자신이 문제가 되어 장애가 일어나는 단위담
1.1.1. 愛慾실현담
1.1.2. 부부의 性대결담
1.2. 제 三者가 개입하여 장애가 일어나는 단위담
1.2.1. 蕩者개입담
1.2.2. 쟁총담
1.2.3. 시가 및 처가 구성원에 의한 박대담
1.2.4. 옹서대립담

물론 이 6가지 단위담이 유형으로 설정될 수 있기 위해서는 다른 작품에서도 두루 적용될 수 있어야 한다. 그리고 이보다 덜 추상적인 하위유형을 구체적으로 설정하기 위해서도 다른 작품에 대한 검토가 불가피하다. 그런데, 여러 편의 대하소설의 서사단락을 모두 제시하는 것은 번거로울 뿐더러 혼란을 줄 우려가 있다. 이에 각 작품의 전체적인 서사단락은 부록에서 일괄적으로 제시하고, 여기에서는 개괄적인 내용을 정리해 보기로 하자. 개괄적인 검토 다음에는 적대자, 대립의 성격, 단위담의 유형을 도표로 작성하기로 한다.

1) 〈명주옥연기합록〉[31]

이 작품은 〈명주기봉〉에 비해 단위담으로 설정되는 부부관계의 수가 작다. 그렇다고 부부담 이외의 다른 내용이 설정되어 있는 것도 아니다. 여기에서는 희백과 희문 부부의 이야기가 전체 분량의 대부분을 차지하고 있으며, 이 사이에 희성부부, 천린

---

31) 이하 〈명주옥연〉으로 약칭함.

부부의 이야기가 삽입되는 양상을 보여주고 있다.

희백은 광평왕의 딸인 벽주와 일찍이 혼약을 하는데, 벽주의 동생인 교주가 이들의 정혼을 시기하고 혼인을 방해할 목적으로 갖은 음모를 꾸민다. 원래 벽주와 교주는 이복 자매로 벽주의 모친은 윤씨이며, 교주의 모친은 황씨였다. 그런데 이 황씨 역시 윤비를 시기하고 있던 차 벽주의 혼사가 결정되자 교주의 편에 서서 벽주와 윤씨를 함께 모해하고 있다. 물론 이 모해의 과정에는 황씨 소생인 문희군이 가담함으로 인해 윤씨계와 황씨계의 싸움이라는 자궁갈등의 의미로 확산되고 있다. 이 갈등은 결국 벽주가 음모에 빠져 유배를 가게 되고 희백이 교주와 강제로 혼인을 하게 됨으로써 일단락된다. 그러나 희백은 교주와 혼인한 후 지속적으로 교주를 박대함으로써 다시 교주 일당이 음모를 꾸미게 되는데, 그 음모가 발각되고 교주 일당이 유배를 가게 됨으로써 이 사건은 종결된다.

희문은 연소저와 혼인을 하게 되는데, 희문의 호방한 기질과 연소저의 강직한 기질이 대립하여 둘 사이에 불화가 빚어진다. 따라서 이 사건은 〈명주기봉〉의 월염과 이기현 사이의 대립과 같은 양상으로 전개된다. 그런데, 이 와중에 유배간 교주 일당이 우화법사라는 요승을 만나 술법을 배워 다시 현씨 문중을 음해할 뜻을 품는다. 이들은 희문과 연소저의 불화의 틈을 이용하여 음모를 시행하게 되고 이 음모에 빠진 희문은 연소저를 더욱더 박대하게 되며, 연소저는 납치됨으로써 시련을 겪게 된다. 뿐만 아니라 희문이 연소저와 불화를 겪던 중, 고소저를 재취로 맞이하는데 이 고소저 역시 교주 일당의 음모로 희문의 박대를 받아 현씨 문중에서 축출되고 만다. 이 사건은 후에 교주 일당의 음모가 완전히 징치되고 고소저와 연소저가 누명을 벗고 돌아옴으로써 종결된다.

	적대자	대립의 성격	단위담의 유형
희백의 경우	蕩女	蕩女와의 갈등	蕩者 개입담
희문의 경우	난봉꾼남편 蕩女	동침갈등 蕩女와의 갈등	부부성대결담 蕩者개입담

2) 〈소현성록〉

〈소현성록〉은 제 1대인 소현성에서부터 제 3대인 세광, 세명에 이르기까지 3대에 걸친 이야기가 서술되어 있으며, 1대인 현성, 월영, 2대인 운경, 운성, 운명, 수빙, 소황후, 3대인 세명, 세광을 중심으로 그 내용이 전개되고 있다. 그 인물 배열에서 보듯이 당연히 2대의 이야기가 분량 상 절대적인 비중을 차지하고 있다. 그 내용을 자세히 살펴보면 다음과 같다.

소현성은 화소저와 혼인 후, 석파의 중매로 다시 석소저와 혼인을 하는데, 화소저는 부덕이 부족한 인물이며 석소저는 현숙한 여인이다. 그런데 다시 황실의 사혼으로 여소저와 혼인을 하게 되면서부터 이들 부부 사이에 쟁총이 야기된다. 여소저가 화소저 및 석소저를 모두 시기하여 이들을 모해할 음모를 꾸미는 것이 바로 그것이다. 그러나 소현성의 탁월한 齋家능력으로 인해 여소저의 음모가 발각됨으로써 이 사건은 일단락된다. 그렇지만 애초에 설정된 화소저의 부족한 부덕으로 인해 후에 다시 현성과 화소저 사이에 부부불화가 발생하기도 한다.

소현성의 누이 월영의 이야기는 이 작품의 제일 처음에 설정되어 있는데, 월영이 상서복야 이기휘의 아들에게 시집을 간 후, 다른 남자와 사통을 하게 되고 이 일로 인해 친정 모친이 사약을 내려 죽게 하는 이른바 열/불열담이 이 사건의 골자이다.

운경은 위승상의 死後에 그의 딸 위소저와 혼인을 하게 되는데, 위승상의 계실 방씨의 성격이 악독하여 이들 부부 사이를 모해하는 사건이 벌어진다. 그 결과 위소저는 남복개착하여 도주하는 등의 시련을 겪게 되며 방씨가 병에 걸려 죽음으로써 일단락된다.

운성의 경우는 이 작품에서 가장 많은 분량과 복잡한 양상을 지니는 사건의 주인공이다. 운성은 이웃집에 사는 형소저를 보고 애정을 지니게 되며 이 애정이 혼인의 사로 발전하자 부친과의 사이에 심각한 갈등을 빚게 된다. 그리고 외조부의 중재로 인해 결국은 혼인을 하는 것으로 일단 첫번째 갈등이 끝을 맺는다. 그러나 황제의 늑혼에 의해 명현공주와 강제로 혼인을 하면서 군신갈등을 자아내며, 명현공주와 형소저 사이에서 쟁총이 벌어지는 새로운 갈등이 전개된다. 이 공주를 대상으로 한 쟁총은 이미 〈명주기봉〉에서 천린이 겪었던 일이기도 한 것이다. 따라서 애정담과 쟁총담이 결부되어 있는 단위담으로 볼 수 있으며, 군신갈등이 이 사이에서 매개적 역할을 담당하고 있는 이야기이다.

운명은 어사가 되어 집을 떠나 임무를 수행하던 중 男裝한 여인 이소저를 만나 애정을 느끼게 되고, 이로 말미암아 부친과 갈등을 빚게 되지만 결국은 혼인을 한다. 그러나 이후에 늑혼에 의해 정소저를 再娶로 맞아 들이게 되며, 이 정소저와 이소저 사이에서 쟁총이 일어난다.

그리고 소현성의 네째 딸 수빙은 예부시랑 김희의 차남 현과 혼인을 하게 되는데, 혼인 후 시모와 시동서가 이들 부부 사이를 음해함으로써 시련을 겪게 된다. 이 내용은 〈명주기봉〉의 화옥수, 선염이 겪는 시련의 내용과 닮아 있다.

한편 운숙의 차자 세명은 성질이 포악하여 도적의 무리와 어울리면서 역모를 일으키고 이에 운성이 세명을 잡아 죽이는 이야기가 설정되어 있다. 이 이야기는 주인공 가문의 일원이 역모에 가담하는 것을 골자로 하고 있어 여타의 작품에서 발견하기 힘든 이야기로 볼 수 있다. 뿐만 아니라 부록의 단락 20), 53)과 같은 요괴퇴치장면이 독립화소로 설정되어 있기도 하다.

이상의 내용을 정리하면 다음과 같다.

	적대자	대립의 성격	단위담의 성격
현성의 경우	惡妻	처처갈등	쟁총담
월영의 경우	월영(월영의 불열)	도덕적 갈등(열/불열)	애욕실현담
운경의 경우	계실 방씨	계모와의 갈등	시가 및 처가구성원의 박대담
운성의 경우	1. 자기자신(애정욕구) 2. 惡妻	자의적 애정욕구로 인한 갈등 처처갈등	애욕실현담 쟁총담
운명의 경우	1. 자기자신(애정욕구) 2. 惡妻	자의적 애정욕구로 인한 갈등 처처갈등	애욕실현담 쟁총담

수빙(김현)의 경우	1. 김현(애정욕구) 2. 시모 및 동서	자의적 애정욕구로 인한 갈등 시모 및 동서와의 갈등	애욕실현담 시가 및 처가구성원의 박대담

3) 〈쌍성봉효록〉

〈쌍성봉효록〉은 한 가문의 구성원이 아니라 두 가문의 구성원들이 벌이는 내용으로 이루어지고 있는 작품이다. 그러나 주인공 가문이 두 개로 설정되어 있다고 해서 이야기 전개가 복잡하다거나 의미가 심화되고 있는 것은 아니다. 단지 내용을 담당하는 행위자가 두 가문에서 나오고 있을 뿐이다. 림씨 가문과 정씨 가문이 그것인데, 분량 상 전체적인 비중은 정씨보다는 림씨 가문에 더욱 초점이 맞추어져 있다.

작품의 처음은 림씨 가문에서 벌어지는 사건으로 시작된다. 림규의 아들인 효영, 중영, 성영이 각각 뉴소저, 소소저, 단소저와 혼인을 하게 되는데, 림규의 소실인 양씨가 이들 부부 사이를 모해하는 것이 바로 그것이다.

양씨가 음모를 꾸미게 된 동기는 자신이 낳은 아들인 효영이 이들보다 나이가 많음에도 불구하고 먼저 혼인을 하지 못하는 등 적자의 대접을 받지 못한 것에 대한 원한에서이다. 이에 양씨는 동생인 양생, 그리고 동생의 친구인 탈목생, 요승 호선낭과 결탁하여 뉴소저, 소소저를 차례로 음해하기 시작하는데, 이때마다 현열진인 및 월관도사라는 초월자가 나타나 이들을 구한다. 이 역시 양씨 일당의 음모가 발각되고 현열진인의 도움으로 행방불명되었던 뉴소저, 소소저가 還家함으로써 일단락된다. 따라서 이 단위담은 〈명주옥연〉과 같이 한 명의 악인에 의해 여러 쌍의 부부가 시련을 겪는 구도로 설정되어 있어 이를 매개하는 음모담이 확대되는 양상을 보여주며, 이와 아울러 초월자끼리의 대결도 삽입되고 있다.

두번째 사건은 정씨 가문에서 벌어진다. 정연경의 장녀인 계임은 뉴현유라는 유생과 혼인을 하는데, 뉴생의 호방한 성격과 계임의 교만한 성격이 대립함으로써 이들 부부 사이에 불화가 발생하는 것이 바로 그것이다. 이러한 내용은 다시 님요주와 한한님부부 사이에서도 발생한다. 요주의 고집스럽고 경솔한 성격과 한한님의 호방한 성격이 대립하여 벌어지는 갈등이 그것이다. 이는 〈명주기봉〉의 월염의 경우와 흡사한 진행을 보여준다.

한편 림계영은 호일방탕한 성격을 지닌 인물인데, 우연히 교어사의 집에 갔다가 교어사의 누이동생 소교를 만난다. 이에 소교는 계영을 흠모하여 혼인의사를 비추고, 모친 가씨가 딸을 음란하다고 질책하여 심당에 가두자 불인한 마음을 품고 달아난다. 달아난 소교는 능운이라는 요승과 결탁하여 신분을 속이고 탕부에 기탁하여 양녀 행세를 하면서 계영과 혼인을 하게 된다. 그러나 그 신분이 탄로나자 다시 도망을 가고 이번에는 송부에 기탁하고 얼굴을 바꾸어 님주영과 혼인을 하게 된다. 이때 이미 림유영은 정실 녀소저를 두고도 진소저, 맹소저를 재취로 맞이한 상태였는데, 진소저와 맹소저는 정실 녀소저를 해할 의사를 품고 있었다.

소교는 이 틈을 타서 이들의 쟁총을 돋우는 한편 녀소저와 주영의 처 탕소저를 음란지녀로 참소하는 소란을 피운다. 결국 이 사건은 소교 일당의 정체가 다시 탄로남으로써 해결된다.

이 사건은 교소교라는 연적이 계영, 주영, 유영 부부의 공동의 적으로 설정되어 있는 셈이다. 이는 이 앞에서 설정된 양씨 일당의 경우, 〈명주옥연〉의 경우와 유사한 모습으로 이해할 수 있다.

이를 정리하면 다음과 같다.

	적대자의 성격	대립의 성격	단위담의 유형
백영부부의 경우	惡妻	처첩갈등	쟁총담
중영부부의 경우	惡妻	처첩갈등	쟁총담
계임의 경우	난봉꾼남편 고집센 신부	동침갈등	부부성대결담
요주의 경우	난봉꾼남편 교만한 신부	동침갈등	부부성대결담
계영의 경우	蕩女	탕녀와의 갈등	蕩者개입담
주영의 경우	蕩女	탕녀와의 갈등	蕩者개입담

| 유영의 경우 | 蕩女
惡妾 | 탕녀와의 갈등
처첩갈등 | 蕩者개입담
쟁총담 |

4) 〈옥란기연〉

이 작품은 장씨 문중의 자녀들이 벌이는 이야기들과 니창성에 의해 수행되는 단위담으로 구성된다. 장씨 문중의 자녀로는 추성, 현성, 효성, 영혜, 난주 등이 있다.

추성은 국구 소잠의 필녀 소선주와 혼인을 하는데, 소선주의 외사촌 조생이 이들 부부 사이를 모해함으로써 갈등이 빚어진다. 조생은 일찍이 소소저를 사랑하고 있었는데, 다른 남자와 혼인을 하게 되자 이에 음심을 품고 왕생, 시비 녹의 등과 결탁하여 소선주를 시련에 빠뜨리고 있다. 이 과정에서 소선주는 음란지녀로 몰려 유배를 떠나고, 추성마저 조생 일당의 음모에 빠져 역적으로 몰린다. 그러나 천자의 심문 과정에서 조생의 죄가 밝혀져 일단락된다.

이와 동시에 전개되는 사건인 니창성의 이야기는 이미 〈소현성록〉과 〈명주기봉〉에서 보았던 운성, 천린의 경우와 흡사하다. 니창성은 늑혼에 의해 서릉군주와 혼인을 하게 되지만 서릉을 계속 박대한다. 이때, 니창성은 한 객점에서 객점 주인의 딸을 보고 한눈에 반하는데 그 신분이 한씨 문중의 한소저임을 알고는 혼인의사를 나타낸다. 이후 부친의 강한 반대에 부딪혀 혼사에 장애가 오지만 조부의 중재로 인해 혼인을 하게 된다. 그런데 서릉이 한소저를 시기하여 갖은 음모를 꾸밈으로써 쟁총이 벌어지고 한소저는 시련을 겪게 된다. 결국, 서릉의 음모가 발각되고 징치됨으로써 이들 부부는 행복한 상황을 맞이한다. 따라서 이는 〈명주기봉〉의 성린, 명린에 의해서 수행된 이야기와 비슷한 양상을 지닌다.[32] 특히 한소저에 대한 니창성의 애정욕구는 우요주에 대한 효성의 애정욕구에서도 발견된다. 효성은 우요주를 사랑하여 불고이취를 하는 사단을 빚어내고 있는 것이다.

한편 현성은 단소저와 혼인 후 재취의 뜻을 가지고 있었는데, 단소저의 유모 탕구

---

32) 이 니창성의 이야기는 단위담을 주도하는 인물이 반드시 주인물 가문의 자손이 아님을 보여주는 또 하나의 예이다.

의 딸 백앵을 겁탈하는 사건을 빚어낸다. 그런데 이 백앵은 장씨 문중과 각별한 사이에 있는 진씨 문중의 딸 진천주임이 밝혀진다. 물론 현성과 진천주는 서로 혼인을 하지만 천주가 현성을 끈질기게 거부함으로써 부부불화가 발생한다. 이 사건은 진천주의 친정 아버지인 진장군에 대한 현성의 지극한 정성에 천주가 감동함으로써 해결된다. 따라서 이 사건은 성대결담이라고 볼 수 있지만 그것이 기질의 대립에 의해 발생하는 것이 아니라 혼인 전에 저질렀던 남자의 불의를 빙자하여 발생하는 사건이라는 점에서 차이를 보인다. 기질대립에 의한 부부불화는 장영혜와 님공자 사이에서 발생한다. 장영혜는 님공자와 혼인을 하는데, 영혜의 냉담한 기질과 님공자의 호방한 기질이 대립하여 서로 심각한 갈등을 빚어내고 있는 것이 그것이다.[33]

장난주는 설계원의 아들 설생과 혼인을 한다. 그런데 구미호가 설공의 처 계씨를 납치하고 假계씨로 등장하여 설공을 유혹하는 한편 난주부부를 박대하고 음해하기 시작한다. 그 결과 난주 역시 계씨와 마찬가지로 납치된다. 그러나 계씨와 난주는 청원도사의 힘으로 구제되며, 추성의 신이한 능력으로 구미호의 정체가 발각된다. 이 이야기는 비록 구미호가 등장하여 상당히 傳奇的인 모습을 보여주고 있지만 〈명주기봉〉에서 설정된 희염, 화옥수와 같이 시가 구성원에 의한 박대담의 변이형으로 이해할 수 있다. 즉, 구미호에 의한 시련은 계모에 의한 시련의 변형인 셈이다.

	적대자의 성격	대립의 성격	단위담의 유형
니창성의 경우	권세가 자기자신 惡妻	군신갈등 자의적 애정욕구로 인한 갈등 처처갈등	애욕실현담 쟁총담
추성의 경우	蕩男	탕남과의 갈등 탕자개입담	
현성의 경우	자기자신(겁탈)	남성의 성적 폭력으로 인한 동침갈등	부부 성대결담
효성의 경우	자기 자신	자의적 애정욕구로 인한 갈등	애욕실현담

---

33) 그런데 이 장영혜와 님공자의 부부불화담은 뒤에 기생과 영혜 사이에서 쟁총이 벌어지고 있다는 점에서 〈명주기봉〉의 월염의 경우와는 다른 양상을 보인다.

영혜의 경우	난봉꾼 남편 고집센 신부	동침갈등	부부 성대결담
난주의 경우	변형된 계모	계모와의 갈등	처가 및 시가구성 원의 박대담

5) 〈옥원재합기연〉[34]

서로 연작의 관계에 있는 이 두 작품은 본고에서 대상으로 하고 있는 다른 작품과는 상당히 다른 양상으로 내용이 전개되고 있다. 우선 등장하는 주인공이 단일 인물이며, 설정되는 가문 역시 정치적으로나 경제적으로 힘을 지니지 못하고 있다. 따라서 설정된 단위담 역시 다양하지 못하다. 반면에 작품의 길이는 21권 21책으로 다른 작품과 거의 비슷한 분량을 유지하고 있다.

〈옥원재합〉은 소흥 부자와 왕안석, 녀혜경 일당의 정치적 대결, 소세경과 니원외의 옹서갈등, 소세경과 니현빙의 부부불화를 중심으로 이야기가 전개된다. 여기에서 정치적 대결은 옹서갈등을 전개시키기 위한 단락의 성격을 지니고 있다. 그리고 소세경의 옹서갈등이 끝난 다음에는 다시 니현윤에 의한 경상서와의 옹서갈등이 설정되어 있어 같은 단위담이 두번에 걸쳐 반복되고 있다.

소흥은 왕안석과 녀혜경의 신법시행에 대해 항거를 하다가 유배를 당하게 되며, 이에 소세경마저 간당에 의해 쫓기는 신세가 된다. 그런데 일찍이 정혼한 사이였던 니원외는 소흥의 가세가 빈한함을 꺼려 배약할 뜻을 두고 녀혜경의 편에 가담하여 소흥을 몰아내는 데 일조를 한다. 소세경은 니원외가 아무리 장인이 될 사람이지만 그 인품이 불인하고 더구나 자신의 부친과 자신을 음해한 사람이라는 점 때문에 원수로 치부한다. 따라서 니원외의 딸 현빙과도 혼인할 뜻이 전혀 없다. 한편 현빙의 입장에서는 자기의 부친을 원수로 치부하는 사람을 남편으로 맞이할 수 없다는 입장에서 세경을 용납하지 않을 뜻을 품는다. 그러나 소흥은 일찍이 니원외의 부친을

---

34) 이하 〈옥원재합〉으로 지칭함.

스승으로 모셨으며, 자기에게 구로지은을 베풀었기 때문에 니원외를 결코 저버릴 수가 없다는 입장에서 끝까지 관용을 베푼다. 바로 이러한 갈등이 이 작품의 전편에 걸쳐서 설정되어 있으며, 서로 긴밀하게 맞물리고 있다. 이후 설정되는 니현윤과 경사서의 갈등, 이와 중첩되는 니현윤 부부의 불화는 위의 경우와 비교했을 때 정치적 대결이 설정되지 않는다는 차이점을 보여준다.

따라서 다른 작품에 비해서는 비교적 단조로운 진행을 보이지만 단위담의 갈등의 심화 정도가 극대화되고 있다. 이는 후술하게 될 대하소설의 서술의 특징을 단적으로 보여주는 예가 될 것이다.[35]

그렇다면 이 작품은 〈명주기봉〉에서 설정되었던 홍린과 화정윤 사이의 옹서갈등, 그리고 이와 맞물려 전개되는 홍린과 화옥수의 부부불화가 작품 전체에 걸쳐서 확대되어 있는 양상을 보여주고 있으며, 政爭에 의한 가문의 몰락이 서술되고 있다는 점에서 작품의 전반부는 〈유충렬전〉, 〈조웅전〉 등의 군담소설과도 상당한 관련성을 보여주고 있다고 할 수 있다.[36]

	적대자	대립의 성격	단위담의 유형
소세경의 경우	장인	옹서갈등	옹서대립담
니현윤의 경우	장인	옹서갈등	옹서대립담

---

35) 여기에 대해서는 4장에서 상세히 설명하기로 한다.

36) 한편 후편인 〈옥원전해〉는 전편에 이어 다시 한번 옹서갈등과 부부불화가 설정되어 있다. 여기에서 니원외의 장남인 니현윤과 경상서의 딸인 빙희소저는 천정의 연에 의해 혼인을 할 수밖에 없는 사이인데, 경상서가 니원외의 과거 행실을 들추어 욕을 함으로써 사단이 빚어진다. 현윤이 자기 부친을 욕하는 경상서를 가문의 원수로 생각하게 되면서부터 빙희 역시 현윤과 혼인을 하지 않겠다는 태도를 보이고 있기 때문이다 그리고 이들이 갖은 곡절을 겪고 혼인을 하게 된 후에도 이러한 불화가 지속되고 있다. 따라서 이 작품은 전편인 〈옥원재합〉의 후반부의 내용을 다시 설정하여 보다 상세하고 세밀하게 전개시키고 있음을 알 수 있다. 그러나 사실 니현윤과 경빙희의 이야기는 이미 〈옥원재합〉의 말미에서 간략하게 설정된 내용이다. 따라서 후편에서는 이 이야기를 그대로 가지고 와서 그것을 더욱더 상세하게 서술하고 있을 뿐이다. 후편의 題名이 '錄', '記', '緣' 등의 일반적인 장편소설의 제명이 아니라 '解'로 붙어 있는 이유를 여기에서 찾을 수 있을 것이다.

6) 〈유씨삼대록〉

〈소현성록〉과 더불어 삼대록계 소설의 대표적인 이 작품 역시 삼대에 걸쳐서 일어나는 사건을 소설화하고 있다. 우성(1대), 세형(2대), 현(3대) 등이 그 세대별 중심인물로 설정되어 있으며, 이중 세형과 현에 의해서 야기되는 사건이 가장 많은 비중을 차지하고 있다.

세형은 니부상서 장준의 딸과 정혼을 하고, 혼전에 이미 장소저를 만나 보고는 애정을 가지는데, 황제에 의해 부마로 발탁됨으로써 공주와 혼인을 하게 된다. 그러나 세형은 장소저를 잊지 못해 공주를 박대하고 왕권에 지속적으로 항거를 한다. 세형과 혼인을 한 진양공주는 현숙한 덕을 지닌 여인으로 이러한 세형의 태도를 보고는 왕에게 간청하여 장소저를 맞아들이게 한다. 이때부터 장소저가 공주를 시기하여 음모를 꾸미게 되며, 세형은 더 심하게 공주를 박대한다. 따라서 사건의 진행은 〈명주기봉〉의 천린의 이야기와 아주 흡사하며, 그 해결 역시 장소저의 음모가 징치됨으로써 이루어진다.

세형의 차자인 현 역시 이와 유사한 사건을 겪는다. 현은 태상경 양찬의 딸과 혼인을 하지만 부부금슬이 좋지 못하다. 이에 현은 장부인의 질녀 설혜를 보고 애정을 느껴 재취할 뜻을 품는다. 이러한 현의 행동은 부친 세형의 강한 반발을 사게 되지만 조부 우성의 중재로 설혜와 혼인을 한다. 그런데 이후 설혜가 양소저를 시기하여 음모를 꾸밈으로써 세형의 경우와 흡사한 쟁총이 발생한다. 이는 왕이 공주의 혼사에 적극적으로 개입하는 공주와의 늑혼장면을 제외한다면 세형의 경우와 흡사한 진행을 보여준다.

우성의 삼녀인 옥영은 각노 사천의 아들 사강과 혼인하여 부부불화를 빚게 된다. 옥영의 교만한 태도와 사강의 호방한 기질이 대립하여 벌어지는 갈등인 만큼 다른 작품에서 이미 보았던 기질대립에 의한 부부불화의 전형적인 양상을 보여준다. 이 부부불화는 다시 세필과 박소저 부부 사이에서도 재현된다. 그러나 여기에서는 세필이 박소저를 박대한 후 순소저를 맞아들이고 이후 순소저의 시기로 쟁총이 일어난다는 점에서 양상을 달리하고 있다.

한편, 우성의 차녀 현영은 참정 양계성의 아들 양선과 혼인을 하는데, 양계성의 계모 팽씨의 악덕으로 인해 시련을 겪는다. 팽씨는 현영의 지체 높음과 현숙한 덕을 시기하여 양선을 민순낭과 재취케 하고 계성 및 선을 해할 음모를 꾸밈으로써 현영부부가 시련에 빠진다. 따라서 이 사건은 시가의 구성원에 의한 음모로 인해 주인공 가문의 딸이 시련을 겪는 전형적인 내용을 답습하고 있다고 볼 수 있다.

뿐만 아니라 세형의 장녀 영주는 소경문과 혼인을 하게 되는데, 소경문이 북변사의 자격으로 호국으로 가는 일이 발생한다. 호국에서는 호왕의 딸 양성공주가 경문에게 반하여 경문의 위기를 구해주고 스스로 볼모가 되어 잡혀오는 일이 발생한다. 이때 세형은 자신이 직접 나서서 경문과 양성공주의 혼인을 주장하게 되는데, 경문은 이러한 장인의 처사가 못마땅하여 도리어 영주를 박대하기 시작한다. 이는 그 의미는 삭감되고 있지만 장인에 대한 원망이 아내의 박대로 이어지는 옹서갈등의 내용을 지니고 있는 사건으로 볼 수 있을 것이다.

이를 정리하면 다음과 같다.

	적대자	대립의 성격	단위담의 유형
세형의 경우	1. 자기자신 2. 왕 3. 악처	애정욕구로 인한 갈등 처처갈등	애욕실현담 쟁총담
한의 경우	1. 자기자신 2. 왕	애정욕구로 인한 갈등 처처갈등	애욕실현담 쟁총담
옥영의 경우	1. 난봉꾼 남편 2. 고집센 신부	동침갈등	부부 성대결담
현영의 경우	계시고모	계모에서의 박대	애욕실현담
영주의 경우	장인	옹서갈등	옹서대립담

---

37) 양혜란, 「〈임화정연〉 연구」, 이화여대 석사학위 논문(1979) 및 졸고, 「〈임화정연〉 연작 연구」, 『고전문학연구』 10집, 1995 참조

8) 〈임화정연〉

선행 연구에 따른다면 이 작품은 48회를 기점으로 전반부와 후반부가 분리되어 구조적 통일성을 이루지 못하고 있는 작품이다.[37] 전반부는 림규를 중심으로 한 '영웅의 일대기' 구조가 설정되어 있는데, 정연양과의 혼사장애가 극대화되는 양상을 보여준다. 그러나 림규에 의한 영웅의 일대기는 〈유충렬전〉, 〈조웅전〉 등과 같은 작품에 비해서는 상당히 약화되어 있다.[38]

후반부는 정연양의 남동생 연경의 부부담이 주요한 내용으로 설정되어 있다.

림규는 가난한 선비 림처사의 자식으로 추악한 용모를 지니고 있지만 비범한 능력을 인정받아 일찍이 정연양과 정혼한 사이이다. 그런데 정연양의 외사촌 진상문이 정연양에 대한 애정욕구를 지님으로써 갈등이 빚어진다. 정연양의 모친인 진부인은 림규의 용모와 집안의 비루함을 싫어하여 오히려 진상문에게 마음이 끌리고 있었지만, 정공은 애초에 진상문을 염두에 두지 않고 있었다. 이에 진상문은 과거에 급제하고 호유용이란 간당과 결탁하여 정공을 참소하여 유배를 보내고, 정연양과 혼인을 하고자 한다. 정연양은 림규와의 절의를 지키기 위해 남복개착하고 도망을 가게 된다.

한편 정연양은 도주하는 과정에서 연소저, 화소저를 각기 만나게 된다. 이들 집안은 모두 정공과 연분이 있는 집안인데, 진상문의 음모로 인해 가장이 유배를 간 상태였다. 이로 인해 연소저, 화소저는 또 그들 나름대로의 시련을 겪는다. 화소저는 고을 지부의 아들 이창백의 횡포로 인해 시련을 겪으며, 연소저는 진상문의 횡포로 인해 시련을 겪는다. 이들은 모두 우연히 만나 정연양의 도움으로 구출되어 림규와 동시에 혼인을 하게 된다. 이 이야기는 림규와 정연양의 사이에 진상문이라는 연적이 개입함으로써 벌어지는 사건과 화소저, 연소저가 각기 겪는 시련이 중첩되어 있는 이야기로 볼 수 있다.

---

38) 림규의 경우에는 가문의 몰락에 이은 棄兒, 이로 인한 시련이 축소되어 있으며, 立功을 통한 부귀영화 역시 강조되지 않는다. 다만 정연양과의 혼사 과정에서 진상문이 개입하고, 이로 인해 시련이 발생한다. 이에 대해서는 졸고, 앞의 논문 참조.

　　진상문은 호유용과 결탁하는 과정에서 호유용의 딸 호소저와 혼인을 하는데, 이후 연소저를 핍박하는 과정에서 정연양의 기지에 속아 연소저의 이종 자매인 류소저와 또 본의 아닌 혼인을 하고 만다. 이로 인해 호소저와 류소저 사이에서 쟁총이 벌어지는 사건이 발생하기도 한다. 그리고 이 쟁총은 연소저의 동생 연생이 주소저와 혼인한 후 중선을 再娶로 맞아들이면서 벌어지는 쟁총과 유사한 모습을 띠고 있음을 확인할 수 있다. 따라서 이 작품에 설정되어 있는 쟁총담은 주인공 가문의 자손이 아닌 인물에 의해서 수행되고 있는 셈이다. 그러나 쟁총담이 완결성을 지니고 있으며, 그 속에 포함된 서사단락이 부인물에 의해 통합되고 있다는 점에서 단위담으로 인정할 수 있다.

　　48회 이하의 후반부에서는 정연경이 여희주와 혼인을 하는 사건이 골자를 이루고 있다. 정연경은 여희주와 혼인을 하지만 희주의 이복 자매인 미주가 정연경을 사랑하는 연적으로 설정되어 있어 사단이 빚어지고 있다. 희주에 대한 미주의 음모는 〈명주기봉〉의 예주에 대한 영주의 음모와 흡사하게 설정되어 있다. 그런데 희주와 미주의 이 갈등에는 다시 강씨와 소씨의 쟁총이 중첩되어 나타난다. 강씨는 현숙한 덕을 가진 인물로 남편 려금오의 총애를 받고 있었고, 딸 희주 역시 좋은 남편을 만났다는 사실을 소씨가 시기하고 있는 것이다. 이에 소씨는 그의 아들 성옥과 결탁하여 강씨계 자식들을 모두 음해하려는 음모를 꾸민다. 그 결과 강씨 소생 중옥이 음모에 빠져 시련을 겪게 된다. 애초에는 미주가 문제의 원인이 되는 蕩者개입담이 자궁갈등으로 확산되는 구조를 보여 주고 있는 셈이다. 그렇다면 이 이야기는 〈명주옥연〉의 윤씨계와 황씨계의 싸움과도 유사한 일면을 보여주고 있다고 볼 수 있다.

	적대자	대립의 성격	단위담의 유형
림규, 정연양의 경우	蕩男	蕩男과의 갈등	蕩者개입담
진상문의 경우	惡妻	처처갈등	쟁총담
연생의 경우	惡妾	처첩갈등	쟁총담
정연경, 희주의 경우	蕩女 惡妻	蕩女와의 갈등 처처갈등	蕩者개입담 쟁총담

9) 〈현씨양웅쌍린기〉

이 작품은 현수문과 현경문이 각기 윤소저와 주소저를 사이에 두고 벌이는 부부담을 중심으로 전개되고 있다.

현수문은 성격이 호방한 인물로 일찍이 하소저와 혼인을 한 상태였으나 일처에 만족하지 못하고 있다. 그러던 중 우연히 길에서 윤소저를 만나 겁탈을 하는데, 이 일로 부친에게 심한 꾸지람을 듣지만 결국 혼인을 하게 된다. 그러나 윤소저는 자신을 겁탈한 수문을 용납할 수가 없어 귀형녀로 대리 혼인케 하고 탈출한다. 수문은 이후 다시 윤소저를 만나 데려 오려고 하지만 또 한번 윤소저의 기지에 속아 넘어가 실패하고 만다. 그리고 결국은 윤소저와 만나게 되지만 좀처럼 부부 간의 불화가 해결되지 않는다. 이에 부친이 직접 나서서 부부사이를 중재하고 교훈함으로써 문제가 해결된다.

현경문은 주소사의 딸 주소저와 혼인을 하게 되는데, 애초부터 이 둘의 성격이 너무 강직하여 화목하지 못한다. 또 경문이 주소사의 군자답지 못한 인품을 비웃음으로써 이 불화는 더욱 심각해진다. 그러던 이들 부부 사이에 향아라는 연적이 개입하게 되고, 향아가 요승 월청과 결탁하여 주소저를 납치하는 사건이 벌어진다. 이로 인해 주소저는 극심한 고난을 맞이하게 되고 일광대사의 도움으로 구출된다. 일광대사에게 구출된 주소저는 도술을 배워 전쟁에서 경문과 수문이 위기에 몰렸을 때 나타나 이들을 구하기도 한다. 그리고 이 전쟁을 통해서 주소저의 적이었던 향아 일당마저 징치하게 된다. 이로써 경문과 주소저 부부 사이의 문제가 완전히 해결되는 것은 아니다. 이후에도 주소저는 계속 냉담하게 경문을 거절함으로써 불화는 여전히 남아있게 된다. 따라서 〈현씨양웅쌍린기〉는 성격이 다른 두 개의 성대결담을 단위담으로 설정해 놓고 있음을 알 수 있다. 이중 현수문과 윤소저의 불화담은 〈옥난기연〉에서 현성과 진천주의 불화담과 유사한 일면을 지니고 있다. 혼전에 강압적으로 겁탈한 남편의 불의지사를 용납하지 않겠다는 아내의 태도가 불화의 직접적인 원인이 되고 있기 때문이다. 그리고 경문과 주소저의 경우는 기질 대립에 의한 부부불화의 경우와 흡사하며, 여기에 蕩者개입담과 옹서대립담이 중첩되고 있는 특징을 보이고 있다.

이를 정리하면 다음과 같다.

	적대자	대립의 성격	단위담의 유형
수문의 경우	수문 자신(겁탈)	남성의 성폭력으로 인한 동침 갈등	부부성대결담
경문의 경우	1. 난봉꾼 남편 2. 고집센 신부	동침 갈등 처첩 갈등	부부성대결담

　이상에서 본고가 대상으로 하는 작품의 내용을 개괄적으로 검토했다. 그 결과에 의하면, 앞서 〈명주기봉〉을 대상으로 추출한 단위담의 유형이 다른 작품들에서도 들고 나는 차이는 있지만 공통적으로 설정되는 양상을 보이고 있다. 그렇다면 이제 작품의 구체적 실상을 고려하면서 "이야기를 구체화하는 요소가 유형보다 더 첨부되어 유형보다는 덜 추상적이고 덜 포괄적인" 하위유형의 작품별 분포상황을 정리하면 다음과 같다.

　　愛慾추구담

　〈유씨삼대록〉 : 세형과 장소저

　　　　　　　　현과 장설혜

　〈명주옥연〉 :　이시랑 딸의 희옥에 대한 사랑

　〈쌍성봉효록〉 : 효영 − 주소저

　〈임화정연〉 :　정연경 − 남장한 위소저

　〈명주기봉〉 :　하옥경의 상사병 − 교염과 혼인

　　　　　　　　성린과 소옥선의 만남

　　　　　　　　명린과 연소저

　〈소현성록〉 :　운성 − 형소저

　　　　　　　　운명 − 이소저

김환 – 수빙소저

〈옥난기연〉 : 니창성 – 한소저

효성 – 우요주

〈현씨양웅쌍린기〉 : 류취옥의 경문에 대한 사랑

부부의 성대결담

〈유씨삼대록〉 : 사강과 옥영의 대결

〈명주옥연〉 : 희문과 연소저

〈쌍성봉효록〉 : 계임과 뉴생

주영과 탕소저

한한님과 요주

〈명주기봉〉 : 이기현과 월염

〈옥난기연〉 : 장영혜 – 님공자

현성-진소저

〈현씨양웅쌍린기〉 : 경문 – 주소저

수문 – 윤소저

蕩者개입담

〈명주옥연〉 : 희백, 벽주부부 – 교주

설매 – 희문 연소저부부

우화 – 천린부부

〈쌍성봉효록〉 : 계영, 소소저부부 – 교소교

주영, 탕소저부부 – 교소교

유영, 녀소저부부 – 교소교

〈임화정연〉 : 림규, 정소저 사이 – 진상문

연소저와 진상문

                    화소저와 이창백

                    정연경, 희주 사이 - 미주의 개입

〈명주기봉〉:   웅린, 예주 부부 - 영주의 개입

〈옥난기연〉:   추성 - 소소저 - 조생

〈현씨양웅쌍린기〉: 경문과 주소저 사이 ← 향아의 개입

쟁총담

〈유씨삼대록〉: 장소저 - 진양공주

                    양소저 - 장소저

                    왕소저 - 양소저

                    순소저 - 박소저

〈쌍성봉효록〉: 양씨의 쟁총

                    유영의 처 맹씨, 진씨가 정실 녀씨를 시기

〈임화정연〉:   소씨 대 강씨

〈명주옥연기합록〉: 윤비와 황씨

〈임화정연〉:   호소저와 이소저

                    주소저와 중선

〈명주기봉〉:   설소저 - 월성공주

                    연소저 - 강소저

〈소현성록〉:   석부인 - 화부인

                    이소저 - 정소저

〈옥난기연〉:   월혜소저 - 하간왕의 총희

처가 및 시가 구성원에 의한 박대담

〈유씨삼대록〉: 현영소저와 양선의 시련

〈쌍성봉효록〉: 이각노의 아들 이생과 님소저 - 시씨 사이의 갈등

〈명주기봉〉 :　위중양 선염부부 － 애첩 행선의 박대

〈소현성록〉 :　운경과 위공자 － 계실 방씨의 박대

　　　　　　　김환과 수빙소저 － 시모 왕씨의 박대

〈옥난기연〉 :　장난주와 설공자 － 구미호

〈명주기봉〉 :　유진, 희염부부 － 장모 육씨의 박대

〈임화정연〉 :　림규, 정연경부부 － 장모 진씨의 박대

옹서대립담

〈명주기봉〉 :　홍린과 화정윤

〈유씨삼대록〉 : 사강과 세형의 갈등

〈옥난기연〉 :　계성(부인 왕씨)과 장모 유씨의 갈등

〈옥원재합〉 :　니원외와 소세경

　아래 도표를 통해 본다면, 자의적 애정성취담은 모두 7작품, 탕자개입담은 8작품, 쟁총담은 8작품, 성대결담은 6작품에 걸쳐 설정되고 있어 가장 빈도수가 높은 단위담이라고 할 수 있다. 시가 및 처가 구성원에 의한 박대담은 5작품에 걸쳐서 나타나고 있다. 그리고 옹서갈등담은 3작품에 걸쳐 설정되고 있어 설정 빈도가 다른 단위담에 비해 낮은 편이라고 볼 수 있다.

　지금까지의 고찰을 토대로 한다면 대하소설은 혼사장애를 한 측면에서만 다루는 것이 아니라 그 장애요인을 다양하게 설정하여 여러 각도에서 혼사를 바라보고 있음이 드러났다. 그것은 혼사의 성립여부에서부터 시작해서 부부가 혼인 후 완전한 결합에 이르는 과정까지를 모두 포괄하는 것이며, 그 각각의 양상들이 이른바 단위담을 통해서 설정되고 있다. 이에 단위담은 모두 여섯 가지 유형으로 설정되었으며, 유형들은 그것이 구체화되는 양상에 따라 더 많은 하위유형을 지니고 있었다. 그런데, 본고에서 설정한 6개의 유형이 단위담의 전부라고 할 수는 없을 것이다. 더 많은

자료가 읽히고 분석됨으로써 이 유형은 늘어날 가능성이 있다. 하위유형은 더 말할 나위도 없을 것이다. 예컨데, 〈유충렬전〉 〈조웅전〉 등과 같은 군담소설에서 혼사장애의 주요한 원인으로 설정되는 政爭 혹은 政敵의 문제가 대하소설에서도 단위담으로 설정될 수 있을 것이다. 따라서 본고에서 마련한 단위담의 유형은 연역적 작업과 귀납적 작업의 지속적인 교류를 통해 보다 공고해 질 수 있을 것이다.

다음 장에서는 각 단위담의 유형을 작품별로 비교·검토하면서 그 속에 포함된 서사단락의 특징을 밝히고, 가능한 경우 모든 작품에 공통적으로 적용될 수 있는 기본적 서사항을 추출하기로 한다. 이 작업을 통해서 유형과 하위유형의 관계가 보다 구체적으로 검증될 수 있으리라고 기대한다. 나아가 혼사장애형 대하소설이 단위담을 통해서 드러내고자 하는 의미망들도 아울러 고찰될 수 있을 것이다.

〈각 작품별 단위담 분포도〉

	애욕추구	탕자개입	쟁총	성대결	박대담	옹서갈등
명주기봉	○	○	○	○	○	○
명주옥연	×	○	○	○	×	×
소현성록	○	×	○	○	○	×
쌍성봉효록	○	○	○	○	○	×
옥란기연	○	○	○	○	○	×
옥원재합	×	○	○	×	×	○
유씨삼대록	○	○	○	○	○	○
임화정연	○	○	○	×	○	×
현씨양웅	○	○	×	○	×	×

3. 單位談의 전개양상

단위담의 유형에 대해서는 이미 앞 장에서 고찰했거니와 본 절에서는 이러한 단위담이 작품 전반에 걸쳐 어떠한 공통점과 차이점을 지니는지에 대해서 보다 상세히 고찰할 것이다. 그리고 이러한 고찰을 토대로 각 단위담이 지니고 있는 의미기능에 대해서도 언급하게 될 것이다. 그런데 작업에 앞서 발생하는 한가지 문제는 앞에서 추출한 단위담이 반드시 그 자체로 독립적으로 설정되지는 않는다는 점이다. 가령, 愛慾추구담은 그것만으로 전개되는 경우가 있는가 하면 쟁총담과 결합되기도 한다는 것이다. 이러한 양상은 다른 단위담도 마찬가지로 지니고 있는 특성이다. 2장에서는 그 이유를 단위담이 지니고 있는 특성 즉 단락의 성격과 유형의 성격을 동시에 지닌다는 양면성에 기인한다고 밝힌 바 있다. 따라서 본 절에서는 유형을 기본형으로 설정하고 그것이 구체화되어 나가는 양상을 분석하기로 한다.

3.1. 제 삼자가 개입하지 않는 경우

3.1.1. 愛慾추구담

愛慾추구담은 〈명주기봉〉, 〈소현성록〉, 〈쌍성봉효록〉, 〈옥란기연〉, 〈유씨삼대록〉, 〈임화정연〉, 〈현씨양웅쌍린기〉 등 모두 7작품에 설정되어 있었다. 이중 가장 기본형이라고 할 수 있는 것은 〈명주기봉〉의 성린의 경우인데, 우선 그 서사단락을 살펴보자.

1) 성린이 형수인 예주의 유배길에 동행을 한다.
2) 돌아오는 길에 객점에서 전임 향관 소자경의 딸 옥설을 만나 첫 눈에 반한다.
3) 이때, 옥설은 부친이 죽자 계모에 의해 팔린 신세에 처한 여자이다.
4) 성린이 옥설을 구하기 위해 돈을 구하던 중, 마침 고을을 지나던 외숙부 윤지부를 만나 은 백냥을 구하고, 장차 옥설과의 중매를 부탁한다.
5) 윤지부의 중매로 성린이 옥설과 혼인을 한다.
6) 오공(성린의 부친)이 성린이 옥설을 만난 그간의 경위를 소상히 알고는 성린을 대책한다.

사실 어떤 형식으로든 남녀 만남의 문제는 소설에서 중요한 이야기거리로 등장한다. 대하소설을 포함한 조선조의 소설에서는 그 만남의 문제가 혼인의 형태로 드러나기 마련이다. 그리고 대개의 소설에서 그 혼인은 정혼에 의해서가 아니면 천정혼에 의해서 이루어진다. 때문에 만남이 혼인으로 발전하는 데 있어 애정이 개입될 여지가 없다. 자발적으로 신부감을 선택한다는 것이 원칙적으로 봉쇄되고 있다는 것이다. 그런데, 위의 성린의 경우는 애정이 혼인에 우선하는 구조를 보여준다. 단락 1)~4)가 바로 그것이다. 처음 만난 여인에게 애정을 느끼고 부모를 속이면서까지 혼인을 하고 있다. 그러나 이 과정이 정당한 것으로 받아들여지지는 않는다. 단락 6)

과 같이 여기에는 부친의 엄한 징계가 따르고 있다.

이 구조는 〈옥난기연〉의 효성의 경우에도 그대로 적용된다.

1) 효성은 이웃집에 살던 우요주를 사랑하게 된다.

2) 나이가 들면서 우요주와 혼인할 의사를 지닌다.

3) 우요주의 집안이 다른 지방으로 이사를 간다.

4) 효성이 가짜 청혼서를 만들어 가서 혼인을 한다.

5) 이 일로 인해 부친에게 심한 책망을 듣는다.

6) 조부의 중재로 부친과 화해한다.

7) 다시 정식 절차를 밟아 혼인을 한다.

〈명주기봉〉의 성린의 경우와 비교했을 때, 세부적인 전개 양상은 다르지만 애정적 욕구가 자발적 혼인으로 발전하고 있다는 점, 그리고 그러한 혼인이 부친의 심한 반대에 부딪힌다는 점에서 공통점을 보인다. 이때, 이 두가지 공통점을 愛慾추구담이 지니는 중요한 기본항이라고 볼 수 있을 것이다. 그런데 성린과 효성의 경우와 같은 愛慾추구담은 설정되는 빈도의 측면에서 본다면 오히려 독특하다고 할 수 있다. 이들은 자신이 직접 혼사를 결정하고 그것을 실행에 옮김으로써 보다 적극적인 의사를 개진하고 있다는 점에서 독특한 일면을 보여준다. 이러한 경우를 '愛慾1'이라고 지칭하기로 하자.

한편 〈명주기봉〉의 명린의 이야기는 보다 일반적으로 설정되는 형태의 愛慾추구담이라고 볼 수 있다.

1) 명린이 천하박색 강소저와 혼인을 한다.

2) 명린은 강소저의 박색을 싫어하여 재취의 의사를 품는다.

3) 일일은 명린이 우연히 이웃집에 사는 연소저를 보고 반한다.

4) 명린이 외조부에게 부탁하여 청혼을 하지만 거절 당한다.

5) 연시랑이 연소저를 다른 곳에 시집보내려 하자 명린이 월장하여 연소저를 희롱한다.

6) 부친 진공이 이 사실을 알고는 부자의 인연을 끊자고 하며 쫓아낸다.

7) 외조부가 다시 청혼하여 혼인을 허락받는다.

8) 명린은 상사병에 걸려 목숨이 위태하다.

9) 진공이 하는 수 없이 명린의 죄를 사해 주고 혼인을 허락한다.

10) 명린과 연소저가 혼인을 한다.

11) 이후, 강소저가 연소저를 시기하여 갖은 음모를 꾸민다.

12) 강소저가 징치된다.

위의 내용이 바로 〈명주기봉〉에 설정된 명린의 愛慾추구담이다. 이는 앞의 '愛慾1'과 비교했을 때, 단락 1)에서 큰 차이를 보인다. 즉 주행위자가 혼인을 한 상태로 설정되어 있다는 것이다. 이로 인해 단락 11)이하의 내용이 첨가된다. 이 경우는 愛慾추구담의 결과가 재취의 성격을 지닌다는 점에서 일처와의 쟁총이 필연적으로 따라오게 된 것으로 이해할 수 있다. 뿐만 아니라 3)~10)까지의 내용도 '愛慾1'과 차이를 보인다. '愛慾1'에서는 혼인 후에 부자갈등이 설정되어 있었다면 여기에서는 혼인 전에 부자갈등이 설정되어 있다. 그렇기 때문에 단락 7)과 8) 즉 중재자의 역할은 필연적이라고 할 수 있다. 애정적 욕구를 성취하기 위해서는 무엇보다 부친을 설득해야 하는데, 그러기 위해서는 부친을 설득시킬 수 있는 위치에 있는 인물의 중재가 필요했고, 또 자신의 절박한 처지를 알릴 필요가 있었다. 이에 외조부의 중재가 설정되고, 목숨을 앗아갈 정도의 상사병이 설정되는 것이다. 그러나 중재자의 개입과 상사병이라는 지극히 소극적인 방법으로 애정적 욕구를 성취하고 있다는 점에서 '愛慾1'의 적극적인 양상과는 많은 차이를 보인다.

그렇다면 명린의 경우는 다음과 같은 기본 단락을 지닌다고 볼 수 있다.

① 1차 혼인

② 우연한 만남

③ 애정적 욕구와 혼인의사

④ 부자갈등

⑤ 중재자의 개입

⑥ 상사병

⑦ 혼인

⑧ 1처와 2처의 쟁총

이를 기본항으로 해서 다른 단위담의 경우를 살펴보기로 하자. 여기에서 비교의 대상이 되는 단위담은 〈소현성록〉의 운명, 운성, 〈옥난기연〉의 니창성의 경우이다.

① 1차 혼인

〈소,명〉 천하박색인 임소저와 혼인을 하나 재취의 뜻을 둔다.

〈소,성〉 설정되지 않음

〈옥〉 서릉군주와 혼인을 하나 서릉의 악덕을 개탄한다.

② 우연한 만남

〈소,명〉 어사로 출장 중 남장한 여인을 만난다.

〈소,성〉 형참정 집에서 우연히 형소저를 만난다.

〈옥〉 순무차 출타 중 한 객점에서 객주의 딸이라고 하는 여인을 만난다.

③ 애정적 욕구와 혼인의사

〈소,명〉 의형제를 맺고 동행하던 중 여자임을 알고 혼인할 뜻을 둔다./여자의 신원이 확인.

〈소,성〉 첫 눈에 반하여 혼인할 뜻을 품다.

〈옥〉 그 여인에게 반하여 혼인의 뜻을 품고 경사로 데리고 와서 모처에 기거토록 한다.

④ 부자갈등

〈소,명〉 부친 현성이 그 여자를 별도의 곳에 거처하게 하고 다른 곳에 혼인시키려

한다.

〈소,성〉 부친 현성의 강력한 반대에 부딪힌다.

〈옥〉 니각노가 이 사실을 알고 니창성을 笞杖한다.

⑤ 상사병

〈소,명〉 설정되어 있지 않음

〈소,성〉 상사병에 걸려 죽을 위기에 처한다.

〈옥〉 설정되어 있지 않음.

⑥ 중재자의 개입

〈소,명〉 윤부인이 중재를 한다.

〈소,성〉 외조부 석참정이 중재를 한다.

〈옥〉 처 숙부인 장사마가 엄도사의 말을 빌어 중재를 한다.

⑦ 혼인

〈소,명〉 운명과 혼약이 있음을 알고는 벌한 후 혼인시킨다.

〈소,성〉 혼인을 한다.

〈옥〉 혼인을 한다.

⑧ 1처와 2처의 쟁총

〈소,명〉 운명이 다시 늑혼에 의해 정소저를 3처로 맞아들이는데, 이 정소저가 이

소저를 시기하여 쟁총이 벌어진다.

〈소,성〉 늑혼에 의해 명현공주와 혼인을 하게 되는데, 명현공주가 형소저를 시기

하여 쟁총이 벌어진다.

〈옥〉 서룡이 한소저를 시기하여 갖은 악행을 행한다.

①에서는 운명의 경우가 독특하다. 아직 혼인을 하지 않은 상태이기 때문에 오히

려 '愛慾1'과 유사한 양상을 지닌다. 그러나 ④와 ⑧, 즉 婚前 부자갈등과 쟁총을 공

유하고 있다는 점에서는 명린의 경우와 유사하다. ②, ③, ④에서는 별다른 차이가

나타나지 않는다. 다만 운성과 니창성의 경우, '愛慾1'과 같이 객점에서 여인을 만나고 있기 때문에 그 여인의 신원을 확인하는 대목이 추가로 설정되어 있다. ⑤는 운성의 경우만 상사병이 설정되어 있다. ⑥ 역시 충실하게 지켜지고 있다고 볼 수 있다.

세 경우에서 중재자는 각기 윤부인, 외조부, 처숙부로 나타나는데, 작중 인물의 성격 상 중재의 효력을 지니는 경우는 윤부인과 외조부 뿐이다. 그리고 외조부의 중재는 이미 명린의 경우에서도 확인된 바이다. 윤부인은 운명의 부친인 현성과는 結義男妹 사이인데, 작품에서는 결의남매라기보다는 친남매와 같이 정이 돈독한 사이로 설정되어 있으며, 특히 윤부인의 현숙한 덕이 강조되고 있다.[39] 그리고 〈창선감의록〉, 〈사씨남정기〉, 〈임화정연〉 등에서 주인공의 고모가 중요한 결정권을 지니는 역할을 하고 있음을 감안한다면 중재의 효력을 지니고 있는 것으로 이해할 수 있다. 그런데 니창성의 중재자인 장사마는 사실 중재를 할만한 입장에 처하지 못한다. 그러나 이때, 장사마는 엄도사가 前日 니창성의 연분이 향리에 있다고 한 말을 빌어 天定緣을 강조하고 있기 때문에 중재가 가능하다.

⑧은 운명과 운성의 경우에서 많은 차이를 보인다. 운명의 경우 일처와 이처 사이에서 쟁총이 벌어지는 것이 아니라 이후에 맞이하는 삼처와의 사이에서 쟁총이 벌어지고 있다. 이 점에서는 운성도 마찬가지인데, 쟁총의 상대인 이처가 이후에 맞이하는 인물이기 때문이다. 이때, 그들의 재취는 모두 늑혼에 의해서 이루어진다는 점에서 공통점을 보인다. 그리고 이 늑혼은 니창성의 경우에도 발생한다. 니창성과 그의 집안은 서릉군주와 혼인할 의사가 전혀 없었지만 황제의 늑혼으로 할 수 없이 혼인에 동의를 한 것이다. 따라서 ⑧에서는 늑혼에 의해 혼인한 처와 애정적 욕구를 통해 혼인한 처 사이에서 쟁총이 발생하고 있음을 알 수 있다. 이는 명린의 경우에도 그대로 적용될 수 있다. 명린이 강소저와 혼인하게 된 동기는 그의 외조모의 강압에 있다. 외조모 후부인은 강씨 문중의 경제력을 부러워했기 때문에 진공의 허락을 받

---

39) 현성과 윤부인은 이 애정성취담에서의 만남과 같이 길에서 우연히 만난 사이이다. 그리고 이들은 도리를 지켜 끝까지 결의남매를 유지한다.

지도 않고 임의적으로 혼사를 결정한 것이다. 비록 늑혼은 아니지만 강제적 혼사임에는 분명하다.

그런데 여기에서 주목할 사항은 애정적 욕구를 통해서 혼인한 처가 그렇지 않은 경우와 비교했을 때 항상 선인형으로 설정되고 있다는 것이다. 쟁총은 항상 강압적 혼인과 결부되는 처가 음모를 꾸밈으로써 일어나며, 음모의 발각을 통해 축출되거나 사망하고 만다. 그렇다면 이 경우는 바람직한 혼사와 바람직하지 않은 혼사의 대결이라는 의미도 지니고 있는 것으로 이해할 수 있다. 뿐만 아니라 애정적 욕구가 개입한 경우가 결과적으로는 바람직한 혼사로 설정되어 있어 애정적 욕구가 반드시 부정되지는 않는다는 것을 보여주고 있다.[40] 그러나 애정적 욕구의 성취과정이 '愛慾 1'과 비교했을 때, 소극적이고 수동적으로 진행된다는 점에서는 그 욕구에 대한 표출의 정도가 약하다고 볼 수 있다. 이러한 경우의 愛慾추구담을 '愛慾2'로 지칭하기로 한다.

한편, 〈유씨삼대록〉의 세형과 현, 〈명주기봉〉의 천린 등을 통해 진행되는 단위담은 그것이 '愛慾1'이나 '愛慾2'와 같은 愛慾추구담의 전형적인 모습을 취하고 있지는 않지만 세부적인 전개과정에서 많은 공통점을 지니고 있다. 즉 '愛慾1'과 '愛慾 2'의 기본항들을 대체로 공유하고 있다는 것이다. 그러나 이 경우는 애정적 욕구를 받아들이는 입장에서 다소 차이를 보이고 있다. 우선 세형과 천린의 서사단락을 비교해 보면 다음과 같다.

1) 〈세〉 니부상서 장준의 딸과 정혼을 한다.
　　〈천〉 설금오의 딸 설소저와 혼인을 한다.

---

40) 〈소현성록〉에서 김현과 수빙소저의 혼인 역시 이러한 입장을 보여주고 있다. 예부시랑 김환의 둘째 아들 김현이 최씨와 혼인을 하는데, 최씨가 악덕하여 금슬이 좋지 못하다. 그러던 중 김현은 우연히 소부에 놀러 왔다가 소수빙의 초상화를 보고 반하여 상사병이 들어 죽을 지경에 처한다. 이를 안 소현성이 김현을 위해 수빙을 시집보낸다. 이 사건은 주인공 집안의 딸을 대상으로 벌어지는 것인 만큼 애정적 욕구에 대한 입장을 보다 자세히 이해하는 데 도움을 준다. 즉 김현의 애정적 욕구를 소현성이 받아들이고 있음을 직접적으로 보여주는 부분이기 때문이다. 그런가 하면 〈명주기봉〉의 하옥경의 경우도 이러한 맥락과 궤를 같이 하고 있다. 하옥경은 수문의 딸 교염에게 반하여 상사병이 들고, 이에 수문이 교염과 하옥경의 혼사를 허락하고 있다.

2)⟨세⟩ 일일은 세형이 장소저를 직접 만나고 애정을 느낀다.

⟨천⟩ 천린이 설소저에게 애정을 느낀다.

3)⟨세⟩ 세형이 진양공주의 부마로 간택된다.

⟨천⟩ 천린이 월성공주의 부마로 간택된다.

4)⟨세⟩ 세형이 장소저에 대한 애정으로 인해 강력히 반발하여 부친의 화를 산다.

⟨천⟩ 천린이 설소저에 대한 애정으로 인해 강력히 반발하여 부친의 화를 산다.

5)⟨세⟩ 장소저와 절혼하고 공주와 혼인을 한다.

⟨천⟩ 설소저와 절혼하고 공주와 혼인을 한다.

6)⟨세⟩ 혼인 후, 공주를 박대하고 장소저에 대한 상사병이 걸린다./부자갈등　⟨ 천 ⟩
혼인 후, 공주를 박대하고 설소저를 못내 그리워한다./부자갈등

7)⟨세⟩ 공주가 중재를 하여 장소저와 다시 혼인을 한다.

⟨천⟩ 공주가 중재를 하여 다시 설소저를 불러들인다.

8)⟨세⟩ 장소저가 세형의 총애를 믿고 공주를 음해한다./세형의 공주에 대한 박대

⟨천⟩ 설소저가 천린의 총애를 믿고 공주를 음해한다./천린의 공주에 대한 박대

9)⟨세⟩ 장소저가 축출된다.

⟨천⟩ 설소저가 유배를 간다.

10)⟨세⟩ 공주가 궁으로 돌아가고 세형이 자신의 과오를 깨닫는다.

⟨천⟩ 공주가 궁으로 돌아가고 천린이 자신의 과오를 깨닫는다.

11)⟨세⟩ 공주가 다시 돌아오고 장소저를 설득하여 개심하도록 한다.

⟨천⟩ 공주가 다시 돌아오고 설소저를 사면하고 설득하여 개심토록 한다.

위에서 보듯이 세형과 천린의 경우는 거의 같은 서사단락을 공유하고 있다. 여기
에서는 주인공이 공주와의 혼인을 거부하고, 혼인 후 공주라는 신분을 무시하고 극
심하게 박대하는 이유가 자신의 애정을 성취하지 못했다는 사실에서 기인한다. 따
라서 애정성취의 여부가 무엇보다도 중요한 핵심문제로 부각되고 있는데, 이 점에서
는 위의 '愛慾1', '愛慾2'와 그 성격을 같이한다고 볼 수 있다. 뿐만 아니라 단락 5)

와 같이 상사병 화소가 매개된다는 점, 또 7)~8)과 같이 애정적 욕구로 맞아들인 처와 그렇지 못한 처 사이에 쟁총이 발생한다는 점 등은 '愛慾2'와 동일하다. 그러나 이들 단위담에서는 '애정→혼인'이 아니라 '혼인→애정'이라는 점에서 '愛慾1'과 '愛慾2'에 비해 큰 차이를 보인다. 또 단락 3)~5)에서 주인공의 애정성취를 가로막는 장애로 부친의 반발 외에 왕의 강압에 의한 공주와의 혼인이 추가된다는 점에서도 큰 차이를 보인다.

　그런데 더욱더 본질적인 차이라고 할 수 있는 것은 애정적 욕구와 결부되는 인물이 악인으로 설정되고 있다는 것이다. 이는 '愛慾2'와 비교했을 때, 정반대의 결과라고 볼 수 있다. 물론 공주라는 인물이 처로 설정되어 있기 때문에 그렇다고도 할 수 있을 것이다. 공주는 그 신분이 왕의 친혈육이라는 점에서 군신의 도리를 따지자면 함부로 대할 수 없는 인물이다. 그럼에도 불구하고 세형과 천린은 공주를 박대하고, 나아가 왕이 그들의 작위를 빼앗고 감금까지 결행하지만 공주를 받아들이지 못하고 있다. 아무리 세력있는 가문의 자손이고 능력이 있는 존재라고 하지만 이 상황은 납득하기 힘든 부분이다. 물론 이를 두고 군신갈등이라고 할 수도 있을 것이다. 그러나 주인공의 부친인 가장은 아들의 입장을 받아들이지 않고 있다는 점에서 본격적인 군신갈등이라고 말할 수는 없다.[41] 바로 이 부분에서 주목되는 사실은 공주가 덕이 빼어난 현숙한 인물로 설정된다는 사실이다. 가령, '愛慾2'에서 〈소현성록〉의 운성의 경우에는 공주가 악인형으로 설정되어 있었기 때문에 끝까지 부정되고 있었지만 세형과 천린의 경우에는 애정적 욕구에 의해 맞이한 처가 결국은 부정되고 만다. 따라서 여기에는 애정적 욕구에 대한 긍정과 부정의 대립이란 의미가 더욱 강조된다고 해석할 수 있다. 공주로 대표되는 왕권과의 갈등 즉 군신갈등의 문제는

---

41) 박영희, 위의 논문에 의하면, 이 경우에 수평적 갈등(부부, 처처갈등)과 수직적 갈등(고부, 군신갈등)이 복합되어 나타난다고 하면서, 가문내적 갈등이 가문외적 갈등으로 확산되다가 가문내적 해결로 수렴되는 양상을 보인다고 하고 있다. 필자 역시 이 점에 대해서는 부정을 하지 않는다. 그러나 같은 논문에서 장편소설에 형상화된 사혼녀 갈등은 사대부 문벌과 군주권력과의 대립을 반영하고 있으며, 사대부의 위치에서 군주의 탐욕과 전제적 횡포를 고발하고 있다고 해석하고 있다. 이 점은 부분적으로 타당한 해석일지 모르나 장편소설 전모에는 해당되지 않는 해석이다. 〈소현성록〉에는 공주가 악인형으로 설정되어 있지만 〈명주기봉〉과 〈유씨삼대록〉에서는 오히려 이 반대의 경우가 보이기 때문이다.

오히려 이들 사건을 전개시키는 매개적 기능을 담당하고 있는 요소라고 볼 수 있다. 특히 단락 10)에서 공주가 이들의 박대를 견디다 못해 궁으로 돌아가버리자 이들은 자신의 과오를 철저하게 깨닫고 오히려 공주를 그리워 하며 외로워한다.

> 부미 일노 드대여 더욱 병이 발ᄒ여 공쥬를 한ᄒ고 스념ᄒ미 일층 더으니 증세 비경ᄒ지라 공쥐 만심이 다 불안ᄒ대 ᄌ개 몬져 발셜ᄒ여 ᄂ가미 넘치 고이ᄒ지라 이러틋 ᄒ여 또 츈일이 지ᄂ미 부마의 병이 더욱 즁ᄒ지라 태ᄌ와 부인이 진공을 대ᄒ여 공쥬의 나오기롤 니르니 공이 쥬왈 천닌이 비록 나히 적으나 지위 지렬노 미셰 ᄒ 몸과 다르 옵거놀 히연ᄒ 병을 드러 즁인의 우음을 취ᄒ오니 죽어도 앗갑지 아닌 인시라.[42]

천린은 공주의 환궁이 오래되자 이번에는 오히려 공주를 그리워 하며 상사병이 걸려 죽을 지경에 처한다. 애정의 대상이 전도된 것이다. 이것은 결국 자신의 자발적 의사에 의한 애정적 욕구가 부정되는 결과이다.

따라서 세형과 천린의 경우에서는 자발적인 애정적 욕구를 행위자 자신도 부정하고, 새로운 대상에게 애정을 느낀다는 점에서 愛慾추구담의 새로운 양상을 보여준다고 이해할 수 있다.

이러한 경우는 다시 〈유씨삼대록〉의 현의 경우에도 그대로 적용된다.

1) 세형의 차자 현, 태상경 양찬의 여식과 혼인하다.
2) 현이 장부인의 질녀 설혜를 만난다.
3) 첫 눈에 반하여 재취할 뜻을 두다./ 현이 동생 혜를 시켜 구혼하는 편지를 장시랑에게 보내다.
4) 세형이 이 일을 발각하여 현을 준책하고 笞杖하다.

---

42) 명주기봉, 권지팔.

5) 현, 杖毒과 상사병으로 위중지경에 빠진다.

6) 조부 우성이 중재를 한다.

7) 장소저와 혼인을 한다.

8) 장소저가 양소저를 시기하여 음모를 꾸민다.

현과 장설혜의 만남에서는 '愛慾2'에서의 기본항이 충실하게 지켜지고 있다. 그러나 단락 8)에서는 아주 큰 차이를 보인다. 애정적 욕구에 의해서 만난 처가 악인형으로 설정되어 부정되고 있기 때문이다. 이후 현이 장소저의 악행을 깨닫게 되면서부터는 장소저의 일당을 징치하기 위해서 혈안이 되고 있다.

이와 같이 애정적 욕구를 통해서 만난 인물이 부정되고 그렇지 않은 처가 긍정되면서 주인공 스스로도 애초의 애정을 부정하는 경우를 '愛慾3'이라 하자. 그렇다면 대하소설에 설정되어 있는 愛慾추구담은 다시 세가지의 유형으로 구분되는 결과가 얻어지는 셈이다. 그리고 이들 세 유형은 '우연한 만남과 애정적 욕구' '부자갈등'이라는 기본항을 모두 공유하고 있으며, '상사병', '중재자의 개입' 역시도 하위 유형과는 관계없이 비교적 많이 공유되는 양상을 보이고 있다. 그러나 '愛慾2'와 '愛慾3'은 쟁총담과 결부되어 있어 보다 복잡한 전개양상을 보이고 있다는 특징을 지닌다. 특히 '愛慾3'은 왕과 공주의 개입에 의해서 보다 큰 이야기로 발전하고 있다. 따라서 이들 세 유형을 사건 전개의 복잡도와 의미의 변화라는 측면에서 본다면 다음과 같은 도식이 만들어 질 수 있다.

	愛慾1	愛慾2	愛慾3
서사적 기본항	애정적 욕구 부자갈등	강압적 혼인 애정적 욕구 부자갈등 쟁총	애정적 욕구 강압적 혼인 군신갈등 부자갈등, 쟁총
행위자의 의지정도	자발적 의지의 개진(성공)	소극적, 수동적 입장	자발적 의지의 개진(실패)
혼인의 결과	바람직함	바람직함	바람직하지 못함
애정적 욕구에 대한 인식도	긍정	긍정	부정

그런데 愛慾추구담은 이러한 단위담의 형태로만 존재하는 것은 아니다. 이 기본 단위담이 지니고 있었던 서사단락들을 부분적으로 활용하여 다양한 장면들을 만들어 내고 있기도 하다. 그 대표적인 경우가 〈현씨양웅쌍린기〉의 류취옥의 경문에 대한 사랑이라고 할 수 있다. 류취옥은 경문의 장인 주어사의 질녀인데, 경문을 사랑하여 등문고를 울려 천자를 만나고 경문에 대한 자신의 사랑을 하소연함으로써 혼인을 성취하고 있다. 그런가 하면 〈명주옥연〉에서 이소저의 현희옥에 대한 사랑도 류취옥의 경우와 흡사하다. 이소저는 희옥의 장인 범상국의 표제 이시랑의 딸인데, 이미 범소저와 혼인한 희옥에게 반하여 우가와의 혼인을 피해 도주를 한다. 그러자 범상국이 이소저를 찾아 희옥과 혼인하게 함으로써 그 소원을 이루게 하고 있다. 뿐만 아니라 주인공이 전쟁에 참가했을 경우, 적장의 딸이 주인공에게 애정을 느껴 혼인을 하게 되는 경우도 종종 발견된다. 〈명주기봉〉의 강담숙, 〈유씨삼대록〉의 양성공주 등이 그 대표적인 경우라 할 수 있다. 강담숙은 적장 우길의 딸인데, 원수로 출전한 천린에게 반하여 수절한다. 이후 현씨 가문이 역모에 휘말리는 위기에 처했을 때, 결정적인 구원의 역할을 함으로써 천린과 혼인을 하게 된다. 양성공주는 호왕의 딸인데, 뉴우성의 사위 소경문이 북변사로 갔을 때 그를 보고 반하여 스스로 볼모가 된다. 이에 장인 우성의 중개로 혼인을 하게 된다.[43]

이와 같이 愛慾추구담은 그것이 부차적 인물에게 적용되면서 다양하게 설정되고 있는데, 여기에서 흥미로운 사실은 이들 애정적 욕구를 지니는 인물들이 대개는 여성이며[44], 그 서사적 전개는 단순하지만 애정 표현이 보다 적극적인 양상을 띠고 있

---

43) 이 이야기는 군담이 애정담과 결합된 형태라고 볼 수 있는데, 주인공이 집을 떠나 새로운 여자를 만나 혼인한다는 점에서는 '애정1'의 ①항의 변용이라고 볼 수 있다.

44) 〈뉴씨삼대록〉에서 설초벽의 이야기는 이와 관련하여 흥미롭다. 설초벽은 전임 예부상서 설경화의 딸인데, 가란을 피해 여화위남하여 방황을 하던 중이었다. 세창은 전쟁에 출전하고 돌아오던 중 이 설초벽을 만나 지기가 되어 데리고 온다. 이후 설초벽은 문무에 장원급제를 하고 여자임이 밝혀짐으로써 세창과 혼인을 하게 된다. 이 이야기에서는 길에서의 우연한 조우가 이루어지고 있다. 그리고 비록 군담은 아니지만 〈백학선전〉과 같은 여장군형 고소설에서 볼 수 있는 여장군 화소가 등장한다는 점에서 군담과도 관련을 맺고 있다. 또 혼인이 순조롭게 이루어지고 있다. 따라서 이 이야기는 적장의 딸과 혼인을 하는 이야기와 길에서 우연한 만남이 혼인으로 발전하는 이야기가 서로 결합되어 만들어진 이야기라고 할 수 있을 것이다.

다는 점이다. 그런데 이 경우 애정적 욕구를 지니는 여성은 비록 악인은 아니라 할지라도 부정적 인물로 묘사되고 있다.

> 부뷔 구몰ᄒ여 일녀 취옥이 어ᄉ긔 의지ᄒ여 길니니 어ᄉ 망미 부부의 일점혈육이라 ᄒ여 무휼ᄒ믈 녀ᄋ의 감치 아니터니 그 위인이 경천픠여ᄒ여 녀힝이 바히 업고 겸ᄒ여 용뫼 평상ᄒ믜 무일가취라 나히 십삼의 니ᄅ러시나 녕뎡무의혼 며ᄂ리롤 뉘 숨고자 ᄒ리오 어ᄉ이 아모리 구혼ᄒ여도 아ᄂ니는 가소로이 너겨 취치 아니ᄒ더라.[45]

류취옥은 부덕이 전혀 없고 용모마저 박색이며 그 성격이 '경천패려'하여 어느 누구도 거들떠 보지 않는 인물로 설정되고 있다. 그리고 하옥경의 경우, 애정적 욕구를 통해 혼인하는 인물은 귀형녀 소생이다. 또 군담을 통해서 설정된 여성의 경우는 대개가 적장, 즉 오랑캐의 딸로 설정되고 있다. 따라서 비록 이들을 통해 애정적 욕구가 적극적으로 개진되고 있지만 그 주체가 되는 인물의 성격이 공식적으로 인정을 받지 못하는 양상을 보인다.[46]

그렇다고 해서 대하소설이 애정적 욕구를 완전히 부정하고 있는 것이 아님은 '愛慾1'과 '愛慾2'를 통해서 확인할 수 있다. 다만 이 愛慾추구담은 위 도표에서 볼 수 있듯이 그 서사적 전개가 복잡해지고 이에 따라 서술 분량도 많아지면서 애정적 욕구가 쉽게 받아들여지지 않는 경향을 지니고 있다. 따라서 장편소설에서는 애정적 욕구가 '부정된다' 혹은 '긍정된다'는 식의 이분법적인 논의는 지양되어야 할 것이다.[47]

---

45) 〈현씨양웅쌍린기〉 권지일.

46) 김홍균, 「낙선재본 장편소설에 나타난 선악관의 심성론적 검토」, 『정신문화연구』 44(1991)에 따르면 류취옥과 같은 인물의 행위에서 장편소설이 적극적인 의미에서의 '인심'을 표출하며 이것은 곧바로 근대적 의식과 연관이 된다고 하고 있는데, 본문에서 언급한 이러한 의미를 지니는 인물들은 대개가 부정적 인물로 설정되고 있다는 점에서 이 해석은 재고의 여지가 있다.

3.1.2. 부부의 性대결담

이 유형의 단위담에는 신부에 대한 신랑의 난봉꾼적인 행위를 신부가 거부함으로써 부부 사이에 잠자리 갈등이 벌어지는 이야기가 해당된다. 탕자개입담, 쟁총담 등에서는 부부의 불화 혹은 시련이 탕자, 다른 처 혹은 첩의 개입에 의해서 야기된다면, 여기에서는 그러한 방해자가 전혀 등장하지 않으며, 그 징조조차도 설정되어 있지 않다. 오로지 부부 자체의 문제에서 갈등이 출발하고 있는 것이다.

동침갈등이 유발되는 대표적인 단위담 중의 하나는 〈명주기봉〉의 이기현과 월염 부부의 불화이다.

1) 현월염, 각노 이몽양의 아들 이기현과 혼인을 한다.

2) 기현은 성격이 호방하고 월염은 냉담하여 금슬이 좋지 못하다.

3) 기현이 월염의 성격을 제압하고자 기생을 불러 희롱한다.

4) 이에 월염은 더욱 냉담해지고 불화의 정도가 더욱 심해진다.

5) 진공(월염의 부친)이 월염을 데리고 가서 심하게 질책한다.

6) 월염이 말을 듣지 않자 심당에 갇힌다.

7) 월염이 죽을 결심으로 식음을 전폐한다.

8) 기현이 월염의 거처로 찾아가서 화해를 권유한다.

9) 이를 계기로 서로 화해한다.

---

47) 이승복은 「처첩갈등을 통해 본 가정소설과 가문소설의 관련양상」, 서울대 박사논문(1995).에서, 〈유씨삼대록〉 〈소현성록〉에서는 애정적 욕구가 부정되는 결과를 초래하지만 〈장한림전〉과 같은 작품에서는 애정적 욕구가 긍정되는 모습을 발견할 수가 있다고 하고 있다. 그리고 이것은 17세기에서 18세기로의 시대적 추이에 따른 결과라고 분석하고 있다. 그러나 비교적 초창기의 장편소설로 인정되는 〈소현성록〉에서 오히려 애정적 욕구가 긍정되고 있음이 본문을 통해 밝혀졌다. 뿐만 아니라 〈명주기봉〉에서는 애정적 욕구가 긍정되는 성린, 명린의 경우가 설정되어 있는가 하면, 또 애정적 욕구가 부정되는 천린의 경우도 동시에 설정되고 있다. 이는 하나의 단위담에 대한 분석의 결과가 반드시 그 작품 전체의 의미와 연관되는 것이 아님을 보여주는 좋은 예라 할 수 있을 것이다.

위에서 보듯이 이기현과 월염은 혼인을 하면서부터 서로 불화를 일으키고 이로 말미암아 잠자리 갈등을 겪게 되는데, 단락 2)에서 설정되는 불화의 원인은 서로의 성격 혹은 기질 차이이다. 그리고 서로 대립되는 이 기질은 이미 혼인하기 전부터 각자가 지니고 있는 고유한 기질이다.

> 가) 진공의 데 이녀 월염쇼져는 원비 쥬부인 소싱이라 심규의 쳐호야 년기 십삼세의 지용이 관셰호고 옥골셜뷔 침어낙안지용과 폐월츄화지티롤 졀노 가져시미 빙주옥질 일뉸 소월이 텬궁의 붉아시며 향년이 녹파의 내왓는돗 셩젼운빙과 미우텬향이 소문아미의 상좌롤 독당홀지라 겸호야 스덕이 슉열호야 조대가의 놉흔 효와 반슉비의 놉흔 덕이 이시미 셩졍이 건강호고 심지 빙옥가투야 젼혀 모풍이로더 다만 쇼져의 본심이 결결호야 냉담호미 <u>쥬부인의 강호 가오더 유한호 품이 습지 못호야 한번 불합호족 평싱의 푸지 아니는 셩녕이라</u> 눈의 수규흔 것과 귀히 브졍흔 거술 듯지 아니호여 무음 됴코 묽으미 가을 믈결과 난연호 옥가툰지라[48]

> 나) 긔현의 주는 화쇠니 풍신이 쇄락호야 냥협텬뎡이 위봉지안이오 열홈호구의 주미홍슌이라 년긔 십수셰의 미초미 문장이 쵸츌호야 한번 부술 쎨치미 풍운이 수집호고 룡시비등호야 식견이 광홍호고 위인이 총명호야 일셰의 투털흔 장뷔로더 다만 부귀가 교오로 싱어부호고 장어귀하야 <u>일단호신이 니빅호소의 음일투주호고 빙편시장호믈 효측호지라</u> 의매호탕호야 동셔로 유희방탕호니[49]

가)는 월염의 성격을 서술하고 있는 대목이며, 나)는 기현의 성격을 언급하고 있는 대목이다. 이들은 모두 나무랄 데 없이 훌륭한 덕을 지닌 군자 숙녀로 서술되고 있다. 그런데 밑줄 친 부분을 통해 본다면 제각기 성격 상의 단점을 지니고 있다. 그 단점은 월염의 경우는 너무 냉담하여 부드러운 면이 없다는 것이며, 기현은 富貴家에

---

48) 〈명주기봉〉 권지십칠.
49) 〈명주기봉〉 권지십칠.

서 성장하여 '유희방탕' 하다는 것이다. 혼인 후 서로의 이 기질은 곧장 대립하여 갈등을 유발하게 된다.

> 니싱이 탐화ᄒᆞᄂᆞᆫ 봉졉으로 쇼져의 텬향국식을 더ᄒᆞᄆᆡ 은졍이 교칠ᄀᆞᆺᄐᆞ니 쇼졔 그 군자유힝을 슈렴치 아녀 힝시 방탕ᄒᆞ기의 갓ᄀᆞ오니 심내의 블복ᄒᆞ고 본성이 물욕이 소연ᄒᆞ여 셰ᄉᆞ로 츤월ᄀᆞᆺ치 너기ᄂᆞᆫ지라 그 규방의 침익ᄒᆞᄆᆞᆯ 창슈치 아니니 공지 걸호ᄒᆞᆫ 성졍의 일월이 오리더 자가의 ᄯᅳᆺ과 내도ᄒᆞᄆᆞᆯ 깃거아냐 혹쟈 어언간의 상실ᄒᆞᄆᆡ ᄌᆞ즈니 쇼졔 상문화협으로 녜교롤 심수ᄒᆞᄂᆞᆫ지라 그 언힝이 무례ᄒᆞᄆᆞᆯ 보ᄆᆡ 졈졈 외친ᄂᆡ쇼ᄒᆞᄆᆡ 되여 진실노 부부 금슬을 원치 아니ᄒᆞ더니 [50]

기현은 월염의 '천향국색' 을 대하여 자기의 호탕한 기질을 감추지 못한 채 월염을 함부로 대한다. 월염은 이러한 기현의 태도를 자기에 대한 무례로 받아들여 '부부금슬' 을 원하지 않고 있는 것이다. 그러나 기현은 기현대로 자기의 입장을 내세워 월염의 기를 꺾고자 하여 기생희롱이란 방법을 동원한다(단락3). 기현은 기생을 집 안에까지 불러 들여 희롱하고 심지어는 월염을 강제로 잡아두고 그 보는 앞에서 기생과 더불어 희롱한다. 그러나 이러한 기현의 행위에 대해서 월염이 굴하지 않고 오히려 더욱더 냉담한 태도를 취함으로써 불화는 더욱 심각해 진다. 이에 단락 5)와 같이 월염의 부친이 등장하여 사위에 대한 딸의 태도를 질책하고 급기야는 심당에 가두어 修身을 강요하기까지 한다. 그러나 딸은 반성의 빛이 없이 오히려 여자로 태어난 자신을 한탄하며 죽을 결심을 하고 만다. 이 과정에서 기현 역시 자기 부친에게 심한 꾸지람을 듣는다. 결국 기현은 단식을 하고 있는 월염의 거처로 찾아가 같이 단식을 하며 화해를 시도한다.

따라서 이러한 이야기에서는 무엇보다 중요한 서사항으로 남편의 호방함과 처의 냉담함의 대립을 설정할 수 있다. 그리고 처의 기질을 꺾기 위한 남편의 수단, 부자

---

50) 〈명주기봉〉 권지십칠.

및 부녀갈등, 딸의 고집, 남편의 화해기도 등이 그러한 기질의 대립 과정에 설정되고 있음을 알 수 있다. 이 단위담은 다시 〈쌍성봉효록〉, 〈유씨삼대록〉, 〈유효공선행록〉, 〈옥난기연〉 등에서 주요한 단위담으로 설정되고 있거니와 그 전개양상을 기본적 서사항을 중심으로 살펴보자. 단 〈옥난기연〉의 경우는 별도로 고찰하기로 한다.

◎ 혼인
〈쌍〉 정연경의 딸 계임과 뉴한유가 혼인을 한다.
〈유삼〉 뉴세형의 딸 옥영이 사강과 혼인을 한다.
〈유효〉 뉴연의 장자 우성이 이소저와 혼인을 한다.
① 부부 기질의 대립
〈쌍〉 계임의 교만하고 냉담한 성격과 뉴한유의 호방한 기질이 대립을 한다.
    - 계임이 뉴한유의 빈한함을 업신여긴다.
〈유삼〉 옥영의 교만방자한 태도와 사강의 호방한 기질이 대립을 한다.
〈유효〉 우성의 호방함과 이소저의 냉담한 기질이 대립을 한다.
② 처의 기를 꺾기 위한 남편의 수단
〈쌍〉 뉴한유가 기생을 불러 희롱한다.
    - 재취를 구한다.
〈유삼〉 사강이 기녀들과 어울리며 옥영의 태도를 관찰한다.
〈유효〉 우성이 기생을 불러 희롱한다.
③ 부자갈등 및 부녀갈등
〈쌍〉 정연경이 계임을 훈계하나 듣지 않자 3년 동안 심당에 가둔다.
〈유삼〉 뉴세형이 옥영을 심당에 가둔다.
〈유효〉 뉴연이 우성을 심하게 벌한다.
④ 딸의 고집
〈쌍〉 계임이 남편과 부친을 원망하여 자결을 기도하여 죽을 위기에 처한다.
〈유삼〉 옥영이 고집을 꺾지만 오히려 사강이 옥영을 거부함으로써 옥영이 자결을 기도한다.

〈유효〉 설정되지 않음.

⑤ 화해기도

〈쌍〉 뉴한유가 계임의 병을 지극히 구호함으로써 화해한다.

〈유삼〉 사강이 거짓 병을 앓아 옥영으로 구호하게 함으로써 화해한다.

〈유효〉 우성이 병을 앓고 이를 이소저가 지극하게 구호함으로써 화해한다.

　도입부인 ◎항에서 〈유효공선행록〉을 제외하면 모두 월염의 경우와 같이 주인공 가문의 딸이 시집을 가는 것으로 설정되어 있다. 그리고 후술하게 될 〈옥난기연〉에서도 주인공 가문의 딸이 시집을 가는 것으로 설정되어 있다. 따라서 이 경우는 〈유효공선행록〉이 예외적인 경우라고 할 수 있겠다.

　①항에서는 모두 비슷한 양상을 공유하고 있음을 알 수 있다. 그러나 월염의 경우와 비교했을 때 차이가 있는 것은 주인공 가문의 딸이 냉담한 성격과 동시에 교만한 성격을 아울러 지니고 있다는 점이다. 특히 계임의 경우는 뉴생의 빈한함을 업신여기기도 한다는 점에서 이러한 의미가 더욱 뚜렷하게 나타나고 있다. 그렇다면 여기에는 기질대립과 아울러 주인공 가문의 권세의 표출이란 의미도 포함되어 있다고 볼 수 있을 것이다.

　②항에서는 뉴한유의 경우, 재취를 구한다는 것이 추가된 것을 제외한다면 모두 기생희롱이라는 동일한 방법을 동원하고 있다. 이 점은 다른 항목보다 더욱더 그 정형성이 철저하게 지켜지고 있는 부분이다. 따라서 기생희롱장면은 단지 삽입되는 하나의 장면이 아니라 이 자체가 지니고 있는 고유한 의미상의 기능이 있다고 볼 수 있다. 기생희롱은 가부장제 사회에서 여성에 대한 남성의 우위를 보여줄 수 있는 가장 전형적인 기제라는 점에서 주목된다. 남편은 아내의 목전에서 기생을 희롱함으로써 결국 여자는 남자에게 복종하고 부드러운 기색을 지어야만 한다는 논리를 효과적으로 강조할 수 있다는 것이다. 이 행위가 아내의 입장에서는 자신이 여자이기 때문에 단지 유희물에 지나지 않는다는 것으로 인식됨은 물론이다.

③항과 ④항에서는 이러한 딸의 태도를 친정아버지가 계도하려고 한다.[51] 이때 친정아버지의 논리는 남편의 뜻에 순종하는 것이 여자의 도리인데 그것을 지키지 못했다는 것이다.[52] 그러나 딸이 끝까지 말을 듣지 않자 심당에 가두어 버리고 만다. 딸의 입장에서는 이런 부친의 말을 따르는 것은 곧 자신의 기질과 삶을 포기하는 것과 다름이 없기 때문에 계임과 같이 3년이나 갇혀 있으면서도 고집을 꺾지 않고 자결을 기도하기까지 한다. 그러나 옥영의 경우는 부친의 훈계를 듣고 금새 마음을 바꾸고 있다. 여기에서는 오히려 마음을 바꾼 옥영을 사강이 거부하는 장면이 설정되어 있다. 따라서 이 경우는 여성의 입장에서 자신의 삶을 지키겠다는 의지보다는 남성의 여성에 대한 우위가 더욱 강조되고 있다고 볼 수 있다.

그런데 이 ③항의 우성의 경우에서는 이소저의 친정아버지가 등장하지 않고 다만 시아버지인 연이 아들을 일방적으로 훈계하고 오히려 이소저를 두둔하고 있다.

> 승상(뉴연)이 설파의 웃고 왈 인인이 취처훈죽 부부의 화합ᄒᆞ미 상시오 쳐쳡을 갓초미 고이치 아니ᄂᆞ 엇지 우셩은 인셰의 듯지 못훈 거죄 이 굿투뇨 추이 군부롤 모로고 녜도롤 멀니ᄒᆞ며 덕을 염히 너기며 일성 식욕의 ᄆᆞ음이 이시니 십삼셰 소이 이희를 두어 경상이 여ᄎᆞᄒᆞ니 젼두롤 가히 알지라 오문을 망ᄒᆞ리ᄂᆞ 우셩인뎌 [53]

원래 연은 우성의 호방한 성격을 염려하여 자신의 명이 있을 때까지는 이소저와의 합방을 금하라고 하였다. 그런데 우성이 이를 어기고 이소저를 핍박하는 등의 일을 벌였던 것이다. 이에 연은 우성을 '예도를 멀리하고 덕을 싫어하며 색욕의 마음

---

51) 물론 월염의 경우와 같이 남자의 기생회롱을 벌하는 장면이 설정되기도 하지만, 그것이 부녀갈등의 경우보다 큰 비중을 차지하고 있지 않으며 심각한 양상으로 발전하지도 않는다.

52) 이 점은 다음의 대목에서 잘 나타난다. 다음은 〈명주기봉〉에서 월영의 행실을 두고 수문과 경문이 서로 논의를 하는 대목이다.

"공(수문)이 우어 왈 월ᄋᆞ의 셩졍이 괴강ᄒᆞ여 비컨디 너히 소시젹 갓고 비례롤 원슈가치 너기ᄂᆞ 아히니 추후 반ᄃᆞ시 니ᄌᆞ로 더브러 화락지 아니 홀 거시오 니ᄌᆞ의 광패ᄒᆞ미 쾌심ᄒᆞ디 또훈 무고히ᄂᆞ 이러치 아냐 필연 질녀의 힝시 남ᄌᆞ의 쓰슬 거스리ᄂᆞ 고로 걸호훈 남진 촉노ᄒᆞ야 이리되미니 현뎨ᄂᆞ 마당히 딜녀롤 깁히 경계ᄒᆞ라" (〈명주기봉〉 권지십칠).

이' 있는 인물로 규정하고 있다. 따라서 연은 우성의 행실이 군자의 행실이 아니라는 점에서 도덕적인 견지에서의 훈계를 하고 있는 것이다. 여기에서 이소저의 친정 아버지는 등장하지 않으며, 이소저가 훈계를 받는 것도 아니다. 이는 호방한 남자 쪽보다는 고집센 딸을 벌하는 경우와는 그 양상이 다르다. 여기에서 다시 주목되는 바는 도입부 ◎항의 상황이다.

즉 벌을 받고 훈계를 듣는 쪽은 주인공 가문의 자손이라는 사실이다. 따지고 보면 이소저는 며느리의 위치에 있으며, 월염, 계임, 옥영 등은 주인공 가문의 딸의 위치에 있다. 그렇다면 이 장면은 주인공 가문의 가장이 자식들의 도덕적, 윤리적 삶에 대해 지니고 있는 관심의 정도를 엿보게 해주는 부분으로 이해할 수 있다. 그럼에도 불구하고 대부분의 경우, 이 상황을 딸로 설정하고 있는 것은 이를 통해 여성의 삶에 대한 질곡과 그것에 대한 남성의 횡포를 아울러 보여주겠다는 작가적 인식에서 기인하는 것이라고 볼 수 있을 것이다.

⑤항의 화해대목은 그 화해가 모두 병을 매개로 해서 이루어진다는 점에서 공통점을 보인다. 그러나 그 병에 걸리는 주체가 남편인가 아내인가에 따라 차이를 보인다. 계임의 경우는 자결을 기도함으로써 병이 발생하는데, 이를 뉴한유가 지극히 구호함으로써 화해가 이루어진다. 그러나 "부뷔 상힐 이후 금야의 구정을 이으니 권권 ᄒ고 은이 교칠갓고 만단 셰어로 기유 ᄒ니 뎡시 심이의 분앙ᄒ나 교유ᄒ믈 발뷔지 못ᄒ더라"[54]에서 알 수 있듯이 계임의 입장에서는 화해 후에도 자신의 삶에 대한 한을 그대로 지니고 있음을 알 수 있다. 옥영의 경우는 사강이 거짓 병을 앓고 이를 구호하고 있어 완전한 화해가 이루어진다. 즉 옥영이 순종하는 여성의 태도를 수용하고 있는 것이다. 우성의 경우는 이 병이 부친에게 맞은 杖毒에서 비롯하고 있는데, 이 역시 이소저가 묵묵히 구호하고 있다는 점에서 위의 옥영의 경우와 같은 의미를 지닌다고 볼 수 있다.

한편 〈옥난기연〉에서는 장영혜와 님유 사이에서 이 불화담이 발생한다. 우선 그

---

53) 〈유효공선행록〉 권지십일.
54) 〈쌍성봉효록〉 권지육.

서사단락을 살펴보면 다음과 같다.

1) 장소저 영혜, 어사태우 님희의 장자 님유와 혼약하다.
2) 장소저의 냉담한 성격과 님공자의 호방한 성격이 팽팽히 맞서 금슬이 좋지 않다.
3) 님공자가 장소저의 기를 꺾고자 기녀를 불러 희롱한다.
4) 장소저의 냉담함은 더욱 심해진다.
5) 이때, 님공자가 무창지부로 제수되어 가족을 데리고 내려간다.
6) 기녀들이 무창으로 따라가 장소저를 질투한다.
7) 기녀들이 장소저를 음란지녀로 몰아 세운다.
8) 님지부가 장소저를 축출한다.
9) 기녀들이 축출된 장소저를 도중에서 해하려 하나 추성이 방지한다.
10) 님지부, 기녀와 동당이 된 탐관에 의해 민간에 작폐한다.
11) 추성의 도움으로 失政의 위기를 모면한다.
12) 님지부가 회과자책하나 장소저의 냉담은 계속된다.
13) 님지부가 병에 걸리자 장소저가 지극 구호한다.
14) 님지부가 잘못을 사죄하고 수신에 힘쓴다.

위의 내용에서 단락 1)~4), 그리고 단락 12)~14)까지의 내용은 기질대립, 기생희롱장면, 병을 통한 화해 등이 설정되어 있어 앞서 살펴본 단위담과 거의 비슷한 진행을 보여준다. 그러나 부자 혹은 부녀갈등이 설정되어 있지 않다는 점에서 큰 차이를 보이고 있으며, 그 장면 대신에 단락 5)~11)이라는 쟁총이 설정되어 있다는 점에서 새로운 양상을 띠고 있다. 님지부는 무창에서 기녀들의 참소를 받아들여 장소저를 박대하고 집에서 쫓아내기까지 한다. 그리고 기녀들의 弄奸에 빠져 민생을 돌보기는 커녕 오히려 민생을 어지럽힌다. 단락 11)에서 이를 미리 감지한 추성의 총명함으로 인해 그러한 위기를 모면한다. 이 과정에서 쫓겨난 장소저 역시 추성에 의해 구출된다. 이러한 쟁총의 부분에서 님지부의 모습은 무능력한 가장임과 동시에 그릇된 관리로 설정된다. 그렇다면 이 쟁총은 단락 4)와 12) 사이에 삽입되어 장영혜의 입장을 옹호할 수 있도록 만드는 구실을 하고 있다. 단락 12)의 설정 역시 이러한 맥락과 맞닿아 있다. 다른 단위담에서는 남편이 직접 잘못을 뉘우치는 대목이 설정되어 있지 않았다. 그들은 단지 죽을 위기에 처한 아내를 동정하는 입장에서 화해를 시도하고 있다. 그런데 단락 12)에서는 이와 반대로 불화의 주된 책임을 님지부에게 전가하고 있는 것이다. 따라서 이 장영혜의 경우는 보다 여성의 입장을 우호적으로 드러내는 이야기라고 할 수 있다.[55]

이상의 고찰에 따르면 기질대립에 의한 부부 성대결담은 〈옥난기연〉을 제외하면 각 작품에 따른 내용 변이의 편폭이 비교적 작으며, 기생희롱, 병을 통한 화해 등의 매개항들을 정형적으로 설정하고 있음을 알 수 있다. 이때, 남편이 견지하는 '호방'이란 성격은 여성에 대한 남성의 우위를 의미하는 것으로, 그리고 아내의 '냉담'은 그러한 일방적 우위에 대한 거부감으로 이해할 수 있을 것이다. 따라서 이러한 내용들은 가부장제 사회에서 겪는 여성의 삶의 질곡, 여성 특히 아내에게 순종을 강요하는 남성의 논리와 그로 인한 횡포 등을 드러내고 있다. 뿐만 아니라 주인공 가문이 얼마나 도덕과 윤리를 강조하는 지에 대해서도 인식을 하게 해주는 효과를 지니고

---

55) 이러한 맥락에서 〈쌍성봉효록〉의 정세윤의 처 탕소저의 경우는 여성의 입장을 보다 확실하게 드러내고 있다.

"군지 첩의 누실을 노모라시고 힝쇠의 쳔비이아라 심즁의 미안ᄒ시미 김흐련이와 첩이 견일노써 붓끄리고 군조의 후박으로써 거리ᄶ지 아니니 당당훈 딕장뷔 마음의 실혼 ᄇ로써 강잉ᄒ미 녹녹지 아니리오 첩이 다만 군조의 셩명을 으지ᄒ여 ᄉ싱양지의 댱시의 쳐실이라 흠만 듯고ᄌ흐고 부부ᄉ졍으로 요구치 아니ᄒ느니 군조ᄂᆞᆫ 기로이 강작지마르시고 ᄯᅩ 첩의 광망ᄒᄆᆞᆯ 용서ᄒ쇼서 ... (중략)... 첩은 가이 니른ᄇ 이위공의 조란을 병구ᄒ리니 군조ᄂᆞᆫ 첩으로써 심규 미물이라 ᄒ여 업슈히 너기지 마르쇼서" (〈쌍성봉효록〉 권지칠)

원래 탕소저는 고집이 세고 활달한 성격의 소유자로 여중호걸의 상을 지니고 있었다. 그런 와중에 정세윤이 그녀를 박대하자 탕소저는 투기를 부리거나 화를 내지도 않고 다만 자기는 군자의 사사로운 정을 구하지 않는다고 하고 있다. 그리고 자기를 심규 미물로 취급하지 말라고 하며 순종만 하는 여자의 삶을 살지 않겠다는 강력한 의지를 표명하고 있다. 또 일일은 세윤의 동생이 자기를 보고 비웃자 곧장 뺨을 때리는 대담한 행동을 보이기도 한다. 이러한 탕소저의 행위는 복종을 미덕으로 강요하는 윤리에 대한 직접적인 반항으로 해석할 수 있다. 졸고, 「〈임화정연〉 연작 연구」, 『고전문학연구』 10집(1995) 참조.

있었다. 그런데 매개항들의 변이를 통한 의미의 차이 역시 드러나고 있었다. 그 차이를 중심으로 이들 단위담을 정리하면 다음과 같다.

1. 여성적 시각의 강조 정도 : 월염 〈 계임 〈 영혜
2. 남성 우위의 논리와 여성의 순종 : 옥영
3. 도덕적 삶에 대한 강조 : 우성

그러나 이 항목들은 어디까지나 단위담의 성격 차이를 드러내기 위해서 만들어진 것이다. 어느 경우나 할 것 없이 이 항목들의 성격은 다 지니고 있다. 다만 그 강조의 정도가 달라지고 있는 것이다. 이러한 경우의 단위담을 '성대결1'이라고 하자.

남성이 여성보다 우위에 서 있고 그것이 여성에 대한 횡포로 발전하는 내용은 나아가 여성에 대한 겁탈사건으로 확산된다. 물론 대하소설에서 이 겁탈은 단순한 기능단락으로 설정되는 경우가 대부분이다. 그러나 이로 인해 심각한 부부 불화가 벌어지고 있는 단위담 역시 발견할 수 있다. 〈옥난기연〉의 현성과 진천주, 〈현씨양웅쌍린기〉의 수문과 윤혜빙의 경우가 바로 그것이다. 〈옥난기연〉에서 현성은 단소저와 혼인한 후 그 시비 백앵을 겁탈한다. 그러나 여느 경우와는 달리 이 겁탈이 쉽게 이루어지지 않는다. 백앵이 완강하게 저항하기 때문이다. 이 과정에서 백앵은 현성의 일을 단소저에게 고하여 단소저가 자기를 보호해 주기를 바란다. 이에 현성도 완강하게 백앵에게 접근하고 급기야는 폭력을 행사한다. 이로써 현성은 백앵에 대한 자기의 뜻을 이룬다. 그러나 백앵이 현성의 횡음으로 인해 중태에 빠지면서 이 사건이 부친인 추성에게 알려진다. 추성은 현성을 벌하는 한편 백앵의 근본이 예사롭지 않음을 짐작하고 그 근본을 밝혀내는데, 백앵은 다름아닌 진장군의 손녀 진천주이다. 결국 현성과 진천주는 혼인을 하게 되지만 천주는 혼전에 현성이 자기에게 범한 횡포를 빙자하여 현성을 용납하지 않는다.[56] 〈현씨양웅쌍린기〉에서 수문 역시 외숙부 장시랑 집에서 依託하고 있던 윤혜빙이란 여자를 겁탈함으로써 현성과 유사한 사건을 유발시키고 있다.

이는 '성대결1'과 같이 남성의 횡포가 부부불화로 이어진다는 점에서 공통점을 보이지만 그 횡포가 혼인한 부부 사이에서 발생하는 것이 아니라 婚前에 발생한다는 점에서 보다 심각한 의미를 지닌다. 아무리 천주의 표면적 신분이 시비였다고는 하지만 함부로 정절을 훼손할 수 있다는 현성의 행동은 곧 여성에 대한 남성의 횡포와 다름이 없기 때문이다.[57]

이와 같이 婚前의 겁탈이 부부불화로 이어지는 경우를 '성대결2'라고 하자. 그렇다면 이 '성대결2'는 '성대결1'에 비해서 보다 직접적인 방식으로 여성에 대한 남성 우위의 논리를 보여주고 있는 이야기라고 할 수 있을 것이다. 물론 대하소설에서 이러한 의미가 꼭 '성대결1'이나 '성대결2'를 통해서만 드러나는 것은 아니다. 작품에 따라서는 탕자개입담이나 쟁총담의 전개과정에서도 이러한 의미가 부분적으로 드러나는 경우가 있을 수 있다.[58] 이제까지 논의한 바를 정리하면 다음과 같다.

	성대결1	성대결2
서사적 기본항	주인공가문의 딸 호방과 냉담의 기질대립 기생희롱 부녀갈등/부자갈등 죽음에 대한 각오	겁탈 신분증명 혼인 겁탈로 인한 불화
단위담의 성격	남성 우위의 논리 여성의 저항	남성우위의 논리 여성의 저항
비고	단위담에 따른 의미강도의 차이가 인정됨	'성대결1' 보다는 그 의미의 강도가 강함

---

56) 이에 진천주는 아예 죽을 결심을 하고 자결을 기도하기까지 한다.

57) 여성에 대한 겁탈이 부부불화로 이어지지는 않지만 공연히 시비를 겁탈하는 장면은 〈소현성록〉, 〈명주옥연〉에도 설정되어 있다. 〈소현성록〉에서 운성은 형부인의 시비 소영을 겁탈하고 있으며, 〈명주옥연〉에서 회문은 형수인 구소저의 시비 자란을 겁탈하고 있다. 그 결과 이 시비들은 모두 첩이 된다. 그런데 여기에서도 여성에 대한 남성의 횡포라는 의미를 읽어 낼 수 있음은 물론이다. 이들의 시비에 대한 겁탈은 그 결과를 막론하고 단순한 성희롱이란 차원에서 행해지기 때문이다. 양혜란, 위의 책에서는 〈옥란기연〉을 대상으로 이러한 양상을 고찰하면서, 조선조 후기 사대부 남성의 성에 대한 관념과 그것에 대한 고발의식이 담겨 있다고 하고 있다. 물론 이러한 양상에서 사대부의 성에 대한 관념이 극명하게 표출되고 있음은 사실이며, 그것이 여성에 대한 횡포로 귀결되고 있음도 사실이다. 그러나 작품에서 그것을 과연 고발하고 있는 지에 대해서는 보다 면밀한 고찰이 필요할 것이다. '불화1'의 경우와 같이 문제의 제기는 하면서도 결국은 남성의 논리를 여성이 수용하는 방향으로 이야기가 귀결되고 있기 때문이다.

3.2. 제삼자가 개입하는 경우

3.2.1. 蕩者개입담

異性에 대한 애정적 욕구가 주인공에 의해 추구되고, 비록 그 과정이나 결과가 부정적이라 하더라도 여전히 주인공이 긍정적 인물로 설정되는 것이 앞 절에서 거론한 愛慾추구담이었다면 애정적 욕구의 추구가 곧바로 악인과 연결되는 것이 본 절의 논의 대상인 탕자개입담이다. 愛慾추구담은 비록 그것이 부차적 인물에 의해 수행될지라도, 그 주체가 남에게 큰 해를 끼치는 악인으로는 설정되지 않고 있었다. 그러나 탕자개입담에서 탕자는 악인이 아닌 경우가 없으며 대개의 경우는 처참한 결과를 맞이한다. 이 점에서는 앞 절에서 논의한 〈명주기봉〉의 설소저, 〈유씨삼대록〉의 장소저가 비록 악인이지만 결국은 구제의 대상이 되고, 개과천선한다는 사실과도 차이가 있다.

이 탕자개입담은 대하소설에서 그 설정 빈도수가 쟁총담과 더불어 가장 많은 단위담에 속하며 서술되는 분량면에 있어서도 다른 단위담에 비해서 많은 비중을 차지하고 있다. 이 사실은 작품에 따라 그 변이의 폭도 크다는 것을 의미한다. 만약 가장 많은 비중을 차지하는 단위담이 천편일률적이라면 대하소설 자체가 지니는 인기 혹은 흥미가 반감될 것이다. 따라서 본 절에서는 탕자개입담의 양상을 고찰하기에 앞서 논의의 절차를 우선 마련할 필요가 있다. 이에 탕자의 성별을 그 일차적 기준으로 삼고자 한다. 등장인물의 성격에 따라 이야기의 성격이 바뀐다는 사실은 두말할 나위도 없을 것이다. 더구나 그 성별이 전도될 경우 이야기의 전개양상은 큰 폭으로 변할 것이며, 그 변화의 양상 역시 뚜렷하게 포착될 것으로 기대된다.

우선 탕자가 여성으로 설정된 경우를 보기로 하자. 가장 대표적인 단위담이라 할 수 있는 것은 〈쌍성봉효록〉의 교소교와 〈현씨양웅쌍린기〉의 향아의 경우이다. 이

---

58) 주 47)의 내용을 참조.

중 향아의 경우가 교소교의 경우보다는 비교적 서술분량이 적을 뿐더러 전개양상도 단조롭기 때문에 이것을 먼저 고찰하기로 한다.

임강왕의 딸 향아는 수문과 경문의 인물에 대한 소문을 듣고 이들 중 어느 한 명의 첩이 되고자 한다. 이때, 경문의 처 주소저는 친정 부친이 간신의 참소를 받아 고향으로 쫓겨 갈 때 동행함으로써 집을 비우고 있었다. 이에 향아는 시비 능운 및 요승 월청과 결탁하고 개용단을 이용하여 주소저의 형상으로 변하여 주씨 문중에 잠입한다. 그리고 주소저를 납치하여 도적에게 넘기고 자신이 주소저 형색을 한다. 한편, 납치된 주소저는 일광대사의 도움으로 구출되고 도술을 익혀 운유자라는 이름으로 등장하게 된다. 주어사의 죄가 사해지고 이 假주소저가 현씨 문중으로 들어오자 경문은 그녀가 가짜임을 알고 시비 능선을 문초하여 진상을 밝힌다. 이 과정에서 향아는 월청의 힘을 빌어 도망을 가고 다시 절대가인으로 변하여 수문을 유혹한다. 그러나 이 역시 실패하자 이번에는 제남후 노길과 결탁하여 현씨 문중을 역모사건에 휘말리게 한다. 즉 노길이 수문으로 변하여 천자를 알현하여 불인한 뜻을 보이고 있는 것이다. 이때 운유자가 나타나 월청과 향아를 징치함으로써 이 사건이 종결된다. 이 운유자는 그 전에도 파족의 난에 출전한 수문이 적장의 요술에 빠져 위기에 처해 있을 때 등장하여 수문을 구한 적이 있다. 이것이 향아에 의해 야기되는 사건의 줄거리인데, 여기에는 탕자와 요승과의 결탁, 眞假논쟁, 초월적 구원자의 등장, 주인공 처의 시련, 군담, 역모사건 등의 기본적인 서사단락을 발견할 수 있다. 이를 세밀하게 정리하면 다음과 같다.

① 탕자가 시비 및 요승과 결탁한다.
② 제거대상의 얼굴로 변신하고 제거대상을 납치하여 대리행세를 한다.
③ 음모사실이 발각되나 요승의 도움으로 탈출한다.
④ 제거대상은 죽을 위기에 처하나 초월적 존재의 도움으로 구출된다.
⑤ 전쟁이 발발하여 주인공이 출전한다.
⑥ 주인공이 위기에 몰리자 도술을 익힌 처가 나타나 구출한다.

⑦ 달아난 탕자가 애정의 대상을 바꾸어 다시 음모를 꾸미나 실패한다.

⑧ 탕자가 적장과 결탁하여 주인공 가문을 멸하려 한다.

⑨ 도술을 익힌 처가 나타나 위기를 구한다.

⑩ 탕자 일당이 제거된다.

탕자의 출현은 주인공 가문의 누군가에 대한 애정적 욕구에서부터 출발한다. 그러나 정상적인 방법으로는 자신의 뜻을 달성할 수 없는 처지에 놓인다. 이미 애정의 대상은 혼인을 한 상태이며, 탕자 자신의 성격 자체가 소설에서는 부정적 인물로 묘사되고 있기 때문이다. 이와 아울러 탕자에게 있어서 애정의 대상은 반드시 한사람으로만 고정되지 않는다. 위의 단락 ⑦과 같이 탕자는 일차 대상에 대한 목표가 실패하면 즉시 대상을 바꾸어 다른 음모를 꾸미고 그것마저 실패하면 단락 ⑧과 같이 아예 대상 자체를 없애려고 하고 있다. 애초의 애정적 욕구는 그 본래의 의미를 상실하고 음모 자체가 목적이 되어버리는 양상으로 나타난다. 이러한 탕자의 부정적 성격은 나아가 그와 결탁하는 시비 및 초월자 역시 악인형이라는 점에서 더욱 강조된다. 따라서 이 탕자개입담에서는 기본적으로 선과 악의 대립구도가 선명하게 설정되며, 선이 항상 악을 이긴다는 '福善禍淫'의 논리가 주요하게 적용된다.

이러한 유형의 탕자개입담을 '탕자W1'이라고 하면[59], 유사한 양상의 사건이 〈쌍성봉효록〉의 교소교에게 있어서도 설정되고 있다. 교소교의 애정의 대상인 계영은 이미 소태우의 차녀와 혼인을 한 상태이고, 과거에 급제하여 어사의 벼슬에 처하고 있는 인물이다. 일일은 계영이 교어사의 집을 방문했을 때, 교어사의 누이동생 교소교와 눈이 마주치게 된다. 이를 계기로 교씨는 계영을 잊지 못해 부모에게 혼인의사를 표명하나 음란방자하다는 이유로 꾸지람을 듣고 심당에 갇히게 된다. 이에 교씨는 간특한 시비 영매와 더불어 가출하고 신분을 속이고 탕후의 집에 기탁하게 된다. 이 교씨는 능운이라는 요승을 만나 의기투합하고 약을 먹어 변용하고 또 미혼단을

---

59) 이때, 'W'는 여성을 지칭하는 약자로 연적이 여성임을 의미한다.

먹여 탕후 집안의 사람들을 미혹시킨다. 이때, 탕후의 딸 수벽소저는 정연경의 장자 정세윤의 처 초씨와는 외사촌 사이인데, 세윤의 얼굴을 보고 반하여 수절을 결심한 상태였다. 또 수벽소저의 모친인 최씨는 당시 왕의 총애를 받던 최귀비와 자매지간이었다. 교씨는 이를 틈타 탕부 구성원을 약으로 유혹하고, 귀비의 힘을 빌어 탕소저는 세윤과, 자기는 계영과 각각 혼인을 하게 된다. 교씨는 혼인 후 원비인 소씨를 질투하여 탕소저와 더불어 음모를 꾸미려 하다가 발각되고 능운요승의 힘으로 탈출하게 된다. 교씨는 다시 옥비낭낭이란 도인과 결탁하여 얼굴을 변용하고 임주영과 혼인한다. 이에 교씨는 임부 구성원 모두를 해하기 위해서 일차적으로는 주영의 처 탕씨[60]를 간통죄로 나라에 고발한다. 그리고 다시 임유영의 처 녀씨가 정연경의 아들과 간통한다고 고발하여 임부와 정부에서 큰 화액을 맞이하게 된다. 나아가 교씨는 오랑캐를 도와 전쟁을 도발하기도 하지만 행방불명되어 있던 동안 현열진인에게서 도술을 배운 소소저의 출현으로 패전한다. 이때 천자가 붕하고 태자가 즉위하자 교씨는 림규와 정연경이 역모를 꾸민 것처럼 가장하여 참소하고 이 일로 인해 임부와 정부 모든 구성원들이 또 한번의 화액에 휘몰린다.

〈쌍성봉효록〉 전체 분량의 거의 절반을 차지하는 이 사건은 그 전개방식이 '탕자 W1' 과 상당히 닮아 있다. 그러나 위에서 설정한 10개의 기본항이 순차적으로 그대로 제시되는 것은 아니며, 약간의 변형을 거치고 여기에 새로운 항목을 추가하여 그 전개가 더욱 복잡해지고 있다. 이 양상을 구체적으로 살펴보자. 기본 항목 외에 이 작품에서 새롭게 설정된 부분은 가), 나), 다) 등으로 표기한다.

가) 모녀갈등으로 인하여 모친을 원망하여 가출한다.
① 탕자가 시비 및 요승과 결탁한다. : 영매 및 능운과 결탁.
나) 신분을 속이고 다른 집에 기탁하여 환심을 산다. : 모친을 악녀로 규정, 미혼단의 사용

---

60) 주영의 처 탕씨는 계영의 처 탕씨와 사촌지간이다.

② 제거대상의 얼굴로 변신하고 제거대상을 납치하여 대리행세를 한다. : 소소저의 행세

다) 주인공 집안 며느리들 사이의 쟁총을 야기시킨다.

③ 음모사실이 발각되나 요승의 도움으로 탈출한다. : 능운의 도움.

라) 처음의 요승보다 더 힘이 센 요승을 만난다 : 옥비낭낭

④ 제거대상은 죽을 위기에 처하나 초월적 존재의 도움으로 구출된다. : 현열진인 및 월관도사의 도움

⑤ 전쟁이 발발하여 주인공이 출전한다. ⇒ ⑦-1로 변경

⑥ 주인공이 위기에 몰리자 도술을 익힌 처가 나타나 구출한다. ⇒ ⑦-1로 변경

⑦ 달아난 탕자가 애정의 대상을 바꾸어 다시 음모를 꾸미나 실패한다. : 유영 및 주영에게 접근

마) 미혼단을 사용하여 대상의 정신을 빼앗은 후 기존의 처첩들 사이에 쟁총을 유발

바) 姦夫 및 姦夫書 사건을 통하여 정절훼손 시비를 일으킴

⑦-1. 위의 ⑤와 ⑥이 설정

사) 오랑캐의 전쟁에 합세하여 도술을 사용하여 계영 등을 궁지에 몰아넣음

아) 납치되었던 소소저가 나타나 월관도사와 함께 위기를 구출함

⑧ 탕자가 적장과 결탁하여 주인공 가문을 역모사건에 휘말리게 한다. : 가짜 옥새와 황포사건.

⑨ 도술을 익힌 처가 나타나 위기를 구한다.

자) 현열진인과 월관도사가 위기를 구한다.

⑩ 탕자 일당이 제거된다.

단락 ⑤와 ⑥의 설정순서가 바뀌어져 있지만 이것으로 인해 이야기의 성격이 달라지지는 않고 있어 '탕자W1'의 순서를 비교적 잘 지키고 있다고 볼 수 있다. 도입부에서는 애정적 욕구를 앞세우는 딸과 그것을 淫行으로 규정하는 모친과의 갈등,

그리고 모친을 버리고 가출하는 행동이 새롭게 설정되어 있다. 이것은 단락 나)에서 자신의 모친을, 자식을 내버린 악녀로 규정하는 장면과 더불어 교소교의 부정적인 성격을 더욱더 강조하는 효과를 가져온다. 단락 다), 마), 바)는 음모가 구체적으로 진행되는 장면인데, 쟁총을 부추기고 있다는 점, 미혼단을 사용한다는 점이 추가되어 있다. '탕자W1'에서는 개용단을 사용함으로써 얼굴을 바꿀 수는 있었지만 경문의 총명함으로 인해 금새 탄로가 나고 말았다. 그러나 여기에서는 주인물의 총명을 미혼단으로 흐리고 있기 때문에 이들의 음모는 보다 지속적으로 전개될 수 있다. 단락 라)에서는 더 힘이 센 요승을 찾아 결탁하는 장면이 추가된다. 이에 따라 현열진인과 월관도인의 개입 역시 '탕자W1'보다 잦아지고 있다. '탕자W1'에서는 ⑨에서 설정된 위기의 구원자가 주소저임에 반해 여기에서는 초월자로 설정되어 있는 것도 이런 맥락과 맞닿아 있다. 한편 단락 ⑤, ⑥, ⑦-1과 같은 군담은 여성인 피해자가 자신의 적을 스스로 나서서 징치할 수 있는 기회를 부여하는 역할을 하고 있다.[61]

따라서 이 두번째의 단위담은 '탕자W1'과 비슷한 양상을 지니지만 탕자의 음모가 더욱 확대되고 이에 따라 초월자의 개입도 더욱 확대되는 양상을 지닌다. 그러나 이러한 확대가 단위담의 성격 자체를 본질적으로 바꾸지는 못하고 있다. 다만 '탕자W1'의 성격을 더 강화하고 있을 따름이다. 이와 같이 그 성격은 달라지지 않으면서 음모의 과정만 확대되고 있는 경우를 '탕자W1+a'라고 지칭하기로 한다. 이때 'a'는 다른 방식으로 새롭게 추가되는 음모의 수단을 의미한다.

'탕자W1'의 경우는 사실 탕자가 애정의 대상과는 아무런 연관성이 없는 인물이다. 극단적으로 말하자면 갑자기 불쑥 튀어나온 인물이다. 그런데 탕자가 친자매로 설정되는 경우가 있어 주목된다. 〈명주기봉〉의 예주와 영주의 관계가 그 대표적인 경우이다. 사마예주는 일찌기 웅린과 혼약을 한 상태였는데, 웅린은 예주의 쌍둥이 언니이자 행실이 나쁜 영주와 예주를 혼동하여 예주를 탐탁케 여기지 않는다. 그러던 중 영주는 웅린에게 애정을 지니고 시비 교란과 더불어 예주를 음해하고자 한다.

---

61) 이러한 군담의 설정은 다른 한편으로는 장편소설과 〈백학선전〉, 〈이대봉전〉 유형의 여장군형 군담소설과의 영향관계를 짐작하게 하는 부분이라고 볼 수 있다.

이에 영주는 개용단을 구해 가짜 姦夫를 설정하고 姦夫書를 작성하여 예주의 정절을 모해한다. 뿐만 아니라 웅린을 겁탈하기까지 한다. 예주는 영주의 모해를 받고 누명을 풀지 못하고 유배를 떠나게 되는데, 도중에서 영주의 사주를 받은 도적에게 습격을 받아 위기에 처하나 一夢(조모의 현몽)을 얻고 지성사에 기탁한다. 한편 영주는 음모 사실이 탄로나 유배를 가게 된다. 예주는 누명을 벗고 다시 돌아오게 되는데, 영주의 유배소식을 듣고는 웅린을 냉담하게 대한다. 그러나 웅린이 영주와 화해하겠다는 약속을 하자 화해를 한다. 영주는 훗날 돌아와 개심하고 현씨 가문에 용납된다.

이 이야기는 일견 '탕자W1' 과 비교하여 별 차이가 없는 듯이 보인다. 다만 요승과의 결탁 장면이 없음으로 인해 음모의 정도가 약화되어 있으며, 처음에는 주인공이 아내와 탕자을 분간하지 못한다는 점, 탕자가 애정의 대상을 겁탈한다는 점 등의 새로운 장면이 설정된다는 점에서 차이를 보일 뿐이다. 그러나 여기에는 탕자가 징치되고 난 후에도 주인공 부부가 불화를 계속하며, 훗날 탕자가 개과천선하고 주인공 가문에 용납됨으로써 자신의 애정을 성취한다는 점에서 중요한 차이를 보인다.

여기에서 탕자가 완전히 징치될 수 없는 이유는 그가 주인공 아내와 친자매라는 사실에서 기인한다. 예주는 누명을 벗고 떠났던 가정으로 복귀하지만 자기로 인하여 언니가 죄인이 되었다는 심한 자책감에 빠지는 것이 바로 그것이다. 어디까지나 예주의 입장에서는 영주가 자신의 적이 아니라 친자매라는 사실이 더 우선시되는 것이다. 따라서 이 경우에는 탕자가 친자매이기 때문에 비록 악한이지만 끝까지 포용하겠다는 주인공 아내의 입장이 서술된다는 점에서 '탕자W1' 과는 상당한 차이를 보이고 있다. 이러한 탕자개입담을 '탕자W2' 라 하기로 한다.

'탕자W2' 는 다시 〈임화정연〉에서 희주와 미주의 관계로 설정된다.

1) 정연경이 우연히 여금오의 집을 지나치다가 금오의 딸 미주(소씨소생)의 눈에 띄임.

2) 여미주, 이때부터 연경에게 정을 두고 편지를 보내는 등 부덕한 일을 저지르다.

3) 여금오가 일몽을 얻고는 첫 딸 희주(강씨소생)를 연경과 혼인하게 하다.

4) 소씨와 미주, 강씨와 희주에게 앙심을 품고 모해하기 시작하다.

5) 연경이 희주를 미주로 착각하여 박대하여 갖은 음모를 꾸민다.

6) 미주가 연경의 방에 몰래 들어가 연경을 겁간하고 임신한다.

7) 이후 여금오의 집에서는 소씨와 그 자녀들이 희주를 해치기 위해 갖은 술수를 동원한다.

8) 미주가 가출하여 우연히 만난 송부인에게 기탁하여 쌍동이를 낳는다.

9) 소씨계 자녀들의 강씨계 자녀들에 대한 음모가 더욱 심해진다.

10) 연경의 미주에 대한 태도로 인해 희주와의 사이에 금슬이 좋지 못하다.

11) 희주의 간청으로 미주를 용납한다.

여기에서 단락 2), 4), 5), 6), 10), 11) 등은 이미 영주의 경우에서도 나타났던 장면이다. 단락 2), 4)와 같이 주인공이 탕자와 아내를 혼동하는 장면, 단락 6)에서의 겁탈 장면[62] 이 그러하며, 특히 '탕자W2'의 가장 특징적인 부분이라 할 수 있는 단락 10)과 11)이 설정되고 있다는 점에서 서로 간의 공통점을 확인할 수 있다. 그런데, 이 경우는 미주와 희주가 서로 母系가 다르다는 점에서 상당한 차이를 보이고 있다. 미주는 소씨의 소생이고, 희주는 강씨의 소생으로 설정되어 있다. 그리고 소씨는 항상 현숙한 덕을 지닌 강씨를 시기하고 있는 존재이다. 물론 미주와 희주의 관계만을 국한시켜 놓고 본다면 이야기가 비슷하게 진행되지만 이것이 단락 7), 9)와 같이 강씨계 자식과 소씨계 자식들의 치열한 대립으로 확대되고 있는 것이다. 단락 8)에서 볼 수 있듯이 애초에 사건을 일으킨 미주가 집을 떠나 버린 상태에서도 이 싸움은 더욱 치열해지고 있다. 따라서 이 이야기는 미주와 희주를 중심으로 한 탕자개입담이 자궁갈등담으로 확대되는 양상을 보여준다. 이 과정에서 소씨는 자신의 아들 성옥으로 계후를 삼기위해 강씨 소생인 중옥을 제거하려는 음모를 꾸민다. 포악한 강씨를 싫

---

62) 〈임화정연〉에서는 이 겁탈이 단순한 행동이 아니라 잠자리를 같이함으로써 연적이 잉태를 하고 있기 때문에 더욱 심각한 양상으로 발전하고 있다.

어한 려금오가 중옥으로 계후를 정하자 이에 강씨는 미혼단을 구해 려금오를 혼미하게 만드는 한편 개용단을 이용해 중옥과 며느리 조씨를 훼절시비에 몰아 넣는다. 조씨는 정옥의 처인데, 정옥이 죽은 후 수절한 상태였다. 이에 소씨는 假중옥과 假조씨를 만들어 정을 통하는 장면을 연출하여 중옥과 조씨를 참소하는 것이다. 이는 비록 선하지 못한 모계의 일방적인 음모로 진행된 것이기는 하지만 단순한 탕자의 차원을 넘어 서로 다른 모계 간에 벌어지는 가문의 주도권 다툼이란 의미를 지니고 있는 것으로 이해할 수 있다.[63]

이와 같이 탕자가 친자매가 아니라 서로 모계가 다른 이복자매의 관계로 설정되어 그것이 자궁갈등의 양상으로 확대되는 단위담을 '탕자W3'이라 하기로 한다. 이와 같은 유형으로 볼 수 있는 단위담으로는 〈명주옥연〉, 〈하진양문록〉 등이 있다.[64] 〈명주옥연〉에서는 희백과 벽주 부부 사이에 교주가 탕자로 개입하여 부부 사이를 모해하고 있으며, 교주의 모계인 황씨계 자식들의 벽주의 모계인 윤씨계 자식에 대한 일방적인 음모가 설정되어 있다. 우선 그 서사단락을 살펴보자.

1) 희백이 광평왕의 딸, 윤비 소생 옥화군주 벽주와 혼인을 한다.
2) 광평왕의 딸, 황씨 소생 교주가 희백을 사랑하여 벽주를 시기한다.
3) 황씨계 자식 문회군 형 등이 결탁하여 윤씨 및 벽주에 대한 음모를 벌인다.
4) 벽주가 유배를 떠나고, 도중에 납치되나 극적으로 구원된다.
5) 황씨 일당의 계속되는 음모로 윤씨 및 윤씨 소생 자식들이 광평왕의 박대를 받는다.
6) 교주가 자신을 용납하지 않는 희백부자에게 음모를 행한다.
7) 교주의 음모가 발각되나 도주한다.

---

63) 〈하진양문록〉의 경우도 진세백을 둘러싼 윤씨 소생 옥주와 주씨 소생 교주의 대립이 설정되어 있는데, 이 역시 단순한 삼각관계가 아니라는 점에서 주목된다. 서대석에 의하면 이러한 모계자궁갈등은 남성적 시각으로는 상상할 수 없는 여성적 시각의 소산이다. 서대석, 「하진양문록」, 『완암김진세선생회갑기념논문집』, 집문당(1990) 참조.
64) 〈하진양문록〉에 대해서는 서대석, 위의 논문 참조.

8) 도주한 황씨 일당이 우화요승을 만나 새로운 음모를 꾸민다.

9) 희문과 연소저 부부를 모해한다.

10) 납치된 연소저는 일광대사의 도움으로 구원되어 도술을 익힌다.

11) 교주 일당의 음모가 밝혀지자 다시 희성부부를 음해하려고 한다.

12) 우화요승이 천린에게 반하여 음모를 꾸며 천린을 유혹하려고 한다.

13) 이들의 음모가 발각되나 다시 도주한다.

14) 이때, 교주와 힘을 합친 전기와 황축의 난이 일어나 희백, 희문 등이 출전한다.

15) 도술을 익힌 연소저가 나타나 적을 무찌른다.

그런데 위의 서사단락을 보면 단락 1)~7)까지는 '탕자W3'과 같은 진행을 보이는데, 단락 8) 이하는 오히려 '탕자W1'과 같다. 즉 여기에서는 ① 벽주에 대한 교주의 음모, ② 강씨계 자녀들에 대한 황씨계 자녀들의 음모, ③ 현씨 문중에 대한 황씨 일당의 음모가 복합적으로 설정되어 있어, 이중 ①항과 ②항이 '탕자W3'의 기본항인데 반해 ③항은 그렇지 않다는 것이다. ①항과 ②항이 진행되는 과정에서 황씨는 아들 형과 군을 모두 사고로 인해 잃게 된다.[65] 이 아들이 죽은 후부터는 이제 ③항이라는 새로운 대결구도가 펼쳐지고 있는 것이다. 즉 그들의 음모대상이 바뀐 것이다. 이 ③항에서는 우화라는 요승과 결탁하여 현씨 문중 자녀들의 부부 사이를 음해하고 있으며, 교주는 희문에게, 유모 설매는 희성에게, 우화는 천린에게 각각 애정욕구를 품고 개용단, 미혼단 등의 요약을 사용하여 갖은 음모를 꾸미고 있다. 그리고 단락 10), 14), 15)와 같이 납치된 신부가 도술을 익히고, 탕자가 전쟁에 가담하고, 도술을 익힌 신부가 나타나 적을 무찌르는 장면이 설정되어 있다. 이 사항들은 모두 '탕자W1'과 그 변이형 '탕자W1+a'를 구성하는 기본단락들이었다. 따라서 〈명주옥연〉의 이 단위담은 기본적으로 '탕자W3'을 토대로 하면서 다시 '탕자W1'의 성격을 복합하여 설정되고 있다고 볼 수 있다. 사실 〈명주옥연〉에서 이 단위담은 작품의 전체

---

65) 이들의 죽음은 음모와는 상관없이 발생한다.

를 차지하고 있다. 작품 전체를 통해서 설정되는 악인형 인물은 황씨계 자식 그리고 그들과 합세한 초월자 우화요승밖에 없다. 이들의 음모가 모두 끝나는 것과 작품의 대단원이 일치하고 있는 것이다. 이러한 경우를 '탕자W3+a'라고 할 수 있을 것이다.

이상에서의 고찰이 탕자개입담 중에서 탕자가 여성으로 설정되어 있는 경우였다. 그 결과를 도표를 통해 정리하기로 한다.

	탕자W1	탕자W2	탕자W3
서사적 기본항	요승과의 결탁 신부의 납치 및 진가논쟁 초월자의 등장과 신부의 도술수련 군담과 신부의 출현	훼절시비 애정대상에 대한 겁탈 남편의 연적거부에 대한 신부의 고민 연적의 개과천선	'탕자W2'의 기본항 서로 다른 모계간의 갈등
연적의 성격	관계 없음	친자매	이복자매
단위담의 성격	선악의 단선적 대결 초월계의 잦은 개입 군담을 통한	우애로 인한 연적의 포용 악인의 개과천선 여성의 활약	연적담이 모계의 쟁총과 결합하여 자궁갈등으로 확산
비 고	음모수단의 다양화로 사건전개의 변이를 다각도로 모색	左項의 가능성이 잔존	左項의 가능성이 잔존 '탕자W1'과 복합

다음으로 탕자가 여성이 아니라 남성으로 설정되어, 신랑이 아니라 신부에게 애정욕구를 지니는 경우를 살펴보자. 이 경우는 〈임화정연〉, 〈옥난기연〉에서 기본적 단위담으로 설정되어 있으며, 〈유효공선행록〉, 〈옥원재합기연〉 등에서는 다른 단위담의 기본단락으로 설정되어 있다. 〈임화정연〉에서는 림규와 정연양 사이에 정연양의 외사촌 진상문이 개입함으로써 사건이 발생하고 있다. 우선 그 순차적 진행을 살펴보면 다음과 같다.

1) 정현의 딸 정연양과 림규가 정혼을 한다.
2) 연양의 모친 진씨가 림규를 못마땅하게 여긴다.

3) 이때, 연양의 외사촌 오빠인 진상문이 정소저를 사모하여 혼인의 뜻을 둔다.

4) 진상문이 향시에 장원으로 급제하고 림규는 응시를 하지 않다.

5) 진부인이 상문과 정소저를 혼인시키려 하나 정공이 단호히 거절하다.

6) 진상문은 림규에게 앙심을 품고 림규를 진부인에게 계속 참소한다.

7) 나라에서 과거를 열자 림규는 불응하고 진상문이 장원급제하다.

8) 진상문, 이에 간신 호유용과 결탁하여 정현을 원찬시키다.

·9) 진부인이 임부에 퇴혼를 고하고 진상문과 정소저의 혼인을 결정하다.

10) 정소저, 시비 가월의 도움을 얻어 남복개착하여 가출하다.

11) 정소저, 도중에 여러번 위기를 맞이하나 시비 가월의 도움으로 극복한다.

12) 진상문이 림규와 정연경(정연양의 남동생)을 해하려 하나 실패한다.

13) 진상문이 당을 모아 림규를 역적으로 몰아 세운다.

14) 림규, 연국으로 피신하고 연국이 반란을 일으켜 승리한다.

15) 진상문과 호유용이 간신으로 규정되어 징치되고 림규와 정연양이 혼인한다.

이 일련의 사건들은 〈소대성전〉, 〈유충렬전〉 등 이른바 군담소설에서 볼 수 있는 '영웅의 일대기' 구조 및 '혼사장애주지'와 흡사하다. 림규가 집안이 가난하고 몰골이 추악하다는 이유 때문에 장모 진씨에게 박대를 받는다는 점, 정연양이 남복개착하고 탈출한다는 점, 림규가 정치적인 사건을 통해 잠재된 능력을 드러내고 간당을 무찌른다는 점 등이 바로 그것이다. 그러나 진상문과 정현, 그리고 림규와의 관계가 애초부터 정치적 관계를 표방하지 않는다는 점에서 큰 차이를 보인다.[66] 여기에서의 정치적 대결은 외사촌 진상문의 정연양에 대한 애정이란 성취욕구를 달성하기 위한 수단적 기제로 설정되고 있다.[67] 단락 8)에서 진상문이 정공을 모해한 이유는 그가

---

66) 〈유충렬전〉, 〈조웅전〉 등에서는 주인공의 시련이 간당과 주인공 가문과의 정치적 견해의 차이에서 비롯되며, 주인공은 이 정치적 박대의 과정에서 장차 장인될 사람을 우연히 만난다.

67) 여기에서 사용된 '성취욕구' 및 '수단적 기제'라는 용어에 대해서는 이상택, 위의 책, pp. 207~216의 내용을 참조.

없으면 진씨의 도움으로 정연양과 혼인을 할 수 있다는 판단에서 기인한다. 이에 진상문은 천거의 형식으로 정공을 서울로 불러 들여 집을 비우게 하려고 하였다. 그런데 정공이 이를 거절하자 정치적 모해를 한 것이다.[68]

앞서 고찰한 탕녀개입담의 경우, 이와 같은 정치적 사건이 설정되는 경우는 발견되지 않았다. 물론 역모사건과 같이 정치적 소재가 차용되는 경우는 있었지만 이를 두고 본격적인 정치적 사건이라고는 할 수 없다. 어디까지나 정치적 사건이라는 것은 정치적 견해를 달리하는 사람들끼리의 대립이 설정되어야 하기 때문이다. 그렇다면 이 진상문의 경우는 애정욕구를 달성하기 위해 정치적 사건을 이용하고 있다는 점에서 '탕자W' 의 유형과 상당한 차이를 보이고 있는 셈이다. 이를 '탕자M1' 이라 하자.[69]

다음으로 〈옥난기연〉의 조생의 경우를 살펴보자.

1) 장두의 장자 추성이 국구 소잠의 필녀 선주와 혼인을 한다.

2) 선주의 외사촌 조생이 선주에게 흑심을 품어 추성을 질투한다.

3) 조생이 선주를 음란지녀로 몰아 추성의 박대를 받게 한다.

4) 추성이 선주를 출거시킨다.

5) 그러나 장각노의 중재로 선주가 다시 돌아온다.

6) 조생이 왕즐을 사귀어 새로운 음모를 꾸민다.

7) 조생이 천자에게 소소저의 음행을 참소한다.

8) 천자가 송사를 벌이나 왕즐의 거짓증언으로 선주는 누명을 쓰고 유배간다.

9) 선주, 유배 도중 왕즐의 무리를 만나 위기에 몰리나 시비 홍낭의 기지로 탈신한다.

10) 조생이 과거에 급제하여 재물과 당을 모은다.

---

68) 따라서 이 단위담은 연적개입담의 성격을 지닌다. 〈임화정연〉에 대한 선행 연구에서는 임규를 중심으로 한 '영웅의 일대기' 구조에 주목하여 이러한 성격을 간과하고 있다.

69) 이때, 'M' 은 남성임을 의미한다.

11) 왕즐이 개용단을 먹고 추성으로 변하여 민간에 작폐하니 추성이 잡힌다.

12) 시비 홍낭이 맹후익을 만나 가짜 추성(왕즐)을 잡아 천자에게 바친다.

13) 천자가 송사를 벌여 왕즐을 하옥시킨다.

14) 조생이 증인을 없애고자 왕즐을 독살하려 하나 실패한다.

15) 모든 음모의 사실이 발각되어 사건이 종결된다.

16) 돌아온 선주가 추성을 멀리하고 친정을 고집한다.

17) 추성이 분노하고 선주가 병이 난다.

18) 시간이 지나자 화해한다.

위의 '탕자M1'과 같이 여기에서도 탕자가 신부의 외사촌으로 설정되어 있다는 점에서 일단 그 공통점을 확인할 수 있다. 뿐만 아니라 '탕자M1'의 가장 큰 특징이라고 할 수 있는 정치적 사건이 단락 10)에서부터 발생하고 있다. 조생이 과거에 급제한다는 점, 당을 모은다는 점 등이 바로 그것이다. 그리고 조생은 당을 모은 다음, 추성을 민간에 작폐하는 인물로 규정하여 고발하고 이로 인해 추성이 위기를 맞이한다. 이 역시 정치적 사건의 맥락에서 이해할 수 있는 부분이다. 그런데 '탕자M1'에서는 탕자가 애정욕구를 성취하기 위해 신랑을 모해하고 있었지만 여기에서는 처음에 신부를 모해하고 있다는 점에서 큰 차이를 보인다. 즉 탕자인 조생이 애초에 추성을 모해하는 것이 아니라 오히려 선주를 모해하고 있다는 것이다. 조생은 개용단을 사용하여 姦夫 및 姦夫書 사건을 연출함으로써 선주의 정절을 훼손하려고 한다. 이에 선주는 누명을 쓰고 유배를 간다. 이 장면은 '탕자W'에서 빈번하게 설정되었던 것이다. 따지고 보면 탕자가 여성에서 남성으로 바뀌어 있지만 사건의 진행양상은 별 차이가 없다. 그런데 이 말은 곧 애정을 성취하기 위해서 애정의 대상을 제거하려고 한다는 논리로 연결된다. 사실 이 점은 제대로 납득이 가지 않는 부분이다. 따라서 이 부분은 앞서 본 '탕자W3+a'의 경우와 같이 분량을 확장하고 사건의 변화

---

70) 이런 경우를 '연적M1+a'라고 할 수 있을 것이다.

를 꾀하려는 과정에서 기인하는 현상으로 볼 수 있을 것이다.[70]

그러나 여기에서도 남성이 탕자로 등장할 경우, 성취목표를 위한 수단적 기제로 정치적 사건이 설정되어 있다는 점은 확인할 수 있다. 따라서 이때, 탕자는 곧 政敵의 의미까지를 포함하고 있는 것으로 이해할 수 있다. 이러한 양상은 기본적 단위담은 아니지만 탕남이 기능단락으로 설정되는 경우에서도 확인된다. 〈유효공선행록〉, 〈옥원재합〉의 경우가 대표적인 경우이다.

> 이 다른 ᄉᆞ롬이 안여 홍이 뎡시의 아롬다오미 세상의 ᄒᆞ나흰 줄 보고 일졈 싀긔로써 그 금슬을 희짓고ᄌᆞᄒᆞ여 가ᄉᆞ를 불너 격동ᄒᆞ니[71]

〈유효공선행록〉에서 홍은 시종일관 연을 시기하던 중 연이 정부인과 혼인을 하자 정부인의 아름다움을 시기하여 모해의 가사를 지어 부른다. 그리고 급기야는 부친에게 정부인이 음란하다고 참소하여 축출하게 한다. 물론 〈임화정연〉의 진상문이나 〈옥난기연〉의 조생과 비교한다면 홍은 적극적인 의미에서의 탕자는 아니다. 홍의 음모는 정부인에 대한 애정이 아니라 연에 대한 시기에서 비롯하고 있기 때문이다. 홍은 이미 연과는 정치적 이해를 달리하고 있는 존재이며, 연을 정치적으로 음해하고 있는 인물이다. 연을 제거하려는 홍의 의도가 바로 그 부인에 대한 시기로 확산되고 있는 것이다. 〈옥원재합〉 역시 사정은 마찬가지이다. 여기에서는 소세경과 니현영 사이에 탕자로 왕방이 개입한다. 이때, 왕방은 왕안석의 아들이며, 왕안석은 녀혜경과 더불어 소세경 부자에 대한 정치적 박해를 끊임없이 행하는 인물이다. 이에 왕방 역시 자신의 정치적 권세를 내세워 니현영의 부친 니원외를 협박하여 현영과의 혼인을 기도한다. 물론 이러한 사건들을 본격적인 탕자개입담이라고 할 수는 없겠지만, 政爭이 주인공 신부에 대한 모해와 친연성을 지니고 있음을 확인하게 해주는 부분이라고 볼 수 있을 것이다.[72]

---

71) 「유효공선행록」, 권지일.

지금까지의 논의에 의하면 탕자개입담은 탕자가 여성인가 남성인가에 따라 그 전개양상이 변화되고 있음을 알 수 있었다.

특히 남성이 탕자로 설정될 경우는 정치적 사건이 애정욕구를 달성하기 위한 수단적 기제로 매개된다는 특징을 보여주었다. 그리고 여성으로 설정될 경우는 탕자와의 관계가 임의적 관계냐 아니면 자매인가에 따라 전개양상이 달라진다는 사실이 드러났다. 나아가 자매의 경우에 있어서도 친자매와 이복자매의 경우가 상당한 차이점을 보이고 있었다. 그러나 이러한 본질적인 차이를 지니고 있음에도 불구하고 탕자가 대상을 공격하는 음모수단을 어떻게 동원하고 있으며, 얼마나 많은 음모가 설정되느냐에 따라서 또 다른 변화가 모색되고 있었다.[73]

3.2.2. 쟁총담

쟁총이 처와 처 혹은 처와 첩 사이에서 남편의 총애를 둘러싸고 벌어지는 사건을 의미한다면 이것은 대하소설 뿐만 아니라 조선조 소설에서 빼놓을 수 없는 이야기의 유형이라고 할 수 있다. 주지하다시피 조선조 사회가 완고한 가부장제적 질서를 유지하고 있었던 만큼, 비록 법으로 一夫多妻가 규제되고 있었다 할지라도 실제로는 그것이 일반화되어 있었다.[74]

---

72) 이 점은 여성보다는 남성이 정치적 공간과 더욱 친연성을 지닌다는 의식의 소산이라고 볼 수 있다. 또한 이에는 정치적 횡포가 혼사장애에 직접적인 원인을 제공하는 〈유충렬전〉, 〈조웅전〉 등의 군담소설과의 영향관계도 작용했을 것이다. 한편, 이러한 사건들의 진행과정에서 정치적 의미가 삭제되어 나타나는 경우도 있다. 〈임화정연〉의 이창백, 〈옥난기연〉의 주현경 등에 의한 횡포가 그것이다. 이들은 각기 화소저, 소소저에게 애정욕구를 지니고 겁탈하려는 의도를 지녔던 인물이다. 따라서 소극적인 의미에서 본다면 이들도 남성연적이라고 할 수 있다. 그러나 이들은 주인공과 어떠한 이해관계도 지니지 못하고 있는 인물이다. 이러한 사건은 주로 주인공 아내가 음모로 인해 집을 떠나 방황하는 중에 짧게 설정되는 삽화적 사건이다. 따라서 여기에서는 여성에 대한 남성의 횡포라는 가부장제에 대한 시각과 동시에 여성의 수난을 보다 심화시키려는 의도를 찾을 수 있을 것이다.

73) 이러한 변수를 본 절에서는 'α'로 설정하여 기호화한 바 있다.

74) 다음의 기록을 보면 실제로 조선조에서 일찍이 일부다처를 법으로 엄격히 규제하려는 의도를 지니고 있었음을 알 수 있다. 그러나 이러한 기록의 이면에는 또한 당시 사회에서 일부다처 혹은 축첩의 문제가 빈번하게 발생하고 있었음을 읽을 수 있다.

처첩의 문제가 소설의 주요한 소재로 설정되고 있는 것도 이와 무관하지는 않을 것이다.[75] 2장의 고찰에 따른다면 본고가 대상으로 하고 있는 작품에서도 이 쟁총담은 설정빈도수가 가장 높은 단위담이다. 더구나 대하소설에서는 주인공 가문이 한결같이 세력을 유지하고 있는 명문대가로 설정되고 있기 때문에 그 가문의 구성원들은 대개가 복수의 처첩을 거느리고 있으며, 이로 인해 어떤 식으로든 처첩 사이에서 갈등이 빚어지고 있다.

이 쟁총담은 쟁총을 일으키는 원인에 따라 다양한 전개방식을 지닌다. 앞에서도 고찰했듯이 '愛慾2'와 '愛慾3'의 경우만 하더라도 주인공의 애정갈등과 그 결과가 쟁총과 결합되고 있었으며, '탕자W3'의 경우도 탕자개입담이 쟁총과 결합되는 양상을 보이고 있었다. 뿐만 아니라 '탕자W2'에서는 탕자가 개입하여 쟁총을 발생시키는 경우도 있었다. 이와 같이 쟁총담은 다른 단위담과 복합되는 형태로 설정되는 경우가 대부분이다. 때문에 쟁총담은 그것이 독립적으로 설정되는 경우가 제한되어 있다. 그럼에도 불구하고 본 절에서 쟁총담의 형태를 따로 분리하여 논의하려고 하는 것은 이들 쟁총담이 어떤 단위담과 결합되든지 쟁총 자체의 전개방식은 그 의미 유무를 떠나서 상당히 정형화되어 있기 때문이다. 물론 이러한 정형성은 쟁총담이 지니고 있는 기본적인 서사항목과 그 전개 과정에서 설정되는 음모의 방식에서 기인하고 있다. 따라서 여기에서는 쟁총담의 의미 혹은 그 기능을 고찰하는 데 주안점을 두는 것이 아니라 그것의 기본 서사항과 음모의 설정방식을 고찰하는 데 주안점을 두고자 한다.[76]

---

① 太宗二年春正月 命禮曹及領春秋館事河崙 知春秋館事權近等 考三代以下歷代君王妃嬪侍女之數以聞 禮曹上 日 臣等謹按昏義曰 諸候一娶九女 娶一國則兩國勝之 皆以姪 從也 卿大夫一妻二妾 士一妻一妾 所以廣繼嗣防淫佚也 前朝之制 婚禮不明 嫡庶無制 多或至於蹙數 以至 亂 少或至於闕數 以至絶嗣 其不循先王之典 以紊大倫 非細故也 惟我國家 凡所施爲動違成憲 婚姻之禮 尙循舊弊 非所以正始之道也 伏望殿下 一依先王之制 以備宮壼之儀 至於卿大夫士 亦依定制 致不絶嗣 毋或蹙越 以定人倫之本 如有違者 憲司料理 允之〈實錄, 太宗22年〉.

② 民年四十以上無子 方聽娶妾 違者 笞四十 有妻娶妻 杖九 離異 以妻爲妾 杖 妻在以妾爲妻 杖九〈典律通考〉

75) 이원수, 「가정소설 작품세계의 시대적 변모」, 경북대 박사논문(1991)에 의하면 처첩갈등형 소설과 계모-전실자식 갈등형 소설을 "일부다처제하의 문제적 가족 구성에서 기인된 가족 갈등이 서사의 중심축이 되고 있는 소설"로 규정하고 있다.

쟁총이 다른 단위담과 결합되지 않고, 오로지 전처와 후처 혹은 처첩 사이의 쟁투만으로 전개되는 대표적인 경우는 〈소현성록〉의 화부인－석부인－여부인 사이의 쟁투가 있다.[77]

1) 소현성이 평장사 화현의 장녀 화소저와 혼인한다.

2) 소현성이 석참정의 딸 석소저와 혼인한다.

3) 화부인이 부덕이 부족하여 석부인을 시기한다.

4) 현성의 균형잡힌 제가로 인해 가정이 화목하다.

5) 추밀사 여운이 후궁 여씨를 통해 자신의 딸을 현성과 혼인시킨다.

6) 화부인이 여부인에 대해 투기를 한다.

7) 여부인이 석부인에 대해 투기를 한다.

8) 여부인이 음모를 꾸며 석부인을 음란지녀로 몰아세운다.

9) 현성이 석부인을 출거시킨다.

10) 여부인이 다시 음모를 꾸며 화부인을 음란지녀로 몰아 세운다.

11) 현성이 여부인의 음모를 알고 진상을 밝힌다.

12) 여부인이 축출된다.

단락 1)～12)까지가 모두 하나의 쟁총담으로 엮어져 있지만 그 안에는 다시 작은 쟁총이 네 차례에 걸쳐서 발생하고 있다. 화부인의 석부인에 대한 쟁총(단락3), 화부인의 여부인에 대한 쟁총(단락6), 여부인의 석부인에 대한 쟁총(단락7), 여부인의 화부인에 대한 쟁총(단락10)이 그것이다. 그러나 이중에서 본격적인 사건으로 발전하

---

76) 여기에서 모든 쟁총담을 일일이 거론할 수는 없기 때문에 비교적 분량이 길고 전형적인 경우를 중심으로 논의를 진행하고자 한다. 그러나 이 결과가 다른 쟁총담의 상황을 왜곡하는 일이 없도록 하기 위해서 특징적인 차이를 보이는 경우는 별도로 제시하도록 한다.

77) 이 외에 쟁총이 독립적으로 설정되는 경우는 〈임화정연〉의 '연생－주소저－중선'의 경우와 '진상문－호소저－류소저'의 경우, 〈옥난기연〉의 '하간왕－장월혜－두 명의 총희'의 경우, 〈유씨삼대록〉의 '세필－박소저－순소저'의 경우 등이 있다.

는 경우는 단락 7)과 단락 10)이다. 단락 3)은 화부인이 비록 석부인을 시기는 하지만 소현성의 균형잡힌 齊家와 시모인 양부인의 훈계로 인해 화락한 가정을 이룬다.[78] 이 점에 있어서는 단락 6)의 경우도 마찬가지이다. 때문에 이 두 쟁총은 표면화되지 못하고 있다. 단락 8)과 10)에서는 여부인이 석부인과 화부인을 제거하려는 음모를 꾸미고 있어 비로소 쟁총이 표면화되고 있다[79]. 여부인은 妖滅物사건[80], 置毒장면[81]을 연출하여 석부인이 시모인 양씨를 죽일 의도를 지니고 있었던 것처럼 일을 꾸민다. 또 개용단을 이용하여 姦夫 및 姦夫書 사건을 연출하여 석부인을 음란한 여자로 몰아 세운다. 현성은 이에 석부인의 정절을 의심하여 축출한다. 단락 10)의 음모 역시 이와 유사한 방식으로 진행된다.

이 과정에서 가장인 현성의 성격은 4)와 9)에서 달리 규정되고 있음을 발견할 수 있다. 단락 4)에서는 제가를 잘하는 바람직한 가장의 모습이, 단락 9)에서는 음모에 속아 넘어가 선한 처를 축출하고마는 무능한 가장의 모습이 발견되는 것이다. 그러나 대하소설에서 설정되는 주인공 가문의 가장은 〈유효공선행록〉의 유정경을 제외하고는 대부분의 경우 혜안을 지닌 존재들로 설정되고 있다. 소현성 역시 마찬가지이다. 이 작품 전반을 통하여 그가 무능한 존재로 설정되는 경우는 없다. 따라서 단락 9)는 현성의 무능한 성격에 초점을 두고 있는 것이 아니라 가정과 가문의 화목에 가장의 능력 즉 가장권의 확립이 그만큼 중요하다는 의식을 보여주고 있는 대목이

---

78) 이승복, 위의 논문에서는 이와 같은 양상에 대해서 가장의 부재로 인한 가문의 질서를 확립하고자 하는 의식을 읽을 수 있다고 하고 있다.

79) 물론 사건으로 형상화되지 않고 심적인 단계에 머무르고 있는 화부인과 같은 경우도 광의의 의미에서는 쟁총이라고 말할 수 있을 것이다. 그러나 소설에 설정되는 쟁총의 일반적인 모습을 감안한다면 본격적인 쟁총은 그것이 어떤 사건으로 표면화되었을 경우이다.

80) '妖滅物사건'이란 어떤 인물을 저주하거나 살해할 목적으로, 木人이나 흉물, 부적 따위를 대상의 주변에 묻어 두는 사건을 말한다. 이는 〈명주기봉〉에서 설소저가 월성공주를 모해하기 위해서 또 〈유씨삼대록〉에서 장소저가 진양공주를 모해하기 위해서 사용된 바 있다.

81) 음식물이나 술잔에 미리 독을 타 두고 그것을 음모의 대상이 가져가게 함으로써 살인에 연루되게 하려는 음모의 한 방법이다. 〈옥란기연〉에서는 하간왕의 두 명의 총회가 장소저를 모해하기 위해서 왕의 생일날 장소저가 하간왕에게 드리는 술잔에 미리 독을 넣는 장면이 설정되어 있다. 대개 이 경우는 갑자기 술잔이 엎질러짐으로써 탄로가 나며, 음식물의 경우는 밥을 먹기 전에 음식 한조각을 마당에 버리고 그것을 개가 먹고 죽음으로써 탄로가 난다.

3. 單位談의 전개양상 107

다.[82]

이 논리는 다시 이 작품의 또 다른 쟁총인 이소저에 대한 정소저의 쟁투에서 뚜렷하게 확인된다.

1) 운명이 임순보의 여식과 혼인한다.

2) 운명이 이원뇌의 딸 이소저와 혼인한다.

3) 정참정의 딸이 운명에게 반하여 정대비의 개입으로 운명과 혼인한다.

4) 정부인이 이부인을 시기한다.

5) 전쟁이 발발하여 가장이 출전한다.

6) 양태부인이 家事를 화부인에게 맡기고 집을 비운다.

7) 정부인이 이부인를 음란지녀로 참소한다.

8) 정부인이 이부인를 살해하고자 하나 실패한다.

9) 운명이 진상을 알지 못하고 이부인을 음란하다고 죽이려 한다.

10) 양태부인이 이부인에 대한 처치를 유예하라고 한다.

11) 정부인이 다시 이부인을 살해하려다가 운명에게 발각된다.

12) 가장이 돌아와 죄상을 밝히고 정부인이 축출된다.

여기에서 정부인의 이부인에 대한 쟁총은 단락 4)에서 그 조짐을 보이기 시작하여 단락 7)을 통해 본격화된다. 이 단락 4)와 7) 사이에는 가장 소현성이 집을 비우는 장면이 설정된다. 그리고 시조모인 양태부인마저 집을 비우고 家事를 화부인에게 맡긴다.

---

82) 가장권의 확립과 가문의 유지와의 관계에 대해서는 졸고, 「가문의식을 통해 본 한국고전소설의 구조와 창작의식 - 가문소설과 군담소설의 비교를 중심으로」, 서울대 석사논문(1990) 참조. 한편 〈소현성록〉에서 현성이 석부인을 축출하는 것은 그가 무능해서가 아니라 그만큼 음모의 과정이 치밀했다는 것을 의미하며, 그 이면에서는 아무리 선한 처라도 잘못을 범하면 용서하지 않겠다는 의지를 읽을 수 있다.

화시 태부인의 소임을 디흐나 범시 서어흐고 조부야오니 니셕 이퍼 서로 규정흔 즉 화시 니파는 심복흐나 셕파는 미양 부족히 너기는 즁 또 권의 즈로 늘 쥐여 니외 롤 호령흐고 모로는 일도 부디 아라 니여 혼단을 일워니 셕파로브터 셕부인 소쇽은 반드시 절복과 범시 다 부죡흐여 그 친쇽들과 층등이 현져흐니 조시 뉴시 셩시 등이 가마니 원망흔 즉 형시 소리로 기유흐여 존고의 흐시는 비니 부인닉는 다만 함구블 언흐미 가흐리라[83]

그런데 화부인은 위와 같이 덕이 부족하여 가사를 책임질 역할을 수행할 수 없는 인물이다. 바로 이 틈을 타서 정부인의 음모가 본격화되고 있는 것이다. 그리고 정부 인은 현성이 승리하여 돌아온다는 기별이 당도하자 마음이 조급하여 서둘러 이소저 를 제거하려고 한다. 현성이 돌아온 후 정소저의 음모가 발각되고 가문이 다시 안정 을 되찾음은 물론이다.

그렇다면 이제 쟁총담에서 설정되는 기본적인 서사항은 마련되는 셈이다. 일차적 으로 선한 처와 악한 처의 설정이 이루어져야 함은 당연하다. 그리고 남편과 시부모 로 대변되는 가장권의 위상이 설정된다. 물론 이 가장권의 위상은 직접적으로 주어 지는 것은 아니지만 그 위상의 성격 여하 혹은 존재 여부에 따라 음모의 수단과 방법 이 다양해지기 때문에 기본항으로 설정할 수가 있다. 그 다음에는 음모가 설정되어 야 한다. 사실 이 음모는 쟁총을 사건화하여 작품의 표면으로 부상시키는 핵심적인 구실을 하는 장치라고 볼 수 있다. 뿐만 아니라 쟁총의 전개과정에서 가장 많은 분량 을 차지하는 부분도 이 음모에 있다. 그러면 이제 이러한 기본항들을 충실하게 따르 면서 음모의 방식이 비교적 다양하게 설정되어 있는 쟁총담이라 할 수 있는 〈쌍성봉 효록〉의 양씨의 경우를 살펴보기로 한다.

　① 악한 처의 선한 처에 대한 시기

---

83) 〈소현성록〉 권지십뉵.

1) 양씨가 정부인을 시기한다.

2) 이 시기가 정부인계 자식들의 부부에 대한 음모로 사건화된다.

② 가장의 위상과 존재여부

1) 서북 오랑캐가 침입하여 님승상과 장자 백영이 출전한다.

2) 양씨는 즉각적으로 님노공 부부에게 미혼단을 먹여 정신을 빼앗는다.

3) 군중에 자객을 보내 님승상과 백영을 죽이려 한다.

③ 음모의 수단과 방법

1) 동조자를 구한다.

2) 계교를 정한다.

3) 접근한다.

　- 도사의 복장으로 험담을 늘어 놓는다.

4) 음모시행

가) 독살 : 적면단을 세숫물에 넣다.

나) 姦夫 및 姦夫書 사건 : 밤이 깊어 지자 소소저에게 최수재라는 남자가 이미 있는데 소태우가 이 자를 추방했다는 소리를 신랑이 듣게 한다. /최생과 정을 통한 내력과 함께 도주하자는 편지를 소소저의 열녀전 사이에 넣어 발각되게 하다.

다) 방화 : 뉴소저의 방에 불을 지르다.

라) 습격 : 소소저의 혼인 가마를 습격한다.

마) 전장에 자객을 보내 가장을 죽이려 한다.

바) 태부인에게 미혼단을 먹여 총애를 받는다./ 주영, 성영 등을 참소하여 하옥시킨다.

사) 역모사건을 설정한다.

　- 假주영, 假성영의 옥새탈취사건

①항에서 양씨는 자기가 먼저 님승상과 혼인을 한 조강지처임에도 불구하고 항상

위부인, 정부인의 그늘에 가려 총애를 받지 못하는 것을 시기한다. 이때, 나이가 많은 효영을 먼저 혼인시키지 않고 백영, 중영, 성영 등을 먼저 혼인시키는 일이 발생한다. 이에 애초에 양씨가 지니고 있었던 妬忌心이 본격적으로 드러나기 시작한다. 사실 이 장면은 妬忌心이 선한 처로 향하는 것이 아니라 그의 자식들에게 향한다는 점에서 자궁갈등의 의미까지 지닌다고 볼 수 있다.

②항은 가장이 집을 비우게 하는 장치로 군담을 설정하고 있다는 점에서 앞의 〈소현성록〉의 경우와 같다고 할 수 있다. 그러나 그 가장이 돌아오기 전에 대상을 아예 죽이려는 의도를 지닌다는 점에서 더욱더 적극적인 의미를 지닌다. 뿐만 아니라 〈소현성록〉에서는 가장이 출타 후 양태부인이 자발적으로 집을 비웠다면 여기에서는 님노공 부부가 미혼단에 중독되어 버린다. 따라서 〈소현성록〉에서는 정부인이 바람직하지 못한 가장의 역할을 맡고 있는 화부인의 세력을 등에 업었다면, 양씨는 중독된 님노공 부부의 세력을 등에 업고 있다고 할 수 있다. 이와 같이 군담이나 미혼단을 사용해서 음모대상의 남편이나 시부모를 출타 혹은 무력화시키는 방법은 이 항목에서 설정되는 대표적인 사례이다.

특히 이 군담은 쟁총담에만 적용되는 것은 아니다.[84] 〈명주기봉〉의 '탕자W2'에 삽입된 군담의 경우를 살펴보자. 영주의 음모로 인해 예주가 시련을 겪고 있고, 천린과 공주가 불화를 빚고 있는 상황에서 대진국, 동도국이 모반하여 가장인 수문과 경문이 동시에 출전하게 된다. 그리고 이들이 승리하여 돌아오기까지는 상당히 긴 시간이 걸린다. 물론 이때 시간이라는 것은 물리적 시간이 아니다. 출전과 승리 사이에 다른 사건들이 심각하게 전개되며, 그 서술의 분량이 상당하다는 뜻이다. 참고로 밝히자면 이 사이의 서술 분량은 2권에 달한다. 이 사이에 벌어지는 이야기의 핵심은 설소저의 공주에 대한 음모, 천린의 방자함과 공주의 시련이다. 천린은 설소저를 사랑하여 공주를 박대하고 있었는데, 경계의 대상이었던 부친이 집을 비움에 따라 설소저는 공주를 자주 천린에게 참소하고, 천린은 공주를 구타하며 급기야는 공주 대

---

84) 물론 미혼단도 여기에서 예외는 아니다. 이미 앞 절에서도 보았듯이 연적개입담에서도 자주 설정되는 음모의 전형적인 방법이다.

신 공주의 시비 소옥의 머리를 베어버리기까지 한다. 그러나 집안에서는 아무도 천린의 행위를 징치하지 않는다. 수문과 경문이 돌아왔을 때 비로소 천린은 부친에 의해 심한 벌을 받고 공주와 화해를 하게 된다. 물론 이 과정에서 군담이 주는 구체적 상황이 이야기와 밀접한 연관을 맺는 것은 아니다. 그러나 군담은 〈소현성록〉에서와 같이 가장을 집밖으로 떠나보낼 수 있는 구실을 마련하고 있다. 그리고 가장이 없는 틈을 타서 방해자의 음모가 더욱 악랄해지며, 피해자의 시련 정도 역시 심화되는 계기를 마련하게 된다.그런가 하면 군담이 역모음모와 관련을 맺기도 한다. 〈유씨삼대록〉에서는 '愛慾3' 의 진행과정에서 서역 오국이 침입하는 사건이 일어난다. 이에 유세형이 출전하고, 그가 돌아오기 전에 장소저 일당이 귀비와 동당이 되어 역모음모를 꾸미는 것이다. 세형이 이미 출타 중이기 때문에 가짜 용포를 만들어 세형의 방에 숨겨 두는 일이 가능하였던 것이다. 이와 같이 군담이 역모음모의 빌미로 작용하는 경우는 〈옥난기연〉의 '탕자M' 에서도 설정되어 있다. 추성이 북도 행주에 민심이 흉흉하여 출타한 중에 조생 일당이 가짜 추성을 만들어 민간에 작폐케 함으로써 추성이 역모의 죄를 뒤집어 쓰고 있다.

　결국 이러한 군담의 설정은 가장을 출타시킴으로써 어떤 음모가 효과적으로 진행될 수 있는 기능을 수행하고 있는 것이다. 뿐만 아니라 가장이라는 존재가 가문의 유지에 얼마나 핵심적인 존재인가를 보여주는 주제적인 기능까지 담당하고 있다고 볼 수 있다. 물론 가장을 출타시키는 서사적 장치로 다른 화소가 이용될 수도 있다. 반드시 군담이 들어갈 필요는 없다. 그러나 군담은 그 자체가 지니는 흥미와 더불어 가문에서의 쟁투의 과정과 전장에서의 싸움의 과정을 대비함으로써 음모가 지니는 서사적 긴장을 더 할 수 있는 장점을 지니고 있었다고 볼 수 있다.[85]

　③항은 음모의 구체적인 실상인데, 이 음모가 각기 다른 두 쌍의 부부에게 적용되는 만큼 그 방법이 다양하게 설정되어 있다. 마)와 바)에 대해서는 앞에서 언급했거니와 특히 나)의 장면은 가장 보편적인 음모의 방법이다. 이것은 설정된 상황이 부부

---

85) 박영회, 위의 논문 참조.

사이를 배경으로 하고 있다는 점을 감안한다면 당연한 귀결이라고 볼 수 있다. 남편
으로 하여금 음모대상이 음란하다는 의심을 하게 하고 이것이 선한 처의 축출로 이
어진다면 음모는 가장 효과적으로 수행되는 셈이다. 당시 사회에 있어서 여성의 정
절 문제는 가문 혈통의 순수성과 직결되는 사안인 만큼 부부 사이에 있어서도 무엇
보다 중요하게 인식되었음은 당연하다.[86]

　이와 같이 쟁총담은 ①, ②, ③을 서사적 기본항으로 하면서 음모의 과정을 통해서
설정되고 있다. 그런데 이러한 음모의 방법이 굳이 쟁총담에만 적용되는 것은 아니
다. 이것은 탕자개입담과 같이 부부를 중심으로 전개되는 단위담에서 갈등이 야기
되고 또 그 갈등이 적대자에 의한 음모를 필요로 할 때는 위 ③항과 같은 음모가 삽
입된다. 물론 ③항의 음모방식이 모두 다 설정되는 것은 아니다. 〈명주기봉〉의 연소
저에 대한 강소저의 음모와 같이 살해기도와 역모사건만으로 음모가 구성되기도 하
며, 〈소현성록〉의 여부인의 경우와 같이 개용단을 통한 姦夫사건만 설정되는 경우
도 있다. 그런가 하면 ③항 외에도 妖滅物사건 그리고 置毒사건 등의 또다른 음모가
설정되기도 한다. 이 외에도 〈유씨삼대록〉의 순소저와 박소저의 쟁투[87], 〈옥난기연
〉의 서릉군주와 한소저의 쟁투와 같이 악한 처의 선한 처에 대한 폭력이 설정되는
경우도 있다. 이에 각 쟁총담이 설정하고 있는 음모방식을 정리하면 다음과 같다.

---

86)　〈임화정연〉의 중선의 주소저에 대한 쟁총, 〈옥난기연〉의 하간왕의 첩의 장후에 대한 쟁총에서는 이 방식
　　이 약간 변화되어 설정된다. 〈임화정연〉에서는 중선이 시비 초란과 동모하고 주소저의 필적을 훔쳐서, 주소
　　저가 연생을 원망하는 내용의 가짜 편지를 작성하여 연생의 눈에 띄게 한다. 또 다음에는 주소저가 연생을
　　살해하려는 계교가 적힌 가짜 편지를 만들어 흘린다. 〈옥난기연〉에서는 첩인 기생이 장후가 친정부모에게
　　보내는 안부편지를 가로채고 그 내용을 바꾸는 음모가 설정되어 있다. 즉 장후가 하간왕의 행실을 악평하는
　　내용의 편지를 꾸며 하간왕이 보게 한다. 나아가 장후의 친정부친인 장평후가 딸에게 보내는 답신을 가로채
　　서 하간왕을 욕하는 내용으로 고친다. 이러한 가짜 편지 사건은 간부서 사건의 한 변형이라고 볼 수 있을 것
　　이다.

87)　이에 대한 서사단락은 다음과 같다.
　　(1) 세필이 박공의 딸 박소저와 혼인하다.
　　(2) 세필이 무단히 박소저를 박대하여 부부 사이가 멀어지다.
　　(3) 이 일로 박공이 운남 포정사로 내려갈 때 박소저가 원하여 동행하다.
　　(4) 운남 행차 중 도적을 만나 박소저가 행방불명되다.
　　(5) 세필, 순화의 딸과 혼인하는데, 순소저 박색이나 오히려 금슬이 좋다.

	쟁총담	기타 단위담
간부 및 간부서사건(개용단)	〈소〉 화석-여부인 이-정부인 〈임〉 주소저-중선 〈쌍〉 양씨-소소저 〈옥〉 하간왕 첩-장월혜 〈유〉 양소저-장소저	〈명·기〉 예주-영주 〈명·옥〉 벽주-교주 〈쌍〉 교소교-계영, 유영부부 〈옥〉 조생-소소저
미혼단	〈소〉 형소저-명현공주 〈임〉 소씨-강씨 〈쌍〉 양씨-중영,성영부부	〈명·옥〉 벽주-교주 〈쌍〉 교소교-유영,주영부부 〈옥〉 구미호-계부인
妖滅物	〈소〉 하석-여부인 〈명·기〉 공주-설소저 〈유〉 공주-장소저	
置毒	〈소〉 화석-여부인 〈옥〉 하간왕 첩-장월혜 〈유〉 공주-장소저	
납치	〈쌍〉 양씨-소소저 〈임〉 소씨-강씨	〈쌍〉 교소교-소소저 〈명·기〉 예주-영주 〈명·옥〉 벽주-교주 〈옥〉 조생-소소저 구미호-계부인 〈현〉 향아-주소저
자객	〈소〉 이부인-정부인 〈명·기〉 강소저-연소저 〈임〉 주소저-중선 〈유〉 양소저-장소저	〈임〉 림규-진상문 정연경-진상문
방화	〈쌍〉 양씨-소소저 〈명·기〉 강소저-연소저	〈임〉 림규-진상문
역모사건	〈소〉 형소저-명현공주 〈쌍〉 양씨-장씨 문중 〈명기〉 강씨-현씨 문중 〈유〉 양소저-장소저	〈쌍〉 교소교-임, 정씨 문중 〈명·옥〉 교주일당-현씨 문중 〈옥〉 조생-장추성 〈임〉 림규-진상문 〈현〉 향아-현씨 문중

(6) 전쟁이 일어나 세기가 순무사로 출장하다.
(7) 세기, 환향 중 여화위남한 박소저를 만나 데리고 오다.
(8) 박소저가 다시 유문으로 돌아오나 세필과 여전히 소원하다.

이상의 경우가 각 단위담에 설정된 모든 음모의 방식이라고 속단할 수는 없다. 그러나 쟁총담의 경우 설정되는 음모는 대개 위의 8개의 항목에서 벗어나지 않는다. 또한 위 도표의 右項을 보면 알 수 있듯이 기타 단위담의 경우에 이런 방식의 음모가 설정되는 것은 주로 탕자개입담의 경우이다. 따라서 이 8개 항목의 음모방식이 반복적으로 설정되거나 그 결합의 조합을 조금씩 바꾸어 가면서 단위담의 변화를 모색하고 분량의 확장 역시 꾀하고 있음을 알 수 있다.[88]

3.2.3. 처가 및 시가 구성원에 의한 박대담

본 절에서 논의하게 될 단위담은 주인공 가문의 딸이 다른 가문으로 시집을 가는 경우에 시가의 구성원에 의해 박대를 받아 시련을 겪는 경우, 그리고 주인공 가문으로 시집을 올 여성이 자기 친가에서 계모 등에 의해 시련을 당하고 이것이 장차 부부생활에도 영향을 미치는 경우 등이다. 사실 이 유형에 속하는 단위담은 그간의 대하소설에 대한 선행연구에서 별로 주목을 받지 못했다. 물론 이 사실은 이들 단위담이 그 성격 상 작품 전체의 주제나 의미에 미치는 영향이 크지 않다는 점과도 연관이 있을 것이다. 그러나 2장의 고찰에 의하면 이 단위담이 각 작품에 설정되는 빈도수는 상당히 높은 편이며, 그 전개방식에 있어서도 정형성을 보이고 있다는 점에서 결코 무시할 수 없는 단위담임에 분명하다.

이 단위담에서는 특히 주인공 가문의 딸이 시집을 가서 겪는 고난이 비교적 많이 설정되고 있는데, 그 대표적인 경우는 〈유씨삼대록〉의 현영, 〈명주기봉〉의 선염, 〈소현성록〉의 수빙 등이다.

---

(9) 박소저 협실에 처하여 두문불출하고 병에 걸리다.

(10) 세필이 종기를 발견하고 대경하여 치료하다.

(11) 순소저가 박소저를 시기하여 구타한데, 설초벽이 제압하다.

(12) 이후 세필과 박소저 화목하다.

88) 이미 앞 절에서 고찰한 '탕자W'의 유형에서 이야기의 변수를 의미하는 기호로 'a'를 설정했는데, 이때 'a'의 내용이 바로 이 음모 설정의 과정과 밀접한 연관이 있음은 물론이다.

1) 뉴승상의 차녀 현영소저, 참정 양계성의 아들 양선과 혼인하다.

2) 양계성의 계모 팽시가 제형의 딸 민순낭과 양선을 혼인시키다.

3) 혼인 날 현영으로 하여금 순낭에게 손아래의 예를 하게 하다.

4) 양선을 강제로 순낭과 동침시키다.

5) 시모 임부인이 현영과 동거하다.

6) 팽씨, 양계성부부를 해하려 계성을 뉴씨와 혼인하게 하다.

7) 팽씨, 순낭을 총애하여 현영을 음해하다.

8) 전염병이 돌자 팽씨와 시부모가 득병하니 순낭은 도망가나 현영이 지극히 구호하다.

9) 팽씨가 현영의 효성에 감동하고 돌아온 순낭을 출가시키다.

단락 2)를 보면 현영을 박대하는 주체는 시모가 아니라 시조모로 설정되어 있다. 그러나 이 媤祖母가 媤父의 계모로 설정되어 있어 계모에 의한 박대담의 변이형으로 볼 수 있다. 팽씨는 양선을 민순낭과 다시 혼인하도록 강압하고 이 혼사가 이루어진 이후에는 민씨를 총애함으로써 자연 현영을 박대하게 된다. 물론 시모 임부인이 현영을 보호하고는 있지만 팽씨를 견제할 수 있는 힘이 없는 상태이다. 그리고 단락 6)에서 팽씨는 계성과 임부인마저 박대하려는 의도를 지니고 있다.

〈명주기봉〉에서 선염은 위독부의 아들 위중양과 혼인을 하게 되는데, 이때 위독부는 행선을 계실로 두고 있었다. 행선은 현염부부를 무고히 시기하여 위중양과 위독부의 사이를 이간질하는 음모를 꾸며 위중양을 강상죄인으로 고발한다. 이는 위 현영의 경우와 비교한다면, 시가의 계모가 며느리보다는 이복아들을 음해하고 있다는 점에서 차이를 보인다. 그러나 이 사건이 현염에게는 시가에서의 박대와 그로 인한 시련으로 이어지고 있기 때문에 현영의 경우와 유사한 양상으로 파악된다. 이와 같이 주인공 가문의 딸이 시집을 가서, 남편의 계모로 인해 박대를 받는 경우의 이야기를 '박대1'이라고 하자.[89]

한편 〈소현성록〉에서는 '박대1'이 다른 양상으로 설정된다. 수빙이 김현과 혼인한 후 겪는 시련이 바로 그것이다. 그 서사단락을 보면 다음과 같다.

1) 예부시랑 김환의 둘째 아들 김현이 추씨와 혼인을 한다.
2) 혼인 후 음란한 추씨와 금슬이 좋지 못하다.
3) 일일은 김현 소부에서 수빙소저의 화상을 보고 반하여 상사병이 들다.
4) 소승상이 김현을 위해 수빙을 시집보낸다.
5) 김부에서 시모 왕씨, 윗동서 위씨, 정실 추씨가 수빙소저를 시기한다.
6) 추씨가 수빙소저를 참소하자 왕부인이 수빙을 심당에 가둔다.
7) 현의 형 김환 역시 수빙을 음란지녀로 몰아 관에 참소한다.
8) 운성이 이 일의 진상을 밝혀 김환을 귀향보낸다.

이 이야기는 단락 3)에서 愛慾추구담이 매개항으로 설정되어 있으며[90], 설정된 시모가 계모가 아니라는 점에서 차이를 보이다.

> 계명의 부뷔 왕부인긔 문안ᄒ니 위시 츄시 등이 모닷ᄂ지라. 부인이 쇼저의 선연ᄒᆫ 긔질을 ᄉᆞ랑ᄒᆞ고 싱의 은졍이 진즁ᄒ니 위 츄 싀긔ᄒᆞ여 노쇠으로 언어롤 통치 아니니 쇼제 믈너와 탄식고 다만 존고롤 지셩으로 밧들며 츄시롤 공경ᄒ고 위시

---

89) 이러한 '박대1'은 〈옥난기연〉에도 그대로 이어진다. 여기에서는 구미호에 의한 장난주와 설공자의 시련이야기가 나오는데, 이 역시 계모형 이야기 유형의 변이형으로 볼 수 있다. 다만 이 작품에서는 계모의 역할을 친모로 가장한 구미호가 대신하고 있을 뿐이다. 그 서사단락을 보면 다음과 같다.
  (1) 추성이 전쟁에 출전한다.
  (2) 사마의 장녀 난주소저, 설공자와 혼인한다.
  (3) 구미호가 설공을 사랑하여 계부인을 납치한다.
  (4) 구미호가 계부인으로 변하여 설공의 마음을 홀린다.
  (5) 구미호가 난주를 납치한다.
  (6) 도승의 도움으로 계부인과 난주는 위기를 모면하여 안신한다.
  (7) 평후의 활약으로 구미호를 제어한다.
  (8) 추성, 승전 후 회군길에 계씨와 난주를 상봉하여 동행
90) 여기에 대해서는 본 장의 1절 참조.

화우ᄒ니 샹ᄒᆡ 덕을 기리며 셩의 졍이 날노 즁ᄒ니 츄시 크게 싀이ᄒᄂᆞᆫ 즁 위시 츄녀와 동심ᄒᆞ여 뮈워ᄒ고 김환은 본ᄃᆡ 간험ᄒᆞᆫ 위인으로 동긔롤 ᄉᆞ랑치 아닛ᄂᆞᆫ지라. 현이 츄시롤 어드ᄆᆡ 츄개 위가만 못ᄒᄆᆞᆯ 암희ᄒ고 왕부인이 죽은 후 가산을 오로지 가지고져 ᄒ다가 의외의 소시롤 취ᄒᆞᄆᆡ 샹문규슈오 여러 오라비 일ᄃᆡ명소로 셰력이 당당ᄒᆞᄆᆡ 심즁의 분앙ᄒᆞ여 아을 믜워ᄒ고 소시롤 업시코져 샹샹 왕부인긔 참소ᄒ고 아을 쥬죄ᄒ니 왕시 잔약혼암ᄒ므로 셩졍이 밧고이여 ᄉᆞ랑이 츄시의게 도라지고 믜오미 소시의게 오니 미양 현을 최ᄒ고 소시롤 박ᄃᆡᄒ니 [91]

그러나 위의 인용에서 보듯이 왕씨는 불인한 위씨, 추씨 등의 참소를 그대로 믿고 현숙한 수빙을 박대하는 등 그 성격이 악한 계모의 성격으로 설명되고 있다. 그렇다면 이 이야기는 시모 뿐만이 아니라 시가의 구성원이 모두 적대자로 설정되어 있다는 점에서, 그 시련의 정도가 더욱 심화되고 있음을 알 수 있다(단락 6, 7). 특히 일처의 시기를 받고 있다는 점에서는 쟁총이 복합되어 있는 경우라 할 수 있다. 〈쌍성봉효록〉에는 이와 유사한 이야기로 남희주의 경우가 설정되어 있다. 남희주는 이각노의 아들 성중과 혼인을 하게 된다. 이때, 성중은 〈소현성록〉의 김현과 마찬가지로 위로는 형을 두고 있고, 이미 혼인을 한 상태였다. 그리고 그 일처 시씨는 "부정간힐"한 인물이다. 혼인 후 희주가 구고의 총애를 받자 시씨가 시기를 하여 형부 신시랑을 만나 희주를 갖은 욕설로 참소하는 등 그 시련이 대단하다. 여기에서는 시부모는 문제가 없지만 일처인 시씨가 문제인물로 설정되어 있어, 쟁총의 방식으로 이야기가 전개되고 있음을 알 수 있다.[92] 시씨는 시부모의 힘을 이용하지 못하자 형부인 신시랑의 세력을 등에 업고 있다. 이와 같이 주인공 가문의 딸이 이처의 신분으로 혼인을 하고 시가에서 일처의 시기를 받는 이야기를 '박대2'라고 하자.

---

91) 〈소현성록〉 권지이십.

92) 그러나 작품에서 이후의 부분에 대해서는 〈월환단취기년〉에 있다고 하여 상세한 내막을 밝히지 않고 있다.
   ("남쇼져의 봉변화익과 시시 슉질의 불측한 셜화는 월환기년의 히비ᄒ니 ᄎ젼은 남뎡냥문가록이라 년혼친쳑 가의 누루ᄒ 소젹을 다 기록ᄒᆞᄆᆡ ᄌ못 지리ᄒ고로 그 ᄃᆡ기를 일넛ᄂᆞᆫ이 후인니 남소져 ᄉᆞ긔를 알려 ᄒ거던 월환단취기년회를 ᄎᆞ져보라"(권지십일))

물론 이러한 '박대1'과 '박대2'의 단위담은 이른바 계모형 소설을 통해서 볼 수 있는 내용이기 때문에 완전히 새로운 형태의 이야기는 아니다. 그리고 대하소설에서도 이 단위담이 주인공 가문의 딸이 아닌 경우에도 적용되는 경우가 있다. 이를 테면 〈소현성록〉의 위소저와 같은 경우가 있다.

그렇다면 이 단위담이 대하소설에서 설정되는 이유는 무엇이며 이것은 또 어떤 기능을 담당하는 것인가에 대한 물음이 생긴다. 사실 여타의 단위담과 비교한다면 이것이 가지는 의미가 모호하다는 것이다. 물론 이 계모박대형이나 쟁총형 이야기가 당시에 널리 알려진 이야기 유형이기 때문에 설정되었을 가능성이 있다. 그러나 이것만으로는 그 설정의 의의를 찾을 수 없다. 이에 특히 주목되는 바는 이러한 사건이 발생하는 공간적 배경에서 주인공 가문은 항상 제외되고 있다는 점이다.

위소저가 겪는 시련은 다음과 같다.

1) 운경이 위승상의 딸 위소저와 정혼한다.
2) 위승상이 갑자기 병에 걸려 사망한다.
3) 위승상의 계실 방씨가 간악하여 위소저를 박대한다.
4) 위소저가 박대를 못이겨 남복개착하고 도주한다.
5) 소부에서 위소저의 행방을 알아 윤부인의 집에서 기거하도록 한다.
6) 3년 후 혼인을 한다.
7) 혼인 후 위소저는 효심으로 인해 방씨의 행동에 대해 자책감을 느낀다.
8) 방씨가 병에 걸리고 위소저가 지극 간호하나 사망한다.

위 〈소현성록〉의 경우는 박대담이 주인공 가문의 딸이 아닌 며느리에게 적용되는 경우이다. 그리고 이 상황은 위소저가 시집으로 오기 전에 발생하는 사건이기 때문에 여기에서도 공간적 배경은 어디까지나 위소저의 친정으로 설정된다.[93]

---

93) 〈명주기봉〉에서 주인공 가문의 며느리인 화소저가 겪는 계모박대도 이에서 예외는 아니다. 화소저는 홍린과 혼인을 하지만 계모 탕씨의 박대를 받아 갖은 시련을 당한다.

그리고 박대담이 벌어지는 공간은 媤父가 사망하고 없거나 아니면 무기력하여 계실 혹은 계모(양계성의 경우)에게 농락을 당하고 있다는 특징을 지니고 있다.[94] 이에 반해 주인공 가문을 배경으로 하여 벌어지는 부부의 시련인 탕자개입담, 쟁총담 등에서는 사건의 원인이 무능력한 가장에게 있는 것이 아니라 악인형으로 규정된 탕자이거나 처첩에서 기인하고 있었다. 따라서 이 경우는 부부라는 수평적 관계에서 발생하는 갈등을 주요 골자로 하고 있다고 볼 수 있다. 반면에 박대담의 경우는 무능력한 가장과 계모가 문제의 원인을 제공하는 만큼 그것이 수직적 관계에서 발생하는 갈등이라는 점에서 차이를 보인다. 물론 주인공 가문에서 수직적 갈등이 벌어지지 않는 것은 아니지만 그것은 대개의 경우 가문을 올바로 이끌어 나가려고 노력하는 과정에서 벌어지는 것이다.

뿐만 아니라 그 갈등을 중재하고 해결할 수 있는 존재가 복수로 존재하고 있다. 때문에 다른 한쪽에 문제가 있더라도 그것을 바로 잡을 또 다른 인물이 존재하고 있는 셈이다. 그러나 박대담에서의 가장은 아예 사망하고 없는 존재이거나 시종 무기력한 존재로 규정되어 있어 이와는 양상을 달리 한다고 볼 수 있다. 따라서 대하소설에서는 이러한 박대담을 주로 딸을 통해서 설정함으로써 가장의 무기력한 모습이 가정 혹은 가문에 미치는 영향을 드러냄과 동시에 가장권이 확고한 주인공 가문의 위상을 대비적으로 드러내고 있다.[95]

---

94) 이러한 공간의 특징은 물론 계모형 소설 혹은 쟁총형 가정소설의 전형적인 모습이라고 할 수 있다.

95) 한편 장모에 의해 사위가 박대를 받는 이야기는 그 설정 빈도는 상당히 낮지만 역시 장편소설에 설정되기도 한다. 〈명주기봉〉에서 현천린의 지인지감에 의해서 선택된 희염의 남편 가유진은 가난하다는 이유로 인해 장모 육씨에 의해 박대를 받아 가출하기에 이른다. 그리고 〈임화정연〉에서는 림규가 가난하고 용모가 추루하다는 이유로 인해 장모 진씨에게 박대를 받는 이야기가 설정되어 있다.

그러나 이 유형의 이야기가 설정된 경우는 이 두 작품밖에 없으며, 〈명주기봉〉에서 그것이 주인공 가문의 자손이 겪는 이야기가 아니라는 점, 그리고 장모라는 존재가 작품 전반을 통하여 희화적 성격으로만 묘사되어 있는 류취옥으로 설정된다는 점에서 큰 의미를 부여받지 못한다. 그리고 〈임화정연〉에서는 작품의 전반부가 '영웅의 일대기' 형식을 취하고 있는 만큼 이 이야기가 〈소대성전〉 유형의 군담소설과 같은 기능을 담당하고 있다고 볼 수 있다.

3.2.4. 옹서대립담

장인과 사위의 갈등, 즉 옹서대립담은 〈명주기봉〉과 〈옥원재합〉 연작에서만 본격적으로 설정되어 있기 때문에 그 설정빈도는 낮지만 대하소설을 제외한 다른 작품군에서는 찾아보기 힘든 유형의 단위담이라는 점에서 주목된다. 군담소설에서 주인공이 장모에 의해 박대를 받는 장면이 설정되었다면 여기에서는 주인공에게 장인이 박대를 받는 이야기가 설정되고 있는 셈이다. 대하소설의 경우에 옹서갈등은 부부의 문제와 결부되어 나타나고 있다. 그리고 다른 단위담의 경우보다 서술분량 면에서 상당히 길게 전개되고 있다는 특징을 보이고 있다. 〈명주기봉〉에서는 18권에서부터 마지막 권인 24권에 이르기까지 무려 7권에 걸쳐 서술되고 있으며, 〈옥원재합〉과 〈옥원전해〉에서는 작품 전체가 이 이야기에 초점을 맞추고 있다.

〈명주기봉〉에서 홍린은 진공 경문의 세째 아들인데, 천자의 주선으로 선황제 장국구 화예의 아들 화정윤의 딸 옥수와 혼인하게 된다. 옥수는 정윤의 전처 님씨 소생인데 님씨가 일찍 죽자 계모 탕씨 슬하에서 갖은 박대를 받으며 성장하였으나, 용모와 덕이 빼어난 인물이다. 그런데 혼인 후 홍린은 화정윤을 소인이라 하여 한번도 옥수의 얼굴을 쳐다보지 않으며, 이에 옥수 역시 홍린을 거부하며 냉담하게 지낸다. 그러던 중 홍린은 화정윤의 不義之事를 목격하고서 그를 나라에 고발하여 사형을 주장하게 된다. 이 일로 옥수는 더욱더 홍린을 남편으로 여기지 않고 죽기로써 나라에 간청을 하여 아버지를 구한다. 이후로도 계속 홍린이 장인에게 불공한 언사를 거듭하자 옥수는 분을 이기지 못하여 피를 토하기도 하였다. 나중에는 화정윤이 자신의 잘못을 뉘우치고 홍린에게 사과를 하지만 홍린은 그 사과를 받아 들이지 않는다. 급기야 화정윤이 병이 나서 죽을 위기에 처하는데, 홍린이 신이한 의술을 발휘하여 지극히 구호함으로써 병을 구한다. 이로 인해 이들의 갈등이 해소된다.

이 이야기가 바로 〈명주기봉〉에 설정되어 있는 옹서대립담인데, 화소저에 대한 탕씨의 박대가 중간에 삽입되어 있으며[96], 화정윤과 홍린의 갈등이 혼인이 이루어지기 전부터 시작되고 있다.

남국공 화녕윤의 즈는 밍분이니 선황 댱국구 화예의 아들이라 금상으로 더브러 스촌지의 이시니 샹이 일죽 모후를 여히옵고 표문 친족을 극히 후디ᄒ샤 화가 족친을 다 크게 봉ᄒ시고 놉히 ᄡᅳ시니 화가근족의 즈포오ᄉ지 이십여인이라 개개히 쥰슈늠늠ᄒ여 일셰의 밀위는 비니 화국공이 ᄯᅩ혼 놉흔 가문과 큰 겨레로 맛당이 승승홀거시로디 믄득 크게 그러치 아녀 니림보의 구밀복검을 효측ᄒ여 셩되 샤간험ᄒ고 탐욕무궁ᄒ야 젼혀 암험혼 소인이로디[97]

위와 같이 화정윤은 가문의 다른 사람들과는 달리 간험하고 탐욕이 무궁한 인물로 규정되고 있다. 이런 화정윤이 황제의 힘을 빌어 화옥수와 홍린의 결혼을 성사시키고 있는 것이다. 현씨 문중에서는 그 딸 화옥수의 성품을 크게 아름답게 여겨 이 혼인을 승락한다. 그러나 홍린의 입장에서는 소인배인 장인이 애초부터 마음에 들지 않아 화소저마저 까닭없이 거부하고 있다. 이는 나아가 忠과 不忠의 대립으로 이어지고 있다. 즉 화정윤이 관리의 입장에서 죄없는 양민을 죽이는 사건을 목도한 홍린이 그것을 불충으로 규정하면서 사형을 주장하고 있기 때문이다. 홍린은 공명정대한 관리의 입장에서 아무리 장인이라고 하더라도 죄를 범했을 때는 그 죄값을 받을 수밖에 없다는 생각을 지니고 있다. 그러나 아무리 소인배라 할지라도 화소저의 입장에서는 엄연히 친정아버지이기 때문에 그런 홍린을 원수로 치부한다. 화소저가 홍린을 마음에 용납할 경우 그것은 자기 아버지에 대한 불효를 범하는 것이기 때문이다. 따라서 이 갈등은 표면적으로는 옹서갈등의 형식을 취하고 있지만 남편이 견지하고 있는 군자의 道理 혹은 忠의 입장과 아내가 친정아버지에 대해서 취하는 효의 입장이 팽팽하게 대립되고 있다. 이를 두고 도리와 도리가 서로 맞서 있는 국면이라고 할 수 있을 것이다.

이러한 대립은 쉽사리 해결이 나지 않는다. 장인은 자신의 잘못을 뉘우치고 등에 가시를 지고 사위를 찾아가 사죄하지만 사위가 용납하지 않는다. 결국 이 문제는 장

---

96) 여기에 대해서는 위의 절을 참조.

97) 〈명주기봉〉 권지십팔.

인이 심각한 병에 걸렸을 때, 사위가 그것을 극진히 구호함으로써 해결되고 있다. 자기 아버지에 대한 남편의 정성을 아내가 인정했다는 것이다.

따라서 이 〈명주기봉〉의 옹서갈등은 불인한 장인과 군자의 도리를 다하려는 사위의 대립, 친정아버지에 대한 효를 지키려는 아내로 인한 부부 불화, 장인의 사죄, 장인의 병과 사위의 구호 등을 기본적인 서사항으로 지니고 있음을 알 수 있다. 그러면 이 항목을 중심으로 다시 〈옥원재합〉의 경우를 살펴보기로 한다.

① 불인한 장인과 군자의 도리를 다하려는 사위의 대립
   가) 장인 니원외와 사위 소세경의 대립
      - 奸黨인 니원외로 인한 소홍 가문의 몰락
② 친정아버지에 대한 효를 지키려는 아내로 부부 불화
   나) 니현영과 소세경과의 불화
      - 니현영의 효와 세경의 장인박대가 대립
③ 장인의 사죄
   다) 니원외가 훗날 자신의 잘못을 뉘우치고 여러번 세경을 찾아가 사죄.
      - 세경의 냉담한 거부
④ 장인의 병과 사위의 구호
   라) 니원외가 안질에 걸려 죽을 위기에 처하자 세경이 신이한 의술로 치료함
⑤ 화해

위의 내용을 〈명주기봉〉의 경우와 비교했을 때, 기본적 서사항은 비교적 충실하게 지켜지고 있음을 알 수 있다. 그러나 〈옥원재합〉은 이 내용을 작품 전체의 내용으로 확대하고 있기 때문에 각 항목마다 갈등 유발 요인이 보다 세밀하게 설정되고 있다. ①에서는 장인이 단순한 소인배가 아니라 왕안석, 녀혜경 등과 합세하여 충신인 소세경의 부친을 참소하는 간당으로 설정되고 있다. 이때 장인은 세경의 입장에서는 가문의 적으로 규정된다. 뿐만 아니라 여기에서는 사위의 장인에 대한 일방적

인 거부가 아니라 장인 역시 사위를 거부하는 쌍방 간의 대립으로 설정된다. 따라서 이 〈옥원재합〉의 옹서갈등은 홍린의 경우보다 훨씬 심각하고 치열한 대립국면으로 치닫고 있다. ②에서 세경 부부의 불화에는 세경의 니소저에 대한 무례함이 첨가된다. 세경은 간당의 추적을 피해 女裝하고 니현영의 몸종으로 들어간다. 이때, 니원외가 딸을 다른 곳에 시집보내려 하는데, 이를 세경이 적극 동조하고 있다. 이로 인해, 니현영은 가출하여 자결을 시도하기까지 한다. 따라서 세경부부의 불화에는 옹서갈등과 세경이 니현영의 정절을 훼손하려 했다는 점이 동시에 작용함으로써 그 갈등이 심화되고 있다. ③에서는 특별히 다른 의미가 추가되지 않고 있다. 다만 니원외의 세경에 대한 사죄가 여러번에 걸쳐서 반복되고 있을 뿐이다. ④ 역시 홍린의 경우와 마찬가지이다. 그런데 홍린은 직접 의술을 발휘하지 않고 간호만 하였고[98], 세경은 자신이 직접 신이한 의술을 발휘하여 아내를 감동시키고 있다는 점에서 차이가 있다.[99]

한편 이러한 옹서대립담은 비록 주요한 이야기 거리로 설정되지는 않더라도 이 유형의 편린들이 이야기를 전개하는 매개적 단락으로 등장하기도 한다.

〈유효공선행록〉에서는 연과 그의 장인 정추밀 사이에서 갈등이 발생한다. 연의 부친 유정경은 차자인 홍과 동모하여 간당이 되는데, 이를 두고 정추밀이 유정경을 고소하는 일이 발생한다. 연은 자신의 입장을 장인에게 직접 드러 내지는 않지만 아내인 정부인을 박대함으로써 화풀이를 하고 있다. 이 이야기는 옹서갈등이 심각하게 표방되지는 않고 있지만 사돈지간에 정치적 입장을 달리하고 그것이 사위의 화를 불러 일으킨다는 점에서는 옹서대립담의 편린에 속한다고 할 수 있다.

〈명주기봉〉에는 천린과 중양의 대립이 나온다. 이들은 처남매부 사이인데, 천린

---

98) 이때 의술은 천린이 시행한다.
99) 양혜란, 「〈옥원재합기연〉 연구」, 『고전문학연구』 8집(1993)에 의하면, 이 의술화소로 인해 이 작품의 작자 층이 중인일 가능성이 높다고 보고 있다. 이에 대해서 필자는 동의하지 않는다. 〈옥원재합〉의 작품구조가 다른 장편소설과는 다르다는 점에서 그 작자층을 의심할 수도 있겠으나, 이 의술모티프는 비단 이 작품 뿐만이 아니라 다른 작품에서도 빈번하게 설정되고 있기 때문이다. 의술모티프가 설정되는 것은 오히려 설정된 문제의 해결을 병이라는 상황을 통해서 해소시키고 있다는 것과 관련이 있다고 보아야 할 것이다.

이 중양의 부친인 위독부를 제가를 못한 죄로 고소하자 중양이 그 화를 풀기 위해 현선염을 출거시켜 버린다.

이 사건은 위독부가 병에 걸리고 천린이 그 병을 치료함으로써 해결된다. 물론 그 후에 위독부가 등에 가시를 지고 현부를 방문하여 사죄하고 며느리 선염을 직접 데려오기도 한다. 장인과 사위의 관계가 처남과 매제의 관계로 변이되어 있을 뿐 그 외의 전개 양상은 옹서대립담과 상당히 닮아 있다. 또 옹서의 관계와 처남매부의 관계 모두 혼인을 통해 연결된 인척의 관계라는 점에서 옹서대립담의 변이형이라고 할 수 있을 것이다.

〈옥난기연〉에는 사위와 장모와의 갈등이 설정되어 있다. 계성은 왕소저와 혼인을 하는데, 그의 장모 유씨의 지나친 사치로 인해 불화가 빚어지고 있다. 계성은 사치를 멀리하는 집안의 법도에 따라 왕소저에게 검소할 것으로 명하지만 유씨는 한사코 딸의 치장을 호화스럽게 하며 그것을 말리는 사위의 태도가 딸을 박대하는 것이라고 불만을 토로한다. 이로 인해 계성은 장모를 싫어 하며 왕소저 또한 박대하게 된다. 이 이야기 역시 옹서대립담의 또다른 변이형이라 할 수 있을 것이다.

이와 같이 옹서대립담은 비록 그 설정빈도는 낮지만 대하소설에서 주요한 이야기 유형으로 설정되고 있을 뿐만 아니라 인물의 관계를 변이시킴으로써 새로운 이야기 거리를 만들어 가고 있음을 확인할 수 있다. 그리고 대하소설에서는 이런 옹서갈등을 부부불화와 중첩하여 설정함으로써 부부불화를 보다 길고 심각하게 설정할 수 있다는 효과를 거두고 있다.

여기에서 주목되는 것은 장인과 사위는 대립을 하지만 사돈지간의 갈등은 설정되고 있지 않다는 점이다. 오히려 〈옥원재합〉에서는 장인을 거부하는 세경과 장인을 두둔하여 세경을 나무라는 소홍 간에 부자갈등이 벌어지고 있다. 이 점에 있어서는 〈옥원전해〉도 마찬가지이다. 장인인 경상서를 거부하는 니현윤을 부친인 니원외가 끈질기게 설득하고 있다.[100] 이로 인해 옹서갈등은 그 초점이 婚前보다는 혼인 후 부부의 불화에 그 초점을 맞출 수 있게 되는 것이다.[101] 뿐만 아니라 아내의 친정아버지에 대한 효의 문제를 지속적으로 보여줌으로써 혼인한 여성이 겪어야 하는 실제적인 삶의 문제를 직접적으로 드러내고 있다. 이는 대하소설의 주 독자층이 여성이었다는 사실과도 결부되는 것이며, 따라서 '부부 성대결담'이 보여주는 여성으로서의 삶에 대한 문제를 보다 구체적으로 드러내고 있는 이야기라고 볼 수 있다.

3.3. 단위담의 통합적 국면

본 절에서는 지금까지 논의한 내용을 바탕으로 기본 단위담의 각 유형을 통합적 국면에서 고찰하는 것을 목표로 한다. 이에 다음의 홍희복의 말은 몇가지 점에서 논의의 편의를 제공한다.

말숨이 비루ᄒ고 계칙이 경쳔ᄒ야 불과 ①싱산ᄒ든 말노부터 ②즁간 혼인ᄒ고 ③평싱 공명부귀ᄒ든 말뿐이니 그 즁 ᄉ단인즉 ④부디 ᄌ녀를 실산ᄒ야 오린 후 ᄎ즛거ᄂ ⑤혼인에 ᄆ쟝이 잇셔 간신이 연분을 닐우거ᄂ ⑥쳐쳡이 싀투ᄒ야 가졍이 어즈러워 변괴 빅츌ᄒ다가 늣기야 화락ᄒ거ᄂ ⑦일즉 궁곤이 ᄌ심ᄐ가 즁년부

100) 〈옥원젼해〉 역시 니원외의 아들 현윤과 경공의 딸 경빙회 부부를 사이에 둔 옹서갈등이 주요한 이야기로 설정되어 있는 작품이다. 현윤은 그의 스승인 육일선생의 뜻에 따라 경빙회와 혼인을 할 수밖에 없는 처지이다. 그런데 경공이 그의 부친인 니원외의 소인됨을 비웃자 이를 못마땅하게 여겨 경공에게 심한 욕설을 하는 등 사이가 극도로 멀어진다. 이로 인해 경빙회 역시 현윤을 못마땅하게 여기며 현윤 역시 그런 경빙회를 아랑곳하지 않는다. 이 갈등은 니원외가 현윤을 끈질기게 설득하고 개유함으로써 극복되고 있다. 이 이야기는 옹서갈등이 가문 자체의 문제에만 한정되고 있기 때문에 위의 두 작품에 설정된 이야기에 비해서는 비교적 간단한 전개양상을 지닌다.
101) 양혜란, 위의 논문에 의하면, "옹서갈등이 해결되지 않음으로써 부부관계가 회복되지 않고 혼사장애요인은 시간적으로 그만큼 연장되어 작품을 늘려갈 수 있게 된다"고 하고 있다. 그러나 다시 "이 옹서갈등이 가문의식의 위기라는 정신사적인 문제제기와 가문소설과 같은 장편 대하소설의 제재와 주제형성에 새로운 가능성을 제시하는 특징"이 있다고 주장하고 있다. 그러나 이 옹서갈등은 혼인이 성립된 후에도 지속적으로 작용하고 있으며, 장인과 사위는 갈등을 하지만 사돈지간의 갈등은 설정되지 않고 있다. 특히 〈옥원재합〉의 경우, 작품 전반을 통해 소홍이 니원외를 원망하는 적은 없다. 이 점에 있어서는 〈명주기봉〉도 마찬가지이다. 따라서 이 옹서갈등은 가문과 가문의 결합에 따르는 가문의식 차원에서의 문제가 아니라 혼인한 부부의 갈등 문제에 더욱 초점이 맞추어져 있다고 보아야 한다.

긔 극진ᄒ거ᄂ ⑧환로의 풍파롤 만ᄂ 만리의 귀향가고 일죠의 형벌을 당ᄒ다가 ᄆ
춤ᄂ 신원설치 ᄒ거ᄂ ⑨그 환란고초롤 말ᄒ미 부더 죽기에 니르도록ᄒ고 그 신통
긔이ᄒ 바롤 말ᄒ면 필경 부쳐와 귀신을 일커롤 쑨이니 그 가온더 쏘ᄒ ⑩츙신효ᄌ
와 녈녀졍부의 놉ᄒ 졀조와 아롬다온 힝실이 업지 아니 ᄒ니 죡히 감동ᄒ고 효측ᄒᆯ
비로더 ⑪그 틈에 난신젹ᄌ와 투부음녀의 게교롤 쑤며 혼단을 지어니고 춤소을 부
려 화변을 비져니믄 뜻이 간교ᄒ고 심슐이 악독ᄒ야 춤아 듯고 보지 못ᄒᆯ 말이 만ᄒ
니 진실노 이런 닐이 잇셔도 맛당이 귀에 듯고 눈에 볼 비 아니어ᄂᆯ ᄒ믈며 헛말노
지은 것 가지어 ⑫부부혼인에 다ᄃ라ᄂ 규방에 은밀ᄒ 슈죽과 남녀의 셜만ᄒ 뜻을
셰셰히 문답ᄒ고 낫낫치 칭도ᄒ야 쳔연이 샹디ᄒ듯 졍녕이 듯고 본듯ᄒ게 ᄒ니 이
엇지 부녀의 닉이 볼 비리요 그러ᄂ 보ᄂ 죠로 ᄒ야곰 ᄒ 사롬의 어진 닐을 본밧고
즐겨ᄒ면 그 유익ᄒ미 젹지 아니커니와 만일 간악ᄒ 조의 공교ᄒ쇠롤 긔묘히 올히
녁일진더 그 히로ᄋᆞ미 장촛 어더 미츠리요 이러므로 그으기 탄식ᄒ고 깁히 념녀ᄒ
ᄂ 비라[102]

〈제일기언〉 서문에서 홍희복이 당시의 소설에 대해서 밝혀놓고 있는 부분을 보
면, 당시에 유통되던 각 유형의 작품들을 모두 총괄적으로 설명하고 있음을 알 수 있
다.[103] ①~③에 의하면 소설은 출생→혼인→부귀영화라는 시간적 흐름을 지니고 있
다고 하며, 그 내용은 ④ 棄兒, ⑤ 혼사장애, ⑥ 쟁총, ⑧ 시련, ⑨⑪도술, ⑩ 효자 및
열녀, ⑫ 남녀희롱 등으로 구성이 된다고 한다. 사실 홍희복의 이러한 지적은 비록
개괄적인 것이기는 하지만 조선조 소설의 全貌를 잘 설명하고 있는 것이라고 볼 수
있다. 그런데 이 내용을 잘 살펴보면 부부관계에 대한 설명이 주조를 이루고 있음을

---

102) 홍희복, 〈제일기언〉 권지일.
103) 정병설, 「正道와 權道, 고전소설의 윤리 논쟁적 성격과 서사적 의미」, 『관악어문연구』 20집(1995)에 의하면,
   이 내용에는 모두 11가지 항목으로 소설의 내용이 언급되고 있으며, 이에서 홍희복이 고전소설의 유형성을
   감지하고 있음을 알 수 있다고 하고 있다. 여기에서 언급된 항목은 다음과 같다. 주인공의 출생①, 가족이산
   ④, 혼사장애⑤, 혼인②, 처첩갈등⑥, 간신이나 음녀의 악행⑪, 규방에서의 수작과 갈등⑫, 가정의 변고와 주
   인공의 귀향⑧, 부처나 귀신 따위의 도움⑨, 말년의 부귀공명과 가정의 화락③⑦.

알 수 있다. 소설의 전체적인 구성을 언급하면서도 출생과 부귀공명의 사이에는 혼사가 설정되어 있음을 지적하고 있으며, 내용에 있어서도 ④棄兒를 제외한다면 다른 부분은 모두 부부관계와 관련이 있는 부분이다.

이는 본고에서 고찰한 결과에서 크게 벗어나지 않는다. 2장과 3장을 통해 언급되었듯이 대하소설의 모든 기본적 단위담은 모두 부부관계를 전제로 설정되고 있었다. 그리고 정상적인 부부관계를 가로막는 다양한 문제에 의해 단위담의 성격이 달라지고 있었다. 물론 전체의 시간적 흐름으로 본다면 태어나서 죽기까지의 일대기식 구성이 여러 代에 걸친 여러 명의 인물에 두루 적용되고 있다. 그러나 그러한 인물들이 소설의 표면에 본격적으로 등장하기 시작하는 것은 어디까지나 혼사를 통해서이다. 군담소설의 경우는 출생 후 부모를 잃고 유리하다가 지인지감을 지닌 구원자를 만나는 내용이 주인공의 혼사 이전에 설정되어 있지만, 대하소설에서는 그러한 경우를 좀처럼 발견할 수가 없다.[104] 따라서 대하소설은 주인공의 일생 중 혼사에서 비롯되는 문제가 극대화되어 있다는 특징을 지닌다. 그리고 혼사에 대한 여러 단위담을 통해서 부부관계에서 발생할 수 있는 문제를 다각도로 소설화하여 구성하고 있다.

그러나 이 혼사를 통해 발생하는 문제가 부부관계 그 자체에만 한정되는 것은 아니다. 그 속에는 좁게는 애정의 문제를 포함해서 넓게는 가문의 내외적인 문제까지 포함된다고 볼 수 있다. 이에 단위담을 통해 드러나는 이야기의 국면 역시 단일하지는 않았다. 조선조라는 시대적 상황을 감안한다면 혼사는 남녀의 婚前 만남을 인정하지 않고 있기 때문에 혼사를 부부관계의 시점으로 잡을 수 있을 것이다. 그러나 소설에서는 愛慾추구담을 통해서 남녀의 혼전 만남이라는 국면을 설정하고 있기 때문에 혼사의 범위를 넓게 잡았을 때는 혼전 만남의 문제까지 포함된다고 볼 수 있다. 그리고 부부관계는 그것이 곧 한 가정의 구성이라는 점에서 가정의 국면이 포함되며, 나아가 가정의 확대 개념이라고 볼 수 있는 가문 역시 또 하나의 국면으로 거론

---

104) 본고에서 대상으로 하고 있는 작품 중에서 棄兒화소가 설정되어 있는 경우는 〈옥원재합〉밖에 없다.

될 수 있다. 따라서 각 단위담이 지니는 국면은 기본적으로는 남녀의 만남, 혼인 및 부부관계, 가정, 가문으로 설정할 수가 있다.

뿐만 아니라 이러한 국면들은 그것이 전개되는 과정에서 어떤 방식으로든 가정 혹은 가문 외적인 공간과 연결이 되고 있었다. 이 외적 공간에 정치적 공간과 초월적 공간이 포함됨은 당연한 사실이다. 이중 정치적 국면과 초월적 국면은 기본적 국면과 연관을 맺으면서 새로운 사건을 전개시키거나 발생한 문제를 해결하는 구실을 하고 있다. 여기에서 정치적 국면과 초월적 국면이 동일한 위상으로 기본적 국면과 관계를 맺고 있는 것은 아니다. 지상에서 사건이 벌어질 경우, 초월적 국면은 이미 그러한 사건을 예견하고 있다. 즉 지상의 사건은 천상의 예정된 논리에 의해서 벌어질 수밖에 없다는 인식을 배경으로 하고 있다. 때문에 이 초월적 국면은 보다 상위의 위치에서 기본적 국면들을 지배하고 있다. 그런데 정치적 국면의 경우, 정치적 사건이 가정 혹은 가문을 지배하는 경우가 대하소설에서는 발생하지 않는다. 다시 말해 정치적 국면에서 기본적 국면들이 해석되는 것이 아니라 역으로 기본적 국면에서 정치적 국면들이 해석되고 있는 것이다. 이에 단위담들을 통해서 드러나는 국면들을 도식화하면 다음과 같이 나타낼 수 있다.

초월적 국면	
④ 가문	정치·사회적 국면
③ 가정	
② 부부	
① 만남	

이러한 국면들은 각각 바람직한 상태가 있을 수 있고 그렇지 않은 상태가 있을 수 있다. 즉 소설의 논리를 떠나서라도 각 국면들은 그것이 바람직하다고 인정받는 어떤 상태가 있을 수 있다는 것이다. 그렇다면 ① 만남, 즉 남녀의 만남의 경우는 애정의 성취, ② 부부, ③ 가정의 경우는 화목과 화락, ④ 가문의 경우는 ③의 성취를 바탕으로한 가문의 번창을 그러한 상태로 상정할 수 있을 것이다. 이때, 가정과 가문의 경우 그것이 화락하고 번창하기 위해서는 경제적인 능력, 정치적인 세력, 순조로운

계후 등의 또다른 조건이 성취되어야 할 것이다. 그러나 이 국면들은 모두 연관을 지니고 있으며, 어느 한 국면이 좋다고 해서 다른 국면이 모두 좋아지는 것이 아니다. 물론 그 역도 성립한다.

대하소설은 어떤 원인에 의해 이러한 바람직한 상태가 유지되지 못한 순간을 사건화하여 이야기로 구성하며, 이야기는 설정된 국면의 바람직한 상태를 성취하기 위해서 전개된다. 여기에서 방해자가 등장하며 그 방해자에 대한 징치가 이루어진다. 그런데 바람직한 상태를 방해하는 방해자의 입장에서는 또 그 나름대로의 성취목표가 있다. 물론 이 성취목표는 인정받지 못하는 것이지만 그는 그 나름대로 이 목표를 달성하기 위해 여러 가지 수단을 동원하게 되며, 그 수단이 소설에서는 음모의 과정으로 드러난다. 뿐만 아니라 방해를 극복해야 하는 쪽에서는 그 방해를 극복하기 위한 방안이 모색된다. 바로 이러한 일련의 과정이 이른바 기본적 서사항으로 드러나고 있으며, 각 단위담들은 그러한 서사항을 공유하고 있었다. 이제 이러한 관점에서 각 국면에 따른 문제를 정리해 보기로 하자.

혼전의 만남은 두 가지 측면에서 고려될 수 있다. 하나는 만남에서 발생한 문제가 혼인을 함으로써 해결되는 경우이며, 다른 하나는 혼인 후에도 그 문제가 지속적으로 작용을 하고 있는 경우이다. 첫번째의 경우는 '愛慾1'의 경우이며, 두번째는 '愛慾2'와 '愛慾3' 그리고 '성대결2' 등의 경우이다. '愛慾1'에서는 애정적 욕구가 용납만 된다면 문제가 없다. 그러나 그것이 쉽사리 용납되지 않기 때문에 문제가 발생한다. 이때, 주인공의 성취욕구인 애정을 가로막는 장애는 부친으로 나타난다. 그런데 가정과 가문의 화합이라는 보다 큰 국면의 문제를 생각한다면, 여기에서 발생하는 부자의 문제는 조속히 해결되어야 하며 그 결과 또한 쌍방이 화해할 수 있는 방향으로 나아가야 한다. 따라서 이 경우에는 조부나 외조부와 같은 사람이 나타나 중재를 시도함으로써 문제가 해결된다.

그런데, '愛慾2'와 '愛慾3'의 경우는 '愛慾1'과 동일한 과정을 거쳐 혼인을 한 이후에도 쟁총이란 또 다른 문제가 야기되기 때문에 가정의 국면과 연관을 맺는다. '성대결2'는 혼전의 만남에서 애정적 욕구가 문제되는 것이 아니라 여성에 대한 남성의 횡포가 문제되고 있으며, 여성이 남성을 거부하기 때문에 혼전 혼사장애가 일어난다. 그리고 이 장애를 극복하여 혼인을 한 이후에도 이 문제가 지속적으로 작용하여 부부 사이에 심각한 장애가 발생한다. 그러나 이러한 이야기에는 성취목표를 방해하는 방해자가 별도로 설정되지 않고 있으며, 설령 부친과 같은 방해자가 설정된다 하더라도 탕자나 政敵과 같은 방해자와는 본질적으로 그 성격이 다르기 때문에 별 문제가 될 것이 없다.

혼전 만남이란 단계를 거치지 않고 부모에 의한 定婚에 의해 혼인을 하는 경우 역시 두 가지 측면에서 고찰될 수 있다. 바람직한 부부관계를 방해하는 방해자가 존재하는 경우와 그렇지 않은 경우가 그것이다. 전자의 경우, 설정되는 방해자는 여성일 수도 있고 남성일 수도 있다. 모두 부부 중 어느 한쪽에 대해서 애정적 욕구를 지닌다는 점에서 탕자의 성격을 띤다. 그러나 그 탕자가 여성인 경우와 남성인 경우, 그들이 목적을 달성하기 위해 동원하는 수단은 뚜렷이 구별된다. 여성일 경우는 개용단 등의 妖藥이나 도술 등을 통한 변신과 최면 등을 통해 상대방을 모해한다. 그리고 그러한 음모를 꾸미기 위해서 요승과 같은 존재와 결탁을 하기도 한다. 탕자가 남성일 경우는 정치적인 박해와 같은 수단을 동원한다. 물론 변신과 최면 등의 妖術을 사용하지 않는 것은 아니다. 그러나 그것 보다는 오히려 상대방을 奸黨으로 몰아 유배를 보내는 등의 정치적 수단이 주요하게 작용한다. 따라서 남성은 탕자임과 동시에 政敵이란 의미를 동시에 지닌다.[105]

여기에서는 방해자의 음모가 그만큼 치밀하고 악랄하며, 그 음모의 대상이 가문 전체로 확산되기 때문에 해결 역시 수월하지 않다. 이러한 문제에 대한 해결의 수단으로 등장하는 것이 비범한 능력이다. 그 비범한 능력의 소유자는 주인공일 수도 있고, 초월자일 수도 있다. 그러나 능력을 발휘하는 양상은 한결같이 천상의 논리로 점철된다. "요인의 흉쉬 머럿시니 즈레 히치 말고 다만 부친 노쥬를 편이 미셔 오게 ᄒ라"[106], "소졔 시운이 불이혼 써을 타 요인의 쟉화를 임의로 파치 못ᄒ미로소이다"[107]

---

105) 단 〈옥원재합〉에서는 정적과 연적이 동일한 성격으로 나타나지 않는다.

106) 〈쌍성봉효록〉 권지십일.

등의 말과 같이 이미 당도한 禍厄을 天定한 운명으로 인식하여 때를 기다리는 자세를 보이기도 하며, 다음과 같이 미리 알고 방지하기도 한다.

　　드듸여 두 봉 화전을 댱손시롤 맛뎌 왈 이후 궁듕의 연괴 잇거든 이롤 보더 가정 뉵년의 첫 화전을 보고 가정 십 삼년의 둘지롤 보아 삼가 보디 말나[108]

　한편 혼인한 부부 사이의 관계회복에 따른 장애가 발생하는 또 다른 경우로는 '셩대결1' 과 옹서대립담의 경우가 있었다. '성대결1' 은 아내에 대해서 우위를 점하려고 하는 남편과 그것에 불만을 표하는 아내가 서로 팽팽하게 대결함으로써 불화가 빚어지고 있었다. 여기에서는 남편의 호방함을 인정하지 않는 아내가 현숙한 부덕을 갖추지 못했다고 하여 부정되고 있었다. 그리고 남편은 그러한 아내의 고집을 꺾기 위해 기생희롱이라는 전형적인 수단을 동원하고 있었다. 옹서대립담은 장인을 소인배로 몰아 욕을 하는 남편이 문제가 되어 불화가 빚어지고 있었다.

　'성대결1' 과 옹서대립담에서 문제에 대한 해결은 병과 그것에 대한 치료를 통해서 이루어진다. '성대결1' 에서는 아내가 스스로 병을 일으켜 남편이 이를 극진히 간호함으로써 해결되며, 옹서대립담에서는 장인이 심각한 병에 걸리고 사위가 이를 치료함으로써 해결된다. 이와 같이 발생한 문제가 병과 신이한 의술을 통해서 극복되고 있음은 그 문제를 해결할 수 있는 어떤 논리가 마련되지 않고 있음을 의미한다. 특히 옹서대립담과 같은 경우는 아내의 입장이 친정아버지에 대한 효를 견지하고 있기 때문에 문제의 해결이 쉽지 않다. 이는 여성의 편을 일방적으로 옹호할 수도 없고 남성의 편을 일방적으로 옹호할 수도 없다는 절충적인 의미를 지닌다.[109]

　그러나 혼인한 부부에게 발생하는 문제는 여기에서 그치지 않는다. 당시의 사회가 일부다처를 묵인하고 있었던 사회인만큼 대하소설에 설정되는 가정의 모습 역시

---

107) 〈쌍성봉효록〉 권지십이.

108) 〈유씨삼대록〉 권지칠. 가정 6년에는 장귀비가 진신을 해하는 일이 발생하며, 가정 13년에는 장소저가 장귀비와 결탁하여 유씨 가문을 해하려 하는 일이 발생한다.

일부다처의 형태로 드러난다. 이로 인해 다른 외부의 방해자가 없다고 하더라도 이미 그 가정은 문제의 징조를 지니고 있는 셈이다. 〈소현성록〉에서 소현성이 여러 명의 처들과 화해하기 위해서 어느 누구를 편벽되게 사랑하지도 않고, 각 처들과 동거하는 日數를 일정하게 배분하여 지키고 있는 모습은, 처첩 간에 발생할 수 있는 문제를 미리 방지하기 위한 노력의 일단으로 볼 수 있다. 그러나 대하소설에서는 대부분의 경우 이 처첩 사이에서 문제가 발생하고, 그것이 바로 쟁총의 형태로 드러나고 있었다. 이 쟁총은 기본적으로는 남편의 총애를 차지하기 위한 악한 처/첩의 시기심에서 비롯하는 것이다. 그러나 처첩이 각기 자식을 거느리고 있을 경우에는 남편의 총애뿐만 아니라 자식들의 기득권을 획득하려는 이른바 자궁갈등의 양상으로도 확산되고 있었다. 그런데 이들 쟁총 역시 한결같이 선한 처와 악한 처/첩 사이의 결투라는 점에서 탕자개입담과 같이 선과 악의 쟁투라는 구도를 보여주고 있었다. 그 결과 이들 이야기가 전개되는 과정에서도 변신을 비롯한 갖가지의 도술들이 등장하고, 이를 징치하고 해결하는 과정에서 초월적인 힘이 개입하고 있음을 확인할 수 있었다.

한편 쟁총은 가장의 위상과 관련된 문제까지 드러내고 있다. 악한 처의 음모가 본격화되기 위해서는 무엇보다 가장의 무능함이 필요했다는 것이 그것이다. 물론 이때의 가장은 남편과 시부모까지를 포함한다. 군담을 설정하여 이들을 출타하게 하는 서사방식이 이와 밀접한 연관을 지니고 있으며, 군담이 설정되지 않으면 미혼단으로 가장에게 최면을 걸게 하는 방식 역시 이러한 맥락에서 이해할 수 있다. 특히 주인공 가문의 딸이 시집을 가서 겪는 계모박대담은 시가의 가장이 없거나 계모를

---

109) 이는 장편소설의 창작의식과 결부시켜 생각할 수 있다. 즉 장편소설은 기존의 윤리적 가치에 대한 극복이 아니라 오히려 그것을 옹호하며 이를 천리의 논리와 연결시키려는 주제적 의미를 지니고 있다. 그런데 남성과 여성의 입장이 팽팽하게 대결하는 장면에서는 기존의 윤리라고 할 수 있는 남성에 대한 여성의 순종적 성격이 쉽사리 받아들여지지 않는다. 물론 그 결과는 여성의 패배로 드러나지만 그 과정에서 그만큼 여성의 삶의 질곡이 심각하게 그려지고 있다는 것이다. 이 부분은 선행연구에서 흔히 장편소설의 근대지향적 의식과 결부되어 설명되어 왔는데, 이보다는 오히려 장편소설의 주 독자층이 여성들이었다는 사실과 더욱 밀접한 연관을 가지는 것으로 보는 것이 더 타당하다고 생각된다. 그리고 그러한 여성들의 입장을 소설을 통해 수용함으로써 여성들에게 보다 지속적인 흥미와 관심을 유발할 수 있었다는 것이다. 이는 여성 작가의 존재 가능성과 여성적 의식이 소설의 주요한 의미망 중의 하나임을 시사해 주는 것이라고 볼 수 있다.

제어하지 못하고 있다는 점에서 가장권과 가정/가문의 화목 사이의 연관성을 보다
뚜렷하게 보여주는 부분이다.

가문의 국면에서 주로 문제시되는 것은 계후갈등이라고 할 수 있다. 한 가문을 통
솔할 존재를 확정하는 문제인 만큼 가문의 유지에 있어서 무엇보다 중요한 사안이
라 할 수 있다. 뿐만 아니라 계후자로 인정되는 것은 가문에서의 권위를 보장받는 일
이기 때문에 계후 당사자에게도 결코 무시할 수 없는 사안이다. 그러나 한 가문을 유
지하는 일이 이 계후의 문제만으로 해결되는 것은 아니다. 앞서 언급한 각각의 국면
들이 모두 잘 해결되었을 때, 비로소 가문은 그 도달하고자 하는 성취목표에 이를 수
있다. 계후갈등담이 대하소설에서 단독 단위담으로는 잘 설정되지 않는다는 사실
역시 이와 무관하지는 않을 것이다. 즉 대하소설은 다른 국면의 이야기들을 풀어나
가는 과정을 가문의 문제와 연관시키고 있는 것이다. 물론 가문의 유지에는 대외적
인 세력과 경제적인 여건 역시 중요한 문제가 된다. 그러나 대하소설에서는 군담소
설과는 달리 이미 그러한 조건들이 충족된 상태의 가문이 주인공 가문으로 설정되
고 있기 때문에 중요한 문제거리로 취급되지는 않는다.[110]

이상에서 본 바와 같이 대하소설에서 설정된 단위담은 그것이 만남의 국면에서부
터 시작하여 한 가문이란 국면에 이르기까지 벌어질 수 있는 다양한 문제들을 기본
이야기로 설정하고 있다. 그러나 그 문제를 기본적으로는 혼사와 부부 관계에 초점
을 맞추어 설정하고 있기 때문에 혼사와 부부관계에서 발생할 수 있는 수많은 문제
들을 가문이란 공간과 연관시켜 소설화하고 있다고 보는 것이 더욱 타당하다. 그리
고 이 과정을 통해서 남자의 입장에서는 올바른 군자의 모습과 가장의 모습을 강조
하여 이른바 '修身齊家'에 따른 문제를, 그리고 여성의 입장에서는 시집을 가서 겪
어야 했던 삶의 질곡의 문제들을 보여주고 있다. 특히 악인의 음모에 빠진 여성들의
갖은 시련, 그리고 남성 우위의 가부장제 속에서 순종해야 했던 여성의 문제를 서사
구조적인 측면에서뿐만 아니라 분량의 측면에서도 극대화하고 있음은, 조선조 소설

---

110) 이 문제에 대해서는 졸고, 「가문의식을 통해 본 한국 고전소설의 구조와 창작의식」, 서울대 석사학위논문
(1991) 참조.

전반에 걸친 중심적인 작품주지라 할 수 있는 혼사장애주지를 원형의 하나로 삼은 결과라고 볼 수 있을 것이다.[111]

그러면 지금까지 논의한 내용을 토대로 3장의 내용을 감안하여 대하소설의 단위담 구조를 도식화하면 다음과 같다.

본국면	성취목표	방해요인	본국면	해결수단	비고
만남	- 애정 - 혼인	부친의 반대	台杖 등의 벌	중재자의 개입	- 주인공의 상사병 삽입됨 - 혼인 후 다른 처와의 쟁총이 발생
		혼전겁탈과이에 대한여성의항거	여성의 혼인 거부와 자결	우연한 병과 지극한 치료	자결은 훼절에 대한 수치에서 발생함
혼인 부부	화목	탕녀	- 변신등을 통한 훼절시비 - 살해기도 등의 다양한 음모 - 요승과의 결탁	- 초월자의 개입 - 주인공 및 가장의 비범한 능력	- 선과 악의 대결구도 - 음모과정의 확대
		탕남	- 위의 항목 - 정치적 모해	위의 항목과 같음	- 연적이 政敵의 성격을 지님 - 여성연적담의 구도를 적극 차용
		장인	아내가 효의 입장에서 남편을 거부	장인과 사위와 화해	장인의 병을 사위가 치료함으로써 해결(등창 혹은 안질)
		기질대립	남편의 기생희롱과 아내의 고집	남편의 화해와 아내의 순종	- 친정부친에 의한 딸의 受罪 - 아내의 병(단식 등에 의한 병)
가정	화목	악한 처/첩	- 변신등을 통한 훼절시비 - 살해기도 등의 다양한 음모 방법	- 초월자의 개입 - 주인공과 가장의 비범한 능력	- 군담을 통한 가장의 출타 - 선악의 대결구도 - 음모의 진행과정이 연적담과 유사함 - 자궁갈등으로 확대

| | | 계모, 장모 | - 며느리의 정절훼손
- 이복아들에 대한 모해 | - 주인공 가문원의 도움
- 계모의 우발적인 죽음 | - 주인공 가문에서는 벌어지지 않음
- 장모에 의한 사위 박대는 거의 설정되지 않음 |
| 가문 | - 화목
- 번영 | - 위의 모든 요인
- 이기적인 자손 | - 위의 모든 요인
- 계후자로 선정되기 위한 음모 | - 위의 모든 요소 | - 계후갈등은 잘 설정되지 않음 |

　이상의 고찰에 의하면, 각기 단편적으로 존재하는 상이한 단위담들 역시 결코 동떨어져 존재하는 것이 아님을 알 수 있다. 이들은 만남에서부터 혼인에 이르기까지, 그리고 혼인에서부터 화목한 가정과 가문을 이루기까지의 과정이라는 국면의 통합과정을 보여주고 있다. 그러나 이러한 이야기의 통합적 구도만으로 작품이 완성되는 것은 아니다. 이것은 어디까지나 작품의 내용이다. 이러한 이야기의 내용들은 그것이 비록 중요한 의미를 담고 있다고는 하지만 내용들을 전달하는 방식에 따라 각기 다른 방식으로 전달된다. 가령, 여성이 시련을 겪는 내용이 중요한 서사항으로 설정되어 있다고 하더라도 그것이 단 한 차례에 걸쳐서 설정될 수도 있고 여러 번에 걸쳐서 설정될 수도 있다. 뿐만 아니라 짧은 분량으로 처리될 수도 있고 상당히 긴 분량으로 처리될 수도 있다. 독자의 입장에서는 같은 의미를 지니고 있는 서사항이라 할지라도 이와 같은 전달 방식에 따라 그 의미를 받아들이는 정도에 차이를 느끼기 마련이다. 특히 대하소설에서는 이 이야기들이 한 두 사람에 의해 진행되는 것이 아니다. 각각의 방해요인에 따라 그 단위담에 등장하는 인물이 다 다르다. 물론 설정된 인물들이 대개는 친, 인척의 관계를 맺고 있기 때문에 다른 이야기에 관여를 하고는 있지만 그것을 끌어가는 주 행위자는 각각 다른 인물인 것이다. 따라서 이들을 한 작품 속에서 유기적으로 결합시킬 수 있는 특별한 장치가 요청됨은 당연하다 할 것이다. 이는 다음 장의 과제이다.

---

111) 혼사장애주지와 여성수난에 대해서는 이상택, 위의 책과 서대석, 위의 책 참조.

4. 單位談의 총체적 서술 원리

이미 앞 장의 고찰을 통해서 대하소설에서 설정되는 단위담의 유형과 그 특징을 살펴 보았다. 그 결과 대하소설에서는 서로 공통되는 단위담이 존재하며 이들의 전개방식 역시 어느 정도 정형화되어 있음이 밝혀졌다. 물론 매개항의 차이에 따른 특성의 변화가 있었음은 물론이다. 그리고 한 작품에서 이러한 단위담을 여러 개 지니고 있는 것이 대하소설이다. 이제 본 장에서는 이러한 단위담들이 실제로 작품에서 기술될 때, 어떻게 서로 결합하며 또 어떤 방식으로 서술되는가를 고찰하고자 한다. 서술의 측면에서는 어떤 하나의 서사항은 아주 길게 서술되는 반면 다른 하나는 상당히 짧게 서술될 수도 있으며, 뒤에 일어나는 행동이 갑자기 앞에서 설정될 수도 있다. 뿐만 아니라 각 단위담과 단위담도 서로 결합되는 방식에서 그것이 '愛慾1' 다음에 '탕자W' 가 서술될 수도 있으며, 이 둘이 동시에 서술될 수도 있다. 실제 독자에게 주어지는 형태는 바로 이러한 서술의 층위를 포함한 텍스트이다. 따라서 본 장에서는 그러한 텍스트의 서술상의 특징을 고찰하고자 한다.

4.1. 단위담 배열의 원칙
- 大小配分의 원칙-

대하소설이 여러 개의 단위담을 지니고 있다고 했을 때, 그것이 모든 서사물의 특성이 아닌가 라는 의문이 들 수가 있다. 사실 어떤 서사물이든 그 속에 포함되는 내용이 다양할 수 있기 때문이다. 그러나 대하소설에서 설정되는 단위담은 다시 그 속에 기능단위라고 할 수 있는 복잡한 서사단락들을 포함하며, 그 자체로도 하나의 작품을 구성할 수 있는 특성을 지니고 있다. 그리고 이러한 단위담들은 적어도 서사적 차원에서는 어떤 필연적 인과성을 맺지 못하고 있다. 다시 말해 하나의 단위담 다음에 다른 단위담이 설정될 때, 반드시 그 단위담이 설정되어야 하는 필연적인 이유가 없다는 것이다. 가령, 〈명주기봉〉에서는 '탕자W2' 다음에 '愛慾3'이 설정된다. 그런데 이 순서는 얼마든지 바뀔 수 있다. 〈옥난기연〉에서는 '愛慾2' 다음에 '탕자M'이 설정되고 있다. 물론 대하소설에서 이들 단위담은 그 주체가 한 가문의 일원이라는 혈연적 관계에 의해서 연결되고 있다.[112] 그러나 인물의 혈연적 관계만으로 소설이 구성되는 것은 아니다. 그런데 실제로 소설을 읽어보면 이 이야기들은, 인물의 혈연적 관계를 떠나서도 서로 동떨어져 있다는 인상보다는 잘 조화되어 있다는 인상

---

112) 이 점은 이미 서구의 장편소설 연구에서도 밝혀진 바이다. 빅토르 슈클로프스키는 장편소설은 여러 단편소설들을 하나의 틀 속에 포함시키거나, 동일한 줄기에 연결시킴으로써 형성되며, 이때 구슬꿰기(enfilage)라는 구성법이 보편적이라고 하고 있다. 즉 하나의 동기에 의해 여러 이야기가 동시에 엮이는 식의 구성을 의미한다. 그는 아플레이우스의 〈황금빛당나귀〉(일명 〈變身들〉)을 분석하면서 주인공의 호기심을 통해서 우렁들과의 싸움과 일화, 변신에 관한 이야기들, 강도들의 모험과 같은 이야기 및 짤막한 단편들이 구슬꿰기 식으로 연결되고 있다고 하고 있다. 뿐만 아니라 여행이 이 방식의 가장 흔한 동기작용이 되어 왔다고 한다. 여행을 하는 동안에 겪는 여러 가지 사건들이 나열된다는 것이다. 그러나 슈클로프스키가 의미하는 장편소설과 조선조의 장편소설은 차이가 있는 것 같다. 필자가 직접 이 작품들을 읽어본 것은 아니지만 조선조의 장편소설에서 이러한 동기화가 될 만한 구슬꿰기는 보이지 않고 있기 때문이다. 그러나 슈클로프스키는 또 톨스토이의 장편소설에서는 작가가 분리하여 생각했던 인물들을 혈연으로 맺어주고 있다고 하고 있는데, 이 점은 조선조 장편소설과 유사하다.

V. Erlich, 『Russian Formalism』, Mouton & Co.(1965), pp. 230~250 참조.

빅토르 슈클로프스키, 「단편소설과 장편소설의 구성」, 김치수 역, 『구조주의와 문학비평』, 홍성사(1983) pp.54~79 참조.

을 받게 된다. 이는 대하소설이 이야기를 결합하는 과정에서 그만큼 전체적인 조화 혹은 통일성을 지닐 수 있도록 하는 어떤 서사문법을 마련하고 있다는 사실을 의미한다. 이러한 관점에서 주목되는 바는 소설에서 단위담을 배열하는 방식이다.

3장에서 고찰한 각 단위담은 그 서술분량과 그 속에 설정된 사건의 복합양상에 따라 비교적 간단하고 짧은 경우가 있었고 복잡하면서도 긴 경우가 있을 수 있다. 그리고 그 단위담의 행위자가 주인공 가문의 아들이냐 딸이냐 아니면 다른 부차적 인물이냐에 따라서도 단위담의 주목도에 차이가 나타난다. 이에 따라 각 단위담의 서술분량과 그 전개양상의 복잡도를 정리하면 다음과 같다.[113]

		전개양상의 측면	행위자의 주목도
애욕추구담	애욕1	+	+
	애욕2	++	+
	애욕3	+++	+
탕자개입담	탕자W1	+++	+
	탕자W2	+++	+
	탕자W3	+++	+
	탕자M1	+++	+
쟁총담	〈소현성록〉	++	+
	〈임화정연〉	+	-
	〈옥난기연〉	+	0
	〈유씨삼대〉	+	+
성대결담	성대결1	+	0
	성대결2	++	+
박대담		+	0(-)
옹서(장모)대립담		+++	+

물론 위와 같이 복잡도를 따지는 일이 엄밀한 객관성을 획득하기는 힘들다. 그러나 전개과정에서 설정되었던 기본적 서사항과 실제 분량을 고려하면 비교적 객관성이 마련될 수는 있을 것이다. 그러면 위 도표의 내용에 따라 '+'를 작은 단위담(小),

---

113) 복잡도의 정도에 따라 '+'를 추가하고 단순도의 정도에 따라 '-'를 추가한다. 그리고 행위자의 경우에는 주인공 가문의 아들과 관련이 있을 때는 '+'로, 딸의 경우는 '0', 부차적 인물의 경우는 '-'로 표기한다. 단 쟁총의 경우는 그것이 독립적으로 설정된 쟁총의 경우만 표기를 하도록 한다.

'++'를 중간 단위담(中), 그 이상의 것을 큰 단위담(大)이라고 했을 때, 이것들이 각 작품 속에서 배열되는 순서를 따져보기로 하자. 이때, 위의 단위담 외에 삽입되는 독립단락은 제외하기로 하며[114], 다른 작품에 비해 단위담의 가지수가 많은 〈소현성록〉, 〈명주기봉〉, 〈옥난기연〉, 〈유씨삼대록〉을 대상 작품으로 하기로 한다.

〈소현성록〉

애욕1 + 쟁총 + 계모박대 + 애욕3 + 애욕2 + 계모박대
　小　　 中　　 小　　　 大　　 中　　 小

〈명주기봉〉

애욕1 + 탕자W2 + 애욕2 + 사위박대 + 계모변형 + 성대결1 + 옹서대립
　小　　 中　　 中　　 小　　　 中　　　 小　　　 大

〈옥난기연〉

애욕2 + 탕자M + 성대결1 + 성대결2 + 계모박대 + 장모박대 + 쟁총
　中　　 大　　 小　　　 中　　　 小　　　 小　　 小

〈유씨삼대록〉

애욕3 + 계모박대 + 성대결1 + 쟁총 + 애욕3 + 쟁총
　大　　 小　　　 中　　 小　　 大　　 小

대하소설에서 단위담이 배열되는 방식은 바로 이러한 사실에서부터 찾아진다. 위의 도식을 감안한다면, 큰 단위담과 작은 단위담이 서로 번갈아 가면서 설정되어 있

---

114) 이 내용의 배열에 대해서는 후술하기로 한다.
115) 다만 〈옥난기연〉에서는 작은 사건이 세번에 걸쳐 잇달아 연결되고 있는데, 이중 장모박대는 쟁총과 복합되는 형태로 나타나기 때문에 큰 단위담의 역할을 할 수가 있다.

음을 확인할 수 있다.[115] 즉 복잡하고 긴 단위담의 앞이나 뒤에 이보다 덜 복잡한 단위담이 설정되고 있다는 것이다. 이때, '小'에 해당하는 단위담은 '大' 혹은 '中'에 해당하는 단위담 사이에서 삽입되고 있다.

대하소설은 이와 같은 방식으로 이야기를 배열함으로써 우선 결합의 전체적인 조화를 도모하고 있는 것으로 보여진다. 그리고 설정되는 단위담이 크면 클수록 서사단락의 전개가 복잡해지고, 음모의 수단도 다양해진다. 독자는 큰 단위담을 읽을 때, 보다 주의를 기울이게 되며, 그에 따라 긴장도 고조될 수 있다. 작은 단위담에서는 물론 그 긴장이 완화된다. 따라서 단위담의 배열은 서사적 긴장의 완급조절이란 효과도 가져올 가능성이 있다.

독립단락이 삽입되는 양상을 보면 이러한 효과를 보다 구체적으로 파악할 수 있다. 우선 〈소현성록〉의 경우를 살펴보자. 이 작품에서 주요하게 거론될 수 있는 서사단락은 요괴퇴치단락, 外遊단락, 政變단락[116], 과거단락 등인데, 이들이 배열되는 상황은 다음은 같다.

① 애욕1
    가) 과거단락
② 쟁총
    나) 政變, 요괴퇴치단락
③ 계모박대
    다) 과거단락
④ 애욕2
    라) 外遊단락
⑤ 애욕2
    마) 外遊단락

116) 황상이 태순 태자 덕순을 죽이는 일이 발생한다. 그러나 이것이 소씨 문중이나 단위담의 전개에 영향을 발휘하는 사건은 아니다.

⑥ 계모박대담

가)~마)까지가 독립단락의 경우인데, 위와 같이 이 장면들은 ①~⑤까지의 단위담 사이에 삽입되어 있음을 알 수 있다. 이때, 이들 단락이 단위담에 영향을 끼치는 일은 없다.[117] 다만 하나의 새로운 장면으로 삽입되어 있을 뿐이다. 그리고 그 내용은 '外遊단락'이나 '요괴퇴치단락' 등에서 알 수 있듯이 심각한 갈등이라기보다는 안정된 상태의 지속이거나 주인공들의 영웅적인 능력의 일방적 표현으로 이루어져 있다.[118]

이중, 과거단락, 외유단락 등은 다른 독립단락인 혼사단락, 잔치단락 등과 함께 크고 작은 단위담들이 끝난 다음에, 그리고 큰 단위담이 긴박하게 전개되는 부분에 주로 삽입된다. 군담단락 역시 여기에서 예외는 아니다. 가령, 〈옥난기연〉에서는 니창성에 의한 '愛慾2'가 끝나고 추성이 주체가 되는 '탕자M'이 끝날 무렵에 철공의 중매로 추성이 순공의 필녀와 혼약을 하고, 장영혜가 어사태우 님희의 장남 님유와 혼인하는 장면이 삽입된다. 또 〈명주기봉〉에서는 웅린, 천린의 '탕자W2', '愛慾3'이 끝나고 정린이 제씨와 혼인을 하는 장면이 삽입된다. 〈쌍성봉효록〉에서는 양씨의 음모가 모두 끝난 후 백영과 중영의 재취장면 및 나머지 자손들의 혼사장면이 설정된다. 물론 이 혼사가 〈옥난기연〉의 장영혜의 경우와 같이 장차 단위담으로 발전하는 경우도 있고, 추성과 순씨의 혼사, 정린과 제씨의 혼사와 같이 단순한 혼인 사실로 끝나는 경우도 있다. 그것이 어떤 식으로 진행되건 이 혼사는 그동안 긴박하게 진행되어온 긴장을 완화하는 장치로 작용함은 사실이다.

다음의 인용은 〈명주기봉〉의 잔치단락의 일부이다.

---

117) 그렇다고 해서 모든 과거단락이 단위담과 관계가 없는 것은 아니다. 과거단락 중에는 단위담을 구성하는 서사단락으로 분류될 수 있는 것도 있으며, 단위담의 전개와 관계가 없는 단락이 있을 수도 있다. 앞으로 거론하는 독립단락은 모두 이러한 경향성을 지니고 있다

118) 이중, 요괴퇴치담과 열/불열담은 이 작품에서만 설정되어 있는 독특한 내용이다.

상셰 도라간 후 명일 태소와 장부인이 쇼연을 베플고 거교와 친필을 보내여 기다리는 뜻이 결ᄒᆞ믈 긔별ᄒᆞ여시니 처소와 부인이 년권ᄒᆞ딕 쇼졔(필자 : 예주) 이러 틋ᄒᆞᆫ 졍을 보믹 ᄎᆞ마 위월치 못ᄒᆞ여 면목을 둣거이 ᄒᆞ고 나아가믹 (필자 : 중략) 비로소 시로 드러온 금장졔소로 례롤 필ᄒᆞ믹 셩닌 쳐 소시와 봉닌 쳐 뉴시 결셰이용이 숙녀의 좌롤 소양치 아니ᄒᆞᆯ 거시오 모든 소괴 그 ᄉᆞ이 장셩ᄒᆞ여시니 반가오믈 이긔지 못ᄒᆞ여 탐탐셜홰 궁진치 아니터라[119]

위는 잔치가 시작되는 첫 부분이다. 〈명주기봉〉에서 '탕자W2'와 '愛慾3'이 끝난 다음에 앞의 혼사단락과 더불어 현씨 문중의 환희와 화락을 의미하는 이 잔치장면이 설정된다. 그간 있었던 복잡한 일들이 끝나고 집을 떠났던 예주가 다시 돌아오면서부터 시작되는 이 장면은 마치 작품의 마지막 부분을 보는 듯하다. 이 역시 하나의 단위담에서 설정되었던 복잡한 사건에 대한 매듭을 지으면서 긴장을 완화하는 구실을 함은 물론이다.

이와 관련하여 특히 주목되는 것은 군담단락 설정방식이다. 군담은 조선조 소설 일반을 대표하는 사건이라고 할 수 있을 만큼 그 설정 빈도수가 높다. 뿐만 아니라 군담이 소설 진행에 있어서 가장 핵심적인 위치를 점하고 있는 이른바 군담소설은 당대에 있어서 가장 많은 독자를 확보한 작품군이기도 하다.[120] 이 사실은 군담이 그 자체로도 어떤 소설적 흥미를 부여하고 있음을 의미한다. 바로 이런 이유 때문에 군담은 비단 군담소설이 아닌 다른 유형의 소설군에도 폭넓게 설정되어 있으며, 대하소설도 여기에서 예외는 아니다. 본고에서 대상으로 하고 있는 작품만 하더라도 군담이 설정되지 않은 작품은 단 한 작품도 없는 실정이다.[121] 군담이 서사단락으로의 기능을 하는 경우는 이미 쟁총담을 분석하는 자리에서 언급했거니와 여기에서는 독립단락으로 설정되는 경우가 주관심사가 된다. 〈명주기봉〉에 나오는 마지막 군담의

---

119) 〈명주기봉〉 권지칠. 이 인용 이후 9集에 걸쳐 계속 진행됨.
120) 방각본으로 간행된 횟수를 보더라도 〈조웅전〉, 〈소대성전〉, 〈장풍운전〉, 〈유충렬전〉 등의 군담소설은 상당히 인기가 있었음을 알 수 있다. 조동일, 『한국소설의 이론』, 지식산업사(1977), p. 286 참조.

경우가 이에 해당한다. 이 작품에서 마지막 사건으로 설정된 옹서대립담이 어느 정도 해소된 후 제국이 반하는 사건이 일어난다. 이에 천린이 대원수가 되어 출장하여 승리하며 그 결과 천린은 평제왕이라는 왕위를 제수 받는다. 이후에 화소저가 임신을 하는 사건이 발생하며 이 아이를 둘러싼 홍린과 화옥수 사이의 새로운 갈등이 벌어진다. 이 군담의 전후에는 홍린과 화옥수의 이야기가 설정되어 있으며, 앞의 내용은 갈등이 해소될 조짐을, 뒤의 내용은 그 갈등이 새로운 각도로 전개되는 과정을 보여주고 있는 셈이다. 이 사이에 설정된 군담은 홍린의 이야기와는 아무런 관계가 없다. 단지 군담이라는 이야기가 삽입되어 있는 것뿐이다.

홍린과 화옥수의 이야기는 옥수의 임신을 통해서 새로운 양상으로 발전한다. 홍린과 화옥수가 화해를 하고 혼인 후 처음으로 운우지정을 나누고 난 시점에서 군담이 삽입되고 있는 것이다. 그렇다면 군담은 옥수가 임신을 하게 되기까지의 시간적

---

121) 대하소설에 설정되는 군담은 우선 그 표면적인 내용에 따라 국외세력의 침입과 국내의 국지적 소동으로 구별될 수 있다. 이중, 전자가 본격적인 군담으로 서술의 분량이나 묘사의 상세함 등이 후자의 그것을 압도한다. 그렇지만 서사적 기능의 측면에서는 큰 차이를 드러내 보이지 않는다. 즉 전자 대신에 후자를 설정하더라도 이야기의 전개에는 별 차이가 없다는 것이다. 따라서 대하소설에서 군담은 군담소설에서와 같은 핵심적인 기능은 수행하지 못하고 있다고 볼 수 있다. 군담이 핵심적인 서사적 기능을 담당하고 있는 작품은 어디까지나 군담소설이다. 군담소설에서 군담은 이야기가 전개되는 과정에서 지속적으로 제기되어 왔던 문제를 최종적이면서도 궁극적으로 해결하는 장치로 설정된다.

〈유충렬전〉이나 〈조웅전〉과 같이 주인공 개인 혹은 가문의 적이 곧 국가의 적인 경우는 더 말할 나위가 없다. 이 경우에 주인공의 부친은 간신에 의해서 정치적 모해를 받고 그 결과 주인공 마저 극심한 시련에 빠지고 만다. 이 주인공은 시련의 와중에서 장차 장인될 사람의 도움을 받아 구원을 받게 되지만 다시 그 집안과 분리되는 2차 시련을 맞이한다. 그리고 간신이 역모를 꾸며 전쟁을 일으켰을 때, 전쟁에 참가하여 영웅적 능력을 발휘함으로써 승리를 이끌어 낸다. 이때의 승리는 국가의 구원임과 동시에 자신의 원수를 갚는 행위이다. 그리고 이 승리는 또한 자신의 영웅성을 공식적으로 입증하는 계기로 작용하며 더할 수 없는 부귀영화를 누리게 만든다.

이른바 잃어버린 세력의 회복이다. 한편 〈소대성전〉과 같이 개인의 적과 국가의 적이 분리되어 나타나는 경우도 사정은 마찬가지이다. 주인공이 기아상태에서 시련을 겪고 있을 때, 장인이 될 사람이 일차 구원자로 나타난다. 그러나 이 역시 궁극적인 고난의 해결은 아니다. 장모나 다른 사람에 의한 박대로 인해 곧 다른 시련에 처하게 되기 때문이다. 그리고 전쟁이 발발한다. 주인공은 이 전쟁에 참가하여 영웅적 능력을 발휘하여 국가를 위기로부터 구출한다. 그 결과 주인공은 자기를 박대했던 사람으로부터 인정을 받게 되며 행복한 삶을 구가하게 된다. 이와 같이 군담소설에서의 군담은 주인공의 비범성을 공식적으로 세상에 알리는 계기로 작용하며 그 결과로 주어지는 부귀영화와 아울러 완전히 해결되지 않았던 갈등 혹은 문제들을 한꺼번에 해결하는 서사적 기능을 수행하고 있다. 군담소설에 관해서는 서대석, 『군담소설의 구조와 배경』, 이화여대출판부(1985) 및 조동일, 위의 책 참조.

공백을 메우는 기능을 수행하고 있는 셈이다. 즉 어떤 서사적 休止를 통해서 잠시 사건을 지연시키는 역할을 하고 있는 것이다.[122] 그러나 이 군담이 단순한 서사적 휴지만을 만들고 있는 것은 아니다. 군담이 진행되는 동안에는 그 동안 전개되었던 단위담의 서사단락에서 눈을 돌려 새로운 흥미거리로 주의를 환기할 수 있는 계기를 마련하고 있다. 여기에서 문제가 되는 것은 이러한 독립단락이 끝나고 나서 다시 새로운 단위담이 시작되는 방식이다. 우선 가장 간단한 예로 앞에서 보았던 잔치단락의 형태를 들 수 있다.

> 장공이 이의 다른 잔을 가져 상셔긔 쥬니 상셰 수려한 미우의 화긔 이연호여 웃고 쥬왈 고인이 니르대 일홈도 모르는 음식은 먹지 말나호니 금일 당존대인의 쥬시는 거시 하상이니잇가 벌상이니잇가 알고 먹어지이다 장공 왈 너의 부뷔 복합한 하상이니라 상셰 소이대왈 조뷔 이 슐을 아니 쥬신들 임의 마져온 쳐ᄌ어든 어런이 희합호리잇가 호여 잔을 거우르니 좌위 그 즐박한 말을 다 웃더라 태ᄉ와 부인이 다 이놀 크게 즐기는 중이나 ᄉ마시의 옥누츄월 굿튼 광치롤 보미 월성공쥬의 난ᄌ혜안을 싱각고 간간이 쥬감의 닐굿기롤 마지 아니 아니터라[123]

위는 잔치단락의 마지막 부분인데 환희와 화락으로 시작된 잔치가 끝부분에 가서는 우울한 분위기로 마무리되고 있음을 알 수 있다. 그 이유는 궁궐로 간 월성공주가 아직 돌아오지 않았기 때문이다. 태사(현택지)는 모든 禍厄을 이기고 돌아온 예주를 보며 한편으로는 기뻐하지만 다른 한편으로는 그것이 공주에 대한 그리움을

---

122) 〈유씨삼대록〉에 설정되어 있는 첫 군담 역시 이와 유사한 기능을 지닌다. 작품의 서두에서 설정되었던 세형과 진양공주 사이의 갈등이 마무리되고, 세창, 세기 등 다른 구성원들이 벼슬길에 나아감으로써 가문의 영화가 새로워지고 있는 상황에서 전쟁이 발발한다. 북의 왜구가 남경을 침입하는 사건이 일어나고 우성과 세형 부자가 출전하여 승리를 거둔다. 그 결과 세형의 벼슬은 더욱 높아진다. 이 다음에는 양귀비가 득세하여 간신이 세를 얻는 과정, 궁궐에 있는 공주의 환가 등이 서술되고 있다. 따라서 이 역시 군담이 이야기 전개에 밀접한 관련을 가지지 않으면서 단지 서사적 휴지의 역할을 담당하고 있는 경우라 할 수 있을 것이다. 그런가 하면 〈명주기봉〉의 제3군담 역시 이에 해당하는 경우이다.

123) 〈명주기봉〉 권지칠.

유발시켜 우울에 잠기는 것이다. 그렇기 때문에 이 장면은 그 다음에 설정되는 공주의 還家장면과 자연스럽게 연결될 수 있다.

한편 한 단위담이 끝나고 나서 혼사단락이 삽입되는 경우가 있다. 〈옥난기연〉에서는 '탕자M'이 끝날 무렵에 두 건의 혼사가 삽입되고 있다. 그런데 이중 장영혜와 님공자의 혼사는 장차 '성대결1'이라는 단위담으로 발전한다. 또 〈유씨삼대록〉에서는 '愛慾3'이 진행되는 과정에 세경과 강소저, 세필과 박소저 등의 혼사가 삽입되어 있는데, 이중 세필의 경우는 장차 '쟁총'으로 발전한다. 물론 대부분의 단위담에서는 혼사가 본격적인 사건으로 이어진다. 그러나 이와 같이 그 전에 삽입되었던 장면이 한참 후에 단위담으로 이어지는 경우 역시 발견된다. 이 경우는 이미 단위담의 주체가 되는 행위자가 언젠가 앞에서 한번 등장했고 또 혼인까지 했기 때문에, 시작되는 내용이 전혀 새롭다거나 앞의 내용과 단절이 된다는 느낌이 보다 줄어든다.

군담 역시 이와 유사한 기능을 수행한다. 이미 3장의 쟁총담을 거론하는 자리에서 보았듯이, 군담 중에는 가장을 출타시킴으로써 악인의 음모가 본격화 혹은 심화될 수 있는 계기로 작용하는 경우가 있었다. 그런가 하면 군담은 새로운 사건 전개의 전제조건을 충족시키는 기능을 하기도 한다. 이 경우는 대부분 만남의 형식으로 이루어진다. 〈명주기봉〉에서 네번째로 설정되는 군담은 명린과 연소저의 이야기, 위중양과 선염의 이야기가 완전히 마무리된 다음에 일어난다. 광동 형초지방에 도적이 일어나 웅린, 천린, 명린 등이 각기 다른 곳으로 출장한다. 여기에서 웅린은 쉽게 승리하여 돌아오지만, 천린은 교동왕의 安兵不動之計에 걸려 양식이 떨어지는 위기를 겪게 되며, 우길의 딸 강양공주의 도움으로 승리한다. 당시 강양공주는 강담숙이란 가명을 사용하여 남자로 위장을 한 상태였다. 이에 천린은 강담숙을 데리고 회군하게 된다.[124] 〈유씨삼대록〉에서는 풍양의 역모로 발생한 전쟁에 세창이 참가하여 男裝을 한 설초벽을 만나 돌아오고, 그가 여자임을 알고는 혼인을 한다.[125] 이와 같이

---

124) 강담숙은 이후 현씨 문중의 위기를 구원하는 조력자의 역할을 담당한다. 강후란 자가 강담숙에게 접근하여 현씨 문중에 대한 역모사건을 일으킨다. 이로 말미암아 현시 문중은 심각한 위기에 빠지게 되지만 강담숙이 강후의 죄상을 밝힘으로써 위기가 극복되고, 그 공으로 천린과 혼인을 하게 된다.

군담은 새로운 사람을 만나 혼인을 하고, 그가 다음에 벌어지는 사건에서 일정한 역할을 담당한다는 점에서 서사적 休止의 차원을 넘어 매개적 역할을 수행하고 있음을 알 수 있다.

뿐만 아니라 군담이 문제를 해결하는 장치의 일환으로 설정되어 있는 경우도 있다. 〈명주기봉〉의 두번째 군담, 〈유씨삼대록〉의 세번째 군담, 〈옥난기연〉의 네번째 군담, 〈쌍성봉효록〉의 네번째 군담 등이 그것이다. 〈명주기봉〉에서는 산동 절서지방이 흉흉하여 웅린이 순무사로 발탁되어 길을 떠나고, 지방을 진무하고 돌아오던 중 행방이 묘연했던 예주를 찾아 돌아온다. 이 과정에서 예주가 행방불명 된 후 지성사라는 절에 기탁하기까지의 前事가 서술되어 있다. 〈유씨삼대록〉에서는 산서, 산동지방에서 난이 발생하여 세기가 순무사로 길을 떠나고, 돌아오는 길에 행방불명된 세필의 처 박소저를 만나 데리고 돌아온다. 이 두 군담은 사실 본격적인 군담이라고 할 수는 없다. 발발한 騷亂의 성격이 전쟁이라기보다는 민란에 가까우며, 단지 덕으로 교화했다는 사실만 서술되고 있기 때문이다. 그러나 음모에 의해 행방불명된 인물을 찾아 데려옴으로써 그 전에 발생한 가문의 문제를 완전히 해결하는 기능을 담당하고 있다. 이 형태는 주인공에게 집을 나설 빌미를 만들어 줌으로써 잃어버린 인물을 효과적으로 찾을 수 있는 계기를 마련하고 있다.[126]

이러한 단위담의 배열과 독립단락 전개의 특성은 각기 따로 존재하고 있는 것처럼 보이는 크고 작은 여러 단위담들을 전체적으로 한 편의 작품 속에서 균형적이고도 조화로운 안정적인 틀 속에 위치하게 만드는 효과를 가져온다.

---

125) 이설초벽 역시 여장군형 인물로 이후 벌어지는 쟁총의 해결에 결정적인 역할을 담당한다. 군담을 통해서 만난 사람과 혼인을 하는 경우는 〈옥난기연〉에서 장추성과 순소저의 사이에서도 발견된다. 그러나 이 경우는 만남이 혼인으로만 연결될 뿐이지 새로운 사건의 빌미가 되지는 못하고 있다.

126) 또 이미 '탕자W'을 통해서 군담을 통해 시련을 겪었던 여성이 도술을 배워 자신의 적과 국가의 위기를 한 꺼번에 해결하는 장면을 확인했는데, 이 역시 군담의 문제해결 기능의 측면에서 이해할 수 있을 것이다.

4.2. 단위담 서술의 원칙

본 절의 과제는 단위담이 배열되는 과정에서 이루어지는 구체적인 결합의 원리를 고찰하는 것이다. 앞 절에서 언급한 내용이 단순 배열의 측면에 해당하는 것이라면, 본 절에서는 그것이 실제로 서술되는 양상을 분석하게 될 것이다. 따라서 이 작업은 단위담이 보다 유기적으로 결합되는 계기를 밝힐 수 있을 것으로 기대한다.

4.2.1 여운의 원칙

이미 앞 절에서 고찰한 대로 단위담이 大小로 배분되어 배열된다면, 큰 단위담과 작은 단위담은 서술 상에 있어서도 구별되는 특징을 지니고 있을 가능성이 있다. 이에 주목되는 바는 그것이 큰 단위담일수록 그만큼 마무리가 지연된다는 점이다. 3장에서 '탕자W2'를 논의하면서 탕자에 대한 모든 음모가 발각되고 난 이후에도 친자매에 대한 우애로 인해 새로운 갈등이 노정되고 있음을 확인한 바 있다. 물론 이 단위담의 경우는 탕자가 친자매로 설정되어 있었다는 애초의 문제가 새로운 갈등의 직접적인 원인이었다. 그러나 이 장면은 음모와 술수를 동원한 탕자 일당의 치열한 공격이 끝나고 난 다음에 이루어지는 것이다. 따라서 앞의 장면에 비한다면 완만한 흐름을 지니게 된다. 이는 전체적인 단위담의 배열에서 보았던 완급의 조절이 하나의 단위담에서도 적용되고 있음을 알게 해주는 단서이다. '愛慾2', '愛慾3', '탕자W1', '탕자M' '옹서대립담' 등도 예외는 아니다. 이러한 경우를 정리하면 다음과 같다.

1) 애욕2 : 쟁총이 모두 마무리된 후 부부불화가 설정된다.
2) 애욕3 : 애정적 욕구에 의해서 만난 처의 악행이 모두 끝난 후 공주가 궁궐에서 돌아오지 않음으로써 불화가 발생한다.
3) 탕자W1 : 탕자에 의해 시련을 겪었던 처와 재회한 후, 처가 남편을 거부함으로

써 불화가 발생한다.

4) 탕자M : '탕자W1'의 경우와 같은 양상이 설정된다.

5) 옹서갈등 : 주인공과 장인과의 화해 및 부부의 화해가 이루어진 후 다시 불화가 발생한다.

이들 단위담에서 새로운 갈등으로 추가되는 부분은 모두가 부부불화이다. 그 동안 진행되었던 방해자의 음모가 모두 발각되고, 그 과정에서 일어났던 모든 오해가 불식되었기 때문에 부부가 불화를 일으킬 이유는 없다. 독자의 입장에서도 당연히 부부의 화락을 짐작하고 기대한다. 그러나 이번에는 아내가 특별한 이유 없이 자존심을 내세워 남편을 거부한다. 부부 자체의 불화가 발생하는 것이다. 물론 이러한 불화가 오래 지속되지는 않는다. 시부모나 남편의 지극한 설득으로 재빨리 화해한다. 가령, 〈명주기봉〉의 홍린과 화옥수의 경우, 화옥수가 임신을 하고 출산을 할 동안 홍린은 전쟁에 참가 중이었는데, 홍린이 돌아오자 그를 놀리기 위해서 伯父인 오공이 아이를 감추어 둔 채 출산 사실을 속였던 것이다. 이는 어떻게 보면 새로운 갈등이라기보다는 희화적 장면의 성격을 지닌다.

바로 이러한 시점에서 잔치단락이나 외유단락 등이 삽입된다. 따라서 이러한 식의 단위담 구성은 급박하게 고조되었던 서사적 흐름과 긴장을 갑자기 조용하게 끝내지 않으려는 의도로 파악된다.

이러한 서사방식은 작품 전체의 대단원에서도 확인된다. 설정된 모든 단위담이 다 종결된 후에도 작은 반전을 도모하고 있는 것이 바로 그것이다.[127]

그 경우를 정리하면 다음과 같다.

1) 〈소현성록〉

- 운숙의 차자 세명이 도적과 어울려 모반을 꾀하고, 운성이 세명을 죽인다.

- 운성의 장자 세광 등이 기생희롱을 하다가 부친에게 발각되어 벌을 받는다.

2) 〈명주기봉〉 : 아이를 둘러싼 홍린과 화소저의 갈등

3) 〈명주옥연〉: 금환, 월환, 옥환, 채환 등 4손자의 발랄함과 부자갈등

4) 〈쌍성봉효록〉

- 한왕의 반란 사건

- 성종의 태자비 요절과 월아소저의 태자비 간택단락

5) 〈옥난기연〉: 평후의 제7자 필성, 정현의 딸과 혼인 후 부부불화[128]

6) 〈옥원재합〉: 경빙희와 니현윤의 새로운 갈등

7) 〈유씨삼대록〉: 계후갈등

8) 〈임화정연〉: 설영의 난을 통한 군담

이 사건들은 작품의 대단원을 준비하는 시점에서의 마지막 반전이란 의미로 볼 수 있을 것이며, 이로 인해 작품은 그만큼 마무리가 지연되는 결과를 가져온다. 작품의 이러한 구성은 단위담 전개에 있어서의 마무리 부분과 같이 이야기의 뒤를 갑자기 조용하게 끝내버리지 않고, 여운을 남겨 이야기의 끝을 길게 하는 효과를 유발하고 있다. 특히 작품의 마지막에 설정된 반전 혹은 '안정 후의 위기'는 여운을 통해서 그 작품의 연작이 존재함을 알리고, 또 독자에게 연작에 대한 새로운 기대감을 지니게 하는 구실도 한다.[129]

특히 〈옥원재합〉과 〈임화정연〉의 마지막의 반전은 다시 후편을 통해 본격적으로

---

127) 임치균은 연작형 삼대록계 소설의 특성 중의 하나로 이러한 부분을 지적하고 있다. 그에 의하면, 연작형 삼대록은 1) 대대 명문 가문에 한 아이가 태어난다. 2) 부모 중 한 사람을 잃는다. 3) 어려서부터 매우 뛰어난 재능을 보인다. 4) 커가면서 고난에 처하나 극복한다. 5) 가문이 안정된다. 6) 다시 5)에서 이룩한 것을 무산시킬 수도 있는 위기가 생긴다. 7) 스스로 해결하고 5)를 확인한다. 8) 자손이 뛰어나다. 9) 자손들이 부부 처첩 갈등에 빠지나 각각 극복한다. 10) 대외적 위기를 해결하여 가문이 대내외적으로 완성된다. 11) 자손 중의 하나가 황후가 된다. 12) 10)까지의 모든 것을 무산시킬 수 있는 위기가 일어난다. 13) 쉽게 해결되고 가문은 계속되는 영화를 누린다. 등의 서사진행을 보인다고 한다. 물론 12) 단락이 10)까지의 모든 것을 무산시킬 수 있는 위기인지에 대해서는 이론의 여지가 있을 수 있지만 이 점이 '안정 후의 위기'라는 점에 대해서는 필자도 동감하는 바이다. 그러나 이 '안정 후의 위기'는 삼대록계 소설이 아닌 다른 장편소설에서도 확인되며, 이것은 가문의 유지와 관심의 차원에서 뿐만이 아니라 작품이 전체적인 서사적 특징과 관련되는 부분이라고 생각된다. 임치균, 「연작형 삼대록계 소설 연구」, 서울대학교 박사학위 논문(1992) 참조.

128) 불화가 일어나는 장면은 설정되어 있지만 그 진행 과정에 대해서는 생략하고 있다.

사건화되고 있다는 점에서 이 점을 확인할 수 있다.

그러면 이상의 결과를 〈소현성록〉 전체에 대입하여 정리해 보기로 하자. 단 여기에서는 앞 절에서 논의한 결과도 포함하여, 매개의 역할을 하는 독립단락은 '@' 로 표기하기로 하며, 여운을 남기는 부분은 '◁' 로 표기를 하기로 한다.

0) 가문 내력 서술

부 : 처사 소광

부인 한씨 : 이녀 생산 후 소현성 유복자로 탄생. : 절손의 위기 상정

1. 둘째 딸 교영 상서복야 이기휘의 아들과 혼인 / 이복과, 간신의 참소로 멸문 유배.(교영 동행) / 교영의 훼절 / 한씨가 사약을 내려 죽임.

@2. 현성 응과 급제 / 딱한 사정에 처한 유생의 사정(부모에 대한 효성으로 인해 고민하는 유생)을 고려하여 대필하여 급제 시켜 줌

@3. 현성, 평장사 화현의 장녀 주은소저와 혼인

4. 현성, 순무어사로 출장가던 중 도적 난을 만난 윤소저를 구해 남매지의 맺고 경사로 동행 윤소저, 유지와 혼인

3-1. 현성과 석소저와의 혼인(석파의 개입, 황제의 사혼지로 혼인 성사) / 화부인의 투기/ 현성의 석부인에 대한 냉담./ 현성의 균형잡힌 제가로써 일단 갈등 해소

3-2. 추밀사 여운이 친질 후궁 여씨를 통해 자신의 딸을 현성과 혼인시킴 / 여부인의 석부인에 대한 투기 / 여부인의 음모 ─ 편지사건, 독약사건, 개용단 사건 / 현성이 석부인을 음란하다하여 출가시킴./ 여부인 다시 화부인으로 변해 음란을 자행 / 현성이 개용단 소문을 듣고 진상을 밝힘/ 여부인 축출.

3-3. 석부인을 다시 부르나 장인인 석참정이 노하여 딸을 보내지 않음.

3-4. 현성이 병에 걸리고 이로 인해 석부인이 다시 와서 간호.

---

129) 임치균, 위의 논문.

　　졸고, 「〈임화정연〉 연작연구」, 『고전문학연구』 10집(1995) 참조.

@5. 황상이 태순 태자 덕순을 죽이는 일이 발생 / 현성, 절에서 신이한 능력으로 요괴를 퇴치./ 단생으로 자식들의 스승으로 삼다.

6. 위승상의 딸과 운경공자 정혼/ 계실 방씨의 간악함으로 인한 위소저의 시련/ 혼 인

7. 석부인 장자 운성의 출생

7-1. 석파가 장난으로 찍은 앵혈을 없애고자 석파의 친적인 소영을 겁탈.

7-2. 형참정댁에서 형소저를 목도하고 상사병이 걸림/ 석참정의 중개로 형소저 와 혼인함.

6-1. 위부인이 생남하나 방씨의 행동이 자신의 불효에서 기인한 것이라고 자탄/ 방씨의 위병/ 위부인의 지극 간호/ 위시 병사.

7-3. 운성의 장원급제(현성이 응과를 금했으나 조모를 졸라서 응시)

7-4. 운성이 창기를 희롱하다가 부친에게 들켜 笞杖 받음

8. 화부인 3자 운몽과 서부인 차자 운현의 혼인

7-5. 명현공주가 궐중에서 운성을 보고는 반하여 금령을 던져 부마로 선택/ 운성 의 강력한 항거가 하옥을 자초함 / 형소저로 절혼케 하고 공주와 혼인 /

7-6. 공주의 사치 및 패악(무례방자) / 운성이 창기와 놀다가 공주에게 발각 / 공 주 창기의 코와 귀를 잘라서 하옥시킴 / 공주에 대한 왕의 경계

7-7. 운성, 형부에 가서 형부인을 몰래 만나고는 다시 상사병에 걸림(위중) / 팔왕 이 왕에게 청하여 형소저를 맞이하게 됨/ 현성이 장차 화를 걱정하여 소가 로 부르지 않음/ 운성의 상사병이 위중 / 형소저의 환가 / 공주의 형소저에 대한 질투가 시작됨.

7-8. 공주가 형소저를 자기의 궁에 거하게 함/ 형소저는 운성에 대해 계속 냉담/ 운성이 다시 위병/ 형부인의 사과/ 형부인의 자결기도 실패(자신의 신세에 대한 자책감)/ 형부인이 운성에게 공주를 후대할 것을 권유하나 운성이 거 절함./ 임금에 대한 불만을 토로/ 공주, 형부인을 익사시키려다 실패/ 다시 운성을 임금 비방한 죄로 참소하여 운성이 하옥됨./ 임금이 운성에게 사형

을 내리려고 하자 형부인이 혈서로서 상소/ 운성 면사.

7-9. 공주의 형부인에 대한 박해가 계속 됨/ 형소저의 득병/ 친정으로 가다./ 후에 형소저 출산 후 죽었다는 전갈이 오다./ 운성이 그 죽음을 의심하나 형공이 끝내 형소저를 숨기고 하향/ 운성 다시 상사병에 걸림

7-10. 운현이 어사가 되어 가던 중 형부인을 만나고 시부의 명이라고 속여 형부 인의 강정 윤부인의 집에 기거하게 함/ 운성이 형소저를 만남/

7-11. 공주가 운성을 살해하려고 하다./ 회심단을 사고자 하나 파는 곳이 없음./ 승상이 운현의 일을 알고는 운성과 운현을 대책 / 공주가 이 일을 임금에게 상소하여 임금이 승상 부자를 잡아 들임/ 승상이 공주의 무례함을 강개한 어조로 설파 / 방면/ 공주의 승상과 태부인에 대한 무례지행이 계속/ 승상 이 공주를 하옥 시킴/ 양부인의 명으로 풀어 줌/ 공주의 득병/ 운성의 문병/ 공주가 운성을 칼로 공격 / 마침내 죽음 / 형부인의 환가.

@9. 승상이 제자들과 선유/ 운성이 요괴를 퇴치

◁7-11. 운성이 형부인의 사치를 못마땅하게 여김 / 소영을 총애 / 소영의 회피/ 운성이 소영을 죽이고자 함/ 석파의 중재로 화해

◁7-12. 운성이 형참정의 맏사위 손공자를 놀림.

@10. 7자 운숙, 8자 운명 혼인.

11. 운명은 천하박색 임순보의 여식과 혼인/ 냉대하나 그 덕에 감동하여 화락/ 후 일 재위할 뜻을 두다.

11-1. 운명이 어사로 출장 중 도중에 부모를 잃고 떠도는 남장 여인을 만남/ 의형 제를 맺고 동행하던 중 여자임을 알고 혼인 약속을 얻다.

11-2. 운명의 환가/ 승상이 한눈에 동행한 인물이 여자임을 알고는 윤부인 집에 기거케 함/ 승상이 이소저를 혼인시키려다가 운명과 혼약이 있음을 알고는 운명을 笞杖 후 혼인시킴/ 임부인과 이부인 서로 화락.

11-3. 양부인이 점을 치고 이부인의 요절할 액을 막기 위해 운명과 만나지 못하 게 하고 자기의 처소에 두다.

@12. 윤부인의 딸 유소저가 진종비로 간택되다.

11-4. 정참정이 정대비에게 청하여 딸을 운명에게 시집보내다.(정소저가 운명을 사랑하는 뜻을 두었기 때문에 발생한 혼인임) / 정부인이 이부인을 시기.

@13. 안남이 반하자 승상과 운성이 출전

14. 양부인이 가사를 화부인에게 맡기고 윤부인에게 가서 기거/ 화부인이 가사를 잘 다스리지 못함. / 운명이 화부인을 구슬려 이소저를 가까이 함.

@13-1. 군담 승리.

11-5. 소부에서 정부인이 시비 취란과 함께 이소저를 해하려 함 (姦夫 및 姦夫서 사건) / 정부인이 이부인을 살해하려다 실패/ 姦夫사건으로 인해 운명이 이 소저를 죽이려 함/ 양부인이 판단을 유보/ 화부인이 이에 노하여 이소저를 하옥하고 석부인 소생 자녀들을 구박/ 양부인에게 무례한 서신을 보냄/ 양 부인의 분노.

11-6. 정부인이 다시 시노를 시켜 이소저를 해하려다가 실패

11-7. 이부인이 해산 / 운명이 아기를 죽이려 함 / 석파가 말림.

11-8. 승상이 온다는 기별이 들리자 정부인이 마음이 급하여 다시 이부인을 죽이 려 하다가 운명에게 발각

@13-2 + 11-9

승상의 환가 \ 정부인의 죄상을 밝혀 축출.

◁11-10. 이소저가 득병하자 승상이 하늘에 빌어 명을 연장하다.

@15. 가문의 화락, 제자들과의 유람.

16. 4녀 수빙소저 재주가 뛰어남/ 예부시랑 김환의 두 아들 환과 현에 대한 소개/ 환은 간사하고 현은 군자지풍이 있음/ 부인 왕씨는 환을 사랑 / 환은 위씨와 현은 최씨와 혼인.

16-1. 현, 음란한 최씨와 불화/ 일일은 소부에서 수빙의 화상을 보고 반하여 상사 병이 들다/ 승상이 현의 병을 고치기 위해 혼인을 허락하다(석부인은 불쾌)

16-2. 위씨와 최씨 수빙소저를 시기/ 최씨, 찾아온 소가 형제를 박대./ 최씨, 환,

수빙을 참소/ 왕부인, 수빙을 박대-) 심당에서 수죄케 함 / 현 역시 박대를
받음.

16-3. 현의 장원급제

16-4. 현이 순무어사로 출장

16-5. 환이 수빙이 음란하다고 관에 참소하여 죽이려 함/ 운성이 이 일의 진상을
밝혀 감환은 귀향간다./ 운성이 수빙을 소가로 데려온다.

@17. 인종황제 후궁 소소저(석씨 소생 수주소저)가 황후가 된다.

@18. 소가의 평온

◁19. 다만 운숙의 차자 세명이 도적과 어울려 모반을 꾀함/ 운성이 세명을 죽임.

◁20. 운성이 장자 세광 등이 기루를 방문했다가 笞杖을 받음

21. 마무리.

4.2.2. 교차적 서술의 원칙

본 절의 과제는 단위담이 대소로 배열되는 과정에서 이루어지는 구체적인 서술의
양상이다. 대하소설에서는 단위담이 배열될 때, 하나의 단위담이 완전히 완결된 다
음에 다시 하나의 단위담이 서술되는 것이 아니다. 두 개의 단위담 혹은 그 이상의
단위담이 시간적 간격을 지니고 서로 동시에 진행되고 있다. 여기에서는 바로 이 점
에 주목하여 단위담의 서술 양상을 고찰하게 될 것이다.

우선 가장 간단한 교차의 경우의 예로 들 수 있는 것은 〈소현성록〉에서 군담이 설
정되는 방식이다.[130] 물론 이 경우는 단위담과 단위담이 연결되는 경우는 아니지만,
후술하게 될 단위담끼리의 교차적 서술의 과정을 단적으로 잘 보여주는 예라고 생
각된다.

---

130) 〈소현성록〉에서는 군담이 단 한차례에 걸쳐서 설정되어 있다.

사건 1

정참정이 정대비에게 청하여 딸을 운명에게 시집보내다.(정소저가 운명을 사랑하는 뜻을 두었기 때문에 발생한 혼인임) / 정부인이 이부인을 시기.

사건 2

안남이 반하자 승상과 운성이 출전.

사건 1−1

양부인이 가사를 화부인에게 맡기고 윤부인에게 가서 기거. / 화부인이 가사를 잘 다스리지 못함. / 운명이 화부인을 구슬려 이소저를 가까이 함.

사건 2−1

군담에 대한 상세한 묘사와 승리.

사건 1−2

소부에서 정부인이 시비 취란과 함께 이소저를 해하려 함 (姦夫 및 姦夫書 사건) / 정부인이 이부인을 살해하려다 실패. / 姦夫사건으로 인해 운명이 이소저를 죽이려 함. / 양부인이 판단을 유보. / 화부인이 이에 노하여 이소저를 하옥하고 석부인 소생 자녀들을 구박. / 양부인에게 무례한 서신을 보냄. / 양부인의 분노.

#사건 1−2−1

정부인이 다시 시노를 시켜 이소저를 해하려다가 실패.

#사건 1−3

이부인이 해산하자 운명이 아기를 죽이려 함.

사건 1−2−2

승상이 온다는 기별이 들리자 정부인이 마음이 급하여 다시 이부인을 죽이려 하다가 운명에게 발각.

사건 2 終 + 사건 1 終

승상의 환가. \ 정부인의 죄상을 밝혀 축출.

위 단락을 통해 본다면 정부인의 이부인에 대한 음모의 진행과정과 군담의 진행과정은 교차되고 있으며, 이부인의 문제해결이 전쟁의 종결과 밀접하게 연관을 맺고 있다. 이 군담은 소씨 문중에서 벌어지는 치열한 쟁투와 음모를 보여주면서 전쟁터에서 안남국 장수들과 첨예하게 대립하는 상황을 보여주고 있다. 소현성이 출타하자 양부인마저 외로움을 달래기 위해 출타를 한다. 이 틈을 타서 이부인을 시기하고 있었던 정부인의 음모가 본격화되고 있다. 가문의 쟁투의 과정과 전장에서의 싸움의 과정을 대비함으로써 음모가 지니는 서사적 긴장을 더할 수 있음은 물론이다.

그렇다면 〈옥난기연〉에서 단위담이 서술되는 양상을 살펴 보자.

1) 추성의 탄생
2) 니창성과 서릉군주의 늑혼
3) 서릉군주의 패악무도
4) 국구 소잠에 대한 소개 및 그 딸 선주와 추성의 혼인
5) 선주의 외사촌 조생의 惡意
6) 니창성과 한소저 사이의 만남
7) 서릉군주의 악행과 징치
8) 조생의 음모 계속
9) 추성과 순씨의 혼인, 장영혜와 님공자의 혼인
10) 조생의 음모에 대한 징치와 추성 부부의 새로운 갈등
11) 현성과 단소저의 혼인
12) 장영혜와 님공자의 불화
13) 추성과 소소저의 화해
14) 장소저와 님공자의 화해
15) 현성이 단소저의 시비 백앵을 겁탈

여기에서는 니창성의 '愛慾2', 추성의 '탕자M', 장영혜의 '성대결1', 현성의 '성대결2' 등 네가지 단위담이 서로 교차되고 있다. 이중 '탕자M'이 가장 큰 이야기이

고 '성대결1'이 가장 작은 이야기이다. 그리고 '愛慾2'와 '성대결2'는 그 중간 위치에 해당하는 이야기라고 볼 수 있다. 물론 이 결과는 작품에서의 상대적인 비중에 따른 것이다. 단락 1), 4), 5), 8, 10), 13)이 '탕자M'에 해당하는 단락인데, 이 단락과 단락의 틈새를 '愛慾2'가 메우고 있다. '愛慾2'는 단락 7)에서 끝이 나는데, 이 다음의 빈 틈을 다시 12)라는 '성대결1'이 채우고 있다. 그리고 단락 13)에서 '탕자M'과 '성대결1'이 끝나고 있다. 그 다음에는 단락 11)을 통해 삽입되었던 현성의 혼사단락이 '성대결2'라는 단위담으로 발전하고 있다. 따라서 하나의 큰 이야기 속에 그보다 작은 두 개의 이야기가 포괄되면서 서술되고 있으며, 먼저 설정된 작은 이야기가 종결되면서 큰 이야기의 진행은 더욱 심각해지고 있다. 그리고 큰 이야기가 부부 불화라는 여운을 남기면서 천천히 종결을 준비하는 시점에서 다시 작은 이야기, 즉 '성대결1'이 삽입되면서 이 두 이야기가 같이 종결되고 있음을 알 수 있다. 뿐만 아니라 이 세 단위담이 모두 종결되고 난 후 단락 15)를 통해 전개되는 단위담이 전혀 예고없이 시작되는 것이 아니라 이 전에 삽입되었던 혼사단락에서 발전하는 것이기 때문에 이 역시 교차적인 진행을 보이고 있음을 확인할 수 있다. 이를 도식화하면 다음과 같이 나타낼 수 있다.

애욕2:	2) 3)	6) 7)				
탕자M :	1)	4) 5)	8)	10)	13)	
성대결1 :			9)	12)	14)	
성대결2 :			11)			15)

이 점은 다시 〈명주기봉〉을 통해서 또 다른 모습으로 확인된다.

1) 웅린에 대한 소개
2) 천린에 대한 소개
3) 하옥경의 상사병과 혼인

4) 웅린과 예주의 혼인

5) 천린과 설소저의 혼인

6) 영주의 웅린에 대한 애정 → 예주와의 갈등

7) 천린과 월성공주의 혼인(설소저의 축출)

8) 천린의 공주에 대한 박대

9) 군담시작

10) 영주의 음모가 본격화

11) 설소저가 다시 현부로 옴

12) 설소저의 공주에 대한 시기

13) 군담의 진행 장면과 승전

14) 영주의 음모와 예주의 유배/ 웅린과 영주의 혼인

15) 성린과 소소저의 만남과 혼인

16) 봉린, 덕린 등의 혼사단락

17) 영주와 설소저 합세하여 공주를 음해

18) 영주와 설소저의 음모 발각 징치

19) 군담(웅린 출타)

20) 승전과 예주의 환가

21) 천린과 공주의 새로운 불화와 화해

22) 웅린과 예주의 새로운 불화와 화해(잔치단락삽입)

23) 군담(천린 출타)

24) 희염과 가유진의 혼인과 장모의 사위 박대

25) 천린과 공주의 화해

여기에서는 '愛慾1', '탕자W2', '愛慾3', 사위박대담 등 네가지 단위담이 얽혀 있다. 이중 '愛慾1'과 사위박대담은 교차적 서술이라기보다는 두 개의 큰 사건 속에 삽입되어 있음을 알 수 있다. 특히 하옥경에 의한 '애욕1'은 다른 큰 단위담이 시작

되기 전에 위치하고 있으며, 작품 전체적으로 제일 앞부분에 설정되어 있어 본격적인 이야기의 진행을 지연시키는 효과를 가져온다. 단락 1), 4), 6), 14), 18), 20), 22)가 '탕자W2'에 해당하는 이야기이며, 이에 '애욕3'이 교차되면서 전개되고 있다. 그리고 단락 16)과 같은 혼사단락과 군담이 설정되어 있음도 확인할 수 있다. 특히 세번에 걸친 군담은 앞 절에서 설명한 군담의 기능을 모두 다 보여주고 있다. 단락 9)의 군담은 음모의 빌미, 단락 19)의 군담은 문제의 해결, 단락 23)의 군담은 서사적 休止의 기능을 각각 수행하고 있다.

이와 같이 상당히 많은 내용들이 삽입되고 있음은, 서로 교차적으로 서술되는 '탕자W2'와 '애욕3'이 모두 큰 단위담이라는 사실과 연관이 있다. 단위담의 주체인 웅린과 천린 역시 현씨 문중의 두 가장이라 할 수 있는 현수문과 현경문의 장남이다.[131] 이 큰 단위담이 동시에 전개되고 있기 때문에 그 안에 삽입되는 단락이나 작은 단위담이 그만큼 많이 필요했다고 볼 수 있다. 그런데, 여기에서 또 하나 주목되는 것은 단락 17)과 18)이다. 각기 다른 두 단위담에서 설정되었던 방해자가 같이 합세하고 있다는 것이다. 이는 설씨의 음해대상이 공주라는 고귀한 신분을 가진 존재라는 점에서 기인한다. 음해의 대상이 그만큼 세력이 있는 존재라는 것이다. 따라서 이 두 단위담은 적어도 방해자의 측면에서는 서로 통합되는 양상을 보여주며, 나아가 이 사실은 서로 교차되면서 진행된 단위담이 실제 사건을 통해 하나로 연결되는 빌미로 작용한다.[132] 이 역시 도식화하면 다음과 같다.

---

131) 따라서 그 서술분량도 무려 7권에 달한다.

132) 장편소설에서 복수로 설정되는 주인공들 중 뛰어난 한 인물이 여러 단위담에 출현하여 그 위기를 구원하는 과정도 이러한 맥락에서 이해할 수 있다. 가령, 〈명주기봉〉의 경우는 천린이 현염의 위기와 화옥수의 위기를 구출한다. 또 〈옥난기연〉에서는 추성이 여러 단위담에 설정된 위기를 구원하는 구출자로 등장한다. 물론 이러한 위기가 전적으로 이들에 의해서만 구출되고 있는 것은 아니다. 뿐만 아니라 본문에서 언급한 〈명주기봉〉과 같이 교차서술이 인물기능의 통합으로 발전하는 형태는 〈옥난기연〉의 마지막에 설정된 사위에 의한 장모박대담과 쟁총담에서 확인할 수 있다. 여기에서는 장모박대담의 희생자인 왕소저가 쟁총담에서 위기에 몰린 월혜를 구출하는 조력자로 등장한다.

애욕3 : 1)　4)　6)　　9) 10) 11) 12)　　17) 18)　　21)　　25)

탕자W2 : 2)　5)　7) 8)　　　14)　　18) 20)　22)

애욕1 :　　3)

애욕1 :　　　　　　15)

사위박대:　　　　　　　　　24)

　이러한 사실은 단위담이 교차적으로 서술되면서, 단위담들의 서사적 결속력을 보다 강화하는 방향으로 나아가고 있음을 의미한다. 이에 〈쌍성봉효록〉, 〈명주옥연〉의 구성방식은 시사하는 바가 크다. 〈쌍성봉효록〉에서 악인형은 두 가지 양상으로 존재한다. 양씨 일당과 교소교 일당이 그것이다. 이들에 의해 여러 쌍의 부부가 갖가지의 음모에 연루되고 있는 것이다. 또 〈명주옥연〉에서는 악인형이 전체적으로 교주 및 황씨 일당이라는 단일한 형태로 설정되고 있다. 따라서 여러 단위담들은 그 방해자가 동일함으로 인해 서로 유기적으로 결합될 수 있는 근거를 마련하고 있다. 물론 여러 단위담에 걸쳐 단일한 형태의 악인이 설정된다는 것은 역으로 이야기 구조가 너무 단조로워질 가능성을 내포하는 것이기도 하다.[133]

　이제 이러한 교차적 서술의 과정을 한 작품을 골라 그 전모를 확인해 보기로 한다. 이에 대상이 되는 작품은 〈옥란기연〉이다.

　0) 전편의 사적 요약.
　1. 추성의 신이한 탄생
　2. 서룽이 니창성에게 반하여 강제로 혼인을 함.
　2-1. 서룽의 패악무도
　1-1. 국구 소잠에 대한 소개, 필녀 선주의 기이함. / 옥난을 인연으로 추성과 선주
　　　혼인

---

133) 실제로 〈명주옥연〉의 경우는 〈옥난기연〉이나 〈명주기봉〉에 비해 비교적 이야기가 단선적이며 따라서 단
　　조롭다는 인상을 받는다.

1-2. 선주의 외사촌 조생의 음모 : 추성에 대한 질투, 선주에 대한 흑심/ 姦夫書, 시비 녹의 매수, 요약을 다량 구입.

2-2. 서릉의 패악무도 계속

2-3. 니창성이 순무차 출타함.

2-3-1. 니창성, 객점에서 노괴의 딸을 보고 반하여 데리고 옴.

2-3-2. 서릉이 이를 보고 여인을 구타함.

2-3-3. 여인의 신분이 증명된 후 니창성과 혼인함

2-4. 서릉의 한소저에 대한 폭행과 서릉의 죽음

1-2-1. 추성, 소소저와 동침 시 姦夫書의 내용을 확인하고 소소저를 출거시킴.

1-2-2. 장각노의 개입으로 소소저, 다시 돌아옴.

1-3. 조생의 새로운 음모가 시작됨./ 천자에게 소소저의 음행을 참소

1-3-1. 매수한 시비와 왕즐의 증언으로 누명을 벗지 못하고 소소저 유배당함.

1-3-2. 도중 왕생의 무리를 만나 시비 홍낭이 대신 잡혀감.

1-4. 조생이 급제하여 어사가 됨./ 재물과 당을 모음.(政爭의 시작)

3. 추성과 순소저의 혼인/ 장영혜와 님공자와 혼인

1-4-1. 왕즐이 개용단으로 추성이 되어 추성에게 누명을 씌워 압송

1-4-2. 추성이 위기를 탈출 함.

1-5. 추성이 유람 중, 익사한 소소저를 구해 살림.

3. 현성에 대한 소개/ 단소저와 혼인

1-6. 소소저가 추성을 거부하고 친정을 고집함./ 부부불화

1-7. 소소저가 병이 들다.

4-1. 장소저 영혜 님공자와 불화 : 냉담과 호방의 대결

4-2. 님공자의 기생 희롱 사건 → 불화가 심화

4-3. 님공자가 무창으로 내려감./ 장영혜 동행

4-4. 따라온 기생들의 질투와 음모

4-5. 님공자, 기녀와 동당이 된 탐관에 의해 위기에 빠짐. → 추성의 도움으로 모

면.

1-8. 소소저의 병세와 냉담이 계속

1-9. 추성이 순무차 출장 → 화해

4-6. 님공자 회과자책 → 장소저의 냉담

4-7. 님공자가 병이 들자 장소저가 간호 → 님공자의 사죄

3-1. 현성, 재취 의사를 품던 중, 유모 탕구의 딸 백앵에게 반함.

3-2. 백앵을 겁탈 → 백앵, 자결을 기도 → 현성이 병이 들다.

3-3. 장평후가 이 일을 알고 백앵의 근본을 탐지.

3-3-1. 백앵의 근본에 대한 설명[134]

3-3-2. 백앵이 진장군이 손녀 진천주임이 밝혀짐.

3-4. 천주, 훼절을 자책하여 투신 자살하나 회생함.

4-8. 어시의 님지부 회과 자책 → 부부화락

5. 전쟁이 발하여 추성이 출전함.

6. 장사마의 장녀 난주소저 설공자와 혼인

6-1. 구미호의 등장으로 인한 설공자와 난주의 고난과 시련

3-5. 현성이 진소저에 대한 정으로 상사병이 걸림.

7. 효성이 우급사의 딸 요주를 사랑함.

7-1. 효성이 불고이취함.

7-2. 장노공의 중재로 부부가 화락함.

6-2. 장평후의 활약으로 설부 구미호를 퇴치함.

6-3. 추성이 승전 후 회군 길에 구미호에 의해 납치되었던 난주를 만나 데리고 옴.

8. 장부의 환희

9. 전쟁이 발하여 추성, 현성, 진태우가 출전 함.

---

134) 이 부분에 대해서는 다시 다음 절에서 상론하기로 함

9-1. 진태우 적장의 요술에 걸려 중태에 빠짐. → 추성의 의술과 현성의 지극한 간호

9-1-1. 진소저의 지극한 효성, 희생제의 → 엄도사의 도움 → 진태우의 회생

9-2. 현성과 진소저의 화해 화락

10. 하간왕의 왕비 간택 → 평후의 2녀 월혜소저 간택

11. 계성의 혼인-)장모 유씨의 사치로 인한 갈등

10-1. 하간왕의 호방, 총희의 질투로 인한 장소저의 시련(쟁총이 시작)

10-2. 계성의 처 왕소저의 기지와 장소저의 유연한 대처로 위기 극복.

12. 마무리

이와 같이 대하소설에서는 군담과 같은 독립단락의 매개적 역할과 단위담들 사이의 교차적 서술을 통해, 따로 떨어져 있는 이야기를 한 데 얽힐 수 있도록 하고 있다. 주지하다시피 대하소설의 등장인물은 모두 한 가문의 구성원이라는 점에서 혈연적 공통점이 인정된다.[135] 설정되는 단위담 역시 거시적인 시각에서 본다면 그 가문을 주요 배경으로 하는 가문의 일이다. 이 사실은 대하소설의 단위담들을 하나로 엮어주는 서사상의 핵심적인 기능으로 작용한다.[136] 그러나 이들에 의해 벌어지는 사건과 단위담들이 만약 따로 떨어져서 한 단위담이 끝나고 다른 단위담이 설정되는 식으로 전개된다면 그만큼 이 혈연적 의미는 삭감될 것이다. 공간이 가문이라면 그 속의 구

---

135) 장편소설 구성에서 혈연이 여러 단편적인 이야기들을 한 데 모을 수 있는 기능을 한다는 사실은 슈클로프스키의 톨스토이 장편소설에 대한 분석을 통해서도 확인된다. 빅토르 슈클로프스키, 위의 논문, 참조.

136) 물론 이 가문이라는 공간이 주제적인 층위에서까지 단위담들을 연결시켜주는 의미기능을 지닌 것은 아니다. 이러한 관점에서 〈명주보월빙〉에 대한 이상택의 연구는 시사하는 바가 크다. 이상택은 이 연구를 통해 〈명주보월빙〉의 서로 대립되는 심층구조를 추출하고 그 항목을 비교하면서 작품이 지니고 있는 의미 혹은 주제의 층위를 거론하고 있다. 그 결과 〈명주보월빙〉은 현실주의적 세계관이 부정되고 초월주의적 세계관이 긍정되는 존재론적 의미를 지니고 있음이 밝혀졌다. 여기에서 주목되는 바는 표층구조가 아닌 심층구조의 분석을 통해 작품에서 설정된 복잡다단한 삶의 문제를 모두 꿸 수 있는 주제적 의미를 그 층위별 확산구조를 통해 밝히고 있다는 점이다. 이러한 관점을 유지한다면 본고에서 말하는 복수의 단위담들을 모두 연결할 수 있는 주제적 의미 역시 도출될 수 있을 것이다. 그러나 본고가 이러한 주제적 의미에까지 접근하지 못하는 것은 필자의 능력이 부족한 탓이다. 이상택, 「〈명주보월빙〉 연구」, 『한국고전소설의 탐구』, 중앙출판(1983) 참조.

성원들은 그 속에서 함께 살아가고 있기 때문이다. 즉 그들이 벌이는 사건은 결코 순차적으로 일어나지 않는다는 것이다. 따라서 이들 단위담이 서로 교차되고 있다는 것은 가문이라는 공간적 배경에 보다 현실감을 부여할 수 있는 계기로도 작용한다. 또 그러한 현실감을 얻을 수 있기 때문에 설정된 단위담들 역시 보다 긴밀한 서사적 통일성을 부여받을 수 있는 것이다. 뿐만 아니라 설정된 독립단락들이 단순한 완급조절의 기능을 하는 것이 아니라 사건과 사건을 매개하는 역할을 수행함으로써 이러한 통일성은 그 강도를 더할 수 있다.

4.3. 행위 서술의 원칙

본 절에서는 앞에서 논의한 대하소설의 완급의 조절과 사건의 전개와 지연의 측면을 보다 세밀한 부분에서 고찰하고자 한다. 이에 본 절에서 주로 관심을 가지는 부분은 한 인물의 행위에 대한 설명이나 묘사, 혹은 장면에 대한 설명이나 묘사가 지니고 있는 서사적 특질에 관한 것이다.

대하소설이 장면에 대한 묘사나 설명이 장황하며, 또 그것이 어떤 행위에 대한 설명일 경우 반복적으로 서술되고 있음은 이미 주지의 사실이다.[137] 아무래도 그 분량이 확장되기 위해서는 단위담의 측면뿐만 아니라 세밀한 문체의 측면에서도 장편화가 이루어졌어야 함이 인정된다. 그러나 대하소설이 단지 분량의 확장을 꾀하기 위해서 필요 없는 부분을 극대화시켜 부연하거나 반복했다고 볼 수는 없다. 물론 그러한 측면이 전혀 없는 것은 아니지만 여기에는 또 다른 대하소설의 서사적 특질이 놓여 있음을 간과할 수 없다.

---

137) 임치균, 위의 논문 참조.

4.3.1. '해명 후 행위 서술'의 원칙

앞 절에서 논의한 바에 따르면 대하소설은 단위담을 배열함에 있어서 완급을 적절히 조절하려는 의도를 지니고 있었다. 그리고 이러한 완급의 조절은 사건의 전개와 지연이라는 측면과도 관련이 있었다. 바로 이 완급의 조절과 관련하여 주목되는 것이 대하소설에서 인물의 행위를 서술하는 방식이다.

> 1) 잠간 다스려 <u>징계</u>ㅎ리라 드듸여 좌우로 ㅎ여곰 한님을 불너 의관을 벗기고 계하의 꿀녀 <u>대칙</u>ㅎ고 삼십여 댱을 듕히 쳐 내친 후 슌시롤 향ㅎ여 지삼 손샤ㅎ고 위로ㅎ여 도라보내니 슌시 드러가매 각뇌 불승통히ㅎ디 이형의 정다온 <u>경계</u>롤 어그롯디 못ㅎ고[138]

위의 장면은 〈유씨삼대록〉에서 세필이 그 처 순씨와 아들을 징계하는 대목이다. 이 대목에서는 아들인 유한님이 箠杖를 당하는 장면과 순씨가 출거되는 사건이 서술되고 있다. 그런데 그 전에 벌어진 것으로 상정되는 '징계', '대책', '경계' 등의 내용에 대해서는 구체적인 언급이 없다. 그러나 위의 장면만 가지고도 충분히 사건의 전개는 가능하다.

그러면 1)의 양상을 아래의 인용과 비교해보자.

> 2) 태시(세기) 좌우롤 물니고 세광을 쳥ㅎ여 나아오라 ㅎ여 그 손을 잡고 뉴톄ㅎ믈 그치디 아니니 세광이 블승참괴ㅎ여 감히 눗츨 드디 못ㅎ더니 태시 반향 후 태시 보로소 말을 길게 ㅎ여 굴오디 우형이 박덕ㅎ여 비록 녁냥이 되염죽디 아니나 ㅇ시의 선균의 탁명을 밧즈와 동ㄴ롤 녕ㅎ연지 여러 십년이라 세월이 가히 오래라 홀 거시오 이데롤 거ㄴ려 모친을 봉양ㅎ매 내 비록 블초ㅎ나 너히 등이 규

졍호여 허믈을 면케 호미 형뎨의 졍이어눌 엇딘고로 가녀의 부슈지츕이 나
인눈 의 아롬답지 아닌 일이 만흐뇨 네 싱각디 못호눈다 셕일 션군이 아들을 부
리실 써로 당호여 우형의게 니로샤디 두 아을 어디리 그로쳐 그룬디 쌔디게 말나
호시니 엄호 경계롤 듯조와 말숨이 오히려 귀에 잇거눌 불초호여 너히롤 인의로
가로치디 못호고 도로혀 이런 누덕을 끼치니 우형이 싱각건디 비록 용녈호나 형
이 되여 엇디 호번 칙호고 엄치홀 줄 모로리오마논 추마 패륜지셜노 골육지간의
놋들기롤 붓그려 호미라 내 몸을 조진호여 디하의 가련이와 션인을 뫼옵고져 호
더니 모친이 과려호시고 네 여러번 뉘웃눈 뜻을 고호여 주금 이후로 다시 셰샹의
즐거오미 이실다라 현데 만일 기과쳔션호여 졍의롤 온젼호죽 우형이 주당을 밧
드러 사라셔 안항의 즐거오믈 다호고 죽어 션군긔 칙을 면호리니 엇디 현뎨의 큰
은혜 아니리오 이후 네 또 븕이 찌닷디 못호눈 일이 이신죽 편협호 부녜 승간호
여 춤소호눈 일이 이실다라도 너와 나는 형뎨 간이라 진실노 덕을 닥근죽 잡말이
엇디 발뵈리오 가녀의 이목이 만코 인심이 호 굳되지 아니니 무식호 부녀와 하쳔
의 무리 힝혀 우리 형뎨 소이롤 의심호여 분운호 시비로 셰샹의 셰샹의 뎐파호죽
진실노 쳔츄의 누덕이 되리니 이는 너와 내 가문을 무추미라 비록 왕법을 도망호
나 구쳔타일의 션도의 음쥬롤 반두시 면티 못호리니 신녕은 감히 만모호여 방주
치 못호리라 호믈며 네 일쪽 보디 아냣느냐 션군이 대인으로 더브러 일실지니
의 쳐호신지 수십여년이로디 호번 상실호미 아니 계시니 우리 등이 반셰롤 시봉
호여 능히 일만의 호느홀 효측디 못호나 엇디 도로혀 블초호 힝실노 셩덕을 욕먹
이미 이에 미추리오 네 또 나히 이모지년이 디나 혜아리미 젹디 아닐 배오 일쪽
셩현의 글을 닑어 인의녜지롤 알니니 듕니의 말숨을 듯디 아냣 눈다 <u>사룸이 뉘</u>
<u>허믈이 업소리오마논 곳치미 귀타 호니 셩인이 너롤 속이디 아니실다라 경심계</u>
<u>지호여 소심익익호고 삼가며 삼가죽 거의 큰 죄롤 면호리라</u>[139]

---

139) 〈유씨삼대록〉 권지십팔.

다소 장황한 인용이지만 서술의 특징을 잘 보여주는 부분이기 때문에 全貌를 전용했다. 이는 역시 〈유씨삼대록〉에서 성의백 세기가 동생 세광의 불인한 마음, 즉 계후갈등을 경계하고 있는 부분이다. 인용문 1)과 같이 '경계했다' 혹은 '징계했다'는 식의 간략한 언급만 있어도 이야기의 흐름에는 지장을 주지 않는 부분이다. 그리고 이 대사는 부모에 대한 생각과 개과천선의 도리를 골자로 하고 있기 때문에 사실 밑줄 친 부분만 가지고도 그 내용이 전달될 수 있다. 그럼에도 불구하고 여기에서는 그 경계의 내용이 상당히 길게 서술되고 있다. 이로 인해 다음의 사건 전개는 그만큼 지연될 수밖에 없다. 사실 이러한 문체는 대하소설 전반을 통해 확인되는 것인데, 여기에는 단순히 사건을 지연시켜 소설을 장편화시킨다는 측면 외에 또 다른 의미가 있다. 다음의 인용문을 보면 이 점이 잘 드러난다.

3)······난난 왈 진랑군이 부인을 부탁하야 변을 지으면 쇼제 엇지 방비 하시리잇고 쇼제 탄왈 모친이 불명하사 자식의 전정을 보지 아니하실진대 맛당히 한번 죽어 절을 세워 턴디간 더러온 계집이 디지 아니하리니 무삼 타게 잇스리요 가월 왈 쇼져의 말삼이 불가하니 부인이 쇼져를 사랑하사 아람다온 쌍을 구코자 하심이 당연하오나 대체를 모로고 행하고자 하심인즉 쇼제 맛당이 천금지구를 바리고자 하실진대 절개는 아람답거니와 불효막대하실지라 성인이 오륜을 지으시매 효렬이 읏듬이니 사람이 세상에 나매 남녀간에 효절이 업슬진대 금슈와 갓다하엿스니 쇼제 웃지 절개만 생각하시고 효를 생각지 아니하시며 사생을 경홀이 녁이시나잇고 쇼제 쳥파의 감읍하며 탄왈 여언이 올흐되 내 무식하나 부모의 구로지은을 엇지 모로며 자식되여 불효를 모로리요 마는 남자는 국가를 위하야 충렬을 세워 일홈을 날니고 녀자는 절을 직혀 효를 다하지 못하나니 모친의 뜻을 슌히 하야 효를 온전코져 한즉 실절이 될지니 차라리 불효지인이 될지언정 실절은 하지 못하리니 ······[140]

---

140) 〈임화정연〉 4회.

4) 가)쇼뎨 비록 불효무상ᄒ나 엇디 감히 도로혀 형을 유감홈이 이시리오 형의
성퇴이 니의 당연ᄒ신 바는 칭샤ᄒ실 배리오 이는 더옥 쇼뎨의 넘치롤 젼칙ᄒ시
미로다 슈연이나 쇼졔 형의 년지긍지ᄒ시믈 미더 뜻이 폐부의 잇고 졍이 골육의
얽미여 긔약ᄒ믈 일신의 두고 앙망ᄒ믈 부형의 즁ᄒ니 위인즉 지졍의 부형을 시
비ᄒ여 … 능히 관대히 찰납ᄒ시리잇가 // 나)한님이 년망이 그쳐 골오디 이롤
말오믈 근쳥ᄒ디 녀ᄂ여 이긔ᄐ니 이는 형이 날을 박디ᄒ미로디 쩌곰 댱형의 예
롤 쓰노라 ᄒ니 내 박덕으로 대현의 형의 모텸 ᄒ미 비록 외람ᄒ나 임의 형이라
의문을 더으디 아니ᄒ노라 임의골육형뎨롤 니롤딘대 이 엇디 형의 뜻을 무른 후
발ᄒ며 형이 비록 투미ᄒ여 디각디 못ᄒ나아이 삼납수언ᄒ여 그 통달ᄒ기의 니
ᄅ디 아니ᄒ리오// 다)형이 가히 통달ᄒ신디라 감히 뭇줍ᄒ니 형뎨와 디긔 가히
일테니 부즈지간도 다ᄅ미 잇ᄂ니잇가 한님이 손을 드러 월익의 관을 바로 ᄒ고
념슬궤좌ᄒ여 답왈 형이 사ᄅ믜게 뭇지 아닐 말을 무ᄅ니 쇼뎨 므어시라 디ᄒ리
오//[141]

3)은 〈임화졍연〉의 한 대목이고 4)는 〈옥원재합〉의 한 대목이다. 3)에서는 시비와
주인이 졍졀과 효를 사이에 두고 논쟁을 벌이는 대목이다. 애초의 혼인을 파기하고
다른 남자에게 시집가기를 강요하는 모친의 말을 거절할 수도 없고 그렇다고 졍졀
을 무시할 수도 없다는 입장 때문에 갈등을 빚고 있다. 4)는 세경과 현윤이 서로 어
떤 주제를 토론하기 위해 토론의 분위기를 형성하고 있는 부분이다. 가)에서는 이 앞
에서 세경이 말한 바를 현윤이 긍정은 하지만 그럼에도 불구하고 자신의 입장을 피
력하기 위해 지극히 예를 갖추는 모습이 설정되고 있다. "능히 관대히 찰납하시리잇
가"하는 말을 펴기 위해 이와 같은 장황한 사설을 늘어 놓고 있는 것이다. 나)에서는
이에 대해 세경이 다시 형제의 예를 장황하게 거론하면서 "말을 하라"고 응대를 하
고 있다. 다)에서는 현윤이 형제와 知己의 관계와 부자의 관계에 대해서 세경에게 다

---

141) 〈옥원재합기연〉 권지십.

시 묻고 있는 대목이다. 물론 이후에는 부자의 도리에 대한 세경과 현윤의 각기 다른 입장이 장황하게 서술되고 있다.[142]

이러한 3)과 4)는 앞의 2)와 더불어 인물의 행동 하나 하나가 극단적으로 지연되고 있음을 의미하는 부분이다. 특히 4)의 경우는 '말을 해도 좋습니까'와 '그렇게 하시죠'라는 간단한 대화가 장황한 서술로 인해 방해받고 있을 지경이다. 사실 독자의 입장에서는 이러한 부분으로 인해 상당한 정도의 지루함을 느꼈을 가능성이 있다. 소설을 많이 탐독한 독자라면 이 다음에 전개될 상황을 어느 정도는 짐작하고 있었을 것인데, 뻔한 사실을 두고 장황한 서술에 잡혀 있어야 하기 때문이다. 그러나 대하소설은 이 부분을 통해서 장편화라는 목적을 달성함은 물론이고, 단위담의 사건들만을 통해서는 다 전달하지 못하는 어떤 윤리적인 의미를 전달하려는 의도를 지니고 있었다고 보여진다. 서술을 통해서 드러나는 윤리적인 의미가 전개된 단위담과 관련이 있건 없건 독자는 이 부분에 잡혀 있음으로 인해 상황과 윤리의 관계에 대해 보다 입체적으로 사고할 수 있는 계기를 마련할 수 있는 것이다.[143]

한편 지연의 효과를 가져오는 서술 상의 특징은 이와 다른 양상으로도 수행된다.

> 5) 어시의 <u>계임소졔 심원의 거호연지 숀녀이라</u> 본셩이 총혜호미 범뉴와 다르거눌 부귀교오로 왕부모의 소이 즁 싱쟝호니 일즉 빈쳔호믈 모로거눌 빈궁유락호든 뉴싱 안히되니 그 유리호든 줄을 우이 너기고 뉴싱은 빙공의 지우를 감격호여 부인의 ᄉ덕이 미흡호나 엇지 박더호리오 뉴락간고호여 미식을 아지 못호다가 소져의 옥모를 ᄉ랑호여 은졍이 과호미 ᄌ긔 쟝악의 버셔ᄂ지 못호게 호고 일싱 탐화의 타인언식을 용납지 아니호려 호더니 으외예 뉴싱이 어변셩용호여 몸이 나라영쥬의 오르미 믄득 의ᄉ 활발호여 몬져 교방의 일홈ᄂ 창이를 유졍호여 소

---

142) 이 문답은 무려 24쪽에 걸쳐서 서술되고 있다.

143) 〈옥원재합〉은 설정되는 단위담에 비해 분량은 상당하다. 비슷한 분량을 지닌 〈명주기봉〉이 단위담 수에 있어서는 세 배가 넘는다. 이에 〈옥원재합〉은 본문과 같은 문체적 특성을 통해 장면을 무한정 확장하고 있다. 따라서 다른 작품보다 훨씬 읽기가 힘들다.

창을 금추 향녈의 치오고 숨춰호여 금슬의 낙이 온전치 못호물 분호거놀[144]

이 부분은 〈쌍성봉효록〉에서 계영에 의한 '성대결1'의 장면이다. 이 '성대결1'은 이미 대부분의 내용이 전개된 상태이며, 다만 계영 부부의 화해 장면만을 남겨두고 있는 실정이다. 그러나 화해의 장면은 바로 설정되지 않고 있다. 위의 인용을 통해서 다시 그간에 있었던 '성대결1'의 내용을 요약적으로 설명하고 있다. 선행연구에 의하면 〈임씨삼대록〉에서도 곳곳에서 인물들이 그때까지 행한 행적을 총정리하는 모습이 발견되며, 이것은 대부분 招辭의 형태로 나타난다고 하고 있다.[145]

본고가 대상으로 하고 있는 작품도 악인들의 招辭를 통해서 악인들이 그간 범했던 행적에 대한 요약적 설명이 이루어지고 있다. 물론 이러한 요약적 제시는 같은 내용을 반복함으로써 작품에 대한 흥미를 감소시킬 수 있는 여지가 인정된다.[146] 그러나 다음과 같은 부분은 이 문제에 대해서 다시 한번 숙고하게 한다.

6) 연화제싱으로 옥당의 표용호니 신방 즐기는 설화와 넘어시 남셔의 이르러 창을 널녀 기민을 진휼호며 젹도롤 초아호여 남셔의 농업을 권장호며 인의로 교화호여 남셔 일셩이 티평호여 여역과 도적이 업서 야불폐문호고 빅셩이 낙업호며 또 효녕을 맛나 인의로 교화호여 도라오는 길의 혼가지로 경소의와 승상의 즁칙을 바드며 어사의 성공호고 도라오물 즐겨홈과 뎡부 셰윤공지 초소져롤 힝빙셩혼호여 빅양우귀호든 설화는 번거호기로 긔록치 아니호노라[147]

7) 후리의 소공지 등과호여 작위 삼티의 니르고 한낫 희첩이 업시 현쇼져로 화락호여 슬하의 오즈이녀를 두어 긔이혼 설해 소현셩녹의 잇스므로 이의 쎤히다[148]

---

144) 〈쌍성봉효록〉 권지육.
145) 임치균, 위의 논문.
146) 임치균, 위의 논문.
147) 〈쌍성봉효록〉 권지육.
148) 〈명주옥연〉 권지사.

6)과 7)은 서술을 길게 하는 것이 아니라 오히려 간략하게 줄이겠다는 내용이다. 6)에서는 넘어사 백영이 순무차 출타하여 백성을 잘 다스린 내용을 요약적으로 제시하면서 도중에 효영을 만난 사연과 정세윤과 초소저가 혼인한 사연을 제시만 하고 설명을 붙이지 않고 있다. 그런데 이 부분이 만약 생략할 수 있는 부분이라면 별 문제가 없는데, 이 생략으로 인해 작품의 내용 파악이 어려워지고 있다. 특히 정세윤의 경우가 그렇다. 초소저는 교소교의 일차 음모 대상에 포함된 탕소저와 이종형제인데, 교소교가 탕소저를 일차 음모 대상으로 지목한 이유가 바로 이 초소저와 탕소저가 이종관계에 있기 때문이다. 따라서 이 부분에 대한 事前 해명이 전혀 없기 때문에 독자의 입장에서는 내용을 파악하기가 쉽지 않다.

7)을 보면, 소공자 부부라 함은 현숙혜와 소상서의 아들을 의미한다. 그런데, 현숙혜는 현씨 가문의 딸들 중에서 가장 역점을 두어 서술한 인물 중의 한 사람이다. 이미 전편에서도 현숙혜는 시련을 당하고 있던 화옥수의 知己로 상정되어 있었으며, 여기에서는 다시 숙혜의 탄생장면이 장황하게 서술되어 있다. 그런 인물에 대한 내용을 생략하고 있는 것이다. 이 문맥의 말대로 만약 이들의 이야기가 〈소현성록〉에서 다시 나오면 문제가 달라지는데, 사실 〈소현성록〉과 이들은 관계가 없는 작품이다. 다만 소씨 성을 가진 인물이 주인공이라는 사실밖에는 공통점을 찾아 볼 수가 없다.

이러한 6)과 7)을 본다면 대하소설에서도 부분적인 축약과 생략이 일어나고 있음을 의미한다. 이는 대하소설이라고 해서 무작정 이야기를 늘려 나가지는 않는다는 것을 의미한다. 그렇다면 위의 5)와 같은 요약적 제시가 꼭 분량의 확장만을 위해서 이루어지는 것이 아님을 알 수 있다. 5)의 밑줄 친 부분은 계임이 심당에 갇힌 지 벌써 삼년이란 세월이 흘렀음을 의미한다. 그리고 이 사이에는 설영의 난, 금주 도적의 난 등이 길게 서술되고 있다. 뿐만 아니라 양씨에 의한 쟁총담이 또 전개되고 있다. 바로 이 사건들이 삼년이란 세월의 공백을 채우고 있는 것이다. 따라서 다시 계임의 일을 거론하기 위해서는 그 연결고리를 찾아야 하는데, 이에 그 전에 진행되었던 사건에 대한 요약적 제시가 필요했던 것이다. 이는 招辭를 통한 악인들의 행적에 대한 요약적 제시에서도 마찬가지이다. 악인의 음모와 술수는 하루 이틀에 걸쳐서 이루어지는 것이 아니며, 그 음모의 과정이 단순하게 진행되는 것도 아니다. 또 이 과정에서 행방불명되거나 납치된 피해자가 돌아오기까지에도 상당한 시일을 요구한다. 그런 만큼 여기에서도 그 전의 내용을 정리할 필요가 인정된다.

이는 장편화가 이루어지면서 발생하는 필연적인 결과로 받아들여진다. 즉 사건의 지연이 그만큼 극대화된다는 것, 그리고 여러 가지 단위담들이 교차적으로 서술된다는 점 등이 가져올 수 있는 내용 상의 혼동을 방비하기 위한 장치라는 것이다.

이상의 고찰을 통해서 본 인용문 1)~7)은 어떤 행위나 사건이 전개되기 이전에 이미 그것에 대해 설명을 하고 있다는 공통점을 지닌다. 그리고 이로 인해 전개된 사건이나 행위가 지연되고 있음은 물론이다. 가령 3)에서와 같이 그 뒤에 남복개착하고 가출하는 장면이 설정되는데, 이미 3)의 과정에서 그 사실이 제시되고 있다는 것이다.[149] 이러한 서술 상의 특징을 '해명 후 행위 서술'의 특성이라고 할 수 있을 것이다.

4.3.2. '행위 후 해명 서술'의 원칙

해명 후 행위가 서술되는 양상만으로 대하소설의 문체적 특성을 대변할 수는 없다. 대하소설에는 앞 절과는 다른 문체적 특징이 나타나고 있음에 주목할 필요가 있다. 즉 '해명→행위'아니라 행위가 먼저 일어나고 후에 그것에 대한 설명이나 해명이 이루어지는 부분이 있다는 것이다.

> 정언간의 림중으로 조ᄎᆞ 일인이 거러 죽셔당 후창으로 말미암아 길흘 도라 스마시 슉교로 가ᄂᆞ지라 뒤흘 보건더 분명이 가유진의 거동이어놀 부미 급히 소러ᄒᆞ여 왈 군령아 네 엇지 밤의 왓시며 임의 왓시량이면 엇지 셔당을 지나 어대로 가ᄂᆞᄂᆈ

가싱이 도라보고 신쇠이 변ᄒ며 마지 못ᄒ여 몸을 두루혀 닐오대 앗가 달이 붉고 마음이 울울ᄒ여 낭형을 ᄎ져 니르러 듁셔당의 업거놀 어딕 다른 대 잇는가 ᄎᆺ더니 … (중략)… 화셜 ᄎ시 가유진 쟈는 교란의 아비라 이 놈이 져머셔브터 픠려ᄒ여 장수질 ᄒ던 미쳔을 다 일코 일즉 심양 강셔의 가 여러가지 요약을 어더오니 …[150)]

이 대목은 예주에 대한 영주의 음모가 진행되는 부분이다. 여기에서 姦夫로 등장하는 인물은 가유진인데, 이미 웅린과 잘 아는 사이이다.[151)] 그런데 위를 보면 이 유진이 실제 유진인지 가짜 유진인지 전혀 알 수 없도록 되어 있으며, 웅린과 대화까지 나누고 있어 여기에 대한 궁금증은 가중된다. 이에 대한 해명은 이후에 이루어진다. '화셜'로 시작하는 부분이 바로 해명이 이루어지는 부분이다. 다시 장면을 바꾸어 가유진의 내력과 그가 어떻게 해서 변신을 하게 되었고 영주와 동모를 하게 되었는지가 설명되고 있는 것이다. 시간 상으로 본다면 'ᄎ시' 이후의 부분이 훨씬 먼저 일어난 사건인데 이것이 뒤에 설명되고 있음을 확인할 수 있다.[152)]

아래의 인용 1), 2), 3)은 〈쌍성봉효록〉에서 양씨에 의한 쟁총이 벌어질 때, 음모에 빠진 뉴소저와 소소저에 대한 서술과정이다. 이때, 1), 2), 3)은 실제로 작품에서 서술된 순서 그대로 나열하였다.

---

150) 〈명주기봉〉 권지이.
151) 유진은 뒤에 현현염과 혼인하여 현씨 문중의 사위가 되는 인물이기도 하다.
152) 흔히, '선시' 혹은 '선셜'로 이야기가 시작되는 부분이 이러한 기법에 해당한다고 볼 수도 있을 것이다. 그러나 '선시'와 '선셜'은 보다 소극적인 측면에서 단순한 사건해명에 그치고 있는 경우가 많다.
   션시의 스마 영쥐 비즈 교란으로 더브러 빅계모의ᄒ 미 아의 졍을 깅참의 함닉고져ᄒ 더니 주연이 쳔연ᄒ여 소오삭의 지ᄂ 미 쵸쇼져의 영화부귀 더욱 고중하여(〈명주기봉〉 권지2)
   위와 같이 '선시'가 단순히 앞에서 서술된 예주에 대한 영주의 시기, 웅린에 대한 영주의 애정에서 발생하는 영주의 심정과 음모의 징조를 풀어나가는 역할을 하는 경우가 있다. 이 경우 '선시'는 동시에 발생한 두가지 이상의 사건을 나열하는 기능을 지닌다. 즉 사건1과 사건2가 있고 이것이 동시에 발생했을 때, 실제 작품에서는 사건1과 사건2를 동시에 기술할 수는 없다. 이 중 한가지를 먼저 기술하여야 하는데, 그 다음에 기술되는 사건 역시 앞에서 기술된 사건과 같이 진행되었음을 나타내기 위해서 이런 '선시'라는 말이 들어가는 것이다. 그러나 이 '선시' 역시 본문에서 말하는 국면에 사용되는 경우가 있다.

1) 추시 님소뉴 슘부의셔 비복을 스쳐로 훗터 뉴소져 종적를 종시 촛지 못흐고 동문밧 빅쳔교의 바린 금교를 어드니 님부 가인 션츙이 빅쳔교가의셔 디변을 보드니 문득 보니 다리 아러 치뎡을 ㅂ렷거늘 놀ㄴ 동유를 다리고 스러니여 덩문을 열고 보니 교즁의 일위 미소제 봉관화리로 명부의 관잠이 찬난흐디 흉복의 가) <u>슘촌단금을 쏘즈 명을 맛친 거동이라</u> 션츙 등이 디경 왈 소소제화를 만ㄴ심으로 아등이 두루 심방흐여 여러 날의 밋촛ㄴ 촛지 못ㅎ엿더니 이 신체를 어드니 가히 본부와 소부의 쏠이 고흐리라 흐고 션츙은 금교를 직히오고 경악은 상부로 가 고흐고 경긔ㄴ 소부로 가 이 소유를 알외니 님상부 상히 시로니 경황흐문 일르도 말고 소공 부부와 형퐈 이 말을 듯고 디경흐여 소공이 일필쳥녀를 모라 형퐈 쳥운 등을 모라 빅쳔교의 이르러 유랑 모녀로 보라 흐니 유랑과 졔 시비 등이 엇지 졔 쥬인의 복싁거동을 몰나 보리오 졀승훈 용광이 조금도 변치안야 ㅈㄴ듯 훈지라 가히 앗가올스 슘촌단금이 흉복의 쏫혀 향혼니 ㄴ라ㄴ지 오린지라[153]

이 대목은 행방불명되었던 소소저가 죽은 시체로 발견되어 님씨와 소씨 문중이 모두 경악을 금치못하는 상황이 서술되고 있다. 밑줄 친 가)부분에서는 소소저가 살아날 가능성이 있을 수도 있다는 짐작을 할 수 있다. 주인공은 죽지 않는 것이 조선조 소설의 일반적인 경향이기 때문이다. 그러나 적어도 이 장면에서 소소저는 완전히 사망한 것으로 되어 있다. 그리고 이 후에는 실제로 님, 소 양가에서 소소저의 喪을 치루고, 일년 후에는 제사까지 지낸다.

2) 가) 몬져 취운을 다리여 양싱을 쥬고 조초 약을 파라 능가셩진흐여 양싱을 농낙흐니 양싱이 금슈옥빅을 쥬며 호션낭을 부디 일위여라 흐고 뉴 소 양소져 업시흐믈 의논흐ㄴ지라 목해 가연 낙종흐고 취운니 뉴부 후원를 스못츠 션향각의 불을 놋코 뉴소져를 업어 ㄴ오다가 나)훈 쎄 구름의 두 손니ㄴ려와 뉴소져를 더

153) 〈쌍성봉효록〉 권지이.

위천 가니 흉뇨의 무지흐미ㄴ 놀나 도라 왓더니 십의 일의 또 계교를 베푸러 소
소져를 탈취흐여 다라ㄴ 첩첩 산즁의 다라ㄴ셔ㄴ 임의 져문 빗치 창창흐고 빈풍
이 습습ㅎ니 젹뉘 능히 힝치 못ㅎ고 산ㅎ 슈풀의 금교를 ㄴ리워 노코 졔젹이 암
혈의 업디여 풍우를 피ㅎ고져 ㅎ더니 양싱이 목화를 더브러 젹도를 지쵹흐여 도
라오고져 ㅎ더니 목홰 양싱 다려 왈 닉 님승상 자뷔 쳔흐일싴이라 ㅎ니 흔번 귀
경흐리라 ㅎ니 양싱이 또흔 응낙싱여 덩문을 널여싱니 구지 줌겨거ㄹ 경우 여러
보니 소졔 발셔 ㅈ결싱여 셩혈이 임이싱엿거ㄹ 딕경흐여 술펴본즉 임의 죽은 지
오린지라 졔젹이 싱각흐디 날이 발그면 츄심흐리라 ㅎ고 교ㅈ를 기쳔의 더지고
허여진이라[154]

이 대목은 소소저가 죽음에 이르기까지의 과정을 설명하고 있는 부분이다. 먼저
가)부분을 통해서 양씨가 동조자를 모으는 과정과 이미 이전에 저질렀던 뉴소저 살
해사건을 요약적으로 제시하고 있다. 물론 뉴소저의 사건은 이미 이전에 상세히 서
술된 부분이다. 그러나 가)에서도 아직 밑줄 부분 즉 뉴소저가 火災 중 하늘로 솟구
쳐 올라간 부분에 대해서는 해명을 하지 않고 있다. 그리고 나)에서는 소소저를 습격
한 경위와 소소저가 사망하는 과정을 서술하고 있다. 따라서 소소저의 사망사실은
더욱더 기정 사실화된다. 또 이 장면에는 없지만 실제로 님, 소 양가에서는 소소저의
喪을 치르고 일년 후 기일을 맞아 제사를 지내고 있다. 그런데 가)부분을 통해 본다
면 뉴소저의 행방불명은 적어도 양씨 일당의 소행이 아님이 밝혀진다. 따라서 어딘
가에 뉴소저가 살아 있을 것이라는 짐작을 하게 되며, 이에 견주어 소소저의 사망에
혹시 다른 문제가 있는 것이 아닌가라는 의심을 가질 수 있다.

3) 가) 션셜의 월봉산 묘쳔관 쳔강진인 현열도시 도덕이 놉고 신통이 거록흐여
슈쳔 졔ㅈ를 거ㄴ리고 션법을 젼슈ㅎ니 웃듬 졔ㅈ 월관도ㅅ는 본디 뎡상셔 집 초

---

154) 〈쌍셩봉효록〉 권지이.

환비ᄌ로 뎡소져를 뫼셔 슈절도쥬 ᄒ여 허다풍상을 지니고 …(중략)… 초시논 츄팔월 망간의 남으로 가는 기러기 무리지어 소러ᄒ고 발근 달른 빗치 빅옥난간의 됴요ᄒ니 진인니 모든 졔ᄌ를 다리고 도법을 강논ᄒ며 가르치더니 나) 월관도시 머리를 드러 쟝안을 구버보니 소소ᄒ 쳥텬의 화렴이 의희니 ᄂ는 곳지 잇는지라 월관도ᄉ논 본ᄃᆡ 인ᄌᄒ고 남이 급ᄒ 거슬 구졔ᄒ기를 조화ᄒᄂ지라 이의 지인 압ᄒᆡ 나아가 문왈 졔지 우연니 쟝안을 구버보오니 화렴이 ᄂ는 곳지 반다시 영호궁 근쳬가 시부오니 그 엇진 일이잇고 진인 왈 져 불타는 집은 곳 뉴밀집인니 남상국 춍부 뉴소져 친졍이라 지금 뉴소져 친졍의 잇고 남시랑이 소져와 션향누의셔 동방화락ᄒᄂ디 간인니 시기ᄒ여 궁계로 불을 노와 현인과 슉녀를 히코져 ᄒ미라 …(중략)… 월관도시 명을 바다 근두운을 타고 뉴부의 일르니 화셰 열열ᄒ여 션향각은 발셔 다 타고 취운니 쇼져를 거두쳐 업고 후원으로 나오니 양경과 탈목화 두 놈이 달라드러 쟝ᄎ 탈 취ᄒ려 ᄒ거ᄂᆞᆯ 월관니 급히 도술을 베퍼 구홀시 공즁의셔 소져를 아셔 업고 구름을 모라 됴쳔관으로 도라오느라 …(중략)… 다) 이졔 혀녀보니 소시 십녀일 후의 힝익을 만나 빅쳔교의셔 방신을 보젼치 못ᄒ기 쉬오니 엇지 구ᄒ리잇고 복원 ᄉ부는 더ᄌ더비 ᄒ ᄉ 소시잔명을 보젼케 ᄒ소셔 진인왈 뉴시 봉변 후 소시 귀령갓다가 그 친환으로 십녀 일 지루ᄒ여 친환니 쾌ᄒ 후 구가의 가는 길의 즁노의셔 간인의 긔교를 만나 죽기를 결판홀 거시니 만일 시긱을 지완ᄒ면 구치 못ᄒ리니 그날 시긱을 어기지 말고 명심거힝ᄒ라 월관니 진인긔 슈명이 퇴ᄒ엿더니 소시의 익일이 다다르미 월관니 진인게 고ᄒ고 은신법을 힝ᄒ여 빅쳔교의 ᄂ아가니 차시 탈목해 무리비 슈십인을 다리고 소소져 탄 교ᄌ를 아셔 가지고 도라갈시 소져 교ᄌ 속의셔 단검을 ᄲᅢ혀 ᄌ문ᄒᄂ지라 월관니 놀ᄂ 신힝도를 너여 소소져의 방신을 구ᄒ여 구름의 올이고 신통을 염ᄒ니 초인니 화ᄒ여 소졔되여 옥안빙티 쳔연ᄒ여 발검ᄌ문ᄒ 모양이 되는지라 이의 소소져를 거두쳐 가지고 됴쳔관으로 오니 초시 소소졔 임의 혼졀ᄒ여 인ᄉ를 아조 모르는지라[155]

소소저의 죽음과 뉴소저의 행방불명은 이 대목에 와서야 비로소 해명이 된다. 그러나 곧바로 해명이 시작되는 것이 아니다. 가)를 통해서 현열진인과 월관도인의 내력 및 그 능력에 대한 소개가 먼저 이루어진다. 그리고 나)와 다)를 통해서는 뉴소저와 소소저의 天定한 액운과 위기를 극적으로 구한 경위가 설명되고 있다.

실제로 인용 1)~3)은 상당한 분량에 걸쳐 서술되고 있으며, 2)와 3) 사이에는 효영이 벌이는 '애욕1'이 교차적으로 전개되고 있다. 때문에 뉴소저의 행방불명과 소소저의 죽음에 대한 해명은 2)의 단계를 거쳐 3)에 이르기까지 상당한 시간이 흐른 후에야 완전히 이루어지는 셈이다. 이러한 양상은 앞서 본 '해명→행위'와는 상반된 양상이라고 볼 수 있다. 여기에서는 행위가 먼저 일어나고 그것에 대한 해명이 시간적 간격을 두고 서서히 이루어지고 있기 때문이다.[156] 이 경우를 '행위→해명'이라고 할 수 있을 것이다.

이러한 양상은 〈옥난기연〉에서 보다 적극적으로 활용된다.

　　4) 반다시 곡졀이 잇시니 니게 바로 고하면 양쳐하여 쥬려니와 불연즉 형장을 더으리라 하고로 옥츌곤강이라 하나니 엇지 너의 소싱이라 하리오 탕귀 황공하여 두 샴이 벌거하여 후의 신명이 여츠하니 두루 수미지 못하여셔 문득 보니 일인니 젼입쓰고 초리을 들메고 의복이 원방의 분쥬허난 거동이라 고기을 니왓다가 규규의 탕구를 보니 이쎠 모든 하리 슈찬(현성)을 붓들어 구호하노라 문을 금치 못하난지라 공이 명하여 엇진 사람인고 무르라 헐지음의 기인이 존젼이믈 잇고 일셩초혼하고 탕구을 붓들고 왈 니 파파을 츠져 치소팔연을 오유하니 셜원을 듯보

---

155) 〈쌍성봉효록〉 권지이.

156) 이러한 양상은 〈수호전〉의 서사문법에 대한 金聖歎의 설명과도 유사한 면이 있다. 그는 〈수호전〉이 '欲合故縱法'이란 기법을 지니고 있다고 하고 있다. 이때, '欲合故縱法'이란 질질 끌면서 이야기를 감추어 둠으로써 독자들의 마음 속에 자꾸 떠오르게 하다가 사건이 긴박해질 때 즉각 분명하게 이해될 수 있게 하면서도, 한편으로는 교묘하게 마음 속에 어떤 파문이 일어나게 하여, 독자들을 사건의 현장에 있는 듯이 만들고 또한 그렇게 함으로써 그들의 놀라움을 늘리는 것이라고 설명하고 있다. 方正耀 著, 홍상훈 譯, 『中國小說批評史略』, 을유문화사(1994), pp.410~411, 참조.

라 교진교셔 하림하동을 안니 간 곳지 업더니 이 지척 의 잇시물 쯧ᄒ지 못헌쾌
라 셜파의 만부긔지ᄒ여 호흡이 쳔츅 ᄒ니 아지 못게라 엇진 연괸고[157]

이 대목은 현성의 '성대결2' 가 벌어지는 대목이다. 현성이 단소저와 혼인을 한 후
단소저의 시비 백앵을 겁탈하는 사건이 벌어지는데, 소설에 익숙한 독자라면 이미
아내의 시비를 겁탈하는 화소는 다른 이야기 혹은 다른 작품에서도 많이 보았을 것
이기 때문에 독자들은 별로 긴장을 하지 않고 이 부분을 읽어나갈 수 있다. 그런데,
현성의 횡포로 인해 백앵이 죽을 위기에 몰리고, 백앵의 유모 탕구를 평후가 심문하
고 백앵의 근본에 대해 탕구가 실토하려 할 때, 갑자기 한 사람이 나타난다. 그리고
다음과 같이 장면이 바뀐다.

5) 화셜 숩년 졀도ᄉ 병마졀계ᄉ 진가슉은 장각노로 더부러 골경의 친과 예부시
랑을 겸ᄒ여 평후곤계 통가슉질지의을 폐치 안니니[158]

'화셜' 이라는 장면전환 표식과 아울러 새로운 인물에 대한 소개가 나온다. 그리
고 그의 딸 진천주에 대한 소개와 더불어 천주가 단소저의 시비가 되기까지의 사건
이 서술된다. 이는 단순한 설명이 아니라 복잡한 서사단락을 포함하고 있는 새로운
이야기이다. 이 이야기가 전개되는 과정 중, 천주가 단소저의 시비가 되는 장면에 가
서야 독자들은 백앵과 천주가 동일인물임을 알게 된다. 뿐만 아니라 장면이 전환되
는 순간에 나타나서 백앵의 유모 탕구에게 욕을 했던 사람은 천주를 팔아 넘긴 장본
인인데, 그의 존재는 물론이고 그가 천주를 찾아 장씨 문중에 나타난 이유 역시 뒤에
서술되는 이야기를 다 읽어야 알 수 있다.
이러한 서술의 양상은 다음의 대목과 비교하여 상당한 차이를 지닌다고 볼 수 있
다.

157) 〈옥난기연〉 권지사.
158) 〈옥난기연〉 권지사.

(역주:희주가) 결강으로 속히 가기를 고하니 금오ㅣ 대희하나 녀아의 원별을 차석하고 부인이 또한 깃거하야 쟝원에 나아가 쇼겨를 볼세 쇼겨ㅣ 빈미 탄 왈 성옥이 어질지 못하고 소씨 모친이 혼암불명한 중 야야ㅣ 범사를 편벽되히 하시니 복원 태태는 방심무려하소서 부인이 허희 왈 차계 졍합오의라 시비 중 뉘 능히 튱렬을 겸한 자ㅣ 잇나뇨 쇼겨ㅣ 왈 상선이 대행할 것이요 유모ㅣ 지혜잇사오니 태태는 번뢰치 말으시고 발졍할 쌔에 부친이 반드시 거거 즁 한 사람을 보내실지라 쟝거거는 필연 쳥탁할 것이오 차거거는 승명할 듯하나 모친이 만류하시고 오직 근신한 창두와 령리한 아역으로 호송케 하소서 소녀ㅣ 또한 밧그로 응변하는 심복이 잇서야 구가로 탈신하야 가는 행색이 초초치 아니할가 하나이다[159]

위는 〈임화졍연〉의 한 대목인데, 여기에서는 앞으로 벌어질 음모에 대해 미리 설명을 하고 그것에 대한 방비책까지 세우고 있다. 이는 먼저 행위가 발생하고 그것에 대한 해명이 일정한 시간이 흐른 다음에 이루어지는 것과 비교해서 많은 차이가 있다. 따라서 이 부분은 보다 편안한 마음으로 이야기를 따라 읽어 나갈 수 있게 하지만 이 다음 부분에 설정될 사건에 대한 기대를 삭감시키는 요인으로 작용한다.

물론 작품의 전 부분이 '행위→해명'의 서술구조를 지니고 있는 것은 아니다. 앞에서 설명한 '해명→행위'의 양상도 아울러 지닌다. 그러나 '행위→해명'의 서술이 이루어지고 있음으로 인해 그 장면을 읽는 독자에게 지속적인 호기심과 의문을 유발하게 하며, 그로 인해 자칫 지루해질 수도 있는 이야기가 더욱 긴박해질 수 있는 계기를 마련한다.

이상에서 고찰했듯이 대하소설은 단위담의 배치와 서술, 그리고 세밀한 행위의 서술에 있어서까지 어떤 일관된 원칙을 지니고 있음을 알 수 있다. 단위담은 크고 작은 단위담이 조화있게 배치되고 있었으며, 그에 따라 독립단락들이 적절히 매개를 하고 있다. 또한 큰 단위담일수록 그 끝 마무리가 천천히 이루어짐으로써 전체적으로는

---

159) 〈임화정연〉 62회.

완급의 조절이란 측면에서 단위담이 안배되고 있음을 확인했다. 나아가 이러한 완급의 조절은 행위의 서술에 있어서도 그대로 적용되고 있음이 드러났다. 즉 해명이 먼저 이루어지고 행위나 사건이 설정되는 지연의 특징과 행위가 먼저 일어나고 나중에 그것에 대한 해명이 이루어진다는 긴박의 특징을 동시에 가지고 있다는 것이다. 그리고 이러한 단위담은 단순 순차식으로 서술되는 것이 아니라 서로 삽입되거나 교차되는 방식에 의해서 서술되고 있었으며, 이로 말미암아 따로 떨어진 단편적인 단위담들이 인과적 계기성을 확보할 수 있었다. 이러한 단위담의 교차적 서술에 있어서 군담단락이나 혼사단락과 같은 독립단락이 중요한 구실을 하고 있음은 물론이다.

5. 대하소설 서사문법의 소설사적 의의

　조선조 소설과 근대 혹은 현대의 소설을 비교하면서 읽어 보았을 때, 제일 먼저 가지게 되는 느낌은 현대의 소설에 비해 조선조의 소설이 유형적이라는 사실이다. 이때, 유형적이라는 말은 여러 소설들이 서로 비슷한 내용을 지니고 있다는 말이다. 여기에는 대하소설도 예외가 아니다. 3장의 분석을 통해서 보았지만 작품들이 서로 같은 단위담을 공유하고 있었고, 나아가 그 단위담의 전개과정 역시 비슷한 양상을 보이고 있었다. 이를 대하소설의 유형성이라고 해도 될 것이다. 그리고 이러한 대하소설의 유형성은 대하소설 자체만이 공유하는 것이 아니라 다른 여타의 소설군과도 밀접한 관련을 지니고 있음이 인정된다. 가령 '愛慾1' 과 같은 내용은 〈양산백전〉, 〈이생규장전〉, 〈최척전〉, 〈주생전〉 등에서, '愛慾2', '愛慾3' 과 같은 내용은 〈조생원전〉, 〈윤지경전〉, 〈소학사전〉 등에서 그 골격을 찾아볼 수 있다. 뿐만 아니라 쟁총과 같은 형태의 이야기는 〈사씨남정기〉나 〈창선감의록〉 등을 통해 널리 알려졌던 이야기이다. 사실 이런 방식으로 따지고 보면 대하소설의 내용은 전혀 새로울 것이 없다. 물론 대하소설의 내용 중 일부를 다른 작품이 차용했는지 아닌지에 대해서는 별도의 고찰이 있어야 할 것이지만 대하소설을 구성하고 있는 이야기가 당시에 널리 유포되어 있었던 사실 만큼은 부정할 수 없을 것이다.

　그렇다고 해서 대하소설이 아무 이야기나 끌어와서 작품을 구성하는 것은 아니다. 대하소설은 남녀가 만나는 국면에서부터 혼사에 이르기까지, 그리고 부부관계의 국면에서부터 가문에 이르기까지에 해당되는 이야기들을 소설화한다. 그 결과가 여섯 가지의 단위담 유형으로 드러난다.[160] 물론 이 단위담이 프로프가 언급한 바 있는 31개의 기능단락과 같은 역할을 수행하고 있는 것은 아니다. 더구나 그것이 순차적으로 배열되는 것도 아니다. 그러나 정형성을 지니면서 공통적으로 설정된다는 점을 감안한다면, 이것이 대하소설의 이야기 구조와 결코 무관하지는 않을 것이다. 대하소설은 이 단위담들을 통해 좁게는 개인의 문제를, 넓게는 지상의 삶을 초월한 천상의 문제를 혼사를 중심으로 드러내고 있다고 볼 수 있다.

이와 같이 대하소설도 유형성을 지니고 있다는 사실은 당시 소설의 향유방식 및 창작과정과 관련하여 한가지 흥미로운 사실을 제공한다. 주지하다시피 조선조 사회에서 소설은 서사장르의 역사 속에서 구비문학적 서사물을 본격적인 기록문학의 성격으로 끌어올린 장본인이라 할 수 있다. 그러나 이때까지 소설은 구술성이란 성격을 완전히 벗어나지 못했음이 인정된다. 즉 당시의 소설은 독서방식이 눈으로 읽는 장르의 성격과 귀로 듣는 장르의 성격을 아울러 지니고 있었다는 것이다. 다음의 자료들은 소설이 낭독되면서 향유되었다는 사실을 잘 보여준다.

1) 효종 칠년 선생 팔세… 글을 읽는 여가에 꼭 누이들에게 <u>역사고담을 읽어달라고 청하여 듣곤 했다.</u> 누이들이 귀찮고 괴롭게 여긴 나머지 스스로 읽지 못함을 책망하자 분연히 반절을 써달라고 했다. 그것을 가지고 방으로 들어가 문을 꼭 닫고 익히더니 반나절만에 나왔는데 언문을 막힘 없이 깨치게 되었다.[161]

2) 목사공이 나이가 점점 높아지심에 따라 선비께서는 날마다 시비를 보내 안부를 여쭙고 평안하시다는 소식을 듣고서야 마음을 놓으셨으며, 매달 서너번식 찾아

---

160) 이 여섯 단위담은 본고가 대상으로 하고 있는 작품을 중심으로 한 것이며, 모두 부부관계의 획득과 완전한 관계의 회복에 따르는 장애와 그 극복의 과정을 소설화하고 있다는 점에서 혼사장애형 단위담으로 언급할 수 있다.

161) 孝宗七年 先生八歲 (중략) 讀書之暇 則必令姉妹讀女史古談而聽之 姉氏厭苦 責其不能自看 遂奪然謂反切 持入一室 閉而究之 半日而出 洞然無礙矣〈滄溪先生年譜〉

가서 며칠을 모시곤 하였다. <u>목사공이 소설을 즐겨 들으셨으므로</u> 선비께서는 널리 물어 소설책을 힘써 구해드렸으며, 공을 모시고 있을 때에는 <u>소설을 읽어드리는 것</u>으로 일과를 삼았다.[162]

    3) 대부인은 총명하고 슬기로워 고금의 사적, 전기를 모르는 것이 없었을 만큼 널리 듣고 잘 알았는데 만년에는 누워서 <u>소설듣기를 좋아해</u> 잠을 그치고 시름을 쫓는 자료로 삼았으나 소설을 계속해 구할 수가 없어서 항상 걱정하였다.[163]

    위의 자료들을 보면 당시의 소설은 읽히기도 했지만 듣기를 통해서도 널리 향유되었음을 쉽게 짐작할 수 있다. 1)은 창강 임영의 8세 때의 일화인데, 비록 언문을 모르지만 읽는 것을 듣고 소설을 즐길 수가 있었다고 하고 있다. 2)에서는 조정서의 부인인 안동 김씨와 친정 아버지 목사 김성최 사이에서 있었던 소설 향유방식을 기록하고 있으며, 3)에서는 조성기의 모친이 누워서 소설듣기를 좋아했다는 사실을 기록하고 있다. 이 외에도 당시의 소설이 듣기를 통해서 향유되었다는 사실을 기록하고 있는 자료는 쉽게 찾아 볼 수 있거니와 들어서 즐길 수 있었다는 것은 조선조 소설이 듣기만 해서도 이해될 수 있는 특징을 지니고 있었다는 사실과 관련이 있다. 물론 위의 자료들만으로 이들이 향유한 소설이 어떤 것을 의미하는지가 분명하지 않다. 그러나 향유자가 양반가의 여성들인 것으로 보아서는 이들이 향유한 작품 중에는 대하소설도 다수 포함되어 있었을 가능성이 많다.[164] 그렇다면 대하소설 역시 듣기만

---

162) 牧使公年彌高 日遺婢使問候承安 乃安月三四詣侍數日 公喜聽小說 先妣廣訪力求睦讀得以進 其侍也 讀以聽之爲常, 趙明履〈道川集〉권11

163) "大夫人 聰明叡哲 於古今史籍傳奇 無不博聞慣識 晚又好臥聽小說 以爲止睡遣悶之資 而常患無以繼之" 趙聖期,「拙修齊集」, 권12, 行狀

164) 장편소설이 상층사대부가에서 향유되었음은 그 작가의식에 대한 문제에서부터 여러 측면에서 밝혀진 바가 있다. 특히 최근에는 안동 권씨 집안에서 대를 물려 장편소설을 향유했다고 밝힌 연구가 있어 주목된다. 박영희,「장편가문소설의 향유집단 연구」, 한국고전문학회 편, 『문학과 사회집단』, 집문당(1995), pp.319~359, 참조.

해서도 이해될 수 있었다는 것을 의미하는 셈이다. 이는 대하소설의 유형성을 감안한다면 무리는 아니다. 당시에 유통되던 소설을 많이 읽어본 독자라면 이미 소설에 설정되는 이야기들을 어느 정도는 알고 있었을 것이며, 그러한 이야기들이 대하소설을 구성하고 있기 때문에 들어서도 이해될 수 있었다는 것이다.

여기에서 제기되는 의문은 과연 대하소설이 듣기만 해서 이해될 수 있는 작품인가 하는 것이다. 구술성이 짙은 작품은 반드시 텍스트가 없더라도 독자들에게 향유될 수 있다. 그것이 소설이라도 사정은 마찬가지이다. 〈숙향전〉, 〈소대성전〉, 〈설인귀전〉 등의 소설낭독을 직업으로 삼았던 傳奇叟의 존재는 조선조 소설의 구술문화적 성격을 잘 보여주고 있다고 할 수 있다.[165]

그런데 대하소설은 그 분량이 방대할 뿐더러 여타의 소설과는 다른 서사적 특징을 지니고 있기 때문에 듣는 것만으로는 완전한 독서가 불가능한 일면이 있다. 따라서 대하소설은 구술적 성격을 지니고 있으면서도 동시에 그것을 탈피하여 문자문화적 성격을 지향하려는 속성을 동시에 지니고 있는 것으로 이해된다. 그렇다면 대하소설은 어떤 식으로 구술적 속성을 극복하고 있는 것일까?

소설이 구술성을 지닌다는 것은 이미 창작과정에서도 이러한 구술적 특성이 개입되었을 가능성을 시사하는 것이다. 즉 소설의 창작에도 □碑詩 혹은 서사시가 唱者에게 기억되는 구술적 사고의 과정이 개입되었을 가능성을 의미한다.[166] 이때, 구술적 사고란 기억가능한 사고방식을 의미하는데, 정형구 혹은 정형적인 스타일을 통한 사고방식을 의미한다고 볼 수 있다. 대하소설은 낭독의 순간에서조차도 암송된 것

---

165) "傳奇叟 居東門外 □誦諺課稗說 如淑香傳 蘇大成傳 沈淸傳 薛仁貴傳等 傳奇也" 趙秀三 〈秋齋集〉 卷七 "紀異".

166) 이 원리는 A.B.Lord의 이론에서 비롯되었는데, 국내에서도 이 이론에서 착안하여 서사무가나 판소리의 작시원리에 적용한 사례가 있다. 이에 의하면, 구연자가 이미 학습하여 머리 속에 저장하고 있는 어떤 장면의 단위들을 적절하게 배치하여 구연의 현장에서 엮어가는 방식으로 구비서사시가 구연된다고 한다.
    서대석, 「판소리와 서사무가의 대비원리」, 『한국문화연구원 논총』, 34집, 이화여대(1979)
    김병국, 「구비서사시로 본 판소리 사설의 구성방식」, 『한국학보』 27집, 일지사(1982)
    이헌홍, 「심청가의 상투적 표현단위에 대하여」, 『민속문화』 3집, 동아대학교(1981) 등 참조.

5. 대하소설 서사문법의 소설사적 의의 187

이 아니라 텍스트를 놓고 낭독되었기 때문에 이러한 구술적 사고의 과정이 적극적으로 개입되었다고 볼 수는 없다. 그러나 작가가 몇 가지의 전형적인 장면들을 기억하고 있었을 가능성은 배제할 수 없다. 가령, 쟁총담이나 蕩者개입담에 설정되는 음모의 장면에서는 개용단을 통한 변신, 姦夫나 姦婦書 사건 등은 이미 기억되고 있었을 가능성이 있다는 것이다.[167]

그러나 소설의 창작은 말로 이루어지는 것이 아니라 어디까지나 글로 이루어지는 만큼 구술적 사고만으로 창작이 가능한 것은 아니다. 이에 다른 가능성으로 거론될 수 있는 것이 模作의 방식이다. 模作이라는 것은 어떤 소설을 탐독하고 그 일부를 그대로 이어받으면서 작가 나름대로의 새로운 내용을 보태는 방식을 의미한다. 이때 이전 소설로부터 이어받는 것은 등장인물의 이름이나 성격 그리고 사건의 모티브나 갈등의 양상에서부터 시작하여 소설의 주제와 그 주제를 구현하는 방식에 이르기까지 다양하다.[168] 이러한 模作의 결과 구조나 인물 면에서 상당히 유사한 작품들이 다

---

167) Walter J. Ong에 의하면, 이러한 특성조차도 문자문화와는 다른 구술문화적 특성으로 언급하고 있다. Walter J. Ong, 『Orality and Literacy』, 이기우, 임명진 역, 문예출판사(1995) 참조.

168) 김탁환은 〈소문록〉의 후기를 분석하면서 실제로 이러한 모작이 이루어지는 과정을 조심스럽게 유추하고 있다. 다음은 김탁환에 의해 정리된 〈소문록〉 후기의 내용이다. 1) 〈소문록〉의 작가는 〈명소냥문록〉과 〈뎡씨삼대록〉을 읽고 그 내용에 공감을 하면서도 불만을 가진다. 2) 〈소문록〉의 작가는 스스로 하나의 소설을 지으려고 생각하면서 그가 읽은 두 작품의 줄거리와 인물, 구조는 그대로 따라가면서 자신의 마음에 들지 않은 부분 – 원씨 가문의 자제들이 지적하고 있는 윤씨의 잘못을 지적한 부분 등을 삭제하고, 자신의 상상력으로 다른 내용을 채워 넣는다. 3) 〈소문록〉을 세상에 내어놓는다. 김탁환, 「사씨남정기계 소설 연구」, 서울대 석사학위 논문(1993) 참조.

〈소문록〉 후기는 다음과 같다.

"후의 홍연이 됴가를 인ᄒᆞ야 뎡소냥문녹을 가져오미 원가 모든 소년이 흐가지로 보더니 돌돌분연ᄒᆞ여 갈오디 소문 가온디 허다골졀이 유로홀분 아니라 가장 희한ᄒᆞ는 바는 윤부인이 가시을 촉ᄒᆞ야 쵀부인을 쳔거ᄒᆞ미 투긔로 인ᄒᆞ야 승상이 취ᄒᆞ단 말은 뉴녀의 부인을 억탁ᄒᆞ여 무한ᄒᆞᆫ 말이니 엇지 거짓거시 되여 부인의 반싱 덕힝이 가리여 빅옥의 체증이 되엿ᄂᆞ뇨 원가 소년이 웃고 왈 소가 소젹을 반ᄃᆞ시 알믄 당시의 원문의 지는 저 업고 됴시의 친인과 윤시의 친인이이의 다 모다이 비쳑ᄒᆞ며 제 과장치 못ᄒᆞᆯ 믈드르미 공졍ᄒᆞᆫ 츙증은 우리 박긔 업스 리니 이 일노써 추이컨디 므릇 젼이 헛되미 만토다 윤부인의 젼후 힝젹이 기간의 허다 묘ᄒᆞᆫ 곡졀과 공교ᄒᆞᆫ 긔관이 진실노 풍뉴의 졔목이여늘 듯던 바의 니도ᄒᆞ미 견편이 거즛거시 되엿도다 취졔 간분ᄒᆞᆷᄋᆞᆯ 인ᄒᆞ여 윤시 김가의 잇던 당초 소젹부터 ᄒᆞᆫ 긋틀 시작ᄒᆞ미 홍연이 ᄯᅩ호 도아 소문의 일ᄉᆞ이 가젹을 실프다시 ᄌᆞ아 닌니 듯ᄂᆞ 니 시로이 탄상치 아니 리 업서 드듸여 일셰의 젼파ᄒᆞ며 추호도 가감변ᄉᆞᄒᆞᆯ 비 업스니 (후략)

수 만들어지게 되는데, 〈사씨남정기〉와 〈창선감의록〉 그리고 〈쌍선기〉는 그 대표적인 예라 할 것이다.[169]

그러나 대하소설의 창작은 이 模作의 관습만으로도 설명될 수 없는 일면이 있다. 그 속에는 한 작품만이 아니라 여러 편의 작품의 내용이 모아져 있기 때문이다. 그렇다면 대하소설의 작가는 다양한 종류의 소설 여러 편을 읽고 그 내용들을 나름대로 엮는 방식으로 창작을 했을 가능성이 있다. 이 과정은 한 편의 소설을 모방하는 것이 아니라 당시에 존재했던 다양한 종류의 작품들을 모아서 그것을 새로운 틀로 재창출해 내고 있다는 점에서 模作과는 그 의미를 달리한다.[170]

바로 이러한 소설의 집약과 재창출을 위해서 대하소설은 그 자신의 독특한 서사문법인 복수 주인공 체제를 고안했다고 볼 수 있다. 이 복수주인공 구조가 단위담이란 서사층위를 존재하게 했음은 물론이다. 따라서 대하소설은 단일 주인공 중심의 소설보다는 서사층위 자체가 한 단계가 높아지는 결과를 가져오게 된다. 단일 주인공 중심의 작품에서는 서사단락이 작품을 구성하는 하위층위였다면, 대하소설에서는 서사단락으로 구성되는 단위담이 작품을 구성하는 하위층위로 존재하고 있다는 것이다. 그러나 단위담은 한 주인공의 이야기를 완결지어서 마무리한다는 특성을 지니고 있기 때문에 언제든지 따로 떨어져 나갈 수 있는 속성마저 지니고 있었다. 이에 대하소설은 이들 단위담을 결속할 수 있는 구심점을 찾을 수밖에 없었을 것이다.

대하소설에서 단위담을 결속하는 구심점은 세 가지 방향에서 모색된다고 할 수 있다. 우선적으로 거론될 수 있는 것은 주인공들 사이의 혈연적 친연성이다. 주지하듯이 대하소설을 구성하는 대부분의 주인공들은 모두 한 가문의 구성원이다. 이때, 가문의 범위는 기본적으로 형제항렬을 포함하며 여러 세대에 걸친 인물뿐만 아니라 姻戚까지도 포함된다. 주인공이 이러한 혈연성을 지니고 있기 때문에 대하소설은 한 가문에서 발생하는 여러가지 사건들을 소설화하고 있다는 성격을 지니게 되며,

---

169) 김탁환, 위의 논문 참조.
170) 물론 장편소설 자체의 모작은 있었을 가능성이 있다. 〈옥원재합〉과 〈창난호연록〉의 유사함이 그러한 가능성을 말해 주고 있다.

단위담들 역시 한 가문에서 발생하는 사건이라는 동질성을 부여받게 된다. 또 이로 말미암아 단위담은 주인공 개인의 일임과 동시에 가문이라는 집단의 일이라는 성격 역시 지니게 됨은 물론이다.

두번째로 거론할 수 있는 것은 한 작품을 구성하고 있는 단위담의 유형적 동질성 이다. 한 작품은 같은 유형에 속하는 단위담을 중심으로 구성된다는 것이다. 본고가 대상으로 한 작품은 혼사장애형이란 범주 속에서 단위담의 유형을 분류하고 구분할 수 있었다. 그리고 이 단위담들은 "혼인 전 장애→극복→혼인"과 "혼인 후 장애→극 복→해결"이라는 구조적 동질성을 지니고 있다. 이는 주인공의 일생 중에서 혼사와 부부관계에 관련된 부분만을 극대화하고 있는 경우라 볼 수 있다. 이와 같이 한 작품 을 구성하는 여러 단위담은 그 유형적 동질성으로 인해 구심점을 부여받게 된다. 그 렇다고 해서 같은 이야기가 단조롭게 반복된다는 말은 아니다. 비록 그 유형은 동일 한 범주로 묶인다 하더라도 문제를 유발하는 원인을 각기 다르게 설정하고, 해결방 식 역시 달리 설정함으로써 단조로움을 극복하고 있다.

마지막으로 단위담과 단위담을 결합하는 기법의 측면을 거론할 수 있다. 사실 앞 의 두 측면만으로는 단위담들 끼리의 완전한 결합에 도달할 수 없다. 한 단위담이 마 무리된 후 다음 단위담이 전개되는 방식으로 모든 단위담이 서술된다면, 대하소설은 통합적 구조가 아니라 분절식 구조로밖에 읽히지 않을 것이다. 물론 단위담의 존재 자체는 이미 대하소설의 분절식 구조를 말하고 있는 것이다. 그러나 그 단위담들은 4장에서 검토한 바와 같이 大小가 어울려 부단히 교차하면서 서술되는 양상을 지니 고 있었다. 나아가 이 교차적 서술은 이야기 전개의 완급을 조절하면서 긴장과 이완 의 효과를 적절히 고려하면서 이루어지고 있었다. 이는 단위담을 서사기법의 측면 에서 결합하고 나아가 구조적으로 완결된 작품 속으로 들어오게 하려는 당시 작가 의 노력의 일환으로 보여진다.

물론 대하소설도 그것이 유형성을 강하게 지니고 있다는 점에서는 아직도 조선조 소설이 알게 모르게 지니고 있었던 구술문화적 성격 혹은 模作의 영향을 완전히 탈 피하지는 못하고 있다. 그러나 대하소설은 소설 유형을 집약하고 그것을 새로운 형식으로 재창출하기 위한 과정에서 찾아진 위와 같은 특징들로 인해 구술성을 탈피하여 본격적인 문자문화의 길로 접어들 수 있는 계기를 마련한다. 단위담이란 새로운 서사층위의 등장이 바로 이와 같은 맥락에서 이해되어 진다. 구술적 사고만으로는 단위담의 통합적 서술이 불가능하기 때문이다. 사실 단위담 하나만으로도 한 편의 작품을 완성할 수 있다. 이것이 바로 단위담이 지니는 '유형'으로서의 성질이다. 그런데 다른 한편으로 단위담은 작품을 구성하는 '단락'의 성격을 아울러 지닌다.[171]

따라서 대하소설은 '유형'인 단위담을 '단락'과 같이 사용하여 완결된 한 편의 작품을 구성하고 있다. 이 과정은 구술적 사고 이상의 것을 의미하는 것으로 이해되어 진다. 하나의 단위담이 그것에 공통적으로 적용되는 기본적 서사항을 지니고 있다면, 이것은 충분히 구술적 사고만으로 구성이 가능할 것이다. 가령, 음모의 과정이 기본적 서사항에 속한다면 개용단, 미혼단, 진가논쟁 등의 정형구를 이용해서 그 서사항을 충족시킬 수 있다. 그런데, 그렇게 구성된 단위담과 단위담이 다시 결합되는 과정은 구술적 사고로 해결할 수 없는 차원의 것이다. 이제는 이야기의 내용을 무엇으로 구성할 것인가가 문제되는 것이 아니라 그것을 어떻게 배치하고 서술해야 하는가가 문제된다. 나아가 그 문제의 대상이 복잡한 내용을 지닌 단위담이기 때문에 창작기법에 대한 본격적인 고려가 없이는 쉽사리 해결이 이루어지지 않는다. 이 과정에서 야기되는 문제 즉, 이야기 전개의 완급을 조절하고, 서사적 휴지와 여운의 법칙, 그리고 독립단락을 통해 단위담과 단위담을 결합하는 연결고리를 찾는 문제, 문체에 대한 각별한 고려 등은 텍스트를 전제로 했을 때 가능한 일이다. 특히 4장의 3절에서 고찰한 대하소설의 문체적 특성이 '글' 자체가 지닐 수 있는 소설적 의미와 흥미를 부여하고 있었다. 이 사실은 대하소설이 듣는 소설이 아니라 읽는 소설로서의 성격을 강하게 지니고 있음을 확연히 드러내는 부분이라 할 수 있다.

이상의 분석을 종합한다면 대하소설은 구술적 성격과 문자문화적 성격을 동시에 지니고 있다. 이때, 구술적 성격은 각 단위담이 지니고 있는 유형적 성격에서 기인하

---

171) '유형'과 '단락'의 의미에 대해서는 본서의 2장을 참조.

는 것이었고, 이로 이해 듣는 소설이라는 성격도 지니고 있었다. 그러나 대하소설은 단위담을 '단락'처럼 사용하는 서사층위를 지니고 있음으로 인해 구술성을 탈피하여 읽는 소설로 발전하는 본격적인 계기를 마련하고 있다. 이러한 맥락에서 다음의 인용은 주목된다.

> 명문공쥬의 특별흔 지학과 규방지녀의 곡진흔 정술 돈셰은소와 심궁한녀의게 소기ㅎ며 결년ㅎ야 충효졀널이 근본으로 도라ㄱ게 ㅎ실시 <u>경륜과 빅치</u>가 여항소설에 젼ㅅ람의 이르지 못흔 셜화룰 비로소 발ㅎ시나 <u>총졀과 구어</u>가 악착구ㅊㅎ지 아니ㅎ고 부러 음난ㅎ미 업ㅅ니 진즛 경셰긔담이 될 뿐더라 션싱 평일의 우의ㅎ오심을 ㄱ히 알니로다[172]

위는 〈옥수기〉에 대한 남윤원의 발문이다. 남윤원은 〈옥수기〉가 경륜과 배치가 여항소설과 다르며, 총절과 구어가 악착구차하지 않다는 점에서 여항소설과 다르다고 하고 있다. 여기에서 남윤원이 이 용어를 어떤 방식으로 사용하고 있는지에 대해서는 알 수 없지만, 경륜은 소설의 내용을 언급하는 것으로, 배치, 총절, 구어 등은 소설의 기법을 지칭하는 것으로 볼 수 있다. 그리고 배치와 총절은 소설의 구성과 관련이 있으며, 구어는 문체와 관련이 있는 것으로 이해할 수 있다. 4장에서 고찰한 내용과 대비해 본다면 배치와 총절은 단위담의 배열과 서술의 측면에, 그리고 구어는 행위서술의 측면에 해당한다고 볼 수 있다.

그렇다면 남윤원은 〈옥수기〉가 그 내용에 있어서 뿐만 아니라 창작기법적인 측면에 있어서도 여항소설과 다름을 인식한 셈이다. 이때, 여항소설이라는 개념 역시 정확하게 무엇을 의미하는지에 대해서도 확실히 알 수는 없다. 그러나 〈옥수기〉가 '영웅의 일대기' 구조 중에서 가문의 몰락과 棄兒라는 부분을 삭제하여 상층벌열가의 세계관을 보여주고 있다는 점을 감안한다면[173] 이 여항소설은 군담소설과 같은 부류

---

172) 〈옥수긔〉 발문.
173) 여기에 대해서는 김종철, 「〈옥수기〉 연구」, 서울대 석사학위논문(1985) 참조.

의 작품을 의미한다고 볼 수 있다. 따라서 〈옥수기〉의 기법이 새롭다는 것은 곧 대하소설이 다른 소설류와 비교하여 기법이 새롭다는 것으로 보아도 좋을 것이다. 이 말은 결국 대하소설이 이른바 '여항소설' 과는 기법의 측면에서 격을 달리한다는 것을 의미한다. 이는 4장에서 고찰한 바와 같이 따로 떨어져 존재하는 것 같은 갖가지의 내용을 하나의 통일적 구조 속에서 서술해 나가려고 했던 대하소설 작가의 노력에서 기인하는 것이다.

대하소설의 이러한 면모는 확실히 소설장르 자체의 발전이라고 받아 들여도 될 것이다. 그리고 그 발전은 조선조 소설론의 발전과도 맥을 같이한다고 볼 수 있다. 조선조에서 소설이 배척을 받아왔음은 사실이다. 그러나 이에 못지 않게 소설의 가치를 인정하고 나아가 그 허구성에 대한 인식까지 이루어지고 있다는 것이다.

> 1) 처음에는 찬란하여 뿌리 없는 꽃과 같더니
> 다시 보니 황홀한 공중누각이라
> ……
> 연화 십이봉우리는 비구름에 싸이고
> 꿈 속에 사람들이 오고 가네
> 들고남에는 흔적도 없고
> 황량도 익기 전에 겁회를 지났도다[174]

> 2) 무릇 마음이 있는 바가 생각이요, 생각이 꾸며낸 것이 꿈이다. 마음이 없으며 꿈이 없으며 꿈이란 것은 꾸며낸 것이다. 환은 실로 여러 방향이 있으나 마음과 생각의 바깥을 벗어나지 않아야 한다. …… 꿈 속에서 스스로 그 꿈을 보고 꿈 속의 사람이 또 다른 사람의 꿈꾸는 바를 보니 幻이 극에 달하여 眞이 되고 眞이 극에 달하

---

174) "初如燦爛無根花 復女悦悦空中閣 …… 十二峯頭雲雨深 夢中人去夢中來 出入有無無痕迹 黃粱未熟經劫灰" 李養五, 〈題九雲夢後〉. 李樹鳳, 『九雲夢後와 赴北日記』, 경인문화사(1994), p.36에서 재인용.

여 神이 된 것이다.[175)]

위의 인용은 각기 磻溪 李養吾의 〈題九雲夢後〉와 金紹行의 〈三韓拾遺〉에서 따온 것이다. 1)에는 〈구운몽〉이 "뿌리없는 꽃" 같다고 하고 있으며, 2)에서는 향랑의 환생 즉 '꿈'이 꾸며낸 것이라 하고 있다. 따라서 1)과 2)는 모두 소설의 내용을 거짓으로 보고 있다. 그럼에도 불구하고 1)에서는 "황홀하다"고 하고 있으며, 2)에서는 거짓이 眞이 된다고 하고 있다. 모두 소설이 근거가 없는 허구임을 인식하면서도 그것이 오히려 진실될 수 있음을 인식한 결과이다. 이는 사대부들 사이에서도 이미 소설에 대한 올바른 인식에 도달한 존재들이 있었음을 의미한다.[176)]

이와 같이 소설의 허구에 대한 올바른 인식이 이루어지고 있음은 소설의 기법에 대한 인식이 이루어지고 있다는 것과 맥을 같이한다. 기실, 錦城 朴泰錫의 〈漢唐遺事〉, 〈廣寒樓記〉 등에서는 소설의 구성과 문체 등에 대한 비평이 이루어지고 있음을 확인할 수 있다.[177)]

내 친구 수산 선생이 일찍이 문장법을 논하여 말하기를 문장은 그림과 같다. 지금 금강산을 그리는데 바로 만이천봉을 그리는 것은 그림이 아니다. 먼저 동해를 그리고, 다음에 바다 위로 여러 봉우리를 들쑥날쑥하게 그린 다음에 차차 물을 그리고, 돌을 그리고 수풀 속의 절을 그리고, 구름 속의 암자를 그리고, 제일 뒤에 비로일봉을 천암만학지간에 우뚝 솟은 듯 그린다면 그것이 진짜 명화다. 근세소설 가운데 묘함을 얻은 것은 오직 광한루기뿐이다.[178)]

---

175) "夫心之所存者思 而思之所幻者夢也 無心則無夢 夢者幻也 幻固多方 而要不出心思之外…夢中自占其夢 而夢中之人 又占所夢於人 幻極而眞 眞極而神" 金紹行 〈三韓拾遺〉 권지삼.

176) 이상택, 『고전소설론』, 한국방송통신대학, p. 80 참조.

177) 오춘택, 「한국고소설비평사연구」, 고려대 박사학위논문(1990)
정하영, 「광한루기 연구」, 『이화어문논집』 12집(1992)
김경미, 「조선후기 소설론 연구」, 이화여대 박사학위논문(1993)

〈廣寒樓記〉 서문 중의 한 부분이다. 비록 〈廣寒樓記〉라는 예외적 작품을 가지고 논의를 한 것이지만 소설 구성에 대한 소박한 일반론을 담고 있는 부분이라 할 수 있다. 소설의 창작을 그림을 그리는 과정과 비교하면서 눈 앞에 보이는 내용을 끌어서 모은다고 해서 그것이 모두 좋은 작품이 되는 것이 아님을 피력하고 있다. 또 좋은 작품을 쓰기 위해서는 미리 적절한 배치와 구도가 있어야 한다고 하고 있다. 이는 조선조 사회에 있어서 소설에 대한 인식이 그 기법에 대한 측면까지 나아가고 있음을 잘 보여주는 부분이라 할 것이다.

한편 소설의 기법에 대한 이러한 인식은 소설 독자층의 활성화를 시사하고 있다. 독자층이 광범위해짐과 더불어 소설에 대한 독자의 인식수준도 그만큼 성숙했기 때문에 작품 역시 그 기대를 부단히 충족시킬 필요가 있었다는 말이다. 물론 그 역도 성립한다. 이에 대하소설은 높아진 독자의 눈을 충족시키기에 충분했을 것이다. 기실 상업적 출판을 목적으로 했던 활자본이 〈현씨양웅쌍린기〉, 〈임화정연〉, 〈하진양문록〉등 방대한 분량의 작품을 간행했다는 사실 자체가 대하소설 독자층의 활성화를 의미한다고 볼 수 있다.

그리고 필사본의 경우에도 만일 인기가 있는 작품이라면 세책가 등을 통해서 많은 독자층을 확보할 수 있었을 것이다. 특히 전편에서 여운을 남겨 후편에 대한 기대를 하도록 하고 다시 후편을 간행하는 연작의 출현[179]은 대하소설과 독자와의 관계에 대한 이러한 사정을 잘 짐작하게 한다. 이는 방대한 분량의 대하소설이 독자들을 지루하게 만든 것이 아니라 오히려 지속적인 흥미를 느끼게 했음을 의미한다. 그리고 대하소설 작가들 역시 독자들의 흥미를 유발하기 위해 부단한 노력을 기울였음을 뜻한다. 본고에서 분석한 대하소설의 서사문법은 이러한 당시의 분위기 속에서 창출될 수 있었을 것이다.

---

178) 吾友水山先生 嘗論文章之法 日文章如畫 今有畫金剛山 而置畫萬二千峰者 非畫也 先畫東海 次畫海上諸峰 或出或沒然後 次次畫水畫石畫林間寺畫雲中菴 最後毘盧一峰 忽起於千岩萬壑之間 則是眞名畫也 近世小說得 其妙者 惟廣寒樓記而已. 〈廣寒樓記〉序.

179) 임치균, 위의 논문 및 졸고, 「〈임화정연〉연작 연구」참조.

6. 결론

본 논문은 조선조 대하소설이 어떤 서사과정을 통해서 이루어지고 있으며, 또 그러한 서사과정이 어떤 층위로 구성되는가에 대한 문제의식에서 시작하였다. 그리고 필자는 각 작품 사이의 차이점을 밝히기보다는 공통점을 밝히는 데 주안점을 두었으며, 그 결과 대하소설 전반에 걸쳐 공통적으로 적용될 수 있는 몇 가지의 서사적 특질이 발견되었다. 물론 이러한 결과가 과연 대하소설 전모에 적용될 수 있을 것인지, 그리고 대하소설이 아닌 다른 작품군과 어떤 변별점을 지니고 있는지에 대해서는 아직도 확답을 할 수 없다. 이제 지금까지의 논의 결과를 정리하고 이를 미루어 앞으로의 과제를 거론하는 것으로 결론을 대신하고자 한다.

대하소설의 서사과정을 논의하는 데 있어서 무엇보다 필요한 일은 논의에 사용될 용어를 설정하고 그 개념을 규정하는 일이었다. 이미 이러한 작업이 필요했다는 것 자체가 어쩌면 대하소설의 특징을 간접적으로 시사하는 것일 수도 있다.

이를 위해 본고에서는 대하소설의 구성상의 특징을 〈구운몽〉, 〈사씨남정기〉 등의 작품이 장편화되는 원리와 비교를 하였다. 그 결과 대하소설은 단일 주인공이 아니라 복수주인공에 의해 복잡한 이야기가 구성되는 소설이란 특징을 지니고 있었으며, 이러한 대하소설의 특징으로 단위담의 존재를 들 수 있었다. 단위담이란 한 명의 주인공에 의해서 주도되는 이야기이면서 전체 작품 구성의 한 단위를 차지하는 이야기란 성질을 지니고 있다. 그리고 이 단위담은 따로 떨어져 존재할 수도 있으며, 여러 작품에서 공통적으로 발견된다는 성질을 아울러 지니고 있었다.

대하소설은 이 단위담을 중심으로 작품이 전개되며, 단위담의 하위층위로 서사단락을 두고 있었다. 그런데, 단위담은 이야기가 완결된다는 점에서는 설화의 '유형'과 같은 성질을 지니지만, 다시 작품을 구성하는 하나의 단위가 된다는 점에서는 '단락'과 유사한 성질을 지니는 것이었다. 바로 이러한 단위담의 특성으로 인해 대하소설의 서사문법은 상당히 복잡하게 얽혀져 있음이 인정되었다. 특히, 단위담의 내용을 구성하는 서사단락에 포함되지 않으면서도 서사단락과 같은 층위에서 이해될 수 있는 독립단락의 존재여부가 이와 연관이 있는 것이었다.

한편 본고에서는 대하소설의 단위담의 유형을 분류하는 작업을 하였다. 갈등을 유발하는 동인과 적대자의 성격에 따라 단위담의 유형은 모두 6가지로 밝혀졌다. 이 때, 유형은 장애유발 동인이 자기 자신 혹은 부부 자신들이냐 아니면 제 삼자가 개입하느냐에 따라 크게 이분될 수 있었다. 전자에는 愛慾추구담, 부부 性대결담 등이 속해 있었으며, 후자에는 蕩者개입담, 쟁총담, 처가 및 시가 구성원에 의한 박대담, 옹서대립담 등이 속해 있었다. 그리고 이 각각의 유형들은 다시 그것이 구체화되는 정도에 따라 다양한 하위유형으로 구분될 여지를 두고 있었다.

3장에서는 각 단위담의 유형의 전개양상을 면밀히 분석하였다. 모든 작품에 공통적으로 설정되는 기본 서사항을 추출하고, 그것이 어떻게 변이되는가를 따져 다시 유형 속의 하위 유형을 본격적으로 문제삼았다.

愛慾추구담은 주인공이 우연히 만난 여성에게 애정적 욕구를 지님으로써 전개되는 이야기를 의미했다. 이는 당시의 사회가 婚前 만남을 인정하지 않는 사회였다는 점에서 충분히 소재가 됨직한 사건이었다. 이에 주인공의 애정적 욕구는 부친의 강력한 반대에 봉착했고, 이 문제의 해결을 위해서 조부 혹은 외조부의 중재 그리고 상사병을 통한 주인공의 처지가 설정되고 있었다. 그런데 이 愛慾추구담은 이야기의 전개 과정에 따라 다시 세가지 유형으로 분류가 가능했다. 본고에서는 그것을 각각 '愛慾1' '愛慾2' '愛慾3'이라고 명명했다. '愛慾1'에서는 애정적 욕구의 성취에 있어서 주인공의 자발적 의지가 강하게 드러나고 있었다. 부친의 허락이 없이 미리 자신이 혼사를 결정하는 불고이취의 형태가 바로 그것이었다. '愛慾2'와 '愛慾3'은 애정적 욕구에 의한 혼인이 再娶의 형태로 설정된다는 점에서 '愛慾1'과 차이가 있었다. 이것이 再娶의 형태로 이루어지기 때문에 이미 혼인한 一妻와의 사이에 쟁총이 발생한다는 것이다. 그런데 '愛慾2'에서는 애정적 욕구에 의해서 혼인한 아내가 선한 인물로 규정되고 있어 애정적 욕구가 용인이 되고 있었다. 그러나 '愛慾3'은 이와 반대로 애정적 욕구로 만난 아내가 악인형으로 설정되고 있다는 점에서 '愛慾2'와 상당한 차이를 보이고 있었다. 뿐만 아니라 '愛慾1'에서 '愛慾3'으로 갈수록 그 사건의 전개양상 역시 복잡해지는 경향을 보이고 있었다.

부부 性대결담은 부부의 불화가 다른 요인의 개입이 없이 부부 쌍방의 자체적인 문제로 잠자리 갈등이 발생하는 경우를 의미했다. 이러한 의미의 성대결담은 그 전개양상에 따라 '성대결1'과 '성대결2'로 분류되었다. '성대결1'은 대부분 주인공 가문의 딸이 시집을 갔을 때 벌어지는 사건인데, 여기에서는 부부의 기질이 팽팽하게 대립하여 불화가 빚어지고 있었다. 남편은 호방한 기질의 소유자로, 아내는 세속을 거부할 정도로 냉담한 성격의 소유자로 설정되고 있었다. 혼인 후 남편은 호방한 기질을 감추지 못하고 아내를 희롱하려고 하지만 아내가 이를 강하게 거부함으로써 문제가 발생했다. 이때 남편의 입장에서 아내의 기를 꺾기 위해서 기생희롱이라는 장치가 모든 작품에서 전형적으로 설정되고 있었다. 냉담한 아내는 이 기생희롱으로 인해 더욱 맹렬하게 남편을 거부하고, 그 결과 친정 아버지에 의해 심한 책망을 받으며, 오랜 시간을 심당에 갇혀 지내야 하는 신세에 처하기도 했다. 아내의 입장에서는 친정아버지의 훈계에도 불구하고 남편에 대해 순종을 하지 않겠다는 다짐을 하고 있는 것이다. 이는 결국 남편의 화해시도로 해결되지만 아내가 순종의 미덕을 수용하는 방향으로 귀결되고 있었다. '성대결2'는 이보다 더욱 심각한 양상으로 진행되고 있었다. 남성에 의한 婚前 겁탈 행위가 혼인 후에도 심각한 불화를 빚고 있다. 따라서 '성대결1'에서는 여성에 대한 남성의 횡포로 기생희롱이 등장했다면 이번에는 겁탈이 등장하고 있는 셈이다. 이는 가부장제 사회에서 여성에 대한 남성의 우월감

을 극단적으로 보여주는 것임과 동시에 그러한 사회에서 겪어야 했던 여성의 삶의
질곡을 드러내고 있다는 의미를 지니고 있었다.

蕩者개입담은 蕩者의 성격이 여성인가 남성인가에 따라 그 전개양상이 달라지고
있었다. 蕩者가 여성으로 설정되는 경우는 다시 그 蕩女와 음모대상과의 관계에 따
라 다른 진행양상을 보여주었다. 蕩女가 대상과 아무런 혈연관계가 없는 제 3의 인
물인 경우는 요승과의 결탁을 통해 음모의 양상이 보다 악랄해지며 나아가 가문 전
체의 안위를 위협하는 음모를 꾸미기도 했다. 그런가 하면 蕩女가 친자매로 규정되
는 경우는 비록 음모의 수단은 비슷하다 할지라도 자매 간의 우애라는 또 다른 변수
가 작용하고 있었다. 이 변수가 주인공 부부의 불화를 유발하고 있었으며, 그 결과
악인인 蕩女가 개과천선하여 주인공의 가문에 용납되고 있었다. 그런데 친자매가
아니라 이복자매로 설정되는 경우는 그 모계가 다르기 때문에 모계 간의 쟁투라는
자궁갈등의 의미를 보여주고 있었다. 한편 蕩者가 남성으로 설정되는 경우는 蕩女
와는 달리 음모의 수단으로 정치적 모해를 사용하고 있었다. 즉 간당의 편에 서서 주
인공 가문의 가장과 주인공을 참소하여 유배를 당하게 하는 등의 정치적 모해를 벌
이고 있다는 것이다. 이런 점에서 '蕩男=政敵' 이란 도식이 성립하였다. 이 점은 蕩
女의 경우와 비교했을 때 뚜렷한 차이라고 볼 수 있었다. 그러나 이러한 蕩者개입담
은 그 탕자의 성격과는 관계없이 음모의 진행과정을 반복하거나 추가함으로써 계속
그 분량이 확장될 수 있는 가능성을 지니고 있었다. 그 결과 탕자M의 경우에도 정쟁
과 변신 등의 음모가 혼합되는 양상을 보이는 경우가 있었다. 이와 같이 음모수단의
첨가나 반복에 의해 그 전개가 더욱 복잡해지고 분량이 확장될 수 있는 가능성은 비
단 이 蕩者개입담 뿐만 아니라 다른 유형의 단위담에서도 적용될 가능성이 있었다.
따라서 본고에서는 그러한 가능성을 나타내는 기호로 'a' 로 사용한 바 있다.

쟁총담은 사실 독립적으로 설정되어 진행되는 경우를 찾아보기 힘들었다. 그만큼
이 쟁총담은 다른 단위담과 결합되어 복합적인 진행을 보여주고 있었다. 그러나 쟁
총담 자체만을 놓고 볼 때, 여기에서는 가장권의 위상과 가정/가문의 안위와의 관계
를 읽어낼 수 있었다. 복수의 처첩을 거느리고 있는 주인공이 모든 처첩들에게 골고

루 애정이 전달될 수 있도록 노력을 하는 경우에 쟁총은 발생할 가능성이 그만큼 적었다. 그런데 그렇지 않을 경우 쟁총은 발생하기 마련이었다. 이때, 시기심을 지니는 악한 처의 선한 처에 대한 음모는 집안의 가장이나 남편이 없는 틈을 타서 본격화되고 있었다. 이 경우, 소설에서는 군담을 설정하여 가장을 출타시키는 방식을 채택하고 있음을 확인하였다. 그리고 군담이 설정되지 않는 경우는 악한 처가 미혼단을 사용하여 가장에게 최면을 걸어 무기력하게 만들고 있었다. 따라서 이러한 이야기의 전개 과정은 그만큼 쟁총이 가장권의 문제와 밀접하게 관련이 있음을 의미하는 것으로 이해할 수 있었다. 한편 이 쟁총에서 가장 많은 분량을 차지하는 부분이 음모의 진행과정이었다. 여기에서 음모는 대개가 개용단을 통한 변신과 음모대상에 대한 훼절시비, 납치, 방화, 자객을 통한 살해기도 등의 수단으로 진행되고 있었다. 그런데 이 음모의 수단은 비단 쟁총담에만 적용되는 것이 아니라 蕩者개입담에도 적용되는 것이었다. 이에 본고에서는 쟁총담과 蕩者개입담에서 사용되는 음모의 수단을 정리하였다. 그 결과 대하소설에 설정되어 있는 음모의 수단이 몇가지 방식의 정형적인 틀을 지니고 있음을 확인하였다. 바로 이러한 음모의 정형화와 그것의 반복적 설정으로 인해 대하소설은 유형성을 지니게 되며, 작품의 길이를 늘려 나갈 수 있었다.

한편 蕩者개입담과 쟁총담은 모두 선과 악의 대결구도를 아울러 지니고 있었다. 戀敵과 시기심을 발한 처가 모두 악인형으로 설정되어 있다는 점이 바로 그것이다. 그리고 이 선악의 대결이 펼쳐지는 과정에서 초월계가 자주 개입하고 있음을 확인할 수 있었다.

시가의 구성원에 의한 박대담은 대개가 주인공 가문의 딸이 시집을 가서 겪는 이야기라는 점에서 독특한 일면을 지니고 있었다. 그리고 그 박대의 대부분이 계모박대담의 형태를 지니고 있었다. 물론 이런 계모박대담은 주인공 가문의 딸이 아닌 경우에도 설정되지만 주인공 가문을 배경으로 해서는 야기되지 않고 있었다. 이는 쟁총담과 마찬가지로 가장권의 위상의 문제를 뚜렷하게 보여주고 있는 이야기로 이해될 수 있었다. 주인공 가문의 딸의 시가는 그 가장이 죽고 없거나 무기력하여 계실 혹은 계모에 의해서 농락을 당하고 있는 처지였다. 그로 인해 시집을 간 며느리는 별이유도 없이 박대를 받아야 했다. 그리고 이 계모에 의한 박대는 며느리에게만 그치는 것이 아니라 그 이복 아들에게도 행해지고 있었다. 따라서 이러한 이야기가 주인공 가문을 배경으로 해서 야기되지 않는다는 점에서 주인공 가문의 가장권이 잘 확립되어 있다는 모습을 대비적으로 보여주는 의미를 지니는 것으로 이해되었다. 그런데 이와 유사한 맥락에서 이해될 수 있는 장모에 의한 사위박대담은 대하소설에서 거의 설정되지 않고 있다는 특징을 보였다. 설사 그것이 설정되어 있다 하더라도 부정적 인물이거나 희화적 인물에 의해 주도되고 있다는 일면을 보여 주고 있었다. 오히려 대하소설에서는 장모가 사위를 박대하는 것이 아니라 사위가 장모를 박대하는 내용이 설정되어 있기도 했다.

옹서대립담은 그것이 비록 설정 빈도는 낮지만 다른 작품군에서는 잘 찾아보기 힘든 이야기라는 점에서 대하소설 특유의 이야기라고 볼 수 있었다. 그런 만큼 이 단위담은 부부불화와 결합되어 상당히 길고도 심각하게 전개되고 있었다. 여기에서는 장인이 소인배 혹은 간당으로 설정되어 사위에게 배척을 당한다는 점과 이로 인해 아내가 남편을 거부한다는 점이 기본 서사항으로 설정되어 있었다. 그런데 이러한 장인과 사위는 대립을 하지만 사돈지간의 갈등은 없다는 점에서 이것이 '가문의 확장을 위한 혼사의 측면'이라는 의미와는 다소 거리가 있음이 밝혀졌다. 이 단위담은 그러한 의미가 아니라 친정 아버지에 대한 아내의 효를 무엇보다 중요한 문제로 삼고 있었다. 아무리 부친이 소인배이고 또 그런 점에서 부친에 대한 남편의 입장이 당연하다고는 하지만 어디까지나 부친이기 때문에 효의 논리가 우선시 되었던 것이다. 이 역시 여성이 혼인을 함으로써 시집에서 겪어야 했던 삶의 질곡의 문제를 간접적인 방식으로 드러내는 이야기라 할 수 있다.

계후갈등담은 그간 대하소설의 가문의식적 측면과 관련하여 주목받아온 이야기 중의 하나였다. 가문의 유지를 위해서 계후자의 성격과 종통의 확립이 무엇보다도 중요했음을 감안한다면 이 계후갈등은 가문의식을 드러내는 가장 중요한 이야기라고 볼 수 있을 것이다. 그러나 본고가 대상으로 한 대하소설에서 이 계후갈등은 〈유씨삼대록〉 연작을 제외하고는 찾아볼 수 없었다. 가문의식과 관련하여 중요한 사안임에도 불구하고 그 설정빈도가 그만큼 낮다는 것은 대하소설을 총칭하여 가문소설이라고 할 수 없다는 것을 방증한다 할 수 있을 것이다.

이상에서 고찰한 단위담은 단위담의 속성 상 따로 떨어져 한 작품을 구성할 수 있다. 가령, '愛慾1' 과 같은 이야기는 〈최척전〉, 〈이생규장전〉 등과 같은 애정소설의 골격을 이루고 있으며, '애욕3' 과 같은 경우는 〈윤지경전〉과 같은 작품의 전체를 차지하고 있었다. 그러나 대하소설에서 이러한 이야기들은 국면의 통합적인 과정에서 어떤 연관성을 확보하고 있었다. 즉 조선조의 소설이 주인공의 출생에서부터 시작하여 죽음에 이르기까지의 일대기로 구성되어 있다면 대하소설 역시 이 점에서는 예외가 아니다. 그러나 대하소설은 이 일대기 중에서 혼사의 부분을 극대화하고 있다는 특징을 보인다. 군담소설의 경우는 주인공이 태어나서 시련을 겪고 그 시련을 극복하여 부귀영화를 누리는 과정이 순차적으로 서술되고 있다. 그런데 대하소설에서는 시련과 기아, 그리고 시련에 이은 부귀영화라는 이른바 '영웅의 일대기' 구조가 와해되고 이 중 혼사에 관련된 갖가지의 문제가 확대되어 있다는 것이다. 그렇다고 해서 대하소설의 내용이 단순하다는 것은 아니다. 대하소설은 혼사의 문제를 다각도로 보여줌으로써 남녀의 만남에서부터 시작하여 혼인에 이르는 과정, 혼인 후 가정을 이루고 가문으로 나아가는 과정에서 발생할 수 있는 모든 문제들을 설정한 단위담을 통해서 보여주고 있는 것이다. 이러한 관점에서 기본적 단위담의 국면을 구별한다면, 만남의 국면, 부부관계의 국면, 가정의 국면, 가문의 국면으로 나뉠 수 있었다.

만남의 국면에서는 애정욕구를 통한 혼인이 성취목표로 설정되는데, 이에 부친의 반대 혹은 혼전 겁탈 등이 문제로 발생하고 있었다. 이러한 국면에서 거론될 수 있는 것이 '愛慾추구담' 과 '성대결2' 였다. 혼인의 국면에서는 '蕩者개입담' 과 '옹서대립담', '성대결1' 등이 거론될 수 있었다. 이 국면에서는 부부의 화목이 성취목표인데, 蕩者, 장인, 기질대립 등으로 그 화목이 불화의 상태로 바뀌는 양상을 보여주고 있었다. 가정의 국면에서 역시 성취목표는 화목이었다. 여기에서는 악한 처, 계모 등이 그러한 성취목표를 방해하는 존재로 설정되어 있었다. 그러나 이러한 국면들은 따로 떨어져서 존재하는 것이 아니라 한 국면의 문제가 다른 국면 모두에 영향을 끼치고 있다는 점에서 서로 유기적인 관계를 지니고 있었다. 따라서 대하소설에 설정된 기본적 단위담은 혼사와 부부관계에서 발생할 수 있는 수많은 문제들을 가문이란 공간과 연관시켜 소설화하고 있다고 볼 수 있다.

그런데 이러한 국면의 통합적 구도만으로 작품이 완성되는 것은 아니다. 이것은 어디까지나 작품의 내용이다. 이러한 이야기의 내용들이 비록 중요한 의미를 담고 있다고는 하지만 내용들을 전달하는 방식에 따라 각기 다르게 전달될 수 있다. 특히 대하소설에서 이들 이야기들은 한 두 사람에 의해 진행되는 것이 아니다. 각각의 방해요인에 따라 그 단위담에 등장하는 인물이 다 다르다. 물론 설정된 인물들이 대개는 친, 인척의 관계를 맺고 있기 때문에 다른 이야기에도 관여를 하고는 있지만 그것을 끌어가는 주 행위자는 각각 다른 인물인 것이다. 따라서 이러한 내용들은 적절한 방식에 의해서 배열되고 또 서술되지 않으면 안된다.

이에 대하소설은 단위담을 배열하는 방식에서부터 시작해서 세부적인 행위를 서술하는 문제에 이르기까지 그 나름대로의 특별한 틀을 지니고 있었다.

앞서 논의한 단위담은 그 서술분량과 그 속에 설정된 사건의 복합양상에 따라 大, 中, 小의 이야기로 분류할 수 있었다. 이를테면 '애욕1'이 '소'에 해당한다면 '애욕3'은 '대'에 해당하는 단위담이다. 이렇게 단위담을 분류한 다음 이것을 작품의 순차적 진행에 따라 배열했을 때, 큰 단위담과 작은 단위담이 일정하게 교차되고 있음을 알 수 있었다. 뿐만 아니라 이들 단위담 사이에는 잔치단락, 혼사단락, 과거단락, 군담단락과 같은 독립단락이 삽입되어 있었다. 대하소설은 이를 통해 이야기 전개의 완급을 적절히 조절하려는 의도를 지니고 있음을 알 수 있었다.

이러한 완급의 조절은 전개된 이야기에 여운을 두고 갑자기 끝을 내지 않고 천천히 마무리를 하려는 세심한 배려로 이어지고 있었다. 이러한 단위담의 배열과 전개의 특성은 각기 따로 존재하고 있는 것처럼 보이는 크고 작은 여러 단위담들을 전체적으로 한 편의 작품 속에서 균형적이고도 조화로운 안정적 틀 속에 위치하게 만드는 효과를 가져오고 있었다.

그런가 하면 대하소설에서는 독립단락의 매개적 역할과 단위담들 사이의 교차적 서술을 통해 따로 떨어져 있는 이야기인 것 같지만 한 데 얽혀 있다는 느낌을 주고 있었다. 이들 단위담이 서로 교차되고 있다는 것은 가문이라는 공간적 배경에 보다 현실감을 부여할 수 있는 계기로도 작용하고 있었다. 또 그러한 현실감을 얻을 수 있기 때문에 설정된 단위담들 역시 보다 긴밀한 서사적 통일성을 부여받을 수 있었다. 뿐만 아니라 설정된 독립단락들이 단순한 완급조절의 기능을 하는 것이 아니라 사건과 사건을 매개하는 역할을 수행함으로써 이러한 통일성은 그 강도를 더할 수 있었다. 특히 군담은 이러한 맥락에서 중요한 역할을 하고 있었다. 군담은 서사적 休止의 기능과 아울러 문제해결의 기능, 음모의 심화기능 등 단위담과 단위담의 매개는 물론이고 하나의 단위담이 전개되는 과정에서도 매개의 기능을 적극적으로 담당하고 있었다. 혼사단락 역시 여기에서 예외는 아니었다.

한편 대하소설은 세부적인 행위의 서술에서도 독특한 일면을 지니고 있었다. 그 특성은 '해명 후 행위 서술'의 측면과 '행위 후 해명 서술'의 측면에서 각각 고찰되었다. '해명 후 행위 서술'의 측면은 하나의 행위가 일어나기 전에 미리 그 행위에 대한 해명을 상세히 하는 경우를 의미한다. 이로 인해 장면의 확대는 물론이고 행위의 전개에 지연이 발생한다. 이는 대화의 과정, 사건의 요약적 제시, 앞으로의 행위에 대한 갈등 등을 통해서 이루어지고 있었다. 그런데 이 '해명 후 행위 서술'의 측면에서 주목되었던 것은 단순히 분량의 확장을 위해서 이러한 지연의 극대화가 일어난 것은 아니라는 점이었다. 대하소설에서도 역시 방각본에서와 같은 생략이 이루어지고 있음을 볼 때 이 사실은 더욱 뚜렷하게 확인되었다. 특히, 사건의 요약적 제시와 같은 경우는 그전에 일어났던 사건이 다음 행위와 시간적 간격이 큰 경우에 이루어지고 있었다. 이는 이전의 사건을 요약해야 할 필요성에 의해 이루어졌던 것이다. 뿐만 아니라 '해명 후 행위 서술'의 측면에서는 이야기의 전개와는 별도로 어떤 윤리적 의미를 천착할 수 있게 하는 일면이 드러나고 있었다. 따라서 독자는 이 부분을 통해 비록 지루함을 느낄지 모르나 삶과 윤리라는 문제에 대해 다시 한번 생각해 볼 수 있는 계기를 마련할 수 있었다.

특히 '행위 후 해명 서술'의 측면은 대하소설의 흥미와 관련하여 논의가 되었다. 이는 갑자기 어떤 행위나 사건을 서술하고 그 이유에 대해서는 전혀 해명을 하지 않음으로써 독자들에게 의문과 호기심을 불러 일으키고 있다. 특히 이러한 '행위 후 해명 서술' 사이의 시간적 간격이 유지됨으로 인해 독자가 지니는 의문과 호기심은 지속적으로 유지될 수 있었고 이로 인해 자칫 지루해질 수도 있는 이야기가 더욱 긴박해질 수 있는 계기를 마련하고 있었다.

이러한 고찰을 통해 볼 때 결과적으로 대하소설은 당시에 존재했던 모든 소설의 내용을 통합하고, 그것을 새로운 서사적 틀 속에서 서술함으로써 조선조 소설이 보다 발전된 형태로 나아가게 했다는 의의를 지닌다. 이는 알게 모르게 구술문화적 속성을 지니고 있었던 조선조 소설을 본격적인 기록문학의 길로 한 차원 격상시키는 계기를 마련한 것으로 이해할 수 있다. 물론 단위담의 유형적 속성으로 인해 구술적 성격을 완전하게 탈피한 것은 아니다. 그렇지만 '유형'을 '단락'처럼 사용하는 단위담의 존재는 구술적 속성만으로는 해결할 수 없는 쓰여진 글 자체에 대한 의미와 흥미에 대한 관심을 시사하고 있다는 말이다. 이러한 대하소설 서사문법의 소설사적 의의는 당시 소설관에 대한 발전 그리고 독자층의 활성화 등 소설에 대한 폭넓은 관심과 더불어 이루어진 것이다.

본고는 이상에서 대하소설이 지니는 서사적 특질을 그 내용적인 측면과 서술방식의 측면에서 고찰하였다. 이러한 고찰은 한 작품을 대상으로 한 것이 아니라 여러 작품을 대상으로 한 것이며 차이점보다는 공통점에 초점을 두었다. 그리고 유형의 작품을 대상으로 했기 때문에 보다 일반화된 정식의 도출을 위해서는 부족한 점이 많다고 볼 수 있다. 이에 남은 문제를 지적하는 것으로 본고를 마감하기로 한다. 여기에 제시되는 연구 과제들이 조선조 대하소설에 대한 본격적이고도 체계적인 이론을 수립하기 위한 과정임은 물론이다.

본고에서는 단위담에 대해서는 비교적 자세한 고찰이 이루어졌지만 독립단락에 대해서는 서사방식의 측면과 관련하여 주로 논의가 되었다. 이제 본고의 논의가 보다 큰 설득력을 지니기 위해서는 이 독립단락에 대한 고찰, 나아가 작은 화소에 대한 개별적인 고찰도 이루어져야 할 것이다. 그러나 이 작업은 단 시일에 걸쳐서 이루어지는 것은 아니며 여러 작품을 대상으로 할 수도 없는 작업이다. 따라서 다시 한 작품에서 출발하여 천천히 그러한 논의를 시작해야 할 것이다.

본고에서는 대하소설 전반의 주제적 의미에 대해서는 고찰을 하지 못했다. 대하소설의 각 단위담의 내용들이 어떠한 주제적 의미로 통합될 수 있는지, 또 그러한 주제가 서사방식과 어떠한 연관을 지니고 있는지에 대한 고찰도 앞으로의 과제로 남는다.

제2부
대하소설의 창작의식

– 가문의식을 중심으로 –

1. 문제제기

가족은 인간이 태어나면서부터 죽을 때까지 한시도 떠날 수 없는 가장 원초적인 집단이다. 인간의 삶을 토대로 하는 소설 역시 어떤 형식으로든 가족을 기본 구도로 지니게 마련이다. 더구나 가족 혹은 가문이 더욱 강조되었던 조선조 소설의 경우는 말할 나위가 없을 것이다.

가족은 그 형태에 따라 여러 가지 유형으로 분류할 수 있는데, 가족의 보다 확대된 형태인 가문이라는 대규모 혈연조직은 韓·中·日을 포함한 동양문화권을 특징짓는 생활방식 중의 하나이다. 특히 한국에 있어서 이 가문이라는 조직은, 17세기 이후부터 단순한 혈연조직 이상의 의미를 지니게 된다. 이 무렵에 널리 유포된 고전소설이 한결같이 가문을 중요한 공간으로 설정하고 있는 이유도 이런 사실과 무관하지는 않다. 물론 17세기 이전에도 이 가문조직이 없었던 것은 아니지만 17세기부터는 가문이 보다 철저한 父系血緣을 근거로 하여 성립된다. 그리고 이를 중심으로 가문원의 통제 및 다른 가문에 대한 배타성을 강화하는 등 사대부들은 이 가문 조직을 자신의 세력을 유지하기 위한 기반으로 삼게 되는 것이다.[1] 한편 이 무렵부터는 중앙권력의 향촌 사대부 세력에 대한 압력이 그 이전 시기보다 더욱 증가하기 시작한다. 이에 향촌의 사대부들은 이 압력을 견지하기 위해 자신의 가문에 대한 내적인 결속 및 혼인을 통한 다른 가문과의 외적인 결속을 더욱 공고하게 했다. 그리고 이미 중앙에서 권력을 확보하고 있는 존재라 할지라도 자신의 가문에 대한 유지의 노력은 결코 소홀히 할 수 없었다. 자신의 권력 역시 가문을 배경으로 성립되고 있었으며, 자신이 벼슬을 그만 두었을 때 편안히 안주하기 위해서 또 가문은 지켜져야 했던 것이다.

가문에 대한 이러한 관심이 바로 族譜를 비롯한 여러 家傳의 편찬이란 현상으로도 나타나거니와, 이 무렵에 비로소 그 본격적인 모습을 드러내기 시작하는 소설 역시 이 가문에 얽힌 사정과 무관하지는 않다.[2] 가문소설이라고 그 유형이 분류될 정도로 가문과 밀접한 연관을 가지는 긴 소설들이 창작되고 있음은 주지하다시피 이미 학계에서 주목되어온 바이다. 그리고 굳이 이 가문소설이 아니더라도 대부분의 고전소설에서 주요한 공간배경이 가정 혹은 가문으로 설정되어 있다는 점, 또 등장인물들이 개인적인 존재로서가 아니라 항상 '어느 가문의 누구'라는 식의 특정 가문의 일원으로서 그 존재의 의의를 부여받고 있다는 사실은 고전소설이 가문에 대한 관심과 서로 밀접한 연관을 맺고 있음을 시사하고 있다. 따라서 본고는 고전소설에 나타나는 가문에 대한 관심의 양상을 고찰하고 나아가 그것과 소설의 창작주체와의 관련성을 고찰하려는 목적을 지닌다.

고전소설은 작품에 따라 어느 정도의 차이는 있지만 수직적 관계와 수평적 관계를 기본적으로 가지고 있다. 즉 부자관계를 根幹으로 하는 수직적 관계와 부부관계, 형제관계, 친우관계 등을 根幹으로 하는 수평적 관계가 그것이다. 여기에서 수평적

1) 한국 사회에서 부계혈연에 입각한 가문 조직이 17세기 무렵에 성립된다는 사실에 대한 가장 직접적인 증거가 되는 것은 족보이다. 17세기 이전에도 족보는 만들어 졌지만 이때의 족보에는 남녀구별이 철저하지 않았으며, 親族의 범위에 母系親 및 姻戚까지 포함되고 있었다. 특히 조선초기의 특수한 족보 형식인 〈八高祖圖〉에서 이러한 사실은 두드러진다.
그러나 17세기부터는 철저히 부계혈연에 입각하여 先男後女의 기재 방식에 의거한 족보가 만들어진다. 이외에도 17세기를 기점으로 한 가문 조직의 변화는 相續制度, 남녀의 奉祀問題 등에서도 확인되는 바이다. 이러한 가문 성립의 문제에 대해서는 宋俊浩, 『朝鮮社會史研究』(一潮閣, 1989)와 崔在錫, 『韓國家族制度史研究』(一志社, 1983)에서 상세히 다루고 있다.
2) 소설이 가문과 밀접한 연관을 가진다고 전제한 연구는 별로 이루어지지 않고 있다. 그러나 李樹鳳, 『家門小說研究』(螢雪出版社, 1978)에서 대하소설을 대상으로, 그리고 成賢慶, 「고전소설과 가문」, 『인문연구논집』 20, 서강대인문과학연구소(1989)에서 군담소설을 중심으로 이러한 논의가 이루어지고 있다.

관계의 양상은 혼사의 문제와 결부되는 것인 만큼 고전소설에서 가장 많은 비중을 차지하고 있는 관계이기도 하다. 때문에 기존의 연구에서, 이 수평적 관계의 양상은 주목의 대상이 되었으며, 그 결과 '婚事障碍'에 대한 많은 연구들이 이미 이루어졌다.[3] 이에 비해 부자관계라는 수직적 관계에 대해서는 대체로 그 논의가 부진했었다.

〈양풍운전〉〈숙영낭자전〉〈장화홍련전〉등에 대한 연구에서 그 논의가 이루어졌으나 아직 미진한 실정이다. 그러나 巫歌인 〈칠성풀이〉를 대상으로 하여 그 서사구조를 가족관계-특히 부부관계와 부자관계-와 관련시켜 연구한 성과가 있어 주목된다.[4] 그런데 고전소설의 연구에 있어서 보다 중요한 것은 이 수직적 관계와 수평적 관계가 어떠한 의미를 지니면서 중첩되어 있는가 그리고 왜 혼사의 문제가 소설에서 중요한 사건으로 설정되고 있는가하는 점이다.

이 문제가 해명될 때 비로소 소설에서의 혼사 그리고 부자관계의 의미가 보다 명백히 밝혀질 것이다. 이 두 관계양상은 사실 서로 독립적인 문제가 아니라 좁게는 한 가정, 넓게는 한 가문을 구성하는 가장 근본적인 관계들이기 때문이다. 또 혼사는 조선조 사회에서 단순한 남녀의 결합과 새로운 가족의 탄생이란 차원이 아니라 가문의 세력 확보 및 그것의 확대를 위한 중요한 수단으로 인식되고 있는 것이다. 본고에서 소설을 가문의식과 연관하여 고찰하려는 목적 역시 바로 이러한 이유에 기인한

---

3) 혼사장애주지에 대해서는 金烈圭, 『韓國民俗과 文學研究』(一潮閣, 1971) pp.142~145.에서는 서동·온달전 승과 관련하여 혼사장애의 祭儀的 측면을, 徐大錫, 『韓國巫歌의 研究(文學思想史』, 1980) pp.170~183에서는 소설과 제석본 풀이의 여성수난 구조를 각각 비교하여 혼사장애의 원형적 측면을 논의하고 있으며, 李相澤, 『韓國古典小說의 探究』(中央出版, 1981) pp.298~328. 李昄憲, 「고전소설의 혼사장애구조와 유형에 관한 연구」, 『국문학연구』81(1987)에서는 그 개념 및 소설 전반에 나타나는 양상을 고찰하고 있다. 한편 閔燦, 「女性英雄小說의 出現과 後代的 變貌」, 『국문학연구』78(1986)에서는 女性英雄小說을 대상으로 혼사장애의 男女 離合構造를 논의하고 있다.

4) 朴英嬉, 「〈楊豊傳〉에 나타난 父子對立 研究」, 이화여대 석사(1988), 金一烈, 『朝鮮朝小說의 構造와 意味』(螢雪出版社, 1984) pp.64-72, pp.175~319. 徐大錫, 〈칠성풀이〉의 연구-신화적 성격과 서사시적 서술구조-, 震檀學報65(1988). 徐大錫의 「〈칠성풀이〉 연구」에서는 칠성풀이가 부부관계와 부자관계 중 부자관계를 우선하는 방향으로 진행되는 것에 주목하고, 이것은 한국의 가족구조가 부계혈연을 중시하는 방향으로 변천한 사실과 관계가 된다고 주장하고 있다.

다.

현전하는 고전소설은 기존의 연구에서 이미 [家門小說] [軍談小說] [家庭小說] [傳奇小說] [歷史小說] 등으로 그 유형이 분류되어 있는데[5] 고전소설과 가문의식과의 관련이란 주제 하에서 주로 논의가 된 작품은 가문소설이라고 그 유형이 분류된 일련의 작품들이다. 이 소설들은 우선 그 분량 면에서 아주 긴 대하소설이며, '三代錄', '兩門錄', '世代錄' 등을 그 표제로 하고 있고, 連作으로 구성되는 경향을 지닌다. 이러한 경향의 소설을 가문소설이라 지칭하고, 또 이를 조선조 사대부들의 가문의식과 직접적으로 관련시킨 연구는 李樹鳳에 의해서 이루어졌다. 그는 우선 17세기 이후 가문의식의 팽배에 따라 자기 가문을 칭송하려는 家傳 및 家門敍事詩가 본격적으로 창작되기 시작하는 것에 주목하고, 가문소설 역시 자기 가문의 창달을 염원하는 사대부들의 손에서 만들어졌다고 주장한다.[6]

그에 의하면 이 가문소설은 문학적으로는 行狀→家傳→小說이란 移行方式을 지니며 그 성격 면에서는 실기적 성격과 허구적 성격을 동시에 지닌다. 그는 특히 가문소설의 실기적 성격과 관련하여 〈海東李氏三代錄〉이라는 작품을 예로 들고 있다. 이 작품은 眞城李氏 溪南派로 英祖 때 吏曹參判 李彦淳과 正祖 때 刑曹參議 李彙廷과 純祖 때 吏曹參判을 지낸 李晩運의 三代에 걸친 행적이 국내를 배경으로 구성되어 있다.[7] 이러한 이수봉의 연구는 우선, 가문소설이라는 소설유형에 대한 보다 엄밀한 검토라는 점에서 그 의의가 인정된다. 그러나 이 연구에서는 소설이라는 虛構와 家傳이라는 實記 사이에 놓인 본질적인 장르차이에 대한 해명이 없이 家傳과 가

---

5) 고전소설의 유형분류는 鄭鉒東, 『古代小說論』(螢雪出版社, 1966)과 金起東, 『韓國古典小說研究』(教學出版社, 1983)에서 주로 이루어지고 있으나 유형간의 엄격한 기준이 마련되지 않아 서로 혼란을 빚고 있다. 가령 군담소설의 경우는 김기동의 분류에는 설정되어 있지 않고 영웅소설의 범주에 포함시키고 있으며, 정주동의 분류에는 설정되어 있다. 따라서 본고에서는 영웅소설보다는 좁은 개념으로 군담소설이란 용어를 사용하기로 한다. 영웅소설이라 하면 '영웅의 일대기'에 의해서 작품이 구성되는 경우를 말하는데, 군담소설이라 함은 '영웅의 일대기'에 의해서 작품이 구성되지만 군담이 작품 전개의 본질적인 역할을 담당하는 경우를 의미한다. 군담소설에 대해서는 徐大錫, 『군담소설의 구조와 배경』(이화여대출판부, 1985) 참조.

6) 李樹鳳, 위의 책, pp.35~66.

7) 李樹鳳, 위의 책, pp.22.

문소설을 너무 근접시켜서 논하고 있다는 점, 그 작자층에 대한 논의가 불충분하다는 점, 그리고 작품 내적인 측면에서의 가문의식보다는 오히려 주로 사회사적인 배경에서의 가문의식을 위주로 작품을 논하고 있다는 점에서 문제점을 내포하고 있다.

그런데 이 이수봉의 연구를 제외한다면 가문의식의 측면에서 본격적으로 대하소설을 논의한 연구는 찾아보기 힘든 형편이다. 그리고 대하소설이 아닌 군담소설과 같은 작품의 가문의식에 대한 논의 역시 거의 이루어지지 않고 있는 실정이다. 그러나 成賢慶에 의해 그 포괄적인 연구가 이루어져 주목된다.

성현경은 '一代記 英雄小說'이 絶孫과 家系破綻 그리고 이것을 회복하는 구조를 지니고 있음에 주목하고, 소설의 이러한 양상은 혈연 중심의 공동체사회였던 조선조 사회가 지니고 있었던 염원, 즉 가문의 영달과 번창, 가계의 영속과 번성을 의미한다고 지적하였다.[8]

그는 또 소설에서 忠과 孝가 대등한 비중의 덕목으로 표출되고 있거나 아니면 '집안의식'(孝)이 '나라의식'(忠)보다 훨씬 중요하게 표출되고 있다고 주장하고 있다.[9] 이 논의는 구체적이라기보다는 다분히 개설적인 입장의 연구이지만 대하소설이 아닌 소설, 특히 군담소설을 중심으로 이루어진 가문에 대한 연구라는 점에서 그 의의가 인정된다. 그리고 소설에서 忠보다는 오히려 孝가 더욱 많은 비중을 차지하고 있다는 지적은 소설이 얼마나 가문의식과 밀접한 연관을 지니고 있는지를 알게 해주는 것이라 하겠다. 그러나 이 연구에서는 조선조 후기에 있어서 가문의식이 지니는 특수성을 고려하지 않고 있다는 문제점을 지닌다.

그렇다면 고전소설에 나타나는 가문의식에 대한 연구는 비록 그 양적인 면에서는 부족하지만 장편소설과 보다 짧은 군담소설이라는 두 부류의 소설군에 대해서 각각 연구가 이루어진 셈이다. 장편소설은 여러 가문을 등장시켜 이 가문들을 중심으로 사건을 전개하며 또 여러代에 걸친 累代記的인 구성을 취하고 있다. 이에 비해 군담

---

8) 成賢慶, 위의 논문.
9) 成賢慶, 위의 논문.

소설은 그 분량이 비교적 짧으며 주인공 개인을 중심으로 사건을 전개하고 또 주인 공의 일대기로 마무리되는 경향을 보인다. 한편 가문소설과 군담소설의 이러한 표 면적인 차이는 우리 소설사가 坊刻本의 시대를 맞이했을 때, 가문소설은 坊刻本의 시대에 편입되지 못하는 계기가 되기도 하였다. 坊刻本은 원래가 상업적 의도를 내 포하고 만들어진 것인 만큼 보다 제작비가 많이 드는 긴 소설은 출간될 수 없었을 것 이다.[10] 물론 방각본 소설 중에는 남녀간의 사랑을 다루는 애정소설이나 妻・妾간의 갈등을 다루는 가정소설이 포함되어 있지만 이들 역시 그 분량이 비교적 짧은 작품 에만 한정되어 板刻되었다. 따라서 가문소설처럼 긴 소설은 貰冊家를 통해 독자들 에게 유통되거나 필사에 의해 전해졌으며 군담소설은 坊刻本으로 出刊되어 보다 많 은 사람들을 그 독자층으로 가질 수 있었던 것으로 보인다.

작품의 형식이 다르다는 것은 결국 창작의식 자체가 다르다는 것을 시사하고 있 는 만큼 이 두 부류의 소설에서 표방되는 창작의식 역시 서로 상이하게 파악된다. 따라서 본고에서는 길이가 긴 대하소설 몇 작품과 방각본 소설 중 가장 대표적이라 고 생각되는 군담소설 몇 작품을 서로 비교하면서 논의를 진행시키고자 한다. 그리 고 이 논의는 다음과 같은 과정을 거치게 될 것이다.

첫째, 조선조 사회에 있어서 가문 조직이 가지는 특수성이 어떻게 소설로 수용되 고 있는지에 대한 개괄을 할 것이다. 물론 가문이라는 것은 가부장제가 성립되는 아 득한 고대에서부터 존재하고 또 현대에 이르기까지 존속되고 있다. 그러나 가문은 그것이 처한 각 시대의 정치적, 문화적 여건에 따라 각기 지니는 역할과 의미가 서로 달라지게 된다. 특히 조선조의 경우, 초기의 가문 조직과 17세기 이후의 가문 조직은 그 형태나 역할의 측면에서 현저한 차이를 드러내고 있다. 따라서 소설이 위치하는 시기에 있어서의 가문의 특수성이 소설로 수용되는 양상을 고찰해야 함은 필수적이

---

10) 방각본 소설의 상업적 성격은 방각본 소설의 각 이본 사이의 본문 변이 현상에서 증명되고 있는데 종이를 아껴 제작비용을 절감하기 위해서 방각본 간행업자들은 소설의 장수를 줄이거나 分卷을 하여 이윤을 꾀하는 등의 노력을 보이고 있다. 李胤憲, 「京板坊刻小說의 商業的 性格과 異本出現에 對한 硏究」, 『관악어문연구』 12(1987)

다.

둘째, 가문의 지속과 확대, 영달이라는 조선조 가문 조직의 생리가 소설의 구성과 어떠한 연관성을 지니는지를 고찰할 것이다. 여기에서는 가문조직의 속성을 그 내부적 결속 즉 응집의 측면과 외부적 관계, 즉 적응의 측면으로 구별하고, 그것이 소설의 수직적·수평적 관계와 어떠한 연관을 지니는지를 고찰할 것이다. 이는 물론 대하소설과 군담소설을 서로 비교하는 관점에서 수행될 것이다.

셋째, 이러한 연구가 수행되고 나면 소설에 나타나는 가문에 대한 관심이 소설 자체가 지니고 있는 속성과 어떠한 연관을 맺고 있는지를 고찰할 것이다. 물론 이러한 작업은 대하소설과 군담소설이 각기 지니는 상이한 소설적 속성에 대한 고찰이다.

넷째, 소설에서 드러나는 가문의식이 궁극적으로 지향하고 있는 바가 무엇인지에 대해 고찰할 것이다. 그리고 이 고찰은 그 작품의 창작주체에 대한 논의로 나아가게 될 것이다. 그러나 창작주체에 대한 고찰은 그 창작자가 구체적으로 어떠한 집단인가에 대해서라기보다는 그 창작의식이 어떤 부류의 의식인가에 초점을 맞추어 진행할 것이다. 즉 창작주체와 그 작품이 표상하고 있는 의미가 동일한 것은 아니며 또 고전소설의 경우, 창작자가 여성일 가능성도 배제할 수 없는 입장이기 때문에 그 창작자가 누구라고 구체적으로 지적하기는 힘든 일인 것이다.

결국 이상과 같은 논의는 대하소설과 군담소설에서 드러나는 가문의식이 이들 두 소설군의 본질적인 속성과 어떠한 관련이 있으며 또 그 본질적인 속성은 무엇인가 하는 문제와 다름이 아니다. 따라서 이상과 같이 진행되는 논의가 소설사의 두 가지 흐름이라 할 수 있는 긴 소설과 짧은 소설 사이에 내포된 장르론적 문제에 대해 약간의 해명을 해줄 수 있기를 기대한다. 그리고 가문조직이라는 조선조 사대부들의 생활터전이 소설과 어떠한 연관을 지니고 있는지에 대한 해명을 해줄 수 있기를 기대한다.

이상과 같은 목적을 지니는 본고는 다음과 같은 작품을 기본 자료로 삼고자 한다.

⊙〈柳孝公善行錄〉12卷 12冊 筆寫本古典小說全集 15·16 (아세아문화사)

⊙〈劉氏三代錄〉20卷 20冊 韓國古典小說叢書 4・5・6 (태학사)[11]

⊙〈玄氏兩熊雙麟記〉10卷 10冊 藏書閣

⊙〈玉樹記〉9卷9冊 筆寫本古典小說全集 11 (아세아문화사)

⊙〈蘇大成傳〉京板 36張本 景印古小說板刻本全集 4

⊙〈張豊雲傳〉京板 31張本   〃   5

⊙〈張景傳〉京板 35張本   〃   5

⊙〈劉忠烈傳〉完板 86張本 (上下)   〃   2

⊙〈趙雄傳〉完板 88張本 (3冊)   〃   3

⊙〈龍門傳〉京板 33張本   〃   2

⊙〈李大鳳傳〉完板 84張本   〃   5

⊙〈黃雲傳〉京板 59張本 (上下)   〃   5

⊙〈鄭秀貞傳〉京板 17張本   〃   3

　이외에도 〈謝氏南征記〉(京板 66張本), 〈彰善感義錄〉(翰南書林), 〈雙仙記〉(5卷 5
冊), 〈楊豊傳〉(京板 24張本), 〈淑英娘子傳〉(京板 28張本) 등이 간접적인 자료로 취
급되었으며 소설의 後記나 末尾 부분 중 중요한 언급이 있는 경우는 그 부분만 인용
하여 취급하였다.【〈蘇門錄〉(14卷 14冊), 〈夢玉雙鳳緣錄〉(4卷 4冊) 등】

---

11) 〈유효공선행록〉과 〈유씨삼대록〉은 서로 연작의 관계에 있다. 즉 〈유씨삼대록〉에서는 뉴우성에서부터 시
　　작되는 삼대의 행적을 서술하고 있으며, 〈유효공선행록〉에서는 뉴정경에서부터 우성에 이르는 삼대의 행적
　　을 서술하고 있다. 그리고 〈유씨삼대록〉의 서두는 〈유효공선행록〉에서의 이미 묘사되었던 사건을 간략하게
　　줄여 진행시키고 있다. 이에서 이 두작품이 연작관계에 있음을 확인할 수 있다. 그러나 〈유효공선행록〉에서
　　이미 사망한 뉴연에서부터 〈유씨삼대록〉이 시작하고 있으며, 또 〈유효공선행록〉은 그 후편에 대한 암시가
　　없이 그 자체로 종결되고 있다. 이 두 작품의 연작관계에 대해서는 임치균, 「〈유효공선행록〉연구」, 『관악어
　　문연구』14(1989)에서 이미 밝혀진 바 있다.

2. 조선시대 가문의식의 강화와 소설에서의 수용

2.1. 조선시대 가문의식의 강화와 소설의 창작

한국 사회에 있어서 가문에 대한 의식이 두드러지게 강조되기 시작하는 시기는 대략 17세기 무렵부터이다. 족보의 형식이나 相續制度, 그리고 친족의 범위 등에서 이러한 사실은 이미 확인되고 있는데[12], 17세기부터 비로소 한국사회에서는 부계혈연에 입각한 가문조직이 본격적으로 강화되기 시작한다. 이에 따라 가문조직은 자기 가문마다의 특수한 규율을 가지게 되었으며 또 이를 통해 가문 구성원들에 대한 통제 및 다른 가문과의 배타성을 강화하였다.[13] 17세기 무렵, 이러한 가문에 대한 의식이 강조되는 것에는 주자주의이념에 보다 철저하였던 士林들의 政界로의 대거 진출, 地方士族들의 중앙권력에 대한 경계라는 정치적 역학이 그 배경으로 자리하고 있음은 물론이다.

---

12) 서론[註] 1) 참조.

13) 부계혈연에 입각한 가문조직들은 그들 가문 나름대로의 특수한 규율을 만들어, 이것에 의해 가문원을 통제하였다. 따라서 당시 벌열가문의 경우는 가문원의 행동방식만으로도 그가 어느 가문의 일원인지를 알 수 있었다. 이러한 경향은 비단 조선조후기 사회뿐만 아니라 중국 淸代에서도 보이는 현상으로 이해된다. 송준호, 위의 책. 최재석, 위의 책. 중국에서의 가문조직과 가문원의 통제에 관해서는 『Confucianism in Action』, Edited by D.S. Nivison & A.F.Wright, Stanford university press(1969) 참조.

한편 이 무렵부터는 譜學과 禮學의 발달이 이루어졌고 나아가 祖先의 行志를 기리는 家傳의 간행이 촉진된다. 특히 영남지방의 경우, 高宗 이후 刊科典籍의 내용에 있어 別集類·儒家類·傳記譜諜類가 가장 많은 부분을 차지하고 있으며[14], 奎章閣 所在 家傳·譜諜類의 경우도 역시 대부분이 18세기말 이후에 발간되고 있음을 볼 때 家傳의 간행은 조선조 후기로 가면서 더욱 활발해지고 있음을 알 수 있다.[15] 이러한 사실은 당시의 양반들이 자신의 가문을 유지하고, 또 그 가문의 창달을 꾀하려고 한 노력들을 보여주는 바, 조선조 후기 家傳 창작의 활성화는 그만큼 가문의 중요성에 대한 인식의 소산으로 이해할 수 있다.

그런데 조선조 사회에서 소설이 문학사의 전면에 부각되기 시작하는 것 역시 이러한 가문의식의 강화와 때를 같이 한다고 볼 수 있다. 특히 '三代錄', '世代錄', '兩門錄' 등의 표제가 붙은 이른바 가문소설이 출현하고 있는 것이다. 이러한 가문소설은 대체로 連作의 형식으로 구성되는 긴 대하장편 소설인 경우가 많은데, 이에 대해서는 그간 학계에서 중국소설의 번역이라는 주장도 없었던 바는 아니다. 그러나 가문소설을 비롯한 대하소설이 실제로 국내에서 창작되었음은 이미 여러 자료를 통하여 증명되고 있다.[16] 가령 〈유씨삼대록〉의 경우, 이 작품은 洪義福의 〈제일기언〉에서 국내소설로 소개되고 있으며, 또 燕巖 朴趾源의 다음과 같은 기록에서도 이 작품이 국내의 것임은 확인된다.

수레 안에는 이불이 놓여 있었고 한글로 쓰인 〈유씨삼대록〉 몇 권이 있었다. 그 한글 글씨가 너절했을 뿐만 아니라 책이 손상되어 있었지만 나는 쌍림에게 그것을 읽게 하였다. 쌍림은 소리를 높여 읽었지만 전혀 문맥을 잡지 못하고 혼잡스럽게 그것을 읽었다. 입안에 가시가 돋친 듯 입술이 얼어붙은 듯 군소리를 수없이 내었다.[17]

---

14) 柳鐸一,「嶺南地方 刊行典籍의 統計的 考察」,『부산대교양과정부논문집』2 (1971) 참조.

15) 이 사실은 〈奎章閣韓國本圖書 解題〉(서울대 규장각) 史部의 傳記·譜諜편에 의거한 것이다.

16) 金鎭世,「樂善齊本 小說의 國籍問題」, 張德順 外,『韓國文學史의 爭點』(集文堂, 1986) 李相澤,「朝鮮朝大河 小說의 作者層에 대한 硏究」,『韓國古典文學硏究』3(1986)에서 대하소설의 작자문제에 대한 연구사 및 국내 창작에 대한 상세한 고증이 이루어지고 있다.

이 기록은 正祖 4년(1780년) 박지원이 중국에 사신으로 갔을 때, 중국에서 있었던 일을 기록한 것이다. 따라서 여기에서 〈유씨삼대록〉은 한국소설로서 중국으로 유입된 것임이 드러난다. 또 이미 이 당시에 〈유씨삼대록〉이 낡아 있었다는 사실을 보면 이 작품은 1780년 이전에 창작되었을 가능성이 있다. 이와 관련하여 규장각 소재 도서 중 史部의 傳記類로 분류되어 있는 것 중에서 이 가문소설의 제목과 유사한 것들이 다수 발견된다는 사실은 주목을 요하게 한다. 우선 이 경우를 대표할만한 傳記類를 예로 들어보면 다음과 같다.[18]

* 江都忠烈錄	金昌協 編	1701年	1册
* 景賢錄	金夏錄 編	1839	3册
* 景賢錄	李楨 編	1649	1册
* 吉氏世孝錄	吉繼道 編	1860	1册
* 孝氏三世忠孝錄	金麗鐘 編	1789	1册
* 雙節錄	金養善 編	1803	2卷 1册
* 忠烈錄	金魯奎 編	1793	8卷 2册
* 忠烈錄	鄭亨達外 編	1772	2卷 . 附 合2册
* 忠烈錄	朴希賢 撰	?	1册
* 孝友錄	申元福 編	?	1册
* 劉忠烈傳	姜㳔 編	1916	1册[19]
* 七公子傳	李光庭 撰	?	1册

이상의 전기류들은 實記, 家狀, 實圖, 事蹟, 語錄 들과는 달리 그 표제에 있어서 다

---

17) 車中置鋪蓋 有東諺劉氏三代錄數卷 非但諺書 鹿荒卷本破敗 余使雙林讀之 雙林搖身高聲 而全未屬句 混淪讀去 口棘脣凍 啞出無數衍聲 [燕巖集] 〈馹迅日記〉橋梁 17日條

18) 〈奎章閣韓國本圖書 解題〉(서울대 규장각)에 의거.

19) 이 작품은 비록 史部로 분류되어 있지만 소설인 〈유충렬전〉을 慶北 奉化에 사는 강신이란 사람이 국한문 혼용으로 필사한 것이다. 그 내용은 다른 작품과 큰 차이가 없다.

분히 소설적인 면모를 보여준다. 즉 충열록, 효우록과 같이 기리고자 하는 인물의 속성을 그 표제로 내세우고 있으며, 또 그 인물의 이름이 구체적으로 밝혀지지 않고 있는 것이다. 그리고 「길씨세효록」, 「이씨삼세충효록」의 경우는 한 인물을 대상으로 한 것이 아니라 그 가문의 여러 대에 걸친 행적을 서술하려는 의도를 보이고 있음을 알 수 있다. 그러나 이들 전기류들은 모두 그 편찬자가 있으며 또 한문으로 표기되어 있다. 게다가 그 내용이 일관되게 서술되고 있는 것이 아니라 각각의 해당인물에 대한 傳이나 墓地銘, 家訓 등을 두서없이 모아 놓은 것에 불과하다. 따라서 이들이 비록 소설과 유사한 표제를 가지고 있지만 그 실상은 소설과 상당한 거리가 있음을 알 수 있다. 그런데 이 전기들의 간행 연대가 거의 18세기말 아니면 19세기로 되어 있어 이들을 편찬한 사람들이 실제로 가문소설류의 소설을 접하지 않았나 하는 추측이 가능하다. 물론 이러한 사실은 조선조 후기에 부계혈연에 의한 가문 조직의 강화와 가문의식의 강화에 따른 家傳 편찬의 활성화라는 사실에서 기인하는 현상이다. 그러나 한편으로는 대하소설의 창작 역시 이러한 사회적 현상과 결코 무관하지 않다는 사실을 말해주는 것이기도 하다. 특히 실제 인물을 중심으로 국내를 무대로 한 〈海東李氏三代錄〉의 존재는 대하소설이 당시 가문에 대한 의식의 강화와 궤를 같이 하여 창작되었다는 가능성을 더한다.

〈海東李氏三代錄〉은 眞城李氏家의 實記로 위에서 열거한 家傳들과는 달리 한글로 쓰여졌으며 그 체제가 傳, 墓地銘, 行狀 등을 두서없이 모아 놓은 것이 아니라 "처음은 世德을 言及하고 主人公의 誕生, 修學, 登科, 稟性, 行蹟, 治家, 子女, 終結 順으로 三代를 興味盡盡하게 走筆하여 絶尾는 亦是 孫男孫女의 家族現況을 行狀처럼 結介하고 끝맺었는데"[20] 이는 소설에 방불케 하는 구성이다. 따라서 "무려 300매의 중편에 屬하는 古小說이다"[21]는 평가를 받을 정도이다. 이 작품이 소설인지 아닌지의 여부에 대해서는 별도의 고찰이 필요하겠지만 명문가에서 이와 같은 작품이 만들어졌다는 사실은 대하소설이 그만큼 당시 가문의 중요성에 대한 인식 속에서 창작되

---

20) 李樹鳳, 위의 책, p.22.
21) 앞의 책, 같은 곳.

었음을 의미한다 하겠다.

한편 판소리계 소설을 제외한 당시 대부분의 소설들이 하층민의 삶을 옹호한다기보다는 오히려 상층의 삶을 지향하고 있다는 사실 역시 이러한 가문의식의 강화와 무관하지 않다. 특히 군담소설의 경우는 주지하다시피 상층으로의 신분 상승 혹은 失勢回復이라는 의식을 보여주고 있다.[22] 그런데 조선조 사회의 현실원칙 속에서 상층으로의 상승 혹은 상층신분의 유지를 위해서 필수적으로 요구되었던 것이 곧 가문 조직이었다. 아무리 능력이 있는 존재라 할지라도 가문의 세력이 없이는 과거급제 조차 어려운 실정이었다. 바로 이러한 사실이 군담소설 역시 가문에 대한 관심과 무관하지 않음을 추론하게 한다. 이는 가문의식의 강화를 유발한 당시의 정치적 역학을 살펴봄으로써 더욱 분명해질 것이다.

조선조 사회는 이념적으로는 주자주의를 정치 제도적으로는 중앙 집권제를 표방한 사회이다. 그러나 조선조가 내세운 이 두 가지의 통치원리는 국초부터 그 자체의 모순을 드러내게 되었다. 국초의 개국공신들을 중심으로 한 훈구파 세력과 이들 훈구파에 의해 중앙정권에서 밀려나기는 했지만 주자학을 행동지침으로 삼아 지방에서 주자주의적 이념을 스스로 실현하려 했던 이른바 사림들의 대립이 바로 그것이다. 주자주의로 무장한 사림들은 그들의 뜻을 펴기 위해 항상 중앙으로의 진출을 노렸으며 이것이 바로 훈구파들과의 대립을 불러일으켰던 것이다. 이때 이 사림들이 훈구파들에 대해 내세울 수 있었던 장점이 바로 주자주의에 대한 이념적ㆍ실천적 우월성이었다. 이에 이들은 통치원리로서의 주자주의가 제대로 실현되지 않고 있었던 현실에 이의를 제기하면서 중앙정권으로 부상하기 시작했다. 이후 사림들이 대거 중앙정권으로 진출하면서부터는 다시 주자주의에 대한 견해를 둘러싸고 이들 사림들 내부의 대립이 일어나게 되는데, 이는 주자주의의 해석을 둘러싼 그들 사이의 견해차에서 비롯되었다. 바로 이러한 사실이 조선조 사회에서 '주자가례'를 비롯한 禮學을 부흥시키는 결과를 낳았음은 물론이고[23] 그 결과 부계혈연에 입각한 가문조

---

22) 徐大錫, 위의 책, 참조.
23) 黃元九, 「이조예학의 형성과정」, 『東北亞細亞硏究』 (一潮閣, 1976)

직과 가문의식 역시 강화될 수 있었던 것이다. 그런데 이후부터 가문은 그들이 중앙
으로 진출할 수 있는 배경으로서의 구실을 하였다. 그리고 또 한번 그들의 가문이 세
력을 획득했을 때 그 가문에 부수되는 기득권은 이전에 비해 훨씬 강화되었다. 원래
중앙집권제를 강화하고 관리임용의 기회균등을 위해서 생긴 과거제도가 조선조에
서는 得勢가문을 위주로 시행되었다는 점[24], 蔭敍의 실시, 그리고 文武의 현직자가
資窮이상이 되면 그에게 別加된 品階를 子·弟·婿·姪 등에게 대신 줄 수 있도록
한 代加制의 실시[25] 등을 통해서 알 수 있는 것과 같이 득세가문은 계속하여 그 지위
를 누릴 수 있는 제도적 장치가 있었던 것이다. 이로 인해 중앙관료에서 배태되어 낙
향한 사대부의 경우는 또 그들 나름의 가문을 바탕으로 서원과 향약의 실시 등을 통
해 향촌에서의 세력을 꾀하여 중앙권력을 견제하였으며 양반층의 비대화와 이에 따
른 중앙권력의 압력이 가중되는 17세기 이후부터는 더욱더 가문 중심의 조직화와
기존의 得勢가문과의 혼인을 통한 신분확보를 꾀하게 되었던 것이다.[26]

조선조의 이러한 정치적 상황은 비록 가문의식의 강화가 주자주의의 실천, 즉 주
자가례의 실천이란 의미를 지니지만 한편으로는 가문이 상층의 삶을 유지하는 중요
한 수단이 되게 하였던 것이다. 따라서 조선조 사회에서 상층의 삶을 누리기 위해서

---

24) 중국이나 한국에 있어서 과거제는 원래 중앙집권제를 강화하고 관리임용의 기회균등을 위해서 생긴 것이
   다. 따라서 과거는 得勢家門의 기득권을 견제하기 위해서 각 지방별로 그 채용 인원을 정해두고 실시되었다.
   그러나 조선에 있어서 이것은 단지 명분에 불과하였으며 과거는 여전히 得勢家門의 전용이 되다시피 하였
   다. 조선 500년을 통틀어 과거는 文科의 경우 모두 744회에 걸쳐 실시되었는데 이중 163회만 正規試였으며
   나머지는 모두 非正規試였다. 이들 及第者의 측면에서 본다면 全及第者 14,620명 중 정규출신은 6,030명으
   로 50%에도 미치지 못하고 있다. 비정규시의 경우는 채용자 割당의 원칙이 적용되지 않았다는 점을 감안한
   다면 이 통계의 결과는 조선의 과거가 그만큼 본래적 의미로 시행되지 않았으며 得勢家門을 위주로 시행되
   었음을 알 수 있다. 또 일반 평민에게도 과거의 응시자격이 부여되지 않은 것은 아니지만 이 경우 그 응시요
   건이 까다로워 유명무실한 것이나 다름이 없었다. 〈과거〉(전국역사학대회발표논문집), 一潮閣 (1981). 송준
   호, 위의 책, pp.450-474. 李成茂, 『한국의 과거제도』, 춘추문고19, 한국일보사(1976) 참조.
25) 즉 이 代加制는 조선시대 양반 중 관료층은 계속 관료층으로서의 지위를 유지하는데 유리한 제도적 장치로
   서의 의미를 가지고 있는 것이다. 따라서 한 가문에 현직관원이 있으면 그 친족들은 아무런 노력이 없이 이
   제도를 통해 品階를 받을 수 있었다. 崔承熙, 「朝鮮時代 兩班의 代加制」, 『震檀學報』60 (1985)
26) 金仁杰, 「朝鮮後期 鄕權의 추이와 지배층 동향」, 『한국문화』2 (1981)
   조혜정, 「한국의 가부장제에 관한 해석적 분석」, 『한국의 여성과 남성』, 문학과지성사(1988) 참조.

는 보다 세력있는 가문을 배경으로 가지고 있어야 했다. 결국 군담소설등 상층으로의 지향의식을 표방하는 소설들 역시 상층으로 상승하기 위해서는 가문에 대한 의식을 견지할 수밖에 없는 것이다. 물론 소설의 이러한 측면은 그것이 대하소설이건 군담소설이건 그 작품의 구조를 통해서 밝혀져야 할 것이다. 그러면 이제 이러한 사실들을 작품의 실상을 통해 보다 구체적으로 살펴보기로 하자.

2.2. 소설의 수직·수평적 구조와 가문의식

본 절에서는 위에서 살펴 본 조선조 후기의 가문조직 및 가문의식의 강화와 소설 창작과의 연관성을 작품의 구조적 측면에서 보다 구체적으로 살펴보기로 하겠다.

고전소설에 등장하는 가족원들의 상호관계를 나타내는 경우, 수직과 수평이라는 용어는 간혹 사용되어 왔지만[27] 아직 이것의 개념에 대해서는 별도의 고찰이 없는 실정이다. 그러나 전통적인 족보의 형식에 있어서 가족원 혹은 가문구성원과 이 수직, 수평의 관계는 그다지 낯설지 않은 관계이다. 즉 족보에서는 수직의 선상에 家長과 後繼者의 관계를 기재하고 수평의 선상에는 형제관계를 기재하고 있다. 소설에 등장하는 인물의 경우 역시 이 족보의 형식을 빌어 수직, 수평의 선상에 나타내볼 수 있을 것인데 여기에서 수직의 선에 놓이는 父子의 관계를 수직적 관계로 수평의 선에 놓이는 兄弟의 관계를 수평적 관계로 상정할 수 있을 것이다. 또 여기에서 수직의 관계는 서로 上下의 관계를 나타낸다고 볼 수 있으며 수평의 관계는 上下가 아닌 관계를 나타낸다고 볼 수 있다. 특히 父子의 관계는 연령적으로나 자연적인 인과관계로나 서로 上下의 관계에 있음은 물론이다. 더구나 조선조 사회를 지배한 중요한 윤

---

27) 이 용어를 사용하고 있는 연구는 다음과 같다.

李光奎, 위의 책.

李彰憲, 「고전소설의 혼사장애구조와 유형에 관한 연구」, 『국문학연구』81 (1987).

趙鏞豪, 「〈조씨삼대록〉 연구」, 서강대 석사논문(1988).

리 덕목인 孝를 생각할 때 이 父子의 관계는 절대적 上下의 관계에 있게 된다. 그리고 고전소설에서 중요하게 설정되는 부부 관계의 경우는 남성 對 여성의 관점이란 측면에서는 上下관계인 수직적 관계로 파악할 수 있다. 그러나 부모에 대한 자식의 관점에서 보면 여성이 母의 입장에 놓이기 때문에 부부는 서로 수평적 관계에 있게 된다.

고전소설에 나타나는 다양한 사건들은 주로 이러한 수직적, 수평적 관계에서 빚어지는 것인 만큼 그 갈등의 양상 역시 수직적 갈등과 수평적 갈등으로 나누어 이해할 수 있다. 그렇다면 이 수직적, 수평적 구조는 가문의식과 어떠한 연관 속에서 파악할 수 있을 것인가? 본고에서는 이 문제를 가문의 내부적 결속 즉 응집이란 측면과, 가문의 세력확대와 영달 즉 외부로의 적응이란 측면으로 나누어 고찰하기로 하겠다. 일반적으로 한 가정 나아가 한 가문이 성립하고 또 유지되기 위해서 이 내부적 응집과 외부적 적응의 문제는 가장 기본적인 문제로 생각되기 때문이다.[28]

(1) 가문의 後承과 내부적 결속/응집의 측면 : 고전소설의 도입부는 반드시 주인공 가문의 家系에 대한 서술과 주인공의 가족상황에 대한 서술로 이루어진다. 특히 군담소설은 주인공 아버지의 無子함에 대한 탄식과 祈子致誠이 서술되고 있다. 여기에서 가계와 기자 치성은 그것이 부자관계의 서술이란 점에서 수직적 관계를 나타낸다. 그리고 이 관계는 좁게는 한 가족, 넓게는 한 가문이 성립되기 위한 가장 기본적인 요건이다. 따라서 소설의 도입부가 예외 없이 이런 수직적 관계로 설정될 수 있는 것은 가문의 지속에 대한 관심에서 기인한다고 볼 수 있다.

---

28) 이 개념은 원래 Olson, David H. , D. H. Sprenkle, and C. S. Russel "Circumplex Model of Marital and Family Systems : Cohesion and Adaptability, Family Types, and Clinical Applications", Family Process18 (1979)에서 부부와 가족의 상호작용에 관련되는 수많은 개념들을 통합하기 위해 발전시킨 개념이라 하는데, Kathleen M.Galvin, Bernard J.Brommel, 『Family Communication』, 서동인外 譯(까치, 1988)에서는 가족의 의사소통을 고찰하기 위한 목적으로 다시 사용되고 있다. 이들의 연구에 의하면 응집과 적응의 개념은 다음 도식과 같은 성질을 지닌다.

분리된 가족		매몰된 가족	경직된 가족		혼란된 가족
낮음	(응집도)	높음	낮음	(적응도)	높음

그런데 가문의 지속은 이러한 後孫의 생산이라는 생물학적인 측면 외에 그 가문의 내부적 결속이란 측면에서도 중대한 관심사이다. 가문구성원들 사이의 결속력이 없다면 그 가문은 사실상 유명무실해져 버리기 때문이다. 〈유효공선행록〉이 계후문제에서 비롯되는 부자의 갈등(뉴정경과 뉴연의 갈등, 뉴연과 뉴우성의 갈등)과 형제갈등(뉴연과 뉴홍의 갈등)을 중심으로 이루어지고 있다는 사실은 바로 이러한 측면에서 이해할 수 있다. 뉴정경은 長子인 뉴연을 廢長하고 次子 뉴홍으로 계후를 삼는다. 뒤에 다시 계후의 자리에 복귀하는 뉴연은 그의 장자인 우성을 두고 뉴홍의 次子인 백경으로 계후를 삼는다. 누가 가장권을 물려받는가의 문제는 그 가문의 결속을 위해서 더할 수 없이 중요한 사항이므로 이 문제는 자연적으로 결정되는 長子, 次子의 선후관계(뉴연과 뉴홍)를 뒤집거나 자신의 아들이 있음에도 불구하고 동생의 次子를 입양하여 자신의 長子로 삼는 등의 심각한 갈등을 노정하고 있는 것이다.

가문의 결속에 대한 관심은 특히 처와 첩을 중심으로 한 수평적 관계의 갈등이 소설에서 주요하게 다루어지고 있다는 사실에서 두드러진다. 〈유씨삼대록〉〈현씨양웅쌍린기〉의 경우는 부자관계보다 오히려 부부관계에 더 많은 비중을 두고 있다. 부부간, 第一妻와 第二妻 혹은 妻와 妾간의 갈등, 계모와 자식간의 갈등 등은 가정소설로 분류되는 〈사씨남정기〉〈창선감의록〉〈쌍선기〉등의 작품을 비롯하여 대부분의 고전소설에서 중요하게 취급되는 사건이다. 〈유씨삼대록〉에서는 '세형-진양공주-장씨' '세필-박씨-순씨' '현-양씨-장씨' 등의 갈등이 심각하게 벌어지고 〈현씨양웅쌍린기〉에서는 '수문-윤혜빙' '경문-주씨-취옥' 등의 갈등이 노정되어 있다. 세필과 경문은 부인에 대해 너무 냉담하여 부부간 갈등을 자초하고 있으며 세형의 처 장씨와 순씨, 현의 처 장씨와 취옥 등은 투기와 시기로 인해 화를 자초하고 있다. 또 수문은 자신의 방탕함으로 인해 윤씨와의 갈등을 일으키고 있다. 한편 〈옥수기〉의 화소저, 〈숙영낭자전〉의 숙영, 〈현씨양웅쌍린기〉의 윤혜빙, 〈이대봉전〉의 장애황 등은 자신의 정절을 위해 목숨을 불사하는 정절을 보여주기도 한다. 따라서 소설에서 설정되고 있는 수평적 관계의 갈등들은 한결같이 지아비의 齊家하는 도리와 부인의 賢德 및 정절의 서술이란 의미를 지니고 있음을 알 수 있다.

그런데 가부장제 사회 특히 조선시대의 경우, 한 가문의 내부적 결속 여부에 있어 이 수평적 갈등은 무엇보다 중요한 문제이다. 제도적으로 남성이 여성에 대해 절대적 우위를 점하고 철저히 父權을 중심으로 조직되는 가문 속에서 他姓을 지닌 여성은 그들 스스로 존립할 수 없었다. 그들은 남성의 권위를 통해서만 존재의 의의를 마련할 수 있었던 것이다. 이때 여성이 의지할 수 있는 남성은 남편과 아들이다. 따라서 일부다처가 엄연히 존재했던 당시 사회에서(비록 법적으로는 금해져 있었지만 실제로는 존재하고 있었다.) 처와 첩들의 쟁투는 결국 남편을 독점하고 자기가 낳은 자식이 다른 여성이 낳은 자식보다 출세하도록 하려는 의도에 다름이 아니다. 남편과 더욱 가까워지고 자신의 자식이 보다 출세하는 것은 무엇보다 여성 자신의 입지점을 굳건히 하는 방편이었던 것이다. 또 전통적으로 '시집살이'라고 일컬어지는 姑婦간의 갈등 역시 시어머니와 며느리 사이의 주도권 다툼이란 성격을 지닌다. 그렇다면 가장권을 중심으로 조직되는 가문조직은 그 내부적 응집을 위해서는 이 수평적 갈등의 문제를 우선 해소시켜야 한다. 이에 지아비에 순종하고 시기하지 않는 부인의 도리가 강조되었을 것이다.

소설에서 설정되는 수평적 갈등 역시 이러한 가문조직과 여성과의 갈등이라는 의미를 지닌다고 볼 수 있다. 그리고 그 갈등이 한결같이 순종하고 정절을 지키는 여성상을 강조함으로써 해소되고 있음은 그 창작의도가 부권에 의한 가문조직을 유지하고 그것을 더욱 굳게 결속시키려는 것에 있음을 알게 해 준다. 특히 여성의 정절을 강조하고 있음은 그것이 한 가문자체의 순수성에 관한 문제인 만큼 무엇보다 중요하다고 할 수 있을 것이다.

(2) 가문의 확산과 영달/적응의 측면 : 이상에서 살펴본 수직적 관계와 수평적 관계의 양상은 가문의 유지와 결속에 대한 관심을 드러내고 있었다. 그러나 가문은 이러한 내부적 결속을 통하여 외부로의 확산을 꾀하게 되는데, 이는 앞서 언급한 적응이란 측면임과 동시에 그 가문이 세력을 얻어 영달을 꾀하려는 노력이다.

가문은 자녀들의 성장과 변화에 따라 그리고 밖으로 변화하는 상황에 따라 각각 적절한 대응을 하고 적응하며 또 그 가문의 세력 유지를 위해 다른 가문과의 친분관계나 인척관계를 맺으면서 스스로의 입지점을 마련해 간다. 특히 조선조 사회의 가문 조직이나 소설에서의 양상과 관련하여 중요한 것은 혼사를 통한 가문의 확장이다. 물론 혼사라는 것은 자녀들이 성장함에 따라 맺게 되는 자연스러운 과정이기는 하다. 그러나 조선조 사회에 있어서 혼사는 대부분이 부모에 의해 이미 맺어지는 定婚의 형식이었다. 또 그것은 자기 가문의 세력을 유지하거나 그 세력을 한층 더 높이기 위한 수단중의 하나였다. 이는 혼사에 투영된 당시의 계급 관념에서 잘 드러난다.

> 兩班階級之中에 又有四色黨派ᄒ야 所與婚姻은 各而其黨ᄒ고 若他黨則 槪不通婚ᄒ니 著有棟巢漫錄ᄒ야 若淪黨人 [29]

> 降及李朝ᄒ야 婚姻之時에 階級觀念이 愈往愈甚ᄒ야 王家之婚은 置勿論ᄒ고 至於人民ᄒ야ᄂᆞᆫ 非同階級이면 不相婚ᄒ니 嫡庶l 不婚ᄒ며 班常이 不婚ᄒ야 假與甲級이 與之 乙婚ᄒ면 謂落婚이오 若乙階級與甲階級婚ᄒ면 則仰婚이라 [30]

이에서 당시의 혼인은 철저히 계급관념에 입각하여 이루어지고 있었음을 알 수 있겠거니와 이는 혼인이 양반들에게 있어 자기 가문의 세력을 유지하거나 그 세력을 한층 더 높이기 위한 일환으로써 인식되었음을 의미한다. 실제로 同榜及第나 入仕同期, 또는 어느 한 官廳에서의 동료관계 등이 계기가 되어 혼담이 이루어지는 예가 허다하였다. 지방의 세력있는 양반중 압도적인 다수가 이러한 혼인을 통해 그 지방에 들어오게 되었다는 사실[31] 역시 이를 방증하고 있는 것이다. 요컨대 당시 혼인은 개인과 개인의 만남이 아니라 가문과 가문의 결합을 의미하는 것이었다. 그리고 이는 나아가 자기 가문의 이익을 꾀하기 위한 수단으로까지 인식되었던 것이다. 따

---

29) 李能和, 『朝鮮女俗考』, 翰林書林 (昭和 2년), p.62.
30) 李能和, 위의 책, p.63.
31) 송준호, 위의 책, pp.277~306.

라서 혼인은 고전소설의 수직적 구조와 더불어 수평적 구조라는 다른 한 축을 담당
하게 되는 것이다.

고전소설에서 '혼사장애주지'가 강조되고 있는 것도 바로 이러한 측면에서 이해
된다. '혼사장애주지'는 부부관계를 맺는데 있어서 부딪히는 장애를 지칭하는 것이
다. 또한 이것은 주인공이 장차 영화를 누리기 위해서 겪어야하는 통과제의의 과정
이며[32] 가문과 가문이 결합하는데 따르는 여러 가지 현실적 어려움에 대한 반영이
다. 한 가문이 세력을 유지 혹은 확장하기 위해서 이 혼사가 중요시되는 만큼 거기에
는 장애물, 이를테면 그 가문이 세력을 획득하는 것을 반대하는 방해자 혹은 방해가
문이 설정되고 있는 것이다. 따라서 한 가문의 일원으로서 설정되는 소설의 주인공
은 자기 가문을 영화롭게 하기 위해 혼사에 있어서의 장애를 겪어야 하는 것이다.

한편 군담소설의 서두부분 역시 이러한 가문의 세력확장 문제와 관련된다. 군담
소설에서는 절손의 위기 다음에 탄생하는 자식이 영웅적 능력을 가지는 것으로 설
정되어 있다. 또 그 가문이 파탄을 맞이하며 이는 아들 즉 주인공의 힘으로 극복된
다. 결국 작품의 이러한 줄거리는 창작주체의 상층지향의식을 보여주고 있는데, 앞
서 언급했듯이 이 상층으로의 지향은 곧 그 가문이 세력을 얻음으로써만 가능했다.
또 그 가문의 구성원 중에서 현달한 존재가 나올 때, 비로소 그 가문은 세력을 얻을
수 있었다. 그러나 가문이 한미할 경우 좀처럼 현달한 존재는 나오기 힘들었던 것이
당시의 상황이었다. 관리등용의 기회균등이라는 과거제가 물론 시행되고는 있었지
만 이 과거급제 역시 명문가의 후예가 아니고서는 불가능했던 것이 또 당시의 상황
이었던 것이다.[33] 따라서 이들 작품이 상층의 삶을 지향하는 만큼 그 속에서는 자신
의 가문의 영달을 바라는 의식이 잠재되어 있는 것이다. 군담소설에 등장하는 주인
공이 비록 비참한 성장과정을 겪지만 한결같이 명문가의 후손으로 설정되고 있는
사실 역시 바로 이러한 이유에서 기인한다 하겠다.

그리고 소설에서 가문이 확대되고 세력을 얻기 위해 설정되는 또 다른 기제로는

---

32) 서론의 [註]3 참조.
33) 본 장의 [註]13 참조.

군담 부분이 있다. 대부분의 소설에서 주인공은 과거를 통해 국가의 권력기관으로 편입되며 다시 군담을 통해서 자신의 영웅성을 발휘하여 권력을 한층 더 높인다. 그런데 이 과정에서 과거부분은 〈소대성전〉〈조웅전〉〈유충렬전〉 등, 설정되지 않는 경우도 있어 군담은 주인공의 입신을 위한 보다 본질적인 부분이라고 할 수 있다. 따라서 이 부분은 가문을 영화롭게 하고 그 세력을 확고히 해주는 가장 본질적인 부분이라 하겠다.

　이상에서 고찰한 가문의 지속과 내부적 결속 그리고 가문의 확대와 영달의 소설적 양상은 고전소설을 구성하는 가장 본질적인 부분이라고도 할 수 있다. 그러나 이 두 갈래의 의미가 실제 서로 구별되는 것은 아니다. 가문은 응집과 적응이라는 두 측면 중 어느 한쪽만을 강조할 수 없기 때문이다. 만약 한 가문이 응집의 측면만을 강조하면, 그 가문은 사회에서 고립되어 세력을 획득하지 못하는 것은 물론이고 외부적 변화에도 대처할 수 없게 될 것이다. 또 그 가문이 응집이 되지 않은 상태에서 적응의 측면만을 강조하는 것은 더구나 있을 수 없는 일일 것이다. 따라서 이 응집과 적응의 두 측면은 서로 동전의 양면과 같은 것이어서 가문을 잘 유지하기 위해서는 어느 경우도 소홀히 할 수 없다. 가령 혼사의 경우만 하더라도 다른 가문과의 인척관계를 맺어 가문을 확장한다는 적응의 측면을 고려해야함과 동시에 다른 가문의 일원을 새로이 맞이함으로써 발생하는 가문 내의 응집성 여부도 고려해야 하는 것이다. 물론 고전소설의 경우 가문에 대한 이러한 양상은 어느 작품에나 설정되어 있다. 그러나 모든 작품이 가문에 대한 위의 측면들을 동일한 비중으로 설정하고 있지는 않다. 그 작품을 창작한 창작주체의 세계관과 그가 처한 현실적 상황에 따라 가문에 대한 관심은 어느 정도 차이를 내포할 수밖에 없는 것이다. 따라서 다음 장에서는 가문의 지속과 내부적 결속, 그리고 그 가문의 외부적 확대에 대한 관심이 어떠한 상이점을 가지고 각 소설에 반영되어 있는지를 살펴보기로 하자.

3. 가문의식을 통해서 본 소설의 갈등 양상

고전소설에서 드러나는 가문의식은 이미 앞장에서 보았듯이 가문의 지속과 내부적 결속, 그리고 가문의 확대와 이에 의한 가문의 영달이란 내용을 지니며 이는 가문의 응집과 외부 환경에 대한 적응이란 두 측면으로 이해되었다. 소설이 표방하는 이러한 가문의식은 그러나 작품에 따라 그 강조점이 다르게 나타나며 이에 따라 수직적 관계와 수평적 관계의 각 부분이 지니는 의미도 달리 파악되어진다. 즉 소설에 설정된 가문이 이미 현달한 가문일 경우에는 가문 내부의 결속과 그 세력 유지를 강조하는 응집의 측면이 보다 강조될 것이다. 그렇지 않은 가문이 설정된 경우는 그 가문이 이전에는 현달했던 가문이든 아니든 세력을 얻어 현달해지려는 적응의 측면이 강조될 것이다. 따라서 본 장에서는 각 소설들에 나타나는 가문의식을 비교의 관점을 통해서 서로의 상이한 의미를 고찰할 것이다.

3.1. 가문의 유지와 계승

3.1.1. 複數로서의 자식과 父의 우위성

군담소설 계열의 작품들은 일반적으로 아버지의 無子함에 대한 탄식과 祈子致誠
으로 시작되며 이후에 태어나는 자식은 주인공 한사람 즉 독자로 설정된다. 이에 반
하여 가문의 유지와 계승이란 측면에서 파악될 수 있는 작품들은 우선 도입부에서
여러 명의 자식이 등장한다. 또 이 과정에서 자식이 없다는 사실에 대한 탄식이나 기
자치성이 설정되지 않는다.

〈유효공선행록〉에서는 뉴연과 뉴홍이, 〈현씨양웅쌍린기〉에서는 현수문과 현경
문이, 〈옥수기〉에서는 가유진, 가유승, 가유겸, 가유함이 등장하며 〈유씨삼대록〉에
서는 뉴세기와 뉴세형을 비롯한 5子 3女가 작품이 진행됨에 따라 차례로 등장한다.

또 이들 작품에서는 자식을 생산하지 못해 걱정하는 부모의 심정이 설정되어 있
지 않다. 다만 〈옥수기〉에서는 "엇지하면 ᄋ들을 ᄂ아 동선싱과 ᄀ치 효도ᄒ면 이
ᄉ졍으로써 ᄉ우를 ᄉ마 비향ᄒ리오"[34] 라는 경부인의 탄식이 설정되어 있다. 그러
나 이 경우의 탄식은 늙도록 자식이 없는 절손의 위기 속에서 하는 것이 아니라 사당
에서 先親에 대한 제사를 모시던 중 장차 아들을 생산하고자하는 우려의 표현일 뿐
이라는 점에서 그다지 심각한 의미를 지니지 못한다. 한 가문이 지속되는 데에 자손
의 생산여부는 가장 본질인 부분이라 할 수 있다. 따라서 이 조건이 충족되지 못할
경우 가문의 가장은 가장 큰 곤경에 처하게 되는 것이다.

> 명망이 죠졍에 진동하나 다만 실하에 일졈혀룩이 업셔 션영향화를 ᄯ케되야 부
> 귀도 싱각없고 영귀함도 ᄊ시업셔 하날을 우러러 탄식 하시미[35]

---

34) 〈옥수기〉 필사본고전소설전집(이하 전집으로 표기)11, p.18.
35) 〈이대봉전〉 경인고소설판각본전집(이하 판각으로 표기)5, p.665.

이와 같이 〈이대봉전〉의 서두에서도 설정되어 있듯이 절손에 대한 위기감은 사실 가문의식 속에서는 무엇보다도 큰 걱정거리였던 것이다.

〈유효공선행록〉등의 작품에서 이러한 절손의 위기가 설정되지 않고 있다는 사실은 가문이 계속 지속될 수 있는 가장 본질적인 조건이 충족되고 있음을 의미한다. 이는 父代에서 父의 失勢로 인한 가문의 몰락이 일어나지 않고 있다는 사실과 연관된다. 〈유효공선행록〉에서의 뉴정경은 처음의 시랑 벼슬에서 성의백으로 승진하며 〈현씨양웅쌍린기〉에서 현택지는 처음의 이부상서 벼슬에서 좌승상으로 승진하고 있어 소설 전반을 통하여 몰락하기보다는 오히려 당당한 권문세가로서 행세하고 있음을 알 수 있다. 또 〈유씨삼대록〉에서도 뉴우성에서부터 뉴건의 三代에 이르기까지 그 가문이 몰락하는 것이 아니라 작품 서두에서의 권문세가의 위치를 그대로 고수하고 있다. 다만 〈옥수기〉의 경우, 가남은 한림학사의 벼슬로 집안이 가난하고 일찍이 양방이란 역적에게 참소를 당하여 귀향을 떠나는 것으로 설정되고 있어 그 양상을 달리한다. 그러나 이 과정에서 가남의 가문이 몰락하는 것은 아니다. 비록 가남이 귀향을 가지만 이외의 고난이 야기되지 않고 가남의 부인 경씨가 가문을 지키고 있는 것으로 설정되고 있다. 그 가문이 완전히 몰락하는 〈이대봉전〉〈유충렬전〉〈조웅전〉 등과는 다른 양상을 보여준다. 여기에 대해서는 3.2.에서 상술하겠다.[36] 따라서 이들 작품에서는 가문의 세력회복이란 의미보다는 이미 획득한 가문의 세력을 어떻게 잘 유지하고 또 그것을 후대에까지 잘 계승하느냐가 주된 관심사로 부각된다고 볼 수 있다.

이와 관련하여 주목되는 사실이 부자관계에 있어서 父의 절대적 우위성이다. 가부장제 사회에서는 물론이고 주자주의를 근본원리로 하고 있는 조선시대 사회의 가문 조직에 있어 父는 좁게는 한 가족을 넓게는 한 가문을 통치하는 통치권자로서의 의미를 지닌다. 또 가족 혹은 가문에서의 父는 한 국가에서 왕이 지니는 위치와 대등

---

36) 〈옥수기〉에서 가남의 가문은 이미 가남의 父 가운에 의해서 마련된 세력기반이 존재한다. 이때 그 세력기반이라고 하는 것은 가운이 화씨가문, 경씨 가문 등 권문세가와 맺은 교류의 폭을 의미한다. 그러나 군담소설류에서는 이러한 가문의 기반이 설정되지 않고 있다. 이 점에 대해서는 3.2에서 다시 설명하기로 한다.

하다할 것이다. 당시 조선조 사회에서 가장 중요한 덕목으로 忠과 孝가 대두되었다는 것도 왕과 父가 지니는 절대적 권위에서 기인하는 것으로 보여진다. 따라서 한 가족의 가장으로서의 父는 자신이 부여받은 절대적 권위를 바탕으로 하여 그 가족을 통솔하여 보다 나은 방향으로 이끌어 가야하는 책임을 지게 된다. 만약 가장이 무능하여 가족의 통솔이라는 자신의 임무를 완수하지 못한다면 그 가족은 응집성이 결여될 것이다. 〈장화홍련전〉〈쌍선기〉〈양풍운전〉 등의 작품에서는 주인공의 아버지가 첩의 奸巧에 빠져 그 자식을 내치고 결국은 자신마저 불행에 빠지게 하는데 이는 가장의 무능력으로 인한 가족의 불행을 잘 보여주는 예이다.[37] 그런데 〈유효공선행록〉 등의 작품에서 보이는 父는 가문 내에서 가히 절대적 권위를 지니고 시종 자식을 압도한다.

(가) 공이 발분ᄒ여 칼홀 ᄲᅢ혀 상을 치고 왈 연을 이 상ᄀ치 ᄒ리라ᄒ고 드ᄃᆞ여 글을 지고 칼을 녀허 창두 슈인을 쥬어 셩야로 가 ᄒᆞᄼᆞ를 버혀 칼의 피를 뭇쳐오라 ᄒ니 창뒤 쥬야로 힝ᄒ다[38]

(나) 승상이 소왈 부모의 교훈을 듯디 아니고 안해게 벌쓰는 ᄌᆞ식을 두어 무어시 쓰리오 진실오 그러ᄒ즉 죽여 업시ᄒ미 올토다 (중략) 불효박은 인녁으로 못ᄒ다 ᄒ거니와 슈연이나 그 ᄉᆞ단이 업시 이 ᄌᆞᄒᆞ문 셰필의 괴대ᄒᆞ미라 노뷔 박상셔로 동긔고구의 친홈만 아니라 션군이 박태우로 ᄉᆞ성동결ᄒᆞ신 의도 관포의 아러 아니라 그 ᄌᆞ손이 년혼ᄒᆞ여 젼일 표ᄒᆞᆫ 거슬 니으믄 졍이 졍히 셕사를 닛디 ᄋᆞ니ᄒᆞ미어늘 도로혀 ᄋᆞ부의 홍안박명이 낭대인 녕빅이 구원의 평안치 아니시리니 (중략) 여등이 초후ᄂᆞᆫ 셰필을 셔당

---

37) 이들 작품에서는 가정의 파탄이 계모에 의해서 유발되고 있는데 그 가정의 가장은 오히려 계모의 간교에 부화내동해 갈등을 더욱 심각하게 이끌어 간다. 〈쌍선기〉에서 한회가 윤씨의 간교를 그대로 믿고 그의 아들 봉린을 죽이는 것은 그 한 예라 할 것이다. 따라서 가정 혹은 가문을 통솔해야 하는 위치에 있는 가장이 오히려 그 불화 심화시키는 역할을 한다는 점에서 이는 가부장의 무능화를 보여주고 있는 작품이라 하겠다. 한편 김일렬은 〈장화홍련전〉을 대상으로 이 점을 설명하고 있다. 김일렬, 위의 책, 같은 곳.
38) 〈유효공선행록〉 전집15, p.344.

의 용납디 말고 히운뎡을 쓰나디 말게ᄒ라 39)

(다) 공이 노왈 아비를 싱각ᄒ여 보고져 홀딘디 이 병이 업ᄉ리니 제 임의 날을 니ᄌ니 내 엇디 서로 보아 부진톄 ᄒ리오 다시 현의 ᄉ싱을 내게 고치 말나 40)

(라) 여등이 ᄉ류명교의 죄인이 되니 엇지 용서ᄒ리오 셜파의 고찰ᄒ여 칠시 산쟝셰흘잡으라 ᄒ여 굴오디 네죄 가히 다ᄉ릴비 아니로디 짐즉ᄒ미 잇ᄂ니 열혼 아비 속이려ᄒ던 죄오 이십장은 어진 쳐ᄌ를 박히ᄒ여 혼몽ᄒ고 잔잉박힝ᄒ미 태심ᄒ니 십분지일로 줍간 다ᄉ리로라 미마다 고츌ᄒ여 임의 삼십장의 니ᄅ미 한님이 본디 약질귀골노 쥬형을 당ᄒ미 옥골셜뷔 허여져 뉴혈이 돌돌ᄒ고 신식이 츤지 ᄀ툰니 공 명ᄒ여 사ᄒ고 혹ᄉ를 올려 다ᄉ릴시 긔식이 북풍뇌우 ᄀ툰여 내게 슈칙ᄒ미 무셥지아니튼ᄒ니 다ᄉ리 임의 가소로오디 아모커ᄂ 약혼 아비미도 마져보라 셜파의 위풍이 유유ᄒ여 혼미의 피육이 쓰러지게 치라 ᄒ니 좌위 싱을 앗거나 노아의 엄혼 호령이 만일 인졍을 둔즉 소죄를 명ᄒ니 임의 ᄉ십장의 니르는 싱이 긔운이 강쟝ᄒ나 (중략) 둔육이 허여져 혈이 넘니ᄒ니 한님이 졍신을 졍ᄒ여 꾸러 형의 죄를 사ᄒ시믈 빌디 공이 쳥이불문ᄒ고 더욱 고츌ᄒ더니 41)

〈선행록〉에서 뉴졍경은 아들 연이 조주로 졍배갔을 때, 자기가 내친 졍부인, 그리고 자기 가문이 적대시하는 강형수와 연이 같이 살고 있다는 소식을 듣고 칼을 보내 연을 죽이려 한다(가). 〈삼대록〉에서는 뉴우셩이 제5子 셰필이 그 처를 이유 없이 박대하여 아버지가 정한 혼인을 거부한다는 이유로 벌받고 있으며(나), 또 뉴셰형은 次子 현이 他門의 규수인 쟝소저와 내통한 이유로 엄책을 내리나 현은 끝내 따르지 않고 급기야는 병이 들어 사경을 헤맨다. 그러나 셰형은 불효자는 자식이 아니라는 이

---

39) 〈유씨삼대록〉한국고전소설총서(태학사, 이하 총서로 표기)4, pp.579~580.
40) 〈유씨삼대록〉총서5, p.263.
41) 〈현씨양웅쌍린기〉권지이 藏書閣.

유로 자식의 죽음에 전혀 내동하지 않고 있다(다). 〈쌍린기〉에서 현택지는 長子 수문이 거리에서 여자를 겁탈한 이유로, 또 次子 경문은 이를 알고도 알리지 않은 이유로 엄책하고 있다(라). 이 과정에서는 아버지가 자식에 대해 지니는 너그러운 정이 개입될 여지가 없다. 아버지는 다만 그 불효와 성인의 가르침을 따르지 않은 죄만을 물어 자식의 死生을 돌보지 않고 있다. 위의 인용에서 (다)의 경우는 현의 祖父인 우성이, (라)의 경우에는 수문의 外叔인 장시랑이 중재의 역할을 하여 그 생명을 구하고 있다. (가)의 경우는 별도의 중재자가 없어 연이 스스로 부친에게 용서를 빌 따름인데 이 경우는 애초에 부의 자식에 대한 오해에서 빚어진 사건이기 때문에 아버지가 그 오해를 바로잡음으로써 해결되고 있다.

절대적 권력의 전형적인 특권 중의 하나가 삶과 죽음을 좌우할 수 있는 권리, 즉 生死與奪權이었으며 이는 자기 아이들과 노예들의 생명을 마음대로 할 수 있는 권한을 아버지에게 주었던 고대의 부권에서부터 이미 존재했던 것 같다.[42] 위의 작품들에서 父가 자식에 대하여 바로 이 生死與奪權을 행하고 있음은 父가 자식에 대해서 지니는 절대적 우위성과 한가족 내에서의 절대적 권리를 보여주는 것에 다름이 아닌 것이다.

이들 작품에서 아버지가 이러한 존재로 설정되어 있음은 가문의 유지에 대한 소설적 관심의 표현이라는 점에서 중요한 의미를 지닌다. 뉴정경이나 현택지는 한 가족의 가장일 뿐만 아니라 가문 전체를 대표하는 宗孫이며 뉴우성 역시 宗孫은 아니지만 宗孫인 뉴연의 長子라는 점에서 가문을 대표하는 존재라 할 수 있다. 따라서 이들은 가문 전체의 응집과 선조에 의해 이룩된 가문의 기반을 잘 유지하고 더욱 발전시켜 나가야하는 처지에 놓여있는 존재들이다. 가문 내에서의 절대적인 권위는 가장이 바로 이러한 과업을 수행하기 위해서 요청되는 수단이었던 것이다.

---

42) 생명과 죽음의 권한이란 결국 죽게 할 수 있는 권한과 살게 내버려두는 권한이다. 요컨대 그것은 칼로 상징되는 것이다. (중략) 그러한 사회(고전주의시대 : 필자 주)에서 권력은 그 무엇보다도 탈취권이며 이 탈취권은 물건에 대한, 시간에 대한, 그리고 마지막으로는 생명에 대한 탈취권이다. 생명을 아주 없애 버리기 위해서 생명을 장악할 때 이 권한은 절정에 이른다. Michel Foucault, 『Histoire de la sexualite』, La volonte de savoir, 朴貞子 譯(인간사, 1988) p.184.

3.1.2. 繼後葛藤의 부각과 長子의 의미

가문의 유지에 있어서 가장권의 절대적 권위만큼이나 중요한 것은 그 가문의 가장권을 지니는 사람이 어떠한 존재인가 하는 점이다. 국가가 왕의 성향에 따라 상황이 바뀌듯이 한 가문에 있어서도 가문의 長子가 누구인가에 따라 그 가문의 상황이 달라진다. 이는 물론 가장권을 부여받는 가문의 長이 지니는 절대적 권위에서 기인하는 것이다. 따라서 가문의식이 강화되었던 당시에 있어 가문을 대표하는 존재로서의 長子가 누구인가는 상당한 관심사였다. 물론 가문을 대표하는 長子는 가문의 長子로만 이어지는 혈통의 연속성 속에서 자연적으로 결정되어지기 때문에 사실 선택의 여지가 없다. 그러나 계후를 이을 長子가 없거나 長子가 있지만 그에게 치명적인 결함이 있을 경우, 가문원들은 그 가문의 원만한 유지를 위해서 계후자를 새로 선택하지 않을 수 없다.

〈선행록〉은 바로 이런 계후문제를 둘러싸고 벌어지는 가문의 심각한 갈등을 그 주제로 하고 있는 작품이다. 그러면 이 계후갈등을 중심으로 하여 순차단락을 정리해 보기로 하자.

1. 연과 홍은 일찍 모친을 여의고 부친 뉴정경의 슬하에서 자란다.
2. 次子 홍은 연의 孝友寬仁함을 시기하여 부친에게 연을 참소한다.
3. 뉴정경이 또한 편벽되어 매양 홍을 사랑하여 연을 꺼린다.
4. 이에 홍의 갖은 참소가 더하여 정경과 연의 거리는 점점 멀어진다.
5. 이런 와중에서도 연의 효심은 지극하여 항상 부친에게 공손하고 홍에게도 우애로 대한다.
6. 홍은 참소가 날로 심해지자 연은 과거를 포기하고 홍만 응시하여 장원급제한다.
7. 이 일로 정경이 가문원의 반대에도 불구하고 홍으로 계후를 삼고 연으로 홍에게 절을 하게 한다.

8. 연은 부친에게 禍가 미치지 않도록 스스로 미친척하여 죽으려 한다.

9. 이후에도 홍의 참소는 계속되어 연을 웅과하게 하고 연이 급제하자 조정에서 연을 강상의 죄인이라 참소한다.

10. 태자의 중재로 이 일이 마무리되자 홍은 형수 중부인을 참소하여 내치게 한다.

11. 정부인은 태장을 받고 출거당하고 정추밀이 그녀를 改嫁하려하자 男服改着하여 집을 떠난다.

12. 이때 만귀비의 무리가 조정에서 득세하고 홍이 또한 그 무리에 들자 계교로 연을 조주로 정배보낸다.

13. 연, 조주에서 백성을 교화하여 이름을 높이고 정부인과 강형수를 만나 잘 지내던 중 이 사실을 안 부친에게 죽으라는 서신을 받는다.

14. 이후 조주에서 태자를 만나고 정경이 홍의 문서를 우연히 보고는 지난 일을 깨닫는다.

15. 황제가 崩하고 태자가 등극하자 연이 이부상서로 徵召되고 만귀비의 무리가 처단된다. 이때 연의 상소에 힘입어 홍은 사형을 면하고 정배가게 된다.

16. 홍이 옛일을 뉘우치고 다시 정부인을 맞이하여 연은 다시 復長된다.

17. 연은 그의 長子 우성이 인후하지 못하다 하여 시종 못마땅해하고 홍의 次子 백경을 양자로 받아들여 계후하게 한다.

18. 후에 백경은 다시 우성의 長子 세기로 계후를 삼는다.

이상과 같은 작품의 진행에서 알 수 있듯이 〈선행록〉은 연과 홍의 갈등과 아버지 뉴정경과 長子 연의 갈등에서 비롯되는 한 가문의 갈등을 중심으로 서술되고 있다. 그리고 이 과정은 계후문제를 둘러싼 가문원들 사이의 심각한 갈등을 내포하고 있다. 여기에서 정경과 연 사이의 부자갈등은 연과 홍 사이의 형제갈등에 의해 유발된다. 연은 성격이 '孝友寬仁'하고 홍은 '奸巧暗險'하여 "ᄌ연외친닉소"[43] 함이 있다.

---

43) 〈유효공선행록〉 전집15, p.6.

이로 인해 홍은 때때로 연을 시기하여 아버지에게 연을 참소한다. 뉴정경과 長子인 연과의 사이에서 발생하는 갈등이 표면화되는 것은 뇨정과 홍이 결탁하면서부터이다. 금오 뇨정은 진사 강형수의 처를 겁칙하려다 강형수의 처가 자살하는 사건을 유발하는데 이를 무마하기 위해 홍을 매수한다. 홍은 당시 시랑이었던 뉴정경에게 강형수를 참소하고 또 연마저 이 일에 연류시킨다. 결국, 강형수는 정배를 가고 연은 大責을 받는다. 바로 이 사건이 정경과 연 사이에 발생하는 부자갈등의 始端이다. 따라서 〈선행록〉에서는 형제갈등이 부자갈등을 유발시키는 직접적인 계기가 됨을 알 수 있다. 이것이 장차 연을 폐하고 홍으로 계후를 잇게 하는 계후갈등으로 발전하고 있는 것이다. 비록 이후에 정경이 자신의 잘못을 깨닫고 연을 원래의 종손의 위치에 복귀시키지만 다시 연과 연의 長子 우성, 그리고 홍의 次子 백경 사이에서 이 계후문제가 발생함으로써 유씨 가문의 심각성을 더하고 있는 셈이다.

〈삼대록〉은 뉴연이 최초의 가장으로 등장하여 〈선행록〉에서 거론되었던 우성과 백경 사이의 계후문제를 간략하게 서술하고서 백경과 우성, 그리고 그들의 자손을 중심으로 하여 사건을 전개시키고 있다. 여기에서는 〈선행록〉에서처럼 형제갈등과 부자갈등에 이은 계후갈등이 작품 자체의 주제로까지 부각되고 있지는 않다. 그러나 백경이 우성의 만류에도 불구하고 우성의 長子 세기를 그의 長子로 삼아 계후를 잇게 하고 있으며 이후에 이 일이 원인이 되어 백경의 친자인 세광과 세기 사이에 갈등이 벌어진다. 즉 세광이 그의 長子인 홍으로 계후를 삼고자 세기를 참소하고 급기야는 살해하려고 하고 있다. 이처럼 〈삼대록〉에서 역시 계후갈등은 보이고 있는 것이다.

이에 대한 순차적 진행은 다음과 같다.

1. 운수선생(백경)이 우성의 長子 세기로 계후를 삼다.
2. 세기 長子 건을 비롯하여 8子 2女를 생산하다.
3. 운수선생의 친자 세광이 그 처 위씨와 더불어 건이 계후를 이음을 시기하여 성의백(세기)을 모함하다.

4. 세광의 長子 홍이 급제하자 더욱 계후를 탐하다.

5. 성의백이 죽음을 무릅쓰고 교화하여 세광은 뉘우치나 위씨와 홍이 여전히 계후를 탐하여 성의백 부부를 살해하려 하다.

6. 성의백의 끈질긴 교화로 결국 위씨와 홍이 잘못을 뉘우치다.

이렇게 뉴정경에서부터 시작되는 계후갈등은 건에 이르기까지 장장 5代에 걸쳐 발생하고 있는 셈이다. 그러면 유씨 가문의 이 5대에 걸친 종손의 맥을 다시 도표로 정리해 보면 다음과 같다.

뉴정경 → (뉴홍) → 뉴연 → 뉴백경 → 뉴세기 → 뉴건
(A) (B) (C) (D) (E)

가문 의식의 근본적인 속성이라고 할 수 있는 宗家思想에 의한다면 가문의 계승은 長子의 계열로 전승되어야 한다. 만약 종가에서 가문을 계후할 자손, 특히 아들이 없는 경우 부득이 양자를 입양하여 계후를 잇게 한다.[44]

이때 가장 바람직한 방향의 계후는 종가에서 계속적으로 자손이 번성하여 양자의 입양이 필요 없이 長子의 계열로 家系가 지속되는 경우이다. 이것으로 미루어 볼 때 〈선행록〉〈삼대록〉에서 정상적으로 계후가 이루어지고 있는 경우는 위 도식 상 (B)와 (E)의 경우이고, 나머지 (A) (C) (D)의 경우는 비정상적으로 계후가 이루어지는 경우이다. 후자의 경우는 특히 장자가 존재하여 따로 양자를 들일 필요가 없음에도 불구하고 양자로 계후를 잇게 하고 있다는 점에서 더욱 그렇다.

〈선행록〉〈삼대록〉에서 형제갈등과 부자갈등, 그리고 계후문제를 둘러싼 이러한 갈등은 한 가문 내에서 종손이 가지는 비중과 역할, 나아가 '종손다움' 혹은 '長子다움'이 무엇인가 하는 문제를 제기한다. 계후를 長子가 아닌 次子에게 물려주

---

44) 최재석, 위의 책, pp.694~699.

려는 뉴정경, 그리고 長子가 있음에도 불구하고 다시 양자를 입양하여 이로써 계후를 삼고 있는 뉴연과 뉴백경의 행위는, 물론 형제갈등과 부자갈등에서 기인하고 있는 것이지만 더욱 중요한 것은 이들의 행위 속에 자신의 가문을 보다 잘 유지하기 위한 배려가 잠재하고 있다는 것이다.

그러면 이 문제를 우선 위 도표상의 (C)의 경우를 중심으로 살펴보자.

> 우성이 비록 영민ㅎ나 너무 발호ㅎ여 공순훈 품이 적으니 만일 엄히 골아치 아닌
> 즉 함위턴하 경박ㅈㅎ리니 맛당이 ᄉ랑을 준절이 ᄒ실비오 또 큰 그르시 아니니 일
> 업시문ᄒ로 소임케ᄒ시고 또 빅경 빅명의 총혜ᄒ미 제 아비게 ᄂ리지 아니나 너
> 모 슈발ᄒ니 구든 품딜이 아니로디 빅경은 관후인ㅈᄒ여 소ㅈ소근이니 ᄆ음의 흠
> 이ᄒ미 오린지라 맛당이 히아의 ᄌ식을 삼아 우성의 독신을 션케ᄒ고ㅈ ᄒᄂ니 대
> 인은 지삼 상양ᄒ샤 지원을 조ᄎ쇼서 공이 상서의 혈혈셩을 보고 ᄌ못 감동ᄒ여 왈
> (중략) 지어계후일은 ᄌ식이 업ᄉ면 부득이 훈 일이니 엇지 우성 ᄀᄐ 긔ᄌ를 두고
> 다시 빅경을 싱각ᄒ리오 상셰복디 왈 빅경이 크게 인후ᄒ여 종ᄉ를 족히 밧드럼ᄌ
> ᄒ니 ᄌ현의 ᄌ식이 곳 히아의 ᄌ식이라 엇지 피ᄎ 이시리오[45]

홍이 유배 갔을 때, 연은 홍의 친자인 백경의 인품에 반하여 그의 친자인 우성이 있음에도 불구하고 백경으로 長子를 삼아 계후하려 하고 있다. 그렇다면 연이 생각하고 있는 올바른 종손의 상은 어떠한 것인가? 이는 백경과 우성의 성격 차이를 통해 드러나고 있다.

한때 홍의 모함으로 출거당한 정부인이, 우성을 산중에서 무사히 낳아 데리고 오면서부터 연은 친자인 우성을 줄곧 못마땅해 한다. 〈선행록〉에서 설정되어 있는 우성은 연 자신의 말과 같이 비록 英敏하지만 너무 跋扈한, 즉 방자한 성격을 지니고 있는 것이다. 우성의 방자함은 부친의 만류에도 불구하고 그 조부의 권유로 응과하

---

45) 〈유효공선행록〉 전집16, pp.134~135.

여 장원급제를 하면서부터 표면화되기 시작한다. 우성의 방자함에서 비롯되는 사건은 다음과 같다.

* 우성이 니소저와 혼인후 니소저에 대한 色情을 이길 수 없어 니소저를 핍박한다. 이에 니소저가 냉담하자 이일로 니소저를 폭행한다.
* 장원급제 축하연에서 만난 찬향, 월섬이란 두 창기를 불러 희롱한다.
* 부모의 책망을 받으나 교묘히 부모를 속여 계속 두 창기로 더불어 희롱하며 니소 저를 핍박한다.

그러나 우성의 이 같은 성격과는 달리 백경은 아버지의 명을 거역하는 일이 없고 과거에 뜻을 두지 않으며 또 천자가 그 인품을 알아 출사를 재촉하여도 끝내 벼슬에 나아가지 않는 성격을 지니고 있다. 결국 이러한 우성의 英敏跋扈함과 백경의 寬厚仁慈한 성격의 차이가 연으로 하여금 계후갈등을 유발하게 하는 한 원인이 되고 있다. 여기에서 일단 연이 생각하고 있는 '종손다움'이란 관후인자한 성격이라는 것을 알 수 있다.

한편 뉴연이 백경으로 계후하는 것에는 우성과 백경의 인품 차이 외에도 다시 廢長된 홍을 위로한다는 이유가 놓여있다.

> 홍이 너심의 승상이 빅경 계후ᄒ미 반다시 져를 폐ᄒ고 댱을 복ᄒ미 비로소 ᄌ긔
> ᄆᆞᆷ을 위로ᄒᆞ는쥴 알고 감동ᄒ나 마춤닉 본습이 업지못ᄒ야 일단 앙앙ᄒᆞᆯ 뜻이
> 이시나[46]

이에 대한 연의 심중이 따로 서술되지는 않는다. 그러나 홍의 심중에 대한 이와 같은 서술은 연이 홍을 위로하여 형제갈등을 해소하기 위해 백경으로 계후를 삼았

---

46) 《유효공선행록》 전집16, p.385.

다는 사실을 짐작할 수 있게 한다. 이것은 친자에 대한 정보다도 오히려 가문의 화목을 더 중요하게 여긴 결과일 것이다. 〈삼대록〉에서는 별다른 형제갈등과 계후자에 대한 선택의 갈등이 노정되지 않았다. 그러나 백경이 다시 우성의 長子 세기로 계후를 삼는 행위는 역시 형제갈등의 화를 자초하지 않으려는 〈선행록〉에서의 연과 같은 의도가 잠재하고 있다고 볼 수 있다.

연의 우성과 백경에 대한, 그리고 백경의 세기에 대한 이상과 같은 계후문제는 요컨대 친자라는 혈통보다는 가문의 화목한 상태의 유지가 더욱 중요하다는 것을 보여준다. 즉 영민발호한 우성보다는 관후인자한 백경이 더욱 宗事를 이을 계후자가 될만하다는 연의 심중, 심각한 형제갈등을 초래하여 가문의 화를 불러일으킨 계후문제를 피하고자 하는 연과 백경의 행위는 가문의 화목을 위하는 편이 친자에 대한 정보다 더욱 중요하다는 인식에서 비롯되는 것이기 때문이다. 바로 이러한 연과 백경의 태도가 한 가문 내에서 長子, 특히 종손으로서의 長子의 모습에 대한 인식의 문제를 보여주는 것이다.

종손은 한 가문을 통솔하고 선조의 유업을 받들어 그 가문을 유지하고 발전시켜 나가야 한다는 과업을 부여받기 때문에 그 가문 전체의 입장에서는 결코 예사로운 위치가 아니다. 따라서 우성과 백경에 대한 인식의 태도에서 보여주듯이 계후자는 그가 종손이라는 혈통 외에도 가문의 대표자로서의 인품과 덕을 지녀야 한다. 〈선행록〉에서 유씨 가문이 줄곧 화목하지 못한 채, 내부적 불화를 지니고 있는 것도 결국은 가문의 대표자인 뉴정경이 종손으로서의 인격이 부족하여 그 맡은 바 역할을 수행하지 못하고 있다는 사실에서 기인하고 있음은 이를 잘 설명해 준다.

뉴시랑이 겸흐여 인물이 스험흐고 일편되여 잔잉흔일이라도 능히 홀 위인이라 냥즈를 비록 亽랑흐나 졀직효슌흐믈 낫비 너겨 당우는 내 뜻을 밧지아니코 혼갓 낫비출 지어 아당흐고 츠유는 낫빗츨 슌치 아니나 내 뜻을 슌죵흐니 쳔연흔 군즈효즈의 도리라[47]

뉴정경은 원래 인물이 편벽되고 인후한 덕이 없어 도리어 孝友寬仁한 연을 싫어하고 奸巧暗險한 홍을 사랑하는 인물이다. 또 정경은 명문거족으로 설정된 유씨 가문의 종손으로 벼슬이 시랑직에까지 올라있는 인물이기는 하다. 그러나 시종 홍의 참소만을 듣고 연을 사지에까지 몰아넣고 있는, 사리를 제대로 분별하지 못하는 인물이다.

연이나 백경 등이 계후를 이어 받았을 때 이들은 가문의 대표자로서 그 가문의 화목을 위해 친자와의 父子之情마저 무릅쓰는 태도를 보이고 있었다. 그러나 정경은 자신의 편벽됨으로 인해 숱한 가문원들의 만류에도 종시 연의 인품을 깨닫지 못하고 廢長하는 등 가문을 화목하게 통솔하는 계후자로서의 면모를 보여주지 못하고 있는 것이다. 따라서 계후자로서의 연과 백경, 그리고 정경의 태도를 서로 대조하고 있는 〈선행록〉은 한 가문에 있어서의 계후자의 성격이 그 가문의 유지에 미치는 영향을 보여주고 있는 것이다.

〈삼대록〉에서 비록 〈선행록〉과 같은 심각한 형제갈등과 부자갈등은 노정되어 있지 않지만, 형제들 사이의 성격을 서로 상이하게 설정하여 長子의 경우를 次子의 경우보다 더욱 仁厚한 성품으로 묘사하고 있는 것도 이와 관련하여 설명된다. 우성의 長子로 장차 백경에게 입양되어 유씨 가문의 계후를 잇는 세기는 온화관대하고 그 벼슬이 성의백에 처하여서도 항상 검소하고 또 색욕을 멀리하여 유씨 가문의 諸子들 중 유일하게 일생동안 한 명의 첩도 없이 살았던 인물이다. 이에 비해 우성의 次子 세형은 고집이 많고 편벽됨이 있는 호탕한 기질로 진양공주와 장소저 사이의 사건을 비롯하여 세字 항렬의 형제 중에서는 안팎으로 가장 많은 사단을 빚어내고 있는 인물이다.[48]

---

47) 〈유효공선행록〉 전집15, p.6.
48) 세형은 비단 이 진양공주와 장소저 사이의 사건뿐만 아니라 조정에서 간신들과의 싸움 그리고 참소 등의 일을 겪으며 〈삼대록〉의 사건전개를 주도한다. 또 세형의 次子인 현 역시 세형에 못지 않게 가문안팎으로 많은 시련을 겪고 있다. 부록 참조.

세형을 안젼의 두어 믜릿 셕슈슈웅과 딕인졉믈의 승샹 슈고를 딕신ᄒᆞ매 힝스의 민쳡홈과 지졍의 표월ᄒᆞ미 ᄉᆞ스의 과인ᄒᆞ딕 다만 고집과 편벽되미 이셔 댱공ᄌᆞ의 온화관딕홈과 다른디라[49]

세기와 세형의 이러한 성격 차이는 세형의 長子인 현에게까지도 이어지는 것으로 시종 작품에서는 長子를 온순하고 인후하도록 次子는 편벽되거나 호방한 것으로 묘사하고 있다. 따라서 여기에서 강조되는 長子의 인품 역시 온순과 寬厚仁慈임을 알 수 있다. 그리고 이 덕목은 뉴연과 백경이 보여주었던 덕목이기도 하다. 〈선행록〉에서는 이 덕목을 상실한 계후자 뉴정경의 태도가 가문에 어떠한 영향을 미치는가를 형상화하고 있거니와 결국, 이 온순과 寬厚仁者라는 것은 長子, 특히 종손이 그 가문의 유지와 결속을 위해 지녀야 하는 덕목으로 이해되는 것이다.[50]

한편 〈쌍린기〉 〈옥수기〉 등에서는 〈선행록〉과 〈삼대록〉에서의 형제갈등, 부자갈등, 계후갈등 그리고 이 과정에서 노정되어 있는 長子의 의미가 작품의 표면에는 드러나지 않는다. 〈쌍린기〉의 경우는 현택지의 두 아들 수문과 경문이 서로 같은 비중을 가지고 묘사되고 있으며 〈옥수기〉에서는 가남의 네 아들 유진, 유승, 유겸, 유함 중 長子인 유진을 중심으로 작품이 서술되고 있다. 그러나 이들 작품에서도 형제간의 성격은 서로 상이하게 설정되어 있으며 나아가 이 상이한 성격은 각기 나름대로의 다른 사건을 유발시키고 있다. 가령, 〈쌍린기〉에서 수문의 호방함으로 인한 윤소저의 겁탈사건이나 경문의 냉담한 성격으로 인한 주소저에 대한 박대 등은 그 한 예라 할 수 있을 것이다. 이들 작품이 비록 〈선행록〉이나 〈삼대록〉과 같은 계후와 長子의 문제를 직접적으로 거론하고 있지는 않지만 형제간의 성격차와 이것에 기인하는 사건들을 작품 전반에 걸쳐 노정하고 있다는 사실은 이러한 長子와 계후의 문

---

49) 〈유씨삼대록〉 총서4, p.60.
50) 〈유효공선행록〉에서 이 뉴정경의 모습은 비록 〈쌍선기〉의 한회, 〈장화홍련전〉의 배좌수 등과 신분적 처지나 갈등의 양상이 다르지만 가장의 역할을 제대로 수행하지 못한다는 점에서는 동일한 의미로 파악될 수 있을 것이다. 본장의 [註]4 참조.

제를 간접적으로나마 암시하고 있다 하겠다. 즉 〈삼대록〉에서는 톳子의 의미를 바로 형제의 대조를 통해 형상화하고 있으며 또 계후의 문제가 형제갈등이나 부자갈등과 중첩되어 있었다. 그리고 나아가 이는 한 가문을 화목하게 하는 관건이 되고 있었다. 따라서 형제간의 상이한 성격과 그것이 각기 유발하는 상이한 사건에 대한 형상화 역시 이와 연관된다 할 것이다. 한편 이 문제는 다시 가문의 응집을 위한 수평적 갈등의 중재와 연관되고 있는데, 이는 절을 바꾸어 논의하기로 하겠다.

3.1.3. 수평적 갈등의 중재와 가문의 확대

위에서 고찰한 부의 문제, 자식의 문제, 그리고 계후와 장자의 문제들은 모두 소설의 수직적 관계에서 야기되는 수직적 갈등에 대한 문제들이었다. 이 수직적 갈등은 결국 가문을 유지하고 또 계승하는 데 따르는 가문의식의 양상을 보여주는 것이라고 볼 수 있다. 이 계열의 작품에서 설정되어 있는 수평적 관계 역시 이러한 측면에서 파악할 수 있다.

수직적 갈등은 위에서 보았듯이 〈선행록〉을 구성하고 있는 주요한 구조였다. 그런데 〈선행록〉과는 달리 〈삼대록〉〈쌍린기〉 등의 작품에서는 가문 내의 수평적 관계에서 발생하는 수평적 갈등이 주요한 구조요인으로 설정되어 있다. 물론 이들 작품에서도 수직적 관계의 문제가 설정되어 있지 않은 것은 아니지만 작품의 본질적인 구조는 수평적 관계로 빚어지는 갈등이다. 특히 〈삼대록〉은 세형을 비롯한 대부분의 형제들이 부부간의 갈등을 겪고 있으며, 이것이 작품의 절대적인 분량을 차지하고 있다. 〈쌍린기〉 역시 수문과 경문이 부부간의 갈등을 겪고 있으며 이는 작품의 대부분을 차지하는 사건이다. 먼저 〈삼대록〉에 비해 비교적 사건 전개가 간단한 〈쌍린기〉를 중심으로 이 양상을 살펴보자. 〈쌍린기〉에서 수평적 갈등은 수문과 윤소저, 경문과 주소저 사이에서 나타나고 있다. 이 갈등의 진행상황은 다음과 같다.

[수문과 윤소저]

1. 수문은 하세걸의 딸 하소저와 혼인한다.

2. 수문이 外叔 장시랑의 집에 갔다가 돌아오는 길에 윤혜빙을 보고 반하여 겁탈한다.

3. 윤혜빙, 현택지의 도움으로 부모를 만나나 정절을 잃은 죄책감으로 가출한다.

4. 이후 혜빙을 찾아보지 못한 수문이 어느 날 성운사라는 절에서 남장한 혜빙을 만나나 알지 못한다.

5. 경문이 그가 윤소저임을 알아 데리고 온다.

6. 현부에 들어온 후로도 수치심을 못 이겨 하던 윤소저 현택지의 간곡한 교유로 수문과 화해한다.

[경문과 주소저]

1. 경문이 주소저를 박대하자 주문에서 안타까워한다.

2. 하루는 경문이 처가에서 자던 중 주어사의 조카 취옥이 경문을 유혹한다. 이 일로 경문과 주어사가 서로 소원해지다. 취옥은 천자에게 자신의 심정을 알려 경문과 혼인한다.

3. 이후 주어사가 경성을 떠날 때 주소저를 데리고 간다.

4. 임강왕의 딸 향아가 경문에게 반하여 妖僧 월청과 결탁하여 주소저를 납치하여 도적에게 넘기고 자신이 주소저로 변한다. 주어사가 다시 경성에 와서 현부로 데리고 온 주소저가 가짜임을 경문이 알고 내친다.

5. 주소저는 도적에게 잡혀 투신자살하나 일광도사의 도움으로 살아나고 도술을 배워 운유자라 자칭하여 전쟁에 나간 수문과 경문의 위기를 구출한다.

6. 이후 주부로 돌아와 숨어 지내던 주소저를 마침내 경문이 발견하고 데려오다. 그러나 취옥의 간교로 인해 다시 장모 후씨와의 사이가 벌어져 주소저는 다시 주부로 간다.

7. 경문이 병이 들어 죽자 주부인이 옥황을 만나 다시 살리니 이후로 서로의 금슬

이 좋아진다.

〈쌍린기〉에 설정되어 있는 수평적 갈등은 지아비의 성격, 여성의 정절, 인척과의 갈등 등의 여러 문제를 포함하고 있다. 수문이 윤소저를 겁칙한 행위는 여색을 이기지 못하는 수문의 호방한 성격에서 비롯되고 있다. 이후 윤소저가 자살을 기도하고, 또 잃었던 부모를 만나 수문과 혼인을 하게 되었음에도 불구하고 절에서 세상인연을 잊으려고 하는 행위는 여성의 정절과 관련된 문제를 보여주는 것이라 할 수 있다. 또 경문은

> 한님이 지셩각의 나아가 소져를 보민 텬향국식 일슈무비ㅎ여 일광이 징휘ㅎ고 혜월이 무식ㅎ니 더욱 년긔 십일세 풍년을 당ㅎ여 더욱 긔이ㅎ죠태 옥분의 텬화 벙으리고죠 ㅎ여 연연ㅎ 죠태 불가형언이로딕 싱의 눈의는 구토여 긔특ㅎ믈 아지못ㅎ여 다만 그 죠식이 인셰사롬 ⁇지 아니믈 보고 그윽이 깃거ᄒᆞ녀 싱각ㅎ딕 태임태시 일쪽 죠식이 잇다 듣지 못ㅎ고 셔죠비연과 양옥진이 죠식이 잇다ㅎ니 이러므로 죠식은 불관ㅎ지라 하가 슈씨는 형의 내상이 가거니와 초인은 비소원얘라[51]

라는 이유로 주소저를 멀리하여 자연 금슬이 좋지 않게 된다. 경문의 주소저에 대한 이런 태도는 급기야 주씨 가문과의 불화로 발전한다. 경문의 부부 사이가 좋지 않음을 안타까워한 주어사와 주어사의 부인 후씨는 경문부부를 자기 집에 데려와 자게 한다. 경문이 여기에서도 여전히 주소저에게 냉담하게 대하고, 또 취옥의 行惡으로 인해 주어사와 경문 사이에 심한 언쟁이 벌어지게 된다. 이 일로 인해 경문은 현상서에게 심하게 꾸지람을 듣고 또 주어사와도 소원해진다. 주어사가 경성을 떠나면서 굳이 주소저를 데리고 가는 것도 결국은 이 사건에서 비롯된다. 이후 주소저가 다시 현부로 들어왔을 때에는 취옥이 후씨를 부추겨 후씨가 경문에게 심한 욕설을

---

51) 〈현씨양웅쌍린기〉 권지일.

하고 심지어는 현상서와 현씨 가문 자체에 대해 심한 욕설이 담긴 서신을 현상서에게 보낸다. 결국 이 사건은 현씨가문과 주씨가문 사이의 심각한 갈등을 야기시킨다. 따라서 수문과 주소저 사이의 갈등은 이와 같이 단순한 부부사이의 일이 아니라 인척을 맺은 가문 사이의 갈등으로 확산된다는 점에서 중요한 의미를 지닌다.

수문의 호방한 성격과 색을 멀리하는 경문의 냉담한 성격이 발단이 되어 벌어지는 이러한 수평적 갈등은 결국, 현씨 가문이 끝까지 화목을 유지하지 못하는 핵심적인 요인으로 작용하고 있는데, 이는 곧 한 가문의 응집에 있어서 부부의 문제가 얼마나 중요한가를 보여주고 있는 것이다.

> 가정의 禍福은 부인에게 달려있다. 따라서 부부는 三親 중 가장 중요한 것이다. 가정에서 형제는 원래 의로운 사이이다. 그러나 부인을 맞이하여 다른 성을 지닌 사람이 가문에 들어옴으로 인하여 성질이 부동하고 사사로이 숨기며 大義를 잃게된다. 심한 경우는 마음을 속이고 하늘을 속여 가문을 문란하게 하니 가히 두려워하지 않으리오[52]

夫婦之間은 서로 성을 달리 하는 가문끼리의 결합인 만큼, 신랑 집안의 입장에서는 가문의 새로운 구성원을 맞이함으로써 그때까지 유지하고 있던 가문의 응집도는 낮아질 것이다. 이미 2장에서도 언급했듯이 이 사실은 조선조 가문조직 자체가 가지고 있었던 여성에 대한 억압에서 기인한다. 집에서는 아버지를, 시집가서는 남편을, 남편이 죽으면 아들을 따라야 하는 '三從之道'의 윤리는 여성을 독립적 존재로 인정하지 않았다.

여성은 언제나 남편 혹은 아들에 기대어서 자신의 입지점을 마련해야 했던 것이다. 특히 시집 온 여성은 새로운 가문의 일원으로 편입됨에 따라 자신의 입지점을 처음부터 다시 찾아나가야 했다. 우선 이미 가문 내에서 입지점을 굳게 유지하고 있는

---

52) 家之禍福在於婦人 故夫婦爲三親之首也 人家兄弟初無不義者 因其娶婦 二性入門 性質不 同偏愛私藏動失大 義 甚者誣心譚天悖亂人家 可不懼哉〈吉氏三世忠孝錄〉, 奎章閣

시어머니와 갈등을 겪어야 했으며 또 그 여성이 第一妻가 아닌 경우는 다른 처와의 주도권 다툼도 벌여야 했던 것이다. 이미 기득권을 유지하고 있는 시어머니나 다른 처의 새로운 구성원에 대한 경계도 물론 발생한다. 따라서 가문의 응집을 위해서는 무엇보다 이 부부의 관계 특히 여성에 대한 경계가 요구되었던 것이다. 위 「吉氏三世忠孝錄」이란 家傳에 실린 家訓이 가문의 응집성에 대해 夫婦之間이 미치는 영향을 경계하는 내용으로 그 처음이 시작되고, 가정의 禍福이 부인에게 달려 있다고 인식한 것도 결코 우연은 아니다.

따라서 〈쌍린기〉에서의 현씨 가문이 그 가문의 응집을 꾀하기 위해서는 수평적 갈등을 해소해야 한다. 이에 현택지는 수문과 윤소저 사이에 적극적으로 개입하여 중재를 하고 있다. 현택지는 수문이 이미 윤소저를 겁칙하였기 때문에 마지못해 윤소저를 집으로 데려오고 또 그녀의 부모를 직접 찾고 있으며 그 부모가 추밀 윤지화임이 밝혀지자 즉시 택일하여 혼인하게 하고 있다. 그리고 후에 윤소저가 산중에서 다시 하산하게 되는 것도 현상서가 '여교십편'을 적어 보낸 것에 기인한다. 그러나 이후에도 윤소저가 여전히 수문을 멀리하자 현상서는

> 녀ᄌ는 복어인이니 비록 가뷔 무례방탕ᄒ여 몸이 농담호구의 쓰러져다가 다시 복합ᄒ여도 그러톳 무례치 못홀거시어늘 ᄒ믈며 슈문이 전일 나히 졈고 일시 호석으로 너의 근본을 아지 못ᄒ고 멸딕ᄒ미 이시더 이도 그딕도록 ᄒ 비례아니어늘 현뷔 너모 초강ᄒ여 견후셰번 속이믈 태심이 ᄒ여시니 광망혼 ᄋᆞ히 노ᄒ미 엇지 그르리오 (중략) 믄득 규문의 화긔를 일코 치가ᄒ는 법계 믄허지게 ᄒ니 츠는 나의 깁히 브라던 배 아니라[53]

라고 하여 윤소저를 간곡히 교유하여 비로소 가중을 화목하게 하고 있다. 이렇게 가문의 가장인 현택지가 몸소 '여교십편'까지 지으면서까지 아들 부부 사이를 중재

---

53) 〈현씨양웅쌍린기〉 권지십.

하고 있음은 결국 이 〈쌍린기〉가 수평적 갈등을 가문의 응집을 강조하는 의도로 설정하고 있음을 알 수 있는 것이다.

그런데 경문과 주소저 사이의 수평적 갈등에는 중재자로 天上의 초월적 힘이 개입하고 있다. 취옥의 투기와 주어사의 부인 후씨의 방자함으로 인하여 갈등이 더욱 심각해지자 경문은 병을 얻어 죽는다. 이에 주소저가 죽기로 작정하고 희생이 되어 致誠하자 천상에서 이 광경을 보는 경문을 다시 재생시키고 이 일로 이 갈등은 일단락을 맺게 된다.

여기에서 주소저가 스스로 희생이 되는 행위 역시 전일 수학했던 일광도사의 가르침으로 인한 것이라는 점을 염두에 둔다면, 이 갈등의 해소에는 천상의 초월적 힘이 주요하게 작용하고 있음을 알 수 있다. 갈등의 해소에 이렇게 천상의 힘이 작용하고 있다는 것은 경문과 주소저 사이의 갈등이 그만큼 심각하다는 것을 의미한다. 즉 이 갈등은 현씨 가문 내부적 응집의 문제가 아니라 현씨 가문이 다른 가문과의 혼인을 통해 가문을 확대하려는 과정에서 야기되는 갈등이기 때문에 그 정도가 훨씬 심각한 것이다. 따라서 이 갈등의 중재에는 현택지가 아닌 천상이 개입하고 있는 것이다. 그러나 이 역시 현씨 가문을 유지하려는 의도가 내포되어 있음은 물론이다.

〈삼대록〉에서도 수평적 갈등의 양상은 이 〈쌍린기〉에서와 비슷한 양상과 의미를 보여준다. 〈삼대록〉에 등장하는 자손들 중에서 세기를 제외한 대부분이 부부 사이의 수평적 갈등을 겪고 있지만 비중있게 설정되고 있는 경우는 세형과 진양공주, 장혜앵 사이의 갈등, 그리고 세형의 차자인 현과 양소저, 장설혜 사이의 갈등, 그리고 세필과 박소저, 순씨 사이의 갈등이다. 특히 세형과 현이 겪는 갈등은 〈삼대록〉 절반의 분량을 차지하고 있다. 이들 수평적 갈등을 각각 요약하면 다음과 같다.

*세형─진양공주─장씨 : 세형은 이부상서 장준의 딸 혜앵과 혼정한 상태인데 부마로 간택되어 진양공주와 혼인한다. / 그러나 장소저를 못 잊어 공주를 핍박하다가 공주의 뜻으로 장소저를 처로 맞이한다. / 이후 세형이 장소저만 사랑하던 중 장

소저의 공주에 대한 투기에 호응하여 공주를 구타하는 등 핍박을 일삼고 장소저는 공주를 살해하려고까지 하다.

*세필—박소저—순씨 : 세필 "소져의 텬지국쇡은 눈의 긔룩이 녁일 지언뎡 무정ᄒ고 아름다은 덕힝을 올히 녁이나 흠이ᄒ미 업서"[54] 무단히 박소저를박대하다. / 소저 친부가 운남으로 갈 때 따라가길 자청하다. / 세필은 이 일을 쾌히 여기고 순화의 딸인 天下醜女와 결혼하자 오히려 금슬이 좋다. / 박소저 일행 운남행로에서 도적을 만나다. / 산동에서 남장하고 지내던 박소저를 세기가 알아보고 데려오다. / 그러나 여전히 세필과의 사이가 좋지 못하다가 박소저가 병이 든 일로 인해 화목해지다.

*현—양소저—장설혜 : 현 "구ᄐ여 박뎌ᄒᄆᆫ 업스나 ᄆ음이 규방의 울적ᄒᄆᆯ 됴히 아니 녁여 미양 외뎐의셔 궁감소환의 무리로"[55] 소일하며 양소저를 박대하다. / 장부인의 질녀 설혜를 보고 반하여 父의 만류에도 재취의 뜻을 두고 이 일로 相思의 병이 들다. / 설혜 양소저를 투기하여 현에게 양소저를 참소하고 또 양소저를 해하려는 갖은 음모를 꾸미다. / 세형이 이를 발각하여 설혜를 내치고 현을 교유하여 비로소 화목해지다.

이상에서 보듯이 〈삼대록〉 역시 수평적 갈등은 다른 외부적 조건이 아니라 性情

---

54) 〈유씨삼대록〉 총서4, p.570.
55) 〈유씨삼대록〉 총서5, p.208.

의 문제에서 기인하고 있으며, 또 그것이 가정의 화목을 위한 방향으로 흘러가고 있다. 장혜앵과 진양공주를 둘러싼 세형의 갈등은 장소저의 투기와 세형의 편협하고 호방한 성정에 의해 유발되어 궁중과 유씨 가문 사이에 심각한 갈등을 야기하고 있다. 세필과 박소저의 갈등은 그 갈등이 지아비의 냉담한 성격에서 비롯되며, 며느리가 친정 아버지를 따라 출가한다는 점에서 〈쌍린기〉에서의 경문과 주소저의 갈등과 같은 양상을 보여주고 있다. 현의 경우는 娶妻하였음에도 불구하고 그 호방한 성격으로 인해 타문의 규수를 넘보고 있다는 점에서 〈쌍린기〉의 수문의 경우와 비슷한 양상을 보여주고 있다.

〈쌍린기〉와 〈삼대록〉에서는 부부 사이의 수평적 갈등을 주요한 작품구조로 설정하고 그 갈등을 둘러싼 가문 내의 규제 및 중재의 과정을 보여주고 있다. 이는 결국 한 가문의 응집을 위해서 부부 사이가 얼마나 중요한 것인지를 역설적으로 말해주는 것이며, 다른 한편으로는 이들 작품이 가문의 응집과 화목한 유지를 주요한 주제로 취택하고 있다는 사실을 알게 해준다 할 것이다. 물론 작품에서 주요하게 설정되고 있는 수평적 갈등은 가문을 불화로 치닫게 하는 계기로 작용하였다. 그러나 이 수평적 갈등은 가장권을 중심으로 하여 중재되고 있으며, 또 여성들로 하여금 순종과 정절의 윤리를 지키게 함으로써 해소되고 있다.

즉 여성들이 시집에서 자신의 입지점을 마련하게 위해 벌이는 쟁투가 종국에는 가문의 불화를 유발할 뿐이고, 나아가 여성의 도리에 어긋나는 행위임을 강조하고 있는 것이다. 따라서 이들 작품에서는 부부사이의 갈등과 처첩의 쟁투를 통해 그것이 유발하는 가문에 대한 역기능을 효과적으로 제시하려는 의도가 나타나고 있다고 볼 수 있다. 이렇게 수평적 갈등이 가문의 응집을 강조하는 기제로 작용할 수 있는 배경으로 앞 절에서 살펴 본 가장권의 확립이 놓여 있음은 물론이다.

한편 이 수평적 갈등은 나아가 한 가문 내에서의 응집이란 측면 외에 가문이 외부적 상황에 적응해 나가는 적응의 관점이 동시에 고려되고 있었다. 〈쌍린기〉에서 경문과 주소저, 〈삼대록〉에서 세필과 박소저 사이의 갈등은 가문과 가문 사이의 불화로까지 확산되는 경향을 보여주고 있었는데, 이는 바로 가문이 외부로의 적응을 위해 확산하는 과정에서 빚어지는 갈등이란 의미를 포함하고 있는 것이다.

3.2. 가문의 몰락과 구원

〈선행록〉〈삼대록〉〈쌍린기〉 등 앞 절에서 고찰한 작품들은 자식이 여러 명으로 설정되어 있었고 부권이 자식들에 대해 생사여탈권을 행사할 만큼 강화되어 있었다. 그리고 형제갈등과 부자갈등이 중첩되어 계후갈등으로 확산되는 수직적 갈등과 (〈선행록〉) 성정에 의해 유발되는 부부갈등을(〈쌍린기〉〈삼대록〉) 포함하고 있었다.

이들 작품들에서 설정되어 있는 이러한 구조는 그것이 이미 세력을 확보하여 명실공히 권문세가의 지위를 누리고 있는 가문을 보다 잘 유지하고 계승하려는 의식을 보여주는 것으로 해석되었다. 물론 이러한 경향의 의식이 상층으로의 상승의지를 지니지 않는 것은 아니다. 그러나 이들 작품들에서는 이미 그 가문이 상당한 세력을 누리고 있기 때문에 상층지향의식보다는 오히려 이미 획득한 기득권을 더 잘 유지하려는 의식이 더욱 강하게 나타나고 있는 것이다.

그러나 소설에서 가문이 이미 몰락하여 있거나 도입부에서부터 몰락하는 것으로 설정되어 있는 경우는 가문의 유지나 계승이라는 측면보다는 그 가문을 회복하려는 상층으로의 상승의지가 강하게 나타난다.

따라서 이 경향의 작품들에서는 가문내의 응집이라는 측면보다는 가문을 외부적으로 확장하여 세력을 꾀하려는 적응의 측면이 보다 강조된다. 〈유충렬전〉〈조웅전〉〈이대봉전〉〈황운전〉〈소대성전〉〈장풍운전〉 등의 군담소설에서 이러한 경향이 두드러진다. 한편 〈옥수기〉의 경우도 여러 측면에서 이들과 유사한 면모를 보여준다. 그러나 이 경우 한편으로는 앞 절에서 논의한 작품의 경향도 다분히 보여주고 있다는 사실이 논의를 통해 밝혀질 것이다.

3.2.1. 單數로서의 자식과 부자 동일성의 서술

자식이 여러 명으로 설정되어 가문 지속의 가장 본질적인 조건이 충족되어 있는 〈선행록〉 계열의 작품과는 반대로 〈유충렬전〉을 비롯한 대부분의 군담소설에서는 소설의 도입부가 자식의 결핍으로 시작된다.

> 벼슬이 니부시랑의 거호니 위인이 츙효강직호무로 소인의 무리 미양 쩌리더니
> 한님죠후의 춤소의 잡혀 삭탈관직호고 문외 출숑호니 고향에 도라가 농부어옹이
> 되여 쳐 양시로농업을 일삼으니 가산이 부요호되 일즉 무주식호므로 셜워호더니[56]

군담소설에서 아버지는 위 〈장풍운전〉에서와 같이 늙도록 祖先의 향화를 받들 자손이 없어 걱정하고 이로 인해 자식을 염원하는 기자치성을 행한다. 그리고 천만다행으로 자식을 생산한다. 이로써 일단 절손의 위기에 대한 가장의 걱정은 해소되는 듯하다. 그러나 이때 생산되는 자식은 복수의 형태가 아니라 한 명인 단수의 형태로 나타나기 때문에 〈선행록〉 계열의 작품에서 보여준 복수의 상황에 비해 자식은 여전히 양적으로 결핍되어 있다.

또 자식이 복수로 설정되어 있는 작품의 경우 그 아버지는 명실공히 권문세가의 가장으로서 몰락을 겪지 않으면서 가장권이라는 절대적인 권력을 가지고 있었다. 그러나 단수로 자식이 설정되는 경우는 그 아버지가 비록 명문 세가의 혈통을 가지고 있지만 일찍 몰락하며, 나아가 이 몰락은 주인공 가문 자체의 파탄을 야기하고 있다. 우선 각 작품들에 나타나는 이들 아버지의 행적과 자식의 행적을 대비하여 정리해 보면 다음과 같다.

	[父]	[子]
〈소대성전〉	*소량	*소대성
	*병부상서로 재직 중 낙향	

　　　　　　　　　•得病死→ 가문몰락　　•고난

　　　　　　　　　•국가의 위기를 구함

　　　　　　　　　•노왕에 제수

〈조웅전〉　　　•조정인　　　　　　•조웅

　　　　　　　　　•승상으로 재직

　　　　　　　　　•이두병의 참소로 死　•두병의 專權으로 고난

　　　　　　　　　•국가의 위기를 구함

　　　　　　　　　•왕으로 추징　　　　•금자 광녹태 우좌복야에 제수

〈유충렬전〉　•유심　　　　　　　•유충렬

　　　　　　　　　•정언, 주부로 재직

　　　　　　　　　•정한담, 최일귀의 모함　•이들의 추적으로 고난

　　　　　　　　　　으로 유배　　　　　•국가의 위기를 구하던 중

　　　　　　　　　　　　　　　　　　　父를 만남

　　　　　　　　　•연왕에 제수　　　　•남평과 여원의 왕으로 제수

〈장풍운전〉　•장희　　　　　　　•장풍운

　　　　　　　　　•이부시랑에 제직 중

　　　　　　　　　　한림조후의 참소로 낙향

　　　　　　　　　•변방을 방어하라는 命을 •도적의 침입으로 棄兒가 됨

　　　　　　　　　　받고 떠남

　　　　　　　　　•功을 세우고 부남태수가됨 •과거에 급제하고 국가의

　　　　　　　　　　　　　　　　　　　위기를 구함

---

56) 〈장풍운전〉 판각본전집5, p.769.

　　　　　　*回軍 도중 父를 만남

　　　　　　*위국공에 제수　　　　　*장희 死後 위국공에 제수

〈장경전〉　　*장추　　　　　　　　*장경

　　　　　　*공열후 장진의 후예로

　　　　　　별호는 사운선생

　　　　　　*反敵 뉴간에게 잡혀 그　*도망가다가 棄兒가 됨

　　　　　　무리의 장수가 됨

　　　　　　*체포되어 관노가 됨　　*과거에 급제하고 국가의

　　　　　　　　　　　　　　　　위기를 구하던 중 父를 만남

　　　　　　*초국공에 제수　　　　*우승상에 제수

　　　　　　*장추 死後 연왕에 제수

〈이대봉전〉　*이익　　　　　　　　*이대봉

　　　　　　*좌승상 영준의 증손,

　　　　　　이부상서 덕연의 아들로

　　　　　　이부상서에 재직

　　　　　　*왕회의 小人됨을　　　*父와 같이 유배됨

　　　　　　상소하였다가 왕회의 참소로 유배

　　　　　　{유배 도중 父子가 헤어짐}

　　　　　　*과거에 급제하고 국가의 위기를

　　　　　　구하던 중 父를 만남

　　　　　　*우승상에 제수　　　　*초왕에 제수

　　　　　　*초국 태상왕에 제수

명문가의 후예로 설정되어 있는 아버지는 서두에서 사망하거나 (〈소대성전〉 〈조웅전)) 간신의 참소로 인해 유배 가거나 (〈유충렬전〉 〈이대봉전〉) 아니면, 도적의 난을 만나서 (〈장풍운전〉 〈장경전〉) 그 가족과 헤어지게 된다. 그리고 가장을 잃은 가정마저 불의의 난이나 간신의 모해로 인해 파산을 맞이한다. 또 자식은 그 어머니마저 잃어 寄託할 곳이 없는 신세로 전락하여 시련을 겪게 된다. 그러나 자식 즉 주인공은 원조자를 만나 성장하며 자신의 영웅적 능력을 발휘하여 국가에 공을·세워 출세하고 또 아버지를 만나 몰락하였던 그의 가문에 영화를 안겨 준다.

그런데 '출생→가문몰락→시련→입신→가문회복' 의 이러한 진행과정 속에서 아버지는 나타나지 않는다.

아버지가 사망한 경우는 물론이겠거니와 사망하지 않은 경우에도 아버지는 소설의 표면에 등장하지 않는다. 다만 그는 자식이 출세하여 대원수의 지위까지 누리게 되었을 때 비로소 소설의 표면에 등장하고 있는 것이다. 따라서 아들은 가문의 입장에서 본다면 결국 몰락한 가문을 구원하는 구원자의 의미를 지니는 셈이며 아들이 가문을 다시 회복하는 과정에서 아버지는 이미 사망하였거나 떠나 있어 아무런 역할을 하지 못하는 존재로 해석할 수 있다. 이러한 아버지와 자식과의 행적을 도식으로 나타내면 다음과 같을 것이다.

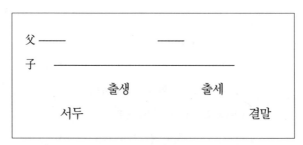

여기에서 자식의 행적은 두 가지의 측면으로 이해된다. 하나는 입신출세하는 것이고 또 하나는 잃었던 부모를 찾아 몰락한 가문을 구원하는 것이다. 자식, 즉 주인공의 이 두 가지 행적은 그러나 서로 구별되는 것은 아니다. 그가 입신출세하는 과정이 곧 그의 부모를 만나고 가문을 영화롭게 하는 과정으로 설정되고 있는 것일까?

물론 이들 작품이 주인공의 영웅성을 부각하고 있다는 측면에서 이해한다면 단수로서의 자식은 그의 탄생을 보다 신이하게 부각시키는 부분으로, 또 가문의 몰락은 장차 영화를 누리기 위해 통과해야 할 '통과제의'의 기제로 파악할 수도 있을 것이다.

그러나 부자관계란 측면에서 이해한다면 이것은 단순한 문제가 아니다. 아무래도 가문의 번창을 위해서는 적은 자손보다는 보다 많은 자손을 원했던 것이 당시의 일반 통념이다. 그리고 절손의 위기를 해소한다는 의미에서의 자식생산은 복수로 나타나는 것이 오히려 바람직한 상황이다. 게다가 절손의 위기감 속에서 기자치성을 하여 생산한 자식이 한 명뿐임은 다시 후사가 끊어질 수 있다는 위험까지 내포하고 있는 것이다.[57] 그럼에도 불구하고 자식이 단수로 설정되고 있다는 사실은 이들 부자관계가 절손과 그 절손의 극복, 즉 가문의 지속이라는 의미 외에 또 다른 의미를 지니고 있다는 생각을 갖게 한다.

자식의 생산이 가문의 지속이라는 의미를 지니고 있었던 〈선행록〉계열에서는 부가 가장으로서의 절대적 권위를 지니고 가문의 통솔과 갈등의 중재역할을 하고 있었다. 또 이때의 부는 자식에 대한 생사여탈권까지 가질 정도로 자식에 대한 절대적 우위를 점하고 있었다. 더구나 가부장제를 굳게 지키고 있었던 당시의 사회에서 父權은 권력의 상징으로 파악된다는 점[58]을 생각하면 이때의 부자관계는 당연히 '부〉자'의 관계로 생각된다. 그런데 〈유충렬전〉 등의 작품에서의 부는 가장으로서의 권위를 지니지 못한 채, 자식이 성장하고 출세하는 동안 소설의 표면에서 잠적하여 오히려 자식의 구원을 기다리는 처지로 존재하고 있는 것이다. 즉 여기에서의 부는 가부장제 사회에서의 권위의 상징이란 의미를 지니고 있지 않다. 자식에 대해 단지 系統的인 상관관계만을 지니는 이외의 다른 의미가 보여지지 않고 있는 것이다.

---

57) 작품의 서두에서 주인공의 부모들이 옷깃에 생년월시를 기입하고 또 신물을 채우고 하는 것은 바로 이러한 위험성에 대비한 것이라 할 수 있다. 李彰憲, 「혼사장애의 측면에서 본 고전소설의 도입부와 결말부」, 『관악어문연구』14(1989)에서는 이러한 도입부에서의 단산이 결말부분에서의 다산과 대칭성을 이루고 있다고 주장한다.

58) 가부장제 사회에서는 사회의 권력구조 자체가 남성 중심으로 형성된다. 그리고 조선조 사회와 같이 주자주의 이념이 통치원리로 작용하는 사회에서는 국가에서의 왕과 같은 지위를 가문에서는 가장이 누렸던 만큼 이 가장권은 권력의 상징으로 파악되는 것이다.

이 경우에 있어서 자는 부에 대해 구원자의 성격을 지니는 셈이다. 즉 자식은 아버지의 삶을 대신 살아서 아버지가 극복하지 못한 현실적 고난-세력확보 혹은 세력회복-을 해결하는 존재라는 것이다. 이때 자식은 아버지의 입장에서는 일종의 '염원형'으로 해석될 수 있다. 그렇다면 이러한 부자관계는 절손을 극복하는 의미에서의 아버지와 자식이라는 관계보다는 오히려 현실적으로 고난에 처한 존재와 그 고난을 극복해줄 존재의 관계가 더욱 강조되어 있다고 볼 수 있다. 그리고 고난을 해결해줄 존재는 자식이기 때문에 아버지는 實在하는 '현실태'이며 자식은 實在하지 않는 '가능태'이다. 따라서 이러한 부자관계를 아버지와 자식이 서로 동일존재의 의미를 지니는 '부=자'의 등식으로 치환할 수 있을 것이다. 특히 가문의 적과 국가의 적이 동일하게 설정되어 있는 〈유충렬전〉〈조웅전〉〈이대봉전〉 등의 작품의 경우에서는 [59] 가문을 몰락시키고 고난에 처하게 한 간신의 퇴치가 가장 큰 관심사로 대두되어 있음을 볼 수 있다. 이때 부와 자는 서로 동일한 정당의 일원이라는 점에서 역시 이 관계는 '부〉자'가 아니라 '부=자'로서 파악될 수 있는 것이다.[60]

이렇게 볼 때 '부=자'의 관계는 따라서 절손을 극복하여 가문을 지속하기 위한 의미보다는 자신의 삶을 대신 살아서 자신이 극복하지 못한 현실적 고난을 해결해줄

---

59) 徐大錫, 위의 책, pp.71~120 참조.

60) 이러한 부자관계의 의미는 이 소설들에서 설정되어 있는 가문이 하나의 정치적 당파를 의미하고 있다는 것과도 그 맥락을 같이한다. 이들 소설에서는 주인공 가문뿐만 아니라 간신의 가문에서도 역시 부자가 같은 의식을 공유하면서 활동하고 있기 때문에 家門=政派로 해석될 여지는 다분히 존재한다고 볼 수 있다. 徐大錫, 「〈劉忠烈傳〉의 종합적 고찰」, 李相澤·成賢慶 編,『韓國古典小說研究』(새문사, 1983) 참조.

61) 자신을 복제화하는 과정을 통하여 드러나는 子는 父와 대립되는 존재가 아니라 동일시 될 수 있는 존재로 파악된다. 이창헌, 위의 논문 참조. 그렇다면 이때의 창작자는 결국, 아버지의 입장을 견지하고 있다고 볼 수 있다. 그런데 〈소대성전〉〈장풍운전〉〈장경전〉의 경우는 오히려 그 창작자가 자식의 입장에서 아버지를 염원형으로 설정하고 있는 것으로 보여진다. 이 작품들에서는 주인공의 신분이 명문가의 혈통을 지니면서도 그 성장과정에서는 천민의 신분으로 바뀌는데 사실 당시의 현실속에서 이는 불가능한 일이다. 아무리 신분제가 동요했다고 하지만 가문조직에 의한 향촌의 질서가 더욱 굳건해져 가고 있었기 때문에 양반신분의 본질적인 변화는 힘들었다. 더구나 양반이라는 신분은 개인을 중심으로 성립되는 것이 아니라 양반가문으로서의 전통 속에서 성립되는 것이었다. 따라서 이〈소대성전〉 등의 작품은 신분상승을 염원하는 계층이 그 상승을 위한 전제가 되는 명문가의 혈통을 허구적으로 설정하고 있는 경우로 이해된다. 만약 이 전제가 없다면 명문가→천민→명문가로의 이행이 불가능했을 것이다. (본고의 2장1절 참조) 이런 이유로 하여 여기에서는 〈유충렬전〉 등의 작품과는 달리 부가 자식에 대한 구원자의 의미를 지니는 것이다.

존재, 즉 '자신의 복제'로서의 자식생산이라는 의미가 더욱 강조되어 있다고 볼 수 있다.[61]

앞서 제기한 물음인 단산의 의미 역시 바로 이러한 맥락에서 찾아진다. 자식의 생산이 부에 의한 '자신의 복제'라는 의미를 지니고 있을 경우, 그 자식은 복수로 설정되는 것보다는 오히려 단수로 설정되는 것이 바람직할 것이다. '자신의 복제'로서의 자식은 여러 명이 아니라 오로지 한 명일 때 더욱 그 의미가 분명해지기 때문이다.

이렇게 자기를 복제하는 의미로서의 부자관계는 이들 작품이 오로지 가문의 세력 확보에 관심을 집중하고 있음을 의미한다. 한 가문이 권문세가로서 행세하기 위해서는 경제력, 혈통, 권력이란 조건을 갖추어야 하는데 당시에 있어 이것은 한 개인이나 한 가정을 단위로 하여 유지되는 것이 아니라 보다 넓은 가문을 배경으로 유지되는 것이었다. 물론 이때 권력이란 가문의 구성원 중에서 중앙으로 진출하여 현달한 지위에 오르는 존재가 있을 때 확보 가능한 것이었다. 그런데 〈유충렬전〉 등의 작품에서 설정되고 있는 가문은 명문가의 혈통만 이어 받고 있을 뿐이다. 〈유충렬전〉〈조웅전〉〈이대봉전〉 등에서 가장은 비록 높은 벼슬에 처하고 있는 인물이지만 곧 참소를 받아 귀향을 가고 있는 것이다. 게다가 〈소대성전〉〈장풍운전〉〈장경전〉 등에서는 주인공이 나무팔이, 사환, 광대와 같은 시련을 겪고 있는데 이는 계급 자체의 변이라는 점에서 더욱 심각한 상황을 보여준다. 만약 이들 가정이 아무리 파탄을 맞이한다고 하더라도 더 넓은 가문을 배경으로 하고 있었다면 본질적인 계급의 변화는 사실 힘들기 때문이다. 따라서 이들 작품에 설정되어 있는 가문은 이름만 존재할 뿐 그 가문이 권력은 물론이거니와 수평적 확대마저 꾀하지 못한 상태임을 알 수 있는 것이다. 이러한 상황 속에서 우선 그들 가문이 영달하기 위해서는 먼저 가문의 구성원 중에서 중앙으로 진출하는 존재가 나와서 권력을 확보하고 이를 바탕으로 가문의 수평적, 수직적 확대를 꾀하여야 한다. 가문을 위한 이러한 요구가 결국 이 군담소설계열에서 드러나고 있는 주제의식이라 할 수 있다. 바로 여기에서 절손의 위기에 대한 해소라는 의미에서의 자식보다는 출세하기를 바라는 가장 자신의 염원을 실현시켜줄 수 있는 자식이 더욱 요구되었던 것이다.

군담소설계열의 이러한 부자관계와 그 의미는 〈옥수기〉에서의 부자관계와 비교할 때 더욱 분명히 드러난다. 〈옥수기〉는 본격적인 사건이 전개되기 시작하는 제2代 가남에서부터 보면 가문의 적과 국가의 적이 동일하고 일찍 가장이 간신의 참소로 유배를 떠난다는 측면에서는 군담소설과 비슷한 양상을 보여주고 있다. 우선 〈옥수기〉에서의 부자의 행적을 대비하면서 가남의 代에서부터 간단히 정리해 보자.

[뷔]	[재]
* 가남(한림학사)	* 가유진, 가유승, 가유겸, 가유함
(딸 : 혜영, 단영)	
* 간신 양방의 불의를 상소하였다가 정배	* 유진 형제, 경사로 가던 중 두홍앵과 설강운을 만나 즐기고 첩으로 삼다.
* 유진, 유승, 유겸이 과거에 급제	
* 가남이 찬적에서 풀려나다.	
* 정서 대원수를 제수받아 유진, 유겸과 같이 요승 니오를 대적하러 가다.	
* 적장의 요술에 걸려 위태할 즈음에 진처사를 만나 유진과 진소저를 혼인시키다.	* 유진, 진소저에게서 요승을 물리칠 방책을 배우다.
* 싸움에서 승리하여 승상 기국공에 제수되다.	* 유진은 도어사에 유겸은 병부상서에 제수되다.
* 사망	

〈옥수기〉에서 가씨 가문은 비록 그 가장인 가남이 간신의 참소를 받아 정배 가지만 그 부인이 家事를 잘 다스려 〈유충렬전〉계열에서처럼 그 자식이 棄兒가 되는 시련은 겪지 않는다. 오히려 유진 형제는 외조부의 생신잔치에 참가하기 위해 경사로

가던 도중 산수를 유람하고 또 두홍앵과 설강운이라는 미인을 만나 오랫동안 즐기고 있다. 그리고 이들 형제가 과거에 동시에 급제하여 천자가 가남을 다시 불러들이자 가남이 자진하여 두 아들을 거느리고 요승 니오와 대적하러 나선다. 또 가남의 선견지명으로 인해 장차 전쟁을 승리로 이끌어줄 진소저와 유진을 결혼시킨다.

〈옥수기〉의 이러한 부자의 행적은 앞서 본 군담소설계열과는 달리 부가 비록 정배가지만 다시 돌아와 직접 전쟁에 나가 승리한다는 점에서, 큰 차이를 내포하고 있다. 즉 〈옥수기〉에서의 부, 가남은 〈선행록〉계열이 보여준 부의 권위는 비록 지니고 있지 않지만 국가에 큰 공을 이루는 大臣이라는 점에서 나름대로의 역할을 수행하고 있는 것이다. 이렇게 〈옥수기〉에서 부가 가장으로의 역할은 미미하지만 大臣으로의 역할을 수행할 수 있는 이유는 가씨 가문이 다른 여러 가문과 친교를 맺고 있다는 사실과 관련된다. 즉 가씨 가문은 가남 이전에 이미 가운에 의해 여러 가문들과 친분을 유지하고 있었던 것이다. 가운은 남경분어사인 화경춘과는 친우관계에, 또 상서 경구주와는 인척관계를 맺고 있었다. 그리고 가남은 황후의 외구인 왕지간과도 친분을 유지하고 있었다.[62] 한편 가남이 정배당할 때 이미 그와 인척관계를 맺기로 한 화경춘의 아들 화의실도 같이 정배를 당하지만 화경춘, 경구주 등은 건재한 상태였다. 또 왕지간은 천자의 총애를 계속 받고 있는 상태였기 때문에 유진 형제들의 과거급제에까지 그 영향력을 미치고 있었다. 이것으로 미루어보아 가씨 가문은 이미 상당히 세력있는 가문과의 교제가 두터웠음을 알 수 있다. 바로 이 점이 가남 개인의 정배와는 무관하게 그 가문을 유지할 수 있도록 하는 배경이 되고 있는 것이다. 따라서 〈옥수기〉에서는 군담소설계열의 경우와 같이 부의 복제로서의 자식이 요구되었다기보다는 가문을 지속하고 발전시키는 의미에서의 자식이 요구되었다고 볼 수 있다. 이는 〈옥수기〉가 오로지 주인공 가문만을 중심으로 서술하지 않고 있다는 사실과도 관련된다. 이에 대해서는 다음 절에서 살펴보기로 하겠다.

요컨대 〈유충렬전〉〈소대성전〉 등의 작품에서는 〈선행록〉계열의 작품과는 달리

---

62) 이들 가문과의 교류는 모두 인척관계로 발전한다.

가장이 가장으로서의 권위와 역할을 제대로 수행하지 못하고 있으며 부자의 관계가 '부〉자'의 관계가 아니라 '부=자'의 관계로 설정되고 있다. 이는 이 계열의 작품들이 가문의 유지보다는 가문이 세력을 확보할 수 있는 입지점을 마련하여 영달을 꾀하려는 의식을 내포하고 있음을 의미한다 하겠다.

3.2.2. 수직적 상승을 위한 혼사

가문이 세력을 유지하거나 한층 더 세력을 높이기 위해서는 다른 가문과의 친분관계를 통해 가문을 확장해야 하며 이때 혼인을 통한 결속이 무엇보다 중요하다는 것은 이미 언급된 사실이다. 〈선행록〉계열에서도 이 혼사에서 빚어지는 문제는 중요하게 다루어지고 있었다. 그런데 이 〈선행록〉계열에서 다루어지고 있는 문제는 혼사 그 자체가 아니라 혼사를 통해 이미 맺어진 부부간의 갈등을 다루고 있었다. 그리고 이 갈등이 다른 외부적 조건에 의해서가 아니라 부부간의 성정에서 비롯되고 여기에 第2妻 혹은 妾의 투기가 중첩되어 있었다. 따라서 이러한 혼사와 수평적 갈등의 양상은 가문이 확산되는 과정에서 기인하는 고충과 동시에 가문 내의 응집을 위한 관심에서 다루어지고 있었다. 그런데 부자가 同位에서 설정되고 가문을 다시 일으켜 세우려는 측면에 관심이 집중되고 있는 군담소설 계열의 경우, 이 혼사의 문제는 가문의 응집이란 측면에서 설정되고 있지 않다. 먼저 이들 설정된 혼사 및 그 갈등의 양상을 정리해 보자.

> 〈소대성전〉 * 대성이 나무팔이로 연명하다 이승상을 만남
>
> * 이승상이 대성의 영웅성을 짐작하고 집으로 데려옴
>
> * 딸 채봉과 혼약하게 하나 왕씨의 모해로 대성과 채봉 헤어짐
>
> * 대성이 노왕에 제수되어 다시 채봉을 맞이함
>
> 〈장풍운전〉 * 풍운이 부모를 잃고 길에서 울던 중 이운경을 만남

* 이운경이 풍운의 영웅성을 짐작하고 집으로 데려옴
* 딸 경패와 혼인하게 하나 호씨의 모해로 헤어짐
* 경패 역시 가출하고 풍운은 광대가 됨
* 풍운, 왕공렬의 집에 사환이 되었다가 과거급제하고 공렬의 딸, 원철의 딸과 차례로 결혼함
* 풍운, 대원수가 되어 출전하고 승리하여 회군하던 중 그 母와 이 경패를 만남

〈장경전〉 * 장경, 부모를 잃고 길에서 헤매던 중 차영을 만나 사환이 됨
* 창기 초운의 보살핌을 받음
* 성운이 운주 목사로 부임하여 장경으로 사환을 삼음
* 성운 장경의 비범성을 알고 사위 삼고자하나 아들들이 반대함
* 우승상 왕귀가 장경을 보고 사위를 삼고자 함.
* 장경, 장원급제하고 왕소저와 혼인하고 다시 성운의 딸, 원철의 딸과 혼인함.

〈유충렬전〉 * 충렬이 부모를 잃고 회사정에서 자살하려던 중 강희주를 만남
* 강희주, 충렬이 그의 친우의 아들임을 알고 데려와 딸과 혼인시킴
* 강희주, 유심의 억울함을 상소하였다가 되리어 참소당함
* 이 일로 강낭자는 기방에서 몸을 피하고 충렬은 월경도사를 만남
* 충렬, 대원수가 되어 싸움에서 승리하고 회군하던 중 강낭자를 만남

〈이대봉전〉 * 이익과 장화가 그 자녀들로 정혼함
* 이익은 왕희의 참소로 원찬되고 이 일로 장화가 노기를 참지 못해 죽음.

* 대봉, 父와 같이 정배가던 중 서로 헤어짐

* 애황, 장준과 왕희의 모해를 피해 男服改着하여 달아남.

* 대봉과 남복개착한 애황이 외적을 물리침

* 대봉이 애황의 본래 모습을 알고 서로 혼인함

〈황운전〉　* 황한과 설영이 그 자녀들로 정혼함

* 황한과 설영이 진권의 참소로 원찬됨

* 황운은 도사의 도움으로 사명산으로 가고 설연은 男服改着하여 태항 산으로 들어감

* 진권이 반란을 일으키자 황운과 설연이 물리침

* 황운과 설연, 서로의 신분을 알고 혼인함

　여기에서 혼사의 양상은 두 가지의 경우로 구별되어 나타나고 있음을 볼 수 있다. 〈소대성전〉〈장풍운전〉〈장경전〉 등에서는 주인공이 가정의 파탄 이후 거리를 헤매다가 장차 장인될 사람을 만나고 있으며, 〈유충렬전〉〈황운전〉〈이대봉전〉 등에서는 아버지들의 친분관계에 의해서 혼인이 이루어지고 있는 것이 그것이다. 따라서 논의의 편의를 위해 이 두 가지의 경우를 각각 〈소대성전〉유형과 〈이대봉전〉유형으로 지칭하기로 하자.

　먼저 〈소대성전〉유형의 경우를 보면, 혼사는 장차 장인될 사람의 知人知鑑에 의해서 이루어지고 있다. 주인공은 부모를 길에서 잃고 헤매던 중 장차 장인될 사람을 만나고 장인될 사람은 그의 영웅성을 짐작하고는 딸과 결혼하게 하는 것이다. 그리고 이 과정에서 혼인 당시 신부의 가문은 한결같이 주인공의 가문보다 우월한 처지에 있는 것으로 설정된다. 〈소대성전〉의 이승상은 세 아들이 모두 공문거족에 거하고 큰딸은 공부상서의 며느리가 되어 있을 정도로 가문이 번창한 상태이며,[63] 〈장풍

---

63) "일즉 삼즈이녀를 두어시니 장자의 명은 티경이오 차자의 명은 틍경이오 숨즈의 명은 필 경이니 모두 명문거족 셩취ᄒ고 쟝녀의 명은 쳐란이니 공부샹셔 뎡낭의 며ᄂ리되고"〈소대성전〉 판각본전집4, p.387.

운전)의 이운경은 통판 벼슬을 지낸 적이 있는 사람이며, 〈장경전〉의 왕귀는 우승상에 처하고 있다.

신부측의 집안이 주인공측보다 우월한 것으로 설정되는 이 사실은 그만큼 주인공의 현재 처지가 그것을 필요로 했음을 의미한다. 즉 여기에는 이미 몰락하여 파탄을 맞이한 가문이 보다 우월한 가문과의 혼인을 통해서 그들의 失勢를 회복하려는 의도가 표출되고 있는 것이다. 그러나 이러한 의도는 쉽게 달성되지 않는다. 당시에 있어서 혼인은 자기 가문의 세력유지나 그 세력을 한층 더 높이기 위한 중요한 수단이 되었던 만큼 그것은 철저한 계급관념에 의해 이루어졌다.[64] 따라서 이미 상당한 세력을 지니고 있는 것으로 보이는 신부측이 거주성명도 제대로 모르는 주인공을 사위로 맞이한다는 사실은 사실 현실적으로 불가능한 일이다. 물론 주인공은 장차 영화로운 삶을 누리게 될 비범한 존재이지만 혼인 당시 이것은 어디까지나 잠재적인 것으로 남아 있었던 것이다. 혼인에 있어서의 이러한 사정 즉 신분의 불평등이 결국은 반대자를 성립시키게 되는데 〈소대성전〉의 왕씨, 〈장풍운전〉의 호씨, 〈장경전〉의 성운의 아들 등이 그 반대자에 해당한다.

　　소성이 비록 문회 높흐나 부모친척이 업고 거리로 기걸ᄒ엿거늘 샹공은 혼갓 소공의 청덕을 ᄉ모ᄒ여 이런 뜻을 두시니 젼일 녀ᄋ를 틱소의게 비ᄒ시다가 엇지 붓그럽지 아니ᄒ리잇고 [65]

　　호시 변식 왈 샹공은 셰딕원훈으로 명망이 조졍의 진동ᄒ거늘 근본 업시 거리로 다니는 ᄋ히를 취ᄒ여 천금녀ᄋ의 비우를 삼으려 ᄒ시니 남의 치소를 면치 못ᄒᆯ지라 거절홈만 갓지 못ᄒᄂ이다.[66]

---

64) 2장 [註]8, [註]9 참조.

65) 〈소대성전〉 판각본전집4, p.389.

66) 〈장풍운전〉 판각본전집5, p.771.

이들은 비록 주인공이 學德은 높지만 그 근본을 알 수 없고 또 걸식하던 존재라 하여 사위삼기를 반대한다. 〈소대성전〉에서 왕씨는 자객을 보내어 대성을 죽이려고까지 하고 있으며, 〈장풍운전〉에서 호씨는 전실부인 최씨의 딸 경패에 대한 시기까지 겹쳐 경패를 독살하려다 실패하고 호현이란 사람에게 改嫁시키려 하고 있다. 또 〈장경전〉에서도 성운이 장경으로 사위를 삼고자 하나 그 아들들이 반대하고 있다. 결국 이러한 반대자의 존재로 인해 혼사가 성사되지 못하거나 (〈소대성전〉 〈장경전〉) 부부가 헤어지는 (〈장풍운전〉) '혼사장애'가 발생한다. 따라서 보다 우월한 가문과 혼인하려는 의도는 일단 소망형으로 남게 되는 것이다. 그러나 실제 작품에서 이러한 '혼사장애'는 나중에 주인공이 得貴함으로써 해소된다. 소대성은 노왕에 제수되어 채봉을 찾아 혼인하며 장풍운은 대원수가 되어 싸움에서 승리하고 회군하던 도중 경패를 만나고 있는 것이다.

결국 〈소대성전〉 유형에서 설정되어 있는 이러한 혼사의 과정은 가문의 응집이란 측면과는 상당한 거리가 있다. 물론 혼사라는 자체가 가문이 외부로 적응하는 과정이지만 앞서 살펴본 〈선행록〉 계열의 작품에서는 혼사가 외부로의 적응 과정에서 야기되는 가문 내적인 응집성의 문제라는 측면에서 설정되어 있었다. 이에 비해 이 〈소대성전〉 유형에서는 혼사가 오로지 주인공 가문의 세력 확보의 수단으로 설정되어 있는 것이다. 즉 이들 작품에서 혼사는 주인공이 기아상태를 극복하여 장차 得貴할 수 있는 발판을 마련하고 있다는 점에서 주인공에 대한 일차적인 구원의 기제로 작용하고 있는 것이다.

한편 〈이대봉전〉 유형에서의 혼사는 〈소대성전〉 유형과는 달리 혼사가 주인공 아버지들의 친우관계에 의해서 이루어진다. 〈이대봉전〉에서는 이익과 장화가 서로 태몽을 說話하며 자식들의 혼사를 정하고 〈정수정전〉에서 역시 정국공과 장운이 서로 만나 자식들의 혼사를 정한다. 그리고 〈황운전〉에서는 직접적인 정혼의 서술은 없지만 황한이 원찬되면서 황운을 장연의 아버지 장운의 집에 맡기고 간다. 결국 혼사는 애초에 주인공들의 아버지에 의해서 미리 정해지는 것이며 따라서 작품에서 혼사의 고정은 이러한 혼정을 지키고 수행하는 과정으로 나타난다. 〈유충렬전〉에서는 이러한 아버지에 의한 정혼은 설정되어 있지 않지만 이미 유심과 강희주는 서로 친분이 있는 사이이다.[67] 그런데 여기에서 주목할 점은 이 주인공 아버지들의 친분이 서로 정치적인 이해와 의식을 공유하는 존재들끼리의 만남이란 의미를 지닌다는 사실이다.

　　전승상 강희주난 근돈수빅비ᄒ 웁고 상소우폐하전ᄒ나니다 황송ᄒ오나 충신은 국가지본심이요 간신을 물이치고 충신을 니소와 인졍을 힝ᄒ시고 덕을 베푸사 창셩을 살피사면 소신 갓탄 병골이라도 틔고순풍 다시 만나 청산빅골이나 조혼 땅에 뭇칠가 ᄒ여쓰니 간신의 말을 듯삽고 쥬부 유심을 연경으로 원찬ᄒ시니 선인의 ᄒ신 말삼 인군과 신ᄒ보기를 초기갓치 ᄒ야[68]

〈유충렬전〉에서 강희주는 충렬로부터 유심의 원찬 소식을 듣고 위와 같이 상소한다. 그리고 강희주의 이 상소에 대해 간신 정한담·최일귀 등은 "네 전일의 자층 충신이라 ᄒ더니 충신도 역적이 되단말가"[69] 하면서 조정에서 충신 對 간신의 논쟁을 벌이고 강희주를 역적으로 몰아 원찬하고 있다. 이는 강희주와 유심과의 관계가 단순한 친우관계가 아니라 정치적 이해를 같이 하는 존재들끼리의 관계라는 사실을 짐작케 하고 있다.[70] 〈이대봉전〉〈황운전〉〈정수정전〉에서도 남녀 주인공의 아버지

---

67) "강승상이 이 말을 듯고 디경 질식ᄒ여 이거시 웬말이냐 글련의 노병으로 황셩을 못가쓰니 그디지 인사변ᄒ야 이런 변이 잇단 말가 유쥬부는 일국의 충신이라 동조에 벼슬 ᄒ다가 년만 ᄒ기로 고향의 도라왓더니 유쥬부 이런 줄을 몽중으나 싱각 ᄒ여쓰랴 의외라"〈유충렬전〉 판각본전집2, P.345. 한편 〈소대성전〉에서도 소량과 이승상은 익히 아는 사이로 설정되어 있다.

68) 〈유충렬전〉 판각본전집2, p.346.

69) 〈유충렬전〉 판각본전집2, p.347.

70) 본장 [註]24 참조.

71) "그 친우 셜영은 당시 셜인귀의 후예라 서로 교계 심후 ᄒ더니 냥인이 삼십구셰의 이르러 청운의 득의 ᄒ여"〈황운전〉 판각본전집5, p.1019.
"뎡공이 쇼왈 형의 부귀로 엇지 일비쥬로 박히 디접 ᄒ나뇨 장공이 쇼왈 형은 니빅의 후신인지 쥬비탐ᄒ기를 잘ᄒ는 또다"〈정수정전〉 판각본전집3, p.51. 이에서 보듯이 이들은 서로 이미 상당한 친분이 있다.〈이대봉전〉에서도 이익과 장화가 서로 집을 드나들 정도로 친한 사이로 설정되어 있다.

들은 이미 서로 친분이 있는 관계이다.[71] 〈이대봉전〉에서 이익은 당시 국권을 잡고 있던 우승상 왕회의 소인됨을 상소하였다가 원찬되며 장화는 이 사건으로 인한 분노를 참지 못해 죽는다. 〈황운전〉에서 황한은 좌승상 진권의 참소로 원찬되는데 설영 역시 진권의 측근인 양철의 청혼을 거절한 이유로 원찬된다. 또 〈정수정전〉에서 정국공은 황제의 총애를 받고 있는 예부상서 진공의 소인됨을 참소한 이유로 원찬되고 유배지에서 병사하자 장공 역시 이 분을 참지 못해 죽는다. 따라서 이들 작품에서도 남녀 주인공의 아버지들은 〈유충렬전〉에서와 같이 모두 동일한 간신의 참소로 몰락하고 있다. 이는 곧 이들의 관계가 단순한 친우관계를 넘어 정치적 이해를 같이하는 존재들임을 의미하는 것이다.

혼인이 가문과 가문의 결합이니 만큼 이들이 서로 자녀들로 정혼을 하여 인척관계를 맺고 있음은 정치적 이해를 같이하는 가문과의 결합을 통한 정치적 세력의 확대로 볼 수 있다. 그런데 이들은 정치적 세력을 유지하지 못하고 몰락하는 존재들이다. 따라서 이들은 자신들의 세력을 다시 회복해야 하는 입장에 놓여 있는 셈이다. 때문에 그들은 앞 절에서 본 바와 같이 이 정치적 失勢를 회복하고 또 가문의 세력을 회복할 수 있도록 하는 자기 복제로서의 의미를 지니는 자식을 설정하고 있는 것이다. 특히 〈이대봉전〉〈황운전〉〈정수정전〉 등 소위 '여성영웅소설'의 경우 남주인공과 여주인공 사이의 혼사장애가 소설의 전체구조로 확장되어있으며[72] 이들이 힘을 합하여 간신을 물리치는 과정이 곧 그들의 혼사를 완성하는 과정으로 설정되어 있음은 더욱더 몰락한 가문의 구원이란 의미를 강조하고 있다할 것이다.

이상의 고찰을 통해 볼 때 〈소대성전〉유형의 혼사는 주인공 가문이 자신의 세력을 확보하기 위해 필요한 일차적 구원의 역할을, 그리고 〈이대봉전〉유형의 혼사는 정치적 이해를 같이하는 집단끼리의 결성이란 의미를 지닌다. 그런데 〈소대성전〉유형의 경우나 〈이대봉전〉유형의 경우 혼사는 한결같이 주인공 가문의 몰락과 거의 동시에 이루어지며 이 과정에서 장애가 발생하고 또 이 장애는 주인공의 得貴 후에

---

72) 민찬, 위의 논문, 참조.

해소된다는 공통점을 지닌다. 따라서 이들 작품에서 혼사의 설정은 부자관계의 설정과 마찬가지로 가문의 응집을 강조하는 측면에서가 아니라 몰락한 가문의 구원을 위한다는 의미에서 설정되고 있는 것이다.

그런데 〈장풍운전〉이나 〈장경전〉의 경우는 소설의 후반부에 처첩의 갈등에 의한 가문의 불화가 설정되고 있다.[73] 그리고 이 처첩갈등은 〈쌍린기〉 등의 작품에서와 같이 가문의 화목을 지향하는 방향으로 전개되고 있다. 즉 처첩의 갈등을 통해서 가문의 불화를 보여주고 이를 징치함으로써 가문의 내부적 응집을 도모하려는 노력을 보여주고 있다. 그러나 이 경우는 소설 전반부에서의 주관심사였던 가문의 세력확보라는 문제가 달성되고 난 후에 발생하는 갈등이다.

〈쌍린기〉 등에서 가문의 내부적 응집이 주요한 관심사로 부각되고 있다는 사실은 주인공 가문이 이미 상당한 세력을 유지한 상태였다는 점과 관련이 있었다. 이를 보면 결국 가문의 응집이란 측면은 그 가문이 세력을 이미 확보하고 난 후에 비로소 관심을 갖는 문제임을 알 수 있다.

한편 〈옥수기〉에서 역시 〈이대봉전〉유형과 비슷한 혼사의 양상이 설정되고 있다. 가남과 화의실은 그들의 자녀로 정혼을 한다. 그리고 혼사가 이루어지기도 전에 가남과 화의실은 간신 양방의 불의를 상소하였다가 동시에 원찬을 당한다. 이후 양방을 매수하여 벼슬을 돈으로 산 나춘은 화소저와 혼인할 의도를 품고 가남 집안의 가난함을 싫어하는 화의실의 처 류부인에게 패물을 보내 허락을 받는다. 그러나 화소저는 자신의 정절을 위해 남복개착하고 가출하여 시련을 겪는다. 가유진과 화소저 사이의 이러한 혼사장애는 정치적 이해를 같이 하는 부에 의한 정혼과 이에 이은 아버지들의 원찬, 그리고 아버지를 참소한 간신과 결탁한 사람의 핍박으로 혼사의 장애가 발생한다는 점에서 일단 〈이대봉전〉유형의 혼사와 비슷한 양상을 보여주고 있다.

---

73) 〈장풍운전〉에서는 명헌왕의 딸 유씨가 이부인을 모해하려는 사건이 설정되어 있고 〈장경전〉에는 소부인이 초운을 모해하려는 사건이 설정되어 있다. 이 사건들은 모두 지아비가 적과의 싸움을 위해 집을 비운 사이에 발생하고 있으며 지아비 즉 주인공이 돌아옴으로써 해결된다.

그런데 〈옥수기〉에서는 앞절에서 보았듯이 진소저와의 혼인이 또 설정되어 이로 인해 가남과 유진은 전쟁에서 승리하고 있다. 결국 〈옥수기〉에서 주인공 가문의 세력확장에는 이 진씨 가문과의 혼인이 가장 중요한 기제로 설정되어 있다. 이는 〈옥수기〉에서 설정된 혼사의 의미가 군담소설과는 다르다는 사실을 암시하고 있다. 물론 〈옥수기〉 역시 혼인은 정치적 이해를 같이 하는 가문들끼리의 결탁이란 의미를 지닌다. 그러나 가장 중요한 혼사인 진씨 가문과의 결합은 주인공 가문이 몰락한 시기가 아니라 대원수의 가문이라는 세력을 누리고 있을 때 이루어지고 있다. 따라서 여기에서는 군담소설에서처럼 몰락한 가문의 구원이라는 의미보다는 사대부의 벌열형성이라는 의미가 돋보인다고 볼 수 있다.[74]

이상의 고찰을 통해 알 수 있었듯이 〈소대성전〉유형, 〈이대봉전〉유형, 〈옥수기〉 등의 작품에 설정된 혼사는 가문의 세력 회복이나 확보의 측면에서 설정되고 있다. 물론 이러한 양상이 〈선행록〉계열에서도 나타나고 있었지만 〈선행록〉계열은 이것이 가문의 응집을 구심점으로 하여 설정되고 있다는 점에서 차이를 보인다. 그리고 〈옥수기〉의 경우는 군담소설들과는 달리 혼인을 통한 세력확보가 몰락한 가문의 구원이란 의미가 아니라 사대부들의 벌열형성이라는 의미를 지니는 것으로 이해되었다. 그런 만큼 이 〈옥수기〉는 군담소설보다는 〈선행록〉계열과 더욱 가까운 혼사의 양상을 보여준다 할 것이다.[75]

---

74) 金鐘澈, 위의 논문에서는 〈옥수기〉의 이러한 혼인양상이 "정치적 대결을 승리로 이끌어 가는 과정에서 가문간의 연합에 의한 정치적 벌열그룹을 형성하는" 의미를 지니며, 나아가 이는 19세기초 당대의 하층민의 성장에 대한 집권세력의 권력의 집중과 대응된다고 주장하고 있다. 그러나 이러한 과정이 [군담소설]에서 보이는 세속적 영달이란 것과는 다른 의미를 지니는데 바로 이 과정이 '주자가례'의 실천이란 조선조 사대부들의 이념의 실천이라는 의미를 아울러 지니기 때문이다. 여기에 대해서는 다시 본고의 4장 2절에서 상술하기로 하겠다.

75) 〈선행록〉계열이 보여주는 수평적 갈등이 비록 가문의 응집이란 측면에서 설정되고 있지만 이 역시 가문과 가문이 결합하는 과정에서 발생하는 갈등인 만큼 벌열의 형성이란 의미를 지닌다고 볼 수 있다.

4. 가문의식과 창작의식

4.1. 가문에 대한 관심과 소설의 두 가지 속성

조선조 사회에 있어서 한 가문이 그 가문의 유지를 위해서는 가문원의 내부적 결속이라는 문제 즉 응집의 측면과 세력의 확보 및 확대의 문제 즉 적응의 측면이 요구되었음은 이미 앞에서 지적한 바이다. 그리고 지금까지 고찰한 바에 의하면 소설에서 나타나는 가문에 대한 관심은 가문을 유지하고 계승하려는 측면과 가문의 세력을 확보 혹은 회복하여 몰락한 가문을 구제하려는 측면의 두 가지 경향을 보이고 있었다. 그런데 이 응집과 적응이라는 가문의 유지를 위한 두 측면은 그 속성상 서로 상반되는 것이 아니라 서로 상호보조적인 관계에 놓인다. 만약 응집의 측면이 너무 강조되면 그 가문의 외부에 대한 적응력은 그만큼 낮아질 것이며 또 적응의 측면이 너무 강조되면 반대로 가문의 내부적 응집력이 낮아질 것이다. 또 응집이 없는 상태에서의 외부로의 적응이나 적응이 없는 상태에서의 내부적 응집, 어느 측면도 사실상 성립할 수 없다. 따라서 이 응집과 적응의 두 측면은 가문의 유지를 위해서는 모두 필수불가결한 요소인 것이다. 그러나 그 가문이 현실적으로 처한 여건에 따라 이 두 측면은 어느 정도의 편파성을 보이게 마련이다. 소설에서 설정된 가문이 이미 그 지지기반을 구축하고 있는 작품들에서는 가문의 내부적 응집을 더욱 강조하는 경향을, 또 그 지지기반을 상실하였거나 애초에 지니지 못했던 작품에서는 세력의 회복 혹은 확보를 위해 외부적 적응을 더욱더 강조하는 경향을 드러내고 있는 것이다.

이와 관련하여 주목되는 사실은 본고에서 언급된 작품들이 그 가문의식에 있어서 뿐만 아니라 그것의 존재방식에 있어서도 일정한 차이를 내포하고 있다는 사실이 다. 즉 〈선행록〉, 〈삼대록〉, 〈쌍린기〉, 〈옥수기〉등은 주지하다시피 이미 가문소설 로 그 유형이 분류되어 있는 소설이며 분량면에 있어서도 상당히 긴 대하장편소설 이다.[76] 그리고 이 계열의 소설에서 먼저 발견할 수 있는 형식적 특성은 累代記 구성 이라는 점이다. 〈선행록〉과 〈삼대록〉이 연작의 관계에 있음은 이미 지적한 바인데, 여기에서는 뉴정경에서부터 시작되는 5代의 행적을 서술하고 있다. 〈쌍린기〉 역시 〈明珠奇逢〉, 〈明珠玉燕奇合錄〉과 連作의 관계로 현택지에서부터 시작되는 5代의 행적을 서술하고 있다. 〈옥수기〉의 경우는 〈선행록〉이나 〈쌍린기〉와 같이 5代에 걸 친 행적을 서술할 만큼의 장편은 아니나 가운에서부터 시작되는 3代의 행적을 서술 하고 있다. 한편 이들 계열의 작품에서는 이미 3.1.3에서 보았듯이 여러 가문을 등장 시켜 가문과 가문 사이에서 벌어지는 사건의 양상을 복합적으로 설정하고 있다. 따 라서 여기에서는 개별적인 주인공이 존재하는 것이 아니라 주인공 가문이 존재할 뿐이다. 또 그 서술시점에 있어서도 오로지 주인공 가문만을 중심으로 하는 것이 아 니라 등장하는 가문들에 대해서도 독립적인 시점을 유지하려는 경향을 보여준다. 특히 〈옥수기〉의 경우 卷8에서 "초셜 왕신이 이뫼 가소져와 혼취ᄒ 미……"부터 卷9 에 이르기까지는 왕신과 임소저 사이의 행각, 임운의 행적에 대한 서술이 독립적으 로 설정되는 경향이 보인다. 이 〈선행록〉계열의 작품에서 보여주는 이와 같은 형식 적 특성들은 대체로 가문소설 혹은 대하소설이 일반적으로 보여주는 특성으로도 파 악되는 것이다. 한편 이러한 형식적 특성과 아울러 이들 작품은 방각본이라는 형태

---

76) 그러나 〈옥수기〉의 경우는 김기동에 의해서 가문소설로 분류되어 있지만 작품의 양상이 군담소설과도 유 사한 부분이 많아 가문소설의 전형적인 형태는 아니라고 보아야 할 것이다. 김종철에 의하면 이 〈옥수기〉는 "엄격히 말해서 가문소설이라기보다는 장편영웅소설"의 성격을 지니는 것으로 이해되는데, 필자 역시 여기 에 대해서는 의견을 같이한다. 김종철, 위의 논문 참조.

로는 출간되지 못했고 필사의 형태로 가문에서 전승되어 유통되는 경향을 보여주기도 한다.

이에 반해 가문의 몰락과 그 구원이란 측면을 강조하고 있는 〈유충렬전〉〈소대성전〉 등 군담소설에 속하는 작품들은 단일주인공이 존재한다. 따라서 주인공 한 개인을 중심으로 '영웅의 일대기'의 형식에 의해서 작품이 구성되고 있다. 그리고 부자관계에 있어서도 위의 가문소설들이 父의 절대적 우위성을 보여주고 있었던 반면, 이 계열의 작품에서는 父가 자신의 역할을 수행하지 못하고 다만 자식의 능력에 의존하는 경향을 보여주고 있었다. 그 결과 서술시점은 오직 이 주인공에게만 모아져 있으며 작품의 분량 역시 가문소설에 비교할 바 못될 정도로 짧다. 이는 군담소설의 거의가 방각본의 형태로 출간될 수 있었던 이유로 볼 수 있는데 그렇다면 유통의 측면에서 역시 가문소설과는 다른 면모를 보여주고 있는 것이다.

이러한 가문소설과 군담소설은 물론 소설이라는 큰 장르적 범주 속에 다같이 포함되는 것이지만 그 유형에 따라 이상과 같이 각각의 특이한 형식적 특성을 지니며, 또 그 유통방식 역시 상이한 점을 내포하고 있다. 그리고 이미 고찰했듯이 소설이 표방하는 가문에 대한 관심 역시 일정한 차이를 내포하고 있었다. 그렇다면 이 두 소설군이 지닌 이러한 차이는 궁극적으로 어디에서 기인하는 것인가? 이 물음에 대한 해답은 결국 소설의 창작주체에게 있어 소설의 창작이 어떠한 의미를 부여했는가에 대한 고찰에서 찾아질 수 있을 것이다. 즉 창작주체는 자신의 필요성에 따라 '가문소설의 형식' 혹은 '군담소설의 형식'을 선택했을 것이기 때문이다. 이를 위해 먼저 조선조 사대부들에게 있어 소설의 창작이 어떠한 의미를 부여했는가하는 문제부터 고찰해 보기로 하자.

주자주의 교리에 젖어있었던 조선조 사대부들에게 있어 소설이 배척을 받았음은 이미 주지하는 바이다. 소설은 그들에게 있어서. 李德懋의 언급처럼, 소설이 거짓되고 더러운 것을 고취하며, 경전을 거칠게 한다는 이유에서, 그리고 李植의 언급처럼 소설이 陰賊의 마음을 품는다는 이유 등에서 배척당하고 있는 것이다.[77] 그러나 사대부들 중에서도 소설의 가치를 충분히 인식하고 또 직접 소설까지 창작한 존재가 있음도 이미 널리 알려진 사실이다. 〈옥수기〉의 작자인 小南 沈能淑, 〈사씨남정기〉의 작가 金萬重, 〈六美堂基〉의 작가 徐有英, 〈鍾玉傳〉의 작가 睦台林 등은 그 대표적인 경우이다. 그런데 이들은 대부분이 소설의 효용론적인 가치에 입각하여 소설을 짓고 있었던 것 같다. 즉 서유영의 언급처럼, 소설은 비록 허구적이고 지루하지만 무릇 人情世態에 대한 경계와 賢愚善惡의 분별이 있으며, 晩窩翁의 언급처럼 福善禍淫의 이치가 있기 때문에 소설의 가치를 인정하고 있음을 확인할 수 있다.[78] 그런데 이들의 소설에 대한 효용론적 관점이 당시에 떠돌던 모든 소설에 해당되는 견해는 아니었다고 보여진다. 소설 중에서도 그 가치를 인정할 수 있는 것이 있고 그 가치를 인정할 수 없는 소설이 있었다는 것이다.

심지어 숙향전 풍운전의 뉴가항의 천혼 말과 하류의 느즌 글시로 판본에 긔각ᄒ야 시상에 미미ᄒ니 이로 긔록지 못ᄒ거니와 대쳐 그 지은 뜻과 베픈 말을 볼진디 대동소이ᄒ야 사롬의 셩졍을 고쳐시나 ᄉ실은 흡사ᄒ고 션악이 닉도ᄒ는 계교는 혼ᄀ지라 젼혀 부인녀ᄌ와 무식쳔류의 즐겨보기를 위ᄒ고로 말솜이 비루ᄒ고 계칙이 경쳔ᄒ야 (중략)만일 간악흔 ᄌ의 공교흔 꽤를 긔묘히 올히 넉일진디 그 히로오미 장ᄎ 어디미츠리요 이러므로 그으기 탄식ᄒ고 깁히 념녀ᄒ는 비라[79]

---

77) 小說有三惑 架虛鑿空 談鬼說夢 作之者一惑也 羽翼浮誕 鼓吹淺陋 評之者二惑也 虛費膏晷 魯莽經典 看之者三惑也, 李德懋, 〈靑莊館全書〉 卷之五 〔嬰處雜稿〕. 이외에 소설의 배격론에 대한 대표적인 견해로는 다음의 것들이 있다.
　　小說雜記…非鬼神怪誕之說 則皆男女期會之事 其不乃諸史書遠矣, 鄭泰齊, 〈天君演義〉 序
　　世傳作水滸傳人 三代聾啞 受其報應 爲盜賊尊其書也 許筠朴燁等好其書 以其賊蔣別名 各占爲號以相謔 筠又作洪吉童傳 以擬水滸 其徒徐羊甲沈 友英等躬跳其行 一村 蘆粉筠亦叛誅 比甚於聾啞之報, 李植, 〈澤堂別集〉 卷14.
78) 余寓城男直廬 長夜無寐 聞隣家多藏牌官諺書 借來數三種 使人讀而聽之蓋一篇宗旨 始於男女婚溝 而歷敍閨房行蹟 瓦有異同 皆架虛鑿空 支離煩瑣固無足取 然若人情世態 善於模寫 凡悲歡得失之際 賢愚善惡之分 往往有令人觀感處, 徐有英, 〈六美堂記〉, 전집1, p.305.
　　世之爲小說者 詩皆鄙里 事亦荒誕 盡歸於奇談詭墟 而其中所謂南征感義錄數篇 令人說去便有感發底義矣…是書之作雖出於架空構虛之說 便亦有福善禍淫底理, 晩窩翁, 〈一樂亭記〉 序, 전집5.
79) 洪羲福, 〈第一奇諺〉 1권 5~8장

이는 〈第一奇諺〉을 번역한 洪義福의 말이다. 홍희복은 소설 중에서 비루하고 계교가 심하여 전혀 읽을 만한 가치가 없는 것이 있기 때문에 자신이 이를 걱정하여 새로 소설을 한편 번역하였다. 이에 그가 번역하는 소설이 바로 淸代에 李汝珍이 지은 〈鏡花緣〉이다. 위에서 홍희복은 천한 소설류로서 〈숙향전〉〈풍운전〉을 들고 있는데 〈풍운전〉은 곧 〈장풍운전〉을 이르는 말일 것이다. 그리고 이들 소설은 가항의 천한 말과 하류의 낮은 글씨로 板本에 개각하였으며 나아가 뜻과 말이 대동소이하다고 하였다. 그렇다면 그가 부정적으로 인식하고 있었던 소설은 주로 방각본소설일 것으로 추측된다. 방각본 소설 중에는 주로 군담소설이 많은데 이 소설들은 서로 그 전개방식이 비슷하여 비록 주인공의 이름과 처한 상황이 서로 다르지만 그 근본적인 구조는 정형화되어 있어[80] 위 홍희복의 언급과 유사한 일면을 보여주고 있기 때문이다.

방각본 소설은 원래가 판매나 영리를 우선 목적으로 하여 만들어졌기 때문에 내용성에 있어서 역시 상업적 성격은 중요하다고 볼 수 있다. 이와 관련하여 방각본 소설의 대표적인 부류라 할 수 있는 군담소설에서 가문의식이 몰락한 가문에 대한 구원이란 양상으로 드러나고 있으며, 나아가 현실에서의 부귀영화를 획득하는 구조가 단선적으로 설정되어 있다는 사실은 중요하다. 이를 가로막는 적대자의 존재가 제삼자의 개입이 없이 단선적으로 설정되어 있는 것이다. 그리고 주인공이 이 적대자를 물리치는 과정에서 반드시 거쳐야하는 단계는 적과의 싸움, 즉 군담부분이다. 따라서 군담소설은 善과 惡의 투쟁양상이 군담을 통해 첨예하게 대립하며, 이 싸움에서 이긴 善人인 주인공에게는 곧 현세적 부귀영화가 보장되고 있다. 바로 이러한 군담소설의 구조는 현실적으로 고난에 처한 독자로 하여금 그 고난의 현실에서 잠시나마 벗어나게 하고 상상의 세계로 들어가 흥미와 위안을 만끽하기에 충분하다.[81] 그리고 이 속에서는 당시 사대부들이 소설을 두고 언급한 복선화음의 성정교화는 오히려 부차적인 문제가 되어버린다. 단지, 이기고 지는 문제가 일차 관심사이다. 군

---

80) 군담소설의 구조가 정형화되어 있음이 상업적 의도와 관련이 된다는 사실에 대해서는 朴逸勇, 「영웅소설의 유형변이와 그 소설사적 의의」, 『국문학연구』62(1983)에서 상술하고 있다.

담소설이 가진 이러한 속성은 따라서 보다 평민층에 친근한 방각본으로 편입될 수 있는 계기가 되었을 것이며 한편으로는 방각본 자체가 지닌 상업적 의도에도 부합되는 계기가 되었을 것이다. 〈제일기언〉에서 홍희복이 〈숙향전〉, 〈풍운전〉 등의 작품이 정형화되어 있고 비리하며 천박하다고 배척한 이유는 결국 군담소설이 지니고 있는 善과 惡의 단선적 구조, 그리고 善이 성정의 교화가 아니라 오히려 현세적 부귀영화로 이어지는 구조에서 기인한다고 볼 수 있을 것이다.

그렇다면 이러한 경향의 소설 외에 사대부들에게 있어 긍정적인 가치를 인정받은 소설은 어떤 것인가? 물론 이는 사람의 성정을 바르게 하는 한편 '福善禍淫'의 이치가 구현되는 소설일 것이다. 다시 말해 소설이 교훈적 성격을 지니고 있어야 한다는 것이다. 여기에서 교훈적 성격이라고 함은 당연히 주자주의에 입각한 윤리의 습득을 의미하는 것인데 바로 대하소설이 이러한 측면에서 주목된다.

우선 대하소설에서는 창작자가 그 소설의 내용이 비록 허구라 할지라도 그것을 계속 사실로서 강조하려는 경향을 보여준다. 이는 대하소설이 지닌 교훈적 성격을 고찰하기에 좋은 예가 된다.

> 후의 홍연이 됴가를 인ᄒ야 뎡소냥문녹을 가져오미 원가 모든 소년이 ᄒ가지로 보더니 돌돌분연ᄒ여 갈오디 소문 가운디 허다골졀이 유로홀분 아니라 가장 회한ᄒ는 바ᄂ 윤부인이 가시을 쵹ᄒ야 최부인을 쳔거ᄒ미 투긔로 인ᄒ야 소아이 취케 ᄒ단 말은 뉴녀의부인을 억탁ᄒ여 무한ᄒ 말이니 엇지 거짓거시 되여 부인의 반ᄉ 덕힝이 가리여 빅옥의 쳥즁이 되엿ᄂᆞ뇨 원가 소년이 웃고 왈 소가 ᄉ젹을 반ᄃᄉ 알든당시의 원문의 지ᄂ 지업고 됴시의 친인과 윤시의 친인이 이의 다 보다 이 비쳑ᄒ며 졔 과장치 못ᄒᄆᆞᆯ 드르미 공졍ᄒ 초즁은 우리 박긔 업ᄉ니 이 일노셔 추이건디

---

81) 군담소설의 이러한 상업적 성격에 대해서는 서대석, 「유충렬전의 종합적 고찰」, 성현경, 이상택 編『韓國古典小說硏究』(새문사, 1983)에서도 이루어지고 있다. 여기에서도 〈유충렬전〉이 당파싸움에서 패배한 계층의 보복과 영달의식을 주로 하고 있으며 이는 현실적으로 이루어질 수 없는 꿈이기에 自慰文學이란 성격을 지닌다고 주장하고 있다.

므릇 젼이 헛되미 만토다 윤부인의 젼후 힝젹이 기간의 허다 묘흔 곡졀과 공교흔 긔
관이 진실노 풍뉴의 졔목이여늘 듯던 바의 니도ᄒ미 젼편이 거즛 거시 되엿도다 취
졔감분ᄒ믈 인ᄒ여 윤시 김가의 잇던 당초 ᄉ젹부터 흔쓰틀 시작ᄒ미 홍연이 또흔
도아 소문의 일싱 가젹을 실프다시 ᄌ아너니 듯ᄂ니 시로이 탄상치 아니리 업셔 드
디여 일셰의 젼파ᄒ미 추호도 가감변ᄉ한 비 업ᄉ니 그 시의 뎡시슘딕록을 보는 지
다 평일 윤부인 덕행과 다르믈 의아ᄒ더니 밋 원가로부터 젼셜ᄒ미 듯ᄂ니 감탄치
아니리 업셔 명명이 드른 지 분격ᄒ야 후의 다시 소문의 진젹을 긔록홀시 히비ᄒ믈
주ᄒ미 말이 기니 진실노 공뷔 슈고로오나 엇지 윤됴을 위ᄒ야 추호 ᄉ졍이 이시리
오 가마니 싱각ᄒ니 ᄭ츤 가지의 가득ᄒ므로셔 빅일을 블지못ᄒ고 명월은 두렷ᄒ
며 이져지무로셔 단원ᄒ니 인시 또흔 이러ᄒ므로 윤시의 당초 곤익ᄒ미 십년 견디
지 못홀 경계을 만나지 아니면 엇지 훗날 복녹의 늉셩ᄒ미 여긔 미추리오 일노 싱각
건디 흔갓 곡졀이 묘홀분 아니라 텬도의 순환ᄒ는 도리 소연ᄒ여 영허ᄒ는 수을 ᄭ
다를지라 믈읏 셰샹 ᄉ람의 ᄉ오나온 ᄆ음을 ᄇ리고 어진 거슬긩을 ᄭᄋ을 밍동ᄒ고
흥망을 비최는 거울을 슘기을 위ᄒ야 쟝ᄎ 진젹을 긔록ᄒᄂ니 텬추의 지음홀지어
다[82)]

이는 〈蘇門錄〉의 말미 부분인데 이 작품을 짓게된 경위를 상세히 설명하고 있다.
대하소설 작품의 말미 부분에 이러한 사항이 서술되는 경우는 종종 있거니와 이것
이 그 작품의 창작에 대한 사실적인 기록이 아님은 이미 〈明珠寶月聘〉연작의 말미
부분을 대상으로 한 李相澤의 연구에서 밝혀진 바이다.[83)] 그렇다면 이러한 소설의
서술은 결국 독자들로 하여금 작품을 사실로서 받아들이기를 원했던 작자의 의도에
서 기인한다고 보여진다. 위의 인용은 이미 윤부인의 행적을 밝힌 글이 거짓된 것이
많아 그간의 사적을 상세히 아는 사람들이 다시 고쳐 그 거짓된 것을 바로 잡아 세상

82) 〈蘇門錄〉전집13, pp.326~330. 여기에서 뎡소낭문록을 가져왔다는 홍연은 실제 소설 속에 등장하는 인물로
   조부인의 시녀이다.
83) 이상택, 위의 논문 참조.

에 내어놓는다는 것을 내용으로 하고 있는데 이는 바로 소설의 내용을 사실로 인식시키기 위한 배려였을 것이다. 또 〈삼대록〉에서는

> 슬프다 초공은 엇던 사름이완디 오지 흐굴ㄱ치 영웅군ㅈ의 틀이이셔 ㅈ손은 건곤을 툭황ㅎ고 세상을 건질 지죄 잇ᄂ뇨내 아름답고 심복ㅎ믈 이긔지 못ㅎ여 일만의 ㅎ나흘 긔록ㅎ여 세상의 뎐ㅎ노라 우왈은 청광녹태우좌도어사 셩운은 셰디로 뉴문의 친흔배라 초공부ㅈ뉴인의 특이흔 힝싱과 츌인흔 지모를 ᄎ마 민멸치 못ㅎ여 삼가 긔록ㅎ노니 쳔츄의 지음흘 지어라[84]

라고 하고 있는데 이 역시 소설의 내용이 허구가 아니라 사실임을 독자로 하여금 강조하고 있는 것이다. 이렇게 소설의 내용을 허구가 아니라 사실이라고 강조하고 있음은 이들 작자가 곧 이 소설을 흥미위주가 아니라 하나의 교훈적 의도로서 창작했음을 의미한다. 만약 흥미를 자아내기 위해 소설을 창작했다면 굳이 이러한 후기가 서술될 필요가 없었을 것이다. 위 〈소문록〉의 말미에서 작자는 이 소설을 세상 사람들이 사나운 것을 버리고 어진 것을 깨닫는 거울로 삼기를 바라는 의미에서 기록한다고 하고 있다. 또 〈삼대록〉의 후기에서는 특이한 행실과 뛰어난 재모를 차마 없애지 못하여 기록한다고 하고 있다. 따라서 이러한 작품들은 애초에 교훈을 목적으로 하여 창작되었을 가능성이 짙은 것이다.

한편 〈선행록〉계열의 소설에서 보듯이 작품의 내용에 있어서 가문의 유지와 계승을 강조하고 있음도 이러한 맥락에서 파악되어 진다. 이미 상술했듯이 이 소설들은 가문의 내부적 결속이라는 응집의 측면을 강조하고 있었다. 그리고 후술될 것이지만 여기에서는 가문의 응집을 바탕으로 하여 白雲의 길을 추구하고 있기도 하다. 〈선행록〉계열의 대하소설이 지니고 있는 이러한 의식은 결국 소설이 보다 교훈적 입장을 견지하도록 한다고 볼 수 있을 것이다. 외면적 세계보다는 내면적 세계로의 지

---

84) 〈유씨삼대록〉 총서6, p.520.

향이 이루어질 경우, 그것은 성정의 교화라는 측면을 필요로 하기 때문이다. 군담소설에서와 같이 몰락한 가문에 대한 구원의 의미를 지닌다면, 그 소설의 창작 이유를 현실적 불만에 대한 위안 내지 대리욕구의 충족으로 이해할 수 있겠지만 가문의 응집을 꾀하기 위한 것이라면 아무래도 가문원들에 대한 교훈의 목적을 다분히 지닌다고 파악되는 것이다. 물론 이들 대하소설이 자기 가문의 창달을 꾀하기 위해 나왔을 가능성도 있지만 소설이 實記가 아니라 허구라는 점을 생각한다면 창달을 위한 측면보다는 교훈을 위한 목적이 더욱더 많이 작용했을 것이다. 특히 〈夢玉雙鳳緣錄〉이란 작품의 말미에는 이 소설을 읽은 독자가 〈도요시〉 三章과 주공이 주성왕을 가르치기 위해 지었다는 〈칠월팔장〉이란 글을 덧붙여서 적고 나아가 그 添記한 연유를

> 쥬공이 써 금가식의 가기을 알게 ᄒ시니 쥬나라 팔빅년 긔업이 창성ᄒ미라 하물며 경상부귀가의 어린 ᄌ손이 민간의 가식ᄒ는 법을 엇지 먼져 아지아니리요 닉 이러무로 칠월시를 칙깃히써 규중으로 ᄒ여금 알게 ᄒ노라[85]

라고 하고 있다. 그렇다면 이 작품의 독자 역시 소설을 교훈적 관점에서 읽었으며 따라서 자기 역시 다음 독자에게 깨우쳐줄 글귀를 남기고 있음을 알 수 있다.

허구를 사실로 강조하면서까지 굳이 소설이라는 매체를 통해서 교훈을 꾀했다는 이러한 사실은 소설이 그만큼 성정의 교화에 효과적이었다는 것을 시사하고 있는 셈이다.

> 삼국지 이야기를 하는데 유현덕이 패했다는 말을 들으면 얼굴을 찡그리고 눈물을 흘리는 이가 있으며 조조가 패했다는 말을 들으면 즉시 기뻐 소리치니 이것이 나관중의 삼국지연의의 힘이다. 이제 진수의 삼국지 온공의 통감을 가지고 무리를 모

---

85) 〈夢玉雙鳳緣錄〉 전집8, p.351.

아 가르치면 그 이야기를 듣고 눈물 흘릴 이가 없을 것이니 이 때문에 통속소설을 짓는다.[86)]

위의 인용은 소설이 지니고 있는 힘에 대한 말인데 소설이 오히려 따분한 역사책보다 더 큰 힘을 지닐 수 있음을 인식하고 있다. 이는 비단 소설뿐만 아니라 문학 전반에도 해당되는 문제이기도 한 것으로 소설은 홍미를 바탕으로 하여 그 의미를 전달하기 때문에 깨달음에 있어서의 감동의 폭이 실기류보다 훨씬 더 클 수 있는 것이다. 〈삼대록〉에서 비록 인자관후한 장자의 면모를 궁극적으로 지향하고 있지만 작품의 표면에는 고집이 세고 편벽된 차자의 맥락을 부각시켜 복잡한 사건을 설정하고 있는 것도 이러한 소설의 홍미와 관련되는 문제일 것이다. 한편 金邁淳은 〈三韓義烈女傳序〉에서 글을 짓는 기본적인 體로서는 簡·眞·正의 세 가지가 있는데 簡言으로 부족한 말은 繁詞로써 펼치고 眞言으로 부족하면 比喩로서 표현하고 正言으로 부족하면 反意로써 깨우쳐야만 글이 마땅히 전달될 수 있다고 하고 있다.[87)]

또 그는 글이 俚하더라도 펼침(暢)이 적당하면 鄙褻에 흐르지 않고 奇하더라도 比喩가 충분하면 誕詭에 빠지지 않으며 激하더라도 깨우치기를 반드시 하면 拗戾에 떨어지지 않는다고 하고 있다. 김매순의 이 말은 곧 소설이 비설·탄궤·요려하지만 그것에 떨어지지 않을 수 있는 원리를 설명하고 있는 것인데 그 경지는 바로 소설이 주로 하고 있는 俚·奇·激의 세 가지가 펼침과 비유와 깨달음을 적절히 함으로써 도달될 수 있음을 말하고 있다. 따라서 펼침·비유·깨달음을 적절하게 얻은 소

---

86) 東城志林日 塗巷中小兒薄劣 其家所厭苦 輒與錢令聚坐 廳說古話 至說三國事聞劉玄德敗 瀕蹙有出弟者 聞曺操敗 此其羅氏演義之權輿乎 今以陳壽史傳溫公通鑑聚衆講說 人未必有出弟者 此通俗小說之所以作也, 金萬重「西浦漫筆」

87) 爲文之體有三 一曰簡 二曰眞 言天則天而已 言地則地而已 是之爲簡 非不可爲潛 不可爲白 是之則眞 是者是之 非者非之 是之爲正 (중략) 簡言之不足則 繁詞而暢之 眞言之不足則 假物而況之 正言之不足則 反意而悟之 繁而暢不嫌其 假而況不厭其奇 反而悟不炳其激 非是三者用不達而體 不能獨立矣 (중략) 俚適於暢而不流於鄙褻其足於況而不涉於誕詭 其足於悟而不墮於拗, 金邁淳『臺山全集』〈三韓義烈女傳序〉. 한편 張孝鉉,「조선후기의 小說論」,『어문논집』23(고려대, 1982)에서는 臺山의 이 글과 관련하여 簡·眞·正과 俚·奇·激의 중간지점에 문학이 위치하며 전자에 경도된 것이 載道의 문학이라면 후자에 경도된 것이 소설이라고 설명하고 있다.

설은 결국 簡·眞·正의 體를 보다 잘 전달할 수 있는 속성을 지니는 것이다. 이렇게 본다면 소설은 사람의 성정을 교화할 수 있는 수단으로 이미 인식되고 있음을 알 수 있겠다.

한편 소설이 교훈의 수단으로서 삼아지게 된 또 다른 이유로는 쉽다는 측면도 있었을 것이다. 소설은 대부분이 諺文으로 되어 있기 때문에 한문에 익숙하지 않은 규방의 여자들이나 어린이들에게 쉽게 읽힐 수 있었다. 특히 교훈적 의도를 지니는 소설들은 대부분이 부부간의 금실의 문제, 혹은 처첩의 갈등과 관련된 婦德, 혹은 여성의 정절을 주요한 문제로 다루고 있다는 사실은 소설이 규방 여자들의 교훈에 있어 중요한 역할을 하고 있었음을 알게 해준다 하겠다.[88]

지금까지 보아온 대로 조선조 사대부들에게 있어 소설은 그 효용성이라는 측면에서 가치가 인정되었으며 만약 그 소설이 사람의 성정을 바로 잡을 수 없는 것이라면 천한 것으로 인정되고 있었다. 〈숙향전〉〈장풍운전〉 등 상층으로의 상승욕구를 충족시켜 주는 정형화된 군담소설류들은 이에 부정적인 평가를 받았으며 가문소설을 비롯한 대하소설에서는 이미 그 창작의도에 있어서 허구를 독자로 하여금 사실로 인식시켜 부단히 독자를 교화하려는 노력을 읽을 수 있었다. 그렇다면 이 대하소설은 사대부들의 소설에 대한 효용론적 견해와 맞닥뜨리는 지점에 놓여있다고 생각할 수 있을 것이다. 그러나 사대부들이라고 하여 현실적인 불만을 허구적인 세계를 통해 해소하려는 소설을 창작하지 않은 것은 아니다. 〈옥수기〉의 경우가 바로 이에 해당한다. 〈옥수기〉는 간신의 참소나 가장의 정배 그리고 군담부분을 통한 간신과의 대결 등 군담소설과 비슷한 양상을 지니고 있기는 하다. 그러나 이 〈옥수기〉가 군담소설계열과 질적인 차이를 내포하고 있는 것은 이 작품이 상층으로의 지향의식을 오로지 지니고 있지 않다는 것이다. 즉 가운과 가남, 진처사와 임운을 통해 드러나듯이, 여기에서는 政界에 나아가서도 항상 林下를 생각하는 백운의 길이 그 구심점으로 작용하고 있음을 알 수 있다.[89]

---

88) 이 부분에 대해서는 임형택, 「17세기 閨房小說의 成立과 〈彰善感義錄〉」, 『東方學誌』57(1988)에서 상세히 다루고 있다.

그리고 이 작품의 작자는 상층벌열의 신분을 유지하고 있었던 것으로 보여지는 小南 沈能淑이다. 따라서 이 작품은 신분상승 욕구에서 쓰여진 작품이 아니라 '士의 이념'이 실현되지 않는 현실에 대한 불만에서 창작되었음을 알 수 있는 것이다.[90]

이상과 같이 볼 때 사대부들에게 있어 소설은 교훈적 의도를 지니거나 자신의 이념을 상상적으로 실현하기 위한 방편으로 인식되고 창작되었음을 알 수 있다. 〈선행록〉계열의 대하소설이 가문의 응집에 대해 지대한 관심을 보이고 있는 이유도 바로 이러한 사실과 무관하지 않다. 앞장에서 살펴보았듯이 가문의 응집을 위해서 극복해야 했던 두 가지의 과제는 수직적 갈등과 수평적 갈등의 해소였다. 그리고 이 갈등의 해소는 절대적 가장권의 확립과 '종손다움'의 모색, 순종과 정절의 婦德에 대한 강조를 통해서 가능했다. 그런데 이 갈등해소의 과정은 忠·孝·烈 등의 유교적 윤리에 의한 성정교화로써 정당화된다. 물론 충·효·열 등의 윤리는 인간의 올바른 성정에 관한 문제이기도 하다. 그러나 한 사회를 지배하는 윤리체계는 그 사회의 기존 질서를 유지하도록 하는 강력한 수단이 되기도 하는 것이다. 결국 대하소설은 '인자관후'한 종손, 父에 대한 절대 복종, 순종하고 정절을 지키는 여성을 유교적 윤리에 의해 정당화하며, 또 이로써 가문조직 내에서 발생하는 내부적 저항과 조직력에의 나태함을 경계하고 있는 것이다.

교훈성이라는 소설의 속성과 가문의 내부적 응집이라는 소설의 의미는 바로 이러한 사실에서 맞닿아 있다. 내부적 응집을 위해서는 그만큼 그 응집을 정당화할 수 있는 윤리가 필요했고 또 그 윤리에 의한 구성원의 교화가 필요했던 것이다. 가문 조직이 이미 소규모의 혈연집단이란 의미를 넘어선 당시에 있어서, 그 내부적 응집을 위해서는 무엇보다 규율이 필요했다. 이 규율이 바로 주자주의의 윤리나 이념에 의해 보다 정당화되고 설득력을 지닐 수 있었음은 물론이다. 이는 이 계열의 소설이 백운의 길을 강력히 표방하고 있다는 사실과도 연관이 되는데 이 점에 대해서는 다음절에서 논의할 것이다.

---

89) 이 부분에 대해서는 다음 장에서 상술하겠다.

90) 김종철, 위의 논문 참조.

또 〈옥수기〉처럼 비록 가문의 응집에 대한 강조는 나타나지 않지만 도선적 세계에 대한 추구를 보이고 있는 경우는 이념의 상상적 실현이라는 속성을 보여주고 있는 것이다. 한편 사대부들의 소설에 대한 인식 속에서 부정적으로 취급되는 군담소설은 상층으로 상승하려는 욕구를 허구적으로나마 충족시키기 위한 수단이라는 속성을 보이고 있음을 알 수 있는 것이다. 그리고 군담소설은 이 목적을 오락성 혹은 통속성을 통해서 달성하려는 속성을 지니고 있었다.

4.2. 가문의식의 지향점과 창작주체

이제 본 장에서는 소설에서 드러나는 가문의식이 궁극적으로 지향하는 바가 무엇인지를 고찰하고 이를 토대로 그 창작의식의 문제를 창작주체와 관련하여 논의하기로 하겠다. 이미 앞 절에서 살펴보았듯이 가문의 내부적 결속을 강조하는 〈선행록〉 계열의 대하소설은 교훈적이라는 속성을, 그리고 몰락한 가문의 구원을 강조하는 군담소설은 현실적 불만에 대한 위안이라는 속성을 보여주고 있었다. 이 두 소설군이 내포하고 있는 이러한 차이는 물론 그 표방하고 있는 가문의식이 상이하다는 측면에서도 기인하고 있는 것이지만 보다 근본적인 이유는 이들 작품이 가문의식을 토대로 하여 지향하고 있는 존재론적 기반에 대한 차이에서 기인한다고 볼 수 있다. 따라서 본 절에서는 '靑雲의 길' 과 '白雲의 길' 을 중심으로 하여 소설에 드러나는 존재론적 기반을 가문의식과 연관하여 살펴보기로 하겠다.[91]

일반적으로 청운의 길이라 함은 현세적 가치를 중시하여 부단히 현실에 대해 적극적으로 참여하는 성향을 의미하며 백운의 길이라 함은 현실에서 한 걸음 물러나 '自守' 를 위해 보다 내면적 지향을 꾀하는 성향을 지칭한다. 그런데 이 청운과 백운

---

91) 이상택, 위의 책, pp.1~127.에서는 〈명주보월빙〉을 대상으로 이 청운과 백운의 문제를 존재론과 연관시켜 논의하고 있다. 이에 따르면 청운의 길은 세속적 성공을 추구하는 현세적 시공의 차원과 관련되며, 백운의 길은 세속에 집착을 두지 않는 초월적·신성적 시공의 차원과 연관된다.

의 두 성향은 결코 대립되고 상반되는 것은 아니다.

> 무릇 선비에게는 벼슬에 나아가고 물러나서 處하는 道가 있다. 이는 修己하는
> 것과 나아가서 需世하는 것이다. 수기는 곧 體이며, 수세는 곧 用이다. 그 체를 가히
> 힘써 그 용과 만나면 어떠하겠는가?[92]

> 무릇 참된 선비는 벼슬에 나아가면 일시에 道를 행하여 백성들로 하여금 熙皥의
> 즐거움을 누리도록 할 것이며 벼슬에서 물러나면 만대에 가르침을 드리워 배우는
> 자로 하여금큰 깨달음을 얻도록 해야한다. 벼슬에 나아가서 행할만한 도가 없고 물
> 러나서 드리울 가르침이 없다면 비록 참된 선비라 할지라도 나는 그런 것을 믿을 수
> 없다.[93]

선비가 벼슬에 나아간다고 함은 곧 현실에 대한 적극적인 참여를 의미한다. 주자
주의 이념 속에서 선비의 포부를 현실에서 실천하는 통로가 바로 벼슬에 나아가는
것이기 때문이다. 이와 같이 선비가 벼슬에 나아가 현실에 참여하는 청운과 물러나
修己를 꾀하는 백운은 서로 體用의 관계에 놓여 있기 때문에 불가분의 관계인 것이
다. 그러나 선비는 자신이 처한 현실적 여건에 따라 현실로 나아갈 때도 있고 물러설
때도 있는 것이다. 이때 현실에서 물러서는 경우 그것이 현실을 망각하려는 행위는
아니다. 현실에서 한 걸음 물러남으로 인하여 보다 첨예한 현실인식의 논리를 준비
하고 있는 것이다. 그리고 현실적 가치를 적극적으로 추구하는 청운의 길 역시 이념
의 실천이라는 측면에서 본다면 결코 세속적 영달이라는 부정적 가치관은 아닌 것
이다. 가령 조선조 주자주의 이념의 경우, 그것이 통치의 차원에서 실천되기 위해서
는 청운의 길을 지향하는 존재를 필요로 했으며 이념, 즉 道의 차원에서 보다 높아지

---

92) 夫士之出處之道 處而修己 修己體也 需世用也 其體可勉 其用在遇之如何耳, 『謙齊集』序
93) 夫所謂眞儒者 進則行道於一時 使其民有熙皥之樂 退則垂敎於萬世 使學者得大寐之醒 進而無道可行 退而無敎可垂
   則難謂之眞儒 吾不言也, 李耳 『栗谷全書』卷15 「東湖問答」〈倫東方道學不行〉

기 위해서는 백운의 길에 위치하는 존재를 필요로 했던 것이다.

그러면 이 청운과 백운의 문제를 가지고 먼저 〈삼대록〉이 지향하는 바를 살펴보는 것은 흥미로운 일이다. 〈삼대록〉에서는 청운과 백운에 대한 관점이 등장인물들의 성향에 따라 다양하게 나타나고 있으며 또 여기에 대한 관심도가 그들의 가문을 유지하는 것과 관련되어 나타나고 있기 때문이다.

〈삼대록〉에서는 청·백운에 대한 관심이 크게 '뉴우성→세형→현'으로 이어지는 청운의 길과 '뉴연→백경→세기'로 이어지는 백운의 길로 구별된다. 뉴우성은 어려서부터 너무 영민발호하여 뉴씨 가문의 계후를 잇지 못하고 사촌형 백경에게 계후를 넘겨주고 있었다. 우성은 아버지 뉴연이 그의 과거응시를 완강히 거절하였음에도 불구하고 祖父인 뉴정경의 허락으로 12세에 과거에 장원급제하여 환로에 나아가고 승상의 벼슬에까지 처하게 된다. 우성의 차자 세형은 과거에 급제하고 진양공주와 결혼하여 부마가 되면서부터 죽을 때까지 한시도 조정을 떠나지 않으며 국사를 돌본다.

> 귀비 당시 셜후를 도모ᄒᆞ는 긔미잇고 수례감 진슈 당경 등이 농권ᄒᆞ여 진신을 만히 살해ᄒᆞ니 셩의빅이 능히 힘을 두루혀디 못홀줄 알고 샹소ᄒᆞ여 벼슬을 굴고 집의 도라와 고요히 친을 봉양ᄒᆞ여 쳔년을 계교ᄒᆞ고 여러 형뎨 다 됴소의 참예치 아냐 몸을 보전ᄒᆞ여 문호의 화를 조심ᄒᆞ디 홀노 진공이 셩졍이 강개ᄒᆞ고 튱셩이 격녈ᄒᆞ여 평일 국ᄉᆞ를 진튱ᄒᆞ고 집을 도라볼 뜻이 업더니[94]

진공 즉 세형은 그의 형제들이 모두 벼슬을 하직할 때에도 홀로 조정에 나가 오히려 집을 돌아보지 않을 정도이다. 또 그가 죽을 때는 "형혹이 돌을 범ᄒᆞ고 셩남 하쉬 몰나 쓰히"[95] 보이는 이변이 설정될 정도로 그는 국가적으로 중요한 위치를 점했던 인물이다. 진공 세형의 이러한 성향은 그의 차자 현이 그대로 이어받아 벼슬이 후에

---

94) 〈유씨삼대록〉 총서5, p.197.
95) 〈유씨삼대록〉 총서6, p.429.

거하며, 장귀비와의 사이에 심각한 갈등을 야기하고 있다. 〈삼대록〉에서 벼슬을 제수받아 청운의 길로 들어서는 인물이 이 3명뿐인 것은 아니다. 모든 가문원들이 다 벼슬을 제수받고 있다. 그러나 우성→세형→현으로 이어지는 맥락은 이들의 성격이 편협하여 고집이 세고 강직하여 이들과 국가의 일이 가장 많이 연관되고 있는 것이다. 특히 세형과 현의 경우, 이들과 궁중에 관련된 사건이 전체 작품의 분량상 절반가량을 차지하고 있을 정도이다.

이에 비해 뉴연→백경→세기로 이어지는 맥락은 백운의 길을 노정하고 있다. 뉴연은 〈삼대록〉에서는 본격적인 등장이 없지만 〈선행록〉에서 관후인자한 長子의 면모를 보이고 있었다. 특히 연의 유배지였던 조주의 선비들이 그의 덕을 감동하여 효문공 서원을 차려 奉祀를 하고 있을 정도이다. 그리고 백경은 백운의 가장 대표적인 존재이다. 그는 일생 동안 한번도 벼슬에 나가지 않는 청덕을 지킨다.

> 양흑시 상소ᄒᆞ여 (중략) 빅경을 쳔거ᄒᆞ니 텬지 특지로 빅경을 태ᄌᆞ소소를 ᄒᆞ이시니 경이 상소ᄒᆞ여 ᄉᆞ양ᄒᆞ미 (중략) 상이 표셔로 위로ᄒᆞ시고 츌ᄉᆞ를 지쵹ᄒᆞ시디 죵시 나지 아니니 ᄉᆞ린이 츄앙ᄒᆞ여 일셰의 유명ᄒᆞ더라[96]

> 빅경은 현명군지라 (중략) 효우ᄒᆞᆫ 힝실과 맑은 도덕이 션공의 자최를 니어 ᄒᆞᆫ 거름도 네밧기 업ᄉᆞ니 됴애 흠앙ᄒᆞ고 텬지 여러순 청현화직으로 브르시고 지상이 ᄌᆞ루 쳔거ᄒᆞ디 졍심이 이셔 죵시 환노에 나가디 아니ᄒᆞ니 이 졍히 긔산영슈의 놉흔 자최롤 쏠오ᄂᆞᆫ디라 텬지 공경ᄒᆞ샤 도호를 운슈션싱이라 ᄒᆞ시고 ᄉᆞ림의 웃듬을 삼으시니 쥰퉁ᄒᆞ심과 ᄉᆞ셔의 우럴미 왕공의 우히러라[97]

백경은 과거를 치르지 않았음은 물론이고 천자의 부르심에도 끝내 환로에 나아가지 않아 천하 사람의 존경을 받고 있는 존재인 것이다. 세기는 비록 벼슬이 성의백에

---

96) 〈유효공선행록〉 전집16, p.413.
97) 〈유씨삼대록〉 총서4, P.44.

까지 도달하지만 완연한 백운 지향의 모습을 지닌다.

> 성의빅이 본디 겸퇴공검ᄒ여 부듕이 너모 셩만ᄒ믈 두려 그 ᄌ녀 구인을 교훈ᄒ
> 믈 각별 엄히ᄒ여 졔지 나히 십셰된ᄌ 산곡의 어딘 스셩을 굴히여 슈혹게 ᄒ고 일졀
> 금의와 진미를 몸의 나오디 아냐 구복의 죡디 못ᄒ고 조혼쇼빙은 션왕의 법이 아니
> 라ᄒ여 졔ᄌ를 다 이십이 된 후 셩혼ᄒ디 문지를 굴휠디언뎡 궁달을 굴회디 아냐 산
> 인쳐ᄉ의 무리로 결혼ᄒ고 ᄌ부의 치장이 형차포군이오 졔지 지모와 풍신이 특이ᄒ
> 디 조달은 조믈의 ᄭᅵ리는 배요 쳥운은 셩졍을 그릇 민드는 문이라 ᄒ여 과거보믈허
> 티 아니터니 됴부인의 권유ᄒ믈 조차 마디 못ᄒ여 댱ᄌ 건을 과거 보기를 허ᄒ니[98]

자식의 교육을 山谷의 선생에게 부탁하고 나아가 혼인까지 산림처사의 무리들과 한다는 점, 그리고 청운은 성정을 망치는 길이라 하여 자식들에게 과거를 禁하고 있는 이러한 세기의 태도는 그가 비록 宦路에 나아간 적은 있지만 정작 본심은 백운에 기울고 있음을 알게 해준다.

〈삼대록〉에서는 이와 같이 우성→세형→현에 이르는 청운의 길과 연→백경→세기에 이르는 백운의 길을 동시에 설정하여 서로간의 삶을 형상화하고 있다. 여기에서 주목되는 점은 청운의 길을 택하여 그 가문을 대외적으로 빛내면서 소설의 표면에 부상하고 있는 우성→세형→현의 맥락은 차자의 맥락이며 이에 비해 백운의 길을 택하여 청빈한 덕을 보여주는 연→백경→세기의 맥락은 장자의 맥락이라는 사실이다. 다시 말해 〈삼대록〉에서는 청운과 백운의 대비가 차자와 장자의 대비라는 양상을 보여주고 있는 것이다. 그러나 〈삼대록〉이 궁극적으로 지향하고 있는 바는 어디까지나 백운의 길이다. 유씨 가문의 계후자들, 즉 장자의 맥락이 모두 백운의 길로 설정되어 있다는 것에서 이 점은 직접적으로 드러나고 있거니와 화려한 청운의 길을 걷는 차자의 맥락도 그 근본은 이 백운을 지향하고 있다.

---

98) 〈유씨삼대록〉 총서5, pp.583~584.

내 본디 셔싱이어늘 이제 구쥐빅이 되어 위치 공후의 거ᄒᆞ고 신위 졍승ᄒᆞ여 능히
니음슌ᄉᆞ시를 못ᄒᆞ고 집이 호부ᄒᆞ여 고인의 쳥검ᄒᆞᄆᆞᆯ 효측디 못ᄒᆞ니 후셰의 긔롱
을 엇디 면ᄒᆞ며 셰형의 왕쟉은 더욱 만만 외람ᄒᆞ니 반ᄃᆞ시 조물의 시긔를 밧고 셰샹
의 시비를 면치 못ᄒᆞ리라 문호의 ᄒᆡ 미ᄎᆞ리니 맛당이 ᄒᆡ골을 비러 향니의 도라가 션
인의 명쳥을 보젼ᄒᆞ리라 부매 졔고왈 히이 국가의 대공이 업시 왕쟉을 바ᄃᆞ미 스림
의 긔롱과 후셰 시비를 엇디 면ᄒᆞ리잇고 히이 맛당히 먼니 도망ᄒᆞ여 산간의 숨어 본
심을 붉히고 샹의를 도ᄅᆞ혀시게 홀지니 대인의 념녀를 더으시게 ᄒᆞ리잇고 [99]

우성과 세형이 북방을 진무한 공으로 각각 공후와 왕위를 제수받자 이들은 작위
의 호화함으로 인해 사람의 희롱과 후세의 시비를 받을 것과 문호에 화가 미칠 것을
걱정하여 벼슬을 사직하고 은둔의 길을 떠나려 한다. 또 현도 벼슬이 후작에 거하던
중 국가가 요란하자 "문호를 보젼ᄒᆞ고 형뎨휴슈ᄒᆞ여 경ᄂᆡ예 니별이 업게ᄒᆞ미 샹칙
이라" [100]는 형의 말을 듣고 "우리 션군과 선비의 유괴 다 승습ᄒᆞᄆᆞᆯ 깃거 아니시디 형
셰예 잇글녀 마디못ᄒᆞ여 뜻을 셰우디 못ᄒᆞ엿더니 이때를 타 믈너가미 맛당ᄒᆞ도소이
다" [101]라고 하면서 벼슬을 사직하고 명철보신의 길로 접어든다. 이에서 보듯이 우성
과 세형, 현 역시 그 본심은 백운의 길에 가 있으며, 아울러 유씨 가문의 遺教 역시 청
운의 길은 아님을 알 수 있는 것이다.

그렇다면 〈삼대록〉에서 강조되고 있는 가문의 내부적 결속이란 측면은 결국 이
백운의 길이라는 〈삼대록〉의 내면적 지향과 연관되는 것으로 볼 수 있다. 즉 〈삼대
록〉은 청운의 길을 통한 화려한 出將入相을 비록 노정하고 있지만 그것은 어디까지
나 차자의 맥락이고, 보다 궁극적인 지향점은 장자의 맥락을 통해 대변되는 백운의
길인 것이다. 때문에 가문의식 역시 보다 내면적 성향인 내부로의 결속이란 측면이
강조될 수밖에 없는 것이다. 그러나 이 〈삼대록〉이 오로지 백운의 길에만 경도되어

---

99) 〈유씨삼대록〉 총서5, p.584.
100) 〈유씨삼대록〉 총서6, p.516.
101) 〈유씨삼대록〉 총서5, p.517.

있어 청운의 길을 전혀 무시하고 있는 것은 아니다. 이미 위에서 고찰했듯이, 〈삼대록〉은 차자의 맥락이라는 청운의 길을 작품의 표면에 부상시켜 놓고 있다. 따라서 이는 〈삼대록〉의 주제의식이 백운의 길을 구심점으로 하여 백운과 청운 사이의 체용적 관계를 인식하고 그것을 실천하려고 하는 것임을 알게 해준다.

이러한 사실은 〈선행록〉과 〈삼대록〉의 관계에서 잘 드러난다. 가문의식의 측면에서 〈선행록〉은 부자 및 형제갈등과 중첩된 계후갈등이 작품의 핵심적 구조로 설정되어 가문의 응집에 대한 지대한 관심을 보이고 있었다. 그리고 〈삼대록〉에서는 이 〈선행록〉에서 야기된 갈등들이 어느 정도 해소되어 가문결속의 기반이 이미 만들어져 있었기 때문에, 이를 바탕으로 하여, 차자의 맥락을 통한 가문의 확대가 작품의 표면으로 부상하고 있는 것이다. 따라서 〈선행록〉은 결국 〈삼대록〉에서 보이는 백운을 구심점으로 한 청운과 백운의 체용적 관계에 대한 실천을 위한 준비과정을 보여주고 있는 작품으로 이해할 수 있다.

한편 〈옥수기〉는 가문의식의 측면에서는 이 〈선행록〉, 〈삼대록〉과는 달리 가문의 확대라는 측면이 강조되고 있는 작품이었다. 그러나 여기에서 나타나는 가문의 확대라는 양상이 〈유충렬전〉〈소대성전〉 등 군담소설 계열의 작품들에서 보이는 몰락한 가문의 구원이란 의미에서 부각되는 것은 아니었다. 물론 이는 가남의 父 가운데에서부터 마련된 가문의 지지 기반이 유지되고 있는 것에서 기인하는 것이다. 곧 이 작품은 군담소설과 같이 상층으로의 상승이라는 세속적 욕구를 견지하고 있는 것이 아니라, 宦路에서 겪는 사대부들의 고충과 그들의 이념이 제대로 실현되지 않는 현실에 대한 불만을 소설을 통해서 해소하려는 속성을 지니고 있었다. 그렇다면 이 〈옥수기〉가 궁극적으로 지향하는 바는 무엇인가?

〈옥수기〉는 가남을 비롯한 가유진 형제들의 화려한 出將入相과 이 과정에서 노정되는 다른 가문과의 혼사를 통한 결탁이 작품의 주요한 구조로 채택되어 있었다. 이러한 양상은 물론 청운의 길을 지향하는 과정에서 발생하는 것들이다. 그러나 여기에서 주목되는 점은 이 〈옥수기〉가 백운의 길에 대해서도 지대한 관심을 보이고 있다는 사실이다.

가운이 드듸여 긔형으로 시죠를 숨고 남창부의 슈젹ᄒ야 션거현의 인거ᄒ니 가
셰 본듸 쳥빈ᄒ되 문장과 덕힝으로 울연이 동남에 ᄲᅡ야ᄂᆞ미 되야 죠졍이 특별ᄒ게
국ᄌ박ᄉ를 졔슈ᄒ야 여러번 부르되 이르지 아니ᄒ더라[102]

가남의 父 가운은 이와 같이 조정에서 불러도 나아가지 않는 처사적 모습을 보여
주고 있는데, 가남代에 와서는 가남이 과거급제하여 환로에 나아가고, 또 참소를 입
어 원찬당하고 있다. 그러나 가남 역시 청운의 길만을 고집하는 것은 아니다. 그는
과거에 급제하고 한림에 제수된 즉시 벼슬을 사양하고 고향으로 내려와 거하다가
양방의 불의를 참지 못하여 상소하였다가 참소의 화를 입고 있다. 또 진처사와 혼사
를 의논 중에 진처사가 가남에게 청운의 길을 걷는 사람과는 혼인을 하지 않겠다고
하자 가남이,

나는 부귀를 탐ᄒ는 ᄉᆞᄅᆞ미 아니라 벼슬을 ᄉᆞ양ᄒ고 고향의 거ᄒ더니 이졔 셩샹
이 근심ᄒ시는 때를 당ᄒ야 부득불 ᄂᆞ오미라 평젹ᄒ온후 이곳의 와 션싱과 더브러
이웃ᄒ야 안흐로 혼인지의를 밋숩고 밧그로 포의지교를 부탁ᄒ미 또흔 ᄀᆞᄒ지 아
니ᄒ리잇가[103]

라고 하여 婚姻之交를 맺고, 나중에는 진처사와 같이 은일의 길을 걷고 있다. 한편
작품의 서두에서, 가남과 정소저 사이의 혼약은 '악장'이란 도선적 문학장르를 통해
이루어지고 있다. 그리고 작품 내에서 이 '악장'은 詩보다 한 차원 높은 것으로 평가
되고 있어 〈옥수기〉가 백운의 길에 대해 지니는 관심의 정도를 알게 해준다.

쇼져를 불너 악장을 뵈야 글ᄋᆞᄉᆞ듸 네 이 금곡을 알깃ᄂᆞ냐 쇼졔 침음양구의 왈
이거시 임풍귀학지죠 아니니잇가 이는 도가에셔 젼ᄒᆞ비요 쇽된 풍뉴아니라 그러ᄒ

---

102) 〈옥수기〉 전집11, p.6.
103) 〈옥수기〉 전집11, p.268.

　나 타는 ᄌᆞᆫ 쉬우되 짓는 ᄌᆞᆫ 어려올지라[104]

　이와 같이 〈옥수기〉에서는 가남과 가유진 형제들이 벌이는 화려한 出將入相이란 청운의 지향뿐만 아니라 가문과 가남 그리고 진처사·임운이 보여주는 백운의 지향 역시 이루어지고 있다. 〈옥수기〉가 군담소설 계열의 작품들과 얼핏 유사한 면모를 보여주면서도 몰락한 가문의 구원이라는 의식이 부각되지 않고 있는 사실은 결국 여기에서 기인한다고 볼 수 있다. 이는 〈옥수기〉가 士의 이념의 상상적 실천이라는 속성을 지니고 있다는 사실과 연관된다. 즉 이 속에서는 가문의 확대라는 것이 세속적 영달을 그 목적으로 하는 것이 아니라 '周子家禮'의 실천으로 이해할 수 있기 때문이다.[105] 그리고 이것은 앞서 〈선행록〉, 〈삼대록〉에서 살펴본 것과 마찬가지로 청운과 백운의 체용적 관계에 대한 인식과 그 실천이란 의식에 다름이 아닌 것이다.[106] 그렇다면 이러한 의식을 보여주는 작품들의 창작주체는 누구인가? 이 문제에 대한 해명은 그리 쉽지 않다. 물론 〈옥수기〉의 경우, 그 작자는 이미 소남 심능숙으로 밝

---

104) 〈옥수기〉 전집11, p.12.

105) 물론, 가문의 확대는 가문과 가문의 결합을 통한 벌열의 형성이라는 점, 그리고 집권층의 권력유지라는 측면에서 세속적 욕구와도 연관된다. 그러나 조선조 당쟁 자체가 권력에의 추구라기보다는 주자주의 이념과 예학을 둘러싼 견해의 차이에서 발생했음을 생각할 때, 이는 그들의 이념 추구과정으로 이해되는 것이다.

106) 그런데 〈쌍린기〉에서는 〈삼대록〉, 〈옥수기〉처럼 백운의 길은 설정되어 있지 않다. 현택지는 물론이고 수문과 경문이 환로로 나아가 있는 중 이들은 백운의 길을 돌아보고 있지 않으며, 다만 수문과 경문의 화려한 出將入相이 수평적 갈등의 전개와 같이 전개되고 있을 뿐이다. 따라서 이 작품은 청운의 길을 표방하면서 가문에 대해서는 응집을 강조하는 경향을 보이고 있다 하겠다. 이처럼 〈쌍린기〉에서 백운의 길을 따로 설정하지 않으면서 가문의 응집을 강조하고 있다는 사실은 가문의 응집에 따른 갈등의 양상이 부부간의 수평적 갈등만을 주로하여 설정하고 있다는 사실과 관련된다. 부부간의 갈등이라는 수평적 갈등양상은 그것이 혼사를 통해 나타나는 것인 만큼 이는 가문의 확대에서 빚어지는 갈등의 의미를 내포하고 있기 때문이다. 경문과 주소저 사이의 갈등이 가장 심각하게 묘사되고 있으며, 또 이 갈등의 중재에 천상적 힘이 개입하고 있었다는 사실을 통해서도 이러한 의미는 잘 나타나고 있었다. 그러나 〈쌍린기〉의 후편인 〈明珠奇逢〉에서는 백운의 길이 나타나고 있으며, 가문의식의 측면에서도 〈선행록〉이나 〈삼대록〉과 유사한 면모를 보여주고 있다. 〈명주기봉〉은 수문과 경문의 자녀들의 행각을 중심으로 엮어지는 작품인데, 특히 수문의 장자인 웅린과 경문의 장자인 천린이 사마양이라는 처사에게 수학하고 있으며, 훗날 이 사마처사의 딸들과 혼인한다. 바로 이에서 〈명주기봉〉이 지니는 백운에의 지향은 잘 나타난다. 그렇다면 〈쌍린기〉 역시 그 창작의식이 백운과는 아주 무관하지 않다고 볼 수 있을 것이다. 즉 〈쌍린기〉는 〈명주기봉〉으로 나아갈 준비단계에 있는 작품으로 이해되는 것이다. 〈쌍린기〉와 〈명주기봉〉의 이러한 관계 양상은 본문에서 언급한 〈선행록〉과 〈삼대록〉이 보여주는 관계 양상과도 유사하다.

혀지고 있지만 아직 대부분의 작품은 여전히 익명으로 남아 있기 때문이다.[107] 그러나 위에서 고찰한 작품의 의식을 토대로 한다면 이들 작품에서 보이는 의식이 어느 부류의 의식인가 하는 점은 고찰이 가능할 것이다.

이미 대하소설의 작자층에 대해서는 기존의 연구에서 상층벌열로 언급된 바 있다.[108] 위에서도 검토했듯이 작품에 설정되어 있는 가문이 이미 그 지지기반을 유지하고 있으며, 또 백운의 길을 그 근본에 깔고 있다는 것은 이 작품들의 창작주체가 기존 대하소설의 연구에서 밝혀진 대로 상층벌열일 가능성을 다분히 보여준다 할 수 있다. 이들 작품에서는 비록 청운의 길을 노정하고는 있지만 그 구심점에는 항상 백운의 길이 자리잡고 있었다. 그리고 청운의 길이 장차 자신과 자신의 가문에 미치게 될 화에 대한 경계를 내포하고 있었다. 이는 이미 정계에서 화를 당한 경험이 있거나 그러한 화를 당할 수 있는 처지에 있는 부류의 의식이라고 볼 수 있으며, 이러한 부류는 바로 상층벌열의 신분을 유지하고 있는 계층으로 볼 수 있다.

이와 관련하여 조선조 山林의 세계관과 그 존재방식을 살펴보는 것은 흥미로운 일이다. 산림 혹은 사림이라는 용어가 〈선행록〉〈삼대록〉〈옥수기〉에서도 자주 등장하고 있었거니와 조선조 사회에서 이 산림은 단순히 은둔하는 선비를 지칭하는 것이 아니라 하나의 역사적 의미를 부여받은 존재였다. 그리고 이들 산림은 조선조에서 주자주의의 상징적 존재였음은 물론이고 禮學의 부흥에 따른 가문 조직을 강화시킨 장본인들이었다. 따라서 이 산림의 행적은 위 소설들의 창작 의식을 살피는 데 있어 유용한 일면이 있다고 생각된다.[109]

원래 산림은 聞達을 구하지 않고 뜻을 고상하게 가지고 몸을 깨끗하게 지니는 존

---

107) 〈옥수기〉의 작자 고증에 대해서는 김종철, 위의 논문 참조.

108) 가문소설을 비롯한 대하소설이 상층벌열의 의식을 보이고 있다는 견해는 이상택, 위의 논문에서 이루어지고 있다. 여기에서는 〈명주보월빙〉 연작에서 드러나는 사대부의 의식, 그리고 李裕元의 〈林下筆記〉에 나오는 諺書古談에 관한 記事가 이미 상층사회의 소설제작에 관련되고 있다는 점에 주목하고 있다. 한편 〈옥수기〉의 작자인 심능숙도 상층벌열에 속하며, 이와 관련하여 김종철은 위의 논문에서 이 〈옥수기〉의 작자의식 또한 상층벌열의 의식임을 밝히고 있다. 특히 이 가문소설들은 전통 勢道家門에서만 발견된다는 주장이 있다. 이상택, 「朝鮮朝大河小說의 作者層에 대한 硏究」, 『한국고전문학연구』3(1986)에 대한 이수봉의 질의문 참조.

재로 정계를 떠나 있어도 정치에 무관심했던 것은 아니며, 정계에 진출해 있다 하여
도 항상 林下로 돌아가려는 성향을 지닌 부류를 지칭하는 용어이다.[110] 그런 만큼 이
들 산림은 과거를 통한 청운의 길을 기피하는 성향을 지니고 있었는데, 영남지방의
거두었던 金垰은 단지 과거출신이었다는 이유만으로 산림과 같은 대우를 받을 수
없었을 정도였다.[111] 당시 과거가 관리의 균등등용이라는 그 본래적 취지를 잃고 문
벌을 위주로 운영되었던 만큼 산림들에게 이는 기피의 대상이 되었던 것이다. 그런
데 이 산림이라는 용어는 처음에 시골에서 講學하고 있던 것이다. 道學者들을 지칭
하는 것이었으나, 이들이 국가로부터 徵召를 받아 온갖 特待를 향유하면서부터는 국
가로부터 徵召를 받은 특정인사들에 대해서만 이 산림이란 칭호를 붙이게 되었다.[112]
즉 이들 산림은 仁祖代부터 대거 徵召되어 정계로 나아가게 되는 것이다. 인조 이후
산림들이 徵召되게 되는 것에는 王者의 儒賢 등용이라는 유교적 명분과 아울러 국
왕과 집권 세력이 이 산림을 통해 그들 정권의 명분을 얻으려는 의도가 배경으로 작
용하고 있었다.[113] 이를 위해 인조는 '司業'이라는 산림을 위한 特別職까지 새로 마
련하고 있을 정도였다.[114] 따라서 이들 산림은 국왕의 정치 자체에 명분을 부여할 수
있을 만큼 주자주의 이념의 실현에 대한 상징적 존재였던 셈이다.

　〈선행록〉에서의 뉴연, 〈삼대록〉에서의 운수선생 백경과 청계선생 세기, 〈옥수기

---

109)　그러나 본고에서는 앞으로 거론하려는 창작주체에 대한 문제를 가문소설 전체에 대한 문제로 확산시키려
　　는 의도를 지니는 것은 아니다. 다만 본고에서 언급되고 있는 작품들을 중심으로 창작주체의 의식을 산림의
　　행동방식과 관련시켜 논의하려는 것이다.

110)　조선조에 있어서 산림이란 존재에 대해서는 아직 역사학계에 있어서도 풍부한 논의가 이루어지지 못하고 있는 실
　　정이다. 그러나 이들 산림은 단순히 은둔하는 선비라는 그 본래적 의미와는 달리, 조선조에 있어서 특별한 정치적
　　의미를 지니는 존재로 생각된다. 이들 산림은 수 차례에 걸친 士禍로 인해 많은 사람들이 정계를 떠나 낙향하면서
　　부터 본격적으로 생겨나기 시작하는데, 인조대 이후부터는 국왕의 徵召로 인해 대거 정계로 진출하여 상당한 세력
　　을 누린 것으로 보인다. 이들의 전반적인 성격에 대해서는 李佑成, 「李朝 儒敎政治와 '山林'의 存在」, 『韓國의 歷史
　　像』(창작과 비평사, 1982). 禹仁秀, 「17세기 山林의 進出과 機能」, 『역사교육논집』5(1983)에서 자세하게 언급하고
　　있다.

111)　前持平金垰 科目中人 本非山林待價之人, 『인조실록』 5권 2년 甲子3월 丙寅條

112)　李佑成, 위의 논문.

113)　禹仁秀, 위의 논문.

114)　『增補文獻備考』 권199, p.133 참조.

)에서 가운과 가남의 행적은 바로 이들 산림의 행동방식과 비슷한 양상을 보여주고 있다. 뉴연은 산림의 향촌에 있어서의 세력기반이었던 서원에 배향되고 있을 정도이며, 백경과 가운은 천자의 여러 번에 걸친 徵召에도 환로로 나아가지 않아 천하 사람들에게 추종을 받고 있었으며, 세기는 그의 아들로 하여금 과거응시를 금하고 혼인 마저 산림의 무리와 하고 있는 것이다. 특히 세기의 경우, 자녀들을 산림의 무리와 혼인을 시키고 있다는 사실은 당시 산림들의 혼인방식과도 유사하다. 당시 산림들은 서로 學脈을 통하여 친분관계를 맺기도 하고, 또 이를 바탕으로 인척관계를 맺기도 하였던 것이다.

그런데 여기에서 보다 중요한 점은 산림들에게 있어 이 혼인은 黨派間의 결합이란 의미를 굳이 지니지 않았다는 사실이다. 가령 산림의 대표적인 존재라 할 수 있는 宋時烈, 尹宣擧, 尹鑴 등이 모두 權諰와 사돈관계를 맺고 있으며, 또 宋浚吉은 鄭經世의 사위였는데, 宋時烈, 宋浚吉은 西人이었고 尹鑴, 鄭經世는 南人이었다.[115]

> 鑴가 병자호란 뒤 湖西지방에 寓居하였을 때, 宋時烈, 宋浚吉, 權諰, 李惟泰, 尹宣擧 등과 서로 교유하였고, 時列 등은 尹鑴의 才學을 사랑하여 죽는 날까지 교유하였으며, 尹宣擧는 더욱 그와 두터웠다.[116]

이들은 서로 黨色이 달랐지만 위와 같이 두터운 친분을 유지하고 있었으며 나중에 송시열은 윤휴를 천거하기도 하였다.[117] 물론 이들은 현종대에서 禮訟논쟁으로 老論과 少論의 격심한 대결을 벌이지만 애초에 그들은 당색과는 무관하게 서로 친분을 유지했던 것이다.

이는 바로 〈삼대록〉에서 우성이 보여주는 朋黨論에 대한 견해이기도 하다. 우성

---

115) 姜周鎭, 『李朝黨爭史硏究』(서울대출판부, 1971), pp. 127-136 및 우인수, 위의 논문, 참조.
116) 鑴小孤 丙子胡亂 寓居湖西 興宋時烈時烈宋俊吉權 李惟泰尹宣擧等 從遊(중략) 時烈等愛其才學 忘年爲交 宣擧尤重之, 『숙종실록』 권3, 1년 4월 癸丑條.
117) 其後閔鼎重 薦于孝宗朝 至請臨見之 時烈等 引爲持平, 『숙종실록』, 위와 같은 곳.

은 조정에서 양중기와 이동양 사이의 대립에서 양중기의 입장을 지지하는데, 작품에서 산림의 신분으로 설정되어 있는 양중기는[118] 이동양이 黨을 모은다는 이유로 천자에게 상소하였다가 이동양의 참소를 당하고 있다. 이에 우성은 천자 앞에 나서서 붕당을 체결하는 이동양을 탄핵하고 양중기의 무죄를 밝히고 있는 것이다.[119] 한편 유씨 가문의 모든 자녀들은 이 우성의 덕을 이어받아 "혼갈フ치 튱효로 본을 삼고 붕당을 모흐디"[120] 않고 있다. 앞서 본 세기의 혼인에 대한 태도 역시 붕당을 피하고 자 하는 일면이 있었을 것이다.

이상과 같이 본다면 〈선행록〉, 〈삼대록〉은 산림이라는 집단의 행적과 아주 유사한 일면을 보여주고 있다할 것이며, 〈옥수기〉 역시 가운과 진처사 그리고 임운의 행적에서 이러한 일면을 보여주고 있는 것이다. 그리고 청운의 길은 가문의 화를 자초하는 것이라는 인식을 보여주고 있음은 수 차례의 사화를 겪는 동안 체득된 산림의 속성을 보여주는 것이라 볼 수 있으며, 그러면서도 청운의 길을 거부하지 않는 것은 충이라는 주자주의적 이념을 실현하려는 속성 또한 보여주는 것이다. 이들 작품에서 이렇게 산림의 행적을 노정하고 있음은 그 창작 의식이 상층벌열의 의식임을 의미한다.

산림은 그들이 비록 4차례에 걸친 사화 속에서 숱한 시련을 겪었지만 이미 상당히 세력있는 가문을 배경으로 지니고 있었으며, 그 정치적 의식에 있어서는 주자주의를 상징할 수 있을 정도로 전형적인 사대부의 모습을 보여주고 있었다. 그리고 이들은 대거 중앙으로 진출하면서부터 상당한 권력까지 지니게 되었다. 즉 이들은 어디까지나 상층벌열의 면모를 지니고 있는 것이다.

그렇다면 〈선행록〉 계열에서 나타나는 백운과 청운의 체용적 관계에 대한 인식과 실천의 모습은 구체적으로 이러한 산림의 속성과 관련된다고 볼 수 있다. 따라

---

118) 양중기는 효문공과 같이 효문공 서원에 배향되어 있는 인물인데, 〈선행록〉에서 뉴연이 조주로 정배갔을 때, 뉴연을 여러모로 도와 준 인물이다.

119) 〈유씨삼대록〉 총서4, pp.38~41.

120) 〈유씨삼대록〉 총서6, p.137.

서 이들 작품에서 표방하는 청·백운에 대한 관심 그리고 가문의 유지와 계승에 대한 관심 등이 보다 방대한 분량 속에서 주자주의의 전범에 입각하여 서술될 수 있는 근본적인 이유는 바로 여기에서 기인하는 것이다.

한편 〈유충렬전〉〈소대성전〉등의 군담소설에서 백운을 지향하는 작품은 좀처럼 찾아보기 힘들다.[121] 주지하다시피 이 군담소설들은 상층으로의 지향이라는 세속적 욕구를 주로 하고 있기 때문에, 작품 자체가 지향하는 길은 당연히 청운의 길로 나타나고 있는 것이다. 이들 작품에서 몰락한 가문에 대한 구원이란 측면이 강조되고 있는 것 역시 이러한 성격을 반영하고 있다. 당시 조선조 사회에서 상층으로의 상승을 위해서 가문이란 배경은 필수적 조건이었고, 따라서 가문이 세력을 획득하거나 회복하는 소설의 구조는 곧 상층으로 상승하기 위한 세속적 욕구의 표출과 맥을 같이 하는 것으로 이해되는 것이다. 특히 〈소대성전〉, 〈장경전〉, 〈장풍운전〉 등의 작품에서 보이는 주인공의 신분의 본질적인 변이는 이와 관련하여 중요한 의미를 지닌다. 조선조 후기의 사회가 아무리 근대로의 맹아를 보이고 있었고, 또 신분제가 문란해졌다고는 하지만 당시는 향촌의 가문조직이 더욱 군건해져 가고 있었다. 때문에 양반이란 신분 자체는 쉽사리 무너질 수 없었다. 더구나 3.2에서 지적한대로 양반이란 신분은 한 개인이나 한 가정을 단위로 이루어지는 것은 아니었다. 이러한 사실을 염두에 둔다면 〈소대성전〉 등 신분의 본질적인 변이를 보이는 작품은 애초에 명분가의 후예로 설정된 父의 입장이 아니라 광대나 사환으로 신분이 전이되는 子와 같은

---

121) 그러나 군담소설중에서도 백운의 길을 어느 정도 노정하고 있는 작품이 없는 것은 아니다. 京板 〈용문전〉은 이 경우 대표적인 예라 할 것이다. 〈용문전〉은 주인공 용문이 노왕 소대성을 도와 호국을 물리치는 과정을 그 줄거리로 하고 있는 작품이다. 그런데 용문은 호국에서 살고 있기 때문에 처음에는 호국을 돕다가 그의 스승과 노왕의 간곡한 회유로 명국의 편에 서서 호국에 대해 투쟁을 벌인다. 이 과정에서는 다른 군담소설에서 볼 수 있는 주인공 가문의 몰락이나 시련이 노정되어 있지 않으며, 또 용문이 호국의 편에 서거나 아니면 명국의 편에 서거나 부귀영화는 보장되어 있는 것이다. 따라서 이 작품은 다른 군담소설과는 그 양상이 다른데 특히 백운과 관련하여 주목되는 것은 용문의 父 용훈의 행동방식이다. 용훈은 애초에 산림처사로 설정되어 있으며 나중에 용문이 得貴하여 장사왕에 처하여 그의 父를 모시고자 하나 용훈은 한사코 거절한다. 그리고 그는 계속 처사의 길을 걸으며 "산림처사와 충신 널시 모다 청수강변의 초당을 짓고 공을 청호여' 소유지락하고 있다. 이렇게 볼 때 이 작품은 다른 군담소설과는 달리 청운의 길만으로 경도되어 있지 않음을 알 수 있다. 그러나 完板 〈용문전〉에서는 이 경판과는 달리 청운의 길에 경도되어 있다.

존재의 상층에 대한 욕구를 반영하는 것으로 볼 수 있다. 이때 이들이 상층으로 상승하기 위해서 무엇보다 필요한 것이 명문가라는 혈통이었던 만큼, 소설 서두에서의 신분 설정은 필수적이었던 것이다.

따라서 군담소설에서 강조하고 있는 가문의 몰락에 대한 구원은 바로 이러한 세속적 욕구 속에서 비롯될 수 있었다고 보여진다. 그렇다면 이 군담소설의 창작의식은 말할 것도 없이 자신의 가문의 세력 기반을 구축하고 있지 못한 존재나 혹은 양반이 아닌 평민의 의식을 대변하고 있는 것으로 해석할 수 있다.

이상의 고찰에 의하면 작품에서 드러나고 있는 가문에 대한 관심은 결국 그 작품이 궁극적으로 지향하고 있는 주제의식 즉 백운의 길과 청운의 길에 대한 지향도와 연관되고 있었다. 그리고 이것은 또한 그 작품이 지니고 있는 소설적 속성과도 연관되는 것이었다. 한편 이러한 양상들을 그 창작주체와 관련하여, 〈선행록〉 계열의 대하소설은 상층 벌열의 의식을 구체적으로는 산림이란 집단의 의식과 연관되는 것으로 나타났으며, 군담소설은 보다 평민층에 가까운 의식으로 나타났다. 그러나 창작주체에 대한 문제만큼은 속단할 수 없다. 작품이 표방하고 있는 의식과 그 작자와의 관계는 비록 개연성은 있을지 모르나 반드시 일대일 대응을 유지하는 것은 아니며, 고전 소설의 경우 여성이 작자일 가능성 또한 배제할 수 없기 때문이다.[122]

---

122) 임형택, 위의 논문에서는 소설이라고 생각되는 〈玩月〉이란 작품과 관련하여 그 작자가 여성일 가능성이 다분함을 고증하고 있다. 한편 민찬, 위의 논문에서도 〈방한림전〉의 後記와 관련하여 그 작자가 여성일 가능성을 조심스럽게 타진하고 있다.

5. 결 론

　본고는 한국고전소설의 구조와 창작의식을 조선조 사회의 가문의식과 연관시켜
고찰하려는 의도를 지니고 시작되었다. 조선조 사회에서 17세기 무렵부터 변화하기
시작하는 가문조직과 이에 따른 가문의식의 강화는 고전소설의 창작과 밀접한 연관
을 지니고 있을 것으로 생각되었고 또 소설을 이루고 있는 주요한 구조요인인 부자
관계, 혼사의 문제 등을 해석하는데 있어 이 가문의식은 중요한 것으로 생각되었기
때문이다. 그러면 이제 지금까지의 논의를 정리하고 남는 문제를 지적함으로써 결
론을 대신하고자 한다.

　한국사회에 있어서 부계혈연에 입각한 가문조직은 17세기 무렵부터 성립되는데
이와 아울러 가문에 대한 의식 또한 강화되기 시작하였다. 이는 가문의 구성원으로
하여금 자기 가문을 칭송하려는 가전 편찬의 활성화를 가져 왔으며 한편으로는 소
설의 창작에도 지대한 영향을 미치고 있었다. 즉 '삼대록' · '양문록' · '세대록' 등
의 표제가 붙은 대하소설이 창작되었고 또 이들 소설은 그 표제에 있어서 당시의 가
전들과도 유사한 면모를 보여주었다. 그리고 상층으로의 상승이란 욕구를 표출하고
있는 군담소설에서 역시 가문에 대한 의식은 무시될 수 없는 것이었다. 당시의 사회
에 있어서 상층으로의 상승은 가문이란 배경을 바탕하지 않고서는 불가능했기 때문
이었다. 한편 소설과 가문의식과의 연관성은 소설의 수직적, 수평적 구조를 통해서

보다 뚜렷하게 확인되는 것이었다. 즉 부자관계를 중심으로 하는 수직적 구조와 이에서 파생되는 갈등, 그리고 부부관계를 중심으로 하는 수평적 관계와 갈등은 모두 가문의 내부적 결속이란 의미와 가문의 세력확장과 영달이란 의미를 지니고 있었던 것이다.

〈유효공선행록〉, 〈유씨삼대록〉, 〈현씨양웅쌍린기〉 등의 대하소설은 가문의 내부적 결속이란 측면과 관련하여 주목되는 작품이었다. 이는 우선 이들 작품이 지니고 있는 父의 자식에 대한 절대적 우위에서 드러났다. 여기에서는 부가 자식에 대해 절대적으로 우위를 점하고 있기 때문에 소설에서 설정된 가문은 결코 몰락하지 않는 특성을 가지고 있었다. 이러한 부의 우위성은 가문을 이끌어 나가야 하는 종손의 성격에 대한 강조와 연관이 되고 있었는데, 〈선행록〉이 형제갈등과 부자갈등에 중첩된 계후갈등을 주요 구조로 하고 있음은 바로 가문에 있어서 종손이 차지하는 비중을 의식한 결과로 파악되었다. 이 계후갈등은 자연적인 인과율, 생물학적 선후관계보다는 가문의 통솔과 유지라는 필요성에 우선하여 종손 혹은 장자를 결정하고자 하는 의도를 보이고 있었기 때문이다. 〈삼대록〉에서 장자의 맥락을 한결같이 인자관후한 성격으로, 차자의 맥락을 고집이 세고 편벽된 성격으로 설정하고 있는 것도 결국은 이러한 가문의 통솔자의 성격부각과 관계되는 것이었다.

한편 〈삼대록〉, 〈쌍린기〉 등에서는 수직적 갈등보다는 오히려 수평적 갈등이 더욱 중요한 구조로 채택되고 있었다. 물론 이 수평적 갈등은 가문과 가문이 결합하는 데 있어서 따르는 갈등이기 때문에 가문의 외부적 확장과 연관되는 문제였다. 그러나 이들 작품에서는 이 수평적 갈등이 부부간의 성정문제에서 일어나고 있었다. 비록 〈쌍린기〉의 경문과 주소저의 경우처럼, 성정문제에서 기인한 갈등이 확산되어 가문과 가문 사이의 갈등을 야기하는 경우도 있었지만 어느 경우나 가문의 내부적 결속이란 측면에서 갈등이 해소되는 경향을 보이고 있는 것이다. 따라서 이들 작품에서는 부의 절대적 우위성이 강조되고 또 그 부가 몰락을 하기보다는 오히려 당당한 권력을 유지하고 있기 때문에 가문의 세력확보는 어디까지나 가문의 내부적 결속이라는 측면을 구심점으로 하고 있었던 것이다.

그러나 군담소설의 경우는 작품의 서두에서 절손의 위기가 설정되고 있음으로 해서 절손의 위기가 설정되지 않고 있는 대하소설과는 상당히 다른 의미를 지니고 있었다. 대하소설에서는 여러 명의 자식이 설정되고 있으며 부가 우위성을 점하고 있는 반면, 이 군담소설에서는 자식이 오로지 한 명으로만 설정되고 있으며 부가 소설의 서두에서 몰락하여 잠적하는 양상을 보여주고 있었다. 군담소설이 지니는 이러한 차이는 우선 군담소설에서는 왜 하필이면 절손의 위기 다음에 탄생하는 자식이 한 명일까 하는 의문을 가져왔다. 만약 절손에 대한 위기의 해소라면 자식은 오히려 여러 명으로 설정되어야 함이 마땅하다. 獨子는 언제나 절손의 위기를 다시 내포하고 있기 때문이다. 결국 이러한 의문은 군담소설에서 설정된 부자관계가 '부=자'라는 의미를 지니고 있음과 자식이 부의 삶을 대신하고 또 부의 염원을 해결할 수 있는 소망형의 의미를 지니고 있다는 사실에서 풀려질 수 있었다.(물론 〈소대성전〉 등의 작품에서는 이 역의 관계를 보였다.) 즉 이 군담소설은 가문의 몰락을 맞은 父가 다시 가문을 회복하려는 바램을 지니고 있으며 이 바램이 영웅으로서의 자식을 설정하게 했던 것이다. 특히 〈소대성전〉, 〈장경전〉, 〈장풍운전〉 등 주인공 신분의 본질적인 변이를 수반하고 있는 작품에서는 이러한 의미가 더욱 강조되는 경향을 보이고 있었다.

군담소설에서 보이는 이러한 수직적 갈등의 문제는, 다시 수평적 갈등과도 연관되고 있었다. 군담소설의 수평적 갈등은 정치적 이해를 같이 하는 존재들끼리의 결탁이라는 의미를 지닌 〈유충렬전〉, 〈이대봉전〉, 〈황운전〉, 〈정수정전〉 등의 경우와 구원자의 만남이라는 의미를 지닌 〈소대성전〉, 〈장경전〉, 〈장풍운전〉의 두 경우로 나누어지고 있었는데 어느 경우나 몰락한 주인공 가문의 회복을 위한 방향으로 나아가고 있었다. 특히 여기에서는 수평적 갈등이 부부간의 성정문제가 아니라 결합을 반대하는 반대자의 방해로 인해 발생하고 있었는데 이는 몰락한 가문의 회복에 따르는 현실적 어려움을 의미하는 것으로 파악되었다. 그러나 〈장경전〉, 〈장풍운전〉의 경우는 가문의 구원이 이루어진 후는 다시 가문의 내부적 결속에 관심을 보이고 있었다.

한편 〈옥수기〉의 경우는 父가 간신에 의해 귀향을 가고 있으며 또 정치적 이해를 같이 하는 존재들끼리의 결탁 그리고 군담부분이 부각된다는 점에서 군담소설과 유사한 면모를 보여주고 있었다. 그러나 이 작품은 자식이 여러 명으로 설정되어 있고 윗 代에서부터 마련된 가문의 지지기반이 존재하고 있어 가문의 완전한 몰락이 이루어지지 않고 있다는 점에서 군담소설과는 다른 면모를 보여주고 있었다. 따라서 이와 같은 양상은 몰락한 가문의 구원이라는 의미보다는 오히려 사대부들의 벌열형성이라는 의미를 지니는 것으로 파악되었다. 그리고 〈옥수기〉는 군담소설보다는 대하소설에 보다 가까운 의미를 지니고 있는 것이었다.

〈선행록〉 등의 대하소설과 〈유충렬전〉, 〈소대성전〉 등의 군담소설 사이에 놓인 이러한 가문의식의 차이는 나아가 이들 소설군이 지니고 있는 자체의 속성과도 연관을 맺고 있는 것이었다. 조선조 사대부들에게 있어 소설은 '福善禍淫'의 교훈적 가치를 지니는 것으로 이해되었는데 홍희복의 〈제일기언〉 서문에서도 보이는 바, 상층으로의 상승 욕구를 표방하는 정형화된 군담소설은 이들에게 부정적 평가를 받았다. 즉 군담소설은 교훈적 의도보다는 억압받는 현실에 대한 위안이라는 의도가 더욱 강했던 것이다. 그 결과 군담소설은 상업적 성격을 지니는 방각본 소설의 가장 대표적인 소설군을 형성하게 된 것으로 보였다. 그러나 대하소설은 교훈적 의도를 강하게 지니고 있었는데 대하소설이 허구적 내용을 사실로써 계속 강조하려는 경향을 지니고 있다는 점, 그리고 이 소설을 읽은 독자들의 견해 속에서 이 점은 확인되었다.

그리고 〈선행록〉, 〈삼대록〉, 〈옥수기〉 등은 백운의 길을 구심점으로 하여 청운과 백운의 체용적 관계를 실천하려는 모습을 보여주고 있었다. 특히 〈삼대록〉의 경우 '연-백경-세기'로 이어지는 장자의 맥락이 백운의 길을 지향하고 있으며 '우성-세형-현'으로 이어지는 차자의 맥락이 청운의 길을 지향하고 있다는 것에서 이 점은 뚜렷이 드러나고 있었다. 결국 이들 작품에서 가문의 응집을 강조하는 가문의식은 바로 이 내향적인 존재론적 기반 속에서 설정될 수 있는 것이었다. 그리고 이러한 의식은 조선조에서 주자주의의 상징적 존재였던 산림들의 의식과 유사한 면모를 보여주고 있었는데 특히 〈삼대록〉에서 우성이 보여주는 붕당론에 대한 견해, 그리고 세기의 행동방식 등에서 이 점은 분명하게 나타났다. 그런데 군담소설의 경우는 오로지 상층으로의 상승이라는 세속적 공명의식만이 나타날 뿐이었다. 따라서 군담소설에서는 가문에 대한 관심이 몰락한 가문의 구원이란 의미를 지녔고 또 '부=자'의 관계가 나타날 수 있었던 것이다.

이상과 같은 논의를 통해서 본고에서는 가문의식과 고전소설의 구조 및 창작의식을 고찰해 보았다. 그리고 이러한 논의가 가능한 한 대하소설과 군담소설을 포함한 단편소설이 지니는 장르론적 문제를 해명하는데 조금이나마 보탬이 될 수 있도록 노력하였다. 그러나 본고는 다음과 같은 문제점을 내포하고 있는데, 이는 앞으로의 과제로 삼겠다.

첫째, 본고에서는 여러 가지로 구별되는 고전소설의 유형들 중 주로 가문소설과 군담소설만을 택해 논의를 전개했으며 가문소설의 경우 그 작품수가 너무 한정되어 있다. 특히 가문의 내부적 응집이라는 측면과 관련하여서는 〈사씨남정기〉〈창선감의록〉 등의 가정소설이 또한 대표적인 작품군인데 본고는 여기에 대해 미진한 채로 남아있다.

둘째, 본고에서는 여성이라는 존재에 대한 고찰이 미진하였다. 가문의식이라는 것은 결국 가부장제 사회를 토대로 발전된 것이다. 그런데 이 가부장제는 주지하다시피 남성이 여성의 우위에 위치하여 그 사회의 제반 권력구조가 남성 중심으로 편재되는 사회이다. 따라서 이 구조 속에서는 여성은 억압받기 마련이다. 한편 가문의식을 강력하게 표방하고 있는 고전소설의 경우 그 주도적인 독자층은 여성이었으며 나아가 여성이 직접 소설을 창작했을 가능성도 없지 않다. 그렇다면 가부장제와 여성의 삶, 가문의식과 소설, 소설과 여성 등의 관계에 대한 포괄적인 논의가 이루어져야 할 것이다.

셋째, 중국소설과의 비교가 전혀 이루어지지 못했다. 조선조가 존립한 시기는 중국의 明代에 해당되는데 조선조의 소설은 중국의 소설과도 밀접한 연관을 지닌다. 그런데 가문의식의 측면에서 조선과 明은 현저한 차이가 있다. 즉 明은 가문조직이 조선조에 비해 정치적으로 그다지 중요한 의미를 지니지 못했던 것으로 보인다. 오히려 宋代에서 가문이 차지하는 비중이 조선에서의 사정과 유사한 면모를 보여주고 있는 것으로 보인다. 그렇다면 중국의 宋代, 明代의 소설과 조선조의 소설을 서로 비교하는 작업이 가능할 것이며 이는 한국소설의 중국소설에 대한 특수성을 해명하는 연구의 일환이 될 것으로 생각한다.

부 록

西望長安那裏
是雲中宮闕
蕭如石寫

주요 작품의 순차단락

〈소현성록〉

1. 송 태조 시절, 처사 소광 무자후 양부인에게 이녀 생산, 후에 현성이 유복자로 태어남.

2. 장녀 월영, 참정 한경원의 아들과 차녀 교영 상서복야 이기휘의 아들과 혼인함.

3. 이복야, 간신의 참소로 멸문 후 서주 땅에 안치되자 교주가 동행함.

4. 현성이 응과 급제하고, 유생 등 다른 유생의 딱한 사정을 고려하여 대신 글을 써서 합격시켜 줌.

5. 교영, 유배지에서 유장과 사통한 후 환가하자, 유장이란 사람이 찾아옴. 이에 양부인이 사약을 내려 교영을 죽임.

6. 현성, 평장사 화현의 장녀 주은소저와 혼인함.

7. 현성, 순무어사로 출장갔다 오던 중 도적 난을 만난 윤소저를 구해 남매지의를 맺고 경사로 데리고 오고, 이후 윤소저는 유지와 혼인함.

8. 석파가 친척인 석현의 차녀 석소저로 현성의 재취를 삼으려 함./ 석파, 석소저의 글을 현성에게 보여줌./ 그 글에 대해 현성이 칭찬하자 화소저가 석파를 못마땅해 함.

9. 석파, 석부로 가서 있던 중, 인사차 방문한 현성을 석소저와 만나게 함

10. 현성, 석소저에 대해 무심하고 화소저는 투기를 발함.

11. 석참정이 현성에게 구혼하나 거절당함./ 이에 칠왕, 팔왕이 중매하고 황제가 사혼지를 내림으로써 혼인이 성사됨.

12. 화부인이 투기를 부리나 현성이 위로하고 균형된 제가로 집안이 화평함.

13. 추밀사 여운이 차녀로 현성에게 구혼함./ 친질 후궁 여구미를 통한 황제의 사혼서로 혼인함./ 여부인이 석부인을 시기하여 음모를 꾸밈.

14. 여부인, 간부서 사건, 양부인 탄일의 독약사건 등으로 석부인을 모함함./ 개용

단으로 석부인으로 변신하여 현성에게 음란한 행동을 하자 현성이 석부인을 출거시킴.

15. 여부인, 화부인으로 변해 음란한 짓을 자행함./ 현성, 우연히 개용단의 소문을 듣고 진가를 구별하고 여부인을 축출함./ 석부인을 부르나 석참정이 화가 나서 보내지 않음.

16. 현성이 득병하자 석부인이 돌아와서 극진하게 간호하여 완쾌함.

17. 여운이 현성에게 앙심을 품고 강주 안찰사로 보내게 함./ 현성이 임수를 완수하고 오는 길에 개용단의 근본을 찾아 없앰.

18. 가정이 화평한 가운데 한 도사가 일봉 서찰과 칼을 주고 감.

19. 황상이 태순태자 덕순을 죽이는 일이 발생함.

20. 현성, 절에서 귀신(요괴)을 물리침.

21. 현성, 단생이란 유랑객의 비범함을 인정하여 자식들의 스승을 삼음./ 단생이 화, 석부인의 자식들의 종아리를 치자 화부인이 단생을 욕함.

22. 현성, 선친를 생각하던 중, 위승상의 집에서 선친의 화상을 발견하고 슬퍼함.

23. 위승상, 계실 방씨의 악덕을 알고 자신이 죽기 전에 미리 딸을 소부에 시집보내려 함.

24. 위승상의 딸과 운경공자 혼인하자 방씨가 질투를 함.

25. 위승상, 소저에게 빙물(관잠)과 위급시 사용하라며 상자를 주고 두 아들에게는 구공에게 가서 의탁하라고 하고 기세함.

26. 방씨, 아들 유홍의 만류에도 불구하고 위소저와 두 아들을 해하려 함./ 이에 위소저 남의개착후 도주함.

27. 운경이 위소저의 행방을 알아 고하고 현성이 윤부인에게 부탁하여 보호하게 함./ 삼 년 후 운경과 위소저가 혼인함.

28. 제 2자 운희(화부인 소생), 한님 강량의 딸과 혼인함.

29. 운경, 운희 과거에 급제함.

30. 운성, 석파가 장난으로 찍은 앵혈을 없애고자 석파의 친척인 소영을 겁탈함.

31. 운성, 형참정의 집에서 우연히 형소저를 보고 상사병이 걸림./ 석참정의 중매로 형소저와 혼인하고, 소영은 첩이 됨.

32. 위부인이 생남하나 방씨의 행동이 자신의 불효에서 기인한 것이라는 자탄에 빠지고, 방씨가 병에 걸려 죽음.

33. 운성이 장원급제함.

34. 운성이 창기를 불러 희롱하다가 부친에게 들켜 태장을 받음.

35. 화부인 3자 운몽, 예부시랑 후익의 여식과 혼인하고, 석부인 제2자 운현은 태학사 조명의 여식과 혼인함.

36. 일일은 천자가 소학사 삼형제를 불러 글을 짓게 하였는데, 명현공주가 방울을 던져 운성을 맞혀 혼인 의사를 보이자 천자가 형소저와 절혼케 하고 부마로 삼음.

37. 명현공주의 사치가 극에 달하고, 패악무도한 행실이 자행됨.

38. 일일은 청주자사가 말과 미희를 선물로 보내자 공주가 미희의 코와 귀를 잘라 하옥시킴.

39. 운성, 형부에 가서 형소저를 몰래 만나고 상사병에 걸림.

40. 형소저가 환가하자 상사병이 쾌차함.

41. 공주가 형소저를 해하고자 자기의 궁에 거하게 하다.

42. 공주, 운성과 형부인이 같이 있으면 주찬을 보내는 등 후대하고, 형부인은 운성에게 공주를 후대할 것을 부탁하나 운성이 거절함./ 운성이 임금에 대한 불만을 토로함.

43. 공주가 형부인을 익사시키려다 실패하자 운성을 임금 비방한 죄로 참소하고, 이에 운성이 하옥됨.

44. 임금이 운성에게 사형을 내리려 하자 형부인이 혈서로서 상소하여 위기를 모면함.

45. 공주의 양보모가 형부인을 백방으로 괴롭혀 다시 친정으로 가고 형부에서는 형부인이 죽었다고 함.

46. 운성이 형부인의 죽음을 의심하나 형공이 끝내 형소저를 숨기고, 고향으로 내려감.

47. 운성이 다시 상사병에 걸리자 운현이 어사가 되어 순무하던 중 형부인을 찾음.

48. 운현이 형부인을 승상의 명이라 하여 강정 윤부인의 집에 머물게 하자 운성이 찾아감.

49. 공주가 계속 운성을 살해하려고 함.

50. 소승상이 형부인의 일을 알고 운성과 운현을 대책하고 공주가 이 일을 상소함.

51. 임금이 소승상 부자를 잡아들이자 소승상이 공주의 무례함을 간함.

52. 공주의 악행이 계속되던 중 공주가 사망하고 형부인이 돌아옴.

53. 가정의 화락을 맞이하여 승상이 자식들과 유람을 떠남.

54. 전일 승상이 얻은 칼이 주인을 찾지 못해 울고 있는 것을 운성이 보고 가져 감.

55. 유람 중, 쌍호와 다섯 요괴를 물리침.

56. 운성이 형부인의 사치를 못마땅하게 여겨 다투고 도리어 첩 소영을 총애함.

57. 운성, 형참정의 맏사위 손공자가 훌륭하다는 소문을 듣고 만나기를 원하나 만나지 못하게 함./ 결국 만난 자리에서 손공자의 어리숙함을 놀림.

58. 7자 운숙, 성소저와 혼인하고, 8자 운명은 임숙보의 딸과 혼인함.

59. 운명이 임소저의 박색을 한탄하여 재취할 뜻을 둠.

60. 태조황제가 붕하고 진종황제가 즉위함.

61. 운명이 어사가 되어 출장갔다가 도중에 부모를 잃고 떠도는 남장 여인 이소저를 만남.

62. 소승상의 반대를 무릅쓰고 이소저와 혼인을 함.

63. 승상이 자리를 비운 틈을 타서 양태부인이 니고를 맞이하여 자녀들의 운명을 점침./ 이소저는 21세에 요절할 것인데, 운명이 여러 첩을 두어 사랑를 나누고 부처께 공양하면 30은 넘길 것이라고 함.

64. 승상이 양태부인에게 불도를 숭상하지 말 것을 권유함.

65. 양부인은 이소저를 자기 처소에 두어 운명과 만나지 못하게 함.

66. 윤부인의 딸 유소저가 진종비로 간택됨.

67. 정참정의 딸이 운명을 사모하여 정대비에게 청하여 사혼지를 내리게 하여 혼인함.

68. 안남이 반하자 소승상이 출전하고, 운성이 부친을 모시고 동행함.

69. 양부인이 화부인에게 가사를 맡기고 석부인을 데리고 강정에 가서 기거하는데, 화부인이 가사를 잘 다스리지 못함.

70. 운명이 화부인을 구슬려 이소저와 가까이 함.

71. 소승상 부자가 전쟁에서 승리함.

72. 소부에서 정소저가 시비 취란과 함께 이소저를 해하기 위해 각종 음모를 동원함.

73. 이 음모로 운명이 이소저를 죽이려 하자 양부인이 승상의 환가를 기다려 처결하라고 함.

74. 화부인은 양부인이 자기를 믿지 못함에 노하여 이소저를 후원에 가두고 석부인의 자녀를 박대함./ 화부인이 양부인에게 무례한 편지를 보내자 양부인이 노하여 원비직첩을 석부인에게 주겠다고 함./ 화부인이 화가 나서 시누이 소부인에게도 무례한 언행을 자행했다가 도리어 욕을 먹고 잘못을 깨달음./ 양부인에게 사죄의 글을 올림.

75. 정소저가 시비를 시켜 이소저를 해하려다가 실패함.

76. 형소저가 화부인의 차별대우로 인해 헌 옷을 입고 지내자 운현이 이를 보고 안타까와 함.

77. 승상이 돌아온다는 기별이 오자 정소저가 다시 장쇠를 시켜 이소저를 죽이려 하다가 운명에게 잡혀 갇힘.

78. 환가한 승상, 석파의 초라한 모습을 보고 화부인의 잘못을 간파함./ 모친의 잘못을 간하지 않은 운경을 대책, 태장하고 정부인의 죄상을 밝혀 축출함.

79. 승상이 화부인에 대한 냉담한 기색을 보이나 곧 화해함.

80. 이소저가 득병하자 승상이 하늘에 기도하여 명을 연장함.

81. 승상과 제자들이 유람 길에 올라 세 요괴를 물리침.

82. 소부가 태평한 중, 다만 삼녀 소아소저가 혼인 후 투기가 심하고 그의 남편 정화는 담약해 소승상이 자주 소아소저를 계책함.

83. 사녀 수빙은 재주가 뛰어남.

84. 예부시랑 김희가 두 아들 환과 현을 두었는데, 환은 간사하고 현은 군자지풍이 있음./ 부인 왕씨는 환을 편애하고, 환은 위씨와 현은 최씨와 혼인함.

85. 현, 음란한 최씨와 불화 중 일일은 소부에 와서 우연히 수빙소저의 화상을 보고 상사병에 걸림.

86. 승상이 현의 상사병을 치료하기 위해 수빙과의 혼인을 허락함.

87. 위씨와 최씨는 수빙소저의 빼어남을 질투하고, 최씨는 찾아온 소씨 형제를 박대하기까지 함.

88. 최씨는 투기로, 김환은 재산을 탐내어 수빙소저를 음해하자 왕부인이 수빙을 박대함.

89. 조정에서 과거를 시행하자, 김환이 응시하고 왕부인은 김현에게도 응시하게 하여 이름을 바꿔 내라 하니 김현이 그대로 하나 승상이 현의 글씨를 알아 보고 환을 낙방시키고 현을 장원급제로 심사함.

90. 김현이 순무어사로 출장가자 수빙이 위기를 맞이하나 운성의 도움으로 극복함.

91. 인종황제의 후궁 소소저(석부인 소생인 수주소저)가 황후가 됨.

92. 이후, 소부의 집안이 평안함.

93. 다만 운숙의 차자 세명이 성격이 사나운 탓에 도적의 무리와 어울여 모반을 꾀하자 운성이 세명을 죽임.

94. 운성의 장자 세광, 운경의 장자 세현이 기루를 지나다가 세현은 머물고 세광은 돌아옴./ 세현, 이 일로 태장을 받고 문밖 출입을 삼가함.

95. 세현은 양씨와, 세광은 설씨와 혼인함.

96. 양태부인의 생일을 맞아 소씨 문중의 부귀영화가 극에 달함.

97. 이부인 35세로 득병 사망함.

98. 후기 : 소현성록이 임금의 명으로 질정과정을 거쳐 창작되었다는 사실과 이 책의 유전과정을 밝히고 있음.

〈현씨양웅쌍린기〉

1. 대송 인조 연간에 이부상서 현택지는 수문과 경문이라는 두 아들을 둔다.

2. 수문은 참지정사 하세걸의 딸, 경문은 어사 주명기의 딸과 혼인한다.

3. 조정에서 설과하자 수문과 경문이 응과하여 모두 급제한다.

4. 수문은 하씨와 혼인후 금슬이 좋으나 경문은 주씨의 미모와 현숙한 덕에도 불구하고 서로 금슬이 좋지 못하다.(주씨가 세상 사람같지 않다는 이유)

5. 이 일로 주운에서도 걱정하여 경문부부를 불러 서로의 금슬을 위해 노력한다.

6. 그러나 경문과 주소저는 여전히 소원한데, 이때 주어사의 질녀 뉴취옥이 경문을 사랑한다.

7. 주문에서 경문이 머물때 취옥이 틈을 타 경문의 품속으로 뛰어들고 주어사 부부가 이 광경을 목도한다. 이에 주어사가 경문을 대책하자 경문이 또 주어사에게 심한 욕설을 한다.

8. 취옥은 이후 천자 앞에 나아가 자신의 사정을 고하는데, 천자가 그 원을 들어 경문과 혼인하게 한다.

9. 주어사는 간신들에게 미움을 받아 고향으로 쫓겨나는데, 주소저가 따라간다.

10. 하루는 수문이 외숙인 장시랑의 집에 갔다가 우연히 윤혜빙이란 소녀를 보고는 마음이 동하여 겁칙한다.

11. 윤소저는 투신자살하려 하나 경문의 도움으로 살아나고, 이 사건을 현택지가 알고는 윤소저를 데려온다.

12. 현택지와 장시랑이 윤소저의 부모를 수소문하니 이는 곧 장시랑의 처남인 윤추밀이다.

13. 현, 윤 양가에서 수문과 윤소저를 혼인시키려 하나 윤소저는 거절한다.

14. 수문이 윤소저를 못잊어 계속 윤소저를 재촉하자 윤소저는 귀형녀를 자기로 가장하여 수문과 혼인하게 하고, 자신은 이모집으로 도망간다.
15. 이때 임강왕의 딸 향아는 죽은지 7달만에 소생한 남편의 추한 몰골을 싫어하여 자살하려 한다.
16. 그러던 중 향아는 수문과 경문의 수려함을 듣고 이들 중 어느 한 명의 첩이 되고자 한다.
17. 향아는 요승 월청과 결탁하여 주소저의 형상으로 변하여 주문에 잠입하고, 주소저를 납치하여 도적에게 넘기고 자신이 주소저 형색을 한다.
18. 주어사의 죄가 사해지고, 주소저가 다시 현문에 돌아오게 된다.
19. 경문은 그녀가 가짜임을 알고 그 시비 능선을 문초하여 진상을 밝히고, 주소저를 데려간 도적을 잡아 주소저의 행방을 수소문한다.
20. 경문은 주소저가 죽은줄 알고 시체를 찾아 장사지낸다.(이 시체는 주소저의 탈출을 도와준 어느 여인의 시체인데, 경문은 이를 주소저로 알았음)
21. 수문의 후실 귀형녀는 아들을 낳고 산후병으로 죽는다.
22. 이때 파촉이 반란을 일으키자 수문과 경문이 출전한다.
23. 한편 주소저를 데려가 도술을 가르친 일광법사는 건상을 보고 저군의 작난이 있음을 알고서 주소저를 운유자로 칭하여 보낸다.
24. 적장의 요술에 걸려 위기에 처한 수문의 군은 운유자의 도움으로 승리한다.
25. 수문은 황성으로 돌아오자 다시 윤소저 생각이 간절하였는데, 마침 윤소저의 행방을 알아 윤추밀로 하여금 윤소저를 데려오게 한다.
26. 윤소저는 계교로써 다시 달아나 성운사로 잠적한다.
27. 주소저의 죽음을 주, 현 양가에서 슬퍼하던 중 주소저가 운유자의 형색으로 집에 돌아온다.
28. 경문은 주소저를 만나는 꿈을 꾸고는 이상하게 여겨 주문으로 가보고 주소저가 돌아왔음을 확인한다.
29. 이후 경문은 병이 들어 죽게 된다.

30. 이에 주소저는 스스로 제물이 되어 치성하여 염왕을 만나고 비로소 경문을 환생시킨다. 이 일로 경문과 주소저의 사이는 좋아진다.

31. 이때 운남이 반란하자 경문이 출전한다. 출전하기 전날밤 경문은 혼인 후 처음으로 주소저와 운우지락을 이룬다.

32. 한편 향아는 다시 절대가인으로 변신하여 수문을 유혹했으나 실패하자 제남후 노길과 결탁하여 먼저 현문을 모해하려 한다.

33. 이 일마저 실패하자 노길은 역모의 뜻을 품는다.

34. 이때 수문이 임무를 완성하고 돌아오는데, 노길 역시 수문으로 변신하여 천자를 알현한다.

35. 주소저가 조정에 나아가 환약을 먹여 그 진가를 가려내고, 월청을 잡아 죽인다.

36. 이후 경문이 주소저의 기를 꺾으려고 하자 둘 사이에 잦은 말다툼이 일어난다.

37. 경문과 주소저의 사이가 다시 소원하던 중 경문이 주소저의 잉태사실을 알고는 서로 화친해진다.

38. 계속 윤소저를 그리워하던 수문은 하루는 산수를 유람하다가 여화위남한 윤소저(두수재)를 만나나 정체를 모른다.

39. 이 소식을 들은 경문이 두수재의 정체를 의심하고 탐문하여 그가 윤소저임을 알고, 수문은 그를 데려오려고 하나 윤소저는 한사코 거절한다.

40. 현택지가 몸소 나서서 윤소저를 데려오지만 수문과의 사이는 여전히 소원하다.

41. 이에 현택지가 여교십편을 지어 윤소저로 하여금 읽게 하니 비로소 수문과의 금슬이 좋아지고, 현씨문중이 화목해진다.

〈명주기봉〉 : 본문 1부 2장 참조.

〈명주옥연기합〉

1. 현부의 과거지사 요약.

2. 제현들이 모인 자리에서 자식들의 혼사를 내정하다.

3. 희백과 광평왕의 딸, 윤지 소생 옥화군주 벽주 혼인.

4. 좌숙빈 황씨가 그 딸 교주와 더불어 희백부부를 음해할 음모를 꾸밈.

5. 웅린의 차자 희천, 소진왕의 손녀와 혼인./ 천린의 장녀 숙혜 소진왕의 필제 소
   운필의 막내 세문과 혼인.

6. 황씨, 조카 황생과 더불어 벽주를 납치 겁탈할 계교를 세움.

7. 윤비와 벽주, 경상궁을 통해 황씨 모녀의 근본을 알다./ 황씨는 황부의 친자가
   아니라 창기의 소생으로 음험하여 전수자라는 사내와 사통하여 교주를 낳음.

8. 교주의 유모가 벽주의 시비를 매수하여 희백부부를 정탐.

9. 윤비와 벽주가 교주 모녀의 동지를 알고 있으나 간인의 계교가 저절로 발각되
   기를 기다려 함구함.

10. 윤비, 황씨 모녀의 주술에 걸려 발병하나 쾌차함.

11. 교주가 벽주에게 술을 먹이고 황축이 납치하려고 하나 경상궁의 지혜로 시비
    매교가 대신 잡혀감.

12. 벽주의 침소에 도적이 들다./ 문희군이 형이 황씨 모녀와 짜고 다시 침입한 것.

13. 벽주, 난을 피해 현부로 오다.

14. 어시에 벽주의 서신을 전하던 홍도가 황씨에 의해 살해 당하고 심복 설매가 홍
    도로 변용./ 벽주가 그 변용함을 간파하고 대책을 숙의하여 假홍도를 축출.

15. 황씨가 광평왕에게 미혼단을 먹임.

16. 황축과 벽주 사이의 간부서가 나도나 희백은 태연함./ 벽주의 부적을 발견하
    나 현부에서 잠잠.

17. 천린의 차녀 미혜 조각노의 아들과 혼인.

18. 황씨가 흉서를 지어 장안에 퍼뜨리고 관리와 결탁하여 벽주의 음행을 상소.

19. 벽화의 유배 도중 문희군과 황생이 도적으로 가장 벽주를 납치.

20. 광평왕의 끈질긴 청으로 교주와 희백 혼인.

21. 현부에서의 교주의 행악./ 희백의 박대.

22. 광평왕이 윤비와 세자를 박대하나 황제가 윤비를 보호

23. 희백과 교주의 싸움.

24. 교주와 유모 주방 시녀를 매수하여 희백 부자에게 미혼단을 먹임./ 매수 당한 시비의 발설로 현부 제인이 이 사실을 알다.

25. 희성, 구상서의 여식 구소저와 혼인.

26. 교주가 유모 태섬을 희백의 심복동자로 변용케 하고, 희백의 총희 옥난, 채홍 등을 독살함./ 오공이 태섬을 고문하여 자백을 받아냄./ 황씨와 교주가 요약으로 변형하여 설매를 데리고 도주함.

27. 선시에 벽주, 월성공주의 선견지명으로 월성궁에 숨어지냄.

28. 광평왕의 세자 영과 웅린의 딸 운혜 혼인.

29. 희옥, 범휴의 딸과 혼인.

30. 설과. 희성 장원, 희옥 차방.

31. 희문이 도축을 징치하여 손기의 처를 구함./ 도축이 함분하여 자객을 구해 희문을 죽이고자 함./ 도축 여장하여 현부에 침입하나 잡힘.

32. 제손들의 혼인.

33. 희문의 호방한 성격과 연소저의 강직한 성격이 대립하여 사이가 좋지 않음.

34. 희문이 연소저를 괴롭히기 위해 구소저의 시비 자란을 희롱하자 주부인이 연소저를 자신의 곁에 머물게 함./ 희문, 꾀병을 부려 연소저를 자신의 숙소로 다시 오게 하고, 구소저에게 자란을 첩실로 줄 것을 청하여 허락받음.

35. 구소저가 유모를 시켜 자란을 피신시키나 요인이 유모로 변하여 자란을 유인하여 못에 빠뜨려 죽임.

36. 황씨 모녀 도망 중 여승 우화법사와 전기를 만나 동당을 이룸.

37. 교주와 황축이 혼인하고 교주는 황축의 전처와 자식을 죽임.

38. 교주와 설매 우화에게서 술법을 배움./ 설매가 먼저 하산하여 일을 도모함.

39. 설매, 현문에 접근하여 희문에게 반하여 자란을 죽이고 假자란이 됨./ 희문, 假자란과 동침함.
40. 희문이 응과하여 급제함.
41. 구소저가 假자란의 정체를 의심하고 가짜임을 간파함./ 假자란 연소저에게 방자한 행동을 함.
42. 假자란 희문에게 미혼단을 먹임.
43. 희문, 여중호걸인 고소저와 혼인함.
44. 이때, 假자란 남자로 변하여 연소저를 납치함.
45. 假자란이 연소저와 고소저를 창밖에서 욕하여 희문이 듣게 함.
46. 희문이 연부에 대해 욕을 함.
47. 일광, 전일 구한 자란과 함께 연소저에게 술법을 강론함.
48. 설매의 구소저와 고소저에 대한 음해가 계속됨.
49. 희문이 고소저를 박대함.
50. 우화가 가세하여 구소저를 음해하나 희성의 총명한 기운에 눌려서 실패함.
51. 설매, 고소저가 자란을 죽이는 장면을 연출하는 사건으로 고소저가 위기에 처함.
52. 우화가 천린에게 반함.
53. 설매, 설중나의 딸 애란을 죽이고 假애란이 됨./ 우화가 기승으로 변하여 애란의 화를 막아준다는 핑계로 설가에 접근, 재물을 갈취.
54. 假애란, 꿈을 핑계로 희문과의 천정인연을 고하며 설부원에게 미혼단을 먹임.
55. 갖은 곡절 끝에 假애란과 희문이 정혼하나 설부인이 假애란을 의심함.
56. 假애란, 외숙부 양의와 사통하여 구소저를 음해하여 구소저가 유배를 가게 됨. 이때 천린이 구소저에게 일봉서를 줌.
57. 우화가 유배 중인 구소저의 처소에 불을 지르나 구소저 이미 남복개착 도주함.
58. 희성과 정숙의 질녀 정윤의 딸 운혜소저와 혼인함.
59. 황제가 붕하자, 假애란과 희문과의 혼인이 미루어짐.

60. 우화, 설부인으로 변하여 천린을 유혹하다가 사로잡히고 설매가 도주함.

61. 제손들의 혼인이 이어짐.

62. 구소저, 고소저 죄를 면하여 돌아옴.

63. 집안이 평온한 중 다만 희문이 연소저를 그리워 함.

64. 교주가 가담한 전기, 황축의 난이 발생하자 희백과 희문이 출정함.

65. 희문이 전쟁터에서 부상을 당하여 병세가 위중한데, 연소저와 자란이 하산하여 운계자라 하여 희문을 구함.

66. 연소저 운계자의 활약으로 전쟁에서 승리하고 교주는 도주함.

67. 운계자의 정체가 탄로나 연소저임이 밝혀져 부부가 상봉함.

68. 도주한 교주, 경성으로 가서 설매, 우화와 더불어 현부 제인을 죽이려 하다가 도리어 잡혀 죽음.

69. 연소저의 귀환으로 현부의 걱정거리가 없어짐.

70. 마무리. 현씨팔용기에 대한 소개.

〈옥난기연〉

1. 전편 〈창난호연록〉의 사적 요약.

2. 추성의 신이한 탄생.

3. 서릉이 이창성에게 반하여 강제로 혼인을 함.

4. 서릉이 성격이 포악하여 패악무도를 일삼음.

5. 국구 소잠에 대한 소개, 막내 딸 선주의 기이함이 소개됨.

6. 옥난을 인연으로 추성과 선주 혼인함.

7. 선주의 외사촌 조생이 추성에 대한 질투와 선주에 대한 음심을 품고 접근함.

8. 서릉의 패악무도가 계속되던 중 이창성이 순무차 출타함.

9. 이창성, 객점에서 노괴의 딸을 보고 반하여 설득하여 데리고 옴.

10. 경사에 와서 소저를 숨겨두나 서릉이 이를 보고 소저에게 폭력을 행사함.

11. 그 소저(한소저)의 근본이 밝혀져 부모를 상봉하고 이창성과 혼인을 함.

12. 서릉이 한소저를 계속 폭행하여 하옥되고, 서릉은 잉태 출산 후 사망함.

13. 추성, 소소저와 동침 시 조생이 꾸민 간부서로 인해 소소저를 축출함.

14. 장각노의 개입으로 소소저가 돌아옴.

15. 조생이 새로운 음모를 꾸며 천자에게 소소저의 음행을 참소함.

16. 매수한 시비와 왕줄의 증언으로 누명을 벗지 못하고 소소저가 유배됨.

17. 도중 조생의 무리가 가마를 습격하려 하나 기지를 발휘하여 모면함.

18. 조생이 급제하여 어사벼슬을 제수받고 재물과 당을 모음.

19. 장영혜가 임공자와 혼인을 하다.

20. 왕줄이 개용단으로 추성이 되어 추성에게 누명을 씌워 압송.

21. 시비 홍낭이 맹후익을 만나 기지로 가짜 추성을 잡고 천자가 진짜 추성과 대질하여 심문함. 이에 왕줄이 하옥되자 후환을 없애기 위해 조생이 황줄을 독살하려 하는데 이를 맹후익이 탐지하여 방지함.

21. 추성이 유람 중, 익사한 여자를 구해 살림.

22. 선시에 소소저가 길에서 주화의 아들 주현경을 만나 겁탈 당할 위기에 몰리자 투신자살을 기도하였는데, 추성이 구한 여자가 바로 이 소소저임.

23. 현성이 단소저와 혼인함.

24. 소소저가 돌아와서 추성을 거부하고 친정을 고집하자 추성이 분노함. 이에 소소저가 병이 나다.

25. 장영혜와 임공자가 기질이 대립하여 불화를 빚어냄.

26. 임공자가 장소저의 기를 꺾고자 기생을 희롱하여 더욱 불화가 심각해 짐.

27. 임공자가 무창 지부로 내려감.

28. 기생들이 따라와 장소저를 시기하여 음해하려 함.

29. 이지부, 기녀와 동당이 된 탐관에 의해 위기에 빠짐./추성의 도움으로 모면.

30. 소소저의 병세와 추성 부부의 불화가 계속 됨./ 추성이 출장을 떠남.

31. 이지부가 잘못을 깨닫고 병이 나자 장소저가 간호함.

32. 현성이 재취 의사를 품던 중, 유모 탕구의 딸 백앵에게 반함.

33. 하루는 현성이 백앵을 겁탈함.

34. 백앵, 현성의 처사를 단씨에게 고발하였는데, 현성이 그 고발의 문장을 보고 탐복함.

35. 평후가 백앵의 근본을 탐색하여 진장군의 손녀 진천주임을 밝혀냄.

36. 진천주, 부모를 만났지만 자신의 훼절로 인해 자결을 시도하였으나 회생함.

37. 이 무렵, 이지부가 회과자책하여 부부가 화락함.

38. 전쟁이 발하여 추성이 출전함.

39. 사마의 장녀 난주소저 설공자와 혼인함.

40. 구미호가 나타나 난주와 시모인 계부인을 납치함.

41. 현성이 진소저에 대한 정으로 상사병이 걸림.

42. 효성과 우급사의 딸 요주를 사랑하여 불고이취하여 부친의 꾸지람을 듣지만 장노공의 중재로 요주와 혼인하게 됨.

43. 설부에 대한 구미호의 작난을 장평후가 방비하고 구미호를 퇴치함.

44. 추성, 승전 후 회군길에 계씨와 난주를 만나 데리고 옴.

45. 장부가 평온을 되찾음.

46. 다시 전쟁이 발생하여 추성, 현성, 진태우 등이 출전함.

47. 진태우, 적장의 요술에 걸려 중태에 빠지자 추성과 현성이 지극히 간호함.

48. 진소저가 달려가 지극히 간호하고 엄도사의 도움으로 진태우가 회생함.

49. 이 일로 현성과 진소저가 화해하고 화목하게 지냄.

50. 하간왕의 왕비를 간택하는 자리에서 평후의 차녀 월혜소저가 간택됨

51. 계성이 왕소저와 혼인하나 장모 유씨의 사치로 인해 갈등을 빚음.

52. 이 일로 왕소저가 시련을 겪음.

53. 하간왕의 호방한 성격과 총희의 질투로 인해 장후가 시련에 빠지다.

54. 왕소저의 기지와 월혜의 유연한 대처로 위기를 극복하다.

55. 마무리.

〈임화정연〉

1. 정현, 간신 호유용의 권세를 꺼려 칭병하고 은둔함.

2. 나이가 들도록 자식이 없다가 늦게야 일녀일남을 출생함.

3. 아들 연경을 림처사에게 보내 수학하게 함.

4. 임처사, 무자 후 늦게야 임규를 낳음.

5. 정연양과 임규가 서로의 글(옥연시)을 보고 칭찬함.

6. 진상문(정연경의 외사촌)이 정소저에게 애정을 느끼고 임생을 질투함.

7. 정연경과 임규가 정혼함.

8. 임생 간신을 꺼려 향시를 회피하나 상문은 응시하여 장원급제함.

9. 상문이 정공에게 연양과의 혼사를 거론했다가 대책을 받자 독수를 품다.

10. 진부인이 임생의 용모를 보고 크게 실망하고, 상문이 진부인에게 임규를 나쁘게 말함.

11. 진부인이 상문과 정소저의 혼인을 밀약함.

12. 상문이 본과에 급제하여 간신 호유용과 결탁하여 정공을 천거하나 정공이 거절함.

13. 호유용이 딸과 상문의 혼사를 거론하여 성사됨.

14. 상문이 정공을 음해하는 글을 올려 정공과 화상서를 유배보냄.

15. 진부인이 상문과의 연양과의 혼인을 강행하자 연양이 남복개착하고 도주함.

16. 상문이 후환을 없애고자 정연경을 죽이려고 하나 임생이 구원함.

17. 상문이 이시랑의 딸 형아와 혼인함.

18. 호소저가 이소저를 시기함.

19. 정소저 방황 중 가흥 화상서의 집에 당도함.

20. 가흥에서 호유용의 문생 이지현 아들 창백이 화소저에게 흑심을 품고 접근함.

21. 이때, 정소저 화부에 당도하여 화소저의 위기를 기지를 발휘하여 구원함.

22. 이창백이 화소저를 음란한 여자라고 하여 참소함.

23. 연어사 권에 대한 소개. / 상문이 연소저에게 흑심을 품고 연어사를 강제로 순

무어사로 가홍으로 내려보냄/ 연어사, 한 객점에서 병든 정소저를 만나 부녀지
의를 맺고 경사 자기집으로 올려 보냄.

24. 연어사, 가홍부에 당도하여 송사를 열어 이지현 부자를 논핵함.

25. 연어사, 림처사를 방문, 임생과 만나고 정공의 집을 방문함.

26. 이때, 상문이 연소저를 취할 계교를 연공부인의 이복동생 류시랑과 논의함.

27. 류시랑, 딸 취랑과 계교를 상의하던 중 시비 자취가 듣고 연소저와 상의함.

28. 이때, 정소저가 당도하여 기지로 연소저의 위기를 구함.

29. 연어사가 귀경하자 상문, 화소저의 송사 일로 연어사를 논핵하고, 상문이 어사
로 내려감/ 가월(석생)이 이에 화소저를 구하러 내려감.

30. 석생, 도중에서 상문을 만나 사귀고, 화소저로 하여금 거짓 죽게 하여 위기를
모면케 함.

31. 상문, 임규와 정공자를 다시 죽이고자 함/ 임규의 재취로 위기를 모면하나 림
처사의 집이 모두 불에 타다.

32. 연어사가 귀향감.

33. 임규, 다시 집을 일우고 이인 등허자를 만나 무예를 배우다.

34. 상문, 자객(미호애)을 구해 림, 정을 죽이고자 하나 임규가 미리 알고 방비함.

35. 화소저가 주어사 집으로 도피하여, 정, 연, 화소저가 상봉함.

36. 호씨의 계속되는 투기로 상문이 갈등하다가 호씨를 독살 함.

37. 이 일로 호유용이 상문을 고발하나 천자가 상문을 옹호하자 반란을 일으킴./
그 결과 호유용은 처결되고 상문은 유배를 감.

38. 정현이 적소에서 진부인을 책망하여 오씨를 첩으로 얻어 일자를 두었는데, 사
면 교지가 내려 환가함.

39. 정현과 진부인의 부부갈등이 벌어짐.

40. 미호애, 임규를 호유용과 동당이라고 참소하자 임규가 연국으로 피신함.

41. 정, 연, 화 삼소저 절강으로 내려옴.

42. 연왕이 반란을 꾀하여 성조 문황제가 됨.

43. 진부인이 병에 걸리자 정공의 누이 정부인이 중재하여 부부 화해함.

44. 임규, 산중에서 양한림의 딸과 혼인함.

45. 임규, 응과하여 문무에 장원급제하고 정, 연, 화소저와 차례로 혼인함.

46. 한왕이 임규를 시기하다.

47. 시비 가월이 가출하다.

48. 북지왕이 난을 일으키자 임규가 출전하여 승리함./ 이때, 유배 중이던 진상문을 만남.

49. 정연경, 남장한 위소저에게 애정을 지님.

50. 정연경, 응과하여 장원급제함.

51. 정연경, 기생 운영에게 마음을 두고 있을 즈음 한 미인이 추파를 보냄

52. 금오 여익에 대한 소개(두 부인 소씨와 강씨를 둠)./ 소씨가 강씨에 대해 질투를 함.

53. 소씨의 딸 미주가 연경을 사모하여 편지를 보냄.

54. 정생, 연생, 화생 급제 후 여금오를 방문하자 금오가 미희 중선을 연생에게 하사함.

55. 이날 잔치 석상에 미주가 배석하고, 금오가 희주와 정생을 혼정하려 하자 미주가 질투함.

56. 정연경, 그 딸이 음란하다는 이유로 혼사를 거절함.(미주와 희주를 착각한 것임)

57. 정연경, 임규의 중매로 위소저와 혼인함.

58. 금오가 천자에게 청하여 연경과 희주가 혼인함.

59. 정연경의 희주에 대한 박대로 불화가 빚어짐.

60. 연생이 기생 중선을 맞아 들임.

61. 연경과 희주의 갈등이 계속되는 중 미주가 신방을 염탐함.

62. 일일은 희주가 없는 틈을 타서 미주, 정연경과 동침하여 임신함.

63. 임신 사실이 밝혀지자 미주가 도망감.

64. 희주가 정생을 계속 피하던 중, 연경은 하향하여 위씨와 운우지락을 일움.

65. 미주, 수은암에 기탁함.

66. 희주, 병이 낫자 절강으로 가다./ 도중에 소씨와 소씨의 아들 성옥 등이 겁탈하려 하나 기지를 발휘하여 모면함.

67. 희주, 후일 미주를 용납할 것을 약속 받고 연경과 화해함.

68. 금오가 소씨를 처결하려 하자 강씨와 희주가 간청하여 용서하다.

69. 미주가 쌍동이를 잉태하고, 송병의 아내 진부인에게 기탁하여 성을 송씨라 하기로 함.

70. 선시에 한왕이 태자를 자주 참소하여 천자가 태자를 못마땅해 하는 틈을 타서 간당이 득세함.

71. 진상문이 사면됨.

72. 소씨의 차자 정옥이 홀연 병에 걸려 죽다.(처 : 조씨)

73. 강부인의 아들 중옥이 요소저와 혼인함.

74. 연생과 중선(시비 :초란), 주소저 사이에 갈등이 생김.

75. 중옥이 형수인 조씨를 동정하여 후대하자 소씨 중옥이 조씨와 정을 통한다고 참소함.

76. 중선, 초란의 주소저에 대한 음모가 계속됨.

77. 중선, 주소저의 필적을 도적, 연생을 모함하는 주소저의 서신을 꾸밈.

78. 주위의 만류를 뿌리치고 연생이 주씨를 하옥하고, 주선이 자객을 구해 주씨를 살해하여 함./ 연부인의 꿈에 모친이 나타나 위기를 알리자 연부인이 주씨를 구하고 부친에게 서신을 급히 보냄.

79. 연공이 당사자들을 문초하여 시시비비를 가리고 연생을 질타함.

80. 소씨에게 서신을 보냄.(다시 정가에 들어가겠다는 내용)

81. 진부인이 미주와 더불어 친척이라 하여 절강으로 와서 정부 진부인을 사귐.

82. 소씨, 소귀비에게 자신의 심사를 고하고 강부인과 조씨를 참소함.

83. 진부인이 미주를 보고 반하여 정연경의 삼취를 삼고자 하나 정공이 반대함.

84. 정, 연, 화 삼공이 점를 보고 정공, 송씨와 연경의 혼사를 염두에 둠.

85. 소씨, 궐내로 들어가 여귀비를 알현하고 강부인, 희주, 중옥 등을 참소함.

86. 금오, 소씨의 무단외출로 인해 성옥을 중치하자 소씨가 중옥을 난타함.

87. 성옥, 중옥과 조씨가 간통하는 내용의 편지를 꾸미자 금오가 중옥 등을 죽이려 하고, 희주가 급히 와서 말림.

88. 정연경이 월국으로 출장가자 절강의 미주가 초조해 하다.

89. 중옥이 성옥 등의 음모로 위기에 몰리나 모면함.

90. 절강에서 정연경은 송씨 미주와 혼인하는데, 첫날밤 송씨가 처녀가 아님을 의심.

91. 소씨, 송씨의 혼사 소식을 듣고 그가 미주임을 짐작하고는 희주를 죽이려 함.

92. 소씨의 음모가 발각되어 유배를 감.

93. 절강에서 송씨의 정체가 탄로나자 정연경과 진부인이 분노하고, 오씨의 중재와 정공의 측은지심으로 일단 미주를 농장으로 보내 회과케 함.

94. 조씨가 도인이 되고 이에 석가월이 제자가 됨.

95. 과거가 시행되자, 중옥이 장원급제함.

96. 태자의 병을 조씨가 고치는 것으로 인해 조현관을 건립함.

97. 금오, 중옥으로 계후를 삼자 성옥이 실의에 빠짐.

98. 병에 걸린 미주를 정공이 용서하나 연경이 박대함.

99. 미주의 병이 계속되자 정공의 책망으로 연경이 문안하고, 측은지심이 발하여 화해함.

100. 정연경이 유람하던 중 유현유란 자를 만나 미주의 딸 계임과 혼인을 시킴.

101. 혼인후 유생과 계임 부부의 불화가 계속됨.

101. 설영의 난이 일어나지만 곧 무마됨.

102. 마무리.

〈쌍성봉효록〉

1. 전편의 줄거리 요약.

2. 양씨가 동생 양생과 결탁하여 나쁜 마음을 품다.

3. 뉴추밀의 필녀와 백영과 정혼함. / 간의태우 소공의 장녀와 중영이 정혼함. / 단처사의 딸과 성영이 정혼함.

4. 양씨가 가장 먼저 아들 효영을 낳았는데, 먼저 혼인을 시키지 않는 등 서얼 취급을 하자 반발하여 양생이 탈목생을 사귀고 기생 취운을 매수하여 일을 도모함.

5. 취운, 도인으로 변하여 양가를 이간질하려 하나 실패함.

6. 양씨 일당 다시 중영과 소소저를 이간질함.

7. 과거가 시행되자 백영, 중영, 성영이 모두 급제함.

8. 이날 밤 유소저의 방에 불이 나고 괴한이 소저를 겁칙하나 공중에서 異人이 나타나 소저를 데리고 달아남.

9. 단소저는 급히 시가로 가고 소소저는 부친의 병이 발하여 친정에 머물다.

10. 취운이 개용단을 먹고 뉴가에 들어가 방화함. / 양생 무리가 유소저를 겁칙함. / 異人이 구출함.(단락 8번 사건에 대한 부연임.)

11. 양생이 금호진인을 데리러 가는 도중 소소저의 혼인가마를 겁칙하자 소소저가 자살함.

12. 일일은 중영이 소소저의 방을 뒤척이다가 간부서를 발견하고 함분하나 백영이 설득함.

13. 소소저의 시신을 발견하고 장례를 치룸.

14. 금호진인이 양씨의 침소에 깊이 숨다.

15. 양씨의 불통함을 이유로 임승상이 효영을 중치함.

16. 백영은 박소저와 중영은 최소저와 재취함.

17. 효영, 동구 밖 향생 주씨의 딸을 보고 반하나 양씨가 불허함.

18. 월관도사가 현열지인의 도움으로 유소저와 소소저의 화를 구한 설화가 설명.

19. 전쟁이 발하여 임승상, 백영, 공연찬, 수춘원 등이 출전함.

20. 일일은 님노공 득병하자 양씨, 노공과 노부인에게 변심단(미혼단)을 먹임.

21. 태사 부부, 양씨를 총애하며 중영을 책하고 박대함.

22. 양씨 일당, 자객을 군중에 보냄.

23. 효영의 상사병이 일어나자 양씨, 주소저와의 혼인을 허락함.

24. 호선낭, 취운이 변용단으로 중영, 성영으로 변하여 역모의 죄를 꾸미다.

25. 월관도사의 도움으로 해결됨.

26. 이때, 군중에서 자객을 잡아 죽인 사실을 알리는 서신이 당도함

27. 허허실실지계로 인하여 전쟁에서 승리함.

28. 임승상이 양씨를 심당에 가두고, 유배가는 양생에게 개과천선을 당부함./ 그
    의 처자식을 잘 돌보아 줌.

29. 조천관으로 사람을 보내 유, 소 두 소저를 데려 오게 함.

30. 백영, 중영 각각 박씨, 최씨와 혼인함.(박씨의 외모는 추루함.)

31. 나머지 자손들이 연이어 혼인함.

32. 천자의 늑혼으로 숙영과 진왕의 딸 옥난군주가 혼인함.

33. 진왕부 장공자와 옥주소저가 혼인함.

34. 정연경의 자손이 소개됨.

35. 계임과 유생과의 혼인.(전편인 〈임화정연〉에 있었던 사건임)

36. 계임이 유생의 빈한을 거리고 유생이 계임의 교만함을 꺼려 갈등이 벌어짐.

37. 유생이 과거에 급제하여 계임의 기를 꺾고자 기생을 불러 희롱하자 계임과의
    불화가 더욱 심해짐./ 이에 정상서가 계임을 심당에 가두어 죄를 뉘우치게 함.

38. 설영 형제의 난이 발생하여, 여중옥, 정연경 등이 출전함.

39. 유소저가 쌍둥이를 출산함.

40. 주소저, 부친이 다른 곳에 혼인을 강요하자 도주하고, 월관도사를 만나 조천관
    에 기거함.

41. 금주에서 도적의 난이 발생하여 백영이 안무사로 출장감.

42. 녀원수가 승리하고, 백영이 덕을 발휘하여 난을 무마함./ 백영, 도중에 효영을

만나 동행.

43. 계임소저는 심당 수죄 3년에 부덕을 닦으나 유생을 한하여 죽고자 함./ 유생이 계임을 방문 위로함으로써 화락함.

44. 님옥영과 여소저가 혼인함.

45. 주소저가 하산하고, 임승상은 효영을 용서하고 주씨를 맞아 들임.

46. 이때, 교어사의 누이인 교소교가 계영을 사랑함.

47. 교어사와 모친 가씨가 교소교를 질책하고 심당에 가두자 도주함.

48. 계영이 소교의 행실을 탐문하고 그 음행을 규탄함.

49. 홍협의 필녀 홍소저와 계영이 혼인함.

50. 화설, 탕후의 딸 수벽이, 정세윤을 사모하여 평생 수절할 의사를 지님.

51. 소교, 신분을 속여 탕후의 집에 기탁하고 능운이고를 매수하여 탕부 구성원을 미혼단으로 홀림.

52. 최귀비를 충동질하여, 소교는 계영과 탕소저는 세윤과 각각 늑혼함.

53. 소교, 초소저를 탕소저에게 참소(탕소저를 음란지인이라 했다) → 초소저에 대한 탕소저의 행악

54. 임승상과 정상서, 소교의 신분을 의심하여 교어사와 대질함/ 가부인이 교녀를 죽이려 하자 능운이 나타나 구해줌./ 다시 석파도인을 만나 앞 일을 도모함.

55. 임유영이 여소저와 혼인하고 다시 맹중승의 딸 맹씨를 재취로 맞이함.

56. 소교와 영매, 변용단으로 계영의 처 소소저, 시비 초향으로 변신한 후, 소소저와 초향을 납치하고 대신 그 자리에 들어가서 갖은 악행을 자인함.

57. 성인형제와 월아소저가 그 진위를 구별하자 도주하고, 진소씨에 대한 장례를 일단 권도로 치름.

58. 능운이 다시 임부를 탐지하여 쌍성 형제를 죽이려 함.

59. 주영이 탕참정의 여식 탕소저와 혼인하나 탕소저의 냉담함을 꺼려 박대함.

60. 유영이 진씨를 재취로 맞아 들임.

61. 초왕의 아들 운과 월주소저가 혼인함.

62. 전쟁이 발하여 백영이 출전함.

63. 이때 유영의 처, 맹씨, 진씨가 정실 여씨를 시기하여 해할 의사를 품다.

64. 이각노의 아들 이생과 임소저가 혼인하고, 임소저는 시가에서 박대를 받음.

65. 소교 일행, 참지정사 부숙의 처 송부인을 꼬여 결의모녀가 되다.

66. 소교, 꿈를 빌미로 하여 송부인에게 님주영과의 천정 인연을 말하자 송상서, 송금오가 중매를 서서 혼인을 성사시킴.

67. 소교의 혼인 시, 청천벽력이 떨어져 내상을 입고, 그 곪는 냄새로 인해 이성지합을 하지 못하다.(능운이 약을 구해오나 속병을 치료하지 못함.)

68. 탕소저에 대한 유영의 박대가 계속됨.

69. 소교 일행, 진씨를 사귀어 일을 도모하고 먼저 유영에게 미혼단을 먹임./ 탕씨와 맹씨가 간부서 사건에 연루됨.

70. 송부인의 아들 부어사가 돌아오자 소교가 이번에는 부어사를 유혹하여 부어사의 분노를 사자 소교가 도주함./ 임승상이 이 소식을 듣고 그가 소교임을 짐작함.

71. 여소저, 탕소저, 정시독이 원찬 유배됨.

72. 주영과 유영의 병이 심화되자 월관이 약을 구해 옴.

73. 임원수 일행이 적진에 당도함.

74. 능운이 한왕의 불인함을 틈타 역모죄를 꾸며 임부, 정부가 연루되는데, 이 과정에서 현열진인이 능운을 잡아 가둠.

75. 전장에서 소교, 옥비요얼 등이 계교를 부려 원수 일행을 궁지에 몰아넣지만 월관도사와 소부인(설원도인)의 도움으로 승전함. 그러나 원수 일행 회군 중 역모죄로 인해 압송됨.

76. 쌍성, 월관도사의 지시로 등문고를 울려 범인을 지목하고, 능운을 잡아 문초하여 실상을 밝힘.

77. 유영과 여소저가 재회하나 여소저가 유영을 거부함.

78. 주영과 탕소저가 재회하나 탕소저가 주영을 거부함.

79. 주영, 유영의 부부갈등이 심화되던 중 소소저가 귀가함.

80. 한한님과 임요주가 혼인하나 요주의 고집스럽고 경솔한 성격으로 인해 부부 갈등이 벌어짐.

81. 한한님이 기생을 희롱하고 임요주가 개과하다.

82. 인종이 요절하고 성종이 즉위하자 한왕이 반심을 품지만 실패함.

83. 진왕의 두 딸과 쌍성 각기 혼인함.

84. 성종의 태자비가 요절하자 월아소저가 태자비로 간택됨.

85. 나머지 자손들의 혼사가 성사되고, 님노공 부부의 회혼연이 열림.

86. 마무리.

〈옥원재합기연〉

1. 대송 희령년간, 소송은 부모를 여의고 치상을 극진히 하고 있던 중, 승상 왕안석이 여혜경과 동당이 되어 천자의 총애를 받음.

2. 소송이 향화를 이을 자손이 없어 걱정하던 중, 부인 경씨 생자하여 이름을 세경이라 하고 자를 군평이라 함.

3. 이때, 조정에서 신법을 시행하자 백성의 불평이 심해져 나라가 병들다.

4. 천자가 소공을 중용하니 소공이 엄정공명하게 정사를 다스림.

5. 전혀 군자의 풍이 없는 친우 이원외를 만나 그의 딸 현영과 세경의 혼인을 정하고 옥원으로 신물을 삼음.

6. 부인 경씨가 홀연 병을 얻어 사망함.

7. 이에 이원외는 소공이 재취하여 딸이 고생할 것을 염려하여 배약할 뜻을 둠.

8. 조정에는 간신(여혜경 일당)이 득세하고 소공이 참소를 입어 유배를 당함.

9. 소공, 유배시 세경을 사마공, 처남 경태사에게 기탁하고 떠남.

10. 소공이 떠나자 외구인 경태사가 세경을 극진히 양육하다.

11. 여혜경이 화근을 없애려 세경마저 죽이려 하자 이원외가 동조하고 나섬.

12. 이 사실을 감지한 경태사는 권도를 내세워 세경을 女裝시켜 장파의 집으로 보

냄.

13. 이원외의 부인 공씨가 장파의 사위를 핍박하여 세경을 데려오다./ 세경은 뜻 밖에 이원외를 만나 이름을 백연이라 하여 속임.

14. 이원외가 백연의 미모를 사랑하여 음심을 품고, 현영소저, 백연을 보고 크게 감탄하여 데려와 규중익우(시비)로 삼다.

15. 현영소저, 백영에게 자신의 의복을 주지만 백연은 노주의 분별을 내세워 거절 하고 이불도 멀리함./ 현영소저, 백연의 지나친 사양지심을 안타까워 하고 틈 틈이 책을 읽힘.

16. 현영소저, 일일은 백연의 태도를 의심하여 근심사를 질문하는데, 백연이 사친 지회로 대답하자 소저가 그 원을 들어주려 함.

17. 이원외가 현영에게 여혜경의 구혼사실을 전하며 기뻐하다./ 이에 현영소저, 엄정 씩씩하게 그 불가함을 간함.

18. 백연, 이 부녀의 설화를 듣고 이공의 무상함을 통해하고, 비록 부모를 공경하 는 예는 없지만 소저의 뜻가짐에 감탄함.

19. 이에 백연이 비로소 현영소저의 얼굴을 자세히 보고는 그 빼어난 용모에 놀라 부친의 선견지명을 탄복하다./ 현영이 백연의 당돌한 태도를 불경하다고 대책 함.

20. 백연, 소저의 불효를 간하며 변백하자 소저가 감복함.

21, 이원외가 백연을 보고 소저를 설득하라고 하고 백연은 소저의 뜻을 돌이킬 계 교를 정하다./ 이원외가 소가를 해한 이유는 힘 있는 쪽에 붙어야 살기 때문이 었으며, 다시 세경을 잡으면 여공에게 바쳐 공을 일우겠다고 말하다.

22. 현영소저, 부친의 이 말을 듣고 단장을 폐하며 백연에게는 '열녀전' 을 필사하 게 하다./ 백연의 필체가 심히 묘하다.

23. 여혜경이 이원외에게 혼인을 계속 강요하고, 이원외는 현영에게 여공의 위협 에 못이겨 이미 빙폐를 받았다고 거짓말을 함.

24. 현영, 분노하여 부모가 보는 앞에서 칼로 귀를 베고 팔을 찌르자 백연이 구호

함.

25. 현영이 백연에게 자기의 처신을 묻자 백연, 소세경이 살았어도 원수의 집과는 혼인하지 않을 것이라고 함.

26. 이원외가 다시 백연을 불러 계교를 의논하던 중, 소저가 이 사실을 알고 백연에게 서징을 던져 상처를 입힘./ 백연, 소저에게 규녀의 행실이 전혀 없다고 욕하고 나와 이원외에게 이 사실을 알리다.

27. 현영소저, 백연을 절치하고 이원외가 백연에게 따로 방을 내어주다.

28. 이날 밤, 이원외가 백연을 겁탈하려고 하는 와중에 백연이 남자임이 드러나고 이에 이공이 백연을 죽이려 하다./ 백연 사력을 다해 이원외를 물리쳐 결박구타하고 장파의 집으로 달아남.

29. 장파와 의논하여 세경은 무량현 경태사의 집으로 와서 편안히 기거함.

30. 현영과 이원외가 백연을 절치하여 장파를 찾으나 찾지 못함.

31. 이때, 여혜경의 아들이 병이 걸려 죽고 왕안석의 아들 왕방이 득세함.

32. 왕방은 행실이 무도하고 교만방자하며 호사방탕한 사람이라 삼처 칠희를 두고는 다시 미희를 구하던 중 이소저의 명성을 듣고 구혼함.

33. 이원외가 이에 딸을 허하고 혼일을 정함.

34. 현영소저, 유모로부터 이 사실을 듣고는 남복개착하여 도주함.

35. 이때, 소세경이 경태사에게 애걸하여 집을 나와서는 모친의 산소에 분향하고 스승 사마공을 찾아가던 중 한 객점에 들림.

36. 마침 객점에 있던 현영소저를 알아보고는 일단 현영의 정절을 확인하기 위해 겁탈하려 하자 이소저가 투신 자살함.

37. 세경이 따라 죽고자 하다가 효를 생각하여 사마공을 찾아와 수학함.

38. 경성에서 조서가 내려와 경태사 형제 유배가고 세경은 미산을 찾아감.

39. 선시, 소공이 유배를 가던 중, 풍파를 만나 고초를 겪고 병이 들어 초췌하던 중, 여혜경이 후환을 없애고자 사람을 보내어 숙소에 불을 지르다./ 이때 홀연 한 척의 배가 나타나 구활함./ 화산의 용성진인이라는 자가 소공을 구하여 자기

와의 5년간의 인연을 이르며 같이 살게 한 것인데, 이때, 수경운이란 사람도 아울러 사귐.

40. 일일은 수생과 더불어 뱃놀이를 하던 중, 처량한 울음소리를 듣고 따라가 세경을 만남.

41. 부자가 서로 의지하며 지내던 중, 소공이 옥원을 보여주며 사연을 물어 알고는 공이 대경 통곡하고 이가에 대한 세경의 태도를 질책함.

42. 현영노주 강에 빠져 수정궁으로 흘러들어가 전생 부모를 만나고 승상 왕안석에게 구출됨.

43. 현영, 정신을 차려 보니 외간 남자가 맥을 짚고 있자 다시 물에 뛰어 들고, 왕승상이 다시 구활함. / 왕승상이 현영을 지극히 경계하여 부녀지의를 맺으려 하나 현영은 끝내 죽으려 하다.

44. 왕승상의 지극한 개유로 현영이 마음을 진정하고, 그 부인 안씨 또한 현숙한 여자라, 소저로 더불어 의부모를 맺다.

45. 선시의 세경이 반사강에서 현영에 대한 제를 올릴 때, 본성을 밝혔더니 이때 마침 순찰하던 관리가 이를 알고는 그 형상을 그려 여혜경에게 줌.

46. 이때, 이원외는 백연의 일로 삭탈관직 당하고 딸을 잃은 슬픔을 이기지 못하던 중, 왕방의 혼사 재촉에 심히 괴로워 함.

47. 여혜경이 이원외를 불러 세경의 초상을 보여주며 대책하고 물리치고, 그 그림을 전국에 배포하여 세경을 수배함.

48. 왕승상이 이 그림을 얻어보고는 백연이 곧 세경임을 알고 소저에게 사실을 알림.

49. 왕승상의 도움으로 소공이 사면됨.

50. 때 맞추어 용성진인이 때가 되었음을 알리며 수경운과 더불어 하산을 명함.

51. 소공 일행, 하산 도중에 충복을 만나 사면소식을 듣다.

52. 다음날 안사군과 소공이 담소를 나누던 중, 안사군이 소공의 뜻을 알고자 세경과 이소저의 일을 탐문함.

53. 사마공의 집에서 현영의 외구인 공급사를 만나 이소저가 자결기도 끝에 공급사의 구호로 말미암아 공급사의 집에 있음을 알고 서둘러 택일성혼하고자 함.

54. 혼일이 다다르자 현영이 혼인을 거부하며 다시 물(강과 연결된 연못)에 빠져 죽다.

55. 이 즈음 세경이 현영을 반사강에서 구하는 꿈을 꾸고 현영의 갱생이 하늘의 뜻이라고 생각하여 반사강으로 달려감.

56. 소공이 점괘를 벌여 현영이 살아 있음을 짐작하고, 현영을 강에서 건져 구호함.

57. 세경이 공공의 딸과 혼인한다고 하고는 현영과의 혼례를 정함.

58. 세경이 혼인을 하지 못한 이유로 부친의 옷가지며 식사 등의 수발을 들자 친우들로부터 놀림을 받음.

59. 천자가 사마공으로 추밀사, 소공으로 예부상서를 봉함.

60. 세경의 혼인이 점차 급해지자 사마공의 권유로 공공이 소저를 설득하고, 자기 딸의 혼사라고 원외부부를 속여 청하고는 드디어 세경과 현영이 혼인함.

61. 현영이 치장을 하고 나오던 중 모친을 보고 눈물을 흘리고, 공공이 실상을 바로 고하며 원외에게는 절대로 말하지 말라고 함.

62. 소공 일가가 고향으로 떠나기 전, 현영의 모친을 만나 이별의 정을 나눔.

63. 소공이 도중에서 사직표를 올리자 천자가 허락함.

64. 이후 세경이 종시 부부화합을 하지 못하자 소공이 경계하고 또한 수생이 세경의 등을 밀어 합방을 재촉함.

65. 소가가 빈한하자 이소저는 자장을 팔아 시부를 봉양함./ 세경이 소저에게 깁 2필을 부탁하자 소저 옷을 찢어 주다./ 그 깁으로 서화를 그려 팔아 그물을 마련하여 고기를 잡다./ 소저에게는 양잠을 권하며 활을 만들어 사냥을 하다./ 품을 팔아 농경하고 소저는 들에 나가 일을 하다.

66. 이소저, 세경의 덕량과 효를 존경하나 다만 이성지합에 있어서는 냉담함이 계속됨.

67. 세경이 이소저와 운우지락을 나눔.

68. 이소저, 순산 생자한 후, 더욱 부모를 그리워하여 식음을 전폐하여 다만 죽고
자 함.

69. 세경이 이소저의 방에 들어가 아들을 보고는 혼인 후 처음으로 장인 장모에 대
한 말을 하며 위로함.

70. 소공이 유람길에서 돌아와 득남 소식에 대경대희하며, 이름을 봉희라 하고 자
를 내경이라 함.

71. 이후, 세경이 가사와 학문에 힘쓰고 소저를 공경함이 극하나 잠자리는 같이 하
지 않음.

72. 세경이 낙양의 사마공을 찾아 수학의 길을 떠남.

73. 세경의 학문이 일취월장하여 과거에 장원급제함.

74. 장인 이원외가 찾아오자 문전박대함.

75. 소장원이 한님에 제수되어 벼슬에 나아감.

76. 일일은 경연에서 천자가 소한님의 수척함을 보고 그 연유를 묻자, 소한님 회친
지심을 이유로 대답함. / 천자가 그 효를 칭찬하며 말미를 주어 부모를 봉양케
함.

77. 이원외가 매를 맞는 꿈을 꾸고는 심각한 병에 걸림.

78. 이원외의 아들 현윤은 출중한 인물이라, 10세에 구양공에게 가서 수학하던 중
구양공이 사망하고, 구양공은 현윤이 20세 전에는 본가로 가지 말 것을 유언으
로 남김.

79. 현윤, 부친의 병을 구하기 위해 귀가함.

80. 현윤과 세경이 서로 만나서 담소를 나누던 중 이원외의 위급한 소식이 들려옴.

81. 현윤이 급히 달려가나 이원외는 이미 죽은 상태인데, 세경이 신이한 의술을 발
휘하여 살림.

82. 이원외, 회생하여 아들 앞에서 그간의 행실을 고백하고 잘못을 뉘우침.

83. 세경이 미처 이공의 쾌차함을 보지 못하고 돌아갔다가 다음날 이공의 안부를

묻는 편지와 더불어 약을 부침.

84. 세경이 현윤의 효의에 감복하고 다시 그 누이 현영을 생각함.

85. 이공은 자기의 누얼 때문에 딸과 사위를 보지 못하는 슬픔으로 인해 다시 병(안질)을 일우다.

86. 현윤이 소한님을 청하고 이에 소한님이 처방을 써주고 누이의 친정행차를 허락함.

87. 이 즈음, 신법의 부작용으로 인하여 도적이 많고 백성의 원망이 심해지자 소한님을 어사로 명하여 순찰을 하라는 교지가 내리고, 소한님이 즉일 행차하여 덕으로 다스림.

88. 소어사가 무사히 임무를 완수하고 상경하고, 천자가 그 치덕을 칭찬하며 벼슬을 높혀 우사간을 제수하다.

89. 나라에서 청묘법을 파하자 이원외가 상소하여 청묘법의 허상을 고하고 전일 자신의 죄과를 뉘우치며 모든 재산을 나라에 빈민구제용으로 내 놓다.(아들 이현윤의 가르침.)

90. 선시에 현윤과 세경이 헤어진 후, 현윤이 효를 극진히 하여 부모를 간하여 바른 길로 인도하고 공부인이 아들을 끔찍하게 사랑함.

91. 이 즈음 현윤이 잠시 집을 비운 사이 한 동자가 와서 이공의 병(안질)을 구완할 약을 주었는데, 이는 신성이란 자가 보낸 것으로 이공의 적선에 보은하기 위한 것임.

92. 소어사가 이가를 방문하여 옹서지정을 완전히 할 마음이 급한 즈음에 사마공의 위병소식이 들려 사마공을 방문함.

93. 드디어 세경이 이가를 방문하여 옹서 상봉하여 서로 겸양사죄하고 소공의 글을 직접 전함.

94. 이때, 현윤의 풍모를 사랑하여 구혼하는 자가 많았는데, 이공이 혼사를 세경과 의논함.

95. 마침 세경의 표형 경한님이 방문하고 세경이 경한님과 표매, 경빙희와의 혼인

을 의논함.

96. 경내한이 이원외를 욕하자 이에 현윤이 경내한을 원수로 치부함.

97. 길에서 위기에 처한 경빙희를 현윤이 우연히 보고 구출하고는 의남매를 맺음.

98. 경공이 원외를 짐승같이 여기다가 현윤이 자기 딸을 구함을 듣고는 보은할 의
    사를 품다.

99. 세경이 현윤에게 경소저와의 혼인 의향을 묻자 현윤, 남매지의를 들어 불가함
    을 내세우고 언언중에 경공에 대한 원심을 들어냄.

100. 경내한이 경한님에게 현윤의 인품을 칭송하고 딸을 불러 의사를 타진하자,
     빙희소저 역시 현윤이 군자임을 실토하나 결연남매를 이유로 불가하다고 함.

101. 초왕의 비 덕씨가 죽자 새 왕비를 구할 새, 경소저가 불려감.

102. 경소저, 태후에게 자신이 수절할 수밖에 없는 이유를 고하자 태후가 그 정사를 가
     긍히 여기고 아름답게 여기는 한편 열절을 칭찬하며 돌려보냄.

103. 경소저의 수절 사실이 알려지자 현윤이 고민에 빠짐.

104. 이공이 결단을 내려 현윤을 대책하고 수죄함.

105. 이 무렵, 태낭낭이 경소저의 열을 기려 천자로 하여금 현윤과의 중매를 서라
     고 권유함.

106. 다시 이공이 현윤을 대하여 일장 교훈을 내림.

107. 이에 현윤이 대오각성하여 마음을 돌림.

108. 때에 맞추어 혼인하라는 조서가 내리고, 경가에 통보하여 택일함.

109. 경소저는 혼인 소식을 듣고 대경 실색하여 죽고자 하여 식음을 폐함.

110. 경소저, 병세가 침중하여 사경을 헤매다가 깨어나나 반신불구가 됨.

111. 니부에서 이 소식을 듣고 안타까와 하며, 삼년을 기다려 병이 낫지 않아도 혼
     인을 하겠다고 함./ 경공이 이 말을 듣고 감격하나 소저는 혼인이라는 말만
     나와도 기겁을 함.

112. 세경이 경가에 가서 소저의 병이 마음에서 비롯하였으니 그 마음을 돌리면 나
     을 것이라 하여 경소저를 대하여 일장 준책을 하여 마음을 돌림.

113. 현윤과 빙희의 혼인날, 현윤은 신방에서 신부를 보고 그 병이 나았다는 사실을 알지 못해 한탄하고 안타까와 함.

114. 이소저가 비로소 경소저의 병이 나았음을 알리자 이공, 공부인 대열하고 대연을 배설하여 온 친척이 모여 환희함.

115. 세경과 이소저의 혼인을 다시 매송각에서 올림.(회혼례)

116. 제인들이 옥원재합을 축하하는 시를 짓다.

〈옥원전해〉

1. '옥원'의 유래와 〈옥원재합기연〉의 제작 및 유포과정이 길게 서술됨.

2. 이원외, 현윤, 조정의 집요한 천거에도 불구하고 은거의 뜻을 굳이 지킴.

3. 봉희, 전일 외조부의 행실을 나쁘게 여겼으나 이내 뉘우침.

4. 이미 혼인한지 수삼년이 경과했지만 현윤과 경소저와의 불화가 계속됨.

5. 석도첨, 세경 등이 현윤을 경소저의 일로 희롱하는 한편 개유함.

6. 현윤이 상소하여 과거를 기다려 벼슬할 뜻을 비추자, 천자 도리어 현윤의 효열청신을 사랑하여 출사를 재촉하나 현윤은 사양함.

7. 공부인의 병환을 맞아 제공들이 위문하고, 조정에서 현윤에게 숭정설서의 직첩이 내림.

8. 이원외, 현윤을 대하여 가문의 영화를 맞이하는 감회에 젖다.

9. 잔치 중에 경공이 이공의 옛 허물을 들추어 희롱하자 현윤이 분노함.

10. 경소저, 시가에서 현숙한 덕을 행하자 현윤, 일단은 그 덕을 존경하지만 장인 경공에 대한 한을 풀지 못해 왕래가 없음./ 이에 경공이 또한 분노하여 도리어 이원외를 욕함.

11. 현윤, 경공이 살아 있을 때는 부부 화락하지 않겠다고 다짐함.

12. 경소저, 공부인에 대한 병간호가 극진함.

13. 공부인이 소저의 주표를 확인한 후 현윤을 대책함.

14. 공부인이 현윤에게 부부 화락을 계속 권고하나 현윤이 듣지 않음.

15. 이공이 현윤에게 수년 내에 아들을 낳지 못하면 수절하라고 명함.

16. 이공이 경소저를 대하여 순종지도를 훈계하자 경공이 부창부수라며 은근히 현윤을 욕하자 경소저는 자기 부친의 실언을 부끄러워 함./ 현윤이 또 이 말을 듣고 화를 내자 이공이 현윤을 경계함.

17. 이공의 지극한 훈계로 말미암아 현윤이 다시 경소저를 회유하여 부부화락을 일우고, 이후 부창부수하여 화락하고 경소저는 효봉구고를 지극히 함.

18. 세경이 섬주 미산에서 상경하고, 학사부에서 '옥원재합'이란 글을 보고 놀람.

19. 세경이 아들 봉회의 성정이 너무 발호한 것을 걱정함.

20. 이가에서 이공의 위병지환 소식이 소가에 당도하자 이부인 즉시 친정으로 돌아감.

21. 이공이 갑자기 혼절하며 의원을 부르지 말고 세경에게도 알리지 말 것을 당부함./ 딸을 보고도 말이 없이 눈물만 흘림.

22. 이공이 한사코 약을 거부하며 자신의 죄가 중하니 죽을 따름이라며 이상한 말만 늘어 놓음.

23. 세경이 이가를 방문하나 이공이 얼굴을 가리고 만나기를 거절함.

24. 세경이 부인과 현윤에게 이공의 병세를 듣고는 장인이 어떤 잡서를 보고 옛 일을 상기하여 병을 일운 것으로 짐작함.(옥원재합을 보고 생긴 병임)

25. 현윤이 이 사실을 알고는 석도첨과 경공을 크게 욕함.

26. 이부인의 지극한 간유로 이공이 평심을 회복하고 고향으로 내려갈 기약을 정하고, 이부인이 맥을 짚어 기운을 살피고 약을 다스림.

27. 이공이 환향할 새, 이부인, 현윤에게 편협한 고집을 경계하고 경소저에게 장차 미칠 화를 걱정하며 순종과 인내를 당부함.

28. 경공이 이가의 소식을 전해 듣고는 심히 걱정, 참괴하여 일단 시중에 유전하는 '옥원재합'을 천금을 주고 거두어 없앰./ 이후 이현윤을 방문하나 현윤은 문을 막고 "욕기부자는 위기수"라고 하며 경공을 박대함.

29. 현윤이 경소저를 출거함.

30. 경공이 경소저를 집에 데리고 가려 하자 경소저는 아직 시부모의 명이 없다는 이유로 가지 않음.

31. 경공이 공공과 더불어 대책을 논의하고 공, 석공 등이 도첨, 도연을 대책함.

32. 이공이 고향으로 내려가던 중 소공을 보지 못한 것이 한이 되어 머뭇거릴 즈음, 소공이 세경과 더불어 뒤따라와 서로 만남.

33. 이때, 한님학사 소동파와 시강 황산곡 일행을 만나 녀부로 동행함./ 이공이 소공의 간절한 권유로 환가함.

34. 이공이 환가하여 경소저 출거 사건을 알고는 크게 화를 내는 한편 "비례한 아비는 아비일 줄 없다"고 하며 자책함.

35. 공공이 이르러 현윤의 죄를 조목조목 열거함.

36. 이공 역시 현윤을 논죄하고 침식을 끊음.

37. 현윤이 석고대죄하나 이공이 미동도 하지 않고 급기야는 현윤으로 부자의 연을 끊고 현윤은 문 밖으로 나와 거적을 깔고 죄를 청함.

38. 현윤이 경소저의 거처로 가서 간곡히 자신의 잘못을 사과하고 돌아와 부친을 모실 것을 예로써 권유하니 경소저 순순히 응하여 돌아옴.

39. 이공은 경소저를 반기나 심히 자책하여 만나지를 않고 다만 다시 부자의 인연이 완전한 후 볼 것을 기약함.

40. 세경이 경공을 찾아 현윤이 스스로 사죄하러 올 것이라고 위로하는 한편 이부인을 안심시켜 친정에 가지 못하게 하고 대신 봉희를 보냄.

41. 봉희, 니부에 이르러 칼로 문을 찢고 누실로 들어가 모친의 서찰을 읽어주며 외조를 간곡히 설득하여 이공이 자리를 옮김.

42. 봉희, 외조부의 말로 현윤에게 가서 경공에게 사죄하고 아들을 낳아 돌아올 때까지는 처가에서 거하라는 말을 전함.

43. 이에 현윤 마지못해 경공에게 사죄하러 감.

44. 봉희가 동지를 탐지하고자 경부로 감.

45. 경공이 현윤을 맞이하고, 현윤은 경공에게 자신의 죄를 사죄하자 경공 또한 흔

쾌히 사과를 받고 자신의 잘못을 인정함.

46. 현윤이 돌아와 부전에 글을 올리고 다시 눈 위에서 석고대죄하나 이공은 쉽사리 현윤을 용서하지 않음.

47. 경공의 지극한 설득으로 인해 이공이 현윤을 장책한 후 용서함.

48. 니, 경, 공, 석공 등이 한담하고 '옥원'에 대해 평가하여, 평생 계감을 삼고 자손을 경계할 수 있는 책이라고 함.

49. 경공이 돌아갈 때, 이공이 현윤을 명하여 별도의 명이 있을 때까지 처가에서 살도록 하함.

50. 경가에서 현윤을 환대하고 현윤 또한 악부모 및 경소저와 화락하지만 세월이 지나도록 돌아오라는 부친의 명이 없자 울적해 함.

51. 경소저, 이공의 귀가 명이 종시 내리지 않자 식음을 폐하고 슬픔에 잠기자 현윤이 경소저를 위로하지만 경소저는 죽을 마음을 지니고 침식을 전폐하여 중병을 일움.

52. 경소저, 고집을 꺽지 않아 현윤이 못마땅하게 여기던 중 지옥으로 잡혀가는 꿈을 꾸다.(염왕이 경소저를 잡아가려 하자 현윤이 도리를 밝혀 돌려 보내다./ 복중아가 어미가 죽음으로써만 나올 수 있다고 귀신이 전함.)

53. 세경이 경부에 들러 경소저를 보고는 그 병이 죽기에 이르렀음을 보고 대경하고, 이에 현윤을 대하여 잉태한 지 오래되었음과 그 병이 위급함을 알림.

54. 현윤이 급히 경소저를 보러가자 이미 경소저는 피를 토한 후 기맥이 끊어진 상태임.

55. 세경이 급히 왔지만 손을 쓸 수 없을 지경이고, 현윤은 하늘의 뜻에 맡겨 이틀을 기다려 보자고 함.

56. 현윤 남매, 괘를 벌여 보고는 아들을 생산할 것과 경소저가 회복할 것이라는 예감을 가지고, 세경이 이르러 역시 이와 같은 점괘를 말하고 미리 아이의 이름을 정해 둠.

57. 세경이 의술을 발휘하여 경소저의 병을 구호하고, 경소저는 생남한 후 죽은 지

삼일만에 다시 깨어나는 신이한 변이 일어남.

58. 니부에서 이 소식을 듣고 대열, 급히 경부로 달려감.

59. 이때, 경소저는 지옥에 끌려가 자신의 견집한 의사가 그릇되었음을 깨닫는 큰 꿈을 꾸고 깨어남.

60. 경소저, 부모 전에 사죄하고 회포를 나누고, 이공이 또한 경부에 이르러 회포를 품.

61. 현윤이 경소저를 지극히 간호하고, 경소저는 지난 자신의 일을 반성함.

62. 현윤부부, 이후 경소저의 병이 완전히 회복되자 다시 본가로 돌아옴.

63. 현윤의 벼슬이 높아져 어사중승이 됨.

64. 이부인이 경소저에게 전일 자신이 겪은 일을 술회하며 부덕을 경계하여 경소저가 지니고 있던 마지막 견집을 풀고 부부화락하여 이후 50년을 해로함.

〈유효공선행록〉

1. 대명성화 연간, 유정경은 두 아들, 유연, 유홍을 두었는데, 처 경씨는 일찍 사망하고 양인 주씨로 첩을 삼음.

2. 연은 효우관인하고 홍은 간교암험한 인물임.

3. 금오 요정이 강형수의 처 정씨를 겁칙하자 정씨가 자결하고, 강형수가 요정에게 분을 품고 고발함.

4. 요정이 홍을 매수하고 홍이 유정경에게 강형수를 참소하자 연이 강형수를 두둔하였는데, 홍이 연을 뇌물죄로 참소함. 이 일로 강형수는 유배가고 연은 대책을 받음.

5. 강형수는 사림의 괴수라, 추밀부 정공과 13도어사가 유정경을 탄핵코자 함.

6. 우연한 일로 연이 정추밀을 방문하고 정추밀이 연의 인품을 보고 탄핵을 중지함.

7. 유연은 정추밀의 딸과 유홍은 성어사의 딸과 각각 혼인함.

8. 홍이 정부인의 미모를 시기하자 연이 꾸짖자 홍이 부친에게 연을 참소함.

9. 태장 상처로 인해 연이 신성을 불참하자 홍이 또 연을 참소하니 유정경이 폐장을 결심함.

10. 성부인이 이 일을 보고 놀라고, 홍이 연을 없애려는 본심을 털어놓음.

11. 연은 스스로 죄인임을 자처하니, 정부인과 사이가 소원함.

12. 과거가 시행되자 연은 칭병하여 응시하지 않고 홍은 장원급제하니 가문에서 홍의 세력이 커짐.

13. 유정경이 홍으로 장자를 삼으려 하자 친척들이 결사 반대하고, 연은, 부친이 이 일로 말미암아 욕을 받을까 하여 거짓으로 미친 척 함.

14. 급기야는 홍으로 계후를 삼고, 이 자리에서 연이 홍에게 절을 함.

15. 홍은 연이 거짓 미침으로써 자기와 부친의 죄를 세상에 알리려 할 의도를 품었다고 하여 참소하고는 연에게 응과를 강요함.

16. 연이 마지못해 응과하여 장원급제함.

17. 요정 등이 연을 강상죄인으로 참소하고 당숙 유정제, 태자 등이 연의 효심을 변론하는 와중에서 연이 혼절함.

18. 홍이 정부인을 없애고자 음해를 하여 정부인 태장을 받고 축출되자 정추밀이 화를 발함.

19. 계모 계씨가 정소저를 계생과 혼인시키려 함.

20. 정소저, 시비 난행과 더불어 남복개착하여 도주하고, 정추밀은 벼슬을 사양함.

21. 양주자사로 가는 박상규가 이 일을 알고 불쾌히 여김.

22. 천자, 후궁 만귀비를 총애하고, 만귀비의 참소로 황후를 폐하고 태자를 박대함.

23. 홍과 요정 등이 만귀비의 당이 되어 폐후를 꾀하고 연을 음해함.

24. 유정경에게 연이 귀비를 참하라는 상소를 올리게 하자 연이 부명을 거역할 수 없어 마지못해 상소를 올렸다가 조주로 정배됨.

25. 홍이 공차들을 매수하여 유배길에서 연을 죽이려 함.

26. 연은 장독이 심해 양주에서 혼절하고, 객점에서 쉴 새, 공차들이 죽이려 하였

는데 마침 남복하고 있던 정부인이 발견하고는 구출함.

27. 자사 박상규의 보호 아래 무사히 적소에 도착함.

28. 조주 태수 양중기가 연을 존경하여 극진히 대접함.

29. 정추밀의 부탁을 받은 박상규가 정부인을 찾아 정추밀의 적소로 보냈는데, 풍랑을 만나 우연히 조주에 도착하여 태항산에서 솔잎으로 기갈을 면하던 중 병을 만남.

30. 이때, 강형수가 연을 찾아와 같이 지내고, 설경을 구경차 태항산에 갔다가 정부인을 발견하고 구출하여 운우지락을 나눔.

31. 이적에 홍이 연의 소식을 탐지하고, 전일 성어사 집에서 자기와 유정경을 참소하던 문서를 발견하고는 연이 강형수와 당을 일운다고 참소함./ 유정경이 발분하여 서신과 칼을 연에게 보내 죽으라고 함.

32. 연이 부친에게 청죄의 글을 올리고, 홍과 유정경이 황제에게 상소하자 중서령 순한, 태상 유선이 연을 구할 계교를 짜서 변론함.

33. 이때, 유정경이 홍의 방에서 전일 홍이 연을 해하던 일과 폐후사건을 기록한 문서를 보고 놀람을 금치 못하고, 홍을 질책하는 한편 연을 위로하고 회과하는 서신을 보냄.

34. 이 서신을 도중에 홍이 고쳐 보냄.

35. 나라에 전쟁이 일어나 유홍이 출전함.

36. 만귀비의 청으로 태자를 조주로 순무차 보냄.

37. 태자, 연을 만나 방에서 문서를 보고 그간의 일을 모두 알고 차악함.

38. 만귀비의 권세가 날로 더한 중, 천자가 붕함.

39. 만귀비, 태자를 해하려다 발각되자 그 도당들을 모두 잡음.

40. 남효공이 강형수와 요정에 얽힌 일을 고소하고, 요정을 심문함으로써 홍의 죄상이 밝혀짐.

41. 이 즈음, 홍이 패전하고, 정추밀은 참지정사, 유연은 이부상서에 제수됨

42. 홍은 유배를 가고, 만염, 요정 등이 처형당함.

43. 홍의 북해 유배시 연이 가서 이별을 하고 홍의 자식 백명, 백경을 거둠.

44. 우여곡절 끝에 정부인이 정부로 돌아오고 아들을 낳아 우성이라 함.

45. 유연이 정부인을 본가에는 오지 못하게 하자 우성이 매일 모친을 그리워 함./
    이에 유정경이 정소저를 오라는 글을 보냄.

46. 이 일로 유연은 도리어 우성을 책함.

47. 정부인이 정부로 돌아오나 유연이 정부인을 쾌히 맞지 않다.

48. 이후 정부인 유부에 처하나 정당에 오르지 않고 죄인으로 자처 유연의 용서만
    기다림.

49. 유정경이 다시 연으로 장자를 삼고, 연은 홍의 장자 백경으로 장자를 삼아 계
    후함.

50. 정부인과 화해함.

51. 정부인이 정추밀에게 홍의 사면을 권하자 정추밀이 상소하여 홍이 사면됨.

52. 백명과, 백경이 각각 혼인함.

53. 유정경이 우성을 편애하자 연은 그 방자함과 영민함을 우려 종시 엄하게 대함.

54. 우성, 유정경의 재촉으로 이제현의 딸과 혼인함.

55. 과거가 시행되자, 연이 백명, 백경은 부친 홍의 죄를 연유로 응시하지 않게 하
    며, 우성은 유정경의 편애로 인해 마지못해 응시하게 함./ 우성이 장원급제함.

56. 우성이 창기 찬향, 월섬과 희롱하여 부친의 화를 사고, 이소저가 냉담하게 대
    하자 계속 창기와 외입함.

57. 우성이 모친이 잠시 집을 떠난 틈을 타서 칭병하여 이소저로 간호하게 하는 한
    편 창기를 불러 앞에서 희롱하며 이소저를 핍박함.

58. 이소저가 그 핍박을 뿌리치자 구타하여 상처를 입힘.

59. 연이 이 일을 알고 창기를 내치고 우성을 태장하나 유정경의 중재함.

60. 연이 이 일로 정부인에게 의를 끊는 편지를 보내고, 정부인 스스로 출부를 자
    처함.

61. 우성의 장독이 위중하자 유정경의 엄책으로 이소저가 마지못해 간호를 하던

중, 우성이 다시 이소저를 구타함.

62. 주위의 만류와 이소저의 지극한 간호를 보고는 우성이 잘못을 뉘우쳐 부부가 화해함.

63. 주위의 끈질긴 설득으로 연이 정부인을 데려오고 우성을 태장 후 용서함.

64. 홍이 돌아와 전일을 뉘우치고 연의 덕에 감동함.

65. 백명이 과거에 급제하나 홍의 죄로 인하여 태학사 양공에 의해 취소를 당하자 연이 노하여 양공과 국사를 의논하지 않다.

66. 양공이 백경의 인물을 보고 반하여 다시 상소하여 백명이 벼슬을 제수받고 백경은 태자소사에 제수됨.

67. 백경은 끝내 벼슬에 나가지 않고 백명은 벼슬에 나아감.

68. 정추밀과 유정경, 유연 사망, 정부인, 강형수, 박상규 등이 차례로 사망함.

69. 백경이 우성의 장자 세기로 계후를 삼음.

70. 연의 사망 후 친족들이 홍을 항열에 용납하지 않자 우성이 부친의 유언을 거론하며 자결을 시도함으로써 홍이 가문에 용납됨.

71. 유홍이 사망함.

〈유씨삼대록〉

1. 전편의 사적에 대한 상세한 요약. : 우성과 두 창기에 관련된 일이 중점적으로 거론됨.

2. 도어사 양중기를 각노 이동양이 참소하자 우성이 천자 앞에서 이동양과 논쟁하여 양중기를 구함.

3. 백영이 끝내 환로에 나아가지 않자 천자가 운수선생 칭호를 내리고 사림의 으뜸을 삼음.

4. 운수선생, 우성의 장자 세기로 계후를 삼음.

5. 천자가 붕하고 정덕원년이 시작되자 세기가 장원급제하여 간의태우 소순의 여식과 혼인함.

6. 백공이(백부인의 친동생)이 딸로 세기에게 구혼을 집요하게 하였으나 백경과 우성이 가법을 내세워 불허함.

7. 차자 세형이 급제하여 이부상서 장준의 딸과 정혼하고, 세형이 장가를 찾아 장 소저를 직접 보고 반함.

8. 진양공주의 신랑감으로 세형이 간택되자 장준이 전일 세형과의 자기 딸의 대면 사실을 고하고, 이 일로 우성이 세형을 준책함.

9. 세형과 진양공주가 우여곡절 끝에 혼인함.

10. 세형, 혼인 후 장소저를 잊지 못해 공주를 박대하는 한편 상사병에 걸림.

11. 공주가 천자에게 부탁하여 장소저와 세형과의 혼인이 성사됨.

12. 장소저가 공주를 투기하여 세형에게 공주를 참소하고, 세형은 공주가 위세로 장 소저를 억압하는 줄 알아 공주를 계속 박대하고 장소저만 찾음.

13. 세창이 추밀사 남효공의 딸과 혼인함.

14. 하루는 세형이 술에 취해 의관을 불사르며 공주를 험담하고 궁인을 결박함.

15. 이 일로 공주가 석고대죄를 청하고, 이부인이 세형과 장소저를 대책함./ 장소 저, 공주의 석고대죄 행위가 모두 태후에게 그 경상을 알려 자기를 내치려는 짓이라 참소함.

16. 우성이 이호정을 폐쇄하고 세형을 진양궁에 거하게 함.

17. 세형이 장소저를 몰래 만나고, 장소저는 계속 공주를 참소함.

18. 세형이 공주를 구타하자 우성이 세형을 태장하고 장소저를 축출함.

19. 공주가 궁으로 들어가 태후를 모심.

20. 세형이 세기와의 대화를 통해 자신의 허물을 뉘우침.

21. 세경은 강소저와 세필은 박소저와 혼인함.

22. 전쟁이 일어나 우성과 세형이 출전하여 승리함.

23. 세형의 벼슬이 높아지자 작위의 호화를 꺼려 표를 올리고 은둔을 길을 나섰다 가 천자가 작위를 거두고 진공에 봉함으로써 돌아옴.

24. 이때, 천자와 황후의 금슬이 좋지 못한 중 양귀비가 득세함.

25. 진양공주 탁월한 덕으로 여주공에 봉해짐.

26. 부마의 쓸쓸함을 위로하고 우성이 장소저를 데려오게 함.

27. 장녀, 설영소저가 양정화의 아들 양관과 혼인함.

28. 부마가 공주를 그리워하자 공주가 유부로 돌아오고, 혼인 후 처음으로 운우지락을 나눔.

29. 장소저의 공주에 대한 투기로 독살을 기도하였지만 공주가 미리 알고 모면함.

30. 천자와 태후가 장소저를 죽이려 하나 공주의 만류로 사하고, 장소저는 이 일을 발설한 시비 체홍을 죽임.

31. 진양공주가 득남함.

32. 우성의 차녀 현영소저가 참정 양계성의 아들 양선과 혼인함.

33. 양계성의 계모 팽씨가 제형의 딸 민순낭과 양선을 혼인시키고자 하고, 혼인 날 현영으로 하여금 순낭에게 손아래의 예를 하게 함.

34. 양선을 강제로 순낭과 동침시키자 임부인(계성의 정실)이 현영과 동거함.

35. 팽씨는 계성부부를 해하려 계성을 뉴씨와 혼인하게 함.

36. 현영과 순낭이 동시에 잉태하고, 현영이 아들을 낳자 팽씨가 감추고 핏덩이를 낳았다고 함./ 육씨의 계교에 따라 아이를 옆집에 맡기고 순낭이 딸을 낳자 바꿈./ 순낭의 딸은 길에 버려져 죽음.

37. 전염병이 돌자 팽씨와 시부모가 득병하니 순낭은 도망가고, 현영이 지극히 간호하자 팽씨가 현영의 효성에 감동함./이에 순낭을 축출함.

38. 우성의 삼녀 옥영소저가, 각노 사천의 아들 사강과 혼인함.

39. 옥영의 교만방자로 인해 부부불화가 빚어지자 우성이 옥영을 심당에 가둠.

40. 사강이 기녀들과 어울려 놀고, 옥영이 자살을 기도하였는데 진양공주가 살려냄.

41. 사강이 거짓 병을 앓고 옥영이 이를 지극히 간호함으로써 화해가 이루어짐.

42. 풍양의 역모를 꾸며 난을 일으키자 우성 등이 출전하여 승리함.

43. 세창이 회군 중 유람하여 여화위남한 설초벽(전임 예부상서 설경화의 딸)을

만나 지기가 됨.

44. 설초벽이 문무에 장원급제한 후 여자임을 밝혀 세창과 혼인함.

45. 세창이 설초벽을 편애하던 중, 설소저 부모의 제사를 이유로 친정으로 감.

46. 세필이 무단히 박소저를 박대하여 불화가 지속되었는데, 박공이 운남 포정사로 내려갈 때 박소저가 동행을 원해 우성이 허락함.

47. 박공의 운남 행차 중 도적을 만나 박소저가 행방불명됨.

48. 세필이 순화의 딸과 혼인하였는데, 순소저는 박색이나 오히려 금슬이 좋음.

49. 산서, 산동 지방에서 난이 일어나자 세기가 순무사로 출장하여 덕으로 교화함.

50. 세기가 산동에 이르러 현자를 찾던 중 여화위남한 박소저를 만나고는 일단 모르는 척하여 경사로 동행함.

51. 박소저가 다시 유문으로 돌아오나 세필과 여전히 소원하고, 박소저는 협실에 처하여 두문불출하던 중 병이 남.

52. 세필이 종기를 발견하고 대경하여 극진히 치료하였는데, 잔치 자리에서 순소저가 박소저를 구타하는 사건이 발생함./ 설초벽이 제압하고 이후 세필과 박소저 화목하고 박공이 돌아오다.

53. 백명과, 백경이 사망함./ 천자가 붕하고 가정황제가 등극함.

54. 태후가 붕하고, 진양공주가 슬픔을 이기지 못해 사망함./ 사망시 유서를 남겨 가정6년과 13년에 보라고 함.

55. 세형의 장자 관이 좌승상 설흠(장부인의 외사촌)의 여식과 혼인함.

56. 가정 6년, 장귀비가 설후를 해하려 하고 진수, 장경 등이 농권하여 진신을 살해함.

57. 세형을 제외한 유문 구성원 벼슬을 사직하고, 세형이 적당을 모두 처형하고자 하나 관의 만류와 진양공주의 유서를 보고 진정함.

58. 차자 현이 태상경 양찬의 여식과 혼인함.

59. 현의 부부금슬이 좋지 못하던 중 장부인의 질녀 설혜를 보고는 재취할 뜻을 둠.

60. 관과 현이 과거에 급제함.

61. 현이 동생 혜를 시켜 장설혜에게 구혼하는 편지를 장시랑에게 보냄.

62. 세형이 회신을 중간에서 가로채고 진노함.

63. 현이 상사병으로 위중하자 조부 우성이 나서서 장시랑에게 구혼함.

64. 현과 장소저의 혼인 후, 장소저의 투기가 심함.

65. 장소저가 계영의 원족 전기와 동모하여 간부서 등을 꾸며 양소저를 음해하자 현이 양소저를 못마땅히 여겨 그녀의 시비 월앵의 목을 베어 면전에 던짐.

66. 이후 장소저가 양소저를 죽이려는 음모가 더욱 심해지던 중 세형이 알고 미리 방지함.

67. 계영이 다시 전기에게 양소저를 겁칙할 것을 부탁하고 던기가 여장한 후 침투하여 겁탈을 시도하나 실패함.

68. 전기가 세형에게 잡혀 계영, 춘섬 등과 같이 처형됨.

69. 장소저가 축출된 후 현이 잘못을 뉘우치고 부부가 화락함.

70. 장부인 장자 혜가 관내후 주석의 딸과 혼인하고 차자 정은 사한님의 딸과 혼인함.

71. 진양공주의 장녀 영주소저가 소우의 장자 소경문과 혼인함.

72. 가정 12년, 서역 오국이 침입하자 진공이 출전할 새, 설부인의 아들 몽이 동행함.

73. 전쟁에서 승리하나 전기의 동생 전형, 전상이 장소저의 사주를 받고 군중에 침입하여 세형을 살해하려 했으나 실패함.

74. 장소저 모녀가 홍신과 친하게 지내고, 귀비 장씨와 동당이 됨.

75. 장소저와 홍신이 용포를 만들어 유가에 숨기는 등의 음모를 꾸며 진공을 역모로 참소함.

76. 장손시, 진양공주의 유서를 보고 등문고를 울려 천자에게 유서를 전달함.(유서내용 : 진공의 무죄와 그 참소의 내막)

77. 진공이 잡혀 오자 여러 신하들이 진공의 신원을 위해 힘을 다하고, 천자가 친국

하여 죄상을 알고는 홍신 등을 사형시키고 장시랑을 유배보냄.

78. 현이 장소저의 죄를 세번 상소하였으나 천자가 벌을 주지 않자 스스로 장부로 가서 살해함.

79. 5자 양(장부인 소생)이 황사 양왕의 딸 옥성군주와 혼인함.

80. 장부인의 필녀, 명주소저가 제남백의 차자 경원과 혼인함.

81. 성의백의 처사적 풍모가 돋보이고, 유문 가문원들의 품행이 온 나라에 진동함.

82. 설후가 승하하자 장귀비가 정후에 오른 후, 진공을 초정하였는데 불참함.

83. 계영의 딸 모란이 원수를 갚고자 방물장수로 변장하여 궁중에 잠입하여 장후의 시녀가 됨.

84. 모란이 양소저를 투기가 심하다고 참소하여 궁중에 감금하게 함./ 이때, 양소저는 잉태 중.

85. 천자가 태우 왕전의 딸과 현을 혼인하게 함.

86. 절강에 도적의 난이 발하여 현이 출전하여 병기를 쓰지 않고 덕으로 진무함.

87. 현이 병부상서가 되어 여장군을 모집하게 하였는데, 모란으로 대장을 삼음.

88. 현이 모란이 군법을 어기게 하여 죽이자 장후가 양소저를 죽이려 함.

89. 양소저가 득남하였는데, 장후의 권세 때문에 아무도 돕지 못함.

90. 장후가 양씨를 독살하려 했으나 하태후가 미리 알고 다른 죄인을 대신 죽인 후 양소저를 빼돌림.

91. 장후가 시체를 염습하여 유문에 돌려보냄.

92. 하태후가 양왕에게 도움을 청해 양소저를 위국으로 옮김.

93. 이때, 장후의 학정이 심하고 또 설후를 해하던 일이 발각되어 폐출되자 하태후가 천자에게 양소저 일을 고함./ 이에 양씨가 돌아옴.

94. 왕소저가 투기를 발하여 밥상에 똥을 뿌리는 등 갖은 행악을 자행하자 왕씨가 집요하게 개유함.

95. 금상귀자 제왕이 천자의 총애를 입어 방자하여 환자 태억으로 민간을 괴롭힘.

96. 소경문이 태억의 행사를 목도하고 상소하여 사형케 하고 제왕을 중치케 함./

이에 내시와 제왕이 상소하여 경문을 북변사로 보냄.

97. 호왕이 경문에게 반하여 딸 양성공주의 부마로 삼고자 하나 실패하자 경문을 북해에 가두어 굶게 함.

98. 양성공주가 경문을 지극정성으로 돌보아 주고, 호왕은 경문이 역모를 꾸민다고 천자에게 참소한 후 난을 일으킴.

99. 세경과 현이 출정하여 호왕에게 항복을 받고 양성공주는 스스로 볼모가 됨.

100. 제왕의 역모가 일어나자 몽이 모친, 설부인(설초벽)의 계교를 받아 방비함.

101. 진공의 상소로 경문이 양성과 혼인함.

102. 경문이 진공을 원망하여 무단히 영주소저를 박대하고 유, 소 두 집안에서 경문을 설득하여 부부가 화해함.

103. 양성공주가 30세의 나이로 요절하고 자식이 없자 영주소저의 차자로 양자를 삼게 함.

104. 운수선생 백경의 친자 세찬, 세광이 계후문제로 성의백 우성을 시기하던 중, 장자 홍의 급제 후 시기가 더욱 심해짐.

105. 홍과 모친 위씨는 우성과 소부인을 모해하려 함.

106. 홍이 지나가는 걸인을 죽이는 살인죄를 범했는데 이를 성의백이 구원하여 사형을 면하고 유배를 가게 되자 잘못을 뉘우침.

107. 마무리.

참고문헌

[자료]

〈소현성록〉	21권 21책	서울대소장본
〈유효공선행록〉	12권12책	필사본고전소설전집15,16(아세아문화사)
〈유씨삼대록〉	20권20책	한국고전소설총서4,5,6(태학사)
〈현씨양웅쌍린기〉	10권10책	장서각 소장본
〈명주기봉〉	24권24책	장서각 소장본
〈명주옥연기합록〉	25권25책	영남대소장본
〈임화정연〉	6권6책	활자본고전소설전집8,9(아세아문화사)
〈쌍성봉효록〉	16권16책	국립도서관소장본
〈옥원재합기연〉	21권21책	서울대소장본
〈옥원전해〉	5권5책	서울대소장본
〈옥난기연〉	7권7책	하버드대소장본
〈옥수기〉	9권9책	필사본고전소설전집11(아세아문화사)
〈소문록〉	14권14책	필사본고전소설전집13(아세아문화사)
〈몽옥쌍봉연록〉	4권4책	필사본고전소설전집8(아세아문화사)
〈광한루기〉		서울대소장본
〈일락정기〉		

김동욱편, 『경인고소설판각본전집』

한국정신문화연구원 편, 『한국고소설목록』

유탁일, 『한국고소설비평자료집성』, 아세아문화사(1994)

[연구논저]

김경미, 「조선후기 소설론 연구」, 이화여대박사학위논문(1993)

김기동, 『한국고전소설연구』, 교학연구사(1983)

김동욱, 「방각본에 대하여」, 『동방학지』11, 연세대동방학연구소(1970)

김두헌, 『한국가족제도사 연구』, 서울대출판부(1969)

김열규, 『한국민속과 문학연구』, 일조각(1978)

김열규 · 성기열 · 이상일 · 이부영 공저, 『민담학개론』, 일조각(1982)

김일렬, 『조선조소설의 구조와 의미』, 형설출판사(1984)

김재용, 『계모형 고소설의 시학』, 집문당(1996)

김종철, 「19세기 장편소설 연구」, 『한국학보』41(1985)

_____, 「〈옥수기〉 연구」, 서울대석사논문(1985)

김진세, 「〈현씨양웅쌍린기〉 연구」, 서울대교양과정부논문집4(1972)

_____, 「〈현씨양웅쌍린기〉의 서지적고찰」, 『관악어문연구』6(1981)

_____, 「낙선재본소설의 국적문제」, 장덕순외, 『한국문학사의 쟁점』, 집문당(1986)

_____, 「조선조 대하소설 연구-〈화산선계록〉을중심으로」, 『관악어문연구』11(1986)

_____, 「낙선재본소설의 특성」, 『정신문화연구』44호(1991)

김탁환, 「사씨남정기계 소설연구」, 서울대석사논문(1993)

김태준, 『조선소설사』, 청진관서(1933)

김풍기, 「수산광한루기의 평비에 나타난 비평의식」, 『어문논집』31, 고려대(1992)

김현숙, 「〈유씨삼대록〉 연구」, 이화여대석사논문(1989)

김홍균, 「낙선재본 장편소설에 나타난 선악관의 심성론적 검토」, 『정신문화연구』44
호(1991)

_____, 「복수주인공 고전장편소설의 창작방법 연구」, 한국정신문화연구원 박사학
위논문(1990)

大谷森繁, 『조선후기 소설독자연구』, 일지사(1983)

민 찬, 「여성영웅소설의 출현과 후대적 변모」, 서울대석사논문(1986)

_____, 「〈현씨양웅쌍린기〉」, 『한국고전소설작품론』, 집문당(1990)

박경신, 「〈임화정연〉의 전반부 중심인물고」, 『진단학보』64(1987)

박영희, 「〈소현성록〉 연작연구」, 이화여대박사학위논문(1993)

_____, 「장편 가문소설의 향유집단 연구」, 『문학과 사회집단』, 집문당(1995)

박일용, 「영웅소설의 유형변이와 그 소설사적 의의」, 서울대석사논문(1983)

_____, 「조선후기 소설론의 전개」, 『국어국문학』94(1985)

_____, 『조선시대의 애정소설 연구』, 집문당(1993)

_____, 「〈유충렬전〉의 서사구조와 소설사적 의미재론」, 『고전문학연구』8집(1993)

_____, 「〈유효공선행록〉의 형상화방식과 작가의식 재론」, 『관악어문연구』20집 (1995)

박희병, 「한국고전소설발생 및 발전단계를 둘러싼 몇몇 문제에 대하여」, 『관악어문 연구』17(1992)

_____, 「〈최척전〉」, 『한국고전소설작품론』, 집문당(1990)

서대석, 『한국무가의 연구』, 문학사상사(1980)

_____, 「유충렬전의 종합적 고찰」, 이상택, 성현경편, 『한국고전소설연구』, 새문사 (1983)

_____, 『군담소설의 구조와 배경』, 이화여대출판부(1985)

_____, 「〈칠성풀이〉의 연구」, 『진단학보』65(1988)

_____, 「〈하진양문록〉 연구」, 『한국고전소설작품론』, 집문당(1990)

성현경, 「고전소설과 가문」, 『인문연구논집』20, 서강대인문과학연구소(1989)

_____, 『한국소설의 구조와 실상』, 영남대출판부(1981)

송성욱, 「고전소설에 나타난 父의 양상과 그 세계관」, 『관악어문연구』15(1990)

_____, 「가문의식을 통해본 한국고전소설의 구조와 의미」, 서울대석사논문(1991)

_____, 「〈명주기봉〉에 나타난 규방에 대한 관심」, 『고전문학연구』7집(1992)

_____, 「〈임화정연〉 연작연구」, 『고전문학연구』10(1995)

송준호, 『조선사회사연구』, 일조각(1987)

심경호, 「낙선재본소설의 선행본에 관한 일고찰」, 『정신문화연구』38(1990)

양혜란, 「〈임화정연〉 연구」, 이화여대석사논문(1979)

양혜란, 『조선조 기봉류소설 연구』, 이회문화사(1995)

엄기주, 「〈쌍성봉효록〉소고」, 성균어문연구29(1994)

오춘택, 「한국 고소설 비평사 연구」, 고려대박사학위논문(1990)

우쾌제, 『한국가정소설연구』, 고려대민족문화연구소(1988)

이광규, 『한국가족의 구조연구』, 일지사(1975)

이능화, 『조선여속고』, 한남서림(1927)

이상택, 「〈윤하정삼문취록〉 연구」, 『한국고전산문연구』, 동화문화사(1981)

_____, 『한국고전소설의 탐구』, 중앙출판(1981)

_____, 「〈보월빙〉 연작의 구조적 반복원리」, 『백영정병욱선생화갑기념논총』, 신구
문화사(1982)

_____, 「조선조 대하소설의 작자층에 대한 연구」, 『한국고전문학연구』3(1986)

_____, 「한국 도가문학의 현실인식」, 『한국문화』7(1986)

_____, 「낙선재본소설의 문학사적 의의」, 『고소설사의 재문제』, 집문당(1993)

_____, 「〈창난호연〉 연구-연경도서관본을 중심으로-」, 『고소설연구논총』, 경인문화
사(1994)

_____, 「〈옥난기연〉의 이본연구」, 『진단학보』75호(1994).

_____, 「문헌학적 기초연구의 필요성과 현황·전망」, 『관악어문연구』20집(1995)

이수봉, 『가문소설연구』, 형설출판사(1978)

이승복, 「〈유씨삼대록〉에 나타난 정-부실갈등의 양상과 의미」, 『국어교육』
77.78(1992)

_____, 「처첩갈등을 통해본 가정소설과 가문소설의 관련양상」, 서울대박사논문
(1995)

이우성, 『한국의 역사상』, 창작과비평사(1983)

이원수, 「계모형소설 유형의 형성과 변모」, 『국어교육연구』17, 경북대학교(1985)

_____, 「가정소설 작품세계의 시대적 변모」, 경북대박사논문(1991)

이원주, 「고전소설 독자의 연구」, 『한국학논집』3, 계명대(1975)

이은순, 「조선후기 당쟁사의 성격과 의의」, 『정신문화연구』29, 한국정신문화연구원 (1986)

이장희, 『조선시대 선비연구』, 박영사(1989)

이재룡, 『조선 예의사상에서 법의 통치까지』, 예문서원(1995)

이지하, 「〈현씨양웅쌍린기〉 연작연구」, 서울대석사논문(1992)

이창헌, 「고전소설의 혼사장애구조와 유형에 관한 연구」, 서울대석사논문(1987)

_____, 「경판방각소설의 상업적 성격과 이본출현에 대한 연구」, 『관악어문연구』 12(1987)

_____, 「혼사장애의 측면에서 본 고전소설의 도입부와 결말부」, 『관악어문연구』 14(1989)

이현국, 「〈임화정연〉 연구」, 경북대석사논문(1983)

임치균, 「〈유효공선행록〉 연구」, 『관악어문연구』14(1989)

_____, 「연작형 삼대록소설 연구」, 서울대박사학위논문(1992)

임형택, 「17세기 규방소설의 성립과 〈창선감의록〉」, 『동방학지』57(1988)

장효현, 「조선후기의 소설론」, 『어문논집』23, 고려대학교(1982)

_____, 「장편가문소설의 성립과 존재양태」, 『정신문화연구』44, 한국정신문화연구원 (1991)

정규복, 「〈임화정연〉 논고」, 『대동문화연구』3호(1966)

_____, 「〈제일기언〉에 대하여」, 『중국학논총』1, 고려대학교(1984)

_____, 『한중문학비교의 연구』, 고려대출판부(1987)

정병설, 「고전소설의 윤리적 기반에 대한 연구」, 서울대석사논문(1993)

_____, 「정도와 권도, 고전소설의 윤리논쟁적 성격과 서사적 의미」, 『관악어문연구』 20집(1995)

정종대, 『염정소설구조연구』, 계명문화사(1990)

정하영, 「〈광한루기〉 비평연구」, 『한국전연구창간호』, 계명문화사(1995)

_____, 「〈광한루기〉 연구」, 『이화어문논집』12집(1992)

조동일, 「영웅의일생 그 문학사적 전개」, 『동아문화』10(1971)

_____, 『한국소설의 이론』, 지식산업사(1977)

_____, 『문학연구방법』, 지식산업사(1980)

_____, 『구비문학의 세계』, 새문사(1980)

_____, 『한국설화와 민중의식』, 정음사(1985)

조용호, 「〈조씨삼대록〉 연구」, 서강대석사논문(1988)

_____, 「〈유씨삼대록〉의 서사론적 연구」, 『한국고전연구』창간호, 계명문화사(1995)

조혜란, 「소설의 유형성과 독서과정」, 『이화어문논집』11집(1990)

조혜정, 『한국의 여성과 남성』, 문학과지성사(1988)

조희웅, 『한국설화의 유형적 연구』, 한국연구원(1983)

진경환, 「〈창선감의록〉의 사실주의적 성격과 낭만적 구성」, 『고전문학연구』6(1991)

최길용, 「연작형고소설연구」, 전북대박사학위논문(1989)

_____, 「〈옥원재합기연〉 연작의 작자고」, 『전주교육대학논문집』28(1992)

최재석, 『한국가족제도사연구』, 일지사(1983)

한용환, 『소설학사전』, 고려원(1992)

[번역서및외국논저]

Erlich, Victor, *Russian Formalism*, Mouton&Co(1965)

Propp, Vladimir, *The Morphology of Folktale*, Bloomington, Indiana University(1958)

Rimmon-Kenan, Shlomith, *Narrative Fiction*, Methuen & Co.Ltd(1983)

Skillend, W.E., 『고대소설』

제랄드프랭스著, 최상규譯, 『서사학』, 문학과지성사(1988)

제라르쥬네트著, 권택영譯, 『서사담론』, 교보문고(1992)

S.채트먼著, 한용환譯, 『이야기와 담론』, 고려원(1991)

로저파울러著, 김정신譯, 『언어학과 소설』, 문학과지성사(1985)

보리스우스펜스키著, 김경수譯, 『소설구성의 시학』, 현대소설사(1992)

마이클J.툴란著, 김병욱·오연희譯, 『서사론』, 형설출판사(1995)

월터J.옹著, 이기우·임명진譯, 『구술문화와 문자문화』, 문예출판사(1995)

미하일바흐찐著, 전승희·서경희·박유미譯, 『장편소설과 민중언어』, 창작과비평사(1988)

方正耀著, 홍상훈譯, 『中國小說批評史略』, 을유문화사(1994)

陳平原著, 이종민譯, 『中國小說敍事學』, 살림(1994)

김치수 편저, 『구조주의와 문학비평』, 홍성사(1980)

찾아보기